REGARD D'ACIER

LIVRES 1 ET 2 / 4

LEA NOVELS

Dépôt légal : août 2023
France

Saga « Regard d'acier »
Livres 1 et 2/4

Cet ouvrage est auto édité sur Amazon,
En version électronique et papier.

Ce livre est une fiction, même s'il est fait mention de lieux ou coutumes ayant été référencés durant l'ère Viking.
Tous les personnages sont fictifs et sont intégralement le produit de l'imagination de l'auteure. Toute ressemblance avec des personnes existantes ne peut être que fortuite.

Attention : ce livre contient des scènes sexuellement explicites. De plus, certains passages décrivent des violences physiques et psychiques.

Auteur : Léa Novels
Illustration de couverture : Léa Novels
Illustrations des chapitres : Léa Novels
Graphismes intérieurs : Léa Novels

Il suffit de rencontrer la bonne personne,
au bon moment,
pour vous faire avancer dans la vie.

Léa Novels

Mon roman se déroule à l'époque des Vikings et sur leurs territoires, j'ai tenu à honorer au mieux leurs traditions. Cependant, les informations sur cette période de l'Histoire sont assez rares, car ce peuple privilégiait la transmission orale.

Les moines chrétiens furent parmi les premiers à consigner leurs sagas, dans l'Edda poétique et l'Edda en prose. Cela a conduit à de nombreuses approximations, car leurs épopées étaient interprétées par des hommes de culture et mœurs différentes des leurs.

Dans le but de rendre cette découverte accessible et plus facile à comprendre pour un public moderne, j'ai pris certaines libertés. Ces choix artistiques ont été faits afin de créer une expérience plus fluide et engageante, amenant cette fiction à un croisement entre récit Historique, univers Fantasy et aventure Fantastique.

J'espère que ces adaptations, tout en tenant compte des limites et des biais de nos sources disponibles, contribueront à votre plaisir de lecture et vous offriront une vision enrichissante du monde fascinant des Vikings.

Vous trouverez à la fin du livre tout ce dont vous pourriez avoir besoin pour parfaire votre compréhension de ce roman.

Je vous souhaite un excellent voyage !

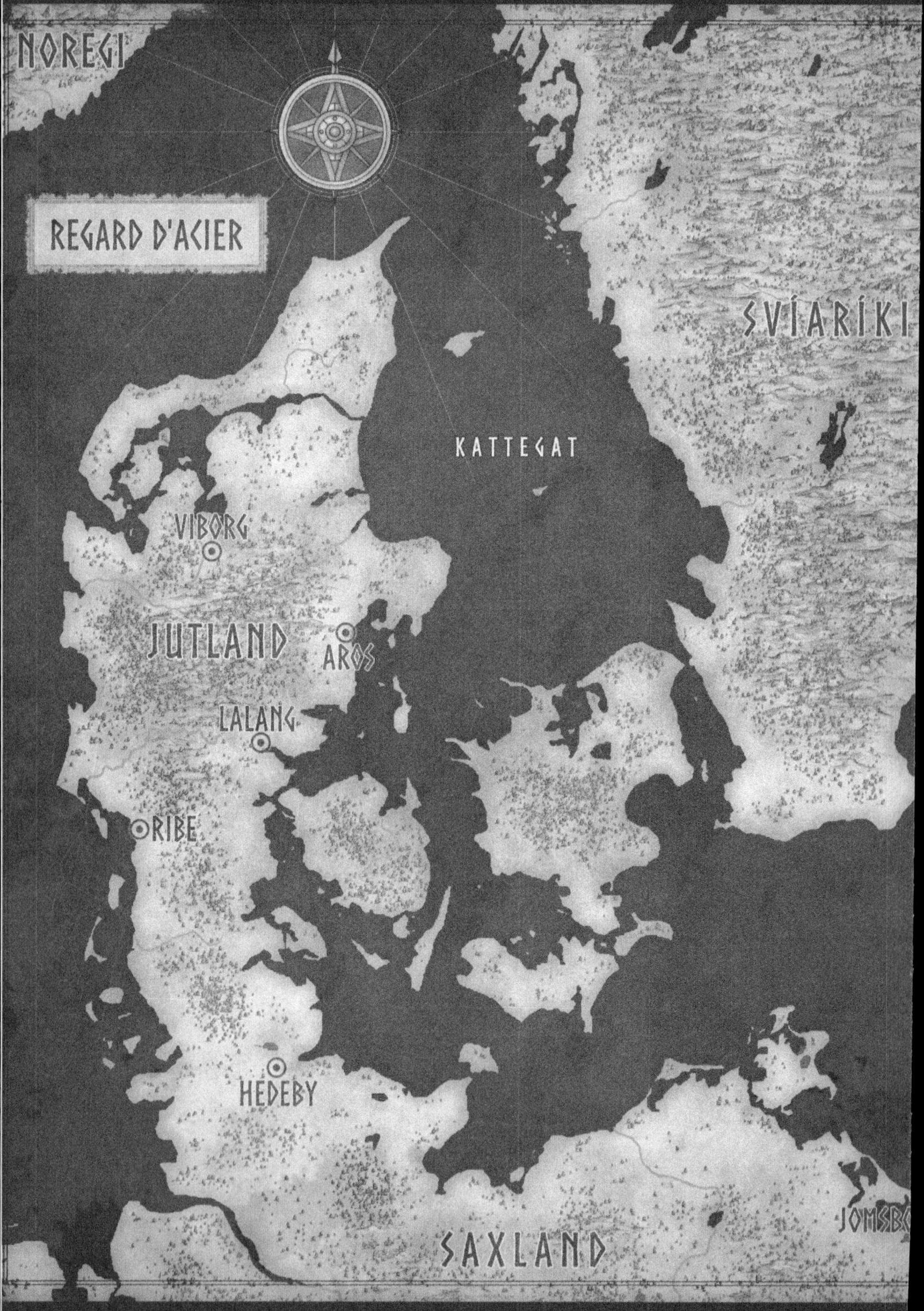
NOREGI
REGARD D'ACIER
SVÍARÍKI
KATTEGAT
VIBORG
JUTLAND
AROS
LALANG
RIBE
HEDEBY
SAXLAND
JOMSBO

GÉOGRAPHIE

AROS : Nom ancien d'Aarhus, aujourd'hui la deuxième ville la plus peuplée du Danemark. Depuis sa création par les Vikings au VIIIe siècle, c'est une ville portuaire importante, située sur la côte Est de la péninsule, et donnant sur le Kattegat.

FØROYAR : Signifie "les moutons" et correspond aux Îles Féroé. Les Vikings ont colonisé les îles au IXe siècle (en l'an 800) et ont apporté leur langue et leur culture avec eux, qui perdure aujourd'hui.

HEDEBY : Port de commerce florissant sur la côte Sud-Est du Danemark.

JOMSBORG : Aujourd'hui connue sous le nom de Wolin, une ville portuaire au Nord de la Pologne. Jomsborg est devenu au IXème siècle une des plus grandes villes d'Europe de l'époque, avec 10,000 habitants.

ÍSLAND : signifie littéralement « terre de glace » et correspond à l'Islande. Les Vikings ont colonisé l'Islande au IXe siècle (en l'an 870).

JUTLAND : Ancien nom qui désignait le Danemark péninsulaire.

KATTEGAT : Espace maritime qui s'étend entre la péninsule du JUTLAND (Danemark) et la province de Halland (Suède). Il englobe plusieurs détroits au Sud et une vaste baie au Nord.

LALANG : nom ancien pour la ville de Jelling, au Danemark, situé au Sud d'Aarhus, sur la côte Est. C'était une ville portuaire, et un important centre politique et religieux sous l'ère viking.

NOREGI : signifie « chemin du nord » et désigne la Norvège.

RIBE : L'une des plus anciennes villes du Danemark, construite par les Vikings au début du VIIIe siècle. Elle se situe au Sud-Ouest, c'est une ville portuaire.

SVÍARÍKI : signifie « terre des Suédois » et désigne la Suède.

VIBORG : L'une des plus anciennes villes du Danemark, située au centre de la province du JUTLAND.

ASULF

PROLOGUE

« Quand le voile des mensonges se lève, le véritable combat commence. »

Je suis Asulf, un valeureux guerrier viking invaincu et surnommé *l'homme au Regard d'acier*. Si mes yeux bleu-gris vous hypnotisent, c'est que vous êtes sur le point de trépasser.

Pourtant, je ne suis qu'un homme qui a failli.

Depuis de longues lunes, je m'efforce de percer le voile des événements qui m'ont mené à cette funeste destinée.

Où ai-je dévié du chemin tracé par les Dieux ? À quel moment les ai-je courroucés pour qu'ils me tournent le dos avec tant de froideur ?

Je ressens plus que jamais le poids de mes erreurs.

Tant de vies fauchées, tant de sang versé…

Tout commence durant l'année de ma naissance, il y a vingt ans. Lorsqu'un sorcier a entrepris l'impossible pour accomplir ses propres desseins…

CHAPITRE 1

VERS L'AU-DELÀ

❄ VETRABLÓT / DÉBUT DE L'HIVER ❄

VINGT ANS PLUS TÔT

MARKVART

Agrippé aux rênes de mon destrier, je file comme le vent sans me retourner. J'ai quitté le sentier à peine une heure après mon départ et depuis, je coupe à travers la forêt. J'ai sauté au-dessus d'une petite rivière, de quelques troncs, longuement slalomé entre les arbres, évitant les branches en me plaquant sur l'encolure de mon hongre.

Ces bois sont dangereux, mais je m'en moque.

À l'approche d'une meute, je presse l'allure. Mon cheval s'épuise et les loups sont trop rapides. Je ne pourrai pas les semer.

La distance entre nous s'amenuise. Bientôt la troupe sauvage me rejoint, tout croc dehors et m'accule au bord d'un précipice.

Impossible de fuir à présent, je dois être plus rusé qu'eux et faire ça vite, car mon temps est compté.

Lorsque le premier se rue, d'un rapide coup de talon, j'ordonne à mon cheval d'avancer subitement de quelques pas. Pris par son élan, l'animal nous manque et plonge de la falaise. Un long hurlement retentit et s'interrompt dans un fracas sourd quand il atteint le sol.

D'abord surpris par la perte soudaine d'un des leurs, la meute se ressaisit et attaque. J'ai à peine le temps de sauter à bas de ma monture et de dégainer mon épée, que d'un coup de lame, je projette l'assaillant de côté.

Les loups me malmènent, d'abord un à un, puis ensemble. L'acier repousse, tranche, égorge. Après plusieurs offensives, il n'en reste plus que deux, blessés, qui prennent la fuite.

Je rassure mon cheval et nous éloigne de quelques pas du précipice.

J'inspecte mon bras gauche qui est douloureux et râle :

— Eh merde, Markvart, tu as été mordu !

J'attrape ma besace et me laisse choir. J'extirpe une fiole que j'ouvre et asperge le liquide sur la plaie. Je grimace et gémis, puis déchire un pan de ma cape pour m'en faire un bandage.

Cette confrontation avec les loups m'a non seulement épuisé, mais aussi plus que retardé. Je n'ai plus une seconde à perdre, je ne peux pas me permettre de manquer ce rendez-vous avec le destin.

Je remonte en selle et fais pivoter mon cheval. Je me suis écarté du chemin que je connais et que je dois maintenant retrouver.

Par où aller ? Je me concentre un instant. Mon instinct a toujours été mon meilleur guide. Une fois encore, je décide de m'y fier et emmène mon destrier à travers bois.

Je m'agrippe à ses rênes, les jambes serrées contre ses flancs, mon buste courbé vers l'avant, faisant corps avec lui. Les branches d'arbres me fouettent et accrochent mes vêtements sur mon passage. Ma cape et mes pans ont été lacérés par des épineux frôlés d'un peu trop près. Mais je suis insensible aux griffures ; seul mon but importe.

Cette nuit est celle de VETRABLÓT, le premier jour de l'hiver et les étoiles sont correctement alignées. Je l'attends depuis des années. Tout a été vu et revu, minutieusement préparé et aucun détail n'a été omis. J'ai mis en scène mon cérémonial des lunes auparavant, je le répète quotidiennement. Et ce soir, enfin, l'acte ultime.

Je ne dois pas échouer, je me le suis formellement interdit. Tous mes efforts fournis jusqu'alors et tout ce sang versé auront finalement une utilité. Lorsque la lune sera pleine, il viendra à moi pour que mon serment soit tenu et que la mémoire des êtres aimés ne tombe pas dans l'oubli.

De sombres et anciens souvenirs surgissent à la nuit tombée, mais je secoue la tête pour les balayer de mon esprit. Ce n'est pas le moment de ressasser ce passé qui me hante, mais plutôt de mettre en branle ma vengeance.

Je resserre ma cape pour m'isoler du vent froid qui s'engouffre sous le tissu. Je tire sur les rênes de mon cheval en soupirant d'aise. Après plusieurs heures de galop effréné, j'arrive dans la clairière indiquée par mon mentor, sur son lit de mort.

Je descends de ma monture, l'attache à un tronc et respire longuement. La nuit est fraîche et je présente mon visage rougi au vent bienfaiteur qui s'engouffre entre les végétaux.

Mon souffle revenu, je m'attelle à trouver la clé de la vérité. Lors de sa délivrance, le message était confus, mais j'ai eu plusieurs lunes pour réfléchir à ces paroles.

Je ne sais pas quoi chercher et tout au long du trajet, je n'ai cessé de remettre en doute mes hypothèses. Et si Askel s'était trompé ? Le vieil homme m'a toujours dit que la vérité est en chacun de nous. Mais dois-je puiser dans mes connaissances ou laisser mon instinct me guider ?

Dois-je demander son aide à la magie ?

Difficile de déterminer quelle solution est la bonne et avant que je n'aie pu choisir la plus adaptée, je suis arrivé à destination.

Petit à petit, le puzzle prend forme dans mon esprit et je comprends ce que cela signifie.

Grâce au mage, je possède à présent la connaissance. Celle-ci peut amener le bien, l'équilibre, tout autant que le mal et une anarchie chaotique. Je me souviens d'une légende que mon mentor m'a racontée. Elle parlait d'un homme ayant appelé un démon pour tuer les meurtriers de sa femme et de leur fils adoré.

J'ai appris que, par un portail interdimensionnel, peuvent passer des matériaux, des pouvoirs, mais aussi des âmes. Lorsqu'un tel objet est découvert et utilisé, m'avait expliqué Askel, il faut le manier avec le plus grand soin, car la magie est capricieuse. Et cette nuit, plus que toute autre, elle sera extrêmement instable. Pourtant, je suis bien décidé à me venger et rien ne pourra m'en empêcher.

Je décroche un sac de vivres, ainsi qu'un autre dans lequel j'ai rangé mon grimoire, une bougie noire, de l'encens de myrrhe, des runes gravées sur des cailloux et une fiole de sang de chèvre, prélevé ce matin. Cela me servira pour mon incantation.

J'avance près d'un tas de pierres plus ou moins plates et y dépose mes affaires. Je fais quelques pas en frottant ma barbe naissante. N'ayant jamais vu de portail magique, je marche sans trop savoir à quoi ressemble ce que je cherche.

Je suis excité, mon cœur bat la chamade, car je sens une force non loin de moi. Attirante. Séduisante. Je tends mes bras, ouvre mon esprit et laisse mes sens me guider. Je progresse aveuglément, sans me préoccuper de la direction que prennent mes pieds. La tension monte en moi. L'énergie se diffuse dans mes membres, telle une caresse appelant mon désir.

Tout à coup, je m'immobilise devant un tronc et ouvre les yeux. Croyant d'abord avoir été abusé par mon intuition, je peste. Mes mains en contact avec l'écorce rugueuse du vieil arbre, je tâtonne à la recherche d'un quelconque indice. Rien.

Je poursuis mes investigations durant un moment, caressant les feuilles roussies et écoutant le bruissement à peine perceptible de la nature. Toujours rien. Agacé, je reviens m'asseoir lourdement près de mes sacs.

Les idées tournoient dans mon esprit. Mon attention est constamment déviée par de petits murmures alentour, probablement des animaux nocturnes et je tarde à me concentrer. La forêt n'est guère rassurante de nuit. Je perçois des sons qui me sont totalement étrangers, comme venants d'un autre monde. D'un autre temps. Je ne parviens pas à en déterminer la provenance ni la nature. Des bruits parasites, inhabituels, me déstabilisent quelque peu.

Je rapproche mes genoux de ma poitrine et continue de réfléchir, bien décidé à faire abstraction de tout le reste. La faim me tiraille, car je ne me suis pas nourri convenablement depuis des jours. Mes recherches et ma préparation sont devenues une obsession et mon corps ne résiste à toute cette agitation que grâce à mon engouement et mon obstination à atteindre mon désir le plus profond.

Un grognement sourd de provenance gastrique se manifeste. Malgré la proximité de mon sac à provisions, je refuse de me sustenter. Je dois d'abord trouver ce que je suis venu chercher afin d'accomplir mon œuvre. Mon corps saura attendre.

C'est en fixant longuement le tronc à distance que je comprends enfin. Un portail peut être constitué de différents matériaux : bois, métal, ou dans certains cas en pierres plus ou moins précieuses.

Cette fois, c'est l'arbre lui-même, le portail.

L'une de ses ramifications principales, partiellement dégarnie à l'entrée de l'hiver, s'est entortillée à une grosse branche toute proche et leurs racines s'entremêlent, si bien que les deux chênes sont liés, presque soudés entre eux.

Cela semble à la fois si simpliste et si ingénieux que je me mets à rire comme un dément.

J'ai trouvé le portail magique tant convoité.

Je me rue sur mon grimoire et ouvre la page de l'incantation. Je connais chaque paragraphe, chaque phrase, mais l'émotion est telle que je dois survoler, voire relire les instructions que je me souvenais pourtant avoir soigneusement notées.

Puis, sans tarder, je mets en place un laboratoire sommaire où je dispose mes ingrédients. J'allume la bougie noire et l'encens. Je dessine un cercle autour de moi avec les cailloux où les runes sont gravées. Il ne me reste plus qu'à réciter le sort, tout en laissant couler le sang de chèvre sur le sol. Une brave bête que j'ai sacrifiée ce matin même et dont j'ai préservé le liquide vital chaud dans une fiole, grâce à une magie de conservation. C'est plus pratique que d'amener l'animal jusqu'ici.

Je sens au fond de moi que ce qui passera le portail sera fort, puissant, mais surtout de taille à assouvir ma vengeance.

SIGRUNE

— Sigrune, tu flânes encore entre les arbres ! Tu fais une piètre VALKYRIE ! me réprimandé-je.

Il y a longtemps que je n'ai pas récupéré de guerrier sur le champ de bataille. Pour l'emmener au VALHALLA, à ASGARD. Où il deviendrait un EINHERJAR, l'un des nombreux et valeureux combattants d'Odin.

J'ai beau être immortelle, je m'ennuie à mourir. Alors, comme à l'accoutumée, j'ai désobéi. Je ne me suis pas rendue au rassemblement annuel des VALKYRIES, à ASGARD. Là-bas, il nous est interdit de plaisanter ou de mettre un peu d'ambiance. À quoi bon y retourner, si je n'y trouve aucun attrait ?

Non, cette année, j'ai mieux à faire. J'ai aperçu cet humain qui chevauchait à vive allure vers la clairière sacrée. J'ai jugé plus captivant de le suivre, toute curiosité en avant, malgré son attitude étrange et désinvolte.

L'existence de ce MIDGARDIEN doit être passionnante, car son hyperactivité a piqué au vif mon intérêt. Au point de me détourner de mes devoirs, dans le seul but de connaître ses desseins.

S'est-il égaré ? Ou bien est-il venu en connaissance de cause ? J'ai vu bon nombre d'individus tenter d'invoquer les esprits. Ou qui désiraient quitter MIDGARD, le royaume des hommes, pour passer dans l'un des huit autres. En vain. Je brûle d'envie de savoir jusqu'où celui-ci ira.

Mais surtout, je n'ai encore jamais vu personne ramener une âme depuis HELHEIM, le monde des morts. Ni même traversé un portail. Dévorée par ma curiosité, je ne peux manquer un tel événement. Même si je sais que cela pourrait être périlleux.

Alors, profitant de mon invisibilité, je m'installe confortablement à proximité, afin d'admirer ses prouesses, ou son échec.

MARKVART

Le sorcier que je suis jubile. Tout est en place, je vais pouvoir commencer. Je relève mes manches et ajuste ma position au centre du cercle de pierres.

Une intense émotion m'envahit tout à coup. Ouvrir un portail est dangereux. Je prends quelques instants pour sonder mon âme et me rassurer. Je suis prêt.

Je ferme les yeux et déverse le sang de chèvre sur le sol, tout en marmonnant le sort en vieux norrois :

> « AT VERDHEIMA DYRR BROTNI,
> *(Que les portes des mondes se brisent,)*
> AT NÍU HEIMAR SKJÁLFI ÓTTU,
> *(Que les neuf royaumes tremblent de peur,)*
> EK KALLA MÉR UNDIR DJÖFLIN,

(J'appelle à moi un démon des abysses,)
MEÐ MÁTT RÚNAR OK FORNRA GALDRA.
(Par la puissance des runes et de la magie antique.) »

« KEM TIL MÍN, Ó, ANDI HELVÍTIS,
(Viens à moi, ô esprit infernal,)
ÚR DÝPTUM HELHEIMAR OK ELDS OF HEL,
(Des ténèbres profondes de Helheim et des flammes de l'enfer,)
GEYM MÍN VILJA OK SVARA MÍNUM KALLI,
(Obéis à ma volonté et réponds à mon appel,)
AT FRAMFYLGJA MÍNUM ÞRÁ OK SIGR. »
(Pour accomplir mon désir et me faire triompher.) »

« AT ÞÍN LÍKAM OK SÁL GERIST Á MIÐGARÐI,
(Que ton corps et ton âme se matérialisent sur Midgard,)
Í ÞESSUM MANNHEIMI STÝRÐUR AF GUÐUM,
(Dans ce monde d'hommes guidés par les dieux,)
AT ÞÍN STYRKUR OK SVIK HJÁLPI MÉR,
(Que ta force et ta ruse me servent,)
Í MÍNUM LEIT AÐ FRÆGÐ OK ÓSKILJANLEGUR VALD.
(Dans ma quête de gloire et de pouvoir absolu.) »

« EK KALLA ÞITT NAFN, Ó, DJÖFLIN UNDIR,
(J'invoque ton nom, ô démon des abysses,)
OK BIND ÞIK TIL MÍNS VILJA,
(Et je te lie à ma volonté,)
GEYM MÍN BOÐORÐ ÁN MISTÖKS,
(Obéis à mes ordres sans faillir,)
OK ÞINN FRJÁLS SÉ ÞINN LAUN. »
(Et ta liberté sera ta récompense.) »

D'abord hésitant, je m'aperçois rapidement que je n'ai pas oublié ces lignes. Je récite alors cette litanie que je connais par cœur.

Au fur et à mesure que l'excitation me gagne, le ton de ma voix s'élève, assuré et mon buste se redresse. Une tension presque palpable se dégage du portail. De petits éclairs jaillissent entre les branches des deux chênes entrelacés.

Quand j'entrouvre les yeux, les arbres devant moi semblent tour à tour prendre vie et mourir en même temps. La dualité de la magie se reflète dans chacun des objets du rituel et il m'appartient d'en connaître les possibilités et les limites.

Le vide entre les deux feuillus s'efface peu à peu et de la matière prend place lentement. Transparente et ondulante, elle dégage une chaleur tiède.

SIGRUNE

Je suis ébahie, euphorique, alors que j'observe le sorcier. Une substance est née entre les deux troncs d'arbres ! Ce fou a réussi à activer un portail entre MIDGARD et HELHEIM. Entre les vivants et les morts !

Je dois admettre que je l'ai sous-estimé, sûrement induite en erreur par sa courte barbe blonde et non blanche et son visage juvénile.

Je suis une VALKYRIE, âgée de plus d'un millier d'années, pourtant je n'ai encore jamais vu de jeune enchanteur tenter de réveiller les Dieux, quels qu'ils soient.

Mais ce soir, ce sera différent. Du haut de ses vingt ans, ce magicien est plus puissant qu'il n'y paraît. Il a conscience de ce qu'il fait.

MARKVART

Je sens un souffle chaud sur mon visage, chatouillant ma barbe. Le portail réagit à mon incantation et je comprends que la connexion est établie. Est-il encore temps de mettre fin à mon invocation ?

Trop tard.

Je le sais, le mal s'est emparé de moi quand j'ai perdu ma sœur bien-aimée. À la mort de nos parents, elle était devenue tout pour moi. Et lorsqu'était venu le moment de la protéger, c'est elle qui m'avait sauvé. Cette nuit, c'est à mon tour d'œuvrer pour elle.

Je dois continuer, jusqu'à ce que mon esprit atteigne HELHEIM. Si je m'arrête maintenant, je devrais m'assurer que chaque portail de ce monde soit bien scellé, car un démon appelé accomplira sa mission. Et je devrai lui payer son dû, sans quoi je ne pourrai jamais le repousser parmi les ombres.

Le temps n'a aucune prise sur les autres royaumes. Les âmes damnées, immortelles, peuvent attendre une opportunité de se venger durant des millénaires. Il est nécessaire d'aller jusqu'au bout du rituel.

Les novices ont l'interdiction formelle d'invoquer un esprit, car il faut ensuite être assez fort pour contenir sa rage, l'empêcher de s'échapper et le renvoyer là d'où il vient. Askel, qui était devenu un vieux mage, avait consenti à me transmettre ce savoir, pensant que je pourrais un jour m'en servir pour repousser des démons aux enfers. Et quand, agonisant, il m'a révélé l'emplacement de la clairière, je lui ai menti ouvertement en promettant de l'utiliser à bon escient.

Le portail émet un léger rugissement et ondule davantage. Je scande mon incantation de plus en plus fort. À présent, je hurle presque. Mon corps se tend violemment, mais je suis incapable de discerner le vrai pouvoir du sortilège de mon propre entrain.

Je veux à tout prix que l'esprit passe le halo et m'aide à accomplir ma vengeance. Bien sûr que je me sens assez fort et prêt à le garder sous mon contrôle ! Mais rien n'est jamais certain avec la magie.

SIGRUNE

Des éclairs surgissent de nulle part. Toujours invisible, je n'ai pas bougé et je regarde brièvement l'humain près de moi en souriant, satisfaite. Je suis captivée. Trop heureuse d'avoir transgressé les règles et d'assister à ça !

Grâce à lui, il va enfin se passer quelque chose d'intéressant. Lorsque je retrouverai mes sœurs, je serai la première à avoir vu un portail s'ouvrir. Mais sur quoi ?

Je sens l'air changer. Je suis à présent enveloppée d'une chaleur pesante. Dérangeante. Pourtant, je ne quitte pas les lieux. Non, je suis bien trop curieuse. Et je tiens par-dessus tout à m'assurer qu'aucune autre VALKYRIE n'assistera à cette venue.

Je délaisse le rocher où je suis assise et fais rapidement le tour des environs, slalomant entre les arbres dégarnis, virevoltant un instant avec grâce, avant de reprendre place sur ma pierre, près du portail. Ouf, je suis bel et bien seule ! Je vais donc avoir l'exclusivité de cet événement inédit.

Le tonnerre gronde soudain et il se met à pleuvoir. Le Dieu Thor est-il déjà au courant de ce que fait ce sorcier ?

Je m'abrite sous un platane aux feuilles brunies. Je trouve la pluie très désagréable. Quitte à être mouillée, autant se baigner dans un ruisseau ou sous une cascade. Au moins, je peux profiter d'un endroit charmant et peut-être même y faire des rencontres. En tout bien tout honneur.

Évidemment, une VALKYRIE ne peut se donner sans perdre son immortalité. Elle doit demeurer vierge, sous peine d'être bannie d'ASGARD. Ce qui est impensable, y compris pour moi, qui ai du mal à suivre les règles.

De nouveau bien installée, adossée contre l'écorce, je regarde ce qui se passe à quelques mètres de là. Pendant mon absence, la matière s'est formée et se meut, comme une mare bleutée dressée, dans laquelle on aurait jeté une pierre et dont les vagues se propagent à l'infini.

Puis le halo semble imploser et devient rouge sang. Une spirale hypnotique et infinie remplace les ondulations.

Je devrais m'enfuir. Tenter d'avertir Freya ou Odin des agissements de ce mortel. Mais je suis figée.

Lorsqu'un second grognement retentit, je sursaute. La pluie tombe abondamment à présent et je m'enfonce un peu plus sous mon abri. Étrangement, je m'aperçois que le portail est au sec, comme protégé par les feuillages épais que forment les branches au-dessus de lui.

Toujours sous le charme envoûtant du halo, je décide d'aller m'installer aux premières loges, afin de mieux en rendre compte à mes souverains. Je me lève élégamment et vais m'asseoir à côté du passage infernal.

Une fois à proximité, je découvre que le tonnerre n'est pas seul responsable de ce vacarme. Le portail vibre, accompagné d'un bruit sourd qui résonne dans mon corps de VALKYRIE. À chaque pulsation, des ondes se propagent, aplatissant l'herbe, secouant les feuilles, déplaçant les petits cailloux et soufflant les vêtements et les cheveux.

La cadence s'accélère, comme calée sur les battements de mon cœur qui s'emballe. Je suis en transe et les mouvements de la toile qui serpente ne m'aident pas à garder mes esprits. Sous les appels magiques du passage, je tangue si fort que je dois m'accroupir pour maintenir un semblant d'équilibre.

MARKVART

Je suis soudainement projeté en arrière. Ma tête heurte une pierre runique que j'ai moi-même disposé plus tôt. Bien qu'un peu sonné, je me redresse aussi sec, sans même vérifier que je n'ai rien.

Alors, je prends conscience de ce qui se déroule sous mes yeux. Des sentinelles m'ont sorti de ma transe au moment crucial. Je ne pensais pas en croiser ce soir, surtout aussi loin des endroits habituels de leur garde.

J'ai manqué à toutes les précautions. Je n'ai pas quadrillé le périmètre à mon arrivée. De surcroit, absorbé par mes préparatifs, j'ai oublié de jeter le sort de mirage, pour me dissimuler aux yeux de mes semblables.

À présent, il est trop tard. Tout autour de moi se tiennent des hommes armés, leurs lames pointées vers moi. Je les regarde à tour de rôle. Ils semblent tous mal à l'aise face à un magicien, s'attendant à un coup tordu de ma part. Pourtant, ils luttent tous contre leur crainte et s'apprêtent à riposter au moindre signe de désobéissance.

J'entends du bruit non loin de nous et me retourne. D'autres hommes sont là, saccageant mon laboratoire improvisé et rompant le cercle de pierres aux runes gravées. Je tente de me relever pour les arrêter, mais on m'assène un violent coup de lance derrière le genou, m'obligeant à me tenir tranquille.

— Non ! hurlé-je. Ne faites pas ça !

Les sentinelles se moquent de moi. Leur chef semble courroucé. Comment osé-je contester ses ordres ?

— Pauvre imbécile ! grogne-t-il à mon intention. Tu sais bien que la magie est interdite sur les terres de Thorbjörn, à moins qu'il ne l'ait expressément autorisée par un décret. Je ne crois pas en avoir vu au milieu de tout ce fatras. Et je ne pense pas que tu œuvres pour lui cette nuit, si loin d'AROS.

— Ce que je fais ne concerne en rien votre chef ! rétorqué-je.

— Tout ce qui se passe sur les terres de Thorbjörn le concerne ! gronde le gradé. Il est aussi ton roi. Tu lui dois une allégeance totale. Pour ma part, je gage que tu cherches à le destituer et à prendre sa place. Les témoins ici présents confirmeront mes dires.

L'homme se retourne vers sa troupe :

— Je déclare tout ceci comme un signe de rébellion. Guerriers, détruisez tout.

— Non ! hurlé-je à nouveau en me contorsionnant. Si vous faites cela, la créature en aura après moi ! Elle me traquera jusqu'à mon trépas, puis dans l'au-delà. Je suis perdu…

— C'est de Thorbjörn que tu devrais te méfier, lance un trouble-fête. Il te poursuivra bien jusqu'à ta mort si tu t'opposes à nous, fou que tu es !

— Il m'importe peu ! coupé-je. J'ai appelé un démon qui doit passer ce portail. Il attend mes ordres et je…

— Balivernes, m'interrompt le chef. Ton esprit n'est qu'une invention.

— Il va venir et m'exaucera. Tous ceux qui se mettront en travers de son chemin mourront.

Les guerriers s'immobilisent. Suis-je sérieux ? Oui ! Bien que personne n'en ait jamais vu, même si des légendes les mentionnent. Sous l'emprise de quelle substance suis-je pour les braver ainsi ?

— Des menaces ? questionne-t-il.

Je le défie du regard. De toute façon, je suis perdu ; alors, autant mourir avec dignité.

Le chef des sentinelles n'apprécie pas que son autorité soit remise en question. À peine a-t-il hoché la tête à l'attention de ses subordonnés, que celles-ci me soulèvent et me plaquent violemment contre un arbre, ventre contre tronc.

Je fulmine, le visage écrasé contre l'écorce râpeuse, les poignets fermement maintenus dans le bas de mon dos. Et pour me dissuader de bouger, deux épées sont pointées entre mes omoplates, prêtes à me transpercer.

— Personne ne vient à ton secours ? Susurre l'un des visiteurs indésirables. On dirait que ton démon ne t'a pas entendu.

Le chef de la troupe repousse son second dans le rang et se retourne vers eux :

— Vous avez eu vos ordres.

Ils sourient alors que j'écume de rage. Vais-je laisser ces vulgaires hommes de main détruire ce que j'ai mis des années à préparer ? Vais-je abandonner mes promesses les plus anciennes ?

Un rapide coup d'œil alentour m'apprend que les gardes ont relâché leur vigilance. Je profite donc de cet instant de distraction pour me dégager de leur emprise et me ruer vers mon cheval. J'extirpe une épée de sous la selle et, guidé par la fureur et la rage, je fonce vers ce qui reste de mon laboratoire de fortune en grondant.

Les guerriers réagissent presque aussitôt et plus de la moitié de l'unité m'encercle, toutes les lames pointées en direction de ma gorge et de mon cœur.

Je tente de me défendre, blessant plusieurs d'entre eux, mais je suis rapidement dépassé par leur nombre. D'un coup que je n'avais pas vu venir, je suis désarmé, mon épée volant en direction du portail. Celle-ci ricoche contre l'un des arbres et tombe juste devant la masse houleuse. La mare verticale râle et rougit davantage. Elle semble s'épaissir et prendre une teinte de plus en plus ensanglantée.

Les hommes réalisent que je continue de psalmodier, même sans mon matériel. L'idée que je pourrais être dangereux leur traverse l'esprit. Plusieurs d'entre eux imaginent l'espace d'un instant de quoi je pourrais être capable : les transformer en animaux répugnants, les emprisonner vivants dans un bloc de glace, ou les démanteler dans une explosion de corps. Tous déglutissent alors bruyamment, tentant de masquer la gêne qui s'empare d'eux.

Le chef s'aperçoit à son tour que la magie continue de faire son effet, effrayant son unité par la même occasion. Il commande l'arrêt pur et simple de ce qu'il croit être une illusion.

Je n'ai pas le temps de lui expliquer qu'une fois la créature invoquée, moi seul serais en mesure de la contrôler. J'ai besoin de mon laboratoire pour la renvoyer d'où elle vient. Mais mes protestations sont vaines, il refuse tout simplement de m'écouter, réitérant son ordre, menaçant ses hommes désobéissants de mort subite.

A présent épuisé, contraint et bâillonné, je suis forcé d'abandonner mon cérémonial, ne sachant pas si le démon passera ou non le portail.

SIGRUNE

J'ai observé la scène depuis ma place. Lorsque les sentinelles sont arrivées, je me suis assurée d'être toujours invisible, afin de ne pas trahir ma présence. J'ai déjà enfreint suffisamment de règles pour cette nuit. Les humains ne doivent pas apercevoir les VALKYRIES et cette loi est la plus sacrée de toutes.

J'ai assisté au saccage du laboratoire du magicien. Ce dernier s'est alors emparé de son épée, profitant de l'inattention générale. J'admire le courage de ce MIDGARDIEN prêt à se battre seul contre une vingtaine.

Le jeune sorcier est soucieux. Ce n'est pas pour la perte de son arme, mais plutôt parce que le portail gronde férocement. Des hommes se retournent, inquiets de ce qui se passe entre les arbres. Mais leur chef ne croit toujours pas à cet acte de magie, aussi grandiose soit-il, alors que tout se déroule devant lui en ce moment même. Pour lui, il ne s'agit que d'une illusion grâce à laquelle le captif espère peut-être fuir.

Ayant alors l'idée d'effrayer la troupe, je me rue sur l'épée et la fais scintiller. La lame bleuit. Les MIDGARDIENS s'interrompent tous, épouvantés par cette arme qui semble s'animer.

Leur chef ordonne qu'on attache le mage, les mains écartées l'une de l'autre, afin d'éviter toute surprise durant le voyage de retour.

Je souris, fière d'avoir davantage semé le doute dans les esprits de cette bande de nigauds.

Satisfaite, je me redresse pour m'éloigner, mais je suis entraînée trop près du portail qui me happe et l'une de mes bottes traverse la matière rougeâtre au moment où le démon s'apprête à sortir. Je m'arque de douleur et me dépêche de m'accrocher de toutes mes forces à l'objet le plus proche : l'épée, que j'ancre dans le sol.

L'esprit tire mon âme en arrière, refusant catégoriquement de me lâcher. Un seul être à la fois peut franchir le halo et il le sait. Alors que je lutte pour mon salut, lui se débat pour sa liberté.

Le temps s'infiltre dans le passage et perturbe l'intemporalité des enfers. J'ai l'impression que je meurs douloureusement depuis des heures, alors que je ne suis prisonnière que depuis quelques secondes sur MIDGARD. Mon esprit rivalise difficilement pour ne pas sombrer et rejoindre HELHEIM. Tandis que le démon s'accroche à moi, aussi fort que son besoin de liberté.

Finalement, le passage cède et se distord. La mare verticale rougeâtre se coupe net, une partie de moi à la fois dehors et en enfer, le monstre agrippé à mon âme.

MARKVART

Je vois le portail se refermer et l'épée s'effondrer au sol, alors que j'ignore comment elle a été plantée là.

Je hurle de colère, de frustration. Tout est fini. Tous mes projets tombent à l'eau. Tous ces efforts pour rien. Quand une telle occasion se représentera-t-elle ? Je vais devoir recommencer tous mes calculs pour savoir quand je pourrai réitérer mon incantation.

Le temps n'a pas de prise sur la magie. Je prie de toutes mes forces pour être encore en vie ce jour-là.

Les sentinelles ricanent devant mes affaires saccagées. Elles camouflent tout dans les fourrés les plus proches. Moi, je ne pense déjà plus à fuir et tombe à genoux. Le rituel n'est pas terminé. Je n'ai pas pu désigner ma cible.

Alors peu importe le lieu où je me cacherai, si la créature est passée, elle me retrouvera pour réclamer son dû. Et à ce moment-là, si je ne suis pas à même de la renvoyer en enfer, je signerai la reddition éternelle de mon âme.

Lorsque tout est terminé, l'un d'eux demande à son chef ce qu'il compte faire de moi.

— Nous allons chevaucher jusqu'à AROS et le ramener à Thorbjörn.

On me met en selle sur mon propre cheval, les poignets attachés de part et d'autre de la crinière de ma monture, empêchant tout contact entre mes mains.

Le cortège tourne les talons alors que le diamant blanc incrusté dans le pommeau de l'épée se teinte du rouge des enfers.

Comme appelé par le mal, le chef revient sur ses pas, met pied à terre et ramasse la lame abandonnée. Il jette un dernier regard alentour, s'assurant qu'ils ne laissent aucune trace derrière eux, puis range l'arme dans le fourreau lâche où se trouve déjà la sienne. Il remonte sur son destrier, donne des talons et rejoint ses hommes au galop.

Alors que l'on m'emmène vers AROS, je songe à tout ce qui s'est passé et aux conséquences de mes actions. La créature pourrait-elle vraiment me retrouver ? Et si oui, comment pourrais-je la renvoyer en enfer sans mon laboratoire et mes instruments ? Mes pensées sont sombres et lourdes et j'espère pouvoir défaire ce qui a été fait avant qu'il ne soit trop tard.

Note de l'auteur : Les Vikings comptaient en mois lunaires. Donc une lune désigne un mois.
VETR : L'hiver démarre le 11 octobre et ce premier jour s'appelle VETRABLÓT.
SUMAR : L'été démarre le 19 avril et ce premier jour s'appelle SIGRBLÓT.

Note de l'auteur : MIDGARDIEN : habitant de MIDGARD, le monde des hommes.
HELHEIM : royaume de tous les morts qui ont succombé sans combattre.

Note de l'auteur : SENTINELLE : appellation fictive pour dénommer les guerriers Vikings patrouillant sur le territoire du JUTLAND. À l'instar d'une police, ils sont en charge de maintenir l'ordre et de faire respecter les lois du Roi.
Cette fonction n'existait pas à l'époque, mais a été crée pour les besoins du roman.

Note de l'auteur : JUTLAND : Ancien nom qui désignait le Danemark péninsulaire.

Note de l'auteur : AROS : Nom ancien d'Aarhus, aujourd'hui la deuxième ville la plus peuplée du Danemark. Depuis sa création par les Vikings au VIIIe siècle, c'est une ville portuaire importante, située sur la côte Est de la péninsule, et donnant sur le Kattegat.

Note de l'auteur : KATTEGAT : Espace maritime qui s'étend entre la péninsule du Jutland (Danemark) et la province de HALLAND (Suède). Il englobe plusieurs détroits au Sud et une vaste baie au Nord.

Note de l'auteur : FREYA : déesse de l'amour et de la fertilité, elle vit à ASGARD aux côtés d'ODIN. Tous deux président les VALKYRIES, qui ramènent à Asgard les valeureux guerriers morts au combat. Elle est la première VÖLVA (prêtresses, devins) et gardienne de la magie SEIDR (divination). Voir la section « Saviez-vous que ? » Pour davantage d'informations.

Note de l'auteur : ASGARD : Royaume des Dieux, présidé par ODIN.

Note de l'auteur : Le rituel évoqué dans ce chapitre, ainsi que l'incantation ont été créés de toute pièce pour les besoins de mon histoire. À ma connaissance, ils ne fonctionnent pas.
Je tiens à préciser que ce genre de pratique n'est pas conseillée et peut être dangereuse. L'invocation de démons peut avoir des conséquences graves et je ne recommande pas de l'essayer dans la réalité.

MARKVART

CHAPITRE 2

DERNIER REPAS

SIGRBLÓT / DÉBUT DE L'ÉTÉ

MARKVART

Encore une autre journée complète à ne rien faire. Assis. Entravé. Les bras attachés autour d'un énorme mât, pour éviter que tes mains se rapprochent. Un linge dans la bouche pour que tu ne puisses pas psalmodier.

Depuis quand es-tu ici ? Des semaines ? Des lunes ? Impossible à dire, tu as arrêté de compter depuis un moment.

Tu te souviens que ton rituel a été fait à VETRABLÓT, lorsque SUMAR, l'été cède la place à VETR, l'hiver. Et tu as l'impression que le temps s'est rafraichi. Sommes-nous déjà en VETR ? Par les Dieux !

Un garde vient le matin et vide ton seau. Il vérifie qu'une de tes mains a un peu de mous, que tu puisses uriner par toi-même dans ce seau et il s'assure que les liens tiennent toujours. Il les contrôlera encore deux fois avant de partir.

Puis il s'assoit près de toi, enlève ton bâillon et t'observe pendant que tu te nourris. Tu as renoncé à poser des questions, puisque jamais le garde ne te répond. Au début, cela te convenait bien. À chaque repas, on délivre ta bouche, tu manges peu, car on te sert à peine de quoi te maintenir en vie. Et lorsque tu as fini de te sustenter, on te musèle à nouveau.

Les premiers jours, ta rage était tellement forte que tu toisais chaque personne qui entrait, le regard haineux, tentant de mémoriser les visages qui devront te rendre des comptes quand tu sortiras. Tu refusais de t'alimenter, ne demandant qu'à être libéré. Un démon était peut-être à tes trousses et ces imbéciles t'empêchaient de vous mettre en sécurité.

Avec le temps, ta haine s'est endormie. Les visages ne t'intéressent plus. Tu manges et bois. Tu attends l'écoulement des jours. D'ailleurs, tu ne t'es jamais rendu compte qu'ils s'égrainaient aussi lentement. Telle une interminable agonie. Qui te laissait bien trop souvent avec tes cauchemars et surtout ceux que tu voudrais oublier.

Ces vieux souvenirs sombres qui surgissent à la nuit tombée. Toujours les mêmes, persistants, comme pour te rappeler que cette pleine lune était capitale et que tu as échoué.

Dans combien de temps est prévue la prochaine ? Dix ans ? Quinze ? Plus ? Tu n'en sais rien. Tu n'avais pas envisagé l'échec. Et pourtant, c'est bien ce qui s'était passé. Tu as foiré.

Et ton souvenir, lui, va mourir sur le rivage de tes regrets :

Tu te revois, enfant, lorsque ta sœur et toi êtes devenus orphelins. Tu te souviens encore très clairement de votre père, accusé d'hérésie et torturé jusqu'à ce que mort s'ensuive. Mais aussi de ta mère, soupçonnée de sorcellerie, brûlée vive sur la place publique. Son visage hurlant et carbonisé par les flammes te hante chaque nuit, mais tu ne t'y habitues jamais.

Tu penses à ta grande sœur, alors âgée de quinze ans, avait pris soin de toi, du potager et de la maison. Tu te souvenais d'elle te contant des histoires pour t'endormir, ou bien te préparant de maigres repas, en ces temps de domination féodale. Elle avait remplacé votre père au champ et t'avait appris à cultiver, à faire du feu, à t'occuper des animaux. Elle s'était substituée à votre mère et t'enseignait l'art des plantes et la couture médicale. Tu te remémorais ses étreintes, ses tendres attentions. Tu l'aimais tellement et elle te manquait terriblement.

Si seulement tu avais su vous défendre, elle serait encore là aujourd'hui. Ou si vous vous étiez enfuis dans la forêt proche en attendant que les patrouilleurs fassent leur ronde, plutôt que de leur ouvrir la porte.

Et toi, où étais-tu ? Caché dans un placard, immobile, te mordant la langue alors que ces monstres saccageaient la maison et renversèrent l'armoire. Te bouchant les oreilles lorsqu'ils violèrent et torturèrent ta sœur. Pleurant à chaudes larmes, silencieux, quand elle rendit son dernier souffle, mutilée, au pied de ton meuble couché.

Tu ignorais combien de temps tu étais resté là, tes yeux plongés dans les siens. Tu n'avais pas entendu les sentinelles partir.

Lorsque la nuit était survenue, tu étais finalement sorti de ta cachette et avais trainé lentement près de son corps nu et inanimé. Elle portait tellement de contusions ! Elle avait été marquée au fer rouge, comme on marque un animal, à la lame brûlante apposée sur la peau. Elle en avait partout ; sur le ventre, la poitrine, les cuisses, la joue et l'odeur de chair carbonisée te soulevait le cœur. Tu l'avais serré longuement dans tes bras et pleuré jusqu'à t'endormir.

Au petit matin, tu avais arraché des légumes dans la terre meuble du jardin et y avais creusé une tombe, entre les navets et les carottes. Tu avais rhabillé ta sœur et l'avais enveloppée dans un drap que tu avais traîné jusqu'au trou. Tu aurais aimé la porter, mais tu n'étais pas assez fort. Tout ton corps était trop frêle et tu étais petit pour un enfant de neuf ans.

Alors que tu l'enterrais, tu te détestais de n'être qu'un gosse. De ne pas avoir su la protéger. D'être encore en vie. Ce jour-là, tu te fis la promesse de la venger. De tuer. De tout faire pour la ramener. De devenir sorcier. D'avoir tous les pouvoirs. De ne jamais avoir peur de personne. Et de… Et de…

De rage, tu avais éclaté en sanglots, en martelant le sol de tes petits poings.

Mais le démon t'avait entendu. Et il t'instilla des souvenirs de paroles que tu avais surprises un soir entre ton père et un voisin. Alors que tu n'arrivais pas à t'endormir, tu t'étais installé près de la porte de la pièce principale et avais espionné les adultes. Tu avais appris que des hommes étaient capables d'agir sur des choses et des êtres, grâce à des incantations, ou simplement par un geste ou une pensée. Cela t'avait semblé prodigieux.

Tu avais entendu des noms de personnes et de lieux qui t'étaient totalement inconnus. Et sans t'en rendre compte, tu les avais mémorisés.

Tu étais tellement absorbé par ton indiscrétion, que tu n'avais pas senti ta sœur s'approcher de toi.

— Qu'est-ce que tu fabriques ? te demanda-t-elle.

Surpris, tu te cognas le coude dans la porte. Celle-ci grinça en s'entre-baillant et te découvrit, debout, tout penaud, pendant que ton aînée se ruait dans son lit. Votre mère se précipita vers toi et t'ordonna de retourner te coucher. Elle t'assomma presque en te giflant, claqua violemment la porte derrière elle et pesta contre les deux hommes. Ils ne devaient pas parler de magie devant des enfants ; les Dieux seuls savaient quel mauvais esprit pourrait tenter de corrompre leurs précieux descendants !

Et elle avait raison ; le mal était fait. Tu avais gardé cette conversation enfouie dans un coin de ta mémoire et au moment de la mort de ta sœur, leurs paroles te revinrent en tête, comme si tu les avais entendues la veille.

Résigné et désormais orphelin, tu avais rassemblé tes affaires et t'étais mis en route. Tu avais à peine de quoi survivre une journée ; les couvertures et vêtements chauds avaient été volés par ces pillards, tout comme ce qui aurait pu avoir une quelconque valeur. Les réserves aussi avaient été pillées. Tu n'avais trouvé qu'un morceau de pain rassi et une pomme presque pourrie.

Tu avais marché plusieurs jours durant, mendiant pour te nourrir, n'ayant rien pu attraper d'autre, ni même cueillir. Tu avais essayé de chasser de ton esprit le regard de ta sœur implorant la pitié de ses agresseurs. Mais plus tu voulais oublier cette vision, plus elle te hantait. Si bien qu'elle alimentait la partie sombre de son âme.

Un désir de vengeance, de destruction, de pouvoir, grandissait lentement en toi. Ils devinrent l'essence même du mal qui te rongeait. Plus rien d'autre ne comptait pour toi hormis faire souffrir les ordures qui avaient ruiné votre vie. Et plus tu pensais à ton aînée disparue, plus ce besoin de détruire se faisait sentir.

Tu t'étais alors mis en quête d'un moyen pour alléger tes souffrances. Tu avais entendu, entre autres boniments, qu'un puissant mage, Askel, pourrait t'aider. Ton périple te fit traverser plusieurs bourgs, rivières et bois dangereux, avant que tu ne le trouves.

Quand l'homme te demanda pourquoi tu avais fait tout ce chemin, tu lui racontas ta tragédie familiale.

À ce moment-là, tu n'avais nulle part où aller. Mais tu savais que tu voulais apprendre la magie. Perplexe, Askel refusa de prime abord. Mais tu avais usé de tout ton pouvoir de persuasion pour le convaincre. Tu avais récité ton chapelet de bonnes paroles maintes fois répétées, insistant lourdement sur ton repentir et ton envie d'aider les autres, de lutter contre le mal, pour que cesse le malheur. En vain. Le mage refusait obstinément.

Alors tu avais attendu devant sa porte des jours durant, ne craignant ni le froid, ni la faim, ni la soif.

Finalement, après d'interminables suppliques, Askel te prit en pitié et t'accueillit dans sa propre famille.

Au fil des années, tu devins son gamin de ménage. Puis son élève. Ensuite son confident. Et, pour finir, l'héritier de son savoir ancestral.

La distance émotionnelle des débuts se mua en un amour profond et il est progressivement devenu un second père pour toi.

Mué en jeune homme, tu avais su cacher ta rage de vengeance jusqu'à la mort du mage. Sa perte t'a anéanti, une seconde fois. Et tous les sentiments autrefois refoulés ont refait surface. Ils décuplèrent ta haine, que tu ne pouvais imposer à la famille de ton père de substitution.

Un beau jour d'automne, le temps de laisser éclater ta colère arriva enfin. Alors, résigné et de nouveau orphelin, tu repris la route vers ton destin.

Tout cela semble si loin à présent. Peut-être était-ce même dans une autre vie ?

Rien que de repenser à tout cela, tu te demandais comment tu avais pu merder autant. Le meilleur avait côtoyé le pire.

Tu avais réussi à ouvrir un portail interdimensionnel, en étant un jeune trou du cul, alors que des mages expérimentés s'y cassaient les dents et n'y arriveraient sûrement jamais.

Mais tu étais trop rapide. Ou trop arrogant peut-être ? Toujours est-il que tu avais négligé de lancer le sort d'illusion qui te dissimulerait pendant ton rituel. Et tu avais été pêché par tes visiteurs indésirables, en bon abruti que tu es. Elles t'ont maitrisées en un claquement de doigts. Et tu n'as pas pu rencontrer ton démon. Pire, ton esprit te joue des tours, car tu penses avoir vu la lame de ton épée briller cette nuit-là. Ou tu l'espères tellement fort que tu y as cru.

Tout se brouille dans ton esprit.

Tu frappes un coup ta tête contre le mât en soupirant fort contre ton incompétence et ton immaturité.

HARALD

Le sorcier est enfermé depuis des lunes maintenant, solidement arrimé autour du poteau de sa cellule, sans que ses mains ne se touchent, ou que sa bouche ne puisse prononcer un son.

Le soir de sa capture, il se débattait comme un diable. Mes hommes ont eu du mal à le maîtriser. Quand ce fut fait et que nous l'avions ramené ici, il vociférait à propos d'un démon sorti d'un maudit portail qu'il avait ouvert.

Mes sentinelles l'avaient rapatrié au camp, mais n'en menaient pas large. Ce qui les effrayait vraiment, ce n'est pas parce qu'ils faisaient face à un individu qui n'avait pas peur d'eux. Mais plutôt qu'il était paniqué par quelque chose de bien plus terrifiant.

Leur chef m'a remis l'épée qu'il lui a prise et je l'ai gardée, car elle me plaisait bien. Peut-être aussi dans le secret espoir qu'elle soit magique. Ou qu'elle ait une quelconque valeur pour le prisonnier, que je pourrais monnayer plus tard.

Il n'empêche que cet homme avait foutu la frousse à tout le monde et probablement aussi à Thorbjörn, même s'il ne le montrait pas. Après tout, pourquoi était-il si nerveux dès qu'il entendait parler de magie ?

Je crois bien être le seul à rester serein en présence du sorcier. Voire même un brin curieux. À maintes reprises, j'ai accompagné un soldat lorsqu'il venait nourrir notre captif. Je demeurais dans l'ombre, à l'observer.

Beaucoup auraient craqué depuis des lustres. Rester dans le silence, sans interactions aucunes, vous pouviez perdre la tête assez rapidement. Mais pas lui. Comme s'il avait l'habitude d'être seul et que la solitude lui convenait mieux que les bavardages.

En un sens, ce gamin me plait. Tout le monde a envie qu'il disparaisse et lui s'en moque. À part le démon qu'il a mentionné, rien ne l'ébranle. J'aurais bien aimé que mes troupes s'inspirent de lui, nous aurions été inarrêtables.

Et je pense que c'est ce qui a conduit Thorbjörn à ordonner son exécution. Il m'en a chargé, mais je ne peux m'y résoudre. Leur chef m'a dit avoir vu un portail ouvert entre deux arbres. Bon sang ! Qui était capable d'un truc pareil ? Quel gâchis de perdre un tel potentiel !

Car oui, la magie est interdite, mais je n'y peux rien, elle me fascine. Et davantage, depuis que j'ai entendu ce récit. Je voudrais apercevoir ce môme à l'œuvre. Imaginez ce qu'il pourrait faire pour nous ? Nous pourrions conquérir le monde !

Pour la première fois de ma vie, j'envisageais sérieusement de désobéir à un ordre de Thorbjörn.

Et aujourd'hui, après des lunes de captivité, je sens le sorcier résigné, à bout de forces. Et, espérons-le pour lui, probablement réceptif à mes paroles.

MARKVART

— Ta tête se fendra avant lui, ricane une voix derrière moi.

Ou bien est-ce mon esprit qui me joue encore des tours ? Sûrement, puisque personne ne s'adresse jamais à moi depuis que je pourris ici. Alors je ne prends même pas la peine de répondre à mon hallucination.

Une main s'approche de ma bouche et enlève le tissu qui m'entrave. Je peux remuer ma mâchoire pour la détendre, mais je reste silencieux.

Jusqu'à ce que j'entende parler à nouveau :

— Ce bâillon t'a fait perdre ta langue ?

— Qu'est-ce que ça peut vous faire ? rétorqué-je. Tout le monde veut ma mort. Alors je ne vois pas pourquoi cela vous chagrine.

J'aperçois l'inconnu avancer de quelques pas, mais je ne bouge pas, les yeux toujours fermés, le front appuyé contre le bois.

— Tu m'impressionnes, affirme la voix. En dix ans en tant que sentinelle, je n'ai jamais rencontré un homme avec autant de couilles ! Tu ne crains personne, j'aime ça. Dis-moi petit, d'où te vient cette force ?

Je m'éclaircis la gorge avant de répliquer :

— Vous débarquez trop tard. J'ai tout perdu il y a dix ans. Il ne me reste que ma vengeance. Vous ne pouvez rien pour moi.

La voix se rapproche, jusqu'à arriver à quelques centimètres de mon oreille :

— Et si nous pouvions nous entendre ?

Je pouffe sans répondre. Elle poursuit :

— D'où te vient ce don de magie ?

— De nulle part. Je n'ai pas de don. Je l'ai étudiée.

— Qui te l'a enseignée ? M'interroge la voix, de plus en plus curieuse.

— Il est mort, dis-je d'un ton las, pour balayer d'autres questions sur ce sujet.

— Ce que tu as fait, reprend-elle, c'est de la magie noire. Personne ne t'a appris ça, sans risquer la peine capitale.

— Elle lui a été appliquée, répété-je. HEL l'a emportée. Mais il ne la pratiquait pas.

— Mais toi, si. Comment y as-tu eu accès ?

— Mon maître m'a instruit, mais m'a interdit de toucher à la sorcellerie. Il m'a mis en garde contre des livres noirs disparus. Que j'ai cherché et trouvé.

— Un problème avec l'autorité ?

— Je sais ce que je veux, rien de plus, rétorqué-je.

La voix se redresse, satisfaite.

— Tu n'es pas très loquace. Mais j'aime ta franchise. Alors, dis-moi, comment vois-tu la suite de ta vie ?

— Je l'ignore, je suis bien ici ! ironisé-je. Je suis nourri, protégé, logé. J'ai du temps pour moi, pour me reposer. C'est déjà plus que le commun des mortels.

— Et en plus tu as de l'humour ! s'esclaffe la voix. Cette visite est décidément rafraichissante !

Elle se rapproche à nouveau et murmure à mon oreille :

— Serais-tu disposé à m'instruire et partager ton savoir ?

Je relève brusquement la tête et plante mes yeux dans le regard de l'homme, dont le visage est camouflé sous une capuche. Il rajoute :

— En échange, je te sors d'ici et je t'aide à te venger.

Je le sonde, toujours sans parler. Qu'est-ce qu'il me cache ?

— Comment t'appelles-tu ? demande-t-il.

— Markvart, je réponds.

Une main se tend et serre la mienne en se réjouissant.

— Eh bien, Markvart, je dirais que nous avons un accord !

L'homme se redresse.

— Reste tranquille. Ne te fais pas remarquer. Je viendrai te chercher le moment venu.

Les pas s'éloignent et sortent. Le silence revient, mais je ne suis plus censuré, c'est un début.

HARALD

Je quitte la cellule du sorcier et m'assure que personne ne m'a vu. Cette visite a été très instructive. Ce gamin a une force de caractère rare pour son âge. Sans parler de sa combativité.

Je ne lui ai pas remis son bâillon. Je le sens encore sur la réserve, mais je sais qu'il me fera confiance et que nous pourrons collaborer.

Plus j'y pense et plus il devient évident que je ne peux pas l'exécuter. Thorbjörn a tort. Ils ont tous tort d'avoir peur de lui. Ce sorcier est un atout majeur. Il pourrait faire pencher la balance en notre faveur, face à nos ennemis.

Habituellement, je suis toujours d'accord avec les décisions de Thorbjörn, dont j'admets la justesse. Mais celle-ci, je ne l'accepte pas.

Je dois réfléchir à comment m'y prendre, mais ce magicien s'échappera de sa cellule avant VETR.

MARKVART

L'homme se retire sans un mot de plus, après m'avoir promis de me libérer. Qui est-il ? Il semble tellement sûr de lui.

Il aimerait que je lui apprenne tout ce que je sais. Dans quel but ?

Peu importe ses raisons, il peut me faire sortir d'ici, pour un prix plus qu'honnête, alors je vais lui enseigner ce qu'il veut.

Trois jours plus tard, il est revenu, seul, tenant un tisonnier. Il m'a marqué sur mon omoplate droite, comme un putain de cheval ! Il a dit que c'était pour me protéger, si un jour je tombais entre de mauvaises mains.

Mais qui est ce type ? Du gratin, ça, c'est sûr ! Mais pas de ceux qui se vautrent dans l'opulence. Lui, c'est un guerrier et il est probablement très bon à ce qu'il fait.

Qu'espère-t-il faire de ces compétences ? Destituer son chef ? Impressionner la gent féminine ?

Oh et puis je m'en fous, tant qu'il me libère.

Je me réveille et sursaute, car il se tient à côté de moi, son visage faiblement éclairé par une bougie.

— Bois ça, m'ordonne-t-il en me tendant une fiole.

— Qu'est-ce que c'est ?

— Ta liberté.

— Mais encore ?

— En résumé, ça va simuler ta mort.

Mon regard oscille entre le poison et ses yeux. C'est le moment de vérité, de lui faire confiance. Soit j'ai raison et notre prochaine conversation se fera à l'air libre, soit je prononce mes dernières paroles.

— Et quel est le plan ? demandé-je.

— Tu bois. Tu t'endors. On te déclare décédé. On t'enterre. Et tu reviens d'entre les morts ! Ricane l'homme.

— Merveilleux ! Après m'avoir marqué comme un canasson, vous me faites hiberner comme un ours et sortir de ma tombe comme un ver ! Vous avez d'autres transformations prévues pour moi ? Ironisé-je.

— Je cacherai des vêtements à proximité.

— Vous m'avez pris quelle taille de jupon ? raillé-je.

— Assez grand pour tes bourses et une épée, plaisante l'homme.

— Me voilà rassuré ! soupiré-je.

Il glisse la fiole dans un revers de ma tunique, se relève et déclare :

— Ceci est notre dernière conversation depuis cette cellule. La prochaine fois que j'y pénétrerai, ce sera avec des gardes, pour annoncer ton exécution. Ce sera ton signal pour boire son contenu après mon départ.

— Et comment j'approche ma main de ma bouche ?

— Avec ça, répond-il en me tendant une pierre tranchante pour couper le cordage.

Ce type m'exaspère. Il a réponse à tout.

— Où est-ce qu'on se retrouve ? soupiré-je.

— A la LANGHÚS près de là où tu te réveilleras.

HARALD

Deux soirs plus tard, j'entre dans la cellule du prisonnier avec deux gardes et je démarre mon petit numéro :

— Mes hommes m'ont rapporté que tu ne parlais toujours pas, même sans ton bâillon.

— Je n'ai rien à dire.

— En es-tu certain ? interrogé-je. Thorbjörn s'impatiente. Si tu ne me donnes pas le nom de ton maître maintenant, apprenti, tu seras exécuté demain à l'aube.

Je m'accroupis devant lui, lui attrape les cheveux et les tire pour lui relever violemment la tête.

— Je te pose la question pour la dernière fois : comment s'appelle-t-il ?

— Il est mort, répond le captif.

— Voilà qui clôt le débat, dis-je en me redressant. Profite de cette dernière nuit pour boire tout ton saoul. Demain, tu ne seras plus de ce monde.

— Dans ce cas, libérez ma main et ramenez-moi une pinte et un tonneau, que je puisse fêter mon trépas dignement !

J'esquisse un sourire.

— Tu as de la chance, je suis d'humeur joyeuse. Alors je t'accorde ta dernière volonté, prisonnier.

Je me retourne vers un garde :

— Apporte-lui de quoi boire et les restes de mon repas. Ce soir, il ripaille.

MARKVART

L'homme et les deux geôliers sortent. L'un d'eux revient quelques instants plus tard avec un plateau qu'il pose près de moi. Tout y est : une cervoise, un quignon de pain frais, une savoureuse cuisse de poulet ainsi que sa carcasse et une pomme.

Je réalise deux choses. Pour commencer, l'homme a tenu ses promesses jusqu'à présent. Il m'aide à m'évader et m'accorde un dernier repas avant ma supposée mise à mort. Dîner qui, soit dit en passant, est bien mieux que tout ce que j'ai eu depuis des lunes !

Ensuite, que j'ai marchandé avec quelqu'un dont j'ignore le nom. Je lui fais confiance, tellement aveuglé par mon envie de me venger que j'en oublie ma règle de base : ne compter que sur moi-même. En même temps, si je m'obstinais dans cette voie, ce soir aurait réellement été mon dernier ! Mes options sont donc limitées.

Le garde se redresse lorsque je l'interromps :

— Difficile de ripailler en étant entravé !

Il fait demi-tour, hésite et finit par s'approcher de moi. En tremblant, il libère ma main gauche, se relève et fonce vers la porte sans se retourner, pendant que je lui crie :

— Merci l'ami !

Je réajuste ma position et je soupire. Enfin un semblant de liberté ! Je peux bouger mon bras, me dégourdir les membres et ça fait du bien.

Il y a plus que nécessaire, mais avec ce qui va suivre, je décide de tout manger, quitte à être ballonné. Je savoure cette nourriture et cette bière délicieuses et rote à deux reprises. Bon, je suis plus que plein et satisfait.

Je ne sais pas de combien de temps il me reste avant que l'on revienne chercher mon plateau, alors je ne tergiverse pas. Je plonge ma main dans mon revers et j'en sors la fiole. Je l'ouvre et je la bois intégralement, comme il me l'a conseillé. Et je l'envoie s'écraser contre le mur. Le verre se brise, plus de preuve.

J'espère avoir pris la bonne décision, lorsque je sens mes paupières s'alourdir et mon rythme cardiaque ralentir.

Je vais vraiment hiberner, comme un putain d'ours ! Je suis fou !

J'émerge lentement, le cerveau encore embrumé. Je ne comprends pas tout de suite où je suis. Je respire, mais je suis entravé. C'est pesant et froid. Et j'ai de la terre sur moi.

J'essaie de bouger mes membres qui me répondent difficilement. Puis je souffle pour reprendre mes esprits. Et avec toute la force dont je suis capable, je tente de m'extirper.

Je pousse, je glisse et petit à petit, je dégage mon corps.

Tout à coup, je sens ma phalange s'enfoncer dans quelque chose de mou. Je tourne la tête et vois avec effroi que mon doigt est coincé dans l'orbite d'un cadavre. Je retire immédiatement ma main. Je me redresse et me soustrais de ce cauchemar.

Je manque de tomber, le sol n'est pas stable. Et quand j'arrive sur la terre ferme, je me retourne, pour apercevoir une fosse commune à ciel ouvert. Je réalise avec horreur que j'ai dormi avec des macchabées.

Je suis pris d'un violent relent et je vide l'intégralité de mon estomac.

Je m'assois un instant pour me ressaisir. Je dois me mettre en quête des vêtements que l'on m'a promis et je comprends pourquoi ! J'entends au loin un bruit d'eau. Je vais pouvoir me laver avant de rejoindre la LANGHÚS dont il m'a parlé, à l'ouest d' AROS.

Note de l'auteur : LANGHÚS : Le concept d'auberge ou de taverne comme nous le connaissons n'existe pas chez les vikings. A leur époque, on parlait de LANGHÚS, une maison d'environ vingt mètres de long, d'une pièce ou des couchages entourent un foyer central. Les vikings sédentaires avaient pour coutume d'offrir leur hospitalité aux voyageurs de passage, notamment quand il n'y avait aucune commodité alentour. Les hommes du Nord ont toujours été très solidaires, du fait de leur climat rigoureux.

Note de l'auteur : retrouvez plus d'informations concernant les jurons, les concepts modernes utilisés pour faciliter votre compréhension et les adaptations artistiques du roman à la fin de celui-ci.

HARALD

CHAPITRE 3

DONNE-MOI UNE BONNE RAISON

SIGRBLÓT / DÉBUT DE L'ÉTÉ

MARKVART

Je suis arrivé à la LANGHÚS en milieu d'après-midi. Assis à une table, dans le fond de la salle, j'attends mon *sauveur*. Avec les vêtements qu'il m'a laissé, comme convenu, planqué dans des fourrés, se trouvaient quelques pièces. De quoi remercier mon hôte pour la boisson et le repas, pendant que je patiente.

Une tenue d'hiver, complète et une autre plus estivale, toutes deux de bonnes qualités, ainsi qu'une longue cape pour chevaucher au sec. Trop beau pour venir du petit peuple. Il a dû piocher dans sa garde-robe personnelle.

Sans compter l'argent. Qui laisse de quoi s'habiller et se restaurer, à un parfait inconnu, en ces temps de disette ? Un homme fortuné. Donc, il n'attend pas que je le rembourse de cette manière.

Quoi qu'il en soit, je pense pouvoir affirmer, sans me tromper, que… cet homme est fou !

Premièrement, la magie est interdite. Et j'allais être exécuté pour ça, au moment de son plan de sauvetage. C'est donc qu'il a des projets pour moi.

Deuxièmement, magie ou pas, il a libéré un prisonnier *en douce*. Alors, si c'est quelqu'un d'important, il a pris des risques. Mieux vaut que je me fasse discret.

Troisièmement, parlons-en de ma libération ! Il m'a littéralement fait revenir d'entre les morts. J'aimerais dire, au sens propre comme au figuré… mais je n'étais en rien entouré de quoi que ce soit de propre. Je suis sorti d'une fosse commune.

Quatrièmement, ce qui m'amène à son humour. Comment dire… douteux ! À moins que je n'aie pas su apprécier la subtilité de la blague du réveil au milieu des cadavres. Vous en pensez quoi ? Je me demande ce qui m'attendra dans le futur avec lui.

Cinquièmement, il m'a marqué au fer rouge comme sa propriété. Sans commentaire.

Sixièmement, les vêtements trop cossus.

Ah, heu, oui, septièmement, la fiole pour simuler ma mort. Magie, pas magie, ça se discute, selon à qui on s'adresse. Toujours est-il qu'il y a empoisonnement, là !

Huitièmement, recèle de cadavre.

Bon, allez, je m'arrête là. Et je ferais mieux de lui dire merci, même si ça m'arrache la gueule.

En parlant de cela, cette cervoise qui m'irrigue le gosier me fait un bien fou ! Et le gigot est un régal ! Merci l'ami !

La tête baissée, sous ma capuche, j'arbore mon air le plus jovial et avenant, celui qui veut dire « dégage », afin de ne pas être importuné.

La tenancière l'a bien compris, elle ne s'arrête à la table que pour remplir ma pinte et repart sans un mot. J'apprécie qu'elle n'insiste pas.

La porte claque une nouvelle fois. Puis des pas en ma direction. Je m'apprête à opposer un refus quand un individu s'assoit en face de moi.

HARALD

J'arrive enfin à la LANGHÚS. J'ai tardé, car je voulais m'assurer de ne pas avoir été suivi. Et que le sorcier ait eu le temps de me rejoindre. Je suis fourbu, j'ai soif et j'ai faim.

Je parcours la salle du regard et je vois un homme encapuchonné dans un coin. Je reconnais mes vêtements.

Je fais signe pour qu'on m'apporte de quoi me ravitailler et me dirige vers Markvart.

— Tiens, un revenant ! lui lancé-je.

Il se contente de grogner pour me répondre. Pas d'humour, le gamin ?

Notre hôtesse me sert et nous laisse.

— Le réveil n'a pas été trop rude ? questionné-je en ôtant ma cape et m'assoyant.

— Non, pensez-vous, ironise-t-il, j'ai été bordé comme un bébé ! Mes voisins ont été aussi silencieux qu'un cimetière !

Je me marre. Je m'habitue à sa répartie cinglante.

— Alors, qu'est-ce qu'on fait là ? me demande-t-il.

— Ça ne se voit pas ? On mange ! rétorqué-je.

— Mais encore ? Pourquoi m'avez-vous libéré ? Vous étiez en manque de compagnie et vous vous êtes dit que je pourrais devenir votre barde ?

Je le sens irrité. Je tarde à répondre. Là où je suis bon, c'est précisément quand mon interlocuteur perd ses moyens. C'est à ce moment-là qu'il commence à débiter tout et n'importe quoi. Ou à s'énerver suffisamment pour vouloir se battre. Sauf que c'est moi qui lance généralement les hostilités… et qui le mets hors jeu, en moins de temps qu'il n'en faut pour le mentionner. Mais là, rien. Il n'a rien à vendre, rien à négocier. Il attend juste de savoir quoi faire.

— Ce n'était pas ma raison première, mais j'avoue que je passe d'excellents moments en ta compagnie. Ton cynisme et ton humour sont rafraichissants. Et tu n'as pas peur de me dire les choses, contrairement à tous les autres.

— Eux, vous les terrorisez. Moi, je ne crains rien ni personne.

Et je le crois. Son regard n'exprime rien d'autre qu'un profond agacement, là où tous seraient effrayés de perdre un doigt ou un œil pour insolence. Mais lui, il est à peine sorti de l'adolescence et le voilà qui joue déjà au grand et manipule la magie noire. C'est cet aplomb qui manque à mes hommes. Quelques combattants de sa trempe et notre clan serait radicalement différent !

Je bois une longue rasade et Markvart m'imite.

Nous nous toisons durant d'interminables secondes. Je ne dis toujours rien, c'est ma technique d'interrogatoire. Quand enfin il se décide à rompre la glace, je sais que j'ai l'ascendant sur lui.

— Pourquoi moi ?

— Tu as des connaissances et des compétences dont j'ai besoin et que je souhaite acquérir.

— N'est-ce pas déjà ce que vous avez fait, en me marquant au fer rouge ? C'est quoi la prochaine étape ? Vous allez me ferrer les bottes ? Inspecter mes chicots ? Me mettre un mors aux dents ?

J'éclate de rire pendant qu'il se renfrogne. Celle-là, je ne l'avais pas vu venir !

— Mon cher Markvart, toi et moi sommes partis du mauvais pied. Dans une autre vie, nous aurions pu être amis.

— Ne rêvez pas trop, vous ne seriez pas à la hauteur !

Son visage est dur, mais ses yeux pétillent de malice. Je sens qu'il apprécie notre échange autant que moi.

Il se décide à sortir de sa coquille lorsque je lui tends une poignée de main :

— Enchanté, Markvart. Je m'appelle Harald Sigersson. Je suis un JARL, sous les ordres de Thorbjörn, dit-il à voix basse.

— Markvart. Seulement Markvart. Je suis apprenti mage, répond-il sur le même volume et en serrant sa poigne. En quoi puis-je vous aider, Harald Sigersson ?

— Je souhaiterais que tu m'enseignes tes compétences.

Je toise l'homme en face de moi, qui doit être de peu mon cadet.

— Je ne vous surprends pas en disant que Thorbjörn a proscrit la magie.

— Je respecte mon roi, mais à ce sujet, il fait complètement fausse route, avancé-je. Fermer les yeux au surnaturel ou l'interdire ne fais qu'encourager un marché parallèle. Sans compter que nos ennemis pourraient s'en servir.

— C'est pour ça que vous m'avez sauvé la vie ? Pour rééquilibrer la balance ?

— Quel mal y a-t-il à cela ?

Il fait non de la tête et je pourrais presque apercevoir ce qui galope dans son esprit. Il doit me voir comme une énigme, car je me conforme aveuglément aux ordres. Pourtant je suis prêt à désobéir sur un aspect capital qui pourrait me valoir la peine de mort.

— Transmettre ce genre de compétences requiert une certaine confiance. De ma part, comme de la vôtre. Alors, Harald Sigersson, contez-moi votre histoire. Et épargnez-moi votre baratin. Allez directement à ce qui nous intéresse.

Je réajuste ma position et ancre mon regard dans le sien. L'atmosphère est lourde, je sais ménager le suspense. Mais je n'ai pas tout mon temps et je risquerais de me compromettre en sa présence, contrairement à lui qui n'a rien à perdre. D'autant qu'il n'existe plus, car il est officiellement déjà mort.

Je ne suis pas le genre de personne à m'épancher sur ma vie, alors je vais aller à ce qui me semble essentiel, afin qu'il comprenne mes motivations.

Lorsque mes lèvres commencent à bouger, il doit se concentrer et se rapprocher pour entendre ce que je chuchote :

— Je viens d'une famille de fermiers. Des trois enfants, j'étais le second. Aux dires de mes parents, j'étais un bon à rien. Aujourd'hui j'ai conscience que je n'étais simplement pas sur la bonne voie. Alors, quand j'ai été enrôlé dans l'armée à quatorze ans, j'y ai perçu une opportunité d'exposer ce que je valais et j'ai vite gravi les échelons, comme tu le vois.

Il valide mes informations et je sais que c'est grâce à mon regard fier, ma stature, ma gestuelle. Je montre un homme qui participe aux combats, qui n'est pas dans l'attente, mais dans l'action. Et visiblement, ça lui plait bien.

— Où vit votre famille aujourd'hui ? continue-t-il.

Là encore, évitons les détails.

— Ils sont morts, dans des incendies. D'abord mes géniteurs et ma petite sœur, il y a des années. Et il y a peu, mon « frère ». De nous cinq, je suis le seul encore en vie.

Si je suis honnête avec moi-même, oui, mes parents étaient fermiers et oui j'avais un frère et une sœur. Enfin, celui que je prenais pour mon cousin était en réalité mon aîné. Et je dois dire que ça a été un choc, quand je l'ai appris ! Cela faisait quelques lunes que j'avais quitté la maison et lorsque je suis rentré et que je l'ai entendu appeler mon géniteur « papa », j'ai d'abord cru que mon père s'était tapé ma tante. Beurk ! Mais non, il a juste été placé chez elle pour protéger le premier mâle né de notre fratrie.

D'aussi loin que je me souvienne, mes parents ne m'ont jamais aimé. Il n'y en avait que pour ma sœur et surtout pour mon cousin. L'homme parfait de la famille ! Celui qui, selon mon ancêtre, était digne de reprendre la ferme. Contrairement à moi, qui foirais à peu près tout ce que je touchais.

Mais comme je l'ai dit à Markvart, je n'étais pas fait pour ça. J'étais né pour me battre. Né pour mener des troupes. Dans l'armée, je me suis découvert une famille. Et Thorbjörn, en plus d'être notre nouveau et jeune roi, est devenu la figure paternelle que j'aurais voulu avoir. Il m'a remarqué dès mes premiers entraînements, quand j'avais quatorze ans. Il m'encourageait à me surpasser et je l'ai fait, pour lui.

Thorbjörn m'a suivi de très près, complexifiant mes apprentissages, créant et affinant mon sens de la stratégie. Je devenais bon, même très bon, le mettant parfois en déroute. Et loin d'être courroucé, je pouvais lire de la fierté dans son regard.

Quand je suis rentré chez moi et que j'ai raconté mes exploits à mes parents, j'étais déçu de voir leur dégoût. Ils aimaient profondément mon cousin et ma sœur et, encore une fois, malgré tous mes efforts, je ne trouvais aucune grâce à leurs yeux.

Au moment où il a appelé mon père « papa » et que celui-ci est devenu livide, tout s'est assemblé dans ma tête. Il n'en a jamais rien eu à faire de moi. J'ai toujours été l'ombre au tableau.

Il avait déjà ce fils qu'il chérissait tellement qu'il l'avait protégé, lui. Comme ma tante avait déjà vu son premier garçon partir pour l'armée, loi instaurée par notre roi, mon aine était en sécurité chez elle. Quant à mon père, il ne voulait pas d'un second fils, alors il m'a refourgué à l'armée comme si j'étais son premier né et bon débarras ! Et ma mère n'ayant rien relevé, j'en ai déduit qu'elle n'en pensait pas moins.

Mes géniteurs n'ont pas su justifier leurs actes, ou leur manque de sentiments à mon égard, alors qu'ils adulaient celui qui était en réalité mon grand frère.

Et de frère, nous en avions le statut, car nous nous considérions comme tels. Nous étions des confidents, des meilleurs amis, toujours ensemble, prêts à tout l'un pour l'autre.

Celui que je pensais être mon cousin m'expliqua qu'il l'avait appris en revenant de chez ce mage, Askel, je crois. Il y avait été envoyé pour quérir un remède pour le vieux et semblait s'y être déjà rendu à plusieurs reprises. Mouais... pile quand les sentinelles sont venues me chercher. Pratique !

C'est à cet instant que j'ai pris l'ampleur du mensonge qui se déroulait devant mes yeux. Mes géniteurs nous avaient baladés pendant des années et, au fond de moi, c'est comme si je l'avais toujours su.

Mais que mon cousin me cache un truc pareil ! Et il n'en aurait eu connaissance qu'après mon départ ?

Et ma petite sœur qui agissait comme si tout était normal. Depuis quand était-elle au courant ? Étais-je le seul con à ne pas savoir qu'on se foutait de moi depuis le début ?

Tout s'est mélangé dans ma tête. À quinze ans, j'étais déjà pressenti pour être un chef, prêt à affronter l'ennemi sur un champ de bataille. Mais rien ne m'avait préparé à me battre contre mes sentiments, au milieu d'un champ de navets.

Je me souviens avoir ressenti une rage sans limites. Le vieux me suppliait de comprendre, mais mon cœur venait de se briser irrémédiablement. Ils avaient été trop loin.

Mes frères d'armes ayant assisté à toute la scène, j'étais en train de passer pour un faible. Alors j'ai pris la seule mesure que je pouvais, afin de ne pas perdre la face : j'ai enfermé mon père, ma mère et ma sœur dans la maison et tout brûlé. Et personne ne m'en a empêché.

Quand mon menteur de frère a voulu m'arrêter, je lui ai enfoncé ma lame dans la cuisse. Je me souviens encore exactement de ce que je lui ai dit ce jour-là :

— Comment as-tu pu me faire ça ?

— Je te le répète et le jure, je ne l'ai appris qu'à ton départ ! J'étais heureux de notre lien, mais anéanti de savoir que tu avais pris ma place. J'ai voulu te retrouver, rétablir la vérité, pour que tu puisses revenir ici.

— Mais tu ne l'as pas fait ! Je l'interromps.

— M'aurais-tu laissé faire ?

— Je t'aurais suivi. Nous serions restés ensemble. Nous nous serions battus côte à côte, comme les frères que nous sommes.

— Non, Harald, je ne suis pas un guerrier. Je n'ai pas ton courage.

— Tu m'as abandonné ! Le coupé-je à nouveau. Tu as toujours été le préféré. Depuis ma naissance, je suis l'enfant non désiré, celui que l'on ignore, celui dont on n'est jamais satisfait, celui qui aurait mieux fait de naitre fille !

— Ne dis pas ça, mon frère, la colère t'aveugle...

— Tais-toi ! hurlé-je à présent. J'avais confiance en toi, plus qu'en n'importe qui d'autre. Et toi tu as profité de moi. Tu m'as tout pris !

— Je ne t'ai rien pris, Harald ! Laisses sortir les parents et notre sœur de la maison et discutons calmement, toi et moi.

— Il est trop tard pour discuter. Il n'y a plus de nous.

— Harald, tu sais que je ne peux pas les abandonner à leur sort. Je vais prendre ma hache et aller défoncer cette porte pour qu'ils puissent s'échapper de là.

— Tu n'en feras rien. Et si tu tentes quoi que ce soit, je t'en empêcherai.

— Tu n'es pas sérieux ! Ne fais pas ça, Harald !

Il s'est relevé et s'est précipité en direction de l'entrée. Je lui ai transpercé la cuisse de ma lame et il est tombé au sol. Par solidarité envers moi, mais également par sadisme, mes camarades l'y ont maintenu. Pendant que la maison brûlait et que les hurlements de nos géniteurs et de notre sœur nous parvenaient aux oreilles. Jusqu'à ce qu'ils se noient dans les flammes.

J'ai tourné les talons et suis parti, laissant mon faux frère blessé à mort, tout comme l'était mon cœur.

Ce souvenir me fait frissonner et c'est la voix de Markvart qui me ramène au présent :

— Comment s'est déclaré l'incendie dans lequel est mort votre frère ?

— Je l'ai revu une fois. Il s'est marié et a eu un bébé. Sa maison a brûlé quelques heures après la naissance de son fils. C'était il y a quelques lunes.

Là encore, je ne peux pas lui donner tous les détails. Je ne peux pas lui dire que je jalousais mon aîné d'avoir épousé une femme magnifique. Je ne peux pas exprimer toute la haine que j'ai ressentie quand je l'ai vu serrer leur nourrisson dans ses bras. Je ne peux m'épancher auprès de personne de la douleur que j'ai éprouvé en apercevant leur famille unie dans l'amour, alors que moi j'ai manqué de tout. Je ne peux confier à personne que le petit n'a pas péri dans les flammes avec ses parents et que je sais où il se trouve.

Ce jour-là, mon frère m'a regardé droit dans les yeux et je lui ai dit :

— Encore une fois, tu as tout eu et tu ne m'en as même pas laissé une miette ! Une femme incroyablement belle.

— Que tu as mis sur ma route, Harald, le jour où tu as incendié la maison, nous privant de notre famille et en m'y laissant pour mort !

— Et tu t'en es sorti avec les honneurs ! Encore !

— Elle m'a soigné, pendant des semaines ! Il m'a fallu des lunes pour retrouver l'usage de ma jambe !

— Remercie-moi, je t'ai rendu inapte au combat, tu n'auras pas

abandonné les tiens pour endosser ton courage et rejoindre les rangs ! Ah non, tu n'as pas de courage !

Mon faux frère serre les poings et moi je me sers tout court. Je demande à mes gardes de le tenir tandis que je règle mes petites affaires avec ma belle-sœur, qui ne s'en sortira pas.

Mon aîné hurle, se débat et leur échappe et je l'embroche de ma lame.

— Tu m'as tout pris et, comme promis, cette fois c'est à mon tour de tout te prendre.

Je blesse mortellement la guérisseuse présente pour l'accouchement, pas de témoins. J'emmène le bébé alors que tout le monde le croit mien et mes sentinelles réduisent la maison à l'état de cendres.

Depuis, je n'ai plus remis les pieds à Viborg.

C'est à nouveau la voix de Markvart qui me ramène à lui :

— Avez-vous des enfants, Harald ?

— Un fils, un nourrisson. Pourquoi cette question ?

Le sorcier hoche la tête et s'explique :

— La magie a toujours un prix et il est très élevé. Je préfère vous prévenir, avant toute chose.

— Ne tergiverse pas. Quel est le tien, sorcier ?

— Ce n'est pas le *mien*. C'est celui qui est exigé. Pour de la magie blanche, on rend à la Nature, c'est un cercle perpétuel et donc la contrepartie est modique. Mais pour la magie noire, nous allons à l'encontre de l'ordre établi et le tribut est bien plus lourd. Vous devez être prêt à sacrifier beaucoup plus.

— C'est à dire ?

— Vous deviendrez stérile, mon ami. D'où ma question de savoir si vous avez des enfants, ou si vous en voulez d'autres. Auquel cas hâtez-vous dès ce soir ! Car cet état sera permanent. Aucun retour en arrière ne sera possible.

— C'est ce qui t'a été demandé pour être initié ?

— En effet. À moi, comme à tous les autres. Mais je n'avais rien à perdre, alors cela n'a été qu'une formalité.

— C'est tout réfléchi, rétorqué-je.

— Je vous laisserai néanmoins le temps d'y songer. La nuit porte conseil. Vous me donnerez votre réponse demain.

MARKVART

Harald m'a dit pourquoi il voulait apprendre la magie noire. Et ce serait pour se battre à armes égales avec ses ennemis et s'assurer des victoires. Je suis sceptique et en même temps, je m'en fous.

Je lui ai demandé de me parler de lui, mais là encore, je m'en fiche. Est-ce qu'il m'a tout dit ? Certainement pas. Cependant je voulais juste savoir où s'arrêtait l'honnêteté et où démarrait le mensonge. Je ne pense pas qu'il se soit joué de moi, son regard avait l'air sincère. Du coup, pas le choix, je vais devoir faire pareil.

Il opine du chef et me sonde. Je comprends que c'est à mon tour de déballer ma vie.

— Mes parents sont morts quand j'étais jeune.

— Quelle en était la raison ?

— Mon père était un hérétique, il a été torturé. Quant à ma mère, la sorcellerie n'étant pas tolérée, elle a été brûlée vive.

— C'est elle qui t'a initié ?

— Non, c'est venu plus tard. Ma sœur et moi étions orphelins et elle m'a élevé, jusqu'au jour où des patrouilleurs ont débarqué. Ils l'ont violée, torturée et tuée. J'ai assisté à tout, caché dans une armoire. J'avais neuf ans. Ce jour-là, mon esprit s'est éteint avec elle. Et je me suis promis de la venger.

Harald acquiesce et je poursuis :

— J'ai quitté la maison et j'ai erré jusqu'à tomber sur une âme charitable.

— Qui était-ce ?

Je souris, car il m'a amené exactement où il le voulait pour que je lui révèle le nom de mon mentor. Et je le fais :

— Il s'appelait Askel.

À son énonciation, je vois Harald se raidir et demander :

— Askel, le mage ?

— Lui-même, confirmé-je. Il s'est occupé de moi pendant presque dix ans et lorsqu'il est mort, j'ai quitté sa maison et j'ai repris ma route.

— C'est lui qui t'a appris la magie noire ?

— Pas exactement. Quand il m'a recueilli chez lui, j'ai su qu'il était un homme bon, comme il en existe trop peu. Peu de temps après mon arrivée, un adolescent a débarqué. Son père était gravement malade, le médecin du village ne pouvait rien pour lui, alors il l'a envoyé auprès d'Askel. Il est revenu durant plusieurs lunes. Un certain Leif, si je me souviens bien.

Je scrute Harald qui semble se tendre un instant avant de retrouver une contenance. S'agissait-il de son frère ? Et dans ce cas, que faisait-il chez Askel ?

En tout cas, si c'était lui, les Dieux se jouent de nous, encore une fois. À croire qu'ils ont le sens de l'humour ! Pauvres mortels que nous sommes, entre les mains de ces divinités qui articulent et entrecroisent nos destins.

Je poursuis :
— Il est parti dans son laboratoire et je l'ai suivi. J'étais fasciné par ce qu'il faisait avec des ingrédients, qui, correctement mélangés, devenaient un liquide si puissant qu'il pouvait guérir ou tuer. Il est ressorti, a donné une fiole à ce jeune homme en lui détaillant comment procéder et à quelle fréquence. Pour moi, c'était merveilleux. Une si petite dose capable de sauver quelqu'un. J'étais captivé, envoûté. Et j'ai voulu apprendre cette science.
— C'est déjà impressionnant pour un adulte, alors j'imagine bien ta fascination d'enfant !
Je grimace, car je ne sais pas s'il est ironique ou non.
— Et la magie noire, dans tout ça ? reprend-il.
— Askel était un mage blanc et il abhorrait la magie noire qu'il refusait de m'enseigner. Lui, il m'a transmis sa passion des plantes et des potions. Mais il m'a mis en garde, notamment contre certains recueils dangereux. Et il m'a expliqué que quelques sorts pouvaient contrer de la sorcellerie. Ceci uniquement dans le but de me défendre. Car il savait que tôt ou tard, je me renseignerais.
— Et tu l'as fait, puisque tu as réussi à ouvrir un portail interdimensionnel.
— En effet. Et si les trouble-fête ne m'avaient pas arrêté, j'aurais déjà tout remis à sa place ! M'agacé-je.
— Que veux-tu dire ?
— Le rituel a été interrompu. Je ne sais pas si un démon a passé le halo.
— Un démon ? Tu es sérieux ? Ricane-t-il.
Je le regarde d'un air ahuri. À quoi sert ce type de portail, franchement ?
— Oui, tu l'es, dit-il posément. C'était pour venger ta sœur, n'est-ce pas ?
Je hoche la tête pour confirmer.
— Que vas-tu faire, à présent ?
— Il existe une incantation de vérification, pour savoir si le démon est passé. Je dois la faire à l'endroit du premier rituel. Mais je ne pourrais pas le localiser pour autant.
— Pourquoi ?
— Parce que je n'avais pas envisagé d'échouer. Et donc je ne me suis jamais renseigné sur cette possibilité. Je vais sûrement devoir partir à la recherche d'informations, pour trouver les livres occultes. Et je vais également devoir calculer quand aura lieu la prochaine nuit où je pourrai pratiquer ce rituel.
— Combien de temps cela te prendra-t-il ?
— L'estimation sera rapide. Probablement quelques semaines. Mais cette nuit pourrait tomber dans cinq ans, dix ans, vingt ans, ou bien

jamais de mon vivant. Et ça, je dois le savoir.

— Qu'en sera-t-il du démon ?

— S'il a passé le portail, il ne pourra faire le chemin inverse que lorsqu'il se sera acquitté de sa mission.

— Je vois, dit-il, songeur. T'absentes-tu longtemps ?

— Cela se compte en lunes, pourquoi ? Vais-je vous manquer ? ironisé-je.

— Si je veux apprendre ce que tu sais, nous devrons nous rencontrer à intervalles réguliers. En échange de ton temps et de tes talents, je pourvoirai à tes besoins. Vivres, cheval, chaumière, laboratoire, tout ce qui te sera nécessaire. Dans la limite du raisonnable, bien évidemment !

— Je ne gaspille pas. Jamais.

— Fort bien.

Harald lève sa choppe et annonce :

— À notre accord !

— À notre accord, je réponds alors que nos récipients s'entrechoquent dans un bruit métallique.

HARALD

Quand Markvart me raconte ce qui est arrivé à sa sœur, un premier écho se fait en moi. Je crois avoir vécu une situation similaire, il y a une dizaine d'années. Mais des événements de ce genre étaient monnaie courante. Du coup il est peu probable que nous parlions du même. En revanche, si c'est le cas, je suis dans la merde. Je vais devoir apprendre rapidement tout ce que le gamin pourra me transmettre, car il pourrait m'en coûter ma survie.

Puis, le second écho s'est fait quand il a mentionné Askel. Les mages ne sont pas nombreux et ce n'est sûrement pas un hasard si mon frère a été envoyé chez lui pour demander de l'aide.

Le troisième, quand il m'a raconté avoir croisé ce dénommé Leif à plusieurs reprises. Je réalise que les dates concorderaient et qu'il parlait sûrement de mon frère. Bon sang, cette part de leur mensonge n'en était pas un ! Mais cela ne justifie en rien tout le mal qu'ils m'ont causé.

Pourtant, alors que je me croyais en paix avec ma conscience, une petite voix murmure dans ma tête… *meurtrier*…

Note de l'auteur : VIBORG : L'une des plus anciennes villes du Danemark, située au centre de la province du JUTLAND.

HOLDA

CHAPITRE 4

HOLDA

TVÍMÁNUÐUR / SEPTEMBRE

VINGT ANS PLUS TARD

ASULF

Assis sur un rocher, devant ma maison, j'aiguise la lame de son épée en silence. Mon père m'a annoncé hier que des hommes sont arrivés au Sud-Ouest et remontent le long de la côte Ouest. Probablement des explorateurs, sinon ils auraient accosté plus près.

Néanmoins, je dois me tenir prêt, Alors j'affûte mes armes.

Tandis que la pierre caresse le métal dans un bruit strident et régulier, je plonge dans mes souvenirs :

Six ans auparavant, pour mes quatorze ans, Harald m'a offert ma toute première épée, me transmettant ainsi l'héritage qu'il avait lui-même reçu de son père. Il m'a dit qu'elle ne pouvait appartenir qu'à celui qui la méritait.

Mon prénom, Asulf, est tout destiné, car il signifie « le loup-guerrier des dieux ». Fier de moi, j'ai immédiatement accroché le fourreau à ma ceinture, puis, me saisissant de mon épée, je me suis mesuré à Harald pour lui prouver ma bravoure.

C'est à cet instant précis que j'ai pris conscience de ce qui allait m'arriver. J'allais bientôt être sur le champ de bataille, faire tomber des têtes, tuer des guerriers. Mais qu'importe, si je restais debout. Mon agilité me protègerait face à ces balourds planqués derrière leur armure.

*Le lendemain, mon père et moi avons quitté notre maison d'*AROS *pour rejoindre la garnison la plus proche. Ensemble, nous avons fait route jusqu'au lieu où allait se dérouler l'affrontement. J'étais nerveux. Cette fois, il ne s'agissait plus d'entraînement. Je devais lutter pour en* *réchapper et je l'ai fait. Quand l'ennemi approcha, j'ai resserré ma prise autour de la poignée.*

Mon père m'a placé en première ligne pour mettre à l'épreuve mon endurance et mon courage. Et j'ai réussi. Je suis revenu, unique survivant de la première vague. Pour seule défense, je n'avais eu que mon épée. Harald m'avait dit que, compte tenu de mon âge, je ne pouvais pas me permettre de m'alourdir avec une hache ou un arc supplémentaire.

Il avait ajouté que je ne devais en aucun cas perdre ma lame. Cette bataille devait m'apprendre à me jouer des faiblesses de mes adversaires, à ruser et à leur prendre leur arme si nécessaire. En dernier recours, je pouvais toujours me servir sur les corps qui joncheraient bientôt le sol.

Le combat terminé, Harald, fier de moi, m'a félicité chaleureusement. J'avais combattu comme un diable, creusant une importante trouée sur mon passage. Les hommes de la deuxième ligne se sont alors rassemblés derrière moi pour couvrir mes arrières et permettre aux vagues suivantes d'avancer.

Sur la colline, les archers se sont également aperçus de ma manœuvre et se sont empressés d'aider ma progression en décimant bon nombre d'ennemis autour de moi. Quant au reste de l'armée de Thorbjörn, elle a profité de cette diversion pour prendre l'adversaire à revers.

Le combat fut époustouflant.

Thorbjörn, impressionné par mon courage et ma stratégie, m'a convoqué dans sa tente. Nous avons bavardé un peu, puis je suis revenu fièrement vers mon père. À quatorze ans à peine, j'avais gagné mon premier galon et le respect des hommes.

Cette sombre journée est passée très vite, coup sur coup, jusqu'à ce que l'adversaire quitte la plaine. Ce soir-là, épuisé, je me suis affalé sur mon lit de fortune, espérant dormir du sommeil du juste. Cependant, pour me remercier, Thorbjörn m'a envoyé deux filles de joie qui se sont chargées de me libérer du fardeau de mon pucelage.

Cette nuit-là, j'ai fait plusieurs cauchemars et me suis réveillé en sueur. J'ai revu les hommes que j'avais tués dans la journée. Je ne les comprenais pas, mais je les entendais et savais qu'ils se moquaient de moi, de mon jeune âge, de ma constitution athlétique. Pourtant, c'est mon principal atout, car je peux me faufiler n'importe où et surprendre mes adversaires.

Dans l'un de mes songes, je combattais à nouveau un ennemi que j'avais affronté quelques heures plus tôt et qui semblait à présent deux fois plus puissant que moi.

Tout se passait en quelques instants. J'esquivais la première tentative d'attaque du colosse en m'abaissant. Puis je pivotais accroupi, me redressant et en un éclair, lui tranchais la tête. Celle-ci roula, le visage figé de surprise. Puis le corps chuta à son tour. Je n'ai pas eu le temps de m'en préoccuper qu'un autre costaud arrivait.

Et ainsi de suite.

Les nuits suivantes ne furent guère reposantes, me passant en boucle toutes les atrocités de cette funeste journée. Les détails étaient d'une précision impressionnante. Dans le feu de l'action, je ne me suis pourtant rendu compte de rien. À peine ai-je aperçu le visage de ma victime, lors d'un instant fugace.

Les jours, les lunes et les batailles filent, mais pas mes cauchemars. Eux sont bien présents. Au fil du temps, je les mis à profit en rassemblant mes connaissances, les comparant à d'autres combats, transformant les horreurs en leçons de tactique pour apprendre de mes adversaires et devenir toujours plus fort.

Six ans plus tard, je suis maintenant capable d'anticiper l'attaque de chaque assaillant rien qu'en regardant les expressions de son visage, les mouvements de son corps, ou bien le fond de ses yeux. Cela trouble l'ennemi, d'autant plus qu'il se mesure à un jeune homme, à peine muni d'une épée, que je fais tournoyer presque nonchalamment, comme si elle ne pesait rien.

Je suis beaucoup trop calme face à la mort, comme si j'avais été envoyé sur le champ de bataille par les Dieux eux-mêmes. Partout, on entend parler de cet *homme au Regard d'acier*. La nouvelle d'un individu soi-disant invincible s'est répandue comme une traînée de poudre, déformant quelque peu la réalité.

On dit que Thorbjörn a dans ses rangs un colosse imbattable qui peut tuer n'importe qui d'un simple regard. Cela fait bien rire le roi qui profite de cet avantage. Peu nombreux sont les clans qui osent désormais nous attaquer. Car, excepté quelques individus de notre peuple, personne ne se doute que la montagne meurtrière est à peine sortie de l'adolescence. Et l'ennemi ne s'en rend compte qu'au moment où il rend l'âme.

Thorbjörn m'a récemment convoqué pour me nommer homme de confiance. Visiblement il s'est pris d'affection pour moi et me voit déjà lui succéder.

Le chef n'accordera pas si facilement son trône, pas même à l'un de ses enfants. Un homme doit gagner le respect de son peuple par ses aptitudes et non grâce à son héritage.

Ainsi, chacun peut prétendre à sa place, à condition de battre celui qui la détient. Forçant, par la même occasion, ses fils à s'entraîner régulièrement pour ne pas se ramollir.

Mais notre roi se fait vieux. Il sait que le temps viendra où ses soldats et sa progéniture s'affronteront entre eux pour se disputer le pouvoir. Avant que tout soulèvement n'ait lieu, il a décrété qu'il céderait le trône le jour de VETRABLÓT. Et il me voit déjà vainqueur. Aussi doit-il s'assurer que Harald m'a inculqué toutes les valeurs et l'honneur de son peuple.

Je chasse ces sombres pensées de mon esprit, d'un revers de la main sur mon front, repoussant au passage une mèche brune qui s'y perd. Ma lame luit sous le soleil de ce début d'après-midi. Dans une lune, SUMAR fera place à VETR, mais pour l'instant, il fait encore bon.

Je me lève et teste la dureté du fer contre l'arbre le plus proche. Satisfait, je taille une fine branche au-dessus de ma tête. La coupure est nette, propre, droite. Il en sera de même pour mes ennemis. Pas de boucherie, mais un travail d'artiste. Ils n'auront pas le temps de souffrir.

Je ramasse mes armes et les dépose dans la maison. La seule que je conserve, c'est ma dague. Depuis mon premier combat, j'ai appris qu'une lame, aussi petite soit-elle, pouvait servir et me sauver la vie à tout moment. Dès lors, je l'ai toujours gardée sur moi, cachée à l'intérieur de ma botte gauche. Je retourne à l'extérieur, m'assois sous l'arbre que je viens de maltraiter et ferme mes paupières un moment, profitant de la quiétude de cette belle journée.

Lorsque je rouvre les yeux, j'aperçois une inconnue qui puise de l'eau à quelques dizaines de mètres de moi. Est-ce la jeune THRALL dont mon père m'a parlé, pour soulager notre Solveig vieillissante d'une partie de ses corvées ?

Je ne l'ai jamais vu, car Harald et moi passons la semaine au cœur de notre ville, dans une modeste maison, située à proximité du SKALI qui est la demeure de Thorbjörn. Nous ne rentrons chez nous, dans notre grande demeure, en périphérie d' AROS, que pour LAUGARDAGUR, le jour du bain.

Mais cette fois, mon père discute stratégie militaire avec notre roi et notamment des hommes qui viennent de débarquer au Sud-Ouest. Ne pouvant être présent, j'ai décidé de quitter le brouhaha constant de la ville pour séjourner au calme de notre foyer durant un temps.

Je me redresse un peu et observe attentivement la jeune femme. Elle est gracieuse, même dans une besogne aussi banale que remonter de l'eau du puits. Ses cheveux blonds comme les blés cascadent sur ses épaules et tombent jusqu'à sa taille, le long de sa robe brune.

Je me lève et m'approche lentement :
— Je peux t'aider ?

HOLDA

Trop absorbée par ma tâche, je n'entends pas que l'on m'aborde. Je suis étonnée que quelqu'un m'adresse soudainement la parole. Je m'attends à voir mon ami Karl, mais je ne reconnais pas sa voix.
Quelle surprise lorsqu'en relevant la tête j'aperçois Asulf !

Jamais mes anciens maîtres, ni même le nouveau, ne sont venus me parler sans qu'il ne s'agisse d'un ordre. Cela serait considéré comme un signe de faiblesse de leur part. Et voilà qu'aujourd'hui le jeune Asulf se manifeste, de surcroît en me proposant son aide.
C'est insensé !

Je crois voir son visage pour la première fois. Pourtant je l'ai épié dans tellement de circonstances ici ! Ou quand je le croise dans le centre d' AROS. Je connais chacun de ses traits, sa démarche assurée et nonchalante, son rire, même si on l'entend peu.
Mon cœur rate un battement, ou plusieurs. Non, je dois être en train de rêver. Ou morte. J'ai imaginé un millier de fois pouvoir le rencontrer et tout un tas de choses inavouables que j'aimerais qu'il me fasse.

Lorsque je me rends compte qu'il attend une réponse, un sourire éclatant se dessinant sur son visage, je comprends que je le contemplais, perdue dans mes pensées.
Je suis rouge de honte et me détourne de lui.

ASULF

Je la regarde pendant un moment. Elle semble ailleurs. Si bien que je ne sais pas trop quoi faire. Dans le doute, je réitère ma question :
— Je peux t'aider ?
Elle réagit et s'empourpre, réalisant qu'elle s'est mise dans une situation embarrassante.
Elle m'intrigue davantage, alors je poursuis :
— Je te fais peur ?
— Non, mon maître. Mais une servante n'a pas le droit de regarder son protecteur ainsi. Elle doit baisser la tête et obéir.

Je l'observe, incrédule, puis j'éclate de rire face à elle, complètement décontenancée. Solveig ne m'interpelle jamais ainsi, alors j'ai tendance à vite oublier cette stupide coutume à laquelle les anciens tiennent tant. Peut-être par peur que leur autorité ne soit défiée. Ou bien est-ce une manière de cacher leurs faiblesses en imposant leur supériorité de la sorte ?

Cette tradition aurait pu être oubliée si les THRALLS s'étaient rebellés. Mes ancêtres se sont tellement appliqués à la faire respecter et ces derniers à la transmettre à leurs enfants, qu'aucune révolte n'avait jamais vraiment eu lieu.

Mais le clan veille au maintien de l'ordre et par conséquent, il est impossible de braver la moindre autorité, sous peine de mort.

Pourtant les esclaves auraient pu fuir. Le monde regorgeait de plaines verdoyantes et accueillantes. Pourquoi ne s'en allaient-ils pas ? S'étaient-ils tant attachés à leurs geôliers qui les exploitaient qu'ils ne pouvaient s'en défaire ?

Je fais un pas vers Holda et me retrouve tout près d'elle. Trop près, pour une simple discussion.

— Allons, redresse la tête, lui intimé-je.

— Mon maître…

— C'est un ordre, dis-je d'une voix douce. Tu ne peux refuser d'obéir.

HOLDA

J'acquiesce et lève lentement les yeux sur lui. J'examine d'abord son torse, puis ses épaules et enfin son visage. Il bombe un peu la poitrine, fier de son physique. Et il peut ! Sa tenue moule parfaitement son corps et ses muscles dessinés m'inspirent respect et confiance. Qu'est-ce qu'il est beau ! J'ai envie de me blottir contre lui, de respirer pleinement son odeur.

Je m'arrête un moment sur ses grands yeux, un mélange de brun noisette, vert comme les prés et d'éclats d'or. Ils sont magnifiques ! Je m'y noie longuement, avec délectation.

Bien sûr, je l'ai croisé à de nombreuses reprises ; mais jamais je n'avais été autorisée à l'admirer aussi ouvertement et de si près de surcroît ! Je devais toujours me cacher, l'observer à la dérobée, courant le risque d'être punie pour cela. Je me devais donc de rester extrêmement discrète.

À présent, je peux le regarder à loisir, il me l'a même ordonné. Je rougis en me remémorant mes fantasmes d'étreintes passionnées, de mots doux murmurés, d'amour sans bornes entre ses bras. Et des trop nombreuses nuits où je me suis touchée en pensant à lui.

Cet homme est à se damner ! Il rivaliserait aisément avec le Dieu Thor en personne. Et d'être aussi près de lui, enveloppée dans son odeur boisée et masculine, j'en perds la tête.

— La vue te plait ? Me demande-t-il en souriant.

Comment ne peut-elle pas me captiver ? Sa beauté rayonne pleinement. Ses fossettes creusent légèrement ses joues. Ses cheveux bruns mi-longs s'arrêtent au niveau de sa nuque que j'ai envie d'enserrer et d'y déposer mes lèvres. Et cette attitude féline m'envoûte.

Je me sens comme une biche pourchassée par un chasseur. Mon cœur s'affole de plaisir et d'excitation. Mon corps s'éveille. Tous mes sens sont en émoi alors qu'il ne m'a même pas touchée.

— Je me nomme Asulf, continue-t-il. Et toi, quel est ton nom ?

— Holda, balbutié-je à grande peine, la gorge nouée, intimidée.

Je me sens gourde au possible. Reprends-toi, ma fille !

— Très bien, Holda. Si tu as besoin d'aide, appelle-moi et je viendrai. Je vais me reposer sous le grand chêne.

Je hoche la tête et retourne à mes corvées, heureuse que mon jeune maître m'ait enfin remarquée.

Maintenant, il s'agit de résister et de ne pas le dévisager continuellement. La journée est loin d'être terminée et j'ai encore beaucoup à faire.

ASULF

Depuis l'arbre où je me suis confortablement installé, un bras derrière ma nuque, je feins de dormir pour la lorgner sans vergogne.

Elle est fine et avec des formes généreuses. Sa peau claire est en parfaite harmonie avec ses longs cheveux blonds ondulés.

En dehors du port d' AROS, je n'ai jamais vu la mer dont mon père parle de temps à autre. Mais je sais que les grands yeux turquoise de Holda en ont la couleur. Un bleu profond, avec une pointe de malice dans le regard. Et ses lèvres ! Petites et roses, elles semblent si douces. Elles m'attirent et je lutte pour ne pas me jeter dessus et l'embrasser pendant des heures.

Je tousse depuis mon poste d'observation et je l'effraie. Elle sursaute et un peu d'eau de son seau rempli à ras bord se déverse sur elle. Sa robe trempée colle à son corps. À travers le tissu, je distingue très nettement ses formes se tendre sous la fraîcheur du liquide.

Un frisson me parcourt, alors que je suis assaillis de pensées salaces.

J'essaie de me calmer en détournant mon regard d'elle. En vain.

Elle m'hypnotise, me captive et je sais déjà qu'elle s'est installée sous ma peau. Nul doute que je la désire. Que j'ai besoin de la faire mienne.

Je me redresse et m'approche d'elle en silence. Debout derrière elle, je m'enivre de son parfum pendant quelques secondes sans qu'elle ne semble le remarquer. Je distingue des odeurs de menthe, de blé et de pin. Les effluves se mélangent, elle sent le printemps. J'inspire une nouvelle fois, me laissant envahir par ce feu d'artifice de sensations.

J'attrape sa taille, la coinçant entre mon corps brûlant et les pierres froides du point d'eau. Surprise, Holda lâche le seau qu'elle était en train de remonter en fredonnant et qui tombe lourdement dans le puits, la corde avec lui.

Je respire profondément dans ses cheveux, m'imprégnant davantage de son odeur, puis me recule d'un pas pour qu'elle puisse se retourner.

Elle s'attendait à tout sauf à me voir et en est quelque peu décontenancée.

— Je vais descendre le chercher, annoncé-je en souriant.

— Maître, je suis désolée, le seau m'a échappé, lâche-t-elle dans un balbutiement.

— Arrête ça, la coupé-je. Pas de maître. Je ne suis pas mon père pour porter ce titre. Et en l'absence de toute personne, j'aimerais que tu m'appelles Asulf, murmuré-je à un souffle d'elle.

— C'est que je ne sais si je le pourrais.

— C'est un ordre, tu m'entends ?

Elle acquiesce.

— Et tu n'as pas à t'excuser pour le seau. Si je ne t'avais pas surprise, tu ne l'aurais pas lâché. Je suis le seul responsable. C'est à moi de le récupérer.

— Je vais aller chercher une corde, lance-t-elle en courant vers l'étable, sans me laisser le temps d'en dire davantage.

HOLDA

Je me précipite derrière la maison. À l'entrée de l'écurie, je vérifie deux fois que personne ne me suis, ou ne s'y trouve déjà. La voie est libre.

Je fais quelques pas et m'appuie contre un mur pour tenter de calmer mon cœur qui s'emballe. Asulf n'est pas indifférent à mes charmes, mais est-ce bien raisonnable ? Une THRALL ne devait certes pas refuser un gage d'affection de ses bienfaiteurs, mais en ai-je réellement envie ?

Je sens mes joues s'empourprer soudainement. Aucun doute n'est plus permis, je brûle d'impatience et d'amour pour lui. Alors pourquoi est-ce que je traine dans les écuries plutôt que d'être auprès de lui ?

En un éclair, j'attrape la corde enroulée près du cheval de mon maître et retrouve Asulf. Je la lui tends et il se met à fouiller frénétiquement la terre autour du puits.

— Où est-il ? râle-t-il.

Je le scrute d'un air interrogateur. Il finit par relever la tête en souriant.

— Je l'ai trouvé ! Déclare-t-il en montrant un anneau incrusté dans le sol.

Il y noue la corde et s'assure qu'elle pourrait soutenir son poids.

— Ai-je droit à un baiser, au cas où je me noierais pour ce seau ? demande-t-il.

Je rougis, décontenancée par sa requête. Néanmoins, je m'approche de lui et m'apprête à embrasser sa joue. Mais c'est sans compter le rapide mouvement de tête qu'Asulf opère au dernier moment, faisant atterrir mes lèvres à la commissure des siennes. Je prolonge ce contact d'une seconde, le temps de retrouver mes esprits et constatant que malgré mes jambes cotonneuses, je suis toujours debout.

Ravi de son petit forfait, Asulf me lance un sourire éclatant, appuyé d'un clin d'œil et disparait avec aisance dans le puits. Celui-ci est profond et particulièrement obscur, mais mon sauveur n'hésite pas une seconde.

ASULF

Je prétexte avoir besoin d'une dose de courage de la part de Holda et elle cède facilement à ma requête. Elle ignore que j'ai escaladé une bonne dizaine de fois ce puits depuis tout gosse. C'est comme ça que je savais pour l'anneau d'encrage dans le sol.

J'amorce ma descente en repensant à son baiser. Quand je referai surface, je lui en demanderai davantage. Car maintenant il m'en faut beaucoup plus. Elle a attisé quelque chose en moi que je ne peux ignorer.

Le seau est lesté pour passer sous la limite de l'eau et se remplir. Je vais devoir plonger pour le récupérer. Par chance, nous sommes presque à la fin de SUMAR et il a fait très chaud. Le niveau du liquide est donc très bas.

En m'arrêtant juste au-dessus, j'enfonce mon bras jusqu'à l'épaule et sonde l'eau. Mes doigts rencontrent finalement le métal de l'anse. Le puits n'étant pas très large, je peux me caler contre la paroi et vider le seau que je pose ensuite à plat sur la surface.

J'agrippe l'attache du réceptacle et le sangle autour de ma taille. Puis je saisis la première corde et remonte par là d'où je suis venu. Je sors enfin, détache tout et noue solidement la corde du seau à l'anneau d'arrimage.

— Ainsi tu ne le perdras plus si elle t'échappe à nouveau.

Holda sourit, un peu honteuse de m'avoir obligé à descendre dans ce puits si humide, alors que je suis content de l'avoir fait. J'enlace nos doigts et une vague de plaisir me parcoure intégralement. Je la sens sursauter quand ma chaleur rencontre la sienne.

A-t-elle aussi ressenti la même chose que moi ?

J'intensifie notre contact en caressant le dos de sa main avec mon pouce. Je suis hypnotisé, attiré par elle, par cette attraction si forte entre nous. Je dois explorer ça.

— Viens avec moi, lui soufflé-je.

— Maître, je…

Elle constate mon regard désapprobateur à l'évocation de ce titre et s'excuse prestement :

— Pardon, Asulf. Je ne peux quitter la maison. Cela m'est formellement interdit.

— Sauf si je t'y contrains.

— Et que dira votre père quand il s'apercevra que je n'ai pas fait ce qu'il m'a ordonné ? Me demande-t-elle, inquiète.

— Il n'est pas là aujourd'hui, rétorqué-je. Et s'il constate que tu n'as rien fait, j'avouerai que je t'ai sommé de m'accompagner.

Je réalise à son hésitation que je la perds, qu'elle panique et veut créer de la distance entre nous. Mais je ne peux pas la laisser partir. Pas après avoir ressenti notre connexion. Alors j'insiste :

— Maintenant, viens.

Sans qu'elle ait le temps de réfléchir ou protester, je l'emmène, sous le regard désapprobateur de Solveig, que je n'avais pas vu apparaître au loin.

HOLDA

Je suis excitée, exaltée et horriblement stressée d'abandonner mes corvées pour suivre Asulf. Nous nous dirigeons d'un pas nonchalant vers les bois, non loin de là, profitant de la brise et du soleil. Je me sens légère d'être avec l'homme que je désire. Je me détends tout en goûtant à une certaine liberté, l'espace d'un court moment.

Pour la première fois, je prends le temps de contempler et d'écouter la nature. Comme si nos mains entrelacées avaient éveillé mon corps. Je me rends compte à quel point ma vie actuelle est austère et sans saveur. Je ne profite de rien. Et Asulf, en une caresse, m'a montré que tout pouvait être plus lumineux, plus beau et me rendre heureuse.

— On fait la course ? lance-t-il gaiement.

Je ne lui réponds pas et sans hésiter, je file en riant. Il me laisse un peu d'avance puis m'emboîte le pas, veillant à ce que je sois toujours un peu devant lui. Je sens son regard brûlant sur moi et devine qu'il me contemple à loisir. Puis je l'entends accélérer pour se retrouver sur mes talons.

Je m'arrête à l'orée de la forêt. Il arrive quelques secondes plus tard.

— Je suis sûre que vous avez volontairement perdu, protesté-je.

Il ne répond pas, se contentant de m'admirer.

Il entortille une mèche de cheveux blonds entre ses doigts et joue avec. Je ris, puis rougis à nouveau quand il s'empare de ma main pour la seconde fois et m'entraîne un peu plus à l'abri des arbres. J'imagine qu'il croit que la course teinte mon visage à cet instant précis, mais il n'en est rien.

Nous marchons en direction du cœur de la forêt pour reprendre notre souffle. Lorsque nous atteignons une petite clairière protégée par des pins, il ralentit et me lâche. Je fais encore quelques pas et m'arrête à mon tour pour observer à loisir la nature environnante.

Tout est beau, harmonieux, calme. Seuls les chants des oiseaux me parviennent. Je ne sens plus la brise et l'ombre des feuilles nous préserve des rayons du soleil, autant que de regards indiscrets.

ASULF

CHAPITRE 5

AMOUREUX POUR LA PREMIÈRE FOIS

TVÍMÁNUÐUR / SEPTEMBRE

ASULF

Je la regarde s'éloigner, suivant le balancement gracieux de ses hanches. Elle tourbillonne, les yeux fermés, les bras écartés, environnée d'un sentiment de liberté. Je m'approche d'elle et l'attrape par la taille. Elle s'arrête et baisse la tête. Je me serre contre elle et je sais qu'elle a compris ce que je veux.

— Je ne peux pas, Asulf, annonce-t-elle.

— Pourquoi ? Parce que je suis le fils de ton maître ?

Elle fait non de la tête et continue d'un ton las :

— Je ne peux pas céder. C'est une attraction contre nature. Je suis désolée.

— Je ne te plais pas, c'est ça ? Lui demandé-je, quelque peu déçu.

— Si !

Je souris niaisement de sa spontanéité. Elle poursuit en balbutiant :

— Enfin… je veux dire… oui ! Je vous connais et vous observe depuis un moment.

— Je suis surpris, dis-je. Je croyais que tu venais d'arriver à AROS ?

— Non, j'habite ici depuis plusieurs années. Votre père m'a récemment acheté à l'un de ses hommes.

Et là, je percute. J'avais le sentiment de l'avoir déjà vu :

— Baldwin ?

— En effet. Je vous ai toujours aimé, avoua-t-elle en baissant la tête. Vous avez l'air si gentil. Si différent de tous les autres. Pour moi, c'est inespéré de se retrouver dans votre foyer. Mais une servante ne peut se permettre les faveurs de son jeune maître sans en subir les conséquences.

Je me raidis, dans l'incompréhension la plus totale.

— De quelles conséquences parles-tu ?

— Si votre père l'apprenait, il me battrait, ou pire, murmure-t-elle.

Je glisse ma main le long de son menton et relève son visage. Je peux y lire toute la peur que ce châtiment lui inspire. Ses yeux la trahissent, avouant sa douleur et son désarroi, signes qu'elle a déjà vécu cette punition.

Elle doit garder au fond d'elle des souvenirs qu'elle aurait sûrement préféré ne jamais avoir. Bon sang ! Combien de fois a-t-elle subi ce qu'elle tente de me cacher ? De qui ? Et pourquoi ?

De ma main gauche, je resserre ma prise sur sa fine taille et pose l'autre sur sa joue. Je la caresse lentement de mon pouce. Sa peau est douce et chaude contre ma paume. Je me noie dans ses yeux bleus qui m'hypnotisent. Je suis happé par leur profondeur qui semble sans limite.

Je la connais à peine et ce qu'elle tente de me dissimuler me prend aux tripes. Je veux faire disparaître toute cette tristesse qui l'habite. La remplacer par des moments de joie.

En dépit de mes vingt ans, tout cela est nouveau pour moi. Qu'est-ce que tu me fais, Holda ? Pourquoi est-ce que je ressens ce besoin irrépressible de te protéger ?

Je la rassure :

— Même si mon père l'apprenait, il ne te ferait aucun mal. Je l'en empêcherai. Fais-moi confiance.

Elle emprisonne ma main entre la mienne et son visage, intensifiant notre contact.

— Il y a des tortures pires que la douleur. Vous ne serez pas toujours là pour me protéger.

Elle baisse la tête, la gorge nouée, alors qu'une larme perle sur ses cils.

Je suis empli d'une rage folle que je tente désespérément de contenir. Mon pouce intercepte cette perle salée qui dévale sa joue. Je n'ai jamais entendu dire que mon père a déjà puni une THRALL. Et à la maison, nous n'avons eu que Solveig jusqu'alors. Je n'ai pas d'autre point de comparaison au sein de notre foyer. Et Harald n'a jamais évoqué devant moi la possibilité de le faire. Peut-être ne m'en suis-je jamais aperçu ?

Pourtant je sais que presque tous les maîtres ont violenté des esclaves. Des femmes, la plupart du temps. Ces dernières, engrossées, ont été chassées dès que leur ventre commençait à s'arrondir et avant que leurs épouses et concubines ne s'aperçoivent de l'acte commis. Car même si cela est fréquent, elles ne le tolèrent pas pour autant.

Si ce que Holda dit est vrai, mon père a dû profiter de mon absence, voir de celle de Baldwin, pour agir.

Depuis le début de cette conversation, je l'ai senti se raidir progressivement, alors que je voulais tout l'inverse : lui faire passer un bon moment, loin de tout. Ma main quitte sa taille pour saisir son visage en coupe, dans une tendresse infinie. J'attends que nos regards se trouvent pour lui murmurer :

— Je ne suis pas lui, Holda. Je ne te prendrai pas de force. Jamais. Je ne veux que ce que tu es prête à me donner. Et je saurai être patient.

HOLDA

Le souvenir des mains de Harald sur moi me soulève le cœur. Je lutte de toutes mes forces pour masquer ce que je ressens. Je ne peux dire à personne ce que j'ai subi, surtout pas à Asulf. Il s'agit de son père.

Mais sa bienveillance a raison de moi et une larme coule le long de ma joue. Je me sens en sécurité avec lui. Je sais que c'est un homme bon. Qu'il ne ressemble en rien à son géniteur. J'ai totalement confiance en lui et j'aimerais tellement m'abandonner à lui pour toujours ! Seulement, je ne suis pas digne de lui. Je ne suis rien. Juste une THRALL, souillée, brisée. Alors qui lui est aimé de tous, convoité de toutes. Il est promis à un bel avenir et je ne m'autoriserai pas à entraver.

Je le sonde longuement, profitant de la douceur de ses mains sur ma peau. Il est sincère et semble désapprouver sans réserve les agissements de son père. Et il me le prouve à cet instant précis, en me laissant décider de ce que je veux lui donner ou non.

Cependant, son regard suppliant m'ébranle au plus profond de mon être et je sens que ma résistance n'a jamais été aussi faible. Mon rythme cardiaque s'est accéléré à son contact. C'est un rêve qui se réalise. Moi, entourée des bras d'Asulf. Son sourire ravageur rien que pour moi. Cet homme prêt à me satisfaire. À s'arrêter à tout moment si je le lui ordonnais.

Je souhaiterais ne jamais me réveiller.

Je n'ai aucune expérience pour l'amour. J'ai juste connu l'acte violent, au fond de l'étable, une main plaquée contre ma bouche, en partie étouffée par mes sanglots. J'étais jeune, trop jeune. Ce jour-là, j'ai senti du sang filer le long de ma jambe, mêlé à la semence de mon maître. Je me souviens encore de la douleur lancinante que j'ai ressentie ensuite, recroquevillée durant des heures entre les bottes de foin.

Harald n'était pas encore mon maître. Baldwin s'était absenté et Harald m'avait dit que j'avais fauté. J'ai subi sans plus d'explications de sa part. J'ai compris bien plus tard que ce n'était qu'une excuse pour me violenter. Par conséquent, il devait me punir. J'ai cru qu'il me battrait et j'en tremblais de peur, anticipant les coups. Mais il avait rétorqué qu'il voulait un châtiment constructif, qu'il a répété à chaque soi-disant erreur de ma part.

C'était encore pire que les sévices corporels. Je devais me concentrer sur des espoirs de bonheur à venir, pour ne pas penser à ce qu'il me faisait. Je ne revenais à moi que lorsqu'il partait.

Je me sentais mal, salie, bafouée. Trop honteuse, je n'avais rien confié à Solveig qui n'aurait probablement pas pu s'opposer à son maître, sous peine de représailles.

Je devais donc me taire, subir et souffrir en silence. Et surtout ne plus commettre la moindre faute, pour ne pas attiser les foudres de Harald et éviter que l'on me renvoie, ou me vende à pire que lui.

Mon maître ne s'est rendu compte de rien. En son absence, Harald avait recommencé, même si j'avais été obéissante et que je ne lui appartenais pas. Il disait me récompenser, bien qu'il se comportait comme lorsqu'il me punissait. C'était sans fin et j'ai voulu mourir plusieurs fois pour que tout s'arrête.

En allant nous ravitailler en ville, j'ai appris par des amies que leurs maîtres se permettaient de tels actes sur elles aussi. Je n'ai pas eu besoin de parler, elles avaient compris que, comme elles, j'y avais eu droit. Nous en avions conclu que nous devions éviter d'être seules en présence de nos geôliers. Quitte à nous cacher, en attendant de trouver un mari qui nous emmènerait ailleurs.

Qui voudrait d'une esclave sexuelle usagée pour épouse ?

Depuis cette discussion avec les autres, je surveille constamment mes arrières. Je vis continuellement dans la crainte que Harald me viole encore. J'ai peur d'avoir mal, comme à chaque fois. Il a commencé quand j'étais trop jeune, impubère et ne s'est jamais arrêté. Personne, en dehors de mes amies, ne m'aurait cru. Alors je me suis tue et j'ai subi.

Par la suite, j'ai fui tous les hommes que je rencontrais ou qui me courtisaient, les considérants comme des bêtes avides de mon corps. Ils m'effrayaient. Même Karl, mon compagnon de toujours, a perdu ma confiance à l'adolescence, lorsqu'il a commencé à me porter plus d'intérêt que de coutume.

Il m'est impensable de m'épancher auprès d'Asulf. Il serrait horrifié de voir la pécheresse que je suis. Je ne saurais supporter son dégoût de moi, ou qu'il me refuse son amour en connaissant mon passé. Je suis prise entre deux feux irréconciliables et j'ignore quel choix je dois faire.

J'ai dû m'égarer un moment, sans m'apercevoir qu'il me regardait intensément, essayant de lire en moi. Jusqu'à ce que sa voix me ramène dans le présent :

— Je veux apprendre de toi, Holda. Aide-moi, insiste-t-il.

Je reste interdite, alors que ses derniers mots raisonnent en moi comme la plus douce des mélodies. Mes ultimes barrières s'effondrent et je lui souris timidement. Prête à lui donner mon cœur, mon corps et mon âme.

ASULF

Mes yeux rivés dans ceux de Holda, je tente de capter son attention. Mais son esprit semble à des lieux de moi. Je la sens raide, comme tétanisée. Je perçois tellement de souffrance en elle que j'ai honte d'être aussi heureux et privilégié. Je voudrais lui prendre sa douleur et la remplacer par tout le bonheur qu'elle mérite.

Je bouge mes pouces sur son visage pour la faire réagir et je lui murmure :

— Je veux apprendre de toi, Holda. Aide-moi.

Mes paroles l'ont touchée. Je vois la lumière revenir dans ses beaux yeux. Elle est de nouveau avec moi et je sens son corps se détendre contre moi. Je me recule juste assez pour l'observer et lui demande :

— M'aurais-tu laissé t'embrasser si j'étais moi aussi un THRALL ?

— Je ne vous aurais rien refusé, Asulf, me confesse-t-elle en rougissant. Je vous aurais tout donné et aimé sans réserve.

Satisfait de sa réponse et avant qu'elle ne puisse ajouter quoi que ce soit, je l'attire doucement à moi pour rapprocher mes lèvres des siennes. À quelques centimètres d'elle, je ressens son souffle saccadé sur ma peau et en déduis que sa poitrine s'affole. Je m'enhardis de savoir qu'elle partage les mêmes sentiments que moi.

Je la guide encore un peu plus près et nos nez se frôlent. Je suis empli de son odeur, au contact de sa douceur et mes sens s'emballent, entrainant mon cœur à leur suite.

Lorsque nous nous rencontrons, Holda n'oppose aucune résistance. Elle reste immobile sous mes lèvres qui effleurent les siennes. Je découvre son inexpérience, en même temps que son goût sucré et je lutte de toutes mes forces pour ne pas la dévorer.

Je m'attarde paresseusement sur ses lèvres pulpeuses que les miennes recouvrent. Ce baiser est aussi léger qu'une caresse de papillon et je prends plaisir à le faire durer.

Holda entre-ouvre la bouche et soupire de désir. Je suis à deux doigts de perdre le contrôle, alors que je souhaiterais le lui laisser pour lui prouver qu'elle peut me faire confiance.

— Embrasse-moi, Holda, supplié-je, encore collé à sa délicieuse bouche que je me refuse de quitter.

Elle appuie à peine contre moi et ce simple geste me percute comme une tempête de neige qui arriverait brutalement. Mon corps frissonne en écho au sien. Elle me rend mon baiser et imite timidement mes mouvements. Je la laisse faire, l'encourage, la guide. Ce dernier gagne en intensité à mesure qu'elle prend de l'assurance. Je suis au bord de l'explosion et garder le contrôle s'avère extrêmement compliqué.

Holda me désarme par sa seule présence dans mes bras et son désir qui contamine le mien. Je m'enflamme au contact de sa peau brûlante et je crève d'envie de la savourer sur place. Quand le sien la submerge, elle s'abandonne dans notre étreinte. Elle en oublie la hiérarchie qui nous sépare et m'enlace avec passion.

Mon baiser devient plus profond et plus langoureux, alors que ma langue part à la rencontre de la sienne. Elle me le rend sans réfléchir, enroulant ses bras autour de mon cou, se laissant emporter par les élans de son cœur.

Je l'embrasse longuement. Elle a le goût de l'été. D'abord ses lèvres pulpeuses et ses pommettes légèrement saillantes. Puis sa nuque gracieuse et le haut de sa poitrine généreuse. Sous ma caresse, je la sens frissonner à travers l'étoffe encore humide de sa robe. Je frémis à mon tour.

Holda se laisse faire alors que je dénoue son corsage avec dévotion. Je glisse lentement le tissu sur elle, en commençant par ses chevilles. Je lâche sa robe qui s'échoue à nos pieds et me recule de quelques pas.

Consciente de sa nudité soudaine, Holda rougit et baisse la tête, cherchant quelque chose qui l'habillerait à nouveau.

— Ne te cache pas, la supplié-je. Je veux te voir telle que tu es. Regarde-moi, lui intimé-je à voix basse.

Mal à l'aise, elle oscille d'une jambe à l'autre et essaie de se donner une contenance en dénouant ses cheveux. Lorsqu'elle me fixe, elle perçoit mon œil curieux et avide que je porte sans vergogne sur son corps et rougit. Elle me demande, hésitante :

— C'est la première fois que vous voyez une femme nue ?

— Oh que non ! m'esclaffé-je. À chacune de mes victoires, Thorbjörn en envoie une ou deux dans ma tente pour me tenir compagnie !

Holda semble se sentir honteuse d'avoir été indiscrète et tente de se cacher. Est-elle frustrée par mon aveu ? Je déglutis. Quel con ! Elle est mal à l'aise de se savoir mise au même plan que des « professionnelles ». Et cela ne va pas l'aider à avoir confiance en elle. Surtout avec ce qu'elle m'a livré plus tôt. Je suis un abruti et je dois vite rattraper ma maladresse.

— Mais c'est la première fois que je te vois, toi, chuchoté-je en réduisant la distance entre nous.

HOLDA

Je me sens rougir au-delà de tout. Je crois que mes joues sont cramoisies… au minimum !

Depuis les viols de Harald, je hais mon corps. J'abhorre chaque parcelle de peau qu'il a frôlée et encore plus celles qui ont réagi à ses ignobles stimulations. Car oui, dans l'incompréhension la plus totale, durant ces moments de violence intenses, il est arrivé à mon enveloppe charnelle d'éprouver du plaisir. Et Harald l'a senti et en a davantage profité. Je me suis tellement détestée depuis ce jour, j'ai tant de fois voulu mourir. Alors, de savoir que je fais de l'effet à Asulf me déstabilise profondément.

Je brûle de désir pour lui et réalise que j'avais le souffle coupé depuis une éternité. J'inspire lentement en tentant de reprendre mes esprits. Mais la vision d'Asulf se déshabillant devant moi, sans me quitter du regard, m'ébranle au plus profond de mon être. Je suis fiévreuse, je me consume de l'intérieur quand il revient contre moi, d'une démarche féline et conquérante. Je l'observe et constate que nous éprouvons la même chose l'un pour l'autre.

ASULF

Cette fille me fait un tel effet que j'en perds mes moyens ! Mais qu'est-ce qui m'arrive ? Elle n'est pas la première femme que je rencontre. Ni la seconde. Ni la troisième. Enfin, bref. J'en ai eu plusieurs entre les mains et j'ai su les combler, d'instinct. Alors pourquoi est-ce que j'ai l'impression d'être puceau devant Holda ?

Est-ce parce que je suis le premier à l'embrasser réellement ? À lui montrer qu'elle compte ? Elle me désarme totalement, c'est déconcertant !

J'ai peur de la faire fuir, de la briser, alors que tout en elle me montre qu'elle m'attend. Elle ignore qu'elle peut me demander ce qu'elle souhaite et que je le lui accorderai. Je ne prendrai rien, je lui offrirai tout, sans réserve.

Je fais un pas en arrière, puis un autre, pour la contempler à ma guise. Elle essaie timidement de cacher sa féminité en dénouant sa tresse, mais je bouge lentement ma tête de droite à gauche pour qu'elle arrête.

Elle inspire profondément, les yeux fermés et se ravise. Ses bras à nouveau le long de son corps, elle rouvre ses grands yeux bleus et les verrouille aux miens.

— Tu es magnifique, murmuré-je en m'approchant et en passant une mèche de cheveux derrière son oreille.

Elle baisse la tête et détourne le regard en rougissant.

Mes mains s'emparent tendrement de son visage que je ramène face au mien pour déposer mes lèvres sur les siennes, doucement. Je la sens se détendre et approfondir notre étreinte, dans un baiser langoureux, appuyé, dévorant. J'embrasse Holda, encore et encore.

À bout de souffle, je détache nos bouches gonflées et je l'observe porter ses doigts à ses lèvres, les yeux fermés et un sourire en coin. C'est tout ce que j'attendais pour reprendre mes assauts. Sans nous séparer, je l'allonge lentement sur l'herbe, mon corps en appui au-dessus du sien.

D'ordinaire, je baise, souvent sauvagement, pour évacuer la tension accumulée durant la bataille et les filles partent sans demander leur reste.

Mais pas aujourd'hui. Aujourd'hui, je veux prendre mon temps. Holda mérite que je l'embrasse et lui fasse l'amour, longuement, avec dévotion.

Et je dois bien m'avouer que cela me rend nerveux. Je vais m'atteler à remplacer chaque mauvais souvenir par un nouveau qu'elle pourra chérir.

Mes lèvres se détachent difficilement des siennes :

— Laisse-moi t'honorer comme il se doit, ma douce. Ne me résiste pas.

Elle acquiesce alors que je me noie dans ses yeux :

— J'ai confiance en toi, susurre-t-elle.

Je souris et après un dernier baiser, je pars à la conquête de son corps, en vue de la faire jouir.

Elle met un moment avant de calmer sa respiration et de retrouver sa lucidité. Satisfait, un sourire niais sur mon visage, je remonte au niveau du sien. Je la recouvre de mon corps, en prenant soin de ne pas l'écraser.

— Asulf, je… Que m'as-tu fait ?

Je ris de la sentir ivre de bonheur.

— Je te l'ai dit, je t'ai donné ce que tu mérites, je réponds, mes iris plantés dans les siens.

Elle m'observe, incrédule et encore sous l'effet des attentions que je viens de lui prodiguer. Elle semble changée, dans une plénitude que je me plais à admirer.

— J'aimerais continuer, si tu veux bien, la supplié-je. Es-tu prête ?

Elle hoche la tête et je frissonne d'excitation, prêt à assouvir ses désirs.

Quand nos corps s'unissent, c'est comme si j'étais enfin à ma place.

HOLDA

Asulf m'embrasse passionnément, encore et encore, tout en m'allongeant sur l'herbe. Je n'ai jamais été étreinte de cette manière. Je ne sais pas comment réagir face à lui, surtout lorsqu'il murmure :

— Laisse-moi t'honorer comme il se doit, ma douce. Ne me résiste pas.

Je frissonne d'excitation, de désir. Je suis en feu, incapable de prononcer la moindre parole. Alors je fais la seule chose que je peux faire, j'acquiesce d'un mouvement de tête et susurre :

— J'ai confiance en toi.

Un large sourire se dessine sur son visage et après un dernier baiser sur mes lèvres, il part vénérer mon corps.

Oh, bon sang ! Ma peau réagit à chaque toucher. Je suis tellement excitée que je subis ce qui m'arrive. Et j'adore ça ! Mon cœur bat à tout rompre. Je sens un brasier intérieur s'intensifier. Je n'ai jamais rien connu de tel. Je suis complètement déstabilisée par ces sensations exquises, submergée par mes émotions et mes larmes coulent toutes seules. J'ai l'impression de flotter, je ne maîtrise plus rien.

— Asulf, je… Que m'as-tu fait ?

Je sais ce qu'il m'a fait. J'ai surpris une conversation entre deux femmes qui se racontaient leurs ébats et c'était à celle qui aurait eu le meilleur orgasme. La rousse, magnifique, détaillait à son ami ce qu'un guerrier, un grand blond, lui avait fait et elle avait adoré cela. Sur le moment, je n'y avais pas vraiment prêté attention, mais aujourd'hui je réalise à quoi elles faisaient allusion.

Asulf a été mon premier, le seul à prendre soin de moi de cette manière et j'en suis heureuse.

Il rit avant de me répondre :

— Je te l'ai dit, je t'ai donné ce que tu mérites.

Cet homme magnifique vient de m'offrir la plus merveilleuse chose qui soit. C'est trop beau pour être vrai, je dois être en train de rêver. Et j'ai peur de me réveiller. Surtout lorsqu'il me supplie :

— J'aimerais continuer. Es-tu prête ?

Je hoche la tête pour lui donner mon accord et, les yeux dans les yeux, je m'abandonne totalement à lui.

ASULF

Après lui avoir fait l'amour, j'ai gardé Holda serrée contre moi. Je parsème ses cheveux de légers baisers. Je me sens bien et elle aussi semble profiter de ce moment. Je n'ai jamais ressenti ce besoin d'être proche d'une partenaire. Jusqu'à présent, cela se limitait à une bonne baise et j'appréciais ça, j'en étais satisfait. Aujourd'hui, j'ai envie de plus.

Holda se redresse sur ses coudes et nos regards se verrouillent. Je suis heureux avec une femme, pour la première fois. Je souris comme un gamin. Ses lèvres capturent les miennes avec douceur et je lui rends son baiser, entourant son visage de mes mains, caressant ses joues avec mes pouces. Elle frémit contre ma bouche et je devine qu'elle a froid. L'air s'est rafraichi et il va falloir rentrer.

Nous nous rhabillons en nous dévorant des yeux. J'adore la voir rougir sous mon regard brûlant.

Le retour se fait en silence. Elle se tient près de moi, ses bras le long du corps, mais n'ose rien faire. Comme si notre bulle de bonheur était restée derrière nous, dans les bois et qu'elle était de nouveau Holda, la THRALL de la maison de mon père.

Ses yeux évitent les miens et cela me contrarie fortement. Une douleur qui m'était inconnue jusqu'alors s'insinue dans ma poitrine. Pense-t-elle que nous avons fait une erreur ? À-t-elle honte de moi ? À-t-elle peur que quelqu'un découvre ce qu'elle a fait et ne l'ébruite ? S'imagine-t-elle que je regrette ?

Pour moi, tout est clair. J'ai passé un très bon moment et je suis contrarié qu'elle garde ses distances. Je ne veux pas que cela se termine. J'ai besoin de le prolonger l'instant encore un peu.

J'entrelace nos phalanges, surveillant sa réaction. Elle sursaute à mon contact. Ses yeux se tournent vers moi, alors qu'elle sourit, radieuse et resserre sa prise. Mon cœur se met de nouveau à battre la chamade, comme si j'avais traversé tout AROS en courant. Je lui réponds en caressant le dos de sa main avec mon pouce, jusqu'à ce que la maison soit en vue.

Elle a progressivement ralenti l'allure de ses pas et je l'ai imitée. Lorsque nous atteignons la limite de la propriété, nos doigts se délassent à regret et je n'ai qu'une envie, la retrouver rapidement.

Mon père va passer les prochaines semaines auprès de Thorbjörn, dans le SKALI au centre d' AROS. Cet éloignement est une bénédiction, car je n'arrive pas m'ôter de l'esprit ce que Holda m'a confié à demi mots. Une envie de confronter Harald monte en moi et je tente de la freiner autant que je le peux. Il est mon JARL, mon autorité. Si je le brave, aux yeux de la Loi, je serai en tort et condamné au même titre qu'un KARL. Pour l'affronter, je dois devenir son égal, un JARL. Dans le cas contraire, je dois lui obéir et fermer ma gueule. Putain de politique à la con !

Alors que mon père gravite autour du pouvoir, je resterai chez nous, en périphérie de la ville, là où il y a suffisamment d'espace pour avoir une demeure et beaucoup de verdure autour pour des bêtes ou cultiver.

Solveig et maintenant Holda, sont en charge de la maison, du potager, des poules et d'une famille de cochons qui gambadent dans un enclos autour de chez nous. Alors, quand je suis là, sans mon père, nous n'avons pas besoin de protocole. Je mange avec elles dans la pièce où elles préparent les repas. Cette « cuisine » dans laquelle elles sont souvent cantonnées, car elles ne sont pas autorisées à manger avec nous.

J'aime ces moments avec celle qui m'a élevé comme une mère. Elle a clairement remplacé la mienne, que je n'ai jamais connue. Elle m'a donné de la tendresse toute mon enfance et me laisse encore la serrer dans mes bras quand nous sommes seuls.

Aujourd'hui, le repas a une saveur particulière. Assis à côté de Holda, je la caresse discrètement de mon genou. J'ignore ce qui la gêne le plus, que je la touche ou que je dine avec elles ? Elle a les joues rosies et cela m'amuse.

— Ne sois pas si timide Holda ! Asulf n'a jamais mangé personne, la chahute Solveig.

Je vois Holda passer du rosé au cramoisi et je sais que les paroles de ma *nourrice* font échos à notre étreinte de cet après-midi.

— Je n'en serais pas si sûr ! Contesté-je. D'autant que je suis particulièrement vorace depuis tout à l'heure !

Holda s'étouffe avec sa soupe, alors que Solveig continue, sans comprendre la double discussion qui s'opère sous son nez :

— Je t'ai dit et te répète que tu ne te nourris pas assez, Asulf !

— Et je vais suivre ton conseil dès ce soir ! Déclaré-je en lui tendant mon assiette pour avoir une autre ration, en faisant un clin d'œil à la jeune femme affreusement mal à l'aise, qui tente littéralement de disparaître.

Holda me regarde tout du long, alors que Solveig est occupée à me resservir. Sans parler, je tente de lui faire comprendre que je veux la revoir. Ce soir. Je ne peux déjà plus me passer d'elle. En quelques heures, elle m'a rendu dépendant.

Nous hochons tous deux la tête. Mon message est bien passé.

Après le repas, je les aide à débarrasser et à nettoyer rapidement. Si Harald me voyait, ou n'importe qui d'ailleurs, j'en prendrais pour mon grade. Je n'ai rien à faire dans la cuisine, surtout pas pour des tâches domestiques.

Pourtant, j'aime ces simples moments de partage, depuis que je suis tout petit. Ces instants d'amour, pendant lesquels Solveig m'apprenait à être indépendant, à me faire à manger avec trois fois rien. C'est notre secret, que ma *nourrice* et moi protégeons farouchement et je sais que Holda en fera de même, maintenant qu'elle est dans la confidence. Notre soirée ressemblait à celle d'une famille unie, heureuse. Et je le suis, grâce à elles deux, bien que pour des raisons différentes.

Lorsque la cuisine est propre, j'embrasse le sommet du crâne de Solveig en lui souhaitant bonne nuit et pars me coucher.

HAUSTMÁNUÐUR / OCTOBRE

TROIS SEMAINES PLUS TARD

ASULF

Allongé dans mon lit, j'attends depuis ce qui semble être une éternité. Soudain, je tourne la tête vers la porte restée entre-ouverte. Holda est là, sur le seuil, m'observant sans bruit. Hésitant à entrer de son propre chef, comme chaque soir depuis trois semaines.

Je me lève, m'approche d'elle et l'attire dans ma chambre en silence. La porte à peine verrouillée, je me précipite contre elle et l'embrasse fougueusement. Je suis accro à elle. En manque quand je ne l'ai pas touchée depuis quelques heures. Je n'ose imaginer dans quel état je serai quand je m'absenterai pour des jours.

Nos baisers à la dérobée sont terriblement excitants et j'ai du mal à me contenir la journée. Mais quand la nuit arrive, je sais qu'elle va me rejoindre et que nous n'allons pas beaucoup dormir.

J'allume une bougie, me déshabille à la hâte, puis la dévêts rapidement, trop impatient de sentir sa peau contre la mienne.

Ses courbes paraissent encore plus belles à la lueur de la flamme. Son corps a pris une jolie teinte dorée et contraste à peine avec ses cheveux d'or qui cascadent sur elle.

Cette femme m'a ensorcelé. J'étouffe quand elle n'est pas là. Je respire à nouveau lorsque je l'embrasse, humant son odeur qui me remplit d'allégresse. Elle me rend mon étreinte et pose sa tête contre mon torse.

— Ne fais pas de bruit, murmuré-je. Hier, tu n'as pas été très silencieuse et Solveig va finir par comprendre ce qui se passe.

Elle opine du chef, mais je sais qu'elle va lutter pour se contenir. Je l'allonge sur le lit et l'embrasse à en perdre haleine. Mes mains se perdent dans ses cheveux et sur elle.

J'en veux toujours plus. Je ne suis jamais rassasié d'elle.

Après l'extase, Holda retombe mollement sur le lit et je la serre contre moi. J'attends que nos respirations redeviennent régulières et je me sens déjà prêt à recommencer. Notre tension évacuée, je peux laisser libre cours à ma passion, lui faisant découvrir un monde de sensualité, que je ne veux partager qu'avec elle. Tout est fluide et simple entre nous. Nous n'avons pas besoin de nous parler pour nous comprendre. Elle et moi, c'était une évidence et je ne veux qu'elle.

Nous nous unissons encore une fois cette nuit-là, après nous être un peu reposés, prolongeant notre étreinte jusqu'à ce que l'aube vienne nous séparer.

UNE OMBRE

Tapie dans l'ombre, au fond du couloir, une silhouette a observé la scène. Elle a vu la main d'Asulf se poser sur la THRALL, ainsi que le regard qu'ils se sont échangés. Elle a suivi Holda jusqu'à la chambre du jeune homme et a perçu quelques cris étouffés. Sans dire mot, une grimace contrite greffée sur ses lèvres, elle se retire.

ASULF

J'émerge lorsque Holda se retourne lentement entre mes bras. Elle rougit en parcourant mon torse de ses doigts. J'imagine aisément ses pensées remplies des souvenirs des heures passées. Nous avons tous deux aimé cela plus que de raison, cette nuit encore et profitons des derniers instants avant qu'elle ne reprenne ses corvées.

J'enfouis mon visage dans son cou pour la picorer de baisers. Je souris contre sa peau et respire longuement son odeur. Nous sommes épuisés et je ne pourrai pas l'honorer davantage. Alors nous nous embrassons longuement, anticipant ce manque imminent que nous nous efforçons de combler.

Puis, bien que l'aube ne se soit pas encore levée, elle s'aventure hors des draps chauds, laissant la fraîcheur prendre sa place entre mes bras.

— Tu y vas déjà ? grogné-je toujours ensommeillé.

— Il le faut, murmure-t-elle en déposant un baiser sur mon nez.

— Pourquoi ? La nuit a été si courte ! Reviens, tu n'es même pas reposée ! protesté-je.

— Vous non plus, jeune maître, rétorque-t-elle, joueuse. Et puis, je n'ai pas le temps de me reposer. Solveig ne va pas tarder à se réveiller et votre père arrive aujourd'hui. Ils ne doivent surtout pas me trouver ici. Il vaut mieux que je m'en aille immédiatement.

J'acquiesce tristement.

Habillée, Holda s'assoit sur mon lit, le regard sombre. Je la prends dans mes bras. Elle ajoute, d'une voix qui se veut rassurante :

— Tu sais très bien que mon vœu le plus cher est d'être avec toi. Je souhaite tellement ne pas être obligée de cacher notre amour et ne pas devoir te quitter à l'aube. D'être libre de t'aimer. Mais je ne le peux pas.

Elle se détourne mais je la rattrape et la serre très fort contre moi, lui caressant la joue avec tendresse. Son regard interloqué m'observe, attendant la suite.

— Tu dois me promettre que tu ne diras à personne de ce qui s'est passé. Mon père ne doit rien savoir avant que je ne lui parle.

— Je le jure, dit-elle en opinant du chef.

— Je lui avouerai tout. Je lui annoncerai que je n'ai pas besoin qu'il me cherche une épouse. Car j'ai déjà trouvé celle que je veux prendre pour femme.

Holda me regarde droit dans les yeux en rougissant et me sonde longuement. Putain, qu'elle est belle ! Pour la première fois, elle se jette à mon cou en pleurant et mon cœur reprend sa course effrénée.

— Tu es fou de le braver ainsi !

— Je ne me satisferais pas d'une partenaire pour qui je ne ressens rien, dit-il en lui caressant le bas du dos. J'ai besoin d'une famille unie dans l'amour. Je veux des enfants avec une femme qui en voudra également de moi et non parce que son rang l'exige. Je souhaite qu'elle les aime et leur inculque des valeurs essentielles.

Elle explose de joie et presse ma main contre son cœur, que je sens battre à tout rompre. Nous partageons la même vision d'un foyer et elle a conscience que ce ne sont pas que des mots.

— Ça peut sembler rapide, mais je sais ce que je désire, continué-je. Je te veux toi, Holda. Et après chaque bataille, je reviendrai pour toi.

Joignant le geste à la parole, je prends sa main libre dans la mienne et les pose sur ma poitrine. Elle se penche et m'embrasse tendrement avant de se rembrunir.

— Asulf, ne me fais pas de promesses que tu ne pourras pas tenir. Tu sais très bien que je ne serais jamais autorisée à devenir ta femme.

Je resserre mon étreinte et murmure, en la regardant droit dans les yeux :

— Je te le promets, confirmé-je, scellant mon engagement par un profond baiser.

Holda s'arrache difficilement de mes bras et se lève doucement. Elle me sourit et sort sans bruit de la chambre pendant que je la contemple une dernière fois.

Note de l'auteur : La « cuisine » comme nous la connaissons aujourd'hui n'existait pas chez les Vikings. La maison d'un Viking était composée d'une pièce principale, avec un foyer en son centre, et des couchages le long des murs. Cependant, il était plausible qu'un Jarl ait une maison plus grande, avec plusieurs esclaves, et donc des espaces dédiés, afin de ne pas être importuné : cuisine, chambres.

Note de l'auteur : retrouvez plus d'informations concernant les jurons, les concepts modernes utilisés pour faciliter votre compréhension et les adaptations artistiques du roman à la fin de celui-ci.

SOLVEIG

CHAPITRE 6

SOUVENIRS

HAUSTMÁNUÐUR / OCTOBRE

HARALD

Je suis arrivé en fin d'après-midi et personne pour m'accueillir. J'attends le retour d'Asulf depuis un moment, tapotant nerveusement mes doigts sur le bois de la table. Je n'ai jamais été très patient et encore moins quand mon estomac me tiraille. Devant moi, des plats alléchants refroidissent.

Asulf est toujours présent au repas et à l'heure. Que signifie ce retard ?

Il arrive enfin et se dirige directement vers sa place.

— Te voilà enfin ! Où étais-tu ? demandé-je irrité.

— Dans la forêt, répond-il succinctement en s'asseyant sur sa chaise pendant que je lui fais la morale.

— Tu dois te reposer. Nous partons demain pour RIBE.

— Qu'est-ce qui se passe ? s'enquière-t-il, surpris.

— Comme tu le sais, il y a trois semaines, des hommes ont accosté au Sud-Ouest et commençaient à remonter le long de la côte. Nous pensions à des explorateurs, des colons en quête d'une nouvelle terre, mais il n'en est rien. Ce sont des guerriers. D'autres ont débarqué, plus nombreux. Ils pillent et incendient sur leur passage. Ils se sont établis sur la grande plaine au Nord de RIBE. Nous y allons pour leur couper la route et les forcer à battre en retraite.

Il hausse les épaules sans rien dire, ce qui ne lui ressemble pas.

— Cache ta joie ! Je ne t'ai jamais vu aussi dépité d'aller combattre !

— Je ne suis jamais exalté non plus ! Je ne me bats que pour protéger mon clan, rétorque-t-il, à la limite de l'insolence.

— A ton âge, jamais je ne me serais permis de répondre à ton grand-père ! lâché-je pour le recadrer.

— Ce n'est pas ce que Solveig m'a raconté, objecte-t-il.

Je ne sais pas comment interpréter sa remarque. Alors je souris et ajuste ma position sur mon siège.

La tension est retombée de mon côté et laisse place à quelques confidences de ma part :

— Très bien. Puisque je vois que tu es aussi curieux, je vais me rendre justice moi-même et te dire ce qui s'est passé cette fois-là. Ton grand-père m'a giflé et congédié en me privant de repas. C'était fort humiliant, d'autant plus que ma mère et mes sœurs ont assisté à cela. Le lendemain, il m'a réveillé à l'aube en m'embarquant sur son épaule et avant que je ne proteste, il m'a lancé dans la rivière toute proche. L'eau était glacée et mes noix s'en souviennent encore !

Asulf étouffe à peine un rire. Son comportement est inhabituel et froid. J'en fais fis et je continue mon histoire :

— Alerté par le bruit, les THRALLS sont sortis. Personne n'a rien dit, de peur de devoir me tenir compagnie dans l'eau gelée. Mon père m'a regardé patauger quelques minutes avant de rentrer. Je ne pouvais pas rejoindre la berge. Je l'avais défié, je devais payer. Je ne lui pardonnais pas cet affront qui m'est longtemps resté en travers de la gorge. Mais, comme tu le vois, les temps ont changé. Tu peux me parler librement, tant que tu ne me manques pas de respect.

— Excuse-moi, père. Je ne voulais pas t'offenser en te désobéissant. J'avais simplement besoin de parcourir une dernière fois notre contrée et tous ses attraits.

— Je te comprends. C'est oublié.

— Combien de temps devrons-nous être absents ? m'interroge-t-il.

— Je l'ignore. Thorbjörn est parti plus tôt dans la journée et a estimé qu'Amalrik, toi et moi pourrions lever le camp demain matin et le rejoindre. Il est inutile de te faire du mouron, nous reviendrons bien assez tôt. Nous sommes dix fois plus nombreux que l'ennemi à RIBE.

Je toise Asulf et sens une gêne s'emparer de lui. Il n'a jamais éprouvé la moindre réticence à combattre. La mort ne l'effraie pas. Il semble même qu'elle soit de son côté. Alors pourquoi est-il si inquiet ce soir ? A-t-il le sentiment qu'il ne rentrera pas à la maison ?

Son instinct est excellent. Donc si quelque chose le tracasse, je redouble d'attention, car j'ai confiance en son jugement.

Mais je n'arrive pas m'enlever de la tête qu'Asulf a vraiment un comportement étrange. Je préfère ne pas lui poser de questions pour l'instant et change de sujet :

— Le repas sent bien bon ! Solveig s'est surpassée ce soir ! Elle a trouvé cette volaille au marché ?

— Non, je suis sorti chasser, répond-il platement.

J'acquiesce. Il y a bien longtemps que nous n'avons pas mangé de pintade. Et celle-ci est particulièrement délicieuse. Solveig a fait revenir les pommes de terre dans le jus de la viande. Elles sont savoureuses et fondantes. Un vrai régal.

Le repas se poursuit dans un silence pesant. Avant que mes nerfs me lâchent, j'annonce d'un ton solennel :

— Demain, avant de partir, je punirai Holda. Solveig m'a dit qu'elle ne l'avait pas vu de l'après-midi et qu'elle avait dû se charger de ses corvées en plus des siennes.

— Non, père, tu n'en feras rien ! me brave-t-il.

— Pourquoi t'y opposes-tu ? Tu ne voudrais quand même pas que nous la logions et la nourrissions gracieusement ! En tant que THRALL, elle nous doit obéissance. Surtout si elle souhaite demeurer sous notre protection. Et elle doit nous indemniser en retour pour ce que nous lui offrons.

— Elle a déjà bien assez payé, je crois l'entendre murmurer.

Je l'observe attentivement. Que dois-je en conclure ? La catin lui a-t-elle parlé ? Asulf sait-il ce que j'ai fait ?

J'élude sa remarque :

— Elle n'a même pas ton âge. Des esclaves passent leur vie entière sous la protection de leurs maîtres sans jamais avoir remboursé leur dette. Elle est loin d'en avoir fini avec nous, crois-moi ! Elle sera donc châtiée pour avoir manqué à un devoir élémentaire.

Asulf s'énerve et frappe la table de ses poings. Ça aussi, c'est étrange. Il ne s'emporte jamais.

— Elle ne doit pas être punie, rugit-il. Si quelqu'un doit l'être, c'est moi.

— Toi ? Et en quel honneur ?

— Je lui ai ordonné de laisser tomber ses corvées pour m'accompagner en forêt, en sachant que Solveig ferait tout et toute seule. Holda a longuement protesté, jusqu'à ce que je lui ordonne de me suivre et elle n'a pas pu refuser.

Je plante mon regard dans le sien, puis je comprends qu'il a été s'amuser avec elle. *Merde !* Ce n'était pas prévu qu'il la touche !

Comme je dois faire bonne figure, je me radoucis.

— Profiter de nos contrées, disais-tu en arrivant ? J'espère que tu ne l'as pas engrossée ! Je te destine à bien meilleur parti et aucun bâtard ne saurait te coller au train !

— Tu tiens les mêmes discours que les anciens du village, se renfrogne Asulf. Tout cela est dépassé. De nos jours, le rang n'a plus d'importance. Seule la femme en a.

— Où as-tu entendu pareilles sottises ? m'indigné-je.

— C'est une rumeur qui circule parmi les soldats, explique-t-il.

Je dédaigne ses propos d'un revers de la main. Cette conversation prend une mauvaise tournure et cela m'agace. Je ne veux pas d'elle dans la famille. Ni la partager avec le gamin.

— Eux sont des KARLS, ils n'ont pas de condition. Ils sont simplement des hommes libres qui nous servent. Tu ne dois pas écouter ce qu'ils disent. Seigneur ou catin, ils accepteraient n'importe quelle femme, pourvu qu'elle puisse les satisfaire un tant soit peu. Toi tu es un noble, mon fils. Et les nobles ne se mélangent pas aux THRALLS. Au mieux, ils les utilisent pour assouvir leurs pulsions.

Asulf soupire et je vais devoir remettre ce satané sujet sur le tapis. Encore ! Et si, pour une fois, il avait l'obligeance de faire ce que je lui dis ?

— À ton retour, je poursuis, tu devras te trouver une compagne digne de ton rang. Tu te marieras et par la suite, tu pourras également choisir quelques concubines qui pourront aussi loger avec toi.

— Une seule épouse me suffira, rétorque-t-il.

Je ris à gorge déployée :

— C'est bien la première fois que j'entends cela ! Une femme et des concubines sont le meilleur moyen d'assurer une large descendance. Mais si tu ne veux qu'une unique compagne, pour qu'à elle seule, elle te donne un bataillon d'enfants, à ta guise ! Par contre, ne tarde pas ! Me moqué-je.

Asulf me regarde et je sens qu'il garde des choses enfouies. D'éternelles interrogations semblent lui brûler les lèvres et il se risque finalement à me les poser :

— Pourquoi n'as-tu pas d'épouse, père ? Pourquoi n'as-tu que des concubines occasionnelles ? Pourquoi aucune d'elle ne vit ici ? Et pourquoi n'ai-je pas de mère ?

Il parle lentement, martelant chaque mot de sa dernière question. J'ai toujours refusé de me justifier à ce sujet. Pourtant, ce soir, je sens qu'il ne laissera pas tomber. Alors il va savoir. Il est temps.

J'attends quelques secondes avant de lui répondre, bougeant nerveusement les doigts. Je me plonge dans des souvenirs lointains, qui demeurent douloureux.

— Tu as eu une mère, démarré-je. Elle est morte en te mettant au monde. Comme aucune des femmes qui viennent ici n'est elle, je ne peux les autoriser à rester. Je te respecte, Asulf. Et pour cela, je n'ai jamais voulu t'imposer une étrangère.

Le gamin est abasourdi. D'ordinaire, je n'aurais pas répondu et j'aurais été furieux qu'il me questionne de la sorte. Mais ce soir, je suis calme. Trop, peut-être. Parce qu'il faut qu'il lâche prise, une bonne fois pour toutes.

Il enchaîne, curieux :

— Ai-je des frères et sœurs ?

— Si tu en avais, ils ne seraient que des bâtards conçus avec des putains. Ils ne seraient pas autorisés à te côtoyer, si ce n'est en étant sous tes ordres. Tu ne les as jamais rencontrés et c'est mieux ainsi.

— Alors j'ai une famille…

Ses yeux pétillèrent de bonheur et je m'irrite.

— C'est *moi*, ta famille ! Le coupé-je sèchement. Tu voudrais réellement connaître tes frères et sœurs ? Soit ! Je demanderai à Amalrik de les trouver. Et après ? Tu ne pourrais pas les commander. Tu ne pourrais pas les traiter pour ce qu'ils sont : des bâtards. Tu les considérerais en égal. Or, nous sommes sur notre propriété. Et qui y travaillerait ? Nous, peut-être ?

Je marque une pause, réalisant que j'y suis allé un peu fort. Asulf a besoin de réponses, ses questions sont légitimes. Je continue calmement :

— J'ai eu un frère. Je ne l'ai pas côtoyé, car je suis parti à quatorze ans pour rejoindre les sentinelles. Je l'ai haï parce qu'il avait vécu parmi les siens. Il a connu la tendresse d'une mère. Il a eu une femme, un enfant. Alors que moi j'avais des frères d'armes et Thorbjörn en guise de père. J'ai envié ce frère, ô combien de fois ! Mais nous n'étions plus rien l'un pour l'autre depuis longtemps. Trop de choses nous séparaient.

— Qu'est-il devenu ?

— Il est mort, ainsi que sa famille. Son domaine n'est plus que ruines.

— Pourquoi n'y sommes nous jamais allés ?

— Tu cherches davantage de souffrance ? Non, Asulf, plus rien ne subsiste là-bas. Un incendie a tout ravagé.

Il baisse la tête, comme s'il aurait vraiment aimé connaître de potentiels autres membres de notre famille. Mais je viens de lui interdire d'investiguer. D'autant que je suis certain de n'avoir aucun bâtard dans la nature. Mais je ne peux pas lui dire, sinon il va continuer à creuser et je ne peux pas lui dévoiler toute la vérité.

ASULF

Je me lève de table, salue mon père et rejoins ma chambre. Je m'allonge sur mon lit sans prendre la peine d'allumer la moindre bougie.

Je ressasse longuement la discussion que nous avons eu Harald et moi. Je dois admettre qu'il n'a pas tort au sujet d'une potentielle famille. Je ne conçois pas les esclaves comme tels, mais plutôt comme les hommes qui rament sur un DRAKKAR. On a besoin d'eux pour avancer et eux de nous pour les protéger. Alors oui, si je savais que mes demi-frères ou demi-soeurs erraient dans la nature et avaient besoin d'aide, je leur porterais assistance. Même si mon autorité est naturelle, car, aux dires de certains, je suis un chef né, je ne les aurais contraints à rien.

Par contre, je ne décolère pas vis-à-vis de ce qu'il a fait à Holda.

Comment a-t-il pu ? Au delà des considérations statutaires, quel homme digne de ce nom fait cela à une jeune femme ? S'il avait été mon égal, je lui aurait déjà réglé son compte pour son outrage. Mais je dois fermer ma gueule, car il est mon chef.

Ici, Harald n'est pas seulement le JARL d' AROS. Il est aussi le bras droit de notre roi. D'autant que Thorbjörn a établi AROS comme la ville principale de son royaume. Elle est le port principal du commerce et de la navigation, sa plus grande et florissante cité. Ce qui fait de Harald un homme très puissant. Et tout désordre autour de sa personne tournera court pour l'exemple, dussé-je être son fils.

Je risque gros sur ce coup. Je viens déjà de le braver en refusant une union insipide. Heureusement pour moi, il n'en a pas pris ombrage.

Je dois réfléchir à comment aborder les choses sereinement avec lui, sans le braquer et sans m'énerver, car l'envie de l'embrocher me taraude. Il doit entendre mes mots et accepter, pour que je puisse rapidement mettre ma future épouse à l'abri.

Je m'étire lentement, repensant à Holda. Nous n'avons presque pas dormi ces trois dernières semaines, jouissant de sentiments nouveaux qui nous emplissent d'une joie intense. Toutes les nuits, je me suis uni à cette femme que je désire à présent plus que tout. Sans l'avoir vu venir, je lui ai offert mon cœur, espérant le sien en retour. Je lui ai donné bien plus d'amour qu'à n'importe qui. Chaque nuit fut courte et peu reposante, mon âme et mon corps en réclamant davantage, tel un désir intarissable.

Je m'enfonce un peu plus sous les draps, frustré. Holda et moi avons convenu de ne pas nous rejoindre cette nuit, avec mon père dans les parages, ce n'était pas prudent, pour elle comme pour moi.

Je vais bientôt devoir m'extraire de ce cocon. Abandonner la chaleur de mon foyer pour revêtir ma tenue de guerrier et quitter la maison pour un temps. Retrouver un lit de camp froid, qui m'empêchera de m'endormir la nuit venue. La mort rôdera autour de moi, m'attirant de ses charmes d'acier. Je dois me résoudre à combattre. À être blessé. À panser mes plaies. Mais je me dois surtout de revenir chez moi. Pas simplement pour moi-même. Ni pour mon père. Mais pour Holda, car je le lui en ai fait la promesse.

Comme je regrette que les premiers rayons de soleil pointent déjà à l'horizon.

Un instant plus tard, on frappe à ma porte. Je reconnais ces pas et soupire alors que la voix d'Harald se fait entendre :

— Debout, Asulf ! Le devoir nous appelle.

Mon père ne vient jamais me réveiller. Les rares fois où il le fait, c'est pour me remémorer que nous partons dans la journée.

D'ordinaire, j'aime écouter son timbre grave, un peu enroué de n'avoir encore parlé à personne. Je me lève toujours très vite, impatient d'empoigner mon épée et vaincre nos ennemis.

Ce matin, cependant, c'est différent. Je n'ai aucune volonté. Je veux rester au fond de mon lit. Ne pas avoir entendu sa voix. En fait, j'aimerais qu'il soit encore en ville et qu'il ne soit pas rentré chez nous hier soir. Car j'aurais pu, une nuit de plus, tenir Holda serrée entre mes bras. Sentir la douceur de sa peau, ses lèvres charnues sous les miennes et nos cœurs battants à l'unisson alors que nous jouissons ensemble.

Au lieu de cela, je dois me lever, affronter la fraîcheur de ma chambre pour enfiler ma chemise et mes braies froides.

Je dois prendre les armes. Mais reviendrais-je seulement ?

Je rejoins mon père dans la salle principale de notre demeure. Celui-ci m'attend pour entamer les plats qui regorgent de viande, d'œufs et de fruits.

— Mange, m'ordonne-t-il. Nous avons besoin de nous nourrir. La route est longue jusqu'à RIBE.

J'acquiesce d'un mouvement de tête alors que mon père poursuit :

— Solveig a sellé nos chevaux et préparé nos provisions. Nous prendrons les restes de ce repas-ci, puis nous partirons.

Je ne réponds pas, l'écoutant à peine. Où est Holda ? Elle a dû prétexter je ne sais quoi pour éviter de mettre les pieds à l'étable. Elle s'est probablement occupée du petit déjeuner.

Je sais que tôt ou tard, il espèrera la punir à nouveau. Et je vais devoir la protéger si je veux l'épouser. Ce qui impliquera de braver l'autorité paternelle. Harald ne me pardonnera jamais de le provoquer pour prendre la défense d'une esclave, dût-elle devenir un jour sa belle fille. Ce à quoi il ne s'attend pas, de toute évidence.

Je suis soucieux, je ne perçois pas ce qui se passe ou se dit autour de moi, absorbé par mes pensées. Jusqu'à ce qu'en levant les yeux, je vois devant mon assiette une coupelle de blanc de poulet, copieusement arrosée d'une crème épicée. Holda. Elle m'a fait goûter sa recette deux fois ces dernières semaines. Nous l'avons même cuisiné ensemble, mes mains se perdant sur son corps, alors que Solveig manquait de vigilance. Je souris comme un con, car je sais qu'elle l'a préparée spécialement pour moi. Mon appétit revient vite et je fais honneur à son plat avec gourmandise.

Le repas terminé, je m'entretiens avec mon père sur la stratégie adoptée par Thorbjörn pour mettre en déroute ces nouveaux ennemis, ainsi que de l'itinéraire que nous allons entreprendre, lorsque j'aperçois Holda traverser la pièce.

Je vois Harald la contempler avec avidité et je me fais violence pour ne pas intervenir. Ma belle est effrayée, je sens que ce regard et ce sourire carnassier lui rappellent d'horribles souvenirs.

Elle tente de chercher refuge dans mes yeux, alors je la rassure d'un hochement de tête. Elle sait que mon attitude n'est qu'une façade, car nous en avons parlé. Je suis plutôt convaincant, mon père ne relève même pas. Je suis soulagé qu'il ne découvre pas notre liaison le jour de notre départ. Je veux prendre le temps de lui dire, d'homme à homme.

Solveig a rassemblé les restes de nourriture et les a empaquetés dans nos sacoches, déjà accrochées à nos montures. Je m'apprête à grimper sur mon cheval, lorsque je m'aperçois que j'ai oublié de sangler mon épée à ma taille. Putain, Asulf, ce que tu peux être distrait ! Tu vas te faire prendre, mon gars, avec tes conneries !

Je m'excuse auprès de mon père qui grommelle des paroles incompréhensibles et gagne rapidement ma chambre. Je ralentis puis m'arrête net sur le seuil. La porte est entre baillée et non grande ouverte, comme je l'avais laissée. Je l'ouvre un peu et un sourire niais se dessine sur mon visage. Holda m'attend, ma lame reposant dans ses mains.

Je repousse la porte, prends mon épée et l'ajuste à ma taille. Puis je l'enlace, me penche sur son cou et y dépose de doux baisers. Je resserre mon étreinte et ses doigts se crispent sur mes épaules.

— Je serai de retour avant que tu ne te rendes compte de mon absence, lui susurré-je.

Front contre front, je la caresse tendrement du bout du nez.

— Reviens vite, me supplie-t-elle. Tu vas tellement me manquer !

— EK ELSKA ÞIK, murmuré-je dans un soupire à peine audible.

— Je t'aime aussi, Asulf.

Mon cœur bondit dans ma poitrine. Je ne m'attendais pas à ce qu'elle me le dise à son tour.

— Alors, attends-moi ma douce, rétorqué-je. À mon retour, tout ira mieux. Nous serons bientôt heureux, je m'y engage.

Je m'écarte un peu d'elle et peux lire dans son regard toute la tristesse qui l'habite. Je la ressens également, plus intensément encore, alors que j'essuie une larme qui perle sur sa joue.

— Je t'attendrai, promet-elle. Même si cela doit durer une éternité.

Je l'étreins à nouveau, mon cœur battant à tout rompre. Comme il est bon de savoir qu'elle m'aime autant et qu'elle sera là pour moi quand je reviendrai !

Son amour m'a rendu confiant. À présent, je vois mon avenir sous un autre angle. Celui d'un homme qui protège et craint pour autre chose que sa propre vie. Je sais, au plus profond de moi, que je ne laisserai personne la toucher et lui faire le moindre mal, même si je dois en mourir.

Je l'embrasse pour la dernière fois, déversant toutes mes émotions en elle avant de m'écarter. Je dois partir maintenant, ou je ne pourrai pas m'y résoudre. Je la relâche et quitte ma chambre, sans me retourner.

Mes pas résonnent sinistrement sur le plancher. Jadis, j'aimais ce son, ce premier pas vers la victoire. Aujourd'hui, je le déteste, car il m'arrache le cœur et le sien, par la même occasion.

Je sors de la maison au moment où le soleil se lève. Ses rayons m'éblouissent et je baisse la tête en montant sur mon cheval, n'osant pas regarder mon père.

— Tu en as mis un temps ! Me rabroue-t-il.

— La coutume, père. Les THRALLS doivent être là à notre départ. J'ai été chercher Holda.

Harald n'ajoute rien, mais lui jette un œil noir alors qu'elle m'a suivi jusqu'au pas de la porte. Je la vois frissonner et comprends qu'elle a peur d'un châtiment à venir.

Sans saluer les deux femmes, mon père talonne son cheval qui se met à galoper tranquillement. Quant à moi, je prends le temps de faire le signe habituel, une main levée face aux esclaves, puis la pose sur mon cœur. Cela signifie que nous leur confions la maison en notre absence.

Je me tourne vers Holda et lui souris. Elle rougit en m'imitant, en guise de reconnaissance, de confiance et d'amour. Puis je taquine mon cheval et m'élance au galop pour rejoindre Harald, sans un regard en arrière.

HOLDA

Debout devant la porte, nous saluons Asulf qui s'éloigne, emportant mon cœur avec lui. Solveig rompt le silence et s'adresse à moi sur un ton emprunt de reproches :

— Eh bien, ce n'est pas très joli tout ça ! Tu penses vraiment te faire aimer du jeune maître ?

Elle me regarde alors que je perds mes moyens et baisse les yeux.

— Tu es si naïve, ma pauvre fille ! continue-t-elle. Il épousera une noble. Et toi tu souffriras tous les jours de les servir et de demeurer sa THRALL.

— Asulf est bon. Il est sincère. Il a l'indulgence et la fidélité que certains hommes n'ont pas. J'ai confiance en lui.

— Tu fuiras ton malheur, comme toutes celles dont l'honneur a été bafoué, rétorque-t-elle sèchement. À moins que tu ne sois assez sotte pour rester !

— Il m'aime, lancé-je pour seule réponse.

— Ils disent tout ça pour prendre les femmes qu'ils désirent, réplique-t-elle avec amertume. Et ils nous abandonnent toujours. Tu verras vite que j'ai raison. D'abord il continuera de progresser en tant que valeureux guerrier. Puis il voyagera. Il rencontrera des dames encore plus belles et plus riches que celles d'ici. Et il en épousera une, au teint et à l'accent exotique, comme ce noble qui vit en haut de la colline. Regarde-toi, Holda. Tu n'as pas d'argent. Les filles banales se ramassent à la pelle à AROS. Qu'aurais-tu à lui offrir pour le garder ? Saurais-tu faire face à la concurrence que t'opposeront les descendances de JARLS ?

— Je lui donnerai de l'amour et une famille, je réponds doucement.

— Et tu penses que cela suffira ? Nous sommes des esclaves, Holda. Et je t'aime comme ma fille, alors je me dois de t'ouvrir les yeux. Imagine un instant que tu sois grosse à son retour. Tu crois peut-être que cela changera quelque chose à ce que tu es ?

— Je serai la mère de son enfant…

—… qu'il ne reconnaîtra probablement pas, me coupe-t-elle. Après tout, quelle preuve aurait-il de ta fidélité ? Et même si c'était le cas, que se passerait-il ensuite ?

Je baisse la tête. Solveig a-t-elle raison ? Dois-je vraiment tirer un trait sur cet amour naissant ?

Devant mon visage dubitatif, elle enchaîne d'un ton plus doux :

— Tu te trompes sur ton futur, Holda. Et même si Asulf assume votre enfant, tu sais très bien ce que dira son père. Il refusera de vous donner sa bénédiction et jamais tu ne deviendras quoi que ce soit d'autre pour lui.

Je soupire alors que Solveig poursuit :

— Tu es une servante, mais aussi une esclave. Ne perds jamais de vue que Harald a été bon de te laisser entrer chez lui. Tu as connu son fils. Mais garde en tête que tu n'auras été qu'une passade pour lui et oublie-le. Trouve-toi quelqu'un d'autre de ta condition qui te rendra bien plus heureuse que lui. Fais-moi confiance, ce sera bien moins douloureux pour toi.

— Pourquoi me fais-tu aussi mal, Solveig ?

— Je veux simplement que tu sois lucide. L'illusion te conduira à la perte de ton âme.

— Ou à mon déclin.

— Tu tiens vraiment à rejoindre HEL, la déesse des morts ? Alors évite de provoquer Harald en tournant autour de son fils !

Je ne sais pas quoi répondre. Solveig a vu juste. Harald m'accorde sa protection et m'autorise à rester sous son toit. Il m'a également permis de rencontrer Solveig qui, malgré son apparente froideur, est devenue ma famille et m'apporte l'amour d'une mère.

Je l'ai connu avant d'entrer au service de Harald. C'était chez

Baldwin, il y a plusieurs années. Elle a toujours été très avenante avec moi lorsque nous nous voyions.

Elle a découvert que Harald m'agressait, depuis toute jeune. Elle a compris pourquoi il rendait aussi souvent visite à Baldwin. C'est probablement la raison pour laquelle il m'a fait venir chez lui ; me violer sans témoin.

Solveig s'est donc retrouvée tiraillée entre son sens du devoir et son affection. Alors nous n'avons jamais abordé le sujet, mais elle sait m'apaiser.

Depuis que je suis ici, elle veille sur moi comme si j'étais sa fille. Certes, elle est devenue distante depuis ma première agression par Harald sous son propre toit. Elle et moi n'avons pas eu besoin de parler. Elle a compris ma souffrance et m'aide à la surmonter, en m'apportant son soutien et en pansant mes blessures.

Je relève la tête vers le nuage de fumée ocre qui s'est presque totalement dissipé. Ces dernières semaines, je me suis sentie renaître dans les bras d'Asulf. Comme si mon corps s'était dédoublé et que la petite fille souillée qui m'habitait avait été lavée de cet affront.

Je suis devenue une jeune femme, partagée entre le désir profond de fonder une famille et donner un enfant à mon amour et la crainte que Harald ne continue de me tourmenter. Il me tarde qu'Asulf parle de nous à son père et que j'en sois enfin libérée.

Note de l'auteur : RIBE : l'une des plus anciennes villes du Danemark, construite par les Vikings au début du VIIIe siècle. Elle se situe au Sud-Ouest, c'est une ville portuaire.

Note de l'auteur : DRAKKAR : navire à voile et à rames, souvent utilisés pour les raids, les pillages et les explorations des vikings. Les drakkars étaient souvent décorés de sculptures complexes, notamment de têtes de dragon ou de serpent, d'où leur nom "drakkar" qui signifie « dragon » en norvégien ancien.
Caractérisés par leur forme élancée, leur coque peu profonde et leur faible tirant d'eau, ils pouvaient naviguer dans des eaux peu profondes et de remonter les fleuves. Ils étaient également équipés de rames pour une utilisation en cas de besoin et leur voile carrée leur permettait d'atteindre des vitesses élevées lorsque le vent était favorable.

Note de l'auteure : EK ELSKA ÞIK : signifie « je t'aime » en vieux norrois.

AMALRIK

CHAPITRE 7

ELLE ET PERSONNE D'AUTRE

HAUSTMÁNUÐUR / OCTOBRE

ASULF

Cela fait déjà cinq jours que je chevauche avec mon père et Amalrik. Pas de doute, SUMAR touche à sa fin et VETR sera bientôt là, car les journées commencent à se rafraichir et les nuits à la belle étoile deviennent difficiles sans feu.

Amalrik nous a rejoints aux portes d'AROS, au moment où nous avons quitté la ville. Nous faisons halte à chaque groupe de sentinelles que nous rencontrons, demandant constamment des nouvelles de ce qui se passe à RIBE. Et elles sont toujours les mêmes.

L'ennemi s'est installé depuis des semaines dans l'immense plaine déjà verdoyante en bordure de RIBE, à bonne distance de l'armée de Thorbjörn.

Celui-ci a finalement établi son campement en bordure de la ville et a posté des éclaireurs qui se relayent plusieurs fois par jour pour surveiller les environs.

De jour comme de nuit, l'ennemi attend, telle une masse informe et noire, repliée sur elle-même, comme endormie sur le sol. Elle se meut à peine, se contentant de tuer les éclaireurs par leurs archers s'ils s'aventurent trop près de leur camp. Ont-ils peur car nous sommes dix fois plus nombreux ?

Thorbjörn a envoyé un ambassadeur officiel et un petit cortège. En revenant, celui-ci a raconté comment ses compagnons furent massacrés, exhibant son moignon en guise de bras. Thorbjörn, le visage congestionné, ne pouvait rien faire d'autre que d'attendre l'arrivée de son JARL et ses subordonnés.

Nous voyageons sans un mot depuis que nous avons quitté la maison. Je n'ose pas rompre le silence qui s'est installé entre mon père et moi. J'en ai encore gros sur le cœur et je me pose des tas de questions à son sujet. Comme si les révélations de Holda mettaient en perspective un autre aspect de la personnalité de mon paternel. Et ce pan de lui m'est totalement inconnu. J'ai le sentiment d'avoir un étranger en face de moi. Je déglutis et inspire profondément. Je me force à faire bonne figure, afin de ne pas éveiller ses soupçons.

Que pourrais-je bien lui dire pour briser la glace et qu'il ne sache pas déjà ? Une petite blague pour détendre l'atmosphère ? Je n'en connais aucune. Je suis un guerrier, pas un barde.

Évoquer la stratégie militaire ? Mon JARL de père a largement eu le temps de me briefer sur ses techniques de combat. Il m'aide à perfectionner les miennes, qu'il commente de moins en moins. C'est que je deviendrais bon à ses yeux !

Bref, de quoi pourrions-nous bien parler ?

Finalement, Harald se décide à rompre le silence. Gloire aux Dieux !

— Tu m'as l'air soucieux, Asulf. À quoi penses-tu ?

Voyons voir… À la jeune femme magnifique qui m'attend à la maison et que je rêve de retrouver dans mon lit. À mes doigts qui frôlent sa peau et la font frissonner. À sa bouche contre la mienne. Au désir que je ressens en me remémorant nos étreintes fiévreuses… Bref, rien dont je ne puisse m'entretenir avec lui.

— À rien, je réponds simplement.

Il me regarde attentivement :

— Je ne me souviens pas t'avoir vu aussi tendu avant d'aller combattre !

— Je ne pense pas au combat. À quoi cela sert-il de spéculer ? J'ai foi en mes capacités. Nous avons longuement travaillé et je n'ai jamais failli.

— J'en conviens, acquiesce-t-il, mais l'orgueil est mauvais conseiller.

— Ce n'est pas de l'orgueil, père. Je me sens prêt. Je compte sur l'effet de surprise pour déstabiliser l'adversaire. Si mes gestes sont prévisibles, je perdrai mon plus gros avantage.

— Fort bien. Sois malin, rapide et adroit et rien ne te résistera.

Je souris. Sous ses airs de JARL intransigeant, je sais qu'il s'inquiète.

— Je n'ai pas peur de mourir, fanfaronné-je, juste avant de tourner la tête vers lui et détourner la conversation, car le sujet est clos :

— À la dernière garnison, je me suis mêlé aux soldats lors de notre halte. Une rumeur se propage. On dit que l'armée n'a pas bougé et l'ennemi non plus. Pourquoi Thorbjörn n'attaque-t-il pas ?

— Thorbjörn est rusé, renchérit mon père. S'il patiente, c'est qu'il a une bonne raison. Peut-être prépare-t-il une invasion nocturne.

AMALRIK

Je reste immobile, assis un peu à l'écart. Je ne prends pas part aux échanges entre le père et le fils. Depuis que nous avons quitté AROS, il y a de la tension entre ces deux-là et c'est bien la toute première fois.

Je regarde Asulf réprimer un soupir, puis Harald continuer de le questionner.

Je me souviens qu'à une époque lointaine, Harald et moi avions eu une discussion. Je me sentais perdu. Un père me manquait terriblement et Harald avait été cette oreille attentive dont j'avais besoin.

Mais les choses sont différentes avec son propre fils. Asulf est d'une autre génération et ne pense pas comme son père. Jusqu'à présent, nous avons voyagé en silence. Loin de moi l'idée que cela me dérange, car je ne suis pas bavard. Mais la compagnie de celui-ci est pesante.

Que se passe-t-il ?

Pourquoi le jeune homme semble-t-il perturbé ?

Tout cela est inhabituel.

Est-ce que je m'inquiète trop pour lui ? Probablement. Je le connais depuis bébé et il est le fils que je n'ai jamais eu. Le gamin dont tout parent rêverait. Pourtant, Harald ne semble pas s'en rendre compte. Ou bien son attitude est une façade pour endurcir son fils. Car je ne le vois jamais lui prodiguer la moindre affection. En un sens, je suis cette oreille attentive quand il ne peut se tourner vers son père. Alors de le savoir préoccupé et que je sois dans l'ignorance me perturbe grandement. Pire, je me ronge les sangs à ne pas pouvoir l'aider.

Songeur, mon regard coule de nouveau vers les flammes qui dansent. Je prends un bout de bois et attise les braises rougeoyantes, ravivant le feu.

HARALD

Je fixe Asulf qui me parait bien trop soucieux.

— Qu'est-ce qui ne va pas ?

Il plie ses jambes contre sa poitrine et hoche la tête.

— Père, il faut que je vous parle.

Je sens qu'il s'apprête à lancer une discussion sérieuse où il a besoin de mon avis. À propos de quoi ? D'une femme ? Je vais le devancer et lui annoncer ma bonne nouvelle, peut-être que cela lui enlèvera son épine du pied.

— Moi d'abord, le coupé-je. Je t'ai trouvé une épouse. Je voulais t'en parler plus tôt, mais je n'en ai pas eu l'occasion. Mon ami Baldwin a une fille de ton âge. Il aimerait la marier à quelqu'un d'ambitieux et responsable. J'ai accepté en ton nom.

Asulf se raidit, exaspéré. C'est un jeune homme plutôt obéissant. En général il se plie à mes exigences sans discuter. Mais aujourd'hui, je sens qu'il va tenter de me faire changer d'avis.

Mes yeux s'écarquillent, puis se froncent et là, je comprends. Il a rencontré quelqu'un… Le sang bat dans mes tempes. Respire, Harald, écoute-le avant de dire non. Sait-on jamais.

— Je ne veux pas d'elle, conteste-t-il vivement.

Bon… Suivante !

— Qu'à cela ne tienne ! J'ai d'autres amis dont les filles seraient ravies de t'épouser. Je t'en trouverai une nouvelle très rapidement.

Je vois Asulf fulminer. Visiblement, cette discussion ne fait que commencer.

ASULF

C'est le moment de faire part à mon père de mes sentiments pour Holda.

— Père, il faut que je vous parle.

Mais il m'interrompt pour me proposer la fille de Baldwin. Je ne la connais même pas. Je vois juste à quoi elle ressemble et honnêtement, je n'arriverai pas à bander avec elle. Alors de là à assurer une descendance…

— Je ne veux pas d'elle. Je m'excuse par avance pour elle, mais nous ne sommes pas du tout accordés.

Je sens que mon père va me sortir le couplet du « *à ton rang, on se marie plus par politique que par amour* », mais, clairement, ça me fait chier ! Alors j'enchaîne :

— J'ai vingt ans, un physique agréable, si je m'en réfère à celles qui sont déjà passées sur ma couche et celles qui font la queue devant.

Ouais, je sais, dit comme ça, ça fait insolent à l'égo démesuré. Mais il doit bien y avoir un fond de vérité, n'est-ce pas ?

Mon père soupire. Merde, il perd patience. Vite Asulf, ne sois pas trop con et trouve un truc à dire.

— Quoi qu'il en soit, que je sois beau ou non, j'ai l'avenir devant moi et il est hors de question qu'on m'envoie au bagne. Plutôt mourir sur le champ de bataille que de me marier avec une fille fade et inintéressante. Qu'on me donne de quoi me faire plaisir, sinon je passerai ma vie au bordel. Et je ne veux pas de ça pour ma future épouse.

Bon, c'est dit ! La grande classe, Asulf. Tu viens de balancer à ton père que s'il te met un laideron dans les pattes, il n'aura pas de descendance légitime, mais des bâtards. Bien joué ! La technique ultime de négociation. Heureusement que je suis meilleur avec mon épée.

— Qu'à cela ne tienne ! Continue-t-il. J'ai d'autres amis dont les filles seraient ravies de t'épouser. J'en trouverai une nouvelle très rapidement.

Je réfléchis de qui il pourrait être question. Elles sont toutes de bonne famille, entourées d'une ribambelle de domestiques. En définitive, qui ne savent rien faire de leurs dix doigts et qui vont me coûter une petite fortune à entretenir. Merveilleux !

— Nous vivons simplement, avec Solveig et Holda, alors que les filles de tes amis réclament de l'opulence. Peu importe laquelle, elle va me saigner, me ruiner.

— Nous demanderons une dote conséquente, répond-il calmement.

Je pars dans un cul-de-sac. Demi-tour, vite !

— Sans compter qu'elles n'ont aucune personnalité.

— Elles ont été éduquées pour se plier au bon vouloir de leur futur époux.

Des moutons… Je ris jaune. Alors je l'attaque, mauvaise :

— Les meilleures ont un physique à peine passable, je n'arriverai même pas à les honorer !

— Tu feras comme nous tous, tu fermeras les yeux !

Je sens qu'il s'énerve et moi, je fulmine. Calme-toi, Asulf, tente une autre approche :

— Père, je suis sûr que vous m'aimez trop pour m'envoyer dans un traquenard. Vous imaginez l'une d'elles en train de souper à notre table, sous votre nez ? Pourriez-vous converser avec l'une d'elles ?

J'ai joué la carte de la vision d'horreur. Croisons les doigts pour que ça marche.

— Mon fils, le jour de tes noces, tu quitteras ma maison et iras vivre avec ton épouse, chez vous. C'est à toi qu'elle fera la conversation, pas à moi.

Merde ! Je dois monter d'un cran :

— Alors vous imaginez votre sang mélangé aux leurs ? À la tête que pourraient avoir vos petits enfants ?

Il grimace. Oui !

— Deux belles personnes peuvent enfanter un goret, lance-t-il platement. Regarde le troisième fils de Thorbjörn. Il a pris tout le mauvais de son père et de sa mère.

Le seul exemple autour de nous. Il faut dire qu'il a vraiment hérité de tout ce que ses parents ont de pire, à tous les niveaux !

Harald se relève.

— Je t'ai entendu et je vais choisir parmi elles celle qui te correspondrait le mieux. Même si cela ne fait pas le meilleur arrangement politique.

Je hoche la tête, dépité. Je sens que, pour la première fois, je vais perdre une bataille. Voir, même, la guerre. Je comprends que mon père veuille assurer mon avenir. Je dois réfléchir rapidement à comment je peux me sortir honorablement de cette situation.

Je n'ai pas le temps d'en glisser une, qu'il me fait signe que cette discussion est close. Je me renfrogne. Comment peut-il prendre pareille décision à ma place ? La perspective de me retrouver marié avec une gourde qui ne sache rien faire me révolte. Je serre mes poings si forts que mes veines en deviennent saillantes.

Je suis sorti de ma torpeur par Amalrik :

— Asulf, est-ce que tout va bien, mon grand ?

Je ne l'avais pas entendu arriver.

Non, rien ne va. Mon père va me vendre comme du bétail et je n'ai pas mon mot à dire, car c'est politique !

Je hoche la tête en sa direction, en signe d'approbation, mais il semble dubitatif.

J'inspire profondément, me lève pour rattraper mon père et continuer notre discussion. Lorsque j'arrive à sa hauteur, je l'interpelle en lui prenant le bras et commence :

— J'avais l'intention d'attendre que cette bataille-ci soit terminée pour vous l'annoncer, mais vous me mettez au pied du mur. Comme j'ai tenté de vous le faire comprendre, je n'épouserai pas l'une de ces filles de JARLS, aussi gentilles et douces soient-elles. Je ne veux pas d'une compagne que je tromperai avec d'autres femmes, simplement parce qu'elle ne me convient pas.

Mon père attrape ma main de son bras et la retire sèchement. Il se rapproche de moi, son souffle chaud s'écrasant sur mon visage. Oh, oh… j'ai été trop loin. L'étape suivante, c'est la sanction du pain sec et de l'eau pendant des jours, en me rappelant que je suis un ingrat…

Il me répond, froidement :

— Tu sais bien que ce n'est pas tromper sa femme que d'aller voir ailleurs. Une seule concubine ne peut pleinement satisfaire son mari. Elles n'ont pas les mêmes besoins, sont souvent indisposées ou occupées avec un bébé. Comme nous tous, tu auras des maîtresses, que tu pourras désigner officiellement tiennes. L'homme a toujours eu ce choix.

Je serre la mâchoire et baisse les yeux, attendant la suite :

— Tu as le pouvoir, le prestige, la prestance. Tu es un futur serviteur du VALHALLA. Et comme tu l'as si modestement souligné, tu as un physique avantageux. Alors la diversité féminine est à tes pieds. Par conséquent, tu peux avoir qui tu veux et faire ce que tu souhaites. Personne n'osera jamais rien te dire, parce que tout le monde t'enviera. Choisis la femme noble qui ne te rebute pas et prends autant de maîtresses qu'il te siéra.

— Ces femmes m'importent peu, rétorqué-je. C'est Holda que je revendique mienne et avec son accord.

Une grimace passe sur le visage mon père qui tente de masquer sa surprise et sa désapprobation totales. Je le sens hors de lui, malgré son calme apparent. Et cela n'augure rien de bon.

Alors je serre les dents et j'attends ; durant d'interminables secondes. Il hésite, soupire. Je pourrais voir dans ses yeux le dilemme qui se trame dans son esprit.

— Eh bien soit ! Obtempère-t-il soudainement. Si c'est ce que tu veux.

J'allais rétorquer, contester, argumenter, mais je suis pris de court. Mon père vient de faire volte-face et d'accepter ce que j'ai dit, comme si notre discussion n'avait jamais eu lieu.

Je soupire de soulagement alors qu'il tourne les talons et me quitte.

Je souris et vais m'allonger sur un coin d'herbe en fermant les yeux. Finalement, Harald a plutôt bien pris la nouvelle. Il ne me reste plus qu'à survivre à cette future bataille et à rentrer victorieux pour épouser Holda.

HARALD

Je regarde Asulf qui semble satisfait de l'issue de notre échange. Et je grimace, dès qu'il ne peut plus voir mon visage.

Il est hors de question qu'il s'unisse avec Holda ! Elle est à moi, à moi seul ! Je la convoite depuis des années, attendant qu'elle mûrisse et devienne une jeune femme, pour la posséder à nouveau et pleinement. Et elle, elle souhaite appartenir à un autre ?

On a déjà vu des nobles se marier avec des THRALLS, mais en tant que JARL, je ne peux me permettre cette lubie. Il est préférable que je reste seul et ai quelques aventures de temps à autres. Être perçu comme un homme libre, plutôt que faible.

Je dois néanmoins faire quelque chose, mettre un terme à leur relation. Car il est hors de question que moi, Harald, je la partage. De surcroit avec Asulf !

Par ailleurs, le gamin doit avant tout avoir une descendance de sang noble. Et il n'aura pas son mot à dire.

Je me suis battu comme un ours pour m'extraire de ma condition merdique et gravir les échelons dans l'armée. En plus d'être un excellent combattant, je suis devenu un stratège avisé, un ami proche et conseiller fidèle du roi Thorbjörn. Il m'a fallu presque trente ans pour obtenir tout cela et il est hors de question que je laisse quiconque ruiner tous mes efforts !

Jamais je ne permettrai qu'un bâtard s'asseye à ma table. Jamais je ne pourrais accepter une esclave en tant que membre de ma famille. Encore moins Holda ! Elle serait la tentation incarnée. Ma tentation ! Et tôt ou tard, elle sera à moi, de gré ou de force !

Ma putain d'histoire se répète, encore ! Je dois mettre fin à ce cycle maudit.

Je coule un regard vers Asulf et mon visage s'illumine. Je sais exactement ce que je dois faire.

CHAMPION ENNEMI

CHAPITRE 8

LE COMBAT

☀ HAUSTMÁNUÐUR / OCTOBRE ☀

ASULF

À peine sommes-nous arrivés au campement à RIBE que Thorbjörn nous fait appeler. Harald tend les rênes de son cheval à un soldat. Celui-ci, reconnaissant son supérieur, se hâte de les récupérer et de le débarrasser. Ils me font tous rire, à paniquer autant devant mon père. Bien sûr, il impressionne, mais de là à se pisser dessus…

Lorsque Harald s'écarte, j'aperçois les phalanges de l'homme, bleuies par des coups reçus plus tôt. Ce dernier rentre un peu ses mains dans ses manches, honteux, essayant de les cacher. Il tend à peine deux doigts vers les deux autres chevaux pour prendre leurs lanières et les guider vers l'étable. Il doit sentir mon regard peser sur ses bleus, car il dissimule prestement ses extrémités.

J'ai pitié de lui, qui me fuit comme la peste, alors que je ne suis qu'un jeune homme. Et pour la première fois, je comprends ce qu'endure l'Humanité. Est-ce que j'ai une tête à tabasser mon prochain ? Je ne lève mon épée que pour me défendre, protéger les miens et mon peuple. Je réalise que je suis réellement un privilégié et que j'ai de la chance d'avoir Harald comme père.

Amalrik, Harald et moi nous dirigeons vers la tente de Thorbjörn. Les deux gardes à l'entrée rechignent à nous laisser passer.

— Personne n'est admis, jusqu'à ce que le roi l'autorise à nouveau.

L'air mauvais, ils nous toisent du regard. Est-ce qu'ils savent, au moins, à qui ils s'adressent, les deux guignols ? Ils doivent être nouveaux, pour ne pas nous reconnaître. Ils s'attardent tout particulièrement sur Amalrik dont le manteau est abîmé et maculé de poussière, vestiges de plusieurs années de voyages d'une contrée à l'autre. Ce manteau, c'est un peu sa pâte. C'est un gradé, mais il préfère se déplacer incognito.

D'un commun accord, les *piquets* nous barrent le passage de leurs lances. Amalrik — qui signifie *« fort au combat »* — et Harald — *« celui qui commande l'armée »*, en somme des prénoms tout désignés — grognent, les gardes ne sourcillent pas. Grave erreur !

Je me redresse, en appuyant nonchalamment ma main droite sur le pommeau de mon épée, un air de défi sur le visage. Ils n'ont pas peur de moi, me prennent pour un *fils de* à qui tout est dû. Et pourtant, de nous trois, je suis celui qui leur ferait le plus mal. Quoique, si mon père s'en mêle, ils vont finir aux galères. Je ne sais pas ce qui serait le pire !

Un râle puissant émane de la tente, coupant court à ce duel :

— Qu'on les laisse entrer ! Hurle Thorbjörn, *« l'ours de Thor »*.

Les gardes ne peuvent qu'obéir en bougonnant. Ils écartent leurs lances du chemin et s'inclinent à peine. Je parie sur six lunes à jouer les rameurs, minimum. Ça leur fera voir du pays !

— Six lunes chacun, grogne Harald. Allez vous plaindre à Thorbjörn et je double la mise, lance-t-il froidement.

J'avais raison.

L'un d'eux murmure à l'autre, après le passage de mon père :

— C'est qui, ce type ? Demande le premier.

— Six lunes de quoi ? Questionne le deuxième.

Je me fais un plaisir de leur répondre, en arrivant à leur hauteur, d'une voix à peine audible et sur un ton narquois :

— *Ce type*, c'est Harald et accessoirement, le JARL et bras droit de Thorbjörn. Ce qui fait de lui, ton chef. Et l'autre, avec le manteau sans âges, c'est son second, autrement dit, également ton chef. Ce qui vous met doublement dans la merde ! Quant à moi, je ne suis qu'un second, mais je vous ferai grâce d'une sanction, vous avez déjà décroché votre dû.

Je m'apprête à avancer, quand j'en rajoute une couche :

— Oh et les six lunes, c'est à la rame sur un DRAKKAR. Alors commencez à échauffer vos bras !

Alors qu'ils blêmissent en se regardant, incrédules, je tapote leurs épaules respectives, histoire d'enfoncer un peu plus le clou. J'adore ce genre de remise en place ! C'est mesquin, mais je m'en délecte.

Je passe les lourds pans de tissus et pénètre dans la pièce. Thorbjörn nous attend, assis sur son trône qu'il emmène partout avec lui. Il désigne des sièges face à lui et nous nous installons.

Après avoir échangé quelques banalités à propos du voyage, Harald lui demande la raison de notre présence ici.

— Je suppose que tout le monde jase sur cette bataille qui n'a pas encore débuté, s'exclame notre roi. Je ne voulais pas lancer d'attaque. J'attendais que ceux qui osent me provoquer se manifestent.

— Comment se fait-il qu'ils n'aient rien tenté ? Me hasardé-je.

Thorbjörn me sourit.

— De prime abord, je vous aurais répondu que c'est là une stratégie, telle que je souhaitais la mener. Mais, j'avais tort.

Je me laisse retomber lourdement contre le dossier de mon siège, mes bras croisés sur mon torse.

— Espèrent-ils un délai pour apprendre à nous connaître et mieux nous affronter ensuite ? Interroge Harald.

— Non plus, réplique notre roi. La raison est tout autre.

Il se penche vers nous et parle d'une voix posée :

— Il n'y aura pas de bataille. Pas cette fois. Mon ambassadeur ici présent m'a rapporté que le chef ennemi a entendu des rumeurs sur *l'homme au Regard d'acier* et souhaiterait que son meilleur guerrier se mesure à lui.

— Serait-ce une manoeuvre pour nous affaiblir en tuant notre champion ? S'enquière Amalrik.

— Qu'ils croient ! Rétorque notre roi.

— Où sont vos fils ? le questionne Harald.

— Oubliez mes fils. Ils ne sont pas de taille pour ce combat.

Tiens, tiens, je pense, j'en connais un à qui la nouvelle n'a pas dû faire plaisir ! Mon ancien ami et rival de toujours : Björn, dont le prénom signifie « *fort comme un ours* ». En l'apprenant, il a dû faire son ours mal léché, comme souvent ces derniers temps. Asulf, tu es con, ce n'était pas drôle, ça ! Quoique. Merde, il vaudrait mieux que j'évite de rire, sinon mes trois chefs vont me faire la peau.

Je suis sorti de ma digression par mon père :

— Asulf l'est-il ?

— N'est-il pas, par son nom, le *« Loup-guerrier des Dieux »* ?

Je me redresse dans mon siège en bombant le torse. Eh oui, c'est bien moi !

Le JARL et son bras-droit acquiescent. Thorbjörn poursuit :

— Par ce corps à corps, j'entends prouver à mes fils qu'Asulf est le plus à même de prétendre au trône.

Mes pensées fusent. Une petite seconde… De quoi est-ce qu'on parle au juste ? C'est quoi cette histoire, encore ? Oh merde ! C'est pour ça que Björn me déteste ? Enfin, ça, plus Eldrid. Mais pour elle, je ne savais pas que c'était aussi sérieux entre eux. D'autant que je ne l'ai jamais touchée. Juste… bien louché dessus, une fois ou deux… depuis que je suis en âge de m'amuser avec une femme. En même temps, elle doit avoir un corps de fou sous sa robe ! Bon, d'accord, je l'ai regardé à maintes reprises, la petite aguicheuse… Trop de fois ? Quand bien même, si elle est sa chasse gardée, il ferait bien de mettre tout le monde au parfum.

D'autant qu'aujourd'hui, mon esprit est ailleurs et je ne risque pas de changer d'avis de sitôt ! Désolé, Eldrid.

Une fois encore, je suis sorti de ma réflexion par la voix de mon père.

Il faut vraiment que je me concentre, ils parlent de moi, là !

— Vous comptez en faire votre successeur ?

— Des duels décideront de cela. Asulf ne les fera pas tous. Il n'affrontera que les finalistes. Mais avant cela, jeune homme, il te faudra battre ce guerrier qui demande à se mesurer à toi.

Je réponds à Thorbjörn en hochant la tête. Ce duel semble crucial. D'abord pour moi, je risque ma vie et c'est toujours mieux de s'en sortir avec le moins de blessures possible. Je sais que ne peux pas reculer, ou bien cela signifierait l'exil pour moi. Je ne pourrais pas rester dans ce camp alors que j'ai obligé des guerriers à se battre, parce que j'ai fait un caprice de gosse. Je pouvais éviter une bataille et j'ai refusé ? Qui fait ça ? Il est hors de questions que je devienne *l'homme au Regard d'acier, qui a perdu son courage devant l'ennemi et qui demande à ses soldats de le défendre* ». Ridicule ! Impossible, surtout !

Mais aussi pour le camp tout entier. Pour les sauver, eux. Et également parce que cela m'ouvrirait des portes et que je pourrais alors changer beaucoup de choses.

Mon père m'a parlé de cette éventualité de monter sur le trône, mais je pensais avoir largement de temps devant moi. Pas qu'une opportunité se présenterait si vite !

Je soupire intérieurement. Je ferai mes preuves en sortant victorieux face à cette mort au-devant de laquelle Thorbjörn me pousse, encore.

Et à la fin de tout cela, lorsque j'accèderai au pouvoir, j'abolirai certaines règles. Plus de tortures inutiles. Fini l'esclavage. Toute personne travaillant dans une maison devra être rémunérée, ou mariée à l'un des occupants. Les enfants illégitimes et non désirés seront recueillis et élevés selon des principes fondamentaux : l'égalité et la fidélité. Et seul l'homme lui-même décidera de son avenir et de sa vie ; l'engagement dans l'armée, par passion ou pour l'honneur. Oui, tout sera alors bien différent. Et mon utopie va en perturber plus d'un !

HARALD

Je toise notre roi quelques instants. L'exposition d'Asulf au danger est-elle une mise à l'épreuve m'étant également destinée ? Teste-t-il ma loyauté envers notre clan, quitte à sacrifier ma chair pour cela ? Ou est-il plus malin que je ne le pensais et chercherait-il à savoir jusqu'où je suis prêt à aller pour me rapprocher encore du trône ?

J'ai confiance dans les capacités d'Asulf. Je l'ai entraîné toute sa vie et les résultats parlent d'eux-mêmes. À vingt ans, il est déjà homme de confiance. Il m'a fallu plusieurs années pour atteindre ce grade. Mais surtout, c'est de sa réputation de *l'homme au Regard d'acier* dont je suis le plus fier. Si nos ennemis savaient qu'il s'agit d'un jeune homme, ils n'en reviendraient pas ! Mais ce gamin est le meilleur et il peut vaincre n'importe qui. Notamment parce qu'il déstabilise son adversaire.

Il survivra à ce combat singulier. Puis il battra tous ses concurrents dans la lutte pour l'accession au trône. Et quand il montera dessus, moi, Harald, j'aurai un pouvoir sans limites. Asulf fait tout ce que je lui demande, en échange d'un peu de reconnaissance de ma part. Et il l'aura. Alors que je commanderai tout dans son ombre.

Quant à Thorbjörn, je me vengerai pour sa tentative d'éliminer Asulf, même s'il dit être persuadé de sa réussite. Et je me débarrasserai de ses fils, de manière permanente.

ASULF

Au petit jour, je me réveille et ouvre les yeux sur le plafond de la tente. Mes premières pensées vont à Holda. Je ressens comme un vide depuis que j'ai quitté AROS. Que je l'ai laissée à la maison.

Hier, un messager de Thorbjörn est venu annoncer la nouvelle : le combat aura lieu aujourd'hui. Tout le monde a festoyé autour d'un immense feu, mangeant et buvant une bonne partie de la nuit, jusqu'à tomber de fatigue, ivre morts.

Mais pas moi. J'ai fait un repas léger. Ce combat ne me préoccupe pas, même si certains disent que mon adversaire est un géant. J'ai déjà vaincu des ennemis bien plus forts que moi, simplement par la surprise que je suscitais.

« *Comment un jeune homme, à peine formé, pouvait-il être l'emblème de cette armée ? Les rumeurs à son sujet étaient-elles fondées ?* »

Bien sûr qu'elles le sont ! Et cela contribuait pour moitié à mes victoires.

Je me lève et m'habille. En me tournant vers la couche de mon père, je m'aperçois qu'elle est vide. Nous avons été pris de cours et nos tentes respectives n'étant pas prêtes, nous avons dû en partager une cette nuit.

Harald se réveille toujours avant moi. Il doit déjà être parti prendre son petit déjeuner. Ou bien est-il dans ses nouveaux quartiers ? Peut-être discute-t-il avec Thorbjörn ou Amalrik. Peu importe, après tout.

Quant à moi, je me passe volontiers de ce genre de formalités de bon matin ! J'aime manger tranquillement. Et midi et soir, rien ne me plait plus que de me restaurer en compagnie des hommes des garnisons. Ils sont joviaux, festifs et ont toujours des anecdotes ou des histoires à raconter. C'est avec eux que j'ai appris comment un époux doit se comporter avec sa femme.

Vous imaginez obtenir ces informations de son propre père ? Non merci, sans façon !

Je sors de la tente. Un épais brouillard recouvre la vallée et l'on ne distingue plus le camp adverse. Thorbjörn a bien fait d'organiser des gardes et des rondes successives. Cela lui permet de maintenir l'ennemi à bonne distance et au besoin, de lancer les hostilités.

Pourquoi n'attaque-t-il pas lui-même ? Simplement parce que ce petit jeu l'amuse.

Il est rare qu'une bataille se solde par la mort d'un seul combattant. Je sais que nos deux peuples dépendent de mon adversaire et de moi-même, mais je ne suis pas inquiet. Je vaincrai. C'est écrit.

Amalrik est assis et mange devant les braises du feu de la veille. Je le rejoins et nous nous saluons d'un hochement de tête.

J'aime être avec lui. Nos silences ne sont pas pesants, ils me reposent et m'apaisent. Amalrik, c'est la force tranquille. Il a l'expérience et est toujours de bon conseil. Il est comme un deuxième père pour moi. Celui aux yeux duquel je ne perdrai jamais grâce, quoi que je fasse. J'ai parfois la sensation qu'il m'aime davantage que Harald. Et je le lui rends du mieux que je le peux.

J'embroche des morceaux de viande sur ma dague et les positionne au-dessus du feu.

Amalrik rompt le silence :

— Comment te sens-tu ce matin, fiston ?

— Aussi bien que peut aller un jeune homme qui s'apprête à risquer sa vie, raillé-je.

Il expire fort par le nez, esquissant un sourire.

— Je me souviens de ta première bataille, me dit-il, pensif. Tu étais encore tout jeune et pourtant tu t'es jeté dedans sans te poser de questions. Tu as foncé droit sur nos ennemis et a coupé tout ce qui se trouvait devant toi. Ta lame virevoltait à une vitesse folle, alors que tu avançais et créais une percée chez nos assaillants. La première ligne tombait et je crois que tu ne t'es même pas rendu compte que tu étais seul. Jusqu'à ce que la deuxième s'engouffre dans ton sillage et t'épaule. Ce jour-là, Thorbjörn, ton père et moi t'observions depuis les hauteurs et je me souviens m'être dis que tu allais remporter cette bataille à toi tout seul ! Tu es revenu vivant, acclamé par les hommes, pour avoir créé une diversion qui nous a permis de gagner. Et nous étions tous les trois si fiers de toi !

Il plonge son regard plein d'admiration dans le mien et je savoure l'instant pour ce qu'il est. Cet aveu regonfle mon égo comme jamais.

Il poursuit :

— J'ai foi en toi, Asulf, fils de Harald. Tu es futé et tu vaincras, comme tu l'as toujours fait.

J'esquisse un sourire en essuyant ma dague dans l'herbe près de moi.

L'instant confidences est terminé. Je la range dans son fourreau, caché dans ma botte, puis je me redresse.

— Où est mon père ? demandé-je.

— Il est parti, j'ignore où.

— Quand ?

— Pendant la petite fête d'hier soir.

— A-t-il dit quelque chose ?

— Seulement qu'il avait une affaire urgente à régler.

— Tu sais de quoi il s'agit ?

— Non. Peut-être a-t-il été envoyé en repérage.

Je hoche la tête, suspicieux.

— Ne te fais pas de soucis, mon grand. Il sera sûrement de retour pour ton combat de cet après-midi.

J'opine du chef. Mon père ne manquerait certainement pas un tel événement. Une autre victoire de son fils et une vue sur le trône. C'est garanti que Harald sera là, aux premières loges, comme toujours. Il m'encouragera par ses regards, mais je n'y prêterai pas attention, je resterai concentré.

J'inspire profondément et tâte mon épée au repos. La douceur du cuir du fourreau me rassure.

Une seconde bouffée d'air et je me sens prêt pour le duel.

L'homme, un blond barbu aux cheveux rasés sur les côtés, tresses sur le dessus, de bien quinze ans mon aîné, est d'une taille impressionnante. Ses muscles se meuvent avec grâce sous le cuir foncé de sa tunique. Ses tatouages apparents sur son crâne rehaussent son aspect agressif. Ses yeux clairs reflètent son envie de sang et de mort. Son sourire carnassier révèle une dentition truffée de trous et de caries. De quoi se nourrissent ces barbares pour avoir de pareils chicots ?

Je dois avouer que la description du messager était à la hauteur du personnage. Je n'en mène pas large, mais je n'en laisse rien paraître. Je vais gagner. Je le dois. Impossible que je perde.

Derrière lui, un petit bataillon de gardes défie ma troupe du regard. Aucun des chefs n'est présent. Quelques hommes sont là, chargés de rapporter le corps du vaincu à son camp.

Je respire une longue bouffée d'air frais, sous l'œil bienveillant d'Amalrik. Une seule arme est autorisée. J'ai choisi mon épée. Solide. Tranchante. Savamment affûtée. Je la maitrise parfaitement, telle une extension de mon bras.

Je resserre ma prise sur le pommeau en me remémorant notre premier contact. J'avais peur qu'elle pèse un âne mort ! Et pourtant, elle paraissait aérienne, semblant m'aider à la porter. Un courant d'énergie m'avait parcouru, nous liant presque de façon charnelle. Comme si elle avait cherché à communiquer avec moi, une chaleur s'était répandue dans mon bras. Elle s'était diffusée dans mon corps tout entier, réveillant au passage mes parties intimes. Bordel, quand j'y repense, c'était intense ! À cet instant précis, j'ai su qu'elle m'appartiendrait toujours.

Mon esprit se concentre à nouveau sur l'homme en face de moi. Il est vraiment massif ! Je vais devoir être prudent, car un seul coup de hache peut me rendre infirme.

Je me redresse et brandis fièrement mon épée. Je bande mes muscles, prends une profonde inspiration en fermant les yeux et j'attends que la colère monte. Elle gronde en moi avant un combat crucial. Sourde. Meurtrière. Effrayante.

J'ai parfois du mal à contrôler mes gestes. Comme si une force supérieure me dictait quoi faire et que je lui faisais une confiance aveugle. Elle guide mes mouvements et frappe sans relâche. Dans ces moments-là, je me sens spectateur de ma propre enveloppe charnelle, avec le sentiment qu'elle n'a besoin que de mon bras.

Le grand blond tatoué éclate de rire, sa hache dans sa main droite, la gauche sur son genou, le corps penché vers l'avant :

— Un jeune à peine sorti de l'adolescence, vraiment ? Je vois encore le lait de sa mère derrière ses oreilles ! Nos chefs envoient leurs champions et vous m'opposez un gamin ?

Il reprend son sérieux :

— Où est l*e guerrier au Regard d'acier* ? Ce monstre invaincu ? C'est à lui que je veux couper la tête, pas à ce gosse ! Où est l'honneur, dans ce duel ?

Je relève le menton, les yeux toujours fermés.

— Qu'est-ce qui t'arrive, petit ? Tu pries les Dieux pour que ta mort soit rapide ?

— Il prie plutôt pour que la tienne le soit, ricanent mes hommes.

Mais je ne réponds pas, car je ne les entends pas, absorbé par ma transe.

Les secondes passent et la puissance de son rire diminue, alors que ma force intérieure augmente et que je ressens quelque chose d'intangible nous enrober.

Je ne suis pas le seul à le percevoir, car les gardes des deux camps reculent d'une dizaine de pas. La tension est à son comble et lorsque l'orage gronde au-dessus de nos têtes, tous sursautent.

Le champion ennemi ne rit plus à présent. Il comprend que je ne suis pas aussi inoffensif qu'il y parait. Ou bien sont-ce simplement les Dieux qui se manifestent en ma faveur ?

Le guerrier se ragaillardit, lève sa hache et charge en criant. J'ouvre les yeux et frappe, mais je ne suis plus maître de mon corps. Ma lame cogne la hache de mon adversaire. Le fracas du métal se transmet à mon bras, puis à mon être tout entier, telle une onde de choc. Mes poils se hérissent sur son passage.

La rage s'empare de moi et j'attaque à mon tour en criant.

Mes mouvements sont fluides et précis. Je m'approche suffisamment pour sentir l'haleine fétide du colosse, tout en me maintenant hors de portée de ses assauts. Je passe sans peine d'une jambe à l'autre, m'abaissant soudainement pour me relever prestement et frapper.

Plusieurs minutes s'écoulent. Les coups de mon adversaire perdent en puissance. Par pitié, je m'arrête un instant. La montagne de muscles respire de longues bouffées et m'observe, encore debout et droit face à lui.

— Tu t'accordes un peu de repos, guerrier ! Me lance le colosse.

— J'attends que tu récupères, vieillard. Je ne frappe jamais un homme grabataire.

Les yeux de l'ennemi s'assombrissent davantage. De rage, il se précipite de nouveau sur moi, mais je l'esquive et le blesse d'estoc. Les premières gouttes de sang coulent. Le combat s'intensifie encore et à trois reprises, j'atteins mon adversaire.

Je me recule un moment, mon front perlant de sueur. Le colosse vacille et s'appuie tant bien que mal sur sa hache pour reprendre son souffle, pendant que je contemple les blessures que je lui ai infligées. La dernière est bien profonde et a dû salement endommager son abdomen.

— Je te laisse une chance, petit, annonce la montagne de muscles. Si tu veux survivre, supplie-moi à genoux.

— C'est plutôt toi qui devrais m'implorer ! Regarde-toi, tu tiens à peine debout. Et tu ne m'as même pas frôlé !

Je me tourne face à ses gardes et pèche par excès de confiance. Le grand blond en profite pour se redresser et s'avance lentement. Il tente de me frapper sournoisement dans le dos, alors que je me retourne et glisse. Fort heureusement, ma chute m'évite un coup fatal ; la hache de mon ennemi vient s'enfoncer dans mon épaule, ratant de peu mon cœur.

Il enchaîne avec une attaque imprévue que je n'ai pas le temps de parer et d'une lame sortant de sa manche gauche, m'entaille la joue. Fumier !

Oubliant la douleur, je roule prestement sur le côté et me place à bonne distance de mon adversaire. Je halète un instant, puis touche mon épaule blessée. Le sang se répand abondamment sur mes doigts et son goût envahit ma bouche. Je ressens déjà ce goût métallique sur ma langue. Mieux vaut arrêter le spectacle et en finir rapidement, avant que je ne me vide complètement.

— Alors comme ça je ne t'ai pas frôlé ! se gausse le tricheur. Tu saignes, petit. Abdique et je serai clément.

— Jamais ! Je suis *l'homme au Regard d'acier*, grogné-je.

Je bande une nouvelle fois mes muscles et la colère monte en moi à une vitesse foudroyante. Mais pas assez pour parer le dernier coup que mon adversaire me porte.

RIGBORG

CHAPITRE 9

RIGBORG

HAUSTMÁNUÐUR / OCTOBRE

ASULF

J'ouvre les yeux et réalise que le décor a changé. J'essaie de me lever pour identifier où je me trouve, mais je retombe péniblement sur ma couche. La douleur est trop forte.

Je respire profondément et me redresse un peu sur mes oreillers. Ma tête, ma cuisse et mon épaule me font horriblement mal.

Que s'est-il passé ? Pourquoi suis-je dans une tente, qui plus est la mienne, au lieu d'être dans la plaine ? Qu'en est-il du combat ? L'ai-je rêvé ? Impossible ! Mes récentes douleurs témoignent du contraire.

Je remonte le drap sur moi et sens que je suis nu. Je ne me souviens pas non plus de m'être déshabillé. Qui s'en est chargé ? Que m'est-il arrivé ?

Un pan de la tente se soulève et Amalrik entre. Sans me porter la moindre attention, il se dirige vers un coin de la pièce et pose du linge et une bassine d'eau sur une table basse. Lorsqu'il se retourne, j'ai les yeux grands ouverts.

— Tu es enfin réveillé, gamin ! se réjouit-il. Nous nous sommes inquiétés, tu as dormi six jours !

— De quoi parles-tu ? Comment est-ce possible ? Amalrik, que s'est-il passé ? Où est mon père ?

Il sourit devant mon empressement.

— Une seule question à la fois, veux-tu ? Tout d'abord, nous sommes rentrés triomphants. Tu as gagné. Mais tu ne dois plus t'en souvenir, tu étais inconscient quand nous sommes revenus. Des gardes ont dû te porter jusqu'ici.

Oh, la honte !

— Et l'ennemi ?

— Parti. Après que tu aies remporté le combat, ils ont respecté leur parole et ont levé le camp en emportant leur champion mort. Ils étaient déçus, c'est certain.

Je glisse doucement dans mes oreillers, un sourire aux lèvres. J'ai vaincu. Et je suis toujours en vie. Les Dieux sont de mon côté !

Comme le souhaite mon père, je serai donc en lice pour prendre la succession de Thorbjörn et je me battrai avec honneur. J'accomplirai mon devoir, celui pour lequel je suis né.

Je réalise qu'il me manque quelque chose.

— Mon épée ! crié-je soudain en me redressant.

Mon geste, trop brusque, m'arrache un râle profond et je retombe violemment sur mes oreillers. Je pose une main sur mon épaule et me tords de douleur. J'ai également été blessé à la cuisse, je le sens, mais n'ose pas toucher.

Ce combat m'a littéralement vidé. Je suis épuisé et me rallonge, respirant lentement, presque à l'agonie.

— Tu dois te reposer, me conseille Amalrik. Regarde dans quel état les lubies de Thorbjörn t'ont mises ! Dors. Et ne crains rien pour ton épée, elle a été rapatriée en même temps que toi.

— Donne-la-moi, Amalrik, lui intimé-je. Je veux entrer au VALHALLA l'arme au poing.

Il rit à gorge déployée.

— Le moment pour toi de rejoindre les Dieux n'est pas encore venu. D'ici là, tu as beaucoup à accomplir. Néanmoins, je peux te l'amener, si sa présence à tes côtés te rassure.

Il prend l'épée abandonnée dans un coin de la tente et la pose près de moi, la pointe sur le sol et la lame reposant conte le bord de mon lit. Je frôle la poignée, puis le métal et sens une douce caresse m'envahir.

J'ai été victorieux grâce à elle. Mais cette fois-ci, elle a permis que je sois blessé, c'est une première. Pourquoi aujourd'hui et pas auparavant ? Peu importe, je me devrai d'être plus vigilant à l'avenir et surtout ne plus sous-estimer mes adversaires, quels qu'ils soient.

— J'ai pris la liberté de la faire nettoyer avant que le sang ne coagule, renchérit Amalrik. J'avais envoyé un jeune écuyer, mais il commençait à vaciller au bout d'à peine quelques mètres. J'ai donc ordonné à un second de l'assister. J'avais peur qu'ils n'abîment ta lame. Et je dois reconnaître qu'elle leur a donné du fil à retordre ! Ils étaient épuisés en revenant de la source.

Je fronce les sourcils d'incompréhension. *Les* hommes ?

Amalrik continue :

— Alors je l'ai portée pour les soulager. Et effectivement, je me suis retrouvé trop lourdement handicapé. Jamais je n'aurais pu combattre avec une telle arme. Donc, soit tu es bien plus fort qu'il n'y parait, mais tu es encore bien mince, Asulf, fils d'Harald. Soit, quelque sorcellerie lui a été ajoutée.

— Impossible ! démentis-je vigoureusement. Cette épée m'a été offerte par mon père pour mes quatorze ans. Il l'a héritée de son père, qui la tenait de son grand-père. Elle ne m'a jamais quittée depuis. Par ailleurs, tu sais que la magie est interdite. Elle est punie de mort, Amalrik !

Mon mentor prend un tabouret et vient s'asseoir à côté de moi, perplexe.

— Il y a des choses qui se disent, murmure-t-il. Parfois, un mortel puise si loin sa rage que les Dieux l'entendent. Une colère souvent liée à un abandon qui aurait laissé une plaie béante. Ou bien la peur de perdre un être cher. Cette rage de vaincre et de réussir est peut-être la tienne. Et puis, tu dansais presque avec légèreté jusqu'à ce que l'ennemi te frappe pour la première fois ! Je suis certain que les Dieux t'ont entendu et te sont venus en aide.

Je suis perplexe. Au moment où le duel a débuté, j'ai pensé à Holda. Et ensuite ? Je ne m'en rappelle plus. Mais bon nombre d'hommes songent à leurs proches lorsqu'ils se battent et aucun ne voit ses forces se décupler pour autant. Comment ai-je vaincu mon ennemi ?

— Raconte-moi le combat, lui intimé-je. Comment l'ai-je remporté ?

Amalrik me scrute quelques secondes avant de parler :

— Alors tu ne te souviens de rien ?

— Pas de la fin.

Il comprend à mon regard que je ne mens pas.

— Tu as été blessé pour la première fois à l'épaule. Un coup de hache, commence-t-il. Le grand blond et toi vous êtes battu. Il était mal en point et t'a proposé d'abdiquer. Evidemment, tu as refusé. Tu t'es retourné face à nos hommes et le colosse t'a attaqué par-derrière. Tu as esquivé, mais il a réussi à t'entailler à la joue, avec une dague dissimulée.

— C'est déloyal !

— En effet, mais qui s'en soucie au cours d'un combat ?

Je baisse la tête. Je suis encore trop naïf. À penser que tous les hommes ont mon honneur et ma clémence. Amalrik m'a déjà dit de tuer aussi vite que possible. Autant j'applique ce conseil à la lettre sur le champ de bataille, autant, en duel, c'est une autre histoire ! Je laisse mes adversaires se fatiguer avant de leur donner le coup de grâce.

Il continue son récit :

— Ta vision s'est troublée pour devenir… *dangereuse*. Comme si tu te transformais en *l'homme au Regard d'acier*. Tout le monde a retenu son souffle. Certains se sont même détournés, ils étaient effrayés. Tu t'es alors retourné face à ton rival, qui était déjà bien trop près pour que tu pares son dernier coup. Et pourtant, le temps sembla s'être suspendu. Il t'a fixé droit dans les yeux et son visage s'est figé dans une position d'horreur. Tu as dévié son attaque qui t'a transpercé la cuisse. Il est tombé à genoux, comme tétanisé, son regard toujours dans le tien. Tu as hurlé en expulsant ta colère et tu lui as enfoncé ta lame droit dans le cœur.

Je frissonne. Ça a dû être une boucherie et je hais ça.

Amalrik poursuit :

— Une étincelle a jailli au bout de ton épée et l'homme est mort sur le coup. Quant à toi, tu as vacillé un instant, puis tu es tombé inconscient. Nous nous sommes empressés de te ramener au camp.

— Elle a dû cogner contre un matériau pour produire un éclat, tenté-je de me convaincre moi-même.

— Possible, répond-il songeur.

Je reste pensif un moment.

— Mon épée était-elle lourde à ce moment-là ?

— Non. Et j'ai ordonné à nos hommes présents de ne rien dire à propos de ces événements curieux. Nous discutions devant ta tente et celui qui la tenait semblait de plus en plus affecté par le poids de ton arme. Et j'ai pu attester du contraire en te l'apportant tout à l'heure ; elle était légère. Ce contraste m'a frappé, alors j'ai fait plusieurs fois le test.

— Et ?

— Je crois que dès que ton épée s'éloigne de toi, elle devient progressivement plus lourde, comme pour signifier qu'elle n'est qu'à toi. Toi seul peux la manipuler avec autant d'aisance.

Je regarde Amalrik, ahuri par le récit que ce dernier vient de me faire.

— Ne t'inquiète pas, me rassure Amalrik. Je suis persuadé que cette épée ne sera jamais dangereuse pour toi. C'est un don que les Dieux t'ont fait, garde-la très précieusement.

— Et si un jour la lame se brise ?

— Reforge-la toi-même. Elle est tienne et n'obéit qu'à toi.

Je me saisis de la poignée et la soulève avec une facilité déconcertante. Comme à l'accoutumée, une chaleur diffuse me traverse. Pourtant, cette fois, ce n'est pas de la colère. Plutôt de la douceur et de la tendresse qui me parcourent et me rassurent.

Une dernière question est restée sans réponse :

— Où est mon père, Amalrik ?

— Je l'ignore, jeune Asulf. Son cheval n'est toujours pas rentré à l'écurie. Ses affaires l'ont peut-être retardé.

— Est-il parti seul ?

— Nous sommes nombreux et personne n'a rien entendu. N'aie crainte, il reviendra vite.

Je m'enfonce avec précaution dans les oreillers. Inutile de torturer mon pauvre corps meurtri par les blessures.

— À présent que tu sais tout, essaie de dormir, cela te fera le plus grand bien, m'intime-t-il en tapotant affectueusement mon crâne. Je te ferai apporter de quoi dîner.

Je hoche la tête et Amalrik me répond d'un sourire.

— Oh et si je puis me permettre, tu devrais nommer ton épée.

Il sort, refermant les pans de la tente derrière lui et siffle deux gardes qui se postent en faction. Il donne quelques ordres, sûrement qui est autorisé à entrer et s'en va.

Je frôle l'acier et un nom me vient : *« Rigborg », la puissante protectrice.*

Je m'endors rapidement, ma lame dans mes mains légèrement teintée de bleu.

AMALRIK

Une fois encore, Asulf s'est bien battu. Il l'a échappé belle quand son ennemi l'a pris par surprise. Heureusement que j'ai réagis vite en lui ordonnant de basculer de côté.

Ces six dernières années, il a apprit à me faire confiance et j'en suis fière. Je guide son bras de l'intérieur. Alors que cela est interdit à une VALKYRIE.

Bien sûr, je suis toujours coincée dans cette épée avec le démon. Je dois admettre que la cohabitation est de plus en plus difficile. Il s'impatiente. Il est en colère. Il a besoin de sang. Et je peine à le contrôler, bien que nous ayons le même objectif : garder Asulf en vie.

J'espère que sa soif n'entraînera pas notre protégé à sa perte.

Je ressasse depuis un moment, cherchant une idée pour me sortir de cette prison. Et je n'en vois qu'une : guider Asulf jusqu'à elle. Je ne voulais pas l'exposer, mais je réalise que peu de choix s'offrent à moi. Elle est la seule qui puisse faire pencher la balance en notre faveur.

Je me concentre pour que ma vision ne soit pas partagée avec ce maudit esprit. Seul Asulf doit en prendre connaissance. J'installe un champ de force et établis une connexion juste pour nous. Et je lui envoie.

Une cascade d'une beauté féérique, dans un écrin de verdure. A ses pieds, une étendue d'eau dans laquelle se baigne une ondine.

J'espère que ma vision captera son attention.

ASULF

Lorsque je me réveille, je me redresse d'un bond, serrant toujours mon épée. Je suis troublé par un rêve qui m'est apparu et il me faut quelques instants pour reprendre connaissance. J'ai vu une jeune femme, dos à moi, ses longs cheveux bruns ondulés recouvrant son dos. Elle était à moitié immergé dans une eau cristalline. Qui que ce soit, ce n'était pas Holda. Pourtant, c'est comme si mon cœur l'avait reconnue, car il tambourine fort et connait quelques difficultés à se calmer.

Je relâche ma lame et inspire de longues bouffées d'air. Je passe mes mains sur mon visage, les remonte jusqu'à mes cheveux et soupire bruyamment.

Je constate que je n'ai plus mal, même lorsque j'appuie sur mes blessures. Curieux ! Comment un tel prodige a-t-il pu se produire ? J'enlève mes pansements pour inspecter les dommages. Rien. Pas la moindre goutte de sang et les lésions sont déjà cicatrisées. Comment est-ce possible ?

J'enfile mes braies, ma tunique et mes bottes, songeur. Je m'assieds au bout du lit et pense un moment à tout ce qui m'est arrivé. Mon combat avec un colosse. Mes plaies profondes. Et mon absence de douleur au réveil. Seules demeurent de fines cicatrices.

Amalrik entre dans la tente et écarquille les yeux de surprise. Il manque de lâcher le plateau qu'il tient en main. Avant que la nourriture et le vin finissent sur le tapis, il pose tout dans un coin et s'approche de moi, perplexe.

— Tu es déjà debout, fiston ? s'étonne-t-il. Comment vont tes plaies ?

Je ne réponds pas et me contente de lui monter la cicatrice disparue à mon épaule.

— Voici ce qu'il en reste. C'est pareil pour ma cuisse. Je ne…

— Jeune Asulf, me coupe-t-il en s'asseyant près de moi, je peux te certifier que personne n'est venu dans ta tente. Je t'ai déposé moi-même tes repas que tu n'as pas touchés. Les gardes qui surveillaient l'entrée, ainsi que ceux postés autour, sont ceux en qui j'ai le plus confiance.

— Je te crois, Amalrik, je l'interromps. Mais cela n'explique en rien ces cicatrisations aussi rapides.

— Effectivement, acquiesce-t-il. N'importe qui aurait eu besoin de quelques jours de plus pour qu'il puisse de nouveau s'asseoir. Et quelques semaines supplémentaires pour être en mesure de se lever et marcher. Mais pas toi. Je propose donc que cela reste secret. Tu dois faire semblant de boiter un moment et conserver ton pansement à l'épaule. Personne ne doit se rendre compte que tu es déjà remis de ton combat, les hommes ne comprendraient pas et tu perdrais leur confiance.

J'acquiesce d'un hochement de tête.

Amalrik poursuit, d'une voix à peine audible :

— Ce pansement sera un avantage pour toi si tu le gardes. Mais si tu l'enlèves, tout le monde risque d'avoir peur de toi bien avant que tu n'aies la chance d'être proclamé chef. Avec cette guérison miraculeuse et ton regard meurtrier, ils pourraient croire que tu es une sorte de sorcier. Et ce n'est pas ce que tu souhaites, n'est-ce pas ?

Je confirme. J'ai besoin que le peuple adhère à ma cause et non qu'il me craigne et tente de me poignarder quand l'occasion se présentera.

— Quand quitterons-nous RIBE ?

— Thorbjörn a décidé que les combats pour sa succession auront lieu ici, à RIBE et que nous rentrerons avec notre chef pour la cérémonie de passation. J'ai entendu dire que les inscriptions pour prétendre au trône sont ouvertes. Avant que tu te manifestes, saches que ton nom est déjà sur la liste. Les affrontements commenceront demain, mais tu as encore un peu de temps pour te rétablir.

Amalrik désigne ma main fermée sur le pommeau de mon épée et me donne un dernier conseil :

— Essaie de te battre moins rageusement avec elle. Ce ne sont pas des duels à mort. Une simple mise hors de combat suffit.

J'approuve. Il montre ma lame du menton :

— N'oublie pas qu'une telle épée mérite un nom.

— Je l'ai nommée « Rigborg ».

— La « puissante protectrice ». C'est bien trouvé !

Amalrik me sourit et quitte la tente, me laissant méditer sur ce qu'il vient de me dire.

HARALD

CHAPITRE 10

MAUVAIS PRESSENTIMENT

HAUSTMÁNUÐUR / OCTOBRE

HARALD

Je chevauche depuis trois jours. À ce rythme infernal, je serai à AROS demain soir. Je règlerai cette affaire aussi vite que je pourrai, trouverai Markvart et retournerai à RIBE sans perdre un instant. J'espère y être à temps pour voir Asulf devenir notre prochain roi.

La fatigue ne m'atteint plus. En guerrier aguerri, j'ai appris à lutter contre le sommeil qui me gagne. Je ne m'arrête donc que quelques heures pour laisser ma monture se reposer et reprends rapidement la route.

Mon cheval est éreinté. Cette course folle est inhabituelle et l'animal fait preuve d'une ténacité et d'une résistance remarquables.

Je pense à Asulf. Croira-t-il le mensonge servi à Thorbjörn ? Je n'ai eu qu'à prétexter vouloir l'unir à une jeune noble. J'ai dit à notre roi que son mariage devait être célébré cette lune-ci. Notre souverain a alors donné son approbation, ainsi que sa bénédiction, avant que je ne parte. Personne d'autre que lui n'est au courant du motif de mon absence, pas même Amalrik.

Asulf se laissera-t-il berner ? Je lui ai appris à discerner le vrai du faux. Et il se trompe rarement. Il est d'ailleurs très difficile de lui mentir.

Je balaie cette pensée, car je ne dois pas m'en soucier maintenant ; j'aurai tout le loisir d'y songer durant le trajet du retour. À présent, je dois me concentrer sur ma mission.

Je force l'allure. Même si la météo est clémente, je me doute que mon cheval ne tiendra pas la distance à cette cadence. Je décide donc de bifurquer vers la garnison la plus proche. Je ne peux attendre que ma monture se repose, alors je l'échange temporairement avec le destrier de l'une des sentinelles présentes. Je reviendrai le récupérer dans deux jours.

Je coupe par la forêt, franchissant aisément les bois. J'aperçois les premières lueurs des torches, les formes des habitations et des granges d'AROS. Comme s'il se savait arrivé, l'animal accélère.

ASULF

La liste des prétendants était close lorsque j'ai voulu la consulter.

— Ne vous inquiétez pas, Asulf, vous ne combattrez que plus tard. Vous êtes en convalescence. Ces jours-ci vous devrez vous contenter de regarder les autres se battre, ordre du roi Thorbjörn.

Je hoche la tête en faisant bonne figure. J'aurais préféré que l'on m'oublie.

Je me dirige vers la tente de ce dernier. Peut-être notre chef aura-t-il des nouvelles de mon père. M'ayant immédiatement reconnu, les gardes à l'entrée me sourirent et s'écartèrent sur mon passage en m'annonçant.

Thorbjörn, en pleine discussion avec l'un de ses JARLS, est debout derrière une table où trône un plan de bataille. Le courant d'air leur fait lever les yeux vers l'ouverture de la tente et Thorbjörn congédie son subordonné.

—Asulf ! Tu es déjà sur pieds ? S'étonne le roi.

— *Un guerrier ne peut se permettre d'être oisif. Il doit toujours être prêt à combattre…*

—*… et ne connait pas le repos tant que ses ennemis rôdent,* termine Thorbjörn. Je vois que ton père t'a bien instruit et j'en suis heureux.

— Où est-il ? questionné-je.

— Il avait une affaire urgente à régler. Je ne peux t'en dire plus. Il te faudra attendre son retour.

— Il m'a pourtant assuré que tout était en ordre lors de notre départ d'AROS. Êtes-vous sûr de ce qu'il vous a mentionné ? Demandé-je, dubitatif.

— Harald m'a rappelé que tu es curieux et que tu chercherais à savoir. Mais je ne peux t'en dire davantage. Sois patient, il ne devrait plus tarder.

Je suis songeur. Où peut bien être mon père ?

— J'ignore si Amalrik te l'a dit, mais il faut que tu te reposes. Tu combattras de nouveau dans deux jours pour prétendre à ma succession. Si bien sûr, c'est ce que tu souhaites.

Je ne réponds pas et Thorbjörn s'approche.

— C'est une très grande responsabilité, j'en suis conscient et visiblement toi aussi, me confie-t-il. J'avais à peine plus que ton âge lorsque je suis monté sur ce trône pour la première fois. Je ne me sentais pas très à l'aise. J'ai instauré des règles claires que tout le monde respecte encore aujourd'hui. Les anciens me trouvaient trop jeune et ils avaient raison. Je me suis alors entouré d'hommes sages, compatissants et évidemment de vétérans. Je devais être crédible aux yeux du peuple et montrer que je n'allais pas à l'encontre des us et coutumes établis depuis des siècles, bien au contraire ! Et j'ai fini par être accepté, même par les plus récalcitrants.

— Comment s'est passée votre première bataille ? L'interrogé-je.

— J'étais appuyé par des conseillers aguerris. Tous voulaient faire prévaloir leur solution. Je les ai écoutés et nous avons été vaincus. Par la suite, j'ai appris à les sélectionner, à m'entourer d'anciens sages, mais surtout de valeureux guerriers, comme Amalrik ou Harald. Ils m'ont beaucoup enseigné. J'ai certes perdu des batailles, mais jamais de guerre, depuis qu'ils me soutiennent.

— J'imagine que tous vos hommes ne sont pas comme eux deux ?

— Non. Ils sont loyaux, mais pas suffisamment réfléchis. Je pensais que Harald pourrait me succéder, ou bien Amalrik. Mais ils sont déjà trop vieux. Toi, tu es jeune. Notre royaume doit s'agrandir et il leur faut un roi qui ne risque pas de décéder de sitôt ! C'est important que le peuple sache qu'il peut se reposer sur toi, car il te prêtera main-forte, à ta demande et sans hésiter. Et ses femmes te tomberont dans les bras !

Thorbjörn rit à gorge déployée. Je l'ai rarement senti aussi détendu. Peut-être parce qu'il cède le pouvoir et qu'il ne coure plus de danger désormais. Le clan, en revanche, est plus vulnérable que jamais.

— Pourquoi ne pas installer l'un de vos fils à votre place, comme l'encourage la tradition ? je m'enquiers.

— Parce que mes fils ne sont pas dignes de me succéder. Ils sont gras, boivent et profitent de la chair à longueur de journée. Rien d'autre ne les intéresse. Ils ne s'entraînent qu'à se reproduire et ne manient les armes que sur mon ordre. Mais surtout, ils pensent que le trône leur est acquis. Est-ce donc une image que le peuple aurait envie de respecter ?

Je réponds par la négative.

— C'est Björn qui doit être content ! Raillé-je.

Thorbjörn s'esclaffe :

— Il n'est pas là, fort heureusement ! Et mes commentaires ne le concernent pas. Mon cadet est tout l'opposé de ses grands frères. Il est valeureux, futé et redoutable guerrier, ne t'en déplaise, Asulf ! Il me semble être le seul que tu devrais craindre, mais vous vous connaissez bien. Björn pourrait être un bon chef, s'il ne pensait pas qu'à lui.

— Nous ne sommes plus aussi proches qu'avant et je le déplore. Mais s'il le fallait, je lui confierais ma vie sans hésiter.

Thorbjörn approuve ma remarque et poursuit :

— J'ai lu de la surprise et de la peur sur le visage de mes trois aînés l'autre jour, lorsque je leur ai annoncé que le trône devait être mérité. Ils ne s'y étaient pas préparés, pensant que les conspirations entre eux réussiraient à départager le vainqueur. Mais se battre contre les colosses tels que Baldwin, ça, ils n'y avaient sûrement pas songé ! Je me délecte encore de leurs faciès ahuris et des supplications quotidiennes de chacun depuis ce moment-là. J'ai mis leur héritage aux enchères !

Thorbjörn éclate de nouveau d'un rire franc, m'entraînant à sa suite. Puis mon chef redevient sérieux un instant :

— Saches que tu ne pourras jamais contenter tout le monde. Le principal étant que tu ne regrettes aucune décision que tu as prise. Ta conscience sera ton meilleur guide. Laisse là s'exprimer. Écoute-là et agis.

Je remercie silencieusement mon roi pour ses précieux conseils, m'incline respectueusement devant lui et quitte la tente.

SOLVEIG

À AROS, j'étends les draps dehors lorsqu'un nuage de fumée ocre s'élève au loin. Un voyageur s'approche. Mon cœur se serre. En l'absence de mes maîtres, Holda et moi sommes seules à la maison.

J'attends patiemment que l'homme arrive, ma corbeille d'osier dans les bras. Au fond du panier, sous le dernier tissu, je garde toujours une dague. Et aujourd'hui, je suis rassurée d'avoir pris mes précautions.

La monture de l'inconnu ralentit. Je crois reconnaître les vêtements de Harald, cependant, le cheval n'est pas le sien. D'une main, je tiens fermement le panier et de l'autre, je glisse mes doigts jusqu'à l'arme, prête à frapper.

L'homme s'avance et je l'identifie, soulagée.

— Mon maître ! J'ai eu peur que ce ne soit un voyageur mal intentionné !

— N'aie crainte, Solveig, ce n'est que moi, me rassure Harald.

Je pose la corbeille sur le sol. Mon cœur aurait dû se calmer ; et au lieu de cela, il accélère. J'espère toujours que mon maître revienne. Je l'aime profondément, bien plus qu'une THRALL ne devait s'attacher. Je me suis occupée de lui et d'Asulf avec la dévotion d'une mère pour sa famille.

Harald fait un nouveau pas vers moi et mon cœur tambourine fort.

— Je suis affamé et assoiffé, me lance-t-il. Prépare-moi quelque chose à manger et fais mon lit.

— Votre couche est déjà prête, maître. Je cours au marché pour vous acheter de la viande et des fruits. Reposez-vous jusqu'à mon retour, vous avez l'air éreinté.

Il acquiesce. Je me précipite dans la maison, prends un peu d'argent et mon panier, puis ressors rapidement. Je me dirige vers Harald.

— Je ne serai pas longue. J'ai prévenu Holda de votre arrivée. Elle va s'occuper du cheval. Si vous avez besoin de quoi que ce soit, appelez-la.

— Je n'y manquerai pas, rétorque-t-il.

— Combien de temps resterez-vous ? le questionné-je alors que Holda nous rejoint.

La jeune femme fait une brève révérence, puis conduit l'animal à l'étable alors que notre maître la regarde avidement.

— Je l'ignore, répond-il. Nous verrons bien.

Je lui souris, heureuse qu'il soit enfin de retour. Je me dirige vers le village, laissant la maison derrière moi, ainsi que Holda, seule avec lui.

ASULF

Thorbjörn a été clair, il ne souhaite pas de boucheries lors des duels, mais un HOLMGANG. Cela signifie une zone définie, dans laquelle les deux adversaires s'opposent. L'affrontement cesse aux premières gouttes de sang versées, éliminant le combattant touché. Des protections et un bouclier sont acceptés. Une seule arme est autorisée.

Exceptionnellement, cela ne se limitera pas à l'épée, car notre roi attend tout de même un peu de spectacles, puisqu'il s'agit de sa succession au trône. Aucun désistement après s'être inscrit, sous peine d'être considéré comme un lâche et d'être temporairement exilé, conformément au règlement du HOLMGANG.

En revanche, si les deux adversaires veulent un duel à mort, ils doivent demander l'EINVIGI, c'est-à-dire un combat sans règles.

Notre chef a autorisé les deux, mais espère qu'il y aura peu ou pas d'EINVIGI.

Cinquante-quatre hommes prétendent au trône, dont les quatre fils de Thorbjörn et moi. Les autres préfèrent apporter leur soutien à leurs champions, espérant obtenir un bon poste dans sa hiérarchie s'il gagnait.

Je suis présent à la demande de mon père et de mon roi. De moi-même, je ne l'aurais pas du tout envisagé. Je me serais rangé derrière Björn, car je sais qu'il est le meilleur en lice.

Malgré ce que tout le monde pense de lui, il ferait un excellent chef. Il est bien plus que le fils insouciant et coureur de jupons. Il est un guerrier fort et respecté, tout comme son père à son âge. Je ne suis pas sûr qu'il convoite d'autres femmes qu'Eldrid. Il m'a tout l'air d'être mordu de cette jolie rouquine. Et comment l'en blâmer ! C'est d'ailleurs étonnant qu'il n'ait pas encore officialisé les choses avec elle. L'estampiller *chasse gardée* ne veut pas dire que certains ne tentent pas leur chance auprès de la demoiselle. Mais si Björn le savait, ils ne seraient plus de ce monde.

Les Dieux me préservent de cette tentatrice, dont j'ai déjà repoussé les avances juste pour une nuit ! Même si c'est son activité, je respecte trop mon ancien meilleur ami pour la toucher.

Depuis que l'on me pousse dans cette arène, j'envisage de perdre mon combat contre Björn. Je sais que nous nous affronterons. Nos pères en ont profondément envie et nous sommes de forces égales. Nous assurerions le divertissement de façon suffisamment convaincante, jusqu'à ce que je le laisse m'atteindre et gagner. Il prouvera à tout le monde qu'il est le digne héritier de notre roi. Cela assoira définitivement son pouvoir face à tous. Et moi, je m'en sortirai vivant et avec les honneurs. Pas de honte à être battu dans ces conditions.

Je n'ai clairement pas l'âge de régner, j'ai encore tellement à vivre avant de me poser ! Jusqu'à il y a peu, je ne voulais même pas d'une femme.

Aujourd'hui, je pense à mon avenir avec Holda. Sa condition d'esclave me rend dingue. Pour elle comme pour tous les autres, leur non-statut social m'horripile au plus haut point. Peu importe ce qui leur arrive, personne ne s'en soucie. Un KARL tue un THRALL et le fait disparaître ? Aucun problème, on le remplace. Mais un THRALL qui égratigne un KARL, on met fin à sa vie sur le champ. Et il est impensable que quiconque touche un JARL.

Ces esclaves sont considérés comme des moins que rien. Et cela, je ne peux plus le supporter. C'est pour les protéger et leur rendre leur liberté que je me battrai.

D'ailleurs, je pense pouvoir discuter ouvertement de cela avec Björn. Il sera rassuré de mes intentions purement amicales envers Eldrid. Et je suis convaincu que nous redeviendrons les frères que nous étions jusqu'il y a peu. Mes mots sauront trouver le chemin de son cœur et je l'appuierai autant qu'il me sera possible.

Le bruit du métal qui s'entrechoque me sort de mes pensées pour me ramener à l'instant présent. Je garde à l'esprit que je ne dois sous-estimer aucun des cinquante-trois autres guerriers. Nous sommes tous habitués à nous battre avec acharnement. Aussi il nous sera difficile de seulement s'égratigner dans un HOLMGANG.

Chacun se confronte aux autres avec son arme de prédilection, ce qui rend parfois le duel singulier : une hache à double tête contre deux dagues, ou deux spécialistes des couteaux à lancer.

À la fin de la journée, quarante-huit soldats se sont défiés, tous en HOLMGANG. Les vainqueurs s'affronteront demain, ainsi qu'un guerrier que je connais peu. Ce dernier n'a pas participé au premier tour, car les adversaires restants étaient en nombre impair. Chacun des quarante-neuf a mis son nom sur une pierre et Thorbjörn en a pioché une. Par ce tirage au sort, les Dieux ont fait grâce d'un combat à cet homme et la foule a apprécié le geste.

Baldwin est de ceux qui ont triomphé aujourd'hui. Si je dois me mesurer à lui, je parie qu'il invoquera l'EINVIGI. Il m'appréciait, jusqu'à ce que je refuse d'épouser sa plus belle fille. Je sais donc qu'il ne me fera aucun cadeau. J'espère ne pas tomber face à lui, car je vais probablement devoir le tuer et je ne peux m'y résoudre.

Je consulte les noms des combattants suivants. Les vingt-quatre guerriers restants et celui tiré au sort devront se frotter aux fils de Thorbjörn et à moi-même. Le roi a ordonné que sa descendance n'intervienne pas le premier jour. Ceux qui voulaient leur botter le train devaient passer le premier tour pour les rencontrer par la suite.

Je parcours la liste une dernière fois. Comme Thorbjörn l'a laissé sous-entendre, ni mon père ni Amalrik ne se sont présentés, car il valait mieux les garder en tant que conseillers et j'approuve son jugement.

En retournant à ma tente, je songe à Harald. Voilà plusieurs jours que je n'ai pas de nouvelles. J'espère qu'il ne lui est rien arrivé. Car si tel est le cas, les sentinelles arpenteront les bois environnants pendant un moment, surtout s'il n'est pas dans les parages. S'il est blessé, nul doute qu'il mourra avant d'être retrouvé.

Je chasse ces réflexions morbides de mon esprit. Mon cœur m'assure que mon père est toujours en vie et il ne ment jamais.

Le soleil décline. Je sors de ma tente et gagne celle des femmes. Je demande aux gardes qui en surveillent l'entrée d'envoyer l'une d'elles me rejoindre pour me préparer un bain. Je veux me prélasser dans une eau bien chaude avant que le banquet du soir ne commence.

HARALD

J'attends que Solveig se soit suffisamment éloignée et j'entre dans l'étable. Holda est encore là, bouchonnant l'étalon que j'ai ramené avec du foin pour le sécher. Elle sursaute lorsqu'elle perçoit mes pas à proximité.

— Détends-toi, douce Holda, lui murmuré-je en posant mes mains sur ses épaules. Pourquoi es-tu effrayée ?

— Je ne vous ai pas entendu approcher, maître, répond-elle en échangeant la paille contre la brosse pour lustrer nerveusement la monture. Mais après quelques mouvements, celle-ci lui échappe et tombe au sol. Aux soulèvements saccadés de sa poitrine, j'en déduis que son cœur bat à tout rompre. Comme si elle avait peur d'être seule dans cet endroit avec moi.

Elle tente de réguler sa respiration et évite de croiser mon regard, se détachant de moi par la même occasion. Mais je me déplace vivement devant elle, lui barrant la route. À présent, elle me fait face et peut lire toute la cruauté qui envahit mon visage.

— Il faut que nous ayons une petite discussion, déclaré-je calmement.

Je m'approche d'elle et, prise de panique, elle recule précipitamment de quelques pas, perdant momentanément l'équilibre en marchant sur la brosse. Elle pense sûrement qu'elle doit à tout prix m'échapper, le temps que Solveig revienne, mais je ne la laisserai pas faire.

— De quoi mon maître voudrait-il m'entretenir ? balbutie-t-elle sans me regarder.

— De mon fils, chère Holda, grincé-je. Que se passe-t-il entre vous ?

Elle baisse la tête un peu plus et rougit. Va-t-elle oser me dire qu'elle éprouve du désir ou de l'amour pour lui ?

— Je sais qu'Asulf souhaite te prendre pour femme, affirmé-je. Mais pourquoi a-t-il hâté sa décision ? Attends-tu un enfant de lui ?

— Non, mon maître, répond-elle d'une voix à peine audible.

Je ne suis pas satisfait de sa réponse et frappe du pied violemment dans un seau vide à côté de moi.

Il vole et va s'écraser au sol à plusieurs mètres de là, alors que Holda pousse un cri de surprise.

— Comment se fait-il qu'il veuille t'épouser ? Grondé-je. Il pourrait avoir n'importe quelle fille bien née, mais s'y refuse. Alors pourquoi *toi* ?

Elle ne réplique pas, tremblante et recule encore d'un pas. Elle est à présent dos au mur, apeurée et je n'ai plus qu'à la cueillir.

— Lui as-tu fait des choses si divines que d'autres ne peuvent rivaliser avec tes talents ? Car dans ce cas, il faudrait que tu me les montres, dis-je en débouclant ma ceinture.

Des larmes perlent sur ses cils, mais cela ne m'amadoue pas. Je vais la prendre et elle n'aura pas son mot à dire. La dernière fois, j'y suis allé un peu fort et j'ai même pensé qu'elle s'enfuirait. Pourtant, elle est toujours là. Donc soit cette petite a du courage, soit je n'ai pas encore atteint ses limites.

— Asulf m'aime, murmure-t-elle, comme si cet ultime rempart pouvait m'empêcher d'agir.

— Mon fils n'éprouve rien pour toi ! vociféré-je en frappant le mur en bois du plat de mes mains, de part et d'autre de sa petite tête blonde. Et même si c'est le cas, cela ne changera rien, Holda. *Je* t'ai recueilli. *Je* te nourrit. Et *tu* seras mienne autant que je l'exigerai et ce tant que tu vivras sous *mon* toit.

— Non, supplie-t-elle d'une voix à peine perceptible, étranglée par ses sanglots. Je vous en prie, ne faites pas ça…

— Oh que si ! Et il vaudrait mieux pour toi que, ni Asulf, ni personne d'autre ne soit au courant de cela. Sinon je leur dirai à tous que tu me droguais pour avoir un enfant de moi et demander le statut de femme.

Je la pousse volontairement à bout pour qu'elle se rebelle. J'aime quand elle se débat, car cela me donne l'occasion de la corriger comme il se doit.

Mais sa réaction est plus vive que de coutume. Son regard apeuré laisse place à une détermination que je ne lui connais pas. Oh, je vais pouvoir me faire plaisir aujourd'hui !

— Monstre ! hurle-t-elle soudain. Asulf saura tout dès son retour. Je lui raconterai tout ce que vous m'avez fait, depuis des années, même si j'en meurs de honte.

— Il ne te croira pas, catin, la coupé-je froidement.

— Nous verrons bien, rétorque-t-elle avec assurance. Nous partirons d'ici et je pourrai vivre et non survivre en rasant les murs comme en ce moment.

Nous y voilà. Elle avoue enfin la crainte qu'elle nourrit à mon encontre. La garce m'a menti. Elle ne m'aurait donc jamais aimé. À quoi bon poursuivre avec elle ? Je sais à présent que je dois mettre un terme à tout cela et sans délai.

— Vous n'irez nulle part ensemble, j'y veillerai personnellement. Je te l'ai dit, tu es à moi ! crié-je en frappant à présent dans un ballot de foin qui va rejoindre le seau un peu plus loin.

Holda est à nouveau effrayée, elle sait que je ne plaisante pas. Bien, le message est passé. J'observe ses pupilles se dilater et devenir sombres. Elle comprend que si elle ne se soumet pas à moi immédiatement, je pourrais la tuer sur le champ. Et que j'en serai capable. Après tout, elle ne serait pas la première.

Elle semble hésiter sur la décision à prendre : accepter mes coups et les relations sexuelles avec moi, encore et déshonorer Asulf, ou résister et en assumer les conséquences ? Dans les deux cas, je la baiserai. À elle de choisir si ce sera de gré ou de force.

Son regard affirmé m'en dit long. Elle a opté pour l'insoumission. Elle essaye de s'enfuir, mais elle est dans un coin de l'étable et je n'ai aucun mal à la retenir. Je la plaque brutalement contre le mur, la maintenant par les cheveux et baisse prestement mes braies. Elle se débat et me frappe, encore une première !

Je lâche ses longues mèches blondes et j'attrape ses poignets que j'immobilise de mon autre main. Je la tire violemment, lui arrachant un cri strident en la retournant dos à moi. De ma botte, je la frappe derrière le genou. Elle perd l'équilibre et s'écroule. Alors je l'agrippe par les cheville, la tire vers moi et l'allonge dos au sol. Je la surplombe pendant qu'elle me supplie de la laisser tranquille.

— Crie autant qu'il te plaira, petite Holda. Solveig est en ville et personne ne t'entendra. Tu es seule. Désespérément seule.

Je ris et lui montre une fois de plus mon sourire carnassier. Depuis toujours, je ne rêve que d'une chose ; qu'Asulf soit assez grand pour lui annoncer que cette servante deviendrait sa belle-mère, bien qu'elle soit plus jeune que lui. Seulement, le rejeton m'a devancé et je sais d'ores et déjà que je ne pourrai pas retenir mes propres pulsions, même si elle devient un jour ma belle-fille. Je veux la museler avant que la situation dérape.

Les yeux baignés de larmes, Holda se débat, m'implorant plusieurs fois, mais je n'y prête pas attention. Ce qu'elle oublie, c'est son statut de THRALL. Elle n'a aucune légitimité, aucune existence. Ma table à manger a plus de valeur qu'elle, aux yeux de la Loi. Alors elle n'a rien à exiger de moi et ferait mieux de se plier à mes exigences.

Je la maintiens au sol alors que je lui murmure :

— Puisque je ne peux t'avoir, personne ne t'aura, Holda, menacé-je.

Je relève sa robe et commence à la besogner, mes mains enserrant son cou. Holda me griffe, me frappe, alors je resserre ma prise et intensifie mes coups de reins, pour lui rappeler où est sa place. Je me soulage en elle puis me redresse, satisfait et détendu.

Ce n'est qu'une fois habillé que je réalise ce qui s'est passé. Mes mains ont quitté sa gorge et ses sanglots se sont interrompus. Holda est allongée sur le sol. Je m'accroupis, mon visage au-dessus du sien et constate qu'elle ne bouge plus, ne respire plus.

J'aspire son dernier souffle, son âme, après avoir pris son corps. Je me relève, un rictus aux lèvres.

— Je t'avais prévenu, Holda. Tu étais à moi seul. À présent, je suis certain que plus personne ne t'aura.

Je rejoins la cuisine où je me restaure rapidement et emporte quelques provisions, puis je retourne à l'étable. Je selle le cheval qui m'a accompagné jusqu'ici et repars aussi vite que je suis venu, avant même que Solveig ne revienne du village. Sans un égard pour Holda.

Il est temps d'aller chercher Markvart.

KARL

J'arrive à la maison où Holda est nouvellement employée. J'ai aperçu Solveig au marché où elle faisait des provisions. Après l'avoir questionné sur la raison de son ravitaillement tardif, elle m'a confié que Harald est de retour. Comprenant que Holda est seule avec son maître, en danger, j'abandonne Solveig et me précipite au secours de mon aimée.

À proximité de la demeure, je crois reconnaître Harald talonnant un cheval et quitter prestement l'étable. J'accélère mes foulées et j'arrive près du grand chêne, hors d'haleine. J'appelle Holda à plusieurs reprises pendant que je la cherche. Jusqu'à ce que je la trouve dans l'écurie, étendue par terre, inanimée et à moitié nue. Elle a été étranglée et violée.

Le choc est violent et me coupe le souffle, me pétrifiant sur place. Mes jambes me lâchent et je m'effondre au sol, livide et en larmes. En tremblant, je m'approche d'elle, la recouvre de sa robe et la prends dans mes bras. Assis dans ce recoin de l'étable, je sanglote, son corps contre le mien.

Quelques jours auparavant, elle m'a brisé le cœur. Moi, le jeune homme fragile et amoureux, lorsqu'elle m'a annoncé qu'elle était éprise Asulf. Ce fut pire quand elle a ajouté que ses sentiments étaient réciproques. Mon monde s'est effondré une première fois.

Je resserre mon étreinte alors que mon univers s'écroule à nouveau. Jamais plus ma meilleure amie ne me rendra mes sourires. Jamais plus je ne la reverrais à AROS. Jamais elle ne deviendra ma femme et jamais je n'aurai d'enfants de l'amour de ma vie… Et tout cela est de la faute de Harald !

Je pleure encore, jusqu'à ce que j'entende la voix de Solveig. Elle appelle Holda et la douleur s'intensifie dans ma poitrine. En arrivant finalement à l'étable, elle me trouve recroquevillé dans le coin, Holda dans mes bras. La sentant s'approcher, je relève la tête, des larmes ruisselant le long de mes joues. Abasourdie par ce qu'elle vient de comprendre, elle s'avance, les yeux déjà embués.

— Que s'est-il passé ? balbutie-t-elle.

— Je l'ignore, je réponds. Elle était morte quand je l'ai trouvé. J'aurais dû courir plus vite. J'aurais dû rester ici pour la protéger. Mon père aurait très bien pu se débrouiller seul avec l'étal de viandes. J'…

— Ce n'est pas de ta faute, Karl, m'interrompt-elle en se penchant au-dessus de nous pour nous serrer contre son cœur.

— Non, c'est celle de Harald ! hurlé-je. Il l'a violée et tuée !

— Je n'aurais pas dû lui dire que la petite était dans la maison, culpabilise-t-elle.

— Il l'aurait découvert, la coupé-je. Il l'aurait appelée et elle serait venue. Pourquoi l'ai-je abandonnée ?

— Ce n'est pas de ta faute, répète-t-elle en sanglotant à son tour.

N'ayant jamais pu avoir d'enfants, Solveig a toujours eu de l'affection pour Holda. Même si elle était sévère avec elle, elle l'aimait comme une mère. En un après-midi, elle venait de perdre l'une de ses raisons de vivre et le chagrin la submerge aussi violemment que moi.

Elle sait que jamais je n'aurais été capable d'un tel acte sur la jeune femme. Elle connait ma jalousie envers Asulf. Mais elle sait aussi que j'aurais choisi d'enlever Holda pour prendre soin d'elle, que j'aurais donné ma vie pour elle, plutôt qu'elle ne soit blessée.

Dans le regard de Solveig, je lis la même douleur déchirante que dans mon cœur. Harald est responsable.

Nos poitrines se brisent de chagrin. Solveig comprend que l'une des trois personnes qu'elle chérissait le plus au monde a violenté et tué l'une des deux autres. Et blessera définitivement la seconde. En cet instant, elle semble tellement impuissante et me fait peine à voir. Pourtant, je dois être dans un état similaire au sien.

— Holda mérite une sépulture digne d'elle, annonce Solveig.

— Il faut la laver de cet affront et de tout ce qu'elle a injustement subi, rétorqué-je. Mais pourquoi, *pourquoi* ? sangloté-je de nouveau. Si elle m'avait aimé, rien de tout ceci ne serait arrivé ! On aurait vécu heureux. Elle m'aurait donné de beaux enfants et on les aurait élevés ensemble.

— Je sais, murmure Solveig. Je le lui ai souvent répété. Mais tu n'aurais pas pu lui ôter toutes ses souffrances. Notre maître abusait d'elle et ce depuis des années. Tu ne peux blâmer Asulf pour cela. Il ne s'était jamais intéressé à elle avant ces derniers jours. De plus, il ignore tout des ignominies commises.

— Alors je tuerai Harald de mes propres mains ! vociféré-je.

— Tu mourrais aussitôt. Rappelle-toi que c'est un JARL et que tu ne peux rien contre lui. Oublie ces idées de vengeance et aide-moi à préparer notre Holda pour son ultime voyage.

ASULF

En apnée dans mon bain, je me relève soudainement et ouvre les yeux. Je passe une main sur mon visage avant de me reposer contre le rebord de la bassine.

— Vous ai-je brûlé, Asulf ? s'enquit Eldrid en remplissant le baquet. L'eau est si chaude ! Je vais la refroidir. Pardonnez-moi.

— Ce n'est pas toi, ne t'inquiète pas, la rassuré-je. C'est juste que j'ai eu un mauvais pressentiment.

La jolie rousse pose la cruche sur le sol et se penche au-dessus de la grande bassine où je me prélasse. Elle me sourit, ses longs cheveux ondulés épars frôlant mon torse. Elle fouille l'eau de sa main gauche, à la recherche de mon membre alors que je sursaute à son contact. Elle me lance un regard amusé et minaude. Mais avant qu'elle n'y retourne, elle rencontre mes doigts qui l'attrapent, la dissuadant de continuer.

— Je crois que c'est ce que tu cherchais, lui dis-je.

Sans se décourager, elle prend ma main et la pose au niveau de son corsage qui cache à peine ses deux petits seins rebondis. Je refuse de la toucher, par respect pour Björn, mais Eldrid insiste.

— Oubliez le banquet. Je vous apporterai votre repas. En attendant, laissez-moi vous détendre comme vous le méritez.

La jeune femme se glisse dans mon dos et entreprend de me masser.

— Non, rétorqué-je en la repoussant franchement. Je n'en ai pas envie. Pars, s'il te plait. J'ai besoin de rester seul.

— Ma compagnie pourrait vous satisfaire ! À moins que vous ne préfériez que j'appelle une amie pour me seconder, propose-t-elle sur un ton enjôleur.

La jeune courtisane se sait désirée de tous les hommes de la garnison. Mais ce soir, c'est moi qu'elle veut. Supposant être à mon goût, elle s'approche encore plus près de moi, tous ses charmes en avant.

La gorge nue d'Eldrid semble si douce, tel un fruit prêt à être cueilli. Mais Björn l'a proclamé « *chasse gardée* » et nos relations sont déjà bien assez mauvaises pour ne pas en rajouter.

Soudain, le visage de Holda apparait dans mon esprit et il n'y a plus qu'elle. Elle me manque tellement !

— Non, répété-je en secouant la tête. Je ne veux voir personne. Va-t'en, avant que je ne te fasse jeter dehors par les gardes.

Outrée par le peu d'intérêt qu'elle suscite, la jeune femme se redresse et sort sans un mot ni un regard en arrière.

Je me rhabille et tourne en rond dans ma tente. Je n'ai plus faim. Quelque chose est arrivé, je le sens. Je m'assois sur ma couche et pense longuement, jouant avec mon épée qui prend des teintes bleutées.

Cette nuit-là, le sommeil refuse de m'accueillir et je ne dors pas.

KARL

Je soulève doucement Holda et la porte jusqu'à la maison. Je suis Solveig en silence, les yeux baignés de larmes. J'entre dans la cuisine et dépose la dépouille de la jeune femme sur la table. Puis je sors de la pièce, rongé par la douleur.

Elle reste seule avec Holda et au moment où je la quitte, je vois tant de chagrin lui parcourir l'esprit. Je suis certain qu'elle regrette de ne pas l'avoir éloignée d'Asulf. Si elle l'avait poussée dans mes bras, Holda serait probablement encore en vie.

Mon esprit part en conjectures. Et si… Et si… Trop tard, à présent.

Après avoir longuement pleuré sa mort, je retrouve Solveig. Elle a séché ses larmes pour se concentrer sur la tâche à accomplir. Elle a initié le rite funéraire, endeuillée et résignée. Elle l'a lavée et coiffée d'une longue natte.

— Je l'ai habillé de la robe que je lui gardais pour son union, bredouille-t-elle. Je rêvais de voir ma fille adoptive dans cette robe blanche avec quelques dentelles fines. C'est un tissu d'une rare beauté, qui vient du Sud de nos contrées et que peu de gens peuvent s'offrir. Un présent qu'elle aurait grandement apprécié. Maintenant, il est inutile de la conserver davantage.

Solveig inspire profondément et retient de nouvelles larmes qui menacent de dévaler ses joues. Ce n'est pas le moment de se laisser submerger. Elle doit être forte pour cette épreuve.

Pendant qu'elle préparait Holda, j'ai édifié un autel de bûches, au sommet duquel j'ai déposé un drap bleu. Puis je suis revenu près de la cuisine, sans oser entrer, tombant à genoux au pied de la porte.

À présent il est temps. Je me penche au-dessus de Holda et sors de la maison, escorté par Solveig, portant le corps frêle et sans vie jusqu'au bûcher.

La nuit est tombée et la lune éclaire déjà la longue robe blanche de notre défunte. Son cou violacé a été caché sous un voilage. Ses interminables cheveux blonds autour d'elle, Holda ressemble à une déesse endormie.

— Comme elle est belle ! murmuré-je.

— C'est l'image que tu dois garder d'elle, Karl, déclare Solveig. Même si ce n'était pas de la façon dont tu l'imaginais, Holda t'aimait. Ne l'oublie jamais.

Je hoche la tête puis baisse les yeux. J'aperçois non loin de moi un pied de menthe, la plante préférée de Holda. Je me penche, le cueille et le glisse entre ses mains. Je regarde son doux visage une dernière fois. Elle semble assoupie, prête à se réveiller et à me prendre dans ses bras.

J'approche mes lèvres des siennes et l'embrasse tendrement. Sa peau est si froide ! J'écrase une larme du revers de ma main et recule d'un pas. J'allume le brasier et retourne auprès de Solveig.

Nous attendons longuement, jusqu'à ce que les bûches se consument entièrement. Au levé du jour, nous ramassons les cendres que nous chargeons dans une brouette. Guidés par la torche que la servante tient, nous cheminons jusqu'à la source, en contre bas. Holda adorait cet endroit pour sa quiétude. Elle s'y sentait bien. Aussi décidons-nous d'y laisser ses cendres. Nous nous agenouillions donc chacun d'un côté de la brouette et faisons glisser son contenu dans le lit de la petite rivière.

Holda s’en va, avec l’arrivée de l’été qu’elle affectionnait tant.

Nous prions un moment. C’est là un dernier et le meilleur hommage que nous pouvions lui rendre.

Dans la matinée, je rejoins le centre d’ARÓS et en reviens avec le cheval de mon père. Solveig me donne des provisions et de l’eau et je prends la direction de RIBE.

FREYA

Pauvre Holda.

J’ai assisté à toute cette tragédie, mais je n’ai pas pu intervenir. On me l’a interdit. Je ne suis là que pour les guider et non pour interférer avec leurs chemins.

Je me présente généralement aux mortels en tant que VÖLVA, une voyante. Je pratique la magie SEIÐR, celle qui interprète le destin et délivre les prophéties. Je prétends errer d’une ville à l’autre, narrant la parole des Dieux, en échange d’un toit et d’un bon repas.

Le Père de Tout m’a chargé de veiller sur Asulf. Mais je gage que lorsqu’il saura toute la vérité, sa vie va en être totalement bouleversée.

Note de l’auteur : retrouvez plus d’informations concernant les jurons, les concepts modernes utilisés pour faciliter votre compréhension et les adaptations artistiques du roman à la fin de celui-ci.

BJÖRN

CHAPITRE 11

FRÈRES D'ARMES

HAUSTMÁNUÐUR / OCTOBRE

ASULF

À RIBE, au deuxième jour des duels, le HOLMGANG s'est endurci. Les hommes saignent abondamment avant de se déclarer vaincus et d'arrêter le combat. Le tout sur fond de bruits de tambours, de bière et de catins.

J'ai assisté aux affrontements de nombreux prétendants et hormis Björn, aucun ne m'impose plus de respect que Baldwin, un ami apprécié de mon père. Je suis grand, pourtant Baldwin me surpasse de près d'une tête. Il a des mains énormes, capables de briser un crâne. Sa sagesse et sa sagacité sont tout aussi enviables.

Si bien que son duel du jour a duré moins d'une minute.

Son adversaire, un jeune arrogant, a demandé l'EINVIGI et a refusé le bouclier, tout comme Baldwin. Mais il était trop impulsif et a pêché par manque d'expérience. Il a virevolté à plusieurs reprises, frappant son épée contre la massue de Baldwin. Lorsqu'il a posé ses deux pieds au sol, il a reçu un premier coup qui lui a fracassé le genou et un second qui lui a explosé la mâchoire. Le combat était terminé et le jeunot affalé à terre, agonisant. Il n'aurait jamais survécu à ses blessures. Alors, dans un élan de clémence, Baldwin rendit son arme à son assaillant. Un homme de la foule lui tendit son épée avec laquelle il l'acheva, tout en lui murmurant de reposer en paix. Le mort s'est écroulé.

Sous les hourras des spectateurs, Baldwin fut déclaré victorieux du combat. Quatre guerriers ont évacué le corps et l'ont entassé sur un bûcher. Ce soir, les défunts brûleront ensemble et rejoindront tous le VALHALLA.

À distance, je salue Baldwin et le félicite. Il me répond en grognant à moitié. Bon, il est rancunier, ce n'est pas gagné.

Le lendemain, la lutte qui opposait Björn à Baldwin fut brève, mais cette fois, pas en faveur de l'ancien. Baldwin a réclamé l'EINVIGI et a opté pour une épée, car Björn n'est pas du même acabit que son combat de la veille. Il savait que ce serait long et difficile, mieux valait s'équiper léger pour économiser ses forces. Mais au bout de quelques minutes, Baldwin était à terre. Il s'est saisi de sa lame pour continuer son duel, se redressant sur ses jambes pour montrer sa détermination. Björn, du haut de son mètre quatre vingt et ses vingt et un ans, est un homme réfléchi. Malgré l'impulsivité de la jeunesse, il ne souhaitait pas le tuer, car il prévoyait de le prendre dans son Conseil. Il fit alors tournoyer son épée et apposa le tranchant contre la gorge de son adversaire, qu'il entailla d'un petit coup sec, avant de la retirer. Baldwin hocha la tête et sans un mot, sans un cri, il s'agenouilla en signe de soumission. Le fils du chef fut donc proclamé vainqueur et aida le vétéran à se relever.

Les spectateurs applaudirent la performance de Björn qui les salua en remerciement. Ils ovationnèrent bien davantage le vieil ours pour son silence et son courage.

M'apercevant du coin de l'œil, Baldwin tourne les talons pour aller se servir à boire. Mais je le rejoins plus rapidement que prévu.

— Très beau combat ! déclaré-je à son intention.

— Asulf, si tu viens encore te moquer de moi, tu vas goûter à ma massue ! rétorque-t-il, bougon. Et ton père ne pourra rien pour toi. Ni même Thorbjörn.

Je comprends qu'avoir refusé de prendre sa fille comme épouse l'a profondément offensé.

— Je m'excuse si je t'ai manqué de respect, Baldwin. Ce n'était pas mon intention.

— Alors quelle était-elle ? Grogne la montagne.

— Ta fille et moi nous ne nous connaissons pas. Je ne veux pas d'une union arrangée. Je ne consens qu'à un mariage d'amour.

— Qui te dit qu'elle n'a pas de sentiments pour toi ?

— Si tel était le cas, nous en aurions déjà discuté, elle et moi. Je refuse d'avoir une épouse que je tromperai le jour où mon cœur aura choisi celle que j'aime. Ta fille ne mérite pas cela.

Baldwin s'arrête et se retourne brusquement. Je me stoppe de justesse, à quelques centimètres de lui. Le vieil ours me toise longuement, ses yeux dans les miens, jusqu'à ce qu'il se radoucisse :

— Ainsi je ne serai jamais roi, déclare-t-il en reprenant la marche, alors que je feins de boiter à ses côtés.

— Tu as été brave, l'ami, je réponds. Le peuple te respecte davantage aujourd'hui.

Baldwin s'approche, ne parlant plus que par murmures :

— Prends garde à lui, me dit-il en désignant de son menton Björn. Il est agile, mais il a surtout la force d'un ours.

— Et moi je suis *l'homme au Regard d'acier*, encore invaincu à ce jour, lui rappelé-je. Que peut-il bien m'arriver ? Demandé-je, goguenard.

— C'est bien vrai, approuve-t-il. Cependant, méfie-toi. Je l'ai déjà vu se battre et je m'étais préparé à l'affronter. Mais il est meilleur que son père à son âge, ça oui ! Parce qu'il est mesquin. S'il tombe à terre, ne l'approche pas. Il pourrait te tuer par la ruse.

J'acquiesce en hochant la tête. Je ne le connais que trop bien. Son crédo ? Gagner, peu importe comment.

Je me retire dans ma tente. Demain, ce sera mon tour. Tout le monde aura les yeux rivés sur moi. Je reste sur ma ligne de conduite qui est d'assurer un beau combat, mais de laisser gagner Björn. La politique ne m'intéresse pas, le pouvoir non plus. Je suis un excellent guerrier et cela est largement suffisant. Demain, je revendiquerai officiellement la main de Holda et sous peu, nous coulerons des jours heureux, ensemble.

Pendant le repas du soir, le vainqueur du jour rit à gorge déployée. Et quand il s'interrompt, c'est pour me toiser méchamment. Björn a un an de plus que moi et est d'une férocité sans égale. Lorsque ses propres frères ont appris qu'ils devraient l'affronter, deux d'entre eux ont exigé un HOLMGANG. Ils ont laissé leur cadet leur porter une unique pique du bout de sa lame, avant de se prosterner devant lui, préférant briguer un poste au Conseil, plutôt que de périr ici. Cela l'a bien fait rire de constater qu'il effrayait autant ses aînés.

Pourtant, ce sont eux qui ont raison. Il y a bien de quoi être intimidé. Durant ses entraînements, il combat rageusement, parfois jusqu'à blesser gravement ses compagnons d'armes. Exception faite d'Amalrik, qui a gagné son respect en lui sauvant plusieurs fois la vie dans des batailles et parce que ce dernier se fiche éperdument de monter sur le trône.

Amalrik aussi est rusé. Un jour, il m'a dit qu'il était dangereux de trop s'entraîner avec Björn :

— *Il apprend vite et pourra rapidement retourner tes propres techniques de combats contre toi-même.*

Il est peut-être l'unique fils que Thorbjörn estime. Même si je crois que tout le monde se méfie de lui, car il est également le seul capable de tuer quelqu'un dans son sommeil, sans que personne ne s'en rende compte.

Un frisson me parcourt l'échine. Un adversaire redoutable, pour un trône et des responsabilités dont je ne veux pas. Nos pères qui fondent tous leurs espoirs sur ma victoire, alors que je m'apprête à les décevoir. Je dois la jouer finement pour être crédible. Je sais déjà que je vais en entendre parler pendant des décennies, par conséquent je dois perdre dignement.

Une main familière se plaque sur mon épaule. Je lève les yeux pour apercevoir mon père.

— Je vois que tu es toujours vivant, Asulf ! raille-t-il en observant mes pansements qui dépassent. Comment te sens-tu ?

— Prêt à me battre comme jamais. Rétorqué-je.

Harald sourit à ma répartie et s'assoit à côté de moi.

— Je suis arrivé juste à temps pour la finale. J'ai appris que tu affronteras Björn demain. Enfin quelqu'un à ta hauteur et qui pourrait être un chef.

— Mais pas autant que *l'homme au Regard d'acier*, déclaré-je.

— A ce propos, j'aimerais que tu n'abuses pas de ton pouvoir sur lui, assène Harald. Je voudrais que tu te battes d'homme à homme, sans cette mystérieuse force que tu as en toi.

Parfait, il m'offre l'occasion de perdre face à Björn, parce que j'aurais suivi son conseil.

— Des rumeurs circulent, poursuit-il. On te prête bien trop de qualités pour ton âge. Si certains pensent que les Dieux te portent, d'autres sont persuadés que c'est un démon qui te vient en aide.

— Elle est bien bonne, celle-là ! Tout cela est totalement absurde !

— Ah oui ? Alors comment expliques-tu la guérison fulgurante de tes blessures ? Je sais que tu simules pour ne pas effrayer nos troupes, murmure Harald.

Je reste interdit, car je n'ai aucune justification à fournir. Il reprend :

— Amalrik est venu me trouver à ce sujet et il a bien fait. Nous reparlerons de tout cela plus tard. Je t'ordonne de conserver tes bandages. Les hommes te croient encore en convalescence. J'ai d'abord besoin de comprendre ce qui t'est arrivé avant qu'ils ne l'apprennent.

Je hoche la tête pour approuver son plan. De toute manière, je ne serai pas le futur roi, donc aucune inquiétude à ce sujet.

— Continue de jouer le blessé, cela prouvera ta valeur. Et lorsque tu auras gagné, car je n'en doute pas, notre peuple ne t'en estimera que davantage.

Que tu crois, père ! pensé-je.

— Et si cette force apparait durant le combat ?

— Il te faudra la canaliser, Asulf.

— Mais ce truc, que tout le monde surnomme *l'homme au Regard d'acier*, fait partie de moi. Je me bats comme cela.

— Plus de « *mais* », me coupe Harald. Tu dois vaincre intelligemment. Cette entité, ou quoi que ce soit, n'est pas appréciée. Le peuple en a peur. Et il ne doit pas être asservi, mais gouverné.

Mon visage s'assombrit. Cela signifie-t-il que nos hommes ne m'aiment pas et qu'ils feignent d'affectionner ma présence parmi eux ?

— Monter sur le trône par la force est une très mauvaise idée, continue Harald, car tu feras immédiatement face à des embuches. Et tu n'es pas prêt à les affronter. Il te sera bien plus facile de parvenir à tes fins si tu les persuades que tu es bon pour eux. Beaucoup de chefs sont morts assassinés durant leur sommeil parce que le peuple n'osait pas se mesurer à eux pour les destituer.

— La façon de gouverner ne compte-t-elle pas ? questionné-je.

— Si. Cependant, lorsque l'on parlera de toi, on repensera à ce combat qui t'a fait roi. Et c'est ce duel qui restera dans la mémoire collective. Gagne loyalement et je serai fier de toi, une fois de plus.

Les paroles de Harald produisent l'effet escompté. Je suis à présent persuadé que je ne dois pas utiliser cette force tapie en moi. Pourtant je sais que les Dieux ne m'abandonneront pas, car j'ai foi en ma destinée. Je sortirai victorieux de cet affrontement, comme je l'ai toujours fait, même si cette fois, c'est la seconde place que je convoite.

❄ VETRABLÓT / DÉBUT DE L'HIVER ❄

ASULF

Le soleil n'est pas encore levé lorsque je me réveille. Je m'étire lentement, puis m'assois sur mon lit. Je change le pansement qui recouvre mon épaule avant d'enfiler ma cuirasse, comme tout bon guerrier. D'autant qu'elle masque, par la même occasion, des blessures qui n'existent plus.

Mon estomac crie famine. Je sors de la tente pour manger un morceau, mon épée à ma ceinture et ma dague à sa place, dissimulée dans ma botte.

Aujourd'hui se jouera le duel final et, sans surprise, j'affronterai Björn.

Le camp est désert. Pas un bruit alentour, rien ne vient troubler la tranquillité de cette matinée brumeuse. Pourtant, à peine ai-je fait quelques pas dehors que j'entends hurler :

— EINVÍGI ! Que le combat commence !

Pris de cours, j'ai tout juste le temps de dégainer Rigborg et de me retourner, que Björn est déjà sur moi. Je pare un coup, puis le suivant avant de repousser le fils du chef de quelques mètres.

Je me souviens alors des avertissements de Baldwin et Amalrik. Björn est rusé et a en lui-même une confiance inébranlable. D'ailleurs, je rêve ou ce con vient de proclamer que notre duel serait un combat à mort ?

Putain de merde ! Moi qui pensais le laisser gagner, je vais devoir réviser ma stratégie, car je n'ai pas envie de mourir ce matin !

Elevés presque ensemble, nous avons des attitudes radicalement opposées. Alors que je suis plutôt effacé et modeste, Björn est d'une arrogance et d'une exubérance sans limites. Pas pudique pour un sou, il lui est déjà arrivé de s'ébattre en public, sans crainte d'afficher sa nudité et par la même occasion, sa virilité. Comportement que je réprouve totalement.

Néanmoins, je dois bien admettre que mon adversaire est un excellent stratège. Il s'est levé plus tôt ce matin pour ne pas combattre le ventre vide et être suffisamment réveillé, afin de me prendre au dépourvu. Pourtant l'air frais m'a vivifié les sens et je fais preuve d'une belle agilité.

— Je vois que la nuit ne t'a pas trop engourdi, blanc-bec ! Déclare forfait, comme mes trois grands frères et j'épargnerai ta vie.

— Ce sont des lâches, clamé-je. Ils ont toujours eu peur de toi. Pas moi.

Björn arbore un sourire empli de fierté, exhibant des dents éclatantes de blancheur.

— C'est bien légitime. De nous tous, je suis le plus fort.

Et alors qu'il parle, il me porte un troisième coup, plus rapide et plus puissant.

— Le combat se déroule ici et maintenant, Asulf. J'ai déclaré *l'*EINVIGI.

— C'est stupide, putain ! Je n'ai pas envie qu'on se batte à mort !

— Dans ce cas, si tu n'es pas prêt à sacrifier ta vie, pourquoi participes-tu à ce tournoi ?

Je ne réponds pas. Je ne le voulais pas. Et voilà où nous en sommes.

— Prépare-toi, car ta mort est proche.

Je grimace, alors que le sourire arrogant sur ses lèvres devient carnassier. Il a été clément la veille avec le vieux Baldwin. Mais aujourd'hui, son instinct de vainqueur est bel et bien là et se partage l'espace avec son égo. Pour être clair, je vais déguster avant de mourir.

Réveillés par le fracas des lames qui s'entrechoquent, tous les hommes se sont rués hors de leurs logements et s'attroupent autour de nous. Chacun encourageant bruyamment son favori.

Je pare rapidement les coups qui suivent et le surprends en ripostant avec fougue. Il n'est plus question de le laisser gagner à présent. Je dois survivre.

— Pas si mal, pour un débutant ! Crache Björn.

— Le débutant a le cran d'aller en première ligne sur le champ de bataille et de se battre pour son peuple ! Je t'invite à en faire autant, le provoqué-je, affichant à présent un sourire narquois, conscient d'avoir touché un point sensible.

Le visage de Björn se congestionne. Je suis décidément trop insolent et agaçant. Je parie qu'il veut abréger le combat pour m'écraser comme de la vermine. Car, soyons honnêtes, s'il est capable de vaincre *l'homme au Regard d'acier*, craint de plusieurs peuples, il ne fera aucun doute qu'il gagnera sans peine le respect des nôtres. Mais pour cela, il doit en finir au plus vite et me ridiculiser, afin que personne ne tente plus jamais de le défier.

Et je suis sûr que pour fêter sa victoire, Björn pourra se faire préparer un bon bain qu'il prendra avec Eldrid. Et peut-être bien une autre.

Mes yeux s'écarquillent quand je réalise que nous imaginons la même chose. Par tous les Dieux ! Björn est vraiment en train de penser à Eldrid à cet instant ? C'est une sacrée faille dans sa défense !

D'autant que son regard semble réellement ailleurs. Quelque chose détourne son attention de ce combat crucial et cela pourrait lui être fatal. Je fais alors un rapide tour sur moi-même pour comprendre de quoi il s'agit. Montrer son dos à un ennemi est une pure folie, surtout lorsqu'il est question de Björn. Mais mon audace a payé. Du coin de l'œil, j'avise une silhouette féminine qui se meut dans notre direction.

— Je veux qu'Eldrid vienne me soutenir ! hurlé-je à son intention.

Elle sourit, me fait un clin d'oeil et disparait dans une tente.

— Tu as besoin d'une femme pour t'épauler ? Ricane Björn.

— Elle est d'une aide précieuse, riposté-je. C'est la sous-estimer que de la cantonner à s'acquitter des corvées, baiser et porter des enfants !

— En quoi te sera-t-elle utile ? insiste-t-il.

Je ne réponds pas et le laisse mariner, alors qu'il semble perplexe.

Le combat continue. Les coups fusent sans qu'aucun de nous ne parvienne à toucher ou prendre l'avantage sur l'autre. Je virevolte au-dessus du sol alors que Björn, pourtant souple dans ses mouvements, parait bien plus lourd et moins agile, mais tout en puissance.

C'est alors que la foule s'écarte et laisse passer mon porte-chance. Eldrid, fraîchement pomponnée et identifiable à des kilomètres à la ronde. Tous les regards sont braqués sur elle, pendant qu'elle se place au premier rang. L'occasion que j'attendais se présente. Björn perçoit dans l'air l'odeur d'un parfum qu'il connait bien et ses yeux se posent sur elle, à peine un instant.

Cependant, c'est une seconde de trop que j'exploite pour lui entailler le poignet. L'épée du guerrier tombe au sol et il grogne. J'en profite pour m'approcher d'Eldrid et lui voler un baiser fougueux. Björn éructe :

— Alors c'était ça ton plan ? Tenter de me distraire ? J'avoue que cette idée aurait pu venir de moi. Tu apprends vite, blanc-bec. Malheureusement pour toi, je suis ambidextre. Et tu ne m'auras pas une seconde fois.

Le regard de Björn devient meurtrier et je le comprends trop tard. Durant le duel, il se déplaçait de plus en plus vers sa gauche, jusqu'à s'approcher d'Eldrid. Il est interdit de prendre un otage lors d'un combat, mais pas d'utiliser les armes à notre portée. Et près d'elle se trouve un socle sur lequel une torche a brûlé toute la nuit.

Björn la saisit vivement et l'envoie sur moi. La flamme me frappe de plein fouet et échauffe mon épaule précédemment blessée, ainsi qu'une partie de ma cuirasse. Je me jette à terre à plat ventre et roule pour étouffer le feu naissant. Bordel, j'ai eu chaud ! Et c'est le cas de le dire ! Je me redresse d'un bond, sous les rires de mon adversaire.

Un râle rauque et puissant émane soudain de ma gorge et ma vision se change. Non, non, NON ! J'ai promis à mon père que je combattrais loyalement et ce truc est en train de prendre possession de moi à mon insu ! Fais chier !

En parcourant l'auditoire du regard, je m'aperçois que Harald, Amalrik et notre chef assistent également à notre affrontement. Depuis combien de temps sont-ils présents ?

La douleur de la brûlure encourage la fureur qui monte en moi alors que je lutte pour me calmer, tout en évitant les coups de Björn. Je ne dois pas utiliser ma force intérieure, car je ne la contrôle pas. Et je refuse de tuer mon ami /ennemi de toujours. Rien, pas même un trône, ne mérite de sacrifier la vie d'un guerrier aussi valeureux que lui. Je souhaite le mettre hors course pour ce tournoi, mais pas de mettre fin à ses jours. Je dois donc impérativement vaincre sans cette force mystérieuse et dévastatrice.

Alors je tente de museler cette soif de sang qui me gagne, en pensant à Holda. L'idée de la retrouver prochainement m'apaise et mes coups faiblissent. Je frappe. Pare. Attaque encore et encore. Et m'épuise, comme n'importe quel homme. Mon aîné, remarquant ce changement d'attitude, en profite pour m'assener un violent coup de pied dans le ventre. Je roule sur le sol et, dans une habile culbute, me redresse sur mes pieds.

— On dirait que je suis plus résistant que toi ! Se moque le fils de Thorbjörn.

Il se précipite sur moi et j'ai à peine le temps de rouler sur le côté pour éviter sa lame. Le combat s'éternise et je suis épuisé. Je dois trouver une solution rapidement, avant qu'il ne m'occise pour de bon.

C'est alors qu'une idée fuse dans mon esprit. Instantanément, je me relève.

— Comment les hommes pourront-ils respecter une crapule qui baise toutes les femmes qu'il rencontre et s'enivre de cervoise chaque jour ? Tu n'as pas la sagesse requise pour gouverner.

— Qui te permet de me juger et de proférer de tels mensonges ? Grogne Björn.

— Moi, répond la voix de Thorbjörn non loin de nous, rajoutant de l'huile sur le feu. Et c'est Asulf que je verrai sur mon trône dès ce soir.

— Non ! Hurle Björn, fou de rage.

Il se jette sur moi, résolu à me tuer pour laver cet affront que son père et moi-même lui faisons subir. Je plonge mes yeux dans ceux de mon rival, alors que le *Regard d'acier* oscille entre apparaître ou disparaître.

Lorsque j'avise la terreur s'emparer du visage de Björn, je tourbillonne, exposant mon dos une nouvelle fois, pour me retrouver derrière mon adversaire. Je lui entaille le mollet de ma lame et Björn s'écroule. Puis je reviens face à lui, me saisis de son épée et l'envoie s'écraser à quelques mètres de nous.

Je suis épuisé, rincé par ce combat. Björn est à genoux, à ma merci, plus énervé que jamais. La tension est palpable et je peux lire dans son regard que nous avons atteint le point de non-retour. Björn me hait, je l'ai définitivement perdu.

— Le combat est terminé, affirme Thorbjörn en s'approchant et levant mon bras, sous les acclamations de la foule. Asulf sera notre nouveau chef. Je lui céderai ma place dès qu'il sera prêt à en assumer les fonctions.

— Après un bon bain et un peu de repos, ironisé-je faiblement, à bout de forces, alors que j'entrevois mon père exulter.

— Qu'il en soit ainsi ! Approuve notre roi en ricanant.

Thorbjörn se tourne vers Björn, à qui il tend la main pour l'aider à se relever. Mais ce dernier la refuse vivement.

— Tu t'es bien battu, mon fils. Il s'en est suffi de peu pour que tu gagnes. Mais les Dieux ont fait leur choix.

— Elle est bien bonne, celle-là ! Ton petit protégé et toi m'avez volontairement déstabilisé pour que je perde !

— Un grand guerrier ne se laisse jamais atteindre, fils. Tu es fort et courageux. Malheureusement, tu pourrais mettre en péril l'harmonie de ce clan.

— Foutaises ! Conteste Björn. Vous avez manipulé ce combat !

Thorbjörn fait fis des commentaires de son fils et lui impose un ultimatum que je n'avais pas vu venir :

— À présent, il te faut décider entre l'exil ou la mort.

— Mais, père ! Balbutie Björn. Vous ne pouvez vous séparer de votre meilleur combattant !

— Il suffit ! coupe-t-il. Aujourd'hui, tu as perdu avec honneur. Va-t'en la tête haute, avant de provoquer ma colère. Et sache que ton retour signera ton exécution.

Björn baisse la tête, le regard noir. Son père a parlé et ses hommes l'enjoignent à partir immédiatement.

— J'emmène Eldrid ! clame-t-il soudainement, dans un dernier élan.

— Pas question, rétorque-t-elle. Je reste avec le vainqueur.

Mes yeux oscillent entre les deux protagonistes. Ils m'incluent dans une discussion dont je n'ai pas part. Björn est vexé d'avoir été publiquement repoussé et humilié. Il récupère ses esprits et me foudroie du regard.

La rage qui s'est emparée de lui est plus forte que jamais. Il se jette à terre, ramasse son épée et se rue sur moi. Des spectateurs l'arrêtent net juste avant qu'il ne m'embroche, alors que je n'ai pas bougé.

Nous sommes deux perdants, parce qu'il a invoqué L'EINVIGI. Je récupère la place et la fille qu'il convoitait et je ne peux que comprendre son comportement.

— Elle a parlé, mon ami, avancé-je en m'adressant posément à lui. Et aujourd'hui, je déclare publiquement qu'Eldrid est une femme libre, une KARL. Respectez-la et laissez-la faire ses choix, énoncé-je devant tous. Mais à toi Björn, je vais te faire une promesse, en souvenir de notre amitié passée. Je ne la toucherai pas. Jamais. Et je veillerai sur elle, aussi longtemps que je le pourrai.

Mon ancien ami écume. Je pourrais presque voir de la fumée sortir de ses narines. Il remet son épée dans son fourreau avant de se plaquer contre mon torse et de me menacer :

— Nous nous retrouverons, Asulf. Et les Dieux m'en sont témoins, ce jour-là, je serai sans pitié.

— Qu'Odin veille sur toi, mon frère, je réponds avec sincérité.

Björn s'écarte en grognant. Il se retourne et se dirige vers sa tente, escorté par huit gardes. Il rassemble quelques affaires et selle son cheval. Il est emmené loin du camp, dans un silence de plomb, alors que son exil commence et que j'entame ma pénitence.

ELDRID

CHAPITRE 12

JE NE SAIS PLUS QUI JE SUIS

❄ VETRABLÓT / DÉBUT DE L'HIVER ❄

KARL

Je chevauche depuis deux jours, ruminant sans cesse mon envie de vengeance. Pourquoi Holda ? Elle était si innocente, si douce !

Elle est partie, Karl. On te l'a enlevée, pour toujours.

Une larme coule sur ma joue. Puis une autre. Et c'est la dégringolade. Je ne peux plus les arrêter.

Je revois Holda, souriante, allongée dans l'herbe, ses cheveux blonds l'entourant comme une grande auréole. J'adorais plonger mes doigts dans sa longue chevelure dorée et soyeuse. Elle était belle et plus encore quand elle riait. Même si elle avait au fond d'elle des blessures profondes et vivaces qui l'avaient rendue plus forte, plus mature, parfois plus sombre.

Comme j'aimais prendre son visage entre mes mains, juste pour qu'elle soit plus proche de moi ! Je me noyais dans ses yeux bleus ciel pendant un instant, avant que nous nous caressions du bout du nez, les yeux fermés et que je sente son parfum. La menthe. Où qu'elle fût, elle exhalait toujours cette même odeur, comme si elle avait été conçue à partir de cette plante.

Je me souviens que je la taquinais dès qu'elle déplaçait quelque chose qui semblait lourd. Je lui disais que ses frêles épaules ne pourraient jamais tout porter jusqu'à bon port et je lui proposais mon aide. Elle me chahutait à son tour. Je finissais par lui prendre ce qu'elle avait dans les mains et à me jeter sur elle pour la chatouiller. Pour le simple bonheur de l'entendre rire. Pour voir son sourire. Pour être toujours plus près d'elle. Pour sentir son parfum. Pour entourer sa fine taille. Pour frôler malencontreusement un sein ou une fesse, du bout de mes doigts et en rougir de satisfaction.

Je m'étais souvent imaginé l'embrasser tendrement. J'aurais aimé laisser courir mes doigts sur sa peau nue. Je l'aurais caressé partout, juste pour son plaisir à elle, une nuit entière. Et au petit matin, je lui aurais fait l'amour, passionnément, tendrement. Avec moi, elle aurait oublié tout le mal que son bourreau lui avait fait.

Comme je voudrais qu'elle soit encore en vie ! Nous sommes passés à côté de tant de choses. Je regrette de ne jamais lui avoir dévoilé mes sentiments. Je suis resté pur pour consommer ma première fois avec elle. Malgré les supplications des filles du centre-ville, qui ne m'inspiraient aucun désir.

Ces derniers jours, alors que j'espérais profiter de l'absence d'Asulf pour m'ouvrir à elle, j'avais toujours eu un empêchement, comme si le destin avait décidé de s'en mêler. Je devais aider mon père, puis me rendre au champ, ou encore aider le bûcheron. C'était sans fin. Je n'en dormais plus la nuit et tandis qu'une occasion de la rejoindre s'est enfin présentée, on me volait mon aimée.

Mon futur est noir et mes rêves se sont éteints avec elle.

Toujours sur mon cheval au galop, je hurle ma rage de toutes mes forces. L'animal apeuré s'arrête net et se cabre. Je me maintiens en selle tant bien que mal. Lorsque ma monture se calme, j'aperçois une femme debout au milieu du chemin. Elle aurait eu l'âge de ma mère, mais conserve une beauté sauvage et comme inaltérée. Les cheveux blancs cascadant jusqu'aux reins, partiellement tressés, le regard bleu perçant, elle a quelque chose d'hypnotisant. Le soleil se reflète sur son manteau brun et j'imagine un instant que c'est une cape en plumes de faucon.

Je suis tellement affecté par la perte de Holda, que mon esprit veut voir en cette humaine la déesse Freya incarnée.

Je la scrute et pendant une fraction de seconde, je crois voir, à travers mon rideau de larmes, une VÖLVA, une prophétesse. Je m'essuie les yeux pour l'observer à nouveau et secoue la tête.

Lorsque je reprends mes esprits, c'est bien une femme est non une VÖLVA qui se tient devant moi. Est-ce elle qui a interrompu la course de mon hongre ?

Je fais quelques pas en sa direction, m'arrête à sa hauteur et mets pied à terre. Elle me regarde intensément, comme si elle me sondait de l'intérieur, cherchant à atteindre le mal qui me ronge. J'ai la sensation étrange qu'elle s'infiltre en moi, que je la ressens. Et plus elle me sonde, plus je vacille et sombre dans ce chaos que j'essaie de fuir, en vain.

— Qu'est-ce qui vous chagrine tant ? Me demande-t-elle d'une voix douce et apaisante.

J'ai atteint mes limites et je fonds en larmes, une fois encore, à bout de forces. J'ai besoin de me confier. Besoin de partager mon fardeau avec quelqu'un.

— Venez, me dit la femme en me prenant par les épaules. Il ne fait pas bon de rester sur le chemin. Nous serions plus en sécurité à l'orée du bois.

Je ne suis pas en mesure de riposter et je la suis sans réfléchir. Nous avançons jusqu'à une petite clairière où nous nous assoyons. Après avoir échangé quelques mots, elle m'invite à lui raconter mon histoire, pendant que nous mangeons.

Elle est émue par mon récit et m'apporte sa bienveillance et son soutien.

Lorsqu'elle entend le nom d'Harald, elle grince des dents.

— J'ai l'impression que rien ne pourrait être pire, affirmé-je.

— Oh que si ! répond-elle d'un ton lasse.

Et elle démarre son récit.

ASULF

Épuisé par mon combat contre Björn, je retourne à ma tente. Sans surprise, c'est Eldrid qui vient préparer mon bain. Reconnaissante d'avoir fait d'elle une KARL, une femme libre et donc, prête à se dénicher un mari.

Alors que je rêvasse, à moitié immergé dans de l'eau bien chaude, elle me susurre à l'oreille :

— Je vous ai trouvé très courageux, tout à l'heure. Je vous remercie d'avoir pensé à moi pour vous soutenir lors du combat. Et je vous serai éternellement redevable de m'avoir publiquement libérée.

Je souris et ne lui réponds pas. Sa poitrine ferme frôle ma nuque. Elle fait des efforts constants pour me séduire, en vain. Ai-je le droit de lui avouer que je l'ai appelée dans l'unique but de déstabiliser Björn ?

— Laissez-moi m'occuper de vous cette fois-ci, supplie-t-elle.

— J'ai fait une promesse à Björn, Eldrid. Tu étais là et tu m'as entendu. Je ne reviendrai pas là-dessus.

— Cette promesse n'engage que vous, *monseigneur*.

Elle ne veut pas me lâcher avec ça ! Je soupire d'agacement :

— Tu apprendras vite que je suis un homme de parole.

L'insolente ne se démonte pas et insiste :

— Laissez-vous faire, murmure-t-elle dans un souffle qui me réchauffe l'oreille. Je vous promets que je serai très douce.

— Bien, abdiqué-je. Mon épaule nécessite quelques soins et mon dos est fourbu. Tu peux rester et t'en occuper. Rien de plus.

Un sourire ravi se dessine sur son visage et elle s'empresse de se glisser derrière moi pour me masser.

— Avant que tu ne t'imagines je ne sais quoi, j'ai une femme dans ma vie, m'empressé-je de clarifier.

— Je vous promets que personne ne saura rien de ce que nous faisons, minaude-t-elle. Je serai discrète.

— Tu ne m'as pas compris, insisté-je en pivotant et en lui attrapant le poignet. Je t'ai dit ce que j'attends de toi et il n'y aura rien de plus. Jamais.

— En êtes-vous sûr ? essaie-t-elle, un sourcil relevé.

Son toucher est sensuel, aguicheur. Son odeur enivrante. Sa voix me provoque des frissons. Ses courbes me tentent follement. Si je n'avais pas eu Holda et Björn dans ma vie, je l'aurais goûté toute la nuit. Peut-être plus encore, car elle me fait vraiment envie.

Mais mon cœur est désormais pris. De plus, Björn était comme mon frère avant que nous prenions nos distances et je sais qu'Eldrid est sa limite. Donc, je tiendrai parole.

Elle voit dans mon regard déterminé que je ne changerai pas d'avis.

— Très bien, soupire-t-elle. Juste un massage et un bandage.

Lorsqu'elle termine avec mon dos, je prends une serviette près de la bassine, avant de me relever et m'entourer la taille. Eldrid, toujours en chasse, feignant de ne pas comprendre, prend une autre serviette et éponge lentement mon torse ruisselant, me lorgnant sans vergogne. Je sais qu'elle n'en perd pas une miette.

Alors que c'est Eldrid qui se tient en face de moi, son regard brûlant me rappelle celui de Holda. Et là, mon corps réagit instantanément et je dois lutter de toutes mes forces pour ne pas le laisser s'exprimer, car ce serait envoyer à Eldrid un signal contraire à ce que je pense.

Puis elle quitte la tente pour aller chercher de quoi soigner ma blessure et j'accueille avec plaisir ce moment de répit. Car bien que mon cœur et mon esprit soient tous deux tournés vers ma belle blonde, mon corps, lui, ne voit que la rouquine qui tentait de me tripoter il y a encore quelques instants. Et il est à deux doigts de céder… Non, Asulf, ne pense pas à ce que tes doigts pourraient lui faire… Argh, c'est de la torture !

Et je ne peux plus cacher mon excitation. Merde !

Je sais qu'Eldrid va vite revenir et je n'aurai pas le temps de me soulager. Tant bien que mal… et surtout de mal, à vrai dire… je tente de remettre mes braies, alors que j'ai une certaine difficulté à contenir mes fantasmes à propos de Holda. Et surtout que je suis plus raide que la justice du Conseil.

Justement, le Conseil. Ça, ça devrait m'aider !

Mais non… Bordel !

Je regarde mon épaule. La brûlure masque ma cicatrice précédente. Les soins d'Eldrid donneront le change, tel que mon père me l'a demandé.

Et là, je fais la seule chose qui pourra m'assister avec mon irrépressible envie : j'envoie mon poing, de toutes mes forces, dans mon épaule. Effet garanti, plus de problème ! Et comme je n'y suis pas allé de main morte, je n'aurai pas besoin de simuler la douleur, puisque celle-ci est bien réelle.

Eldrid revient pour panser ma plaie et s'assoit à côté de moi, sur le lit :

— Pivotez juste un peu, afin que la torche m'éclaire.

— Cesse de me vouvoyer, je suis plus jeune que toi. Dis-je en effectuant un quart de tour.

— Une catin qui s'adresse de façon familière au nouveau chef. Le Conseil va adorer ça !

Je ris de bon cœur et elle m'imite.

Je la remercie intérieurement d'amener un peu de légèreté, car cette journée a été plus que pesante.

Pendant un court instant, je crois percevoir de l'admiration et de l'amour dans son regard. Mais est-ce bien réel ? Ne joue-t-elle pas cette éternelle comédie afin d'obtenir ce qu'elle veut des hommes ?

— En tant que chef, murmure-t-elle, tu as le droit de prendre toutes les femmes que tu désires. En échange de mes faveurs, je ne te demanderai pas d'argent. Mais je n'apprécierai pas qu'une autre vienne dans ton lit.

— Et si c'est moi qui vais dans le sien ?

— Je me repose dans la tente des femmes, en attendant de dormir ici, alors je le saurai aussitôt si tu découches. Emprunte celle d'un soldat et il me l'avouera.

J'accroche son regard un instant. Elle est fougueuse et possessive et j'aime ça. Mais elle n'est pas *elle*.

— Me demandes-tu le statut de femme ?

— De seule et unique, précise-t-elle. En effet, cela se pourrait.

Je lui souris en pensant que la place est déjà prise par une autre et qu'il me tarde d'officialiser avec elle.

— Je t'ai dit que j'ai quelqu'un dans ma vie. De plus, j'ai fait une promesse, Eldrid. Alors quoiqu'il arrive, je la tiendrai. Et puisqu'il est également question que je prenne soin de toi, je trouverai de quoi te satisfaire, je réponds sur un ton taquin. Maintenant, sois mignonne, femme et panse ma blessure à l'épaule.

Le soleil est presque couché lorsque je perçois des voix se disputer devant ma tente. Je me lève pour voir ce qui se passe et reconnais la chevelure rousse qui m'est à présent familière.

— Je dois lui parler, c'est urgent ! Crie Eldrid pour qu'on l'entende.

— Personne ne doit entrer ! Le seigneur Asulf souhaite rester seul, hurle l'une des sentinelles qui resserre sa prise sur son bras laiteux.

— Laissez-moi passer, c'est de la plus haute importance, se débat-t-elle.

— Si tu as chaud aux fesses, ma jolie, viens donc me saluer dans quelques heures, dès que ma garde sera terminée. Je m'occuperai de toi.

Je vois Eldrid, d'ordinaire si tranquille, devenir un vrai volcan. Elle a l'habitude de ce genre d'interactions et elle a coutume de badiner. Mais aujourd'hui, cette remarque l'attise et elle s'enflamme :

— Lorsqu'il saura que vous m'avez fait obstacle, vous finirez aux fers.

— Et puis quoi, encore ! Ricane l'un deux.

— J'y doublerai votre temps si vous l'importunez davantage, dis-je calmement, alors que le silence se fait autour de nous. Que se passe-t-il, Eldrid ? demandé-je.

— Pardonnez tout ce grabuge, chef, lance l'un des gardes. Nous allons faire taire cette coquine sur-le-champ.

— Tu t'appelles également Eldrid ? Le coupé-je.

Il répond par la négative en secouant la tête.

— Maintenant, laissez-la parler, avant qu'elle vous prive de votre virilité.

Ma remarque la fait sourire et détend l'atmosphère. Elle se lance :

— Une femme et un jeune homme veulent s'entretenir avec vous.

— Ne peuvent-ils pas attendre ce soir, pendant ou après le banquet ? La questionné-je.

— Tu as entendu, traînée, retournes dans ta tente, lui ordonne le premier garde.

— C'est la dernière fois que tu t'adresses à elle de la sorte. Recommence et je te ferai couper la langue, menacé-je froidement.

— Mais… C'est ce qu'elle est, chef. Une fille de joie. Balbutie le second.

— Tu pourras toujours me supplier pour obtenir mes faveurs, goujat ! C'est mort et enterré, pour toi, renchérit Eldrid, plus qu'en colère. C'est très urgent, monseigneur, insiste-t-elle en s'adressant de nouveau à moi. Je ne me serais pas permise de vous importuner, si ce n'était pas si important.

— Je suis fatigué, continué-je. Ne peux-tu pas les faire patienter ?

— Ils demandent que vous leur accordiez audience immédiatement et en privé, continue-t-elle sans tenir compte de mon intervention. Le jeune homme dit venir d'AROS.

J'ouvre grand les yeux. Enfin des nouvelles de chez moi ! Mon cœur bat la chamade. Qui donc, d'AROS, a cheminé jusqu'ici ce soir ? Pourquoi cela ne peut-il attendre ? Est-ce un bon ou un mauvais présage ?

— Eldrid, veux-tu bien aller les chercher, je te prie ?

Elle opine du chef et s'absente.

Elle revient accompagnée quelques instants plus tard, alors que je congédie mes gardes pour la soirée. J'avance un peu dans la pénombre et distingue bientôt deux silhouettes, un jeune homme et une femme. Je lance une pièce d'or à Eldrid qui me remercie d'un sourire et d'une révérence gracieuse, révélant ainsi ses formes appétissantes.

— Si tu me cherches, je serai avec les autres filles. Ma couche t'est grande ouverte, *monseigneur*.

Quelle allumeuse !

Elle fait volte-face et, nonchalamment, me montre la direction à suivre. Puis elle rejoint sa tente, à l'opposé de ce chemin. Dandinante et enjôleuse, sa longue chevelure rousse miroitant à la lueur des flammes.

Elle ne passe pas inaperçue et tous les hommes la sifflent en se retournant sur son passage.

Il faut vraiment que je lui trouve un mari qui la mettra à l'abri du besoin, mais surtout avec du caractère, pour lui tenir tête.

Je propose à mes deux invités d'entrer dans ma tente et de partager mon repas. La femme, qui n'est ni Holda ni Solveig, s'incline puis parle :

— Nous avons appris que tu es devenu roi.

— Pas exactement, rétorqué-je. La passation n'a pas encore eu lieu.

— Pardonne-nous notre hardiesse, continue-t-elle, il nous fallait venir te trouver. Car pendant que tu festoies, il se passe des choses et elles te concernent personnellement.

— Qui es-tu pour me tutoyer ainsi ? La coupé-je sèchement.

Elle ne dit rien, mais d'un signe de tête, me demande si nous pouvons nous asseoir. Je réponds par l'affirmative. Nous nous regroupons tous les trois autour du feu et je fais circuler les assiettes de mon repas que je n'ai pas encore touché.

Je détaille les deux individus. Des voyageurs épuisés. Le jeune homme semble porter un lourd fardeau et est venu me trouver avec une mine déconfite. Quant à la femme, elle doit avoir plus ou moins le même âge que mon père et paraît déterminée à me dire tout ce qu'elle sait, peu importe mon état de fatigue avancé.

Je sens que nous allons y passer toute la soirée, alors que je n'ai qu'une envie : me reposer.

Mes yeux se portent de nouveau sur le garçon et son expression devient plus chaleureuse. Et soudain, je percute.

— Je te connais. Tu es Karl, l'ami de Holda, n'est-ce pas ?

Le regard lumineux de l'adolescent s'éteint. Il baisse la tête et murmure :

— En effet. Et nous en parlerons plus tard, si vous le voulez bien. Beaucoup de secrets vont être révélés ce soir. Des choses que vous n'allez pas aimer.

Je sonde son visage, inquiet comme jamais. Que se passe-t-il donc pour qu'il se déplace jusqu'ici ? Et la femme, qui est-elle ? Elle m'est étrangère et pourtant il émane d'elle de la bienveillance qui m'incite à lui faire confiance.

— Parlez ! leur ordonné-je. Votre attente m'est insupportable.

— Je m'appelle Freya et je suis guérisseuse, commence-t-elle. Je viens d'un petit village nommé VIBORG. Je te cherche depuis vingt ans. Et la fortune a mis sur mon chemin ce jeune homme, qui savait où te trouver, dit-elle en souriant à Karl.

— Pourquoi ?

— Tu ignores tout de ta naissance. Et surtout d'Irmine, ta mère, n'est-ce pas ?

— Ma mère se prénommait bien ainsi, rétorqué-je. Elle est morte en me mettant au monde. Nombreuses sont celles qui succombent lors d'un accouchement. Mon père m'a raconté ce qui s'est passé pour la mienne.

— Excepté qu'elle n'est pas morte en couche, renchérit-elle. Je suis venue jusqu'à toi pour te relater ton histoire. Veux-tu l'entendre ?

Je décide de lui accorder toute mon attention. Sur la défensive, je redresse le buste alors qu'elle démarre son récit :

— J'ai très bien connu Irmine. Nous étions amies. Mais sais-tu réellement pourquoi elle est décédée ?

Je la jauge à nouveau. Qui est cette femme ? Dois-je lui accorder du temps, ou va-t-elle me raconter une fable issue de son imagination ? Alors que le calme nous environne, Freya prend mon silence pour une incitation à poursuivre et se lance dans son récit.

— Je connaissais tes parents. Leif, ton père, avait seize ans et Irmine, ta mère, quinze ans, lorsqu'ils se sont rencontrés. Huit ans ont passé, durant lesquels ils vécurent une union et plusieurs fausses couches. Ils s'étaient résolus à ne jamais avoir d'enfant, mais les Dieux en ont décidé autrement, car tu es finalement arrivé dans leur vie. Je me souviens que tes parents ont été si heureux d'apprendre qu'Irmine était enceinte ! sourit-elle.

— Que s'est-il passé pour eux après ma naissance ? demandé-je troublé, face à cette situation de plus en plus dérangeante.

Freya me toise gravement, prend une profonde inspiration et me dit :

— Ils ont été tués et votre maison incendiée… par celui qui prétend depuis être ton père.

— Impossible ! contesté-je violemment. Harald est mon père et il a une famille qui est toujours en vie.

Je vois Karl baisser le visage et plonger son regard brouillé et désolé dans le feu qui se consume devant nous. J'observe à nouveau Freya :

— Les as-tu déjà rencontrés, Asulf ? demande-t-elle.

Je fais non de la tête.

— Si tu me le permets, je vais te raconter tout ce que je sais d'eux. Je tenterai de répondre au mieux à tes questions. Bien que cela remonte à loin maintenant.

— Je t'écoute, Freya.

— Leif est né à VIBORG, ainé masculin de sa famille, commence-t-elle en se raclant la gorge. Tu connais la coutume instaurée par Thorbjörn, qui dit que chaque premier mâle né d'un foyer doit rejoindre l'armée. Ses parents s'y sont refusés et l'on caché chez la sœur de son père, qui venait de faire une fausse couche. Sa famille ayant déjà été prélevée, Leif y était en sécurité. Ce dernier a appris tardivement qu'il n'était pas fils unique. Il a eu un petit frère, Harald, de deux ans son cadet et plus tard une jeune sœur, Inge.

— Une minute, je les interromps. Harald ne serait donc pas mon père, mais mon oncle ?

Freya acquiesce silencieusement et je suis déjà perdu.

Un mauvais pressentiment monte en moi et quelque chose me dit que ce n'est que le début.

— Les trois enfants ont été élevés dans l'idée qu'ils étaient cousins, poursuit-elle. Leif et Harald étaient très proches. Mais si Leif était aimé de tous, Harald était le garçonnet dont on ne voulait pas. Médiocre aux travaux de ferme, peu bavard et dont ses parents n'étaient jamais satisfaits.

Elle marque une pause, le temps que j'assimile ces informations et continue son récit.

— Cela faisait quinze ans que Thorbjörn n'avait prélevé aucun garçon. Mais il repartait en campagne et avait, par conséquent, envoyé ses sentinelles dans tous les villages pour enrôler les jeunes. Quand les gardes sont venus chez tes grands-parents, ils ont donc enlevé le petit frère de Leif : ton oncle Harald. Ne se sentant pas à l'aise dans son propre foyer, il y a vu une opportunité de montrer sa valeur à ses géniteurs.

— J'ai compris que Leif avait été caché chez sa tante, énoncé-je. Mais dans de telles circonstances, les patrouilles ratissent plus large. A-t-il été emmené également ?

— Non, me répond-elle. Ton grand-père était malade depuis un moment et mes connaissances de guérisseuse étaient insuffisantes pour l'aider. Je prévoyais de visiter le mage Askel et lui demander des décoctions. Les patrouilleurs sont arrivées au village et j'ai pensé que si Leif partait à ma place, il serait en sécurité. Et c'est ce qui s'est passé, ils ne l'ont jamais trouvé. Quand Leif est rentré avec le traitement pour ton grand-père, celui-ci lui a tout raconté. Il s'est excusé de l'avoir envoyé vivre avec sa tante et de lui avoir menti sur sa filiation, ainsi que ses liens avec Harald et Inge. Leif lui a pardonné et sur sa demande, il a rejoint la ferme familiale pour l'y aider. Quatre lunes sont passées et Harald est revenu au village avec des sentinelles. Il était bien intégré dans ses nouvelles fonctions. Il était fier de l'annoncer à son père et de lui raconter ses péripéties. Il a déchanté quand Leif a débarqué, une main sur les yeux, en cherchant ton grand-père et en l'appelant « papa ». Lorsque son regard a croisé celui de Harald, le mal était fait. Ce dernier était livide. Il a demandé des explications et ton grand-père était bien en peine de les lui donner.

— En effet, la coupé-je, comment dire à son second fils qu'on lui a préféré son aîné ? Qu'on a menti pour protéger le premier et volontairement exposé le second, qui n'a jamais été considéré à la hauteur des attentes ?

— Il n'y a pas de mot pour cela, acquiesce-t-elle. Ce jour-là, Harald a pris l'ampleur du mensonge. Il a compris qu'il n'avait jamais été désiré ou aimé par ses propres géniteurs. D'après Leif, Harald s'est senti trahi et est entré dans une rage folle. Il a tué ses parents et Inge, à peine âgée de sept ans, en mettant le feu à la ferme, sous le regard surpris des guerriers. Quant à Leif, il s'est défendu et Harald lui a transpercé la jambe. C'est ce jour-là que leur fraternité s'est muée en haine farouche et elle n'a jamais cessé. Harald a reproché à Leif d'avoir toujours connu la vérité, ce qui n'était pas le cas. Leif s'en est beaucoup voulu.

Je tente d'assimiler, avec difficulté, tout ce que Freya vient de me dire. Harald a tué ses parents et sa sœur. Cette affirmation, à elle seule, balaie ma fatigue.

— Comment Leif s'en est sorti ? Questionné-je en rajustant ma position.

— Il était gravement blessé. C'est Irmine, la fille de leur voisine, qui l'a trouvé à demi mort, sur le pas de la porte, tout près du feu. Elle l'a ramené chez elle et l'a soigné. Ils sont tombés amoureux, puis ils se sont marié et ont repris la ferme du père d'Irmine. Tu es né neuf ans plus tard. Harald a débarqué ce jour-là pour s'emparer de tout, une nouvelle fois. Car il n'avait toujours pas pardonné à Leif d'avoir eu la vie que *lui* méritait.

Tout cela… c'est trop pour moi…

— Je ne te crois pas ! éructé-je, incrédule. Cette histoire est absurde !

Freya m'ignore et enchaîne sur ce qui s'est passé ce soir-là :

— Ta mère venait d'enfanter quelques minutes plus tôt quand les sentinelles ont frappé à la porte. Les hommes sont entrés de force. Ton oncle Harald a violé et étouffé Irmine. Puis il a embroché son propre frère et m'a grièvement blessé. Enfin, il t'a pris avec lui avant de faire brûler la maison.

— Comment peux-tu avoir assisté à tout cela et venir m'en entretenir ? vociféré-je.

— Je me suis enfui en rejoignant la forêt par le tunnel que Leif avait creusé sous le plancher. Il pensait qu'il fallait toujours une sortie de secours dans une ferme en bois, car elle brûlait trop facilement. J'ai rampé dans le souterrain et j'ai titubé jusqu'aux habitations les plus proches. Mes blessures ont heureusement pu être soignées à temps. Depuis, je n'ai cessé de te chercher.

— Comment sais-tu qu'il s'agit bien de *ma* famille et non celle d'un autre ?

— Quand j'ai compris que Harald avait eu un fils, j'en ai déduis que tu étais toujours en vie et qu'il ne comptait pas te tuer. À la mort de tes parents, je me suis juré que dès que tu serais en âge de l'entendre, je viendrais te trouver pour que tu apprennes la vérité.

— Et il t'a fallu vingt ans pour te tenir enfin devant moi et tout me révéler ?

— Tu n'étais pas prêt à adhérer à la réalité, Asulf.

— Foutaises ! hurlé-je.

Mais Freya continue son récit, imperturbable :

— Quand il t'a emmené, Harald t'a donné une nouvelle identité, un nouveau foyer et un tout autre destin. Tes parents auraient été tellement fiers de toi s'ils te voyaient aujourd'hui !

Je serre les dents et tremble de rage. Je réfléchis à ce que Freya vient de me dire. Harald est en réalité mon oncle. Il aurait décimé ma famille et se serait fait passer pour mon père. Mais pourquoi aurait-il fait une chose pareille ? Pourquoi m'aurait-il menti durant toutes ces années ?

— Donne-moi une bonne raison de te croire ! Pourquoi viens-tu salir ainsi l'honneur de mon père ? Espères-tu soutirer de l'argent ? Cherches-tu à te venger ?

— Rien de tout cela, je peux te l'assurer. Mais tu pourras vérifier mes dires par toi-même. Rends-toi à VIBORG et fouille les ruines de la maison pour en libérer la trappe. Car lorsque je me suis échappée par ce passage secret, j'y ai égaré la hache que ton père avait fabriquée pour toi. Personne, en dehors de tes parents et moi, ne connaissait l'existence de ce tunnel sous la bâtisse. Cette hache à double tête, ton père voulait te l'offrir et t'apprendre à la manier. C'est ton héritage, il te revient de droit.

Je respire bruyamment, tentant de contenir mes sanglots.

— Pourquoi Harald aurait-il tué son frère ? Interrogé-je. Il aime sa vie dans la milice. Il est notre JARL !

— Non, Asulf, conteste-t-elle. Harald n'a jamais été heureux. Et s'il l'a été, cela n'a duré que jusqu'à l'adolescence. Quand il a été emmené par l'armée, cela l'a changé. Lorsqu'il a appris qu'il avait un frère, plus âgé, il a compris qu'on lui avait menti et il s'est fait justice en tuant leur père. Leif s'est marié à Irmine et Harald en était jaloux. Tes parents t'ont eu toi, alors qu'à vingt-quatre ans, il n'avait toujours pas d'héritier. La vengeance a été son moteur toute sa vie durant.

J'essaie de mettre de l'ordre dans mes idées. Harald m'a bien dit que ma mère était morte à ma naissance. Pourtant ne s'est-il pas occupé de moi comme d'un fils ? Et peut-être même mieux que mon vrai père ne l'aurait fait ? Il m'a offert un toit confortable, une éducation, des gens à mon service. Grâce à lui, j'ai acquis une certaine notoriété.

Tout cela me fait encore douter des intentions de Freya.

Je me tourne alors vers Karl qui n'a pas prononcé un mot depuis que nous nous sommes assis.

— Et toi, pourquoi es-tu là ? lâché-je à son adresse.

— Pour une bien triste nouvelle, hélas. J'ai voulu te haïr, te tuer, ainsi que ton père, pour ce qui est arrivé. Mais après avoir rencontré Freya et entendu ton histoire, je ne le puis.

— Je suis épuisé. Je n'ai ni le temps ni l'envie de jouer à deviner tes pensées. Alors parle. Tu viens d'AROS. Relate-moi ce qui s'y est passé pour que tu chemines jusqu'ici.

J'aperçois la gorge de l'adolescent se nouer malgré lui alors qu'il commence à raconter :

— Je devrais être jaloux de toi, parce que Holda t'a choisi *toi.* Parce que je l'aimais depuis toujours et que je n'ai jamais osé le lui dire. Parce qu'à présent, il est trop tard, car elle a rejoint sa dernière demeure.

— Quoi ? Grogné-je en me levant et en dégainant mon épée. Parle vite avant que je ne t'étripe pour risquer d'attirer le mauvais sort sur elle !

— A quoi le mauvais sort lui servirait-il là où elle repose ? pleure-t-il.

— Tu te trompes ! éructé-je.

Il fait non de la tête et je me décompose en me rassoyant. Je le regarde, médusé par les paroles que je viens d'entendre.

Il démarre son récit :

— Harald est revenu à AROS, il y a de cela quelques jours, continue-t-il. J'étais à la découpe de viandes avec mon père quand Solveig est arrivée. Elle m'a confié que son maître était de retour. J'ai donc supposé qu'il était seul avec Holda. Connaissant la peur que Harald lui inspirait, je me suis précipité jusqu'à votre maison. J'ai aperçu ce dernier partir au galop, alors je me suis dirigé vers l'étable. En passant la tête, j'ai vu que Holda gisait au sol, à moitié nue.

Mon cœur rate plusieurs battements, alors que les sanglots submergent Karl. Il est plongé dans une sorte de transe et continue de dérouler ce qui me semble être un putain de cauchemar. Ses yeux sont rivés sur le feu, tel un dément emporté par sa folie, trahi par sa voix de plus en plus aiguë et son débit de parole qui s'affole :

— Holda a été souillée et étranglée. J'ai cru que mon cœur avait été arraché de ma poitrine. Quand Solveig est rentrée du village, elle m'a trouvé en train de bercer son corps sans vie. Nous lui avons donné une sépulture décente et digne d'elle.

Il s'arrête, étouffé par ses sanglots, alors que je me sens alourdi d'un poids qui m'oppresse. Je suis en apnée, je n'arrive plus à respirer.

— Mensonges ! hurlé-je en me levant brusquement. Vous êtes des menteurs ! Pourquoi cherchez-vous à me torturer avec tout cela ? Toi, avec mes soi-disant vrais parents et toi avec la prétendue mort de ma future femme !

— C'est malheureusement la triste vérité, renchérit sombrement Freya, en prenant la main de Karl et la pressant dans la sienne, compatissante.

— Je ne vous crois pas ! tempêté-je.

— Ah oui ? Me coupe d'adolescent. N'as-tu pas remarqué que Holda ne restait jamais seule en présence de Harald ?

Je sais qu'il a raison. Holda m'a confié ses craintes. Pourtant je refuse de voir la réalité en face, car cela signifierait que je l'ai perdue. Définitivement. Alors que je venais d'en tomber amoureux.

Karl, lui, paraît l'aimer depuis toujours. Et j'ai de la peine pour lui, autant que le trou qui se forme dans ma poitrine et qui semble m'aspirer de l'intérieur.

— Alors, retourne à AROS et à VIBORG. Constate par toi-même les dégâts que Harald a causés ! M'invective Freya, à présent debout, hors d'elle. La maison où tu es né n'est que ruines et celle où tu as vécu un tombeau ! Il ne tient qu'à toi de réparer le mal qui t'a été fait. Rends justice à ceux qui t'ont aimé, car ils ont besoin que quelqu'un les venge. N'oublie jamais qu'ils sont morts pour toi. Pour t'avoir chéri plus qu'ils ne s'aimaient eux-mêmes !

Ses mots me sonnent et me transpercent plus durement qu'une lame.

— Le village est en deuil, renchérit Karl. Solveig a pleuré toute la nuit quand elle est décédée. Et elle m'a remis cela pour toi.

Il me tend un petit paquet que j'ouvre et y trouve la ceinture de soie bleue que Holda adorait revêtir. Je me sens défaillir et me rassois, serrant le bout de tissu dans mes mains, des larmes roulant le long de mes joues.

— Nous ne sommes pas des menteurs, murmure l'adolescent. Nous sommes deux âmes en peine qui te portons de bien tristes nouvelles. J'aurais préféré ne pas avoir à venir jusqu'ici, mais il fallait que quelqu'un te prévienne.

— Je te conseille de demander à ton père comment va Holda et de bien observer ses réactions, me suggère Freya. Tu es futé, tu te rendras vite compte de qui est l'usurpateur. Et donc que nous ne t'avons pas menti. Quel intérêt y aurons-nous trouvé en te tourmentant de la sorte ? De plus, il te reste toujours de quoi vérifier nos dires.

Je frotte mon visage qui n'est plus impassible et porte toute ma colère et ma haine. Mon cœur ne m'a pas trompé lorsqu'il a pressenti que quelque chose de grave s'était produit.

J'ai beau me répéter que je suis en plein cauchemar, je sais que mon esprit n'est pas capable de créer une telle histoire juste pour me torturer. Je suis bien obligé de croire mes deux visiteurs.

Je les regarde à tour de rôle :

— J'irai à AROS, pour me recueillir là où se trouve mon aimée. Je demanderai à Solveig de confirmer tes dires. Et je me rendrai à VIBORG, pour obtenir des réponses et récupérer mon héritage. Vous pourrez m'accompagner ou rester ici.

Nous nous levons et je préviens deux gardes qui flânent devant que j'autorise mes invités à circuler librement dans le camp.

Je m'allonge sur ma couche, pensif. Freya est partie en quête de nourriture et Karl s'aménage une litière à même le sol.

— Arrête, je l'interromps en me redressant. Cette nuit, tu ne dormiras pas par terre. Tu prendras mon lit. Maintenant, laisse-moi seul, j'ai besoin de réfléchir.

Karl s'incline avant de prendre congé.

Je ferme les yeux et pleure en silence. À côté de moi, je crois rêver lorsque je pense voir la lame de Rigborg se mettre à luire soudainement et se tinter une couleur bleu intense, comme alimentée par ma rage et ma douleur.

Je suis épuisé, je dois halluciner.

SIGRUNE

Cette journée a été beaucoup trop riche en émotions, même pour la VALKYRIE que je suis. J'en suis encore toute retournée.

Tout d'abord, le duel qu'Asulf a livré contre Björn ne s'est pas déroulé comme je l'imaginais. Harald a demandé à mon champion de ne pas faire appel à moi et il l'a écouté. J'en ai été effrayée quand Björn a invoqué *l'*EINVIGI et qu'il s'est rué sur mon protégé sans prévenir. Heureusement qu'Asulf est un excellent guerrier et qu'il ne s'est pas laissé surprendre.

Leur duel était épique, à l'issue incertaine, tous deux étant de force strictement égales. Si nous étions sur un champ de bataille, j'aurais égoïstement pris les deux avec moi. J'aurais été si fière de les emmener à Asgard ! L'un comme l'autre honore Odin par sa bravoure et sa ténacité. Et pour cela, je sais que Freya aurait voulu les prélever pour elle, avant qu'Odin ne les réclame, les privant malheureusement du VALHALLA.

À RIBE, tout le monde a retenu son souffle jusqu'à la dernière seconde, chacun soutenant en silence son champion. Et c'est, au dernier moment, Asulf qui l'a emporté, de justesse.

Je n'ai pourtant pas eu le loisir d'en profiter pleinement, car je devais contenir le démon qui luttait pour prendre part à ce combat. Il m'a fallu toute ma volonté pour le contraindre, le persuader, l'amadouer. Il a finalement compris qu'Asulf ne nous décevrait pas et vaincrait. Aussi a-t-il consenti à ne pas prendre la vie de Björn, espérant que notre poulain continuerait de l'abreuver. Et estimant que, dans le cas contraire, Björn pourrait être un remplaçant de choix. Ainsi, tout comme moi, il a laissé la destinée suivre son cours, se repaissant des efforts des deux jeunes hommes.

Puis, la liesse a laissé place à de la rage et à une tristesse infinie, quand Freya s'est manifestée. Elle ne pouvait se permettre d'apparaître telle la déesse qu'elle est sans provoquer le RAGNARÖK. Alors elle est venue en tant que sage-femme présente durant la naissance d'Asulf, pour lui révéler toute la vérité.

Harald est un meurtrier en puissance et non un guerrier qui protège les siens. Il agit avant tout pour lui-même et se moque des conséquences.

Son comportement ébranle les neuf royaumes et Freya a mis Asulf sur la voie de sa destinée, en espérant qu'il puisse l'arrêter.

J'ai senti notre héros complètement dévasté après ces révélations qui ont détruit tout son monde. Quand il a regardé dans ma direction, j'ai illuminé son épée pour qu'il comprenne qu'il n'est pas seul, car je veille sur lui.

Toujours.

Note de l'auteur : RAGNARÖK : Prophétie de fin du monde durant laquelle les géants affronteront les dieux, qui tomberont tous, ainsi que l'arbre Yggdrasil.

Note de l'auteur : VIBORG : signifie le « lieu sacré sur la colline ». L'une des plus anciennes villes du Danemark, située au centre de la province du JUTLAND.

Note de l'auteur : retrouvez plus d'informations concernant les jurons, les concepts modernes utilisés pour faciliter votre compréhension et les adaptations artistiques du roman à la fin de celui-ci.

KARL

CHAPITRE 13

PARTIR POUR MIEUX SE RETROUVER

❄ VETRABLÓT / DÉBUT DE L'HIVER ❄

ASULF

Assis sur mon lit, penché sur mes genoux, la tête dans mes mains, je me frotte le visage et expire longuement. Je dois être en train de rêver, il ne peut en être autrement.

Ce matin, lorsque je me suis réveillé, je savais que j'allais affronter Björn, pour faire plaisir à mon père, le rendre fier. J'étais persuadé de gagner ce combat, même si je me doutais que ce serait difficile et tendu jusqu'au dernier instant, car il est un adversaire coriace. Un ours, ouais ! Thorbjörn n'aurait pas pu mieux le nommer ! Par contre, cet abruti ne m'a même pas laissé le temps de prendre mon petit déjeuner et s'est jeté sur moi, à peine étais-je sorti de la tente. Une chance que je sois constamment prêt, à n'importe quel moment.

Il s'en est fallu de peu, mais j'ai gagné. Björn m'a obligé à repousser mes limites, à être plus fort et juste moi. Il ne se bat pas toujours à la loyale. Mais il a raison sur un point : tout le monde triche dans un combat, car personne ne veut mourir. Et lui, il a une rage de vaincre qui ne laisse aucune place au doute. Je suis fier de l'avoir affronté et d'avoir gagné. Cette victoire, je la lui ai arrachée et devant témoins. Mais je n'avais pas prévu qu'elle lui coûterait tout : le trône de son père, son bannissement, sa femme et notre amitié. Et cela m'affecte lourdement.

Je lui ai promis de prendre soin d'Eldrid et je le ferai, sincèrement. C'est une fille bien, qui a eu moins de chance que d'autres. Mais elle est tellement plus que la catin qu'elle laisse voir à tout le monde. Et Björn l'a découvert, c'est pour ça que l'ours est tombé amoureux de la VALKYRIE qui sommeille en elle.

À peine quelques heures auparavant, je discutais avec Eldrid, justement. Et ma seule préoccupation du moment était de lui trouver rapidement un mari, que sa fougue ne mettrait pas en pièces. En cela, Björn était le candidat parfait. Sous ses airs de gros dur, qui effrayait tout le monde, je sais qu'avec elle, il était très doux et un amant attentionné. Derrière les pans de sa tente, c'est elle qui dominait et ils adoraient ça. À plusieurs reprises, j'ai surpris leurs joutes verbales et je confirme qu'il était dingue du répondant de sa tornade rousse.

Je crois qu'il attendait de gagner ce combat pour lui demander de l'épouser. Et il n'avait pas envisagé qu'il pourrait perdre contre moi. Notamment parce qu'aujourd'hui, c'est la première fois que je réussis à le mettre hors jeu. Alors quand Eldrid a refusé sa proposition de partir avec lui, j'ai su qu'il enterrait l'infime espoir que nous retrouvions un jour notre amitié. D'où ma promesse. Car j'espère sincèrement récupérer Björn, mon meilleur ami. Mais j'ai piétiné tous ses plans, pour suivre ceux de Harald.

Harald... Qui es-tu ? Mon père ? Mon oncle ?

Je n'ai jamais douté être ton fils. Mais à bien y réfléchir, tu as toujours eu du mal à me nommer comme tel.

Tu préfères m'appeler Asulf.

Est-ce que le récit de Freya est vrai ?
As-tu brûlé tes parents et ta sœur ?
Dix ans plus tard, as-tu violé et étranglé ma mère, ta belle-sœur ?
As-tu poignardé mon père, ton propre frère ?
Lui que tu as aimé profondément pendant quatorze ans ?
M'as-tu arraché à mes parents pour te venger de ce que tu as subi ?
As-tu laissé Freya pour morte ?

As-tu violé et tué Holda ?
Je ne peux m'empêcher de voir la similitude entre les deux.
Était-ce parce que j'ai refusé d'autres femmes que tu me proposais ?

Où s'arrêtent tes mensonges et tes mauvaises actions ?
M'as-tu déjà dit une vérité sur toi ?
Ou bien n'as-tu cessé de me mentir, encore et encore ?

Les questions tournent en boucle dans ma tête sans m'apporter de réponses.

Lequel de ces deux hommes suis-je réellement ?
Asulf, futur chef de ce clan ?

Ou l'orphelin kidnappé et élevé par son oncle ?
Que s'est-il passé dans mon existence pour que toutes mes certitudes tombent et que mon univers s'écroule ?

Freya entre dans la tente et m'y trouve dans un désarroi qui lui fait mal au cœur. Elle sait qu'elle m'a blessé en m'avouant la vérité sur ma vie. Je me sens comme poignardé, torturé et maintenant je n'ai plus personne pour me réconforter.

Elle a dû juger que j'avais suffisamment ruminé ses pensées et qu'il était temps, à présent, qu'elle intervienne pour mettre de l'ordre dans mes idées. Elle s'avance lentement vers moi, telle une mère qui vient consoler son enfant.

— Je peux m'asseoir près de toi ? me demande-t-elle.

Je hoche la tête et elle prend place. Elle approche sa main de moi, mais se ravise, ne sachant quelle attitude adopter. N'ayant jamais eu de mère et Harald n'étant pas très démonstratif, mes seuls gestes affectueux de cet ordre étaient avec Solveig. Alors j'ignore comment la guider.

— Pourquoi a-t-il fait ça ? hoqueté-je. Pourquoi Harald a-t-il violé puis tué la jeune femme que j'aimais ? enchaîné-je entre deux sanglots. Il n'avait aucune raison ni aucun droit de le faire.

Freya inspire profondément avant de murmurer :

— J'ai longuement parlé avec Karl et il m'a raconté ce qui se dit au village sur Harald. Il n'a jamais eu d'épouse, simplement des filles de passage. Probablement parce qu'elles n'étaient pas Irmine. D'après le portrait que Karl m'a fait de Holda, il semblerait que Harald se soit fait piéger par ses propres démons. Face à cette adolescente qui lui rappelait trop celle qu'il a aimée autrefois, il s'est laissé submerger.

Je relève la tête et mon regard implorant erre sur la tente.

Le silence règne quelques instants avant que Freya ne le rompe :

— Ta mère aussi avait de longs cheveux blonds et respirait la joie de vivre. Harald n'a jamais pu l'avoir, car elle a épousé son frère aîné. Je présume qu'il s'est vengé sur Holda, en abusant de son pouvoir sur elle. Elle été forcée de lui obéir. Apparemment, d'autres jeunes filles des bourgs avoisinants VIBORG auraient subi le même sort qu'elle.

— D'où tiens-tu cela ?

— Karl vit au village, il est au courant de tout ce qui s'y dit et les rumeurs vont bon train. Quand je l'ai rencontré, il allait très mal. Il avait besoin de se confier et je l'ai écouté. Puis j'ai compris qu'il te connaissait. Alors je lui ai proposé de faire route ensemble pour te trouver.

De rage, je serre mes poings et des larmes dévalent mes joues.

— Je les ai détruites. Toutes les deux. J'ai été maudit avant même ma naissance. J'avais promis à Holda une existence heureuse et au lieu de la sauver de ses souffrances, je n'ai fait qu'accélérer l'inévitable, craché-je.

Freya approche ses mains de mon visage et tourne ma tête, me forçant à la regarder.

— Irmine et Holda n'ont pas connu de plus grande joie que de te tenir dans leurs bras, chuchote-t-elle. Je me souviens encore du sourire de ta mère le jour où tu es entré dans sa vie. On aurait dit qu'elle venait de trouver la paix de l'esprit. Elle était si sereine !

— Mais ça n'a pas duré. Il aurait mieux valu que je sois mort-né.

Une violente claque s'abat sur ma joue et me brûle instantanément.

— Ne parle plus jamais ainsi, tu m'entends ? Gronde la guérisseuse. Je sens ta colère monter, pourtant tu sais que je ne suis qu'une simple messagère. Ce n'est pas sur moi que tu dois passer tes nerfs, jeune homme, dit-elle en adoucissant sa voix, mais sur celui qui est à l'origine de tes tourments. La vengeance ne te ramènera pas les deux femmes de ta vie, mais elle permettra d'apaiser ton cœur meurtri.

Imprégné de colère, je me lève et empoigne Rigborg, mon épée. Je m'apprête à bondir vers la tente de Harald, lorsque Freya m'attrape fermement le poignet.

— Cette querelle ne doit pas être réglée maintenant, susurre-t-elle, il est encore trop tôt. Vérifie nos dires. Récupère ta vie. *Ta vraie vie*. Et si tu veux les venger tous les trois, frappe fort.

Je grince des dents et réfléchis. S'apercevant que sa dernière remarque a porté ses fruits, Freya me lâche.

Je me rassois et elle poursuit posément :

— Retarde ton couronnement de quelques jours, ou quelques semaines. Prends le temps d'aller te recueillir sur les tombes de Leif, Irmine et Holda. Ils méritent que tu leur rendes un ultime hommage. Expulse cette rage qui ne demande qu'à sortir. Et à ton retour, tu seras plus fort. Prêt à vaincre tous ceux qui se mettront sur ton chemin.

Je l'observe, les yeux pleins de gratitude envers cette inconnue qui pourtant me donne des conseils plus qu'avisés. Elle a raison, il faut que je parte, parce que je me sens oppressé. Je ne pourrais pas supporter la présence de mon prétendu père, de ce *meurtrier*. Je dois mettre de la distance entre nous, au moins le temps de confirmer les dires de Freya, sous peine de vouloir assassiner Harald dans son sommeil, ou de retourner mon *Regard d'acier* contre lui.

Une heure avant que l'aube ne se lève, je termine les ultimes préparatifs de mon périple. Je vais me rendre à VIBORG, ensuite à AROS, où je déposerai Freya puis Karl. Je n'ai prévenu personne de mon départ. Ils sauront très bien se débrouiller sans moi durant quelques semaines.

Je sangle Rigborg à ma taille, remets ma dague dans ma botte et vérifie une dernière fois qu'il ne me manque rien. Par dessus mes habits, je suis vêtu comme une sentinelle et j'effraie Karl et Freya lorsque je les réveille.

— Si vous comptez toujours partir avec moi, c'est le moment, chuchoté-je. Je vais seller les chevaux. En attendant, enfilez ça.

Je leur lance deux tenues comme la mienne, qu'ils jaugent rapidement. Elles semblent être à leur taille, mais pas du tout à leurs goûts.

— Nous devons vraiment revêtir cela ? proteste Freya.

— C'est l'accoutrement le plus discret que vous puissiez porter si vous voulez rentrer vivants à bon port.

En sortant de la tente, je remarque l'absence de gardes devant l'entrée. La nuit précédente a été très arrosée et tout le monde doit encore dormir à poings fermés. Pourtant, je me déplace en silence, de peur que quelqu'un ne se réveille et me reconnaisse dans cet accoutrement.

Je scrute la plaine brumeuse en contre bas. Personne.

Je tourne les talons et tout en me dirigeant vers les écuries, je souris amèrement. Cela fait à peine une journée que j'ai gagné ma succession au trône et déjà je fuis mes responsabilités. Bravo Asulf ! Ou bien est-ce simplement de la peur ? Guider tout un peuple est une lourde tâche ; en suis-je seulement capable ? En tout cas, je n'ai jamais voulu cela.

Je charge les ballots de nourriture sur les trois chevaux, lorsque la pointe d'un poignard se fiche entre mes reins. Je garde mon calme et tente de savoir ce que l'on attend de moi. Je m'immobilise et lève les mains, m'apprêtant à recevoir un coup que j'espère être en mesure de parer.

Toujours dos à mon ennemi, je demande posément :

— Qui êtes-vous ? Et que voulez-vous ?

Contre toute attente, je ne suis pas désarmé et une voix familière m'adresse la parole :

— Où comptez-vous aller ainsi, de si bons matins, *monseigneur* ?

Je me détends et rabaisse mes bras en me retournant lentement :

— Une affaire urgente, gente dame. Même pour du plaisir, cela ne peut attendre. Le devoir passe avant tout.

La jeune femme qui m'a mis en joug se place face à moi. Elle aussi est vêtue d'une tenue de patrouilleur. La petite maline !

— Puis-je vous accompagner ? Demande la belle rousse, à la façon d'un enfant auquel on ne peut rien refuser.

Je ris, crispé et décontenancé par sa requête.

— Pourquoi viendrais-tu, Eldrid ? La questionné-je. Ce voyage est périlleux et loin d'être drôle.

— Je m'ennuie à mourir ici ! se plaint-elle. Mon corps est épuisé et las de tous ces hommes. J'ai besoin d'aventure et de dangers.

Je la toise un instant et ne peux m'empêcher de sourire devant son regard implorant :

— Björn me ferait la peau s'il t'arrivait quelque chose.

— Précisément. Je ne serai pas en sécurité sans vous au camp.

— J'ai des hommes de confiance qui pourront veiller sur toi.

— Alors peut-être votre père sera-t-il ravi de savoir que son fils, le futur chef, lui fait faux bond ! susurre-t-elle sournoisement.

— Tu n'oserais pas me faire du chantage, Eldrid ? demandé-je en plaquant ma main sur sa bouche pulpeuse, l'interceptant juste avant qu'elle ne crie à l'aide.

Elle hausse les sourcils, attendant ma réponse.

— C'est d'accord. Tu peux venir, obtempéré-je. Mais nous ne pourrons nous attarder en chemin. Choisis-toi une monture vigoureuse et rapide et selle-la sans tarder. Dès que Freya et Karl arriveront, nous partirons.

Souriante, elle opine de la tête et s'éclipse. Elle revient au bout d'à peine quelques secondes avec un léger barda et fond sur un cheval qu'elle harnache et y fixe ses affaires.

Comment cette petite fouine a-t-elle su que je m'en allais ? Car ce matin, elle m'attendait visiblement de pied ferme. Et elle était prête !

Elle me fait un clin d'œil complice et j'approuve sa rapidité d'exécution.

Karl et Freya entrent à leur tour dans l'écurie.

— Quelqu'un vous a vu ?

— Nous avons été discrets et n'avons entendu que des ronflements, répond Freya.

— Très bien. Le temps presse. Allons-y, annoncé-je.

— Une petite minute, m'interrompt Karl. Elle vient avec nous ? interroge-t-il en toisant Eldrid.

— Elle sait que nous partons, Karl. Elle a menacé de rapporter notre fuite à Harald. Or, nous avons besoin de prendre de l'avance. Beaucoup d'avance. Et puis, *mademoiselle* a envie d'aventures, dis-je en la désignant. Alors, effectivement, on l'emmène avec nous.

— On dirait que cela ne vous fait pas plaisir ! s'indigne-t-elle, les poings sur les hanches.

— Nous en reparlerons plus tard, coupé-je en m'approchant d'elle, mon imposante stature surplombant sa frêle silhouette.

Eldrid est intelligente et comprend qu'elle doit faire profil bas.

Nous montons tous les quatre sur nos chevaux et partons au galop.

Lorsque nous sommes suffisamment éloignés du camp, je décide de ralentir l'allure et de leur donner plus de détails :

— Hier soir, j'ai congédié mes gardes et leur ai demandé de ne pas me déranger, expliqué-je. Ils mettront un moment avant de comprendre que je ne suis pas là. Ils préviendront Harald, Amalrik et Thorbjörn, qui ordonneront de me chercher sérieusement. Le temps de coordonner une battue, je pense que nous aurons environ une journée d'avance sur eux.

— D'autant qu'en passant devant votre tente, j'y ai jeté ma robe, lance glorieusement Eldrid, un air mutin aux lèvres.

— Bien joué ! rétorqué-je. Je note que tu es futée et que tu savais que tu me convaincrais de t'emmener.

Elle rougit, prise la main dans le sac.

— Pourtant il ne faudra pas traîner en route, je poursuis. Nous dormirons à la belle étoile. Nous ne ferons halte dans les villages qu'en cas d'extrême nécessité. Seulement pour nous ravitailler, ou s'il fait trop froid. Je ne veux pas que Harald nous retrouve trop vite. Par conséquent, nous prendrons le chemin le plus rapide, continué-je : tout droit.

— Mais, il nous faudra traverser la forêt ! s'inquiète Karl.

— Précisément, affirmé-je. Cependant, nous y pénétrerons de jour.

— Même de jour cette forêt est dangereuse, réplique-t-il. Entre les animaux sauvages qui rôdent, les pillards qui détroussent ceux qu'ils croisent. Et il y a pire encore. Des êtres tout droit sortis des contes que me racontait ma mère quand j'étais petit. Ils vivent près des sources et dans les bosquets. Et des sorciers attendent des âmes nouvelles pour nourrir et invoquer des esprits démoniaques. Je suis persuadé qu'il y a d'autres créatures dont personne ne peut parler parce que ces gens ont disparu. Je t'en prie, épargne-nous ces périls. Je préfère les contourner pendant plusieurs jours, plutôt que de m'aventurer dans ces bois maudits.

Les femmes esquissent un sourire et je le taquine :

— J'ignorais que tu croyais à toutes ces légendes, l'intrépide ! Je prends note de ta suggestion. Mais tant que le chemin est sans danger, nous couperons à travers bois. Je n'accorde pas de crédit aux mythes si je ne peux les vérifier par moi-même. Vous n'êtes pas obligés de me suivre, dis-je en m'adressant au petit groupe. Je peux me rendre seul à AROS et à VIBORG. Faites le détour que vous conseille Karl. Nous nous retrouverons dans quelques jours. Bonne chance à vous.

— Non, proteste Eldrid. J'ai dit que je voulais vivre des aventures, alors je chevaucherai à vos côtés, *monseigneur.* Même si cela est périlleux, je serai plus en sécurité avec vous.

Elle vient se placer près de moi, face aux deux autres.

— Quant à moi, ajoute Freya, j'ai juré de t'apprendre la vérité. C'était la dernière volonté de tes parents, donc je ne peux faillir à ma tâche. Tu vas devoir t'encombrer d'une seconde femme.

— Très bien, acquiescé-je. Seulement, *mesdames*, vous allez apprendre à vous servir d'une arme. J'exige que vous sachiez riposter en cas d'attaque.

— Je sais utiliser un couteau et pas pour cuisiner, rétorque Eldrid. Une catin doit pouvoir se défendre si elle ne veut pas que l'on abuse d'elle.

Je devine qu'elle doit maitriser le corps à corps mieux que je ne l'imagine. Et toute sa gestuelle me le confirme. Elle est souple et rapide. Prête et déjà bien ancrée sur ses appuis. Je réalise que sous cette enveloppe exquise se cache une guerrière, qui a dû mettre en déroute bon nombre de lourdauds d'AROS. Je me fustige mentalement de ne pas l'avoir saisi plus tôt.

— Les bourgs ne sont plus ce qu'ils étaient, renchérit Freya. Imprudent est celui qui sort de chez lui sans protection. Les sentinelles rôdent et sont davantage craintes que l'ennemi.

— Voilà quelque chose dont je m'occuperai en rentrant. Cette terreur doit cesser. Les villageois doivent pouvoir faire confiance aux soldats qui les défendent, sans quoi ils ne comprendront plus pourquoi ils paient un tribut.

Les deux femmes opinent du chef.

— Et moi, on m'oublie ? Demande Karl. Je ne fais pas route seul.

— Mais tu l'as déjà fait pour venir jusqu'ici, souligné-je.

— Je n'avais pas pensé à tous les dangers qui me guettaient, bredouille-t-il. Et là, les choses sont différentes. Je suis conscient de ce qui m'entoure. Et comme personne ne veut m'écouter, je suis contraint de vous suivre. Ne serait-ce que pour assurer la protection de ces dames, jusqu'à ce qu'elles sachent parfaitement manier l'épée ou d'autres armes.

D'un geste prompt, Eldrid dégaine la lame qu'elle cachait dans sa botte, vise et la lance en direction de Karl. Celle-ci le frôle pour aller se ficher dans un arbre derrière lui. Il déglutit péniblement avant de sauter à bas de son hongre, furieux, prêt à en découdre. Alors qu'elle, satisfaite, descend gracieusement de son cheval. Elle avance vers lui d'un pas chaloupé et déterminé et le dépasse pour récupérer son couteau.

Notre bougre fulmine et fait volte-face brusquement, contenant toujours sa colère, l'attendant sur son trajet retour. La rouquine extirpe lentement son projectile de l'écorce et revient vers lui en minaudant.

Elle pose la pointe du poignard sur le torse de notre compagnon et le déplace de manière sensuelle en le susurrant :

— Je sais taper dans le mille, mon beau. Et toi ?

Karl déglutit et me jette un bref regard. Son visage impressionné et décontenancé laisse place à une gêne qui semble sans limites. Je me mords l'intérieur des joues pour ne pas rire.

Eldrid se hisse sur la pointe des pieds et dépose un rapide baiser sur l'angle de sa mâchoire. Elle a détendu l'atmosphère et cela fait du bien d'évacuer un peu de tension.

Elle remonte en selle, laissant derrière elle un Karl tout pantelant.

Eldrid : 1 - Karl : 0.

— Même pas peur ! fanfaronne-t-il, fébrile et blême, en reprenant sa place.

La rouquine lui adresse un clin d'œil et je jurerais qu'il rougit, pendant que Freya et moi les observons en silence.

— Merci à toi, ironise Eldrid, mais je pense qu'Asulf saura se débrouiller seul. Si maintenant tu crains pour ta vie, joins-toi à nous.

— Qu'est-ce qu'il ne faut pas entendre ! Marmonne Karl. Je viens parce que vous aurez besoin de moi. Vous verrez ; ce ne sont pas quelques lancés de couteaux qui nous aideront à combattre !

Eldrid ne peut s'empêcher de pouffer de rire.

— Cessez de glousser, dame Eldrid ! Ou je vous en ferai passer l'envie !

— Allez-y mon cher, je vous en prie, l'encourage-t-elle en s'approchant de lui, la lame encore dans sa main.

Déstabilisé, Karl rougit et recule jusqu'à se retrouver contre les flancs de son cheval. Son arrogance et son assurance se volatilisent face à ce jeu de domination que lui impose Eldrid. Et elle est très douée pour cela !

— Assez ! je les interromps. Il est temps de reprendre la route. Le soleil est déjà haut et mes hommes ne tarderont pas à se réveiller. Allons-y ! Nous n'avons que trop traîné.

ELDRID

Hier a été une sacrée journée ! Comme tout le monde, je sais qu'il y a de la rivalité entre Asulf et Björn. Mais je ne pensais pas qu'ils en étaient à ce point-là. Que Björn se jette sur Asulf à peine sorti de sa tente, la lame levée et démarrant immédiatement le duel, c'était sacrément culotté ! Je le savais rusé, mais là, ça a dépassé toutes mes espérances ! Bien sûr, il s'agissait du trône de son père. Et je comprends qu'il ne voulait pas le perdre. Mais son attitude était presque déloyale.

Qu'ai-je pensé de leur combat ? Ils étaient tous deux époustouflants ! Björn est puissant, fonceur et il n'a peur de rien. Asulf est agile, stratège et imprévisible. Deux forces qui se marient à la perfection. Et le duel qu'ils nous ont offert était magnifique.

Eux deux, alliés, rien n'aurait pu se mettre en travers de leur route.

Mais ces deux têtes de mule sont de vrais mâles, que l'on voudrait toutes avoir dans nos draps. Et c'est sûrement là le point de départ de leur problème. Les femmes. Ou peut-être juste une : moi.

Sans me vanter, je plais, c'est un fait. Et j'en joue, soyons honnêtes. Car mon gagne-pain en dépend. Et, ne nous voilons pas la face, j'adore le sexe ! Rappelez-vous, je suis une catin. Et quand il s'agit des besoins de ces deux-là, c'est la cohue chez nous ! Toutes les filles veulent un moment hors du temps avec ces deux dieux personnifiés.

D'un côté, il y a Björn. Il est sous mon charme depuis des années et je le fais languir depuis tout autant. Nous avons passé du bon temps ensemble. Beaucoup de bon temps. Nos ébats sont tour à tour doux, bestiaux et toujours passionnés. Il m'a promis à de nombreuses reprises de faire de moi sa femme, mais jamais il ne l'a officialisé.

De l'autre, il y a Asulf. Lui, c'est mon fantasme. Plus jeune et donc un peu moins expérimenté que son aîné, je n'ai pas réussi à l'avoir et cela m'obsède. Sa résistance m'attire plus qu'elle ne me repousse. Et cela a dû rendre Björn complètement fou.

D'ailleurs, ils m'ont pris à parti durant leur duel et j'ai adoré être le centre de leur attention. Un plan à trois avec eux deux ? Ce serait le Graal ! Mais pour l'instant, c'est compromis.

Asulf a gagné le combat et Björn a été banni pour conserver l'unité du clan. Mon fougueux amant m'a prise au dépourvu quand il m'a demandé de partir avec lui. J'ai refusé de le suivre. Sur le moment, que pouvais-je faire d'autre ? Il en a été meurtri. Peut-être même plus que d'avoir perdu contre Asulf.

Sauf que ce n'est pas lui que j'ai repoussé, mais cette vie d'errance à laquelle il va être voué. Du moins pour un temps.

Au camp, j'ai tout ce qu'il me faut. Enfin *j'avais*. Sur le moment, je ne pouvais pas envisager de plonger dans l'inconnu. Alors je l'ai regardé partir, le cœur serré. D'autant qu'Asulf venait de lui promettre de veiller sur moi… et de ne pas me toucher.

Je pensais qu'il s'agissait de paroles en l'air pour éviter un esclandre. Par conséquent, en fin d'après-midi, j'ai tenté un rapprochement avec lui. Mais il m'a envoyé bouler. Quelle poisse ! Au final, je n'aurai ni l'un ni l'autre. Alors que je les tenais tous les deux. Eldrid, bon sang !

Alors, hier soir, quand ces deux étrangers, un jeune homme et une femme plus âgée, ont débarqué au camp en demandant à voir Asulf, j'ai sauté sur l'occasion d'en apprendre plus et je les ai accompagnés à sa tente. Les gardes ont été congédiés et les inconnus y sont restés longtemps.

Comment je le sais ? Je n'en suis pas fière, mais je les ai espionnés. Je n'ai rien entendu de ce qu'ils se sont dit, même si j'ai perçu quelques éclats de voix. Une première de la part d'Asulf !

En tout cas, c'était suffisamment important pour qu'Asulf les laisse dormir avec lui pour la nuit.

J'ai compris qu'il se tramait quelque chose, quand le jeune homme est sorti de la tente, les joues et les yeux rougis. J'ai tenté de le faire parler et il m'a lâché, malgré lui, qu'ils ne s'éterniseraient pas. Étrange…

Alors j'ai pris les devants. J'ai préparé une besace avec mes affaires, une autre avec de la nourriture. J'ai profité de l'allégresse générale pour voler et me vêtir d'une tenue de sentinelle. Je suis passée à l'armurerie pour m'équiper, avant de me poser, telle une ivrogne, près de la tente d'Asulf.

Je me suis réveillée lorsqu'il en est sorti. Je l'ai suivi et grand bien m'en a pris. Aujourd'hui, il se passe enfin quelque chose dans ma vie.

Si j'avais tant besoin d'aventure, pourquoi ne suis-je pas partie avec Björn ? Parce qu'il n'était pas sûr de nous, sinon je serais déjà sa femme. Et je refuse d'être un choix par dépit. Si nous sommes réellement faits pour être ensemble, les Dieux nous remettront sur le même chemin.

J'ai amadoué Asulf et il a accepté que je vienne. Visiblement, nous allons raccompagner Karl et Freya chez eux, mais je n'en sais pas plus.

Nous avons chevauché rapidement durant les premières lieues. À bonne distance du camp, nous avons ralenti l'allure, le temps qu'Asulf nous expose son plan. Je n'étais pas peu fière d'avoir laissé ma robe devant sa tente, car mon subterfuge va nous faire gagner quelques heures supplémentaires. Et le remerciement dans le regard d'Asulf m'a réchauffé le cœur.

Il veut que nous dormions à la belle étoile pour que l'on ne nous retrouve pas. Et couper par la forêt pour économiser du temps. Freya et moi sommes d'accord, mais Karl freine des quatre fers. Il a la trouille de ces bois.

Asulf lui propose donc de repartir par le chemin emprunté à l'aller, mais il refuse et nous balance l'excuse la plus bidon qui soit : « *les femmes ont besoin d'être protégées* ». Non, mais je rêve !

Pour toute troupe, le nombre fait la force, homme ou femme. Mais là, il est temps que je lui donne une petite leçon. Alors je jette mon poignard dans sa direction. Il le frôle pour aller se planter dans le tronc d'arbre juste derrière lui. J'ai gagné. Karl panique, je jubile et le beau brun calme le jeu.

Quel que soit ce périple, il doit être important pour Asulf. Je sens que ce n'est pas d'Eldrid la courtisane dont il a besoin, mais d'Eldrid la confidente. Et je serai là pour veiller sur mon nouvel ami, comme il a promis de prendre soin de moi.

Si Freya et Karl nous accompagnent, nul doute qu'ils sont liés à la raison qui le force à fausser compagnie à tout le clan. D'ailleurs, plus je regarde Asulf et plus je le trouve morose, perdu. Qu'est-ce qui se passe ?

J'aimerais qu'il voie que je suis pleine de ressources, que je suis là pour lui. Je sais que je pourrais m'avérer être d'une aide précieuse.

Je ne veux plus être considérée en tant que simple courtisane qui vend ses faveurs, mais comme une femme à part entière. Avec son caractère bien trempé, capable d'assumer des responsabilités et de prendre des risques.

Asulf enfourche son cheval et nous enjoint à continuer. Son autorité naturelle est incontestable. Du haut de ses vingt ans, il a une expérience certaine de la vie. Il combat sans relâche depuis plusieurs années. Un moyen de venger la mort de sa défunte mère.

Je comprends, en observant mes compagnons de route, que nous l'admirons tous. Son regard plein d'assurance nous apaise. Son ton calme et posé suggère que nous faisons une simple petite balade à cheval, alors que le danger sera bel et bien réel.

Nous obtempérons et l'imitons, éperonnant nos montures pour chevaucher à allure soutenue.

CHAPITRE 14

CE QUI A ÉTÉ PERDU PEUT ÊTRE RETROUVÉ

❄ GORMÁNUÐUR / NOVEMBRE ❄

HARALD

Le camp est en effervescence depuis une bonne heure. C'est au début de l'après-midi, alors que Thorbjörn cherchait Asulf, que nous nous sommes aperçus de son absence. Personne ne sait où il se trouve ni quand il est parti. Les gardes devant sa tente, tout comme les soldats du camp, ont festoyé la veille, honorant comme il se doit l'arrivée de leur nouveau chef.

Or, quelle ne fut pas notre surprise en apprenant qu'il avait disparu !

Pourquoi s'est-il volatilisé aussi brutalement, à la veille de son couronnement ?

J'ai d'abord pensé à une petite escapade nocturne avec une courtisane, mais aucune d'elles ne sait où il se trouve. Quelque chose s'est forcément produit, car cela ne ressemble en rien à son comportement. Asulf est habituellement prévisible et soumis à mes ordres.

Je rumine lorsqu'un homme entre dans la grande tente où je me trouve :

— Almut au rapport, JARL Harald.

Les mains croisées dans mon dos, la tête baissée, j'arrête d'arpenter la pièce et coule un regard vers mon subalterne :

— Je t'écoute, dis-je calmement.

— Nous avons fouillé dans les moindres recoins. Aucune trace de votre fils, déclare-t-il.

— Voilà qui est fâcheux. Mais expliquez-moi pourquoi vous venez de perdre une heure, à chercher votre futur roi dans une tente sordide ?

L'homme blêmit et bredouille ce qui semble être des excuses inintelligibles.

— Taisez-vous ! ordonné-je. Reprenez les explorations aux abords du camp. Il est peut-être parti chasser.

— Tout seul, mon JARL ?

— Mon fils est un intrépide qui a horreur d'être dérangé. Si quelqu'un était parti avec lui, cela aurait été Amalrik. Or, il est ici.

Almut approuve et poursuit :

— On nous a également signalé la disparition de cette catin aguicheuse. La petite rousse effrontée.

J'éclate bruyamment de rire.

— Et vous cherchiez mon fils dans tout le camp ! Cela ne vous est pas venu à l'esprit qu'ils s'amusent ? Après tout, s'il préfère batifoler en pleine nature plutôt que dans le confort d'une tente, c'est son choix !

Je tiens là un bon argument pour légitimer qu'Asulf ferait un bon roi pour eux. Et un bon pantin pour moi :

— Au moins, je poursuis, il s'accommode d'un rien. Vois comme ton nouveau roi est humble, Almut. Il ne se vautre pas dans l'opulence.

Ce dernier acquiesce. Il ne peut en être autrement. Asulf est le stéréotype même du gendre idéal. Le valeureux guerrier au grand cœur. Il ferait tout pour protéger les siens, y compris se sacrifier. C'est à la fois sa plus grande force et sa principale faiblesse. Ce qui me permet de l'amener là où j'ai besoin qu'il soit. Et il obtempère, sans faire de vagues. Bon garçon.

Je m'approche machinalement du trône que je convoite depuis toujours. Me souvenant que je ne suis pas seul, je frôle à peine l'accoudoir et viens m'asseoir sur le siège à sa droite.

— Autre chose, continue-t-il, des sentinelles m'ont dit avoir vu un nuage de fumée partir vers le Nord, tôt ce matin. Dois-je envoyer une patrouille ?

Ma bonne humeur me quitte instantanément et laisse place à de l'inquiétude. Bon sang, mais que se passe-t-il ? Aurait-il découvert pour la THRALL ? Serait-il rentré à la maison ?

— Qui pourrait bien retrouver mon fils, Almut ? Tu sais pertinemment qu'il est bien trop malin pour la plupart des hommes de ce clan. Il me faut quelqu'un qui le connait bien. Quelqu'un qui lui a tout appris. Quelqu'un qui raisonnera comme lui.

Amalrik, resté dans l'ombre au fond de la tente, s'avance :

— Je vais y aller. Je suis le seul à pouvoir mener à bien cette mission, affirme-t-il. Mon cheval est sellé et disposé à partir sur ton ordre, Harald.

J'affiche un sourire de satisfaction.

— Voilà ce que j'attends de vous ! déclaré-je en m'adressant à Almut. Une obéissance et une confiance totale en celui qui vous commande. J'aimerais voir mon armée toujours prête, pour parer à toute éventualité. Imaginez que l'ennemi ne soit pas rentré chez lui, mais qu'au contraire il nous ait encerclés. Dans l'état actuel du camp, pourrions-nous fuir, ou bien préparer une riposte efficace ? Absolument pas. Alors, mettez-moi en ordre tout ce merdier ! hurlé-je à pleins poumons.

Je vois Almut blêmir. Je m'attends à ce qu'il détale pour relayer mes ordres. Mais il se dandine d'une jambe à l'autre, avant de se hasarder à demander :

— Pourquoi Amalrik y va-t-il seul ?

— Il ne suit pas les routes. Une troupe le ralentirait. Il a appris à mon fils à être indépendant et résistant. Trop, peut-être. Il lui faut un chasseur, une personne en qui j'ai confiance, pour me le ramener sain et sauf.

Almut, resté face à moi, plisse les yeux, sceptique. Mais il serait bien mal inspiré de contester mes directives.

Je ne sais si je devrais être inquiet ou non de cette soudaine disparition. Néanmoins, j'admets en tirer une certaine satisfaction. Tout d'abord, cela signifie qu'Amalrik et moi avons été de bons professeurs.

Asulf sait s'éclipser discrètement. Si je l'avais expédié dans un camp ennemi, il aurait pu faire bien des dégâts avant que l'on se rende compte de sa présence ! Je penserai à lui en toucher deux mots à son retour, pour qu'il forme nos hommes.

Il sait brouiller les pistes de son départ et cela me déroute autant que je m'en enorgueillis. Je pense savoir où il se rend. Mais pour tous les autres, c'est un mystère.

Mais surtout, son absence plus ou moins prolongée et l'absence de son plus redoutable concurrent, me permettraient d'atteindre le trône plus rapidement que prévu. De régenter à sa place, voire de régner définitivement, si j'écarte tous les obstacles.

Un sourire carnassier se dessine sur mon visage. Je suis à présent d'humeur joyeuse et accède à la requête d'Almut :

— Envoie trois troupes de cinq. Ce sera suffisant. Balayez les environs. Asulf peut être n'importe où.

Le soldat, ragaillardi, s'incline devant moi et sort rapidement de la tente avant que je ne change d'avis.

Je me tourne ensuite vers Amalrik :

— Avant que tu ne partes à la recherche de notre futur roi, j'ai une mission à te confier. Ma servante, Holda, est morte. Je n'ai encore rien dit à Asulf. Je sais qu'il en sera très affecté, car il tenait beaucoup à elle. J'ai besoin que tu me trouves le coupable, ou que tu m'en inventes un. Peu importe qui. Cette affaire doit être réglée au plus vite, car elle fait désordre. Et elle va accaparer inutilement l'esprit du gamin.

— Il en sera fait selon ton souhait, répond-il, sans poser de questions.

Je le remercie et il se met en route.

AMALRIK

Je quitte Harald avec une étrange sensation de doute et c'est bien la première fois que cela m'arrive. Ce sentiment est exacerbé lorsque je croise Markvart s'apprêtant à me relayer auprès de mon supérieur et ami.

Celui-là, je ne le sens pas. Un guérisseur ? Mes fesses, ouais ! Il a tout d'un sorcier et c'est louche que Harald le laisse graviter autour de lui.

Je repense à mes ordres de mission. Retrouver Asulf devrait être une priorité absolue pour Harald. En tant que fils, mais surtout en tant que futur roi ! Il sait que je pourrais le localiser rapidement. Alors pourquoi laisse-t-il son fils filer avec le temps ? Car plus nous tardons, plus il sera difficile de le retrouver. Au lieu de cela, il m'envoie trouver un coupable pour la mort de la jeune servante. En quoi est-ce plus important qu'Asulf ?

Si vraiment elle était celle qui aurait dû devenir sa femme, il souhaiterait sûrement découvrir lui-même qui en est responsable et se charger de son sort. J'ai la sensation de lui usurper ce rôle, même si j'entends l'argument de son père.

Les questions fusent dans ma tête alors que je repense à ces derniers jours. Harald qui a une conversation houleuse avec son fils, à propos d'une future union qu'Asulf décline. Se pourrait-il qu'il défiait son père pour épouser Holda ? En tout cas, le voyage entre AROS et RIBE s'est déroulé dans une ambiance anormalement pesante.

Il y a aussi l'absence soudaine et injustifiée de Harald durant plusieurs jours. Qui coïncide bizarrement avec le décès de la gamine. Est-il impliqué ? Ou a t-il simplement été chercher ce charlatan de Markvart ?

Et enfin, Asulf qui s'enfuit en pleine nuit. Est-il déjà au courant de la mort de celle qu'il envisageait de marier ? Comment aurait-il pu en être averti ?

Où es-tu Asulf ? Que se passe-t-il ?

Il me tarde de te retrouver, afin que tu éclaircisses ces zones d'ombres.

HARALD

— Asulf, qu'est-ce qui t'a pris de partir comme un voleur ? marmonné-je seul dans sa nouvelle tente que j'arpente. Je croyais que devenir le roi de notre peuple te plairait ! Apparemment, cette responsabilité t'effraie. Je ne t'ai peut-être pas assez préparé. C'est sûrement arrivé un peu trop tôt pour toi.

Je m'approche lentement du trône tant convoité et m'y assois.

— Peut-être me suis-je fourvoyé, je poursuis. Tous ces gens, soi-disant proches de moi, m'ont abandonné. À commencer par Leif, mon grand frère. De nous deux, c'est lui qui aurait dû être le guerrier, pas moi. Je serais resté à la maison, j'aurais rencontré et épousé Irmine. Alors Asulf aurait réellement été mon fils, le premier d'une longue série. Il aurait eu un père brave et fort, qui lui aurait appris les choses de la vie. Pas comme cet impuissant de Leif qui n'a jamais été là pour s'occuper de lui ! Même si j'abhorre autant que j'apprécie le côté soumis et pacifiste du gamin, hérité de Leif. Un comble, pour un valeureux guerrier viking. Quoi qu'il en soit, c'est moi, maintenant, son père. Et il doit m'obéir ! ragé-je.

Je frappe du poing l'accoudoir en chêne. Le coup est vigoureux et la douleur lancinante, mais je n'ai pas mal physiquement. Mon esprit me torture trop. J'ai peur qu'Asulf n'ait découvert le viol et la mort de celle qu'il voulait pour femme.

— Si cette salope de Holda s'était laissée faire sans rien dire et qu'elle avait oublié le gamin, elle serait encore en vie aujourd'hui ! grondé-je. Elle aurait pu tout avoir. Argent. Pouvoir. Sécurité. Enfants. Bonheur. Au lieu de cela, elle m'a préféré mon bâtard de fils ! Et voilà où cela l'a menée : à son dernier voyage.

Comment masquer mes crimes ? J'ai déjà fait disparaître les parents légitimes d'Asulf en brûlant leur maison à VIBORG. Au matin, ne restait qu'une fin de brasier. Et même si j'étais le plus jeune de la troupe, j'ai embroché mes camarades dans leur sommeil. Je suis rentré seul, comme si nous avions été attaqués et que j'étais le seul à avoir survécu. Pas de témoins, pas de preuves.

Et qu'en est-il de Holda ? J'ai laissé son corps inerte dans l'étable. Heureusement pour moi, seule Solveig est au courant de ce secret. Et elle n'oserait jamais me trahir. Du coup, cela pourrait passer pour l'oeuvre d'un homme qui jalouserait ma famille et tenterait de nous atteindre.

Je divague pour Holda, tout comme pour les enfants. Je suis devenu stérile, me rappelé-je avec mélancolie. Mais mon cœur refuse de croire cette vérité et embrume mon esprit, dans les méandres duquel je me perds.

Mes pensées reviennent vers Leif :

— Mon frère a toujours été responsable de mes malheurs. Par conséquent, sa progéniture hérite de sa culpabilité, grommelé-je. Asulf a eu une occasion en or de gouverner. Il n'a pas voulu saisir cette opportunité ? Tant pis pour lui. Si la chance toque de nouveau à sa porte, je devrai faire en sorte de l'empêcher d'entrer. Asulf ne montera jamais sur ce trône. *Mon* trône ! Dès qu'il reviendra, je me chargerai de punir le père par le fils. Il sera l'exemple même du traître, de l'homme qui tourne le dos à son peuple. Tous verront comment je châtie les misérables.

Je m'affale dans le fauteuil confortable, lorsque je suis frappé d'un éclair de lucidité :

— Son épée. Il me faut son épée ! Elle guérit les blessures d'Asulf et il est constamment prêt à combattre. Cette épée le rend invincible. Grâce à elle, j'aurais pu être tellement plus ! Mais rien n'est perdu, je peux encore devenir celui dont j'ai toujours rêvé. Elle doit être possédée par celui qui la mérite. Par conséquent, elle doit être mienne à nouveau !

Je continue de réfléchir à tout cette histoire. Et je réalise que cette épée, je l'ai récupérée de Markvart, lorsqu'il a été arrêté, le soir de son rituel. D'aussi loin que je me souvienne, entre mes mains, elle semblait ordinaire, vraiment rien d'exceptionnel.

Il faut que je demande au magicien s'il l'avait ensorcelée.

Je pose le casque de chef sur ma tête et me cale gracieusement au fond du siège. La sensation est exquise.

— Le pouvoir est à moi. À moi seul. Et je ne laisserai personne me le prendre. Jamais !

Je marmonne entre mes dents, lève et retourne ma main droite, paume vers le plafond, avant de l'ouvrir. Une minuscule flamme bleue et or se matérialise à peine une seconde, attisant le feu de la vengeance qui bout dans mes veines. Je ris nerveusement, méchamment, rompant le silence qui règne dans l'abri. Lorsque je referme le poing, toutes les torches s'éteignent et la grande tente se retrouve plongée dans l'obscurité.

MARKVART

Le camp bourdonne comme une ruche en panique, à la recherche de sa reine. Et c'est exactement ce qui se passe. Ils sont des centaines ici et ils ont réussi à perdre un jeune homme. Quelle bande d'incapables ! Je comprends mieux pourquoi Harald a besoin de moi !

D'ailleurs, il m'a fait appeler et je suis en chemin pour le rejoindre. J'imagine qu'il nécessite mon aide pour réduire le champ des recherches.

En arrivant devant la plus grosse tente du camp, anciennement celle de Thorbjörn, je croise Amalrik qui en sort. Il me salue d'un hochement de tête discret et froid, mais ne s'arrête pas. On dirait qu'il ne m'apprécie pas des masses.

Encore un opposant à la magie. Et ça ne doit pas lui plaire que son JARL m'ait rapatrié ici. Quoi qu'il en soit, il va devoir faire avec.

J'entre dans la pièce et laisse le tissu se rabattre derrière moi. Je sais que Harald est là, plongé dans l'obscurité, car j'aperçois ses deux billes jaunes qui luisent encore.

— Tu veilles les morts, ici ? demandé-je en claquant des doigts pour rallumer les torches.

— Je m'entraîne, répond-il.

— Je préfère ça !

D'un signe de la main, il m'enjoint à m'approcher et à m'asseoir près du feu. Il ne parle pas et je sais que je dois attendre son signal pour parler. Mais cela me gonfle. Je boue. Je ne supporte pas d'attendre bêtement. Je ne suis pas l'un de ses sujets.

Alors je romps le silence et lui demande :

— Le camp ressemble à une ruche ayant pris un coup de patte d'ours !

Harald me regarde, un sourcil levé et le début d'un rictus sur les lèvres.

— Tu n'as jamais eu de patience, Markvart.

— Pour quoi faire ? Tu détestes perdre ton temps et tu aimes que j'aille droit au but !

Maintenant, il sourit franchement. Je crois qu'il n'y a qu'avec moi que cela lui arrive. Tant mieux, si je déride ce vieux machin, d'à peine cinq ans mon aîné !

— De quoi as-tu besoin, Harald ? Dois-je retrouver ton fils ?

— Inutile, j'ai mis trois petites escouades et Amalrik sur le coup. Je gage que mon bras droit me le ramènera bien assez tôt.

— À quoi sert la quinzaine d'hommes qui s'agitent alors, si tu sais déjà qu'Amalrik te le ramènera ?

— Ils donnent l'illusion que nous sommes activement à sa recherche. Et cela les occupe et les culpabilise, parce qu'ils n'ont pas été foutus de veiller sur lui cette nuit !

Je ricane de son sens de la justice. Cet homme est pleins de surprises !

— Alors quel est l'objet de ma visite ? Je reprends d'un ton sérieux.

Je vois Harald se redresser dans son siège et appuyer ses coudes sur le chêne, dans une position seigneuriale.

— Cette fois-ci, rien de magique. Je fais appel à ta mémoire.

— Fort bien, je réponds interloqué. De quoi s'agit-il ?

— J'ai besoin de tes souvenirs d'il y a vingt ans.

— Mais encore ? L'encouragé-je à continuer.

— Le soir de ta capture.

Je me tends légèrement. Pourquoi remuer ce qui s'est passé le soir de l'invocation ? Il sait que cet échec cuisant m'agace profondément.

Pourtant Harald n'a jamais été hostile à mon égard, alors sa question m'intrigue plus qu'elle ne m'inquiète.

— Tu sembles soucieux. Un problème ?

— Absolument pas. Je me demande quelles pourraient être tes interrogations concernant le rituel et s'il y a un lien avec ton fils. Car cela fait longtemps que tu ne m'as plus questionné sur cette nuit-là.

— J'aime toujours autant ta perspicacité, Markvart. Une fois encore, tu vises juste.

Mes épaules se relâchent et mon visage se détend :

— Je t'écoute.

— Le soir de ta capture, tu t'es défendu avec une épée.

— Exact.

— L'avais-tu ensorcelée ?

Qu'est-ce que c'est que cette histoire ?

— Absolument pas je réponds honnêtement et platement. Pourquoi ?

Harald semble peser le pour et le contre avant de parler :

— Nous n'avons cessé d'être francs l'un envers l'autre.

— C'est toujours le cas, le coupé-je.

Il penche légèrement sa tête sur le côté et joins ses mains à plat devant son buste, ses majeurs frôlant son menton barbu.

— Ne tourne pas autour du pot, Harald, m'agacé-je. Demande-moi clairement ce que tu veux savoir.

— Il y a six ans, raconte-t-il, j'ai donné *ton épée* à mon fils.

Je suis perplexe, mais ne comprends toujours pas de quoi il retourne. Je le laisse poursuivre :

— Asulf excelle au combat. Il manie ton ancienne lame avec une agilité déconcertante.

— Grand bien lui fasse. Si elle lui convient, qu'il la garde !

— Tu n'y es pas. Il a appris à l'utiliser comme une prolongation de son propre bras. À anticiper les coups de ses adversaires pour les contrer avec nonchalance. Il a développé son esprit tactique et est devenu un fin stratège. Comme s'il mémorisait tous les combats auxquels il a assisté et qu'il en a tiré des enseignements.

— Encore une fois, Harald, s'il en est satisfait, je la lui offre de bon cœur !

Mon allié secoue la tête.

— Il y a davantage, poursuit-il. Il semblerait que cette épée accélère sa guérison et supprime toute trace de plaies.

Nous nous fixons, les yeux dans les yeux. Putain de merde ! Il ne me raconte pas de bobards…

— Je capte enfin ton attention ! soupire-t-il. Et reste bien concentré, car ce n'est pas tout.

Je suis tout ouïe, suspendu à ses mots :

— As-tu entendu parler de *l'homme au Regard d'acier* ?

— Bien entendu ! Qui ne le connait pas ?

— C'est Asulf.

Si je n'étais pas assis, je tomberais sur le cul !

— Quoi ? Mais comment ? Je veux dire, c'est à peine un adulte !

— C'est aussi la question que je me pose. Et hormis la magie, je ne vois pas de réponse évidente.

Ses yeux me défient et je tente de calmer ses doutes :

— Laisse-moi digérer ça une seconde, annoncé-je en répétant ce qu'il m'a dit. Asulf est *l'homme au Regard d'acier*. Ses plaies guérissent rapidement et disparaissent. Il a développé l'art militaire beaucoup trop vite et visiblement depuis qu'il a mon épée en sa possession. Donc tu penses que je l'ai ensorcelée, ce qui n'est pas le cas. Car tu te doutes bien que si elle était magique et que je le savais, je l'aurais récupérée bien plus tôt !

Harald se laisse tomber lourdement contre le dossier du trône.

— Tu as raison, admet-il. Je ne voulais pas te soupçonner. Juste écarter cette possibilité.

— Je conçois que tu sois suspicieux. Mais je te le répète, je ne t'ai jamais menti.

— Je sais, concède-t-il.

— Va au fond de ton idée, Harald. Quelle est ton hypothèse ?

Il réfléchit un instant puis me questionne :

— Aurait-elle pu être modifiée le soir du rituel ?

Mon esprit tente d'envisager toutes les possibilités. Dans la troupe, personne n'avait de talent pour la magie. Ni n'a ramassé quoi que ce soit dans mes ingrédients. Ce qui élimine les sentinelles de l'équation.

Personne d'autre ne semblait présent ce soir-là, donc je peux aussi exclure cette supposition.

Mon incantation a eu beau être bâclée, peut-être étais-je plus près du but que je ne le pensais.

Tout me ramène clairement à une seule option :

— Le démon est passé, il est dans l'épée, soufflé-je.

Nos yeux toujours ancrés s'écarquillent. Putain de merde !

Ma respiration se coupe alors que je me crispe. Bordel, j'avais réussi ! Mon invocation a bien fonctionné ! Et ça fait pas loin de vingt ans que je cherche comment le retrouver !

J'éclate d'un rire nerveux, presque orgasmique, entrainant Harald à ma suite. C'était sous mes yeux pendant tout ce temps et je ne l'ai pas vu.

Notre euphorie finit par s'apaiser et Harald déclare :

— Nous devons la récupérer, Markvart. Cette épée est la clé de tout.

CHAPITRE 15

SOUS LA SURFACE

❄ GORMÁNUÐUR / NOVEMBRE ❄

KARL

Argh ! Cette femme me rend dingue !

D'abord, elle a voulu venir avec nous, alors qu'elle n'était pas conviée. Elle a forcé la main à Asulf et il a obtempéré. Une courtisane qui part à l'aventure. Merveilleux ! Même s'il faut bien avouer qu'elle a eu le nez fin, quand absolument tout le camp n'y a vu que du feu, lorsque son chef s'est éclipsé. Et elle avait pensé à tout : déguisement, armes, nourriture et cheval. Jusque là, un sans faute.

Puis elle a commencé à se vanter qu'elle savait utiliser un couteau. Mais bien sûr ! Et moi je maitrise la couture. C'est n'importe quoi.

Ensuite, je les ai mis en garde sur notre itinéraire. Quand ils ont persisté dans cette voie, je n'ai pas eu d'autres choix que de me joindre à eux. Pour protéger les femmes, évidemment. Ben quoi ? Elles ont besoin d'hommes forts, non ?

Et c'est là qu'elle s'est payé ma tête. Au sens propre du terme. En envoyant un poignard dans ma direction. Un putain de poignard ! Heureusement qu'elle m'a loupé et que sa lame s'est fichée dans un tronc d'arbre derrière moi… Dans le même axe que moi… Bon, peut-être qu'elle sait viser, finalement.

Cela n'enlève rien au fait qu'elle est complètement folle.

Et c'était quoi ce numéro qu'elle m'a fait pour récupérer son couteau ? Je l'ai rêvé où elle m'a allumé ? Je n'ai pas du tout aimé ses allusions à ma virilité !

Argh ! Mais qu'est-ce qu'elle m'énerve !

Et les deux autres qui nous regardaient, calmes… Ça m'a mis en rogne.

Qu'est-ce qui est passé par la tête d'Asulf pour la laisser nous rejoindre ? Je suis sûr que sous ses faux airs de fille de joie, c'est une sorcière, qui jette des sorts. Oui, c'est ça ! Elle a dû l'ensorceler. Je le savais !

J'ai pris le premier tour de garde, pendant que mes trois compères se reposent, quand j'entends des bruits d'animaux tout proches. Trop proches. Je me sens observé, de tous les côtés.

La traversée de la forêt est périlleuse, je les avais prévenus. Qu'est-ce qu'on m'a rétorqué ? Que c'était des contes pour enfants. Très bien ! N'empêche que de dormir à la belle étoile est bien moins romantique qu'il n'y parait.

Un nouveau craquement de branches. Cette fois, je suis sûr qu'il y a quelque chose dans les fourrés. Je réveille Asulf, qui se relève immédiatement. Juste à temps pour dégainer son épée et stopper le premier loup qui se jette sur nous.

L'agitation sort Eldrid et Freya de leur torpeur. Elles se regroupent près de moi. Quant à savoir qui protège qui… Eh bien, tout le monde, en fait.

Deux autres nous sautent dessus, mais notre guerrier en blesse un. Puis il opère une roulade avec le second, profitant de l'élan de la bête pour basculer en arrière. Il le propulse au loin, avec ses jambes et sa lame. L'animal effectue un tour de plus avant de se remettre sur ses pattes alors qu'Asulf l'imite avec une facilité déconcertante.

À présent, il fait face à cinq loups qui montrent les crocs. Sans se laisser déstabiliser, sa main droite entourant la poignée de son épée, il contracte ses muscles dans une posture déterminée, prêt à en découdre.

La meute écume, grogne. Elle a faim et son repas lui résiste. Les pattes fléchies, l'arrière-train baissé, ils s'apprêtent à bondir tous ensemble, lorsqu'ils sont interrompus net.

D'abord interdit, je dévisage Freya et Eldrid, cherchant une confirmation de leur part. Ma déglutition s'est suspendue, alors qu'un grondement plus fort se fait entendre.

Putain ! Un autre loup… Ou plutôt, non. Asulf imitant un loup… Suffisamment convainquant pour que les fauves s'aplatissent au sol en geignant comme des louveteaux devant leur chef, soumis au *loup-guerrier des dieux*. Il porte bien son nom, lui !

D'un puissant jappement, il leur ordonne de déguerpir. La meute détale en couinant sans demander son reste.

Oh, il s'est passé quoi, là ?

À vingt ans, Asulf est un guerrier courageux, fine lame, réactif. En un mot, il est impressionnant ! À choisir, je préfèrerais me battre avec l'un des loups, plutôt que contre lui.

Les Dieux m'en préservent si un jour il est en colère contre moi !

La tension retombe au sein de notre groupe. Eldrid s'approche de lui et le contourne. Asulf semble dans un état second, ne réalisant pas qu'il a mis la meute en déroute. Je les rejoins rapidement.

J'ai à peine le temps d'apercevoir le *Regard d'acier* que ses yeux changent de teinte. Quand ils retrouvent leur couleur brun-vert et or, Asulf nous perçoit enfin.

— Nous y sommes, annoncé-je.

La nuit a étendu son immense manteau sombre depuis plusieurs heures quand AROS est à portée de vue. Nous ralentissons nos montures. Nous sommes épuisés, n'ayant pas pu nous reposer ni nous ravitailler à notre guise durant les jours précédents.

D'un commun accord, nous rabattons les capuches de nos capes sur nos têtes, nos yeux à peine visibles. Nous portons toujours les tenues de sentinelles, ce qui facilite notre anonymat, les villageois fuyant nos regards. Néanmoins, nous ne souhaitons pas dévoiler notre présence et traversons la place du marché, silencieuse à cette heure.

— Je vois de la lumière chez moi, susurré-je. Mon père ne dort pas encore. Allons-y. Il sera ravi de nous accueillir.

— Non, refuse Asulf. Ton père est un homme respectable, mais il vaudrait mieux faire halte chez moi d'abord. Notre arrivée tardive paraitrait suspecte et lui attirerait des problèmes tôt ou tard. Nous irons le voir dans la journée et séparément.

— Il a raison, renchérit Freya. Mieux vaut se déplacer en petits groupes. Si on sait qu'Asulf est ici, il sera plus facile à Harald de le retrouver. Il vous faut donc faire preuve de discrétion. En particulier parce que vous êtes chez vous et que tous ici vous reconnaitront.

Je hoche la tête, approuvant leurs arguments.

Le plus naturellement qu'il nous soit possible, nous nous dirigeons vers la maison d'Asulf.

— Crois-tu que Solveig soit chez toi ? l'interrogé-je.

— J'imagine que oui, me répond-il.

— En tout cas, elle l'était encore quand j'ai quitté AROS. J'espère qu'il ne lui est rien arrivé de fâcheux. Bien que la connaissant peu, elle était proche de Holda. Elle était atterrée à mon départ. Et rester seule à la maison, à ruminer un tel secret, cela doit être pesant.

— C'est compréhensible, murmure la rouquine.

Je regarde Asulf, empli d'une immense tristesse. Je devine aisément ce à quoi il pense. Il doit se sentir responsable de ce qui s'est produit en son absence. En révélant ses sentiments, il a exposé Holda et elle en est morte. S'il n'avait rien dit, elle serait encore en vie aujourd'hui.

J'aimerais lui en vouloir, le détester, mais je n'y arrive pas. Nous partageons la même peine et en cela nous sommes solidaires.

Nous retenons nos larmes. La nuit va être longue.

ASULF

Nous avons pris la direction de la colline et traversé le petit bois où Holda et moi nous sommes aimés il y a à peine quelques semaines. Ma douleur se ravive, me paralysant presque, mais je dois continuer. Nous arpentons le chemin menant à la grande clairière, là où se trouve ma maison… Ou plutôt celle de Harald.

La demeure en vue, nous ralentissons. Je descends de mon cheval et marche. Je regarde la bâtisse comme si ce n'était pas chez moi. Mon pas se fait hésitant, plus lent. Je resserre ma prise sur la bride de l'animal et respire profondément. Arrivés devant la porte, mes compères glissent de leur selle. Ils suivent Karl à l'étable alors que je frappe bruyamment le bois massif.

J'ai tiré Solveig de son sommeil. Elle entre-ouvre le battant, une épée à la main, la mine mauvaise et qui l'en blâmerait ? Ses yeux me détaillent pendant que j'ôte ma capuche. Elle ouvre la porte en grand alors qu'elle lâche son arme.

Devant mon visage affligé, elle vient me serrer dans ses bras, comme une mère qui console son enfant. Au milieu de tout ce marasme, sa tendresse me fait du bien.

— Les Dieux soient loués ! Karl t'a trouvé, sanglote-t-elle.

— Je crains qu'il ne soit arrivé trop tard, je réponds tristement, dans un rideau de larmes.

— Tu ne pouvais pas savoir ce qui se passerait. Mais ne reste pas dehors. Entre te réchauffer.

— Un instant, la coupé-je pendant que trois silhouettes approchent. Karl est revenu avec moi, ainsi que ces deux dames. Peux-tu nous loger ?

— Et nous nourrir ? renchérit l'apprenti boucher.

— Bien évidemment ! Sourit Solveig en nous invitant à l'intérieur.

La porte de nouveau verrouillée, elle se hâte de nous préparer à manger. Alors qu'ils se débarrassent de leurs armes et de leurs manteaux, j'allume un feu dans la salle principale.

Nous sommes affamés et nous nous jetons goulûment sur la nourriture pendant que nous racontons à Solveig tout ce qui est arrivé depuis mon départ d'ici, il y a plusieurs semaines.

— Ce sont de bien tristes nouvelles que vous me contez là, compatit-elle. Je suis sincèrement désolée pour toi, Asulf.

— Je veux effacer tout souvenir de cette ordure qu'est mon oncle, ragé-je.

— Tu ne le pourras jamais, chuchote-t-elle en posant une main sur mon avant-bras. C'est lui qui s'est chargé de ton éducation, lui qui t'a nourri et logé. Même s'il s'est avéré être un monstre, il s'est tout de même occupé de toi !

— Par culpabilité ! grogné-je.

— Il t'a aimé comme un fils, continue-t-elle.

— Mais il n'est pas mon père, hurlé-je en me dégageant de sa caresse. C'est un menteur, un meurtrier qui ne mérite pas de vivre !

— Et que comptes-tu faire ? Me questionne-t-elle. Le tuer et devenir à ton tour un assassin ?

Je baisse la tête et marmonne de fureur et d'impuissance, les poings serrés, comme pour contenir ma colère au plus profond de mon être. Solveig quitte sa place, vient derrière ma chaise et pose ses mains sur mes épaules.

— Je suis là, mon tout petit, murmure-t-elle à mon oreille.

Je ferme les yeux et sens son odeur ; un parfum familier de pain chaud à peine sorti du four. Elle sait que j'affectionne. Je me retrouve dans mon cocon, ce qui m'aide à réfléchir.

Solveig a-t-elle raison ? Dois-je épargner Harald pour ne pas devenir à mon tour un meurtrier ?

Il s'est toujours bien occupé de moi et jusqu'à il y a peu, je n'avais rien à lui reprocher. Mais la donne a changé. J'ai eu vent de son vrai visage. Des ignominies qu'il a perpétrées. Et je n'arrive plus éprouver d'amour pour lui.

Il m'a menti. Toute ma vie. Comment ai-je pu être aveugle à ce point ?

Dire que je partage mon sang avec ce monstre… Que je ne peux pourtant pas me résoudre à tuer.

Je suis le meilleur guerrier viking mais je ne cesse de repousser mes échéances. Je suis faible !

Un long moment de silence passe. Lorsque mes paupières s'ouvrent, je saisis ma coupe et la lève pour porter un toast :

— À Holda ! Puissent les VANES prendre soin de toi et préserver ta jeunesse et ta beauté pour l'éternité.

— À Holda ! reprennent-ils tous en cœur, en levant leur verre à leur tour.

— À mon amour ! Murmure Karl dans un sanglot, alors que je suis le seul à l'avoir entendu.

Solveig nous installe de quoi nous reposer autour du feu. Elle nous amène des vêtements propres et moins voyants que nos tenues de sentinelles, puis chacun part se coucher.

J'ai eu énormément de mal à dormir cette nuit. Mon esprit vagabondait sans cesse à la recherche de Holda. Il m'a fallu attendre que l'aube se pointe pour que je trouve enfin le sommeil.

Je me réveille à l'heure du petit déjeuner. J'ai à peine fermé l'œil, trop préoccupé par ce que j'ai vécu durant ces derniers jours. J'ai besoin d'aller la voir une dernière fois pour lui dire adieu. Car nos destinées ne se croiseront plus jamais. Elle est partie pour le royaume de HELHEIM, alors que je fais tout pour rejoindre celui d'ASGARD.

Je traverse la clairière en direction de l'Est. Je coupe à travers un petit bois pour atteindre la rivière. Là où Solveig et Karl ont dressé un modeste cairn, à l'endroit où ils ont dispersé les cendres de Holda. L'amas de cailloux est à son image : simple et élégant. Je m'agenouille et porte à mon nez le pied de menthe que j'ai ramassé en chemin, respirant l'odeur familière de sa plante préférée.

Il fait beau, pas un seul nuage n'assombrit le ciel, alors que dans mon cœur, c'est la tempête. Le vent fouette mon visage et emmêle mes cheveux. Je me penche devant les pierres et dépose le petit bouquet mentholé que j'ai constitué. La mâchoire serrée, les membres crispés, je reste là, le regard figé, espérant que tout ceci soit un cauchemar dont je me réveillerai bientôt.

Je ne dis rien, je pleure en silence en pensant à cette magnifique femme que j'ai perdue. À tous ces moments de joie que nous ne partagerons jamais. Aux rires d'enfants que nous n'aurons pas. À notre souhait mutuel de nous unir. Même si je lui ai dit que je l'aimais, je n'ai pas eu l'opportunité de lui avouer à quel point elle comptait pour moi. Je n'ai eu le temps de rien et pourtant, elle m'a tout donné : son cœur, ses baisers, ses caresses, sa tendresse, son âme. Et j'ai tout perdu en un seul instant.

Je me sens ravagé, comme si un millier de chevaux m'avait piétiné, aller et retour. Eldrid m'a dit que je vivais mon premier chagrin d'amour. Comment se relève-t-on de ça ? Holda laisse un vide énorme dans ma poitrine.

Je perçois une présence à mes côtés et tourne la tête pour apercevoir Karl. Il est dans un état aussi lamentable que le mien. Je vois clairement qu'il a passé la nuit à pleurer.

Pour lui, ce doit être pire. Holda et moi avons vécu une romance, aussi brève fût-elle. Mais Karl, lui, n'a eu que son amitié, alors qu'il la voulait tout entière. Il l'a attendu des années, en vain.

Je me sens comme un con à côté de lui, car je réalise que ma douleur est moindre comparée à la sienne.

— Je suis désolé, tellement désolé ! sangloté-je.

— Tu n'y es pour rien, Asulf.

— Bien sûr que si ! Tout est de ma faute. Si je ne l'avais pas séduite, elle serait toujours en vie. Elle serait dans tes bras.

— Tu as tort, me répond-il. Elle m'aimait infiniment, certes. Mais comme un frère et rien d'autre. Je le sais à présent.

Il tourne sa tête vers moi et poursuit d'une voix chevrotante :

— Je devrais te haïr d'avoir ravi son cœur, mais je n'y arrive pas. Elle a fait son choix et c'était toi. Tu as pu la rendre heureuse, alors chéris vos souvenirs ensemble, car ils sont précieux. Moi je n'ai pas eu cette chance.

Les mots de Karl me brûlent de l'intérieur. Ils m'oppressent alors qu'ils se tatouent sur mon cœur. Je n'ai pas le droit d'être égoïste. Pas avec lui.

Je dois tenir bon, montrer l'exemple. Être digne du dernier souvenir qu'elle avait de moi.

— Je le ferai, je promets. De même que je la vengerai. Pour elle. Pour toi. Pour nous tous qui l'aimions. Cela pèse sur mon âme comme une nécessité.

Karl acquiesce sans un mot et pose une main fraternelle sur mon épaule, avant de tourner bride. Je lui emboîte le pas, dans un silence assourdissant.

Mon âme et mon cœur initient leur processus de guérison. J'ai pu dormir un peu cet après-midi, mais je pense que la fatigue de ces derniers jours m'a terrassée.

À mon réveil, Karl est déjà rentré, alors que je le pensais encore chez lui.

— Comment va ton père, je m'enquiers.

— Bien. Il était content de me savoir sain et sauf. Comme tu me l'as conseillé, je lui ai ramené quelques victuailles de Solveig. Il les a fort appréciés. Peut-être davantage que mon bref retour.

— Comment ça, *bref* ?

— Eh bien, rougit-il, j'ai bien réfléchi et je ne resterai pas AROS. Je repars avec toi.

— Tu raisonnes mal. Cette quête qui n'est pas la tienne te mènera à ta perte.

— Je ne peux pas séjourner ici. Cette vie n'est plus pour moi. Elle est remplie de souvenirs douloureux qui me collent telle une ombre. L'ancien Karl s'est éteint avec Holda. À présent, j'ai besoin d'aventures, de découvrir le monde. Et même si la route est dangereuse, je sens que je dois le faire.

— Que cherches-tu à prouver ? Creusé-je.

— Les vrais hommes partent se battre. Je veux être de ceux-là.

— Foutaises ! Ces hommes-là meurent presque tous au combat. Tu as bien vu revenir ceux qui en ont eu la chance ? Ils sont boiteux, mutilés.

— Je ne t'ai pas demandé ton avis sur mon avenir, me coupe-t-il. Je t'annonce simplement que je t'accompagne.

— Qui t'a dit que je t'accepte pour mon voyage ?

— Tu veux dire qu'Eldrid et toi êtes déjà au complet ? S'énerve-t-il.

Je me mets à rire devant sa mine incrédule :

— C'est donc cela qui te motive à poursuivre ? Eldrid ?

— Non ! proteste-t-il avec véhémence. Mais peu importent les raisons, n'est-ce pas ?

— Mieux vaut qu'elles soient bonnes, mon ami, lui conseillé-je en posant ma main sur son épaule. Et je ne te jugerais jamais de changer de chemin en cours de route, lorsque tu auras atteint l'objet de ta quête. Par ailleurs, je n'avais pas l'intention d'emmener Eldrid. Je pensais la laisser ici sous ta protection.

Karl me regarde, interloqué, alors que je poursuis :

— Je l'ai libérée. Elle est une KARL, une femme libre. Maintenant, elle doit suivre sa propre voie. Vous semblez vous apprécier, malgré vos chamailleries incessantes. J'ai pensé que vous pourriez passer un peu de temps ensemble.

— Tu veux ma mort ? Me questionne-t-il en se redressant, confus, alors que j'esquisse un sourire.

Karl peut dire ce qu'il veut, je sais qu'une fois leurs barrières tombées, ils s'apprécieront sincèrement.

Solveig nous a préparé des provisions conséquentes et nous avons décidé de reprendre la route le soir même, pour plus de discrétion.

Je sais que Harald et Thorbjörn enverront des sentinelles à ma recherche et je lui ai demandé de ne pas leur mentir. Karl a été vu en centre-ville et je ne veux pas qu'elle se mette en danger en tentant de me protéger. D'autant que je ne lui ai rien dit de ma prochaine étape, même si elle s'en doute.

Officiellement, je raccompagne une femme égarée que j'ai croisée en chemin. Puis j'ai besoin de m'éloigner pour un temps, car c'est trop de pression pour mes épaules. Je ne sais pas si, ou quand, je reviendrai, mais nous espérons sincèrement nous revoir un jour.

En cette fin de journée brumeuse, VIBORG est calme. Nous n'avons rencontré personne sur notre route, cachés par le brouillard épais et avons atteint les ruines de la maison sans encombre. Freya a eu du mal à reconnaître les contours de la chaumière. L'incendie survenu vingt ans plus tôt a tout ravagé. Les demi-parois de pierres se sont partiellement effondrées. Le haut des murs et la toiture en bois et paille ont brûlé. Il n'en reste rien. Les volets en chêne sont tombés. La table et les chaises ne sont plus que de vagues souvenirs, tout comme le lit et l'armoire. Tout est parti en fumée.

Je serre les poings de rage en m'imaginant ce qui s'est passé. Freya semble plongée dans ce douloureux souvenir et ne peut réprimer une larme.

— Montre-moi, lui demandé-je.

— Après l'incendie, j'ai enterré tes parents dans le jardin, là-bas.

Elle désigne deux petits monticules de pierres un peu plus loin. Ils sont difficiles à distinguer car la végétation a poussé et les a recouverts.

Je m'approche lentement, laissant mes compagnons de route derrière moi.

Tout n'est que ruines et abandon. Aurais-je apprécié de vivre ici ? Aurais-je été heureux, entouré d'amour ? Comment aurait été la vie en tant que paysan et non comme combattant ?

Je sors à peine de l'adolescence et j'ai déjà tué tellement d'ennemis ! J'avoue qu'il m'est difficile de me projeter autrement. C'est l'environnement de Karl, pas le mien. De plus, guerrier un jour, guerrier toujours.

Pendant que je me recueille en silence sur les tombes de mes parents biologiques, Freya montre les restes à Karl et Eldrid qui commencent à se frayer un passage. Je les rejoins.

— C'est ici, déclare Freya. Il y avait une trappe dans le plancher. C'est par là que je me suis échappée.

Encore quelques débris déblayés et une poignée en métal apparait.

Je prends une profonde inspiration pour me donner du courage et ouvre.

L'anneau froid me reste dans la main, tandis que le bois vermoulu tombe en charpie, comblant partiellement l'entrée du tunnel.

— On l'a trouvé ! s'exclame Karl.

— Oui. Aide-moi à le dégager, lui demandé-je, cela semble bouché.

Nous nous activons et le passage est bientôt praticable sur un mètre.

— Dans mes souvenirs, c'était assez étroit. J'avais du mal à m'y déplacer.

— Et avec le temps, la terre a sûrement rempli le tunnel, complète Eldrid.

— C'est possible, acquiesce Freya.

— Mais rien ne corrobore tes dires. Oui, cette maison a été brûlée il y a bien longtemps. Et il y a probablement des cadavres dans les tombes que j'ai vues. Tu connaissais l'existence de cette trappe, qui n'était peut-être pas secrète. Donne-moi une preuve concrète, car je ne peux tuer Harald sur des présomptions.

— Asulf, dit Freya, je te jure que je ne t'ai pas menti sur ton histoire. Il y a une hache à double tête dans ce souterrain. Elle appartenait à ton père et devait te revenir. Si nous pouvons y accéder, tu sauras.

Eldrid déniche un reste de seau pour transporter la terre et un bout de métal, pour creuser. Lorsque nous dépassons les ruines de la maison, nous rejoignons le tunnel existant, aussi étroit que Freya l'avait décrit.

— J'y vais, déclare Eldrid. S'il y a quelque chose, je le trouverai et le ramènerai.

La belle rousse s'engouffre et disparait un moment. Lorsqu'elle refait surface, en rampant en marche arrière, Karl est soulagé et l'aide à sortir.

Une fois dehors, elle ébouriffe sa chevelure, passe un bras dans son dos et en extirpe une hache qu'elle me tend.

— C'est ce que tu cherchais ? questionne-t-elle.

Je la prends et la soupèse, lorsque je vois l'initial de mon prénom gravé sur le manche. Je pose mon autre main sur la poignée de mon épée, accrochée à ma taille, comme pour m'ancrer à la réalité, alors que des larmes s'échappent de mes yeux.

— Était-elle pour moi, père ?

Je crois voir la lame de mon épée bleuir. Une fois encore, mon esprit me joue des tours.

SIGRUNE

Je sens Asulf complètement effondré, alors que Freya le guide jusqu'aux vestiges du foyer qui l'a vu naitre. Il s'obstine à ne pas croire l'évidence. Je présume que la vérité est trop dure à accepter pour lui pour l'instant. Car cela voudrait dire que tout ce en quoi il a toujours cru n'était basé que sur des mensonges. Et où cela s'arrête-t-il ? Je suis présente à la ceinture d'Asulf depuis six ans et je peux affirmer que Harald a menti sur l'intégralité de son passé. Tout ses souvenirs heureux ne sont que pure invention.

Mon champion accuse difficilement le coup et je suis peinée pour lui. Je peux à peine le soutenir en songes, car il ne dort presque plus, rongé par la tristesse et l'incompréhension. Alors quand il me questionne sur l'origine de cette hache à double tête, je lui réponds avec empressement. J'espère qu'il saura surpasser cette situation pour en ressortir plus fort. Car sans son concours, je suis condamnée à finir mon existence immortelle dans cette épée.

ALMUT

CHAPITRE 16

WANTED

❄ GORMÁNUÐUR / NOVEMBRE ❄

HARALD

J'ai été informé de la disparition d'Asulf il y a plus d'une semaine et les sentinelles sont toutes rentrées bredouilles. Je reçois Almut, alors que je fais les cent pas dans ma tente, les mains derrière le dos, le regard haineux.

Le soldat m'observe arpenter la pièce sans m'interrompre. Je parle seul depuis dix minutes quand je l'invective :

— Où est-il ? Où est mon fils ? tempêté-je.

— Nous l'ignorons, bredouille-t-il.

— Cherchez-le et ne revenez pas sans l'avoir retrouvé !

— Des ordres, toujours des ordres, grommelle le petit gradé. Et jamais un mot de remerciement.

— Je ne t'ai pas entendu ! Peux-tu répéter ?

— Je disais : « devons-nous le ramener ici ou à AROS ? »

Le bougre est impertinent, mais n'a pas encore le cran de me parler ouvertement. Il marche dans mes traces, raison pour laquelle sa tête n'a pas encore fini au bout d'une pique.

— Nous partirons demain et laisserons une petite garnison ici, expliqué-je. Tu rentreras avec lui à AROS directement.

Il fait mine d'accepter et se penche pour me saluer avant de partir.

— Et fais venir Markvart le guérisseur et Amalrik sur le champ, renchéris-je. Je dois leur parler.

Almut s'exécute et quelques instants plus tard, Amalrik prend place dans la grande tente. Je souris à son arrivée, soulagé qu'il reste encore quelques personnes compétentes dans ce camp.

— Enfin quelqu'un digne de confiance et de respect ! affirmé-je.

Il s'incline en appréciant le compliment.

— L'affaire dont je t'ai chargé est-elle réglée ?

— Oui. Le meurtrier présumé a été confondu ce matin. Il a nié devant tous, puisque pas coupable, mais personne ne l'a cru. Ils m'ont fait confiance. J'ai approuvé sa décapitation en ton nom, conformément à tes désirs.

— Parfait. Et Thorbjörn ?

— On s'occupe de lui, se rembrunit mon bras droit.

Je m'approche de mon second et lui tapote l'épaule.

— Tu n'es pas censé ignorer que mon fils demeure introuvable. Pourtant, il doit revenir. Des hommes sont à sa recherche depuis plusieurs jours, mais personne ne l'a vu.

— Ils explorent mal, rétorque-t-il.

— Tu dis probablement vrai. Alors je te confie cette mission. Retrouve mon fils. Et fais le nécessaire. On se rejoindra à AROS.

— Sauf ton respect, Harald, m'interrompt-il, je refuse de tuer Asulf.

— Je ne veux pas de bain de sang et encore moins avec le sien, le rassuré-je. Il doit revenir vivant. J'aimerais m'entretenir avec lui et savoir pourquoi il rejette de siéger sur le trône. Car je ne vois aucune autre raison valable à sa disparition.

Amalrik acquiesce. Il recule jusqu'à l'entrée et soulève la lourde tenture pourpre, qu'il relâche finalement avant de faire demi-tour :

— Peut-être qu'il y en a une, commence Amalrik.

— Je t'écoute, l'encouragé-je alors que la nervosité me gagne lentement.

— J'ai ouï dire que ton fils a reçu de la visite avant de nous quitter. Cette fille de joie, la rouquine qu'appréciait Björn. Elle est venue trouver Asulf dans sa tente pour lui porter un message. Une femme et un jeune homme voulaient s'entretenir avec lui urgemment. Il a d'abord refusé mais elle a insisté. Ils arrivaient d' AROS, alors il a accepté de les voir immédiatement.

Je me frotte le menton. La mort de Holda. Les nouvelles voyagent vite. Trop vite.

— Sait-on de quoi ils ont conversé ?

— Non. Tout le monde fêtait sa victoire. J'ai appris qu'Asulf les a accueillis dans sa tente et a congédié ses gardes. Au matin, ils étaient tous partis. Les visiteurs sont également introuvables.

— Tu en connais beaucoup, pour quelqu'un qui était en mission !

— C'est mon travail et je le fais bien, rétorque-t-il.

Je le regarde en l'approuvant alors que le sorcier fait son entrée.

— Approche Markvart, lui intimé-je. Amalrik me donne des nouvelles d'Asulf. Continue, dis-je en m'adressant à mon pisteur.

Je le vois passer son poids d'une jambe à l'autre, mal à l'aise. Mais il pose sa question :

— Cela a-t-il un lien avec la faculté de guérison de ton fils ? Ou à Rigborg, son épée ?

— En effet, cette épée n'est pas ordinaire. Elle appartenait à un sorcier, qui a été arrêté et est mort empoisonné il y a vingt ans. Par la suite, elle est tombée en ma possession. Tu t'en souviens ?

Amalrik confirme, mais m'interrompt :

— Ce n'est peut-être pas le cas de nos hommes, mais j'ai une excellente mémoire, tu le sais. Il m'a fallu un moment pour me remémorer d'où je connaissais son visage. Et ce gars-là, dit-il en pointant Markvart du doigt, lui ressemble étrangement. Et semble bien portant, pour un macchabée.

Je souris de sa sagacité, alors que Markvart hésite sur comment réagir.

— On ne peut rien te cacher, Amalrik. Oui, j'ai déguisé sa mort, car il est plus utile en vie. Et avant que tu ne le demandes, personne ne sait qui il est, en dehors de *Markvart le guérisseur.*

Il hoche la tête et coule un regard suspicieux à Markvart. Comme pour lui dire qu'il le tient à l'œil, alors que le sorcier l'observe en retenant un rictus contrarié.

Je poursuis :

— Je ne me suis plus jamais servi de cette épée, que j'ai transmise à Asulf pour ses quatorze ans.

— Je me souviens que ton fils est soudainement devenu fort et rusé. Trop, pour un enfant. Il a mûri d'un coup et a vite fait peur à nos compagnons. C'est là qu'est née sa légende : *l'homme au Regard d'acier.*

— En effet, approuvé-je dans un murmure. Et j'ai fini par faire le lien avec notre ancien prisonnier. En m'entretenant avec lui, j'ai appris que le soir de sa capture…

— J'invoquais un esprit pour venger la mort de ma famille, survenue quand j'étais enfant, me coupe Markvart. Il s'est sûrement retrouvé coincé dans l'épée ce soir-là.

— De la sorcellerie et non de la magie, soupire Amalrik. Dans les mains d'un adolescent ! Vraiment ?

— Il ne risquait rien, continue Markvart. Le démon n'est pas là pour lui. S'il a besoin du jeune homme, c'est parce qu'il nécessite du sang pour survivre dans notre monde et qu'Asulf est un excellent guerrier. Alors il est devenu son champion, son pourvoyeur.

— J'ai vu ce scintillement bleuté pendant qu'il combattait. J'ai cru que cette épée était bénie des Dieux, avoue Amalrik, dubitatif.

— Bleu, dis-tu ? Étrange.

Je m'enfonce dans *mon* trône, pensif. Nous sommes à présent trois à tenter d'élucider ce mystère.

— Asulf guérit plus vite que n'importe lequel d'entre nous, poursuit-il. Son démon n'est pas juste dans son arme.

— J'ai entendu des histoires de ce genre, se remémore Markvart. L'esprit est bel et bien coincé dans l'épée, jusqu'à ce qu'un sortilège ne l'en sorte, ou qu'il tue la personne pour laquelle il a été invoqué. Dans l'intervalle, Asulf l'aide, donc il ne court aucun danger. D'autre part, si Asulf guérit aussi vite, c'est parce qu'elle irradie. Le démon se nourrit de sang, il lui en faut toujours plus. Mais son champion doit être constamment en état de lui en procurer. Alors il s'assure de sa bonne santé. Mais dès qu'il s'en ira, Asulf perdra sa protection et tout redeviendra normal pour lui.

— Oui, s'il ne meurt pas avant ! Déclare Amalrik. Il me semble pourtant qu'il a de plus en plus soif.

— Je l'ai aussi remarqué, mon ami. Et Asulf a encore beaucoup de batailles à mener. Son démon n'est pas prêt de s'en aller. En tout cas, pour l'instant. Car nous continuons de chercher les hommes desquels Markvart voulait être vengé, pour que cet esprit reparte d'où il vient.

— Je comprends à présent pourquoi ce mage n'est pas mort. Ce n'est pas seulement parce qu'il fait joujou avec ses potions. C'est également pour les informations qu'il peut nous fournir sur la magie. Et nous assister pour traquer les sorciers. Il t'aide de manière significative, en conclut Amalrik.

— En effet.

Nous nous observons quelques instants en silence.

Amalrik ne sourcille pas. Il a confiance en moi et sait que je ne lui mens pas. La présence de Markvart durant notre discussion, ainsi que les réponses que nous lui apportons, en sont la preuve.

— Thorbjörn est-il au courant pour Asulf ? questionne-t-il.

— Non, en dehors de nous trois, personne n'est informé de tout cela.

— Pas même Asulf ?

— Il ignore d'où cela provient. Je lui ai dit qu'il était béni des Dieux. Il a tellement fait pour notre camp qu'il doit revenir.

— Je ne le sais que trop bien, renchérit mon subordonné. Si ce pouvoir tombe entre de mauvaises mains, s'en est fini de nous.

Je me lève lentement de mon trône, m'approche de mon ami et lui pose une main fraternelle sur l'épaule.

— Tu vas effectivement partir, mon cher Amalrik. Tu vas retrouver et ramener Asulf. Car sans lui, nous sommes exposés et vulnérables.

— Compte sur moi, il te reviendra vivant, ainsi que l'épée. Merci de ta confiance, mon *frère*. Et sois-en rassuré, ce secret est en sécurité.

— Je le sais. Et il était important que tu comprennes pourquoi j'exige que ce soit toi et de toi seul.

Je pose mon front contre celui de mon bras-droit, une main sur sa nuque, nos regards ancrés l'un dans l'autre :

— Prends tout ce dont tu as besoin, nourriture, chevaux, hommes. Tu dois retrouver notre chef. Coûte que coûte.

— Des provisions et deux montures me suffiront.

— Et une bourse bien pleine, pour hâter tes recherches, renchéris-je en extirpant de ma tunique une petite besace de cuir remplie de pièces.

— Nous nous reverrons à AROS, dit Amalrik en attrapant l'or.

Il recule et me salue respectueusement avant de quitter la tente, sans un regard pour Markvart, qui lui emboîte le pas.

Je le sais déterminé à ramener Asulf qu'il considère comme un neveu. Pourtant, s'il devait choisir entre Asulf et moi, je suis certain qu'il se rangerait de mon côté. J'ai une foi aveugle en lui.

Satisfait de la tournure que prennent les choses, je reprends place sur le trône que je caresse amoureusement, lui murmurant des mots doux, comme un homme prenant soin d'une jeune amante.

THORBJÖRN

J'entre dans la tente du chef et laisse la tenture retomber lentement derrière moi. La pièce est obscure, mais je la connais par cœur, pour avoir été mienne durant des années.

En me concentrant, je devine Harald assis sur *mon ancien trône* dans une posture pensive. Cette scène aurait dû lui valoir une décapitation en place publique. Mais je suis trop vieux pour tout cela, raison pour laquelle j'ai orchestré ce tournoi, avant que la jalousie de certains ne m'envoie au VALHALLA. Je veux profiter d'une retraite paisible avec mon épouse, loin des préoccupations militaires.

Il est de coutume que le père du chef siège, en l'absence du chef lui-même. D'autant qu'Asulf n'a pas encore nommé de bras droit. Mais la cérémonie de passation n'a pas eu lieu, car il s'est volatilisé avant. Donc, en théorie, le geste de Harald est déplacé et passible de mort. Dois-je laisser couler ?

Je me racle la gorge pour signaler ma présence et Harald relève la tête dans sa direction :

— Mon ami, pouvons-nous nous entretenir un moment ?

Harald acquiesce et me désigne un siège non loin de lui. J'approche et m'installe. Il semble soucieux et j'espère percer son mystère.

— Des nouvelles de ton fils ? questionné-je.

— Aucune, répond-il. Il demeure introuvable.

— Cela ne m'étonne guerre, il a appris avec l'élite, affirmé-je.

Mon bras droit lève son regard vers moi et sourit.

— C'est parce que tu le lui as permis, tout comme à moi, d'être le meilleur.

— Toi comme lui, vous le vouliez au plus profond de vous. Lorsque je contemple mes propres fils, seul Björn a cette même rage de vaincre dans ses yeux. Peut-être trop, justement ! Comme s'il l'avait prise à ses trois grands frères ! Peut-être ai-je été trop tolérant avec les aînés. Peut-être aurais-je dû être plus strict, comme je l'ai été avec mon cadet.

— Ne sois pas si dur avec toi-même, Thorbjörn. Tu peux être fier de Björn, il est un excellent guerrier…

— Que ton fils a mis à mal ! ironisé-je en l'interrompant.

— Mais non sans combattre ! Björn est fort et rusé. Il aurait fait un bon chef, j'en suis certain. Son bannissement ne devrait pas durer.

— Il ne reviendra pas. Je lui ai appris à ne jamais faire marche arrière.

— Laissons quelques lunes passer et demandons à Asulf de le rappeler pour en faire son premier conseiller, continue Harald.

— Fort bien, acquiescé-je. Si cela peut les réconcilier. Je regrette que nos enfants ne soient plus aussi proches que vous ne l'êtes Amalrik et toi. Vous pouvez compter l'un sur l'autre, vous êtes soudés. Et j'ai été chanceux de vous avoir à mes côtés durant toutes ces années.

— Ils changeront avec le temps et apprendront à s'apprécier de nouveau, leur querelle est passagère, dit Harald sans vraiment y croire.

J'observe mon futur ex-JARL quelques instants en silence, puis ramasse le sceptre et l'examine, soucieux.

— J'ai entendu des rumeurs dans le camp, je poursuis. Ça s'agite. Les hommes ne pourront rester indéfiniment sans chef. Il va donc falloir prendre les mesures qui s'imposent.

— A quoi penses-tu ? M'interroge Harald, inquiet.

— Je n'ai plus l'âge de gouverner, tu le sais. Ces duels, c'était pour que l'un de nos braves soit légitimement désigné en tant que successeur, sans aucune tricherie. Asulf a remporté ce tournoi, mais s'il ne revient pas pour revendiquer la place qui lui est due. Quelqu'un d'autre devra s'en charger.

— Que proposes-tu, Thorbjörn ? Une nouvelle compétition ?

— Il serait de bon ton que le second finaliste obtienne le pouvoir de plein droit, affirmé-je, les yeux rivés dans ceux de Harald.

Ce dernier se renfrogne, comme s'il était devenu le régent officiel du clan et qu'il refusait de rendre sa place.

— Tu as banni ton fils à la fin du combat, Thorbjörn.

— La donne a changé, mon ami. Asulf doit assumer ses fonctions, ou nous devrons lui trouver un remplaçant.

Encore une fois, je vois Harald s'agiter, mais je poursuis :

— Néanmoins, je continue de penser que Björn aurait pu être le plus qualifié. Mais il n'est pas prêt à endosser ma succession. Et je ne regrette pas d'avoir mis mon trône en jeu pour laisser sa chance à chacun. Cela me désole, mais il est le seul de mes fils qui en a les couilles. Pourtant il est incontrôlable avec son manque d'expérience et de maturité. Et je crains de futurs problèmes dans le clan avec lui comme chef. D'autant que ces hiboux du Conseil seraient bien capables de lui monter la tête et de le manipuler à leur guise pour arriver à leurs fins.

Harald grimace, encore. Il les a déjà menés à me suivre, à plus d'une reprise. Pour m'épauler, quand je partais dans des délires farfelus.

Je sais qu'il manœuvre mieux que quiconque et de façon habile, en espérant ne pas avoir été découvert. Mais je le connais bien et même si jusqu'à présent nous avions toujours œuvré ensemble, mon instinct me dit que, sur ce coup, il a envie de faire cavalier seul.

Je continue :

— Il nous faut donc un homme qui sait diriger ses troupes et que le clan admire et craint à la fois.

Harald retient son souffle. Il est de plus en plus crispé. Mais je vais le détendre instantanément :

— J'ai pensé à toi, mon ami.

Mon second me sourit intensément et se redresse devant mon compliment. Il s'incline pour me remercier et se rassoit.

— Ta confiance m'honore, Thorbjörn.

— Elle est méritée, Harald. Cependant, j'ai juste une condition.

— Je t'écoute, me dit-il en me coulant un regard inquisiteur.

— Cette nomination est une régence temporaire, en attendant que Björn revienne et soit prêt à régner. J'ai pensé qu'Amalrik et toi pourriez le prendre sous votre protection et lui apprendre tout ce que vous savez, afin de le préparer au mieux pour le jour où il te succèdera.

Harald serre les dents et écume comme un chien enragé pendant une seconde, puis se recompose une façade. Visiblement, il n'avait pas prévu ce retournement de situation.

Nous y voilà donc, *mon ami* ! Asulf n'a jamais souhaité le pouvoir, il est trop jeune pour penser à tout cela. Il est parti avec la courtisane parce qu'il voulait encore profiter de sa vie. C'est toi, Harald, qui aimerait monter sur *mon* trône ! Je t'ai percé à jour ! Depuis quand as-tu des vues dessus ?

Voyons comment tu vas réagir à tout cela :

— Tu sais comme moi que Björn ne tolèrera jamais que ton fils revienne pour lui ravir la place qui lui est due. Je pourrais lui expliquer pourquoi je t'ai choisi pour successeur. Mais je ne pourrais contenir très longtemps la rage qu'il nourrit à l'égard d'Asulf.

Harald retient sa frustration, mais, en bon petit soldat, s'est résigné à accepter ce que je lui propose. Il doit se dire que Björn sera bien plus souvent sur le champ de bataille qu'au camp, ce qui lui laisserait tout l'espace nécessaire pour diriger.

Je vais devoir trouver un moyen de prévenir mon fils. Car il se pourrait bien que Harald cherche tôt ou tard à l'éliminer pour garder le pouvoir. Et dans les faits, nous savons très bien que ce ne serait pas si difficile. Il a l'embarras du choix : un ennemi ou un complice dans un affrontement, une prostituée, un poison. Björn va devoir rester constamment sur ses gardes avec lui !

— Et qu'en est-il d'Asulf ? demande-t-il.

Et là, le coup de grâce. S'il accepte, je vais devoir protéger Asulf de son propre père, au même titre que Björn :

— Harald, j'ai bien peur que ton fils n'ait été dépassé par les événements. Tu comprendras que s'il n'est pas de retour bientôt, il faudra expliquer au clan qu'il a déserté et que tu vas lui succéder jusqu'à ce que Björn soit prêt à gouverner.

Je surveille chaque mouvement de son visage et de son corps, il est en proie à un vrai dilemme. Alors qu'en tant que père, qui aime profondément ses enfants, je n'aurais pas réfléchi une seule seconde et ne les aurait jamais abandonné. Au diable le pouvoir, si je dois y sacrifier l'un de mes fils ! Mais lui, il hésite, avec son unique descendance ? Impensable !

— En résumé, Thorbjörn, tu m'offres le trône en échange de mon fils ?

— Je ne souhaite pas sa mort, Harald. Mais il ne fait plus partie des nôtres. C'est un déserteur à présent.

Il ne me conteste pas. Comment peut-il accepter de renier son sang, sa propre chair, pour du pouvoir ?

Qui es-tu, Harald ? Qu'es-tu devenu ?

Ton unique fils ne compte-t-il pas à tes yeux ? Est-il seulement de toi ?

Car il n'est pas le mien, mais je fais le serment devant les Dieux de protéger Asulf comme s'il était mon petit dernier. J'ai peur que son père lui préfère le pouvoir et soit prêt à le sacrifier à la première occasion.

Je me relève en terminant :

— Je te laisse réfléchir à ma proposition. Fais-le-moi savoir lorsque tu auras pris ta décision. Il nous faudra l'annoncer au clan, afin que nul ne puisse contester mes dernières volontés.

— Thorbjörn ! m'invective-t-il. Nous rentrons à AROS demain.

— Très bien. Bonne soirée mon ami.

HARALD

Alors que Thorbjörn me quitte, je repense à notre conversation. Il a été un exemple durant toute ma vie et je n'ai rêvé que d'une seule chose, depuis toujours : lui succéder. Cette chance m'est à présent offerte.

Bien sûr, elle est assortie d'une condition : je vais devoir aguerrir Björn à l'art de la politique et de la diplomatie, car il en est totalement dépourvu, mais cela ne sera pas un problème. Amalrik affutera ses compétences guerrières. Et si Björn tombe sous les flèches ennemies, eh bien, dommage, mais son sort sera alors définitivement et proprement réglé, sans que je n'aie à me salir les mains et que cela me soit reproché.

Pourtant, son accès au trône condamne ma descendance. Même si Asulf n'est que mon neveu. Il est vrai que lorsque j'ai arraché son bébé à mon frère, le soir de sa naissance, ce n'était que dans le but de nuire encore à Leif. Mais Asulf s'est montré digne d'être de moi et j'ai commencé à le considérer autrement qu'un prix volé à mon aîné.

J'envisage depuis longtemps de gouverner par le biais de mon fils adoptif. Mais à présent, il est parti et j'ai la possibilité de garder le trône pour moi tout seul.

Pourtant, durant notre dernier entretien, je n'ai cessé de penser à ma place sur cet échiquier et à la menace qu'Asulf représenterait pour moi. En le déclarant déserteur et en mettant sa tête à prix, je m'assurerais de la loyauté de mes nouveaux sujets et susciterait la sympathie de Björn. Mais surtout, j'empêcherais Asulf de revenir pour revendiquer ce qui ne lui appartient plus.

J'appelle un garde et il prévient Thorbjörn qui arrive sans délai.

— Ma décision n'a pas été simple, mais elle est prise : Asulf a déserté et sa tête sera mise à prix. S'il revient, je le ferai exécuter. Amalrik et moi formerons Björn, jusqu'à ce qu'il soit prêt à régner. J'assurerai la régence dans l'intervalle.

— Je n'en attendais pas moins de ta part, acquiesce Thorbjörn. Et je salue ton impartialité, mon ami. Elle t'honore.

— J'enverrai Almut et des hommes pour ramener ton fils. Ils partiront dès l'aube.

— Très bien, approuve Thorbjörn. À présent, il me faut prendre congé et te laisser à tes nouvelles responsabilités.

Il sort de la tente et quelque chose me dit qu'il va m'avoir à l'œil prochainement.

FREYA

CHAPITRE 17

RÊVE ÉVEILLÉ

❄ GORMÁNUÐUR / NOVEMBRE ❄

ASULF

Voir les ruines de la maison où je suis né, ainsi que les tombes de mes parents, m'a complètement retourné. Assis près du foyer, les yeux plongés dans les flammes, je me sens triste. J'ai la sensation d'avoir perdu un membre et de ne plus le sentir. J'ai mal et je sais que c'est irréversible. Je me demande qui j'aurais été, si j'avais vécu à VIBORG et non à AROS. Une existence à l'exact opposé de ce que j'ai vécu. Mais je n'aurais connu aucune des personnes présentes dans ma vie à ce jour.

Je sens une main se poser sur mon bras et je la regarde.

— Freya a préparé une soupe pour nous réchauffer, murmure Eldrid. Tu devrais manger, Asulf. Cette journée a été éprouvante.

Je la remercie d'un hochement de tête alors que j'attrape le bol fumant et la cuillère en bois qu'elle me tend. Elle se redresse en serrant brièvement mon avant-bras en signe d'encouragement.

Mes trois compères me rejoignent rapidement. Je les observe à tour de rôle, dévorant leur repas, tels les affamés que nous sommes.

D'abord la belle et fougueuse rousse. Je réalise que je ne connais pas Eldrid. Bien sûr, je savais qui elle était à AROS. Une fille de joie, très jolie et très plébiscitée. Une sympathique allumeuse de vingt-trois ans, qui nous ensorcelle de ses yeux verts et sur laquelle on fantasmait tous. Jusqu'à ce que Björn l'estampille *chasse gardée* ! Après ça, il en a démonté plus d'un parce qu'ils s'approchaient un peu trop près d'elle. J'ai d'ailleurs assisté à plusieurs querelles entre ces deux-là à ce sujet. Il lui faisait perdre son gagne-pain, lui reprochait-elle. Et Björn, vexé, partait sans plus d'explications. Mais je n'en savais pas vraiment plus sur elle. D'où mon étonnement quand elle a refusé de le suivre. Pire, pour m'accompagner, moi !

Pourtant, depuis le début de ce périple, elle ne cesse de me surprendre. Je la découvre sous un nouveau jour. Elle est bien plus que ce qu'elle n'a laissé paraître durant toutes ces années. C'est une battante, résiliante. Si je demandais son avis à Karl, il dirait qu'elle est agaçante, parce qu'elle passe son temps à l'allumer sans qu'il franchisse la ligne de la toucher.

Mon regard se pose ensuite sur l'adolescent de dix-sept ans assis près de moi. Il y a encore quelques semaines, il m'était étranger, bien que l'ayant croisé à plusieurs reprises dans AROS. Il est le fils du boucher. Il était le meilleur ami de Holda, même s'il aurait souhaité être plus que cela pour elle.

Il a l'air d'être quelqu'un de bien et gagne tous les jours un peu plus de courage et d'assurance. Je crois que l'attention continue d'Eldrid renforce sa confiance en lui.

Est-ce que ces deux-là seraient en train de s'apprivoiser ? Karl est doux, semble aimant et je suis persuadé qu'il aurait rendu Holda heureuse. En tout cas, elle serait toujours en vie avec lui à l'heure actuelle.

Et enfin l'énigmatique Freya. Apparue de nulle part, elle a immédiatement été bienveillante à mon égard. Elle a su me réconforter sans m'infantiliser. Je crois même qu'elle m'a rendu plus fort. Elle est ma messagère envoyée par les Dieux, pour me guider dans ma destinée. Elle m'a ouvert les yeux, tout comme Karl, sur qui est vraiment Harald.

Mon monstre d'oncle. Ce violeur. Ce meurtrier. Jaloux de tous ses proches, au point de leur voler leur bonheur et de mettre fin à leurs jours. Je le hais. Je souhaiterais le voir mort. Je voudrais qu'il souffre autant que ses victimes. Je devrais surtout m'occuper de lui moi-même, car personne d'autre n'osera l'affronter. Parce que c'est un très bon guerrier, mais surtout, car il est JARL. Mais j'en suis incapable pour l'instant. J'ai besoin de souffler, de recouvrer mes esprits et de reprendre des forces.

Je dois devenir plus malin, brouiller les pistes. Car aujourd'hui il me connait par cœur. Amalrik et lui m'ont formé à l'art de la guerre et à la diplomatie. Ces deux-là ont de fameuse l'expérience, du haut de leurs quarante-cinq ans. Je n'ai aucun secret pour eux et c'est là tout mon problème. Je dois m'émanciper, me reconstruire loin d'eux, si je veux espérer les battre un jour.

Je suis interrompu dans mes sombres réflexions par les chamailleries de Karl et Eldrid.

— Est-ce qu'on parlera à un moment du comment il a fait fuir les loups ? Et de son regard cette nuit-là ? Interroge Karl.

Eldrid lui assène un violent coup de coude dans les côtes.

— Aie ! Crie Karl. Mais quoi ? Suis-je le seul à me poser la question ?

—Tu crois vraiment que c'est le moment ? Le moleste-t-elle.

— Et c’est quand, le bon moment ? continue-t-il en s’emportant. Ça fait des semaines que l’on voyage ensemble, que l’on doit se faire confiance. Alors qu’il y a eu ce truc bizarre avec ses yeux. C’est effrayant !

— Karl, baisse d’un ton ! lui intime Eldrid.

— C’est comme ça que tu comptes me rassurer ? Toi qui es celle qui l’a le plus côtoyé ici, que sais-tu réellement de lui ?

Elle ouvre la bouche, mais tarde une seconde à répondre. L’adolescent continue à sa place.

— Rien ! Tu ne sais rien sur lui. Comme nous tous ici.

Les deux femmes restent interdites tout en m’observant, alors que Karl est méfiant à l’extrême et je le comprends.

— Tu as raison, acquiescé-je. Nous devons être sincères entre nous si nous voulons pouvoir compter les uns sur les autres.

Je devine la tension quitter leurs corps, à leurs épaules qui s’affaissent.

— Je crois que la question que je me pose vous concerne également, entamé-je. Qui suis-je ? Ou plutôt, qui ai-je été ?

Mes trois compagnons me fixent alors que je plonge à nouveau mes yeux dans les flammes. Je leur narre le récit qui a induit cette quête et nous a conduit jusqu’ici, complétant les information qui leurs manquent.

À l’évocation de Holda, la rouquine pose une main compatissante sur l’avant-bras de l’adolescent alors que son regard m’accroche pour me consoler à distance.

— Je suis désolé, Karl, dis-je alors que les larmes coulent sur nos joues à tous.

— Ce n’est pas de ta faute, articule-t-il avec difficulté. Je ne lui ai jamais révélé ce que je ressentais pour elle, mais je… j’attendais le bon moment pour me déclarer. Mais lorsqu’elle m’a parlé de ses sentiments pour toi, j’ai compris que j’étais en train de la perdre. Je voulais tout lui avouer en ton absence, avant que votre attirance ne soit trop forte, avant qu’elle ne m’oublie. C’est alors que Harald est revenu à AROS. Quand je l’ai appris, je me suis précipité chez vous, mais il était déjà trop tard… Je n’ai… Pas pu…

Eldrid prend Karl dans ses bras. Elle le cajole de longues minutes, serré contre son cœur, une main dans son dos, l’autre dans ses cheveux. Elle lui murmure des paroles réconfortantes et apaisantes. J’aurais bien eu besoin de cette affection aussi, alors que je pleure, seul, sous le regard compatissant de Freya. Remuer tous ces souvenirs fait mal. Pourtant cette douleur doit être évacuée, nous le savons tous.

Lorsque les sanglots de Karl s’estompent, Eldrid encadre son visage et l’admire un instant avant d’embrasser son front. L’adolescent rougit, un rictus confus aux lèvres. Eldrid caresse ses joues de ses pouces et réitère son baiser, puis le relâche. Tous deux réajustent leur position, décontenancés par ce moment intime dont Freya et moi avons été témoins.

— Es-tu prêt à continuer ton récit, Asulf ? m'interroge la doyenne.

Je hoche la tête et vérifie que mes compagnons sont réceptifs avant de poursuivre :

— Pour mes quatorze ans, Harald m'a offert cette épée qui ne me quitte jamais, dis-je en désignant Rigborg. Je me suis forgé avec elle, je voulais le rendre fier et devenir un guerrier, comme lui à mon âge. Certes, je me suis énormément entrainé, qui plus est, avec les meilleurs. Comme tous ceux de ma génération. Cependant, très rapidement, j'ai démontré une aptitude au combat hors normes. J'ai acquis très vite des connaissances stratégiques dignes d'un tacticien et que je retenais sans effort. Thorbjörn m'a repéré au bout d'à peine quelques lunes et pas uniquement parce que j'étais le fils de Harald. Il a commencé à me faire confiance, augmentant progressivement l'importance de mes missions, dont je revenais systématiquement victorieux.

— Serait-ce toi le *Regard d'acier* ? M'interrompt Karl.

— C'est ainsi que l'on me nomme, en effet, je réponds en esquissant un demi-sourire, sous l'œil incrédule de la belle rousse.

— Pourquoi ce surnom ? Enchaîne-t-il.

— On m'a rapporté que lors des combats, je suis comme *transcendé*. Je deviens une sorte de démon vengeur. Ma force est décuplée. J'ai énormément d'endurance…

— Et tes yeux changent de couleur, termine-t-il.

— Hum, acquiescé-je.

— On t'a toujours décrit comme plus âgé, plus massif. Et aussi plus arrogant ! Complète-t-il.

— Tu dois me confondre avec Björn, m'esclaffé-je devant le regard courroucé d'Eldrid.

— Qui est Björn ? Interroge-t-il.

— Ton rival, rétorqué-je en appuyant un clin d'œil à notre compagne d'ARÓS qui fulmine.

— Quoi ? Je suis perdu, avoue Karl.

— Laisse tomber, s'agace Eldrid. Asulf, tu peux reprendre ton histoire au lieu de divaguer ?

— Bon, tu es *l'homme au Regard d'acier*, tu sais te battre et rien ne t'effraie, résume Karl. Mais cela n'explique pas d'où proviennent ta transe et tes yeux qui changent d'aspect.

— Tu es la délicatesse même, fils de boucher ! grogne la rouquine.

— Sa question est légitime, dis-je en me tournant vers Karl. Mes capacités se sont visiblement développées il y a six ans, lorsque j'ai reçu cette épée.

— Donc elle est ensorcelée ? continue-t-il.

— Je ne sais pas ce qu'elle est. Mais elle est tout sauf ordinaire.

Durant d'un récent combat, j'ai puisé dans mes ultimes forces et perdu connaissance. Mes hommes m'ont ramené au camp, mais ont éprouvé beaucoup de difficultés à transporter ma lame. Apparemment, le fait de l'éloigner de moi la rend plus lourde.

— Fais voir, dit Karl en s'en emparant et en s'écartant. Je ne constate rien de spécial, mis à part qu'elle est loin d'être légère.

— Va au bout de la pièce et patiente un moment, suggéré-je.

Il obtempère et au fur et à mesure des secondes qui s'égrainent, il doit déployer d'avantage d'efforts pour ne pas ployer les genoux. Lorsqu'il me rend mon épée et que je l'attrape sans mal pour la remettre dans son fourreau, je le sens vexé.

— Ce n'est pas tout. J'ai découvert que si je m'endormais en la tenant, elle me soignait, complété-je.

— Arrête de te moquer de nous, Asulf, râle Karl.

Je dénude mon épaule et Eldrid hausse un sourcil taquin.

— Regarde et dis-moi ce que tu vois.

— Rien, constate le fils du boucher.

— Exactement. Pourtant, il y a plus d'une lune, je me suis fait entailler à cet endroit précis, dis-je en appuyant mon doigt.

— Tu te moques de moi ? s'indigne Karl.

— Il dit vrai, confirme Eldrid. C'est quand il est revenu inconscient. Il saignait abondamment. Mais c'est impossible que tu n'en gardes aucune trace…

— L'épée. Je n'ai pas d'autre explication.

Freya, qui était restée muette jusque là, intervient :

— Alors on peut dire que les Dieux sont de ton côté, jeune Asulf. Et que ce présent n'est pas ordinaire. Il te guide vers ta destinée.

Je hoche la tête pour soutenir sa conclusion.

— Qui d'autre est au courant pour ton arme et ce don ? Questionne Freya.

— Amalrik m'a ouvert les yeux sur le lien d'appartenance et les pouvoirs de guérison. Je gage qu'il a tout partagé avec Harald, car mon oncle sait pour ma cicatrisation miraculeuse.

Je me triture les doigts. Puisque nous en sommes aux confidences, autant leur dire toute la vérité.

— Il y a… une dernière chose dont je voudrais vous entretenir et que personne d'autre ne sait, dis-je en inspirant et expirant un grand coup. J'ai des visions. Ou plutôt une sorte de rêve récurrent qui m'obsède.

— De quel genre ? Questionne Eldrid, suspicieuse, alors que j'affronte le visage interloqué de Karl et celui impassible de Freya.

— À chaque fois que je m'endors et que mon épée me frôle, je vois la même scène durant la nuit. Une femme brune, de dos, qui se baigne devant une cascade. La vision est toujours identique. Fugace, mais très précise. Je me sens comme… poussé à la retrouver… comme si j'en avais un besoin vital. C'est difficile à expliquer.

Tout le monde m'observe en silence. Je crois que je passe pour un dingue, car moi-même j'ai du mal à accorder du crédit à mes propos.

— Waouh ! s'exclame Karl. Ton épée, ça a l'air d'être quelque chose !

— Toujours aussi fin dans l'analyse, mon beau ! Raille Eldrid.

L'adolescent lui sort une grimace dont il a le secret depuis que nous avons quitté AROS et qu'il arbore régulièrement avec elle.

— Est-ce que tu as peur ? m'interroge Freya.

— Non, je réponds immédiatement. C'est tout le contraire. J'éprouve un sentiment de sécurité. Je suis rassuré quand je l'ai près de moi. C'est difficile à expliquer, mais je sens qu'elle veille sur moi. Que je ne risque rien.

Freya hoche la tête, visiblement satisfaite de ma réponse.

— Et sinon, les loups ? Se hasarde Karl.

— Juste un grognement guttural dont tu serais capable, le taquiné-je.

— Asulf signifie « *le loup-guerrier des dieux* », rétorque Freya. Je crois qu'ils ont simplement trouvé leur maître.

— Mais comme moi, vous avez vu ses yeux ce soir-là ! renchérit-il.

— Je n'en garde aucun souvenir, complété-je. D'ailleurs, comme à chaque fois que cela m'arrive. J'imagine que cela intervient lorsque je me transcende.

— Un peu comme si tu n'avais plus le contrôle ? s'enquière Freya.

— Hum, confirmé-je. Comme si je laissais quelqu'un d'autre gérer mon corps et que je m'absentais pendant ce temps.

— Je n'aimerais pas être à ta place, ponctue Karl. Ce truc avec ton épée, ça me fait peur. Je vois bien que tu nous protèges et tout. Mais ne m'en veux pas de rester alerte.

— Non seulement je ne t'en veux pas, mais en plus je compte sur toi pour me prévenir si tu perçois quelque chose d'anormal.

— Anormal, vraiment ? ironise-t-il. En tout cas, je t'aurai à l'œil.

— Merci l'ami, lui je réponds avec un faible sourire.

ELDRID

Nous sommes tous les trois allongés sur des peaux de mouton, à même le sol, autour du feu, dans la maison de Freya. Je devrais dormir depuis un moment, mais je n'y arrive pas. Depuis les aveux d'Asulf, un peu plus tôt dans la soirée, je ressasse. Oui, son épée m'intimide. Qui ne le serait pas, dans pareilles circonstances ? Ce bout de métal le guérit, communique avec lui et le protège. Nous aussi, par extension. Pour autant, je crois notre jeune loup sincère lorsqu'il dit que sa lame n'est pas dangereuse, ni pour lui ni pour nous. Mais ce n'est pas ce qui me tient éveillée.

Je pense à Karl et à ce qu'il a ressenti ces dernières semaines. Perdre deux fois celle dont il était amoureux. Je n'ose imaginer dans quel état il est.

Mue par un besoin inexplicable de le réconforter, je ne réalise que lorsque je le touche, que je me suis déplacée pour m'agenouiller près de lui. Il tourne son visage vers moi et ses yeux bleus m'hypnotisent. Je l'ai sorti de ses songes, mais pas de son sommeil.

— Eldrid… Murmure-t-il, surpris de ma soudaine proximité.

Mes yeux parcourent son expression si triste et sa souffrance me prend aux tripes. Oh, Karl… Je voudrais tellement faire quelque chose pour toi !

Il se redresse sur les coudes, se rapprochant de moi. Son souffle chaud s'écrase sur ma peau et m'arrache un frisson incontrôlé.

— Tu as froid ? Me demande-t-il.

Je fais non de la tête, alors que mes yeux refusent de lâcher les siens. Je voudrais me noyer dans leur azur qui me happent avec une douceur infinie. Je me perds quelques instants dans sa contemplation, détaillant à loisir ses traits fins, avant de m'attarder ses lèvres pulpeuses. Je vois qu'il m'imite, attendant un mouvement de ma part. J'entoure délicatement sa mâchoire juvénile de mes mains. Mes pouces caressent ses joues que recouvre un fin duvet. Ma respiration se bloque. Mon cœur s'emballe et manque un battement. Avant que je ne comprenne ce qui se passe, je l'embrasse aux commissures de ses lèvres, dans des gestes lents et tendres.

J'ignore ce qu'il m'a fait, mais à cet instant précis, je retrouve la jeune Eldrid. Cette vierge effarouchée que j'étais avant de découvrir les plaisirs du sexe. L'âge où les sentiments sont exacerbés, où tout se vit intensément.

Karl me laisse faire, surpris. Je dépose un dernier baiser sur son nez et le frôle du mien avant de me reculer, à regret. Je n'ai pas l'occasion d'aller bien loin car il m'arrête en enroulant ses doigts autour de mon poignet. Son contact me fige littéralement.

Son regard sur moi est soudainement brûlant et rempli de questions. Ses pupilles se dilatent alors qu'il plonge en moi pour sonder mon âme.

Le temps est comme suspendu et je ne veux pas que ce moment se termine. J'espère ne pas devoir repartir de l'autre côté du feu, seule, à gamberger. J'aimerais demeurer près de lui, même s'il n'a pas réclamé ma présence.

Il finit par briser le silence alors que je le supplie intérieurement de me garder près de lui. Je sens toute résistance me quitter lorsqu'il susurre ces mots, telle une caresse tiède qui s'échoue sur ma peau :

— Reste avec moi.

Mon cœur accélère. Boum boum. Boum Boum. Boum Boum.

Ma gorge s'assèche et je peine à déglutir. Je sens que rien ne pourra étancher ma soif. Dans une lenteur extrême qui me donnerait le temps de me raviser, il m'entraîne avec lui tandis qu'il se recouche. Mais je ne voudrais être nul part ailleurs. Je me laisse guider lorsqu'il ouvre un bras afin de m'accueillir. Je me blottis contre lui et il resserre sa prise sur moi.

Ce simple contact me fait frissonner de plaisir, alors que Karl l'interprète mal. Il ajuste les peaux pour nous recouvrir, me calant davantage contre sa chaleur. Sa prévenance me touche, tout comme les battements effrénés que je perçois sous ma paume et qui raisonnent jusqu'au plus profond de mon âme. Ils me bercent et je finis par sombrer achevée par les crépitements du feu.

J'ouvre les yeux et je réalise que nous nous sommes assoupis. Il fait encore nuit et bien que le feu soit presque éteint, je peux distinguer dans la pénombre qu'Asulf et Freya n'ont pas bougé de leurs couches respectives.

Mon oreille contre le torse de Karl, je sens les pulsations régulières de son cœur qui m'indiquent qu'il est profondément endormi. Son bras m'entoure toujours fermement. J'ai la sensation fugace d'être la personne la plus importante au monde pour lui.

Je souris, niaisement, alors que les larmes me montent aux yeux. Je n'ai jamais ressenti cela et surtout pas avec quelqu'un qui a profité de mon corps juste avant.

Mais qu'est-ce que je raconte ? Karl est un adolescent. Certes, il fait plus homme que certains bien plus âgés que j'ai côtoyés. Mais il n'est pas pour moi. Je n'ai jamais réussi à m'attacher, pas même avec Björn. Je chéris trop mon indépendance pour cela ! Bien que je sente qu'aujourd'hui, comme à une époque lointaine où Björn et moi étions heureux, que mon cœur me dit le contraire.

Mais là, il s'agit de Karl. Notre compagnon de route. Qui a l'âme en miettes depuis la mort de sa meilleure amie qu'il aimait. Comment rivalise-t-on avec une défunte qui a fait tourner la tête de ces deux hommes ? On ne peut pas.

Tu ne peux pas, Eldrid. Tu ne seras jamais aussi bien qu'elle.

Qu'est-ce que je raconte ? Pourquoi je chercherais à la concurrencer, d'ailleurs ? Je l'ai dit, Karl est un gamin. Mais ce soir, il a montré une autre facette de sa personnalité. Il est tellement sensible, entier, doux. Et paradoxalement, il dégage une force et une sérénité qui me font du bien. Je me sens en sécurité dans ses bras, même si je n'y ai pas ma place.

À regret, je décide de me relever pour raviver le feu. Ah, ça, je maitrise ! Je m'extirpe lentement de sa chaleur réconfortante et, sans le réveiller, je m'affaire.

KARL

Il fait encore nuit quand je m'éveille seul dans ma couche. Je ne sais pas si je l'ai rêvé, ou si c'était réel. Cette nuit, Eldrid est venue me trouver. Elle semblait différente de la piquante rousse de d'habitude. Comme si le récit de ce soir l'avait ébranlée.

Elle a embrassé mon visage avec dévotion et tendresse et j'en ai été très surpris. Puis je l'ai invité à dormir avec moi.

Les rêves nous font imaginer n'importe quoi !

Je frotte une main sur mon front, quand j'entends fourrager dans les bûches. Je tourne la tête et la belle rouquine est là, rallumant le feu du foyer en même temps que celui qui brûle en moi. Elle redresse le menton et nos regards s'arriment. Mon cœur rate un battement. J'ai la sensation étrange de ne pas avoir rêvé cette nuit.

— Je t'ai réveillé ? questionne-t-elle à voix basse.

— J'ai eu froid, tout à coup. Je réponds.

Elle se mord la lèvre inférieure et mon palpitant s'emballe. La couleur des flammes s'entremêle à ses cheveux de feu. Elles dansent sur ses joues. Se reflètent dans ses yeux qui m'hypnotisent. J'ai l'impression de la voir pour la première fois. Que mon corps sait quelque chose que mon esprit ignore.

Boum. Boum. Boum. Boum. Boum. Boum.

J'ouvre la bouche pour lui demander si cette vision divine est le fruit de mon imagination. Même si ma phrase sonne creux, je suis dans mon rêve, pas vrai ? Pas besoin d'avoir peur d'être ridicule.

Des bruits provenant de la couche d'Asulf brisent ce moment qui s'évapore. Il nous observe tous les deux en silence, avant de prononcer :

— Merci Eldrid. J'allais me lever pour rajouter du bois.

— Il faut croire que j'ai été plus rapide que toi ! raille-t-elle.

Asulf esquisse un sourire et soupire par le nez.

— Rendormez-vous, tous les deux. Nous reprenons la route dans quelques heures et elle va être longue.

J'acquiesce alors qu'il se tourne dos à nous, se calfeutre sous les peaux et sombre à nouveau.

Mon regard croise encore une fois celui d'Eldrid, hésitante et je comprends qu'elle se réinstalle là où elle a commencé sa nuit. Je suis frustré et triste. J'aurais aimé la serrer dans mes bras.

Encore, ou pour la première fois ? Mon esprit, embrumé par la nuit, ne sait plus faire la différence entre un songe ou la réalité.

Je me rallonge en l'observant faire de même. Elle ferme les yeux et je la détaille quelques instants avant de l'imiter.

Je ne peux m'empêcher de penser qu'Eldrid est peut-être le baume qui panse les plaies laissées ouvertes par le départ brutal de Holda.

SIGRUNE

CHAPITRE 18

REPRENDRE CE QUI M'APPARTIENT

❄ ÝLIR / DÉCEMBRE ❄

BJÖRN

Je chevauche depuis plusieurs semaines. Combien, exactement ? Trois ? Quatre ? À dire vrai, je l'ignore. Tout comme j'ignore la pluie, le froid, ou la douleur de mes membres. Je ne m'arrête qu'à la nuit tombée, lorsque ma visibilité est réduite, ou que mon cheval est épuisé.

J'ai été banni du clan par Thorbjörn, mon propre père. Après avoir perdu mon combat contre Asulf, j'ai à peine eu le temps de retourner à ma tente pour prendre quelques affaires et de glaner des provisions qui m'ont permis de tenir une dizaine de jours.

Ensuite, j'ai dû me reposer chez l'habitant, dans des LANGHÚS crasseuses, contre quelques pièces peu méritées. Bientôt, ma bourse sera vide et je devrai dormir dehors à la belle étoile et chasser pour me nourrir.

J'erre en direction du Sud, écumant d'une rage qui ne faiblit pas. Et toujours en compagnie de cette même rengaine :

— Je te hais, Asulf ! Pour avoir gagné de justesse ce combat, car tu as usé de ta magie. Tu es un sorcier, un démon. Sans elle, tu n'es rien ! Tu as profité d'Eldrid pour me déstabiliser et vaincre. Tu es un lâche. Tu ne t'es pas battu comme un homme !

Je crache au sol avant de continuer :

— Je te hais, pour m'avoir pris Eldrid. Elle a toujours été à moi et tu le savais ! J'ai toléré ses incartades dans ta tente, car je croyais que ce n'était qu'un caprice, une passade. Et parce qu'elle n'était pas encore ma femme. Mais avec ta sorcellerie, tu l'as détournée de moi. Elle aurait dû partir avec moi quand j'ai été banni. Et putain, elle a refusé ! À cause de toi !

J'éructe, je grogne :

— Je te hais, pour m'avoir ravi le trône qui me revenait de droit. Thorbjörn aurait dû organiser ce tournoi uniquement pour débusquer les traîtres. Pas pour remettre mon héritage à un autre ! Tu m'as humilié devant les hommes et pour quel résultat ? Mon bannissement ! Moi, l'héritier légitime ! Merveilleux !

Je ricane alors que ma colère n'a plus de limites.

— Je te hais, Asulf, pour m'avoir pris mon père, qui te préfère à moi, son propre sang ! N'a-t-il pas vu que j'étais meilleur que tous les autres ? Que mes trois grands-frères ? Que toi ? Tu es faible, alors que j'ai toujours su prendre les décisions difficiles et me faire respecter.

Je soupire longuement.

— Que me reste-t-il, aujourd'hui ? Ma fidèle épée. Avec laquelle je rallierai des guerriers à ma cause et formerai *mon* clan. Et lorsque nous serons assez nombreux, je reviendrai et je récupèrerai tout ce que tu m'as pris. Tu souffriras mille morts, par la lame et la sorcellerie que tu aimes tant. Tu me supplieras de mettre fin à tes jours, mais je te maintiendrai en vie jusqu'à ce que ta tête ne fasse plus la différence entre une chèvre et une vache. Puis je te tuerai avec ta propre épée.

Un long rire sardonique franchit mes lèvres, mais je ne décolère pas. Je n'y arrive pas.

Et ce fut pire, quand je me défis de ma dernière pièce le soir même.

SENTINELLE

— Nous l'avons retrouvé ! Lance fièrement un patrouilleur en sortant de la LANGHÚS. Il est à moins d'un jour devant nous, en direction du Sud.

— Parfait ! jubilé-je. Préviens l'hôte qu'il nous faut des couchages et à manger. Sur le champ !

— Bien, Almut !

Il disparait immédiatement à l'intérieur.

— Reposons-nous quelques heures et repartons à sa recherche, dis-je au reste de la troupe. J'en ai marre de cette traque. Qu'on le ramène vite à AROS. Une femme m'y attend et il me tarde de la retrouver.

Les hommes éclatent de rire, pendant qu'ils mettent pied à terre.

BJÖRN

J'entends des bruits de sabots derrière moi. Je suis tellement en colère qu'un peu d'exercice me fera le plus grand bien ! J'arrête mon cheval au milieu de la route et descends de selle. Je sors mon épée de son fourreau en attendant mes poursuivants.

Quand les sentinelles arrivent à ma hauteur, elles s'immobilisent et celui qui semble être leur chef m'interpelle :

— Es-tu bien Björn, fils de Thorbjörn ?

— Tu as mal choisi ton ennemi, je réponds. Je suis d'humeur à vous massacrer tous. Passez votre chemin ou descendez vous battre.

— Nous sommes envoyés par Harald et Thorbjörn pour…

— Me tuer ? Je finis. Ces deux vieilles biques n'ont pas osé m'abattre à RIBE de leurs propres mains, à l'issue du duel, alors ils vous dépêchent pour faire le sale boulot ?

Les patrouilleurs ne pipent mot. Leur chef rectifie :

— Nous avons ordre de vous ramener sain et sauf à AROS.

— Pour quoi faire ?

— Je l'ignore. Vous devez juste revenir avec nous.

— Je suis étonné qu'Asulf n'ait pas eu les couilles de se charger lui-même de ma mort ! je poursuis.

Les guerriers se regardent et l'un d'eux lance :

— Asulf est parti.

— La ferme ! Lui intime un autre.

— Si c'est une blague, elle n'est pas drôle, vociféré-je. D'ailleurs descendez vous battre, que j'en finisse avec vous.

— Il ne s'agit pas d'une plaisanterie, répond le chef de la troupe. Asulf a déserté le lendemain de votre départ. Des hommes sont à sa recherche.

Je ris à gorge déployée et remets mon épée dans son fourreau. Le gradé s'avance vers moi et enlève sa capuche. Je le reconnais aussitôt :

— Almut ! Ainsi c'est toi qui me retrouves !

— Et j'en suis comblé, me répond-il en se courbant face à moi.

— Vous êtes en train de me dire que le petit prodige a eu peur de ses responsabilités et qu'il s'est enfui ? Et mon père vous envoie pour ramener le fils qui n'était pas digne de lui succéder ?

— C'est sûr que dit comme ça… Mais oui, marmonne Almut.

Je ris de nouveau, j'en pleure même. Je ne me suis pas esclaffé comme ça depuis une éternité. Et ça fait foutrement du bien !

Je retrouve mon sérieux, alors que je me dis que les Dieux me sortent enfin de cette mauvaise blague. J'ai été mis à l'épreuve et j'ai réussi. Maintenant, il est temps de remettre un peu d'ordre dans tout ce chaos.

Je remonte en selle, avant de m'adresser à mes hommes :

— Retournons à la LANGHÚS pour y passer la nuit. Demain matin, je reprendrai la direction d'AROS. Quant à vous, vous partirez sur les traces du VARGR. Il est hors de question que ce *loup solitaire* s'écarte de la meute. Tout hors-la-loi doit être capturé et répondre de ses actes. Asulf ne fait pas exception.

— Mais, nos provisions sont épuisées et il ne nous reste presque plus d'argent, bredouille l'un d'eux.

Le regard carnassier, je m'approche et lui susurre :

— Si les enfants savent chasser et faire un feu, vous aussi, n'est-ce pas ?

— Oui, répond-il timidement.

— Alors vous allez profiter de cette nuit chez l'habitant pour bien dormir. Et demain matin, vous irez me chercher Asulf et vous me le ramènerez à AROS. Nous avons des comptes à régler.

Je ne laisse pas de place à la contestation et tourne bride en direction de la dernière maison hospitalière que j'ai quittée, ma nouvelle troupe sur mes talons.

HARALD

J'ai lancé mes sentinelles à la poursuite d'Asulf, qu'ils doivent retrouver à tout prix. C'est quand même dingue que personne n'arrive à lui mettre la main dessus depuis des semaines !

Quant à moi, je chevauche sans relâche pour retourner à AROS au plus vite. Une lune d'errance et je suis déjà irascible. Je n'aurais jamais pu être barde !

Perdu dans mes pensées, je jubile :

— La chance est enfin de retour à mes côtés ! Je vais récupérer mon trône, qui me revient de droit. Je vais prendre Eldrid pour épouse, comme il l'était prévu que je l'annonce si j'avais gagné le duel. Et je tuerai Asulf le déserteur ; j'en ferai un exemple et tous sauront qu'on ne se moque pas impunément du chef sans en payer le prix fort !

BJÖRN

AROS est enfin en vue. Le cheval renâcle et moi, je suis également épuisé. Mes cuisses et mon dos me font un mal de chien, mais je pénètre dans l'enceinte de la ville en posture triomphante, une main reposant sur le pommeau de mon épée, l'autre tenant la bride.

Un garde vient à ma rencontre en courant :

— Bienvenue chez vous, Björn ! Me dit-il chaleureusement en attrapant les rênes du cheval. Votre éloignement a plongé le clan dans une incompréhension totale et nombreux sont ceux qui s'apprêtaient à vous rejoindre.

— Je me suis absenté une lune ! Qu'attendiez-vous ? Que je meure de vieillesse ? tonné-je.

— C'est que, poursuivit l'homme, nous avions été surpris de votre bannissement. Beaucoup d'entre nous ne voulaient pas d'Asulf sur le trône et croyaient en votre légitimité. Nous avons dû nous chercher pour nous rassembler, discrètement et nous serions partis dans deux jours pour vous retrouver.

Je suis dubitatif.

— Combien de partisans as-tu réunis ?

— Un tiers des guerriers de la ville, annonce-t-il timidement.

— Seulement ? Ragé-je.

— Ce sont les plus valeureux. Et un bon début pour reprendre ce qui est à vous.

J'acquiesce, mais je ne suis pas satisfait. Même si c'est mieux que rien. Si l'homme dit vrai, j'aurai du soutien au sein d'AROS. Des partisans reposés, parés à mettre leurs épées à mon service et ce, en un claquement de doigts.

— Préviens nos compagnons de mon retour. Qu'ils se tiennent prêts. Mon père m'a rouvert ses portes, mais seuls les Dieux savent ce qu'il a en tête.

Il opine du chef, le harnais de cuir de mon cheval en main et s'éloigne dans le froid.

Je pousse les grands battants du SKALI, avec la satisfaction d'être enfin à la maison. Mais mon plaisir est de courte durée. À l'intérieur, j'y trouve Harald, assis sur le trône. Qu'est-ce qui se passe ici ?

— Ah, Björn ! Te voilà ! Personne ne m'a averti de ton arrivée.

— J'ai chevauché seul jusqu'ici, je réponds. Je les ai tous envoyés chercher Asulf.

Harald sourit, satisfait et appelle un THRALL :

— Que l'on ramène de la nourriture pour Björn. Faites-lui préparer la maison des hôtes de marque pour cette nuit. Nous discuterons de sa future résidence demain matin. Et prévenez Thorbjörn.

Le THRALL acquiesce et sort sans un mot. Je tente de remettre mes idées en place, tout en m'avançant près du feu pour me réchauffer, les mains tendues en direction du foyer. Aucune parole n'est échangée. Je ne suis pas d'humeur à bavarder sur le temps qu'il fait. Et encore moins avec lui.

Enfin, mon père arrive, en suivant le chemin que j'ai emprunté quelques minutes plus tôt :

— Mon fils, tu es revenu ! s'exclame-t-il en s'approchant pour me prendre dans ses bras, alors que j'ai un mouvement de recul.

Thorbjörn est à peine surpris. La tension entre nous trois est palpable. Elle est interrompue par une esclave qui entre avec un plateau chargé de victuailles. Elle dresse la grande table qui se trouve à droite du feu, rapproche trois fauteuils en bois de son ravitaillement et sort prestement. Je m'assois sans attendre et mords dans un cuisseau de chevreuil. *Oh que ça fait du bien !*

Les deux anciens sont toujours debout et je leur fais de gros yeux pour qu'ils me rejoignent. Ils se concertent silencieusement et obtempèrent. Qu'ils ne viennent pas me faire la morale à propos d'où est ma place, parce que ces deux-là ont foutu un sacré bordel depuis mon bannissement !

Je romps le silence :

— Père, vas-tu enfin me dire ce qui s'est-il passé en mon absence ? Ou dois-je attendre d'avoir ton âge pour être mis dans la confidence ?

Harald grimace de ma remarque. *Ça ne te plait pas ? Grand bien me fasse !*

— Le soir de ton départ, commence-t-il, nous avons fêté la victoire d'Asulf à RIBE. La passation de pouvoir était prévue pour le lendemain, mais Asulf s'est volatilisé avant l'aube. Nous l'avons cherché et avons découvert qu'il a reçu de la visite pendant la soirée. Au petit matin, Asulf et les étrangers n'étaient plus là.

— Qu'est-ce qui l'a poussé à partir ? questionné-je.

— J'ai eu un souci ici, répond Harald. Holda, ma jeune servante est morte. J'ai envoyé des guerriers chez moi. Solveig leur a dit qu'Asulf était passé, mais il ne s'est pas attardé. Elle ignore où il est allé, mais ses visiteurs l'accompagnaient.

— Combien étaient-ils ? demandé-je. Votre domestique a-t-elle pu donner des détails ?

— Oui. Le premier est un jeune homme du centre-ville. Un certain Karl. Il connaissait Holda. C'est sûrement lui qui est venu prévenir Asulf de sa mort. La seconde personne est une femme plus âgée, qui s'appellerait Freya et que personne n'a jamais rencontrée. La troisième a été décrite par Solveig comme une très belle rousse, du nom d'Eldrid.

En entendant son prénom, je me fige et envoie valser le reste du cuisseau à l'autre bout de la pièce avec force. Toujours assis, je contracte mes biceps en rapprochant mes poings fermés de mon visage. Ma mâchoire se bloque, serrant mes dents comme jamais. J'écume, je boue, tel une montagne de feu, prêt à exploser et à tout ravager sur son passage.

— Asulf est parti avec Eldrid ? éclaté-je en me relevant d'un bond. Ce petit merdeux m'a pris *ma* femme ? Encore ? Je vais le tuer ! JE. VAIS. LE. TUER !

Les deux anciens ne bougent pas d'un poil et il vaut mieux pour eux !

— Où sont-ils ? hurlé-je.

— Nous l'ignorons, répond mon père. Des sentinelles sont à sa recherche…

— Depuis des semaines ! Le coupé-je, toujours en vociférant. Je sais, tu l'as dit.

— Ainsi qu'Amalrik, renchérit Harald, imperturbable.

Je me tourne vers lui et me radoucis. Enfin une bonne nouvelle ! Si Amalrik est sur leurs traces, il ne tardera pas à ramener Asulf.

Je souffle longuement en expulsant le reste de ma rage. Je me rassois et m'empare d'une cuillère pour continuer mon repas. Je la plonge dans une assiette de topinambours cuits dans le jus de la viande, en incitant les deux croutons à poursuivre.

— Nous avons escompté quelques jours qu'Asulf rentre, déclare posément Thorbjörn, mais la rumeur de son départ précipité a fait le tour du camp. La tension montait, entre ceux qui se réjouissaient de sa victoire et ceux qui t'auraient vu me succéder. Nous sommes revenus ici et nous avons pris des dispositions, afin que les hommes ne s'entretuent pas.

Et il ne s'en est pas douté avant ? J'attends la suite, impatient.

— Je ne souhaitais plus régner, continue-t-il. Aussi, en l'absence d'Asulf, j'ai demandé à Harald d'assurer la régence et ce jusqu'à ce que son fils soit de retour et prêt à gouverner seul.

— Mais à quoi pensiez-vous, tous les deux ? Les coupé-je. Vous avez organisé ce tournoi pour laisser *mon* héritage partir aux mains de n'importe qui ! Et il se trouve que c'est à un gamin que cette responsabilité incombe aujourd'hui !

— Un gamin qui n'a qu'un an de moins que toi et t'a battu à la loyale, moufte Harald.

Je le foudroie du regard et poursuis :

— C'est surtout un jeune homme à peine sorti de l'adolescence, qui a des préoccupations de son âge et qui n'en a rien à faire de diriger notre peuple. C'est à se demander pourquoi il a participé.

Je les dévisage à tour de rôle et je comprends :

— C'est pas vrai ! Il l'a fait pour vous ! Pour vous deux ! Pour ne pas décevoir son père, dis-je en pointant Harald de ma cuillère et son roi, déclaré-je, cette fois en interpellant le mien. Et aucun de vous ne s'est demandé s'il avait les épaules pour ça avant de l'envoyer dans l'arène ? Putain ! Et dire que je lui en voulais alors qu'il n'y était pour rien !

— Cela fait un moment que c'était tendu entre vous, grommelle Harald.

Mais de quoi il se mêle, lui ? Je le foudroie du regard, puis frappe violemment du pied dans une chaise qui s'envole à travers la pièce.

— C'est trop tard maintenant, déclare Harald. Asulf n'est pas revenu et nous l'avons proclamé hors-la-loi, pour te ramener parmi nous.

Il est sérieux, là ? Asulf, un déserteur ? Jamais ! Cela ne lui ressemble pas. Cet homme a plus d'honneur que nous tous réunis. En tout cas, l'histoire se répète, car après moi, c'est à son tour de s'exiler. Volontairement, cette fois.

Dois-je rappeler que la désertion n'arrive jamais dans notre société ? Elle est considérée comme le summum de la lâcheté.

Je repense à son départ. Se barrer de nuit, sans prévenir et ne pas rentrer chez lui, ce n'est tellement pas lui ! Il a dû se passer quelque chose de grave. Bien plus que cette sale histoire de THRALL assassinée.

C'est sûrement lié à ce que lui ont rapporté ses deux visiteurs, puisqu'ils sont repartis ensemble. Et avec Eldrid.

Eldrid… Il m'a promis de la protéger et de ne pas la toucher.

Asulf n'a jamais rien fait contre moi, même quand je l'acculais et je le respecte pour ça. J'ai beau le détester parce que mon père l'aime plus que moi, je sais en mon fort intérieur qu'il tiendra parole, comme toujours. Il est plus digne de confiance que n'importe qui.

Alors pourquoi est-elle partie avec lui ? Se sentait-elle menacée ici ? Lui a-t-il demandé de l'accompagner pour la protéger ?

Bordel de merde…

Je me concentre à nouveau sur nos pères. Je ne les laisse plus en placer une et poursuis. Le ton de ma voix montant petit à petit, au plus je m'avance dans ma tirade :

— Ça m'arrache la gueule de l'avouer, mais Asulf est notre meilleur et plus fidèle guerrier. Et avec vos manigances, vous l'avez fait fuir. Il a chuté de champion à déserteur. Suis-je le seul à trouver cela irréel ? *L'homme au Regard d'acier* a été déclaré hors-la-loi. C'est ce que vous vouliez ? Il n'a donc plus le droit de revenir et il va probablement passer à l'ennemi. Génial ! Vous en avez d'autres des stratégies à la con ? Parce que là, on a atteint des sommets !

Je me frotte le visage. Je dois être en plein cauchemar. Mais une chose est sûre, en emmenant Eldrid avec lui loin d'AROS, Asulf m'a laissé un message très clair : il n'a confiance en personne ici. Et je serais bien avisé d'en faire de même. En tout cas jusqu'à ce que la situation s'éclaircisse.

Parce que là, on dirait que Loki, Dieu de la malice et de la discorde, est de sortie ! Et il nous prépare un joli RAGNARÖK, qui signera la fin de notre petit monde.

Je ferme les yeux une seconde et appuie sur mes paupières, par pression de mon pouce et de mon index. Je peux enrayer tout cela et ramener le calme. Je peux obtenir du temps pour Asulf et je l'enjoindrai à tout m'expliquer dès son retour. Je peux récupérer Eldrid.

— Si nos hommes retrouvent Asulf, j'exige qu'on le reconduise ici, vivant, dis-je sur un ton qui ne souffre aucune contestation.

Lorsque j'ouvre à nouveau les yeux, je regarde tour à tour mon père puis Harald. Ce dernier siège toujours sur le trône.

— Je suis revenu, à présent. Par conséquent, que fais-tu encore assis à *ma* place et dans *ma* maison ? Demandé-je.

Harald se redresse et me toise :

— Thorbjörn requiert que je me charge de ton éducation diplomatique, comme je l'ai fait avec mon propre fils.

J'invective mon père :

— Qu'est-ce que cela signifie ? Tu m'as fait revenir pour

m'humilier ?

— Non, Björn. Tu vas être couronné comme mon successeur. Mais j'ai besoin que Harald assume la régence jusqu'à ce que tu sois prêt. Tu es un excellent guerrier, mais ferais un piètre roi. Je pensais que tu apprendrais en me regardant, mais tu n'avais d'yeux que pour les batailles et les femmes.

Je me tends dangereusement. Qu'est-ce qu'ils me font, tous les deux ? J'ai envie d'attraper tout ce qui me passe par la main et de le jeter rageusement dans les flammes. Assiettes. Verres. Harald. Tout !

Je dois me ressaisir. Plus je montre de self-control, moins longtemps ils seront sur mon dos. Donc j'applique la première leçon de Harald : je me compose un visage qui dit que je fais bonne figure et accepte.

— Combien de temps ? demandé-je doucement.

— Autant qu'il le faudra, répond Thorbjörn.

— Alors, sois bon et rapide, Harald, lui conseillé-je. Ton fils a déserté. Tu devrais être pendu pour l'exemple. Et non assis sur *mon* trône !

Mon avertissement est clair, ils m'ont très bien compris.

Calme-toi Björn, m'intimé-je. Tu n'es pas encore le chef, tu ne peux rien exiger. Mais, bientôt tu seras aux commandes et tu pourras ajuster deux ou trois petites choses.

Mon père pose une main sur mon épaule. Je me dégage immédiatement. Il me rattrape fermement, cette fois des deux mains, pour me forcer à le regarder et à l'écouter :

— Mon fils, je compatis à ta frustration. Mais Harald est un bien meilleur professeur que moi. Il est mon plus fidèle conseiller depuis des années. Amalrik et lui te seront d'une grande aide dans cette nouvelle tâche qui est la tienne. Laisse-les te guider, apprends avec eux et deviens ce chef dont je serai si fier.

Mon estomac se tord car je réalise qu'il ne me voit toujours pas pour ce que je suis : un homme. Pour lui je semble être toujours un adolescent et il me parle comme tel.

Je regarde la toiture intérieure du SKALI, avec ses aérations qui évitent que les trois cents mètres carrés de la pièce principale ne soient enfumés par le foyer trônant au milieu. Ce feu oblong de deux mètres par cinq, construit en pierres, qui m'a réchauffé et nourri de ma prime enfance jusqu'à aujourd'hui.

Je baisse les yeux et les laisse errer dans l'espace, me remémorant les bons souvenirs que j'ai eus ici en compagnie de mes frères et mes parents. Nos repas de fêtes, avec les guerriers de notre père, quand la cervoise coulait à flots.

Je scrute un instant en direction des chambres, fermées par des tentures de peaux et tissus bleu nuit. Derrière l'estrade où il présidait ses conseils et ses réceptions. Je sais que celle que j'occupais n'est plus mienne à présent.

Et enfin mon regard s'arrête sur le trône en chêne où est assis Harald depuis mon arrivée. Ce siège du pouvoir que tout le monde s'arrache et qui a gouverné ma vie tout entière avant de la bouleverser.

Que s'est-il passé pour que la situation change à ce point ? Et que je baisse autant dans l'estime de mon père, au point de ne pas voir en moi son successeur légitime.

Je me dégage de son étreinte :

— Mais aujourd'hui, tu n'es pas assez fier de moi. J'étais juste bon à être exilé !

— C'est ta haine envers Asulf qui m'a forcé à t'exclure, fils. Tu n'aurais jamais accepté son autorité. Tu aurais tenté de le tuer pour prendre sa place.

Il a raison, je n'aurais jamais toléré d'être dirigé par un gamin, aussi mature soit-il. Mais là n'est pas la question. J'ai perdu face à lui. La seule et unique fois où ça arrive, c'est au pire moment !

Putain, Björn, tu l'as méritée celle-là !

Mais je m'obstine :

— *Ma* place ! hurlé-je. *Mon* héritage ! Celui dont *tu* m'a privé à la fin de ce tournoi !

Mon père semble indifférent à la rage qui m'anime et continue :

— Si Asulf et toi étiez tels deux frères, comme le sont Harald et Amalrik, je t'aurais laissé me succéder. Asulf aurait été un excellent bras droit pour toi. Il t'aurait suivi au bout du monde, enchaînant les victoires et les conquêtes de nouveaux territoires pour *toi*. Si simplement tu t'en étais fait un allié, plutôt qu'un rival. Si seulement tu avais su écouter quelqu'un d'autre que toi-même.

— Et tout ça, toute cette merde, c'est de ma faute, c'est ça ? Non, mais je rêve… Juste comme ça, j'étais le dernier de la liste pour un héritage « traditionnel », étant le cadet… Donc tout votre cirque avec Asulf, c'est du grand n'importe quoi !

Je croise le regard noir de Harald, qui assiste à notre altercation en silence. Et là, j'en suis certain : je ne peux pas compter sur lui. Je suis également convaincu qu'Asulf n'a plus confiance en personne et cela confirme ce que me dit mon instinct : méfie-toi. Cet homme pue la trahison à des lieues à la ronde. Et Thorbjörn ne semble pas le remarquer, car il m'envoie dans la gueule du loup.

Je me sens acculé, mais j'ai les idées claires, c'est déjà ça !

La décision de mon père a été prise : si je veux un jour récupérer notre maison et accéder au trône, je dois abdiquer et être guidé par Harald. Ou du moins, feindre d'accepter jusqu'à ce que je vole de mes propres ailes et que la fureur de l'ours se déverse sur lui…

Plus vite il m'instruira, plus vite j'aurai les mains libres. Et si je le sollicite constamment, que je ne me sépare jamais de lui, cela l'empêchera de conspirer contre moi.

Voyant que je suis calme à présent, Thorbjörn reprend :

— Tu imposeras ton rythme d'apprentissage. Harald a pour mission de t'apporter tout ce dont tu auras besoin. Il me rendra compte de tes progrès? Quand tu seras prêt, sa régence s'arrêtera.

Harald sourit, narquois. Alors je réplique en m'adressant à lui :

— Parfait. Nous commencerons demain à l'aube. Et je veux *tout* connaître. Alors ne sois pas en retard.

Je quitte le SKALI, furieux, bien que je tente de me contenir en apparence. Je me dirige vers la demeure des hôtes de marque, une THRALL sur mes talons. Elle me dépasse avec difficulté, alors que nous sommes à quelques pas de ladite maison. Elle déverrouille, me tend la clé et s'éclipse prestement.

J'entre et claque violemment la porte derrière moi, avant de me barricader. Hors de question que l'on me dérange, j'ai besoin de me reposer. Je m'allonge sur le premier lit que je trouve, sans prendre la peine de me déshabiller ou d'ôter mes bottes.

Je suis épuisé par mon trajet jusqu'à AROS. Mais surtout par cette discussion houleuse. La prise de conscience fait mal et je réalise qu'Asulf a dû aussi en passer par là il y a peu.

Asulf, toi et moi avons besoin de parler, alors si tu pouvais revenir rapidement, ça m'arrangerait !

J'ai dormi sans interruption jusqu'au petit matin. *Qu'est-ce que ça fait du bien !* Je reste un long moment étendu sur mon lit, à penser à la situation.

Je me rends au SKALI, à quelques pas de là où je suis hébergé. Sans préambule, je pousse avec entrain les lourdes portes en bois et j'entre. J'exige que sortent tous les coucous du Conseil qui se trouvent déjà là, tels des vautours. Harald acquiesce, en leur promettant de reprendre cette discussion plus tard, alors qu'ils s'exécutent.

— Viens t'asseoir, Björn. Et partageons le petit déjeuner.

J'obtempère en silence.

— Je sais que cette situation est inconfortable pour toi, commence-t-il. La perte de ta légitimité, de ta compagne.

— De quel droit oses-tu ?

— Non, m'interrompt-il. Je ne me permettrais pas de te dire ce que tu ressens. Ce n'est pas mon rôle.

Alors c'est comme cela que tu agis… Tu fais semblant de courber l'échine après avoir balancé ta pique. Tu instilles ton venin petit à petit et tu le laisses endormir ta victime. Bien, me voilà prévenu. Mais on va mettre les choses au clair d'abord.

Je m'approche de Harald. Je suis tellement près que je peux sentir son souffle chaud. Je le surplombe d'une demi-tête et fais au moins vingt kilos de plus que lui. Je me pare de mon visage le plus dissuasif et je l'intimide :

— Mon père me rendra mon trône quand tu l'auras décidé et je sens que cela n'est pas prêt d'arriver, ragé-je. Je vais être limpide. Nous savons tous les deux que tu es un usurpateur et je ne souhaite pas garder un traître à mes côtés.

— Tu te trompes, Björn, dit-il sur un ton mielleux. Mon fils m'a extrêmement déçu. Il a déshonoré tous mes enseignements et m'a mis dans une position précaire. À cause de lui, l'équilibre du clan s'en trouve fragilisé.

Il s'approche de moi et me tend le bras, espérant que je le serre en retour :

— Nous devons unifier nos hommes, à nouveau. Si nous ne sommes pas soudés, nous perdrons face aux autres nations. J'admire ta détermination, Björn. Sur bien des aspects, tu es le fils que j'ai rêvé d'avoir. Laisse-moi faire de toi un chef digne de ce nom.

Il me prend vraiment pour un lapin de trois semaines ? Cela m'arrange bien qu'il me sous-estime.

Je fais semblant d'être interloqué et il enchaîne :

— Tu as un énorme potentiel. Tu peux devenir meilleur que Thorbjörn.

— Et qu'y gagneras-tu à m'aider ?

— Je réparerai le déshonneur de mon fils. Ainsi, mon impartialité sera prouvée. Car j'ai toujours fait passer le bien de notre clan avant mon intérêt personnel.

Ben voyons ! Mon père a raison, je vais énormément apprendre à tes côtés !

Je fais semblant d'hésiter, puis serre son avant-bras, qu'il me tend depuis tout à l'heure. Le voilà satisfait, alors que je boue à l'intérieur. Je ne rêve que d'une seule chose : l'expédier dans le feu du SKALI, qui n'attend qu'un porc de sa trempe pour crépiter davantage.

— Bien ! conclut Harald. À présent, mangeons !

Je rejoins la maison que l'on m'a assignée, l'une des premières à gauche en sortant du SKALI. Une THRALL est déjà là et s'affaire à préparer le repas. Elle est jolie, mais ce soir je n'ai pas la tête à ça. Nous verrons demain.

Alors que je m'allonge sur le lit, je me remémore tout ce que je sais des événements depuis mon bannissement :

Mon père n'a pas confiance en moi. Il me juge impétueux et ne respectant pas les ordres. Thorbjörn adore les moutons, ceux qui le vénèrent et dont Harald fait partie. De son point de vue, il est plus évident de transmettre son clan à quelqu'un qui le laisserait prendre sa retraite en toute quiétude et qui ne risquait pas de le poignarder dans le dos. Et cela aurait bien évidemment été mon cas. Foutaises !

Même si j'explose facilement, j'aime profondément mon père. Il est mon modèle. Je sais que je suis loin de l'égaler, mais j'y travaille. Enfin, pas sur tous les aspects, mais c'est déjà un début !

Donc notre chef ne veut plus du pouvoir, mais Harald le désire depuis bien longtemps. Ce vautour attendait la bonne occasion pour fondre sur la carcasse encore chaude qu'à laissée vacante Asulf. Sinon, pourquoi aurait-il approuvé que la tête de son fils soit mise à prix ? Ou accepté de me préparer à devenir le futur roi alors que je suis le rival de ce dernier ? Cela revient à donner les clés du pouvoir qu'il convoite à un étranger.

Or, je suis certain que Harald va s'accrocher à sa régence autant qu'il le pourra. Il évoque le déshonneur de son sang qu'il doit laver, mais ce n'est clairement qu'une excuse.

Je sens bien que tout n'est pas clair et que je vais devoir rester constamment sur mes gardes. Je dois impérativement feindre de ne pas me méfier de Harald, voire même de donner l'illusion d'apprécier mon nouveau mentor. Je dois l'endormir à mon tour.

Passer du temps avec lui me permettra de connaître mon ennemi. Je suis persuadé que je ne pourrai jamais me fier à lui et je sais que tôt ou tard, je devrai le tuer.

D'autant que je l'ai aperçu à plusieurs reprises avec cet homme, dont j'ignore tout. Markvart le « guérisseur ». *Tu m'en diras tant !* Il a surtout l'air d'être un sorcier. Et je rappelle qu'à ce jour, la magie est toujours interdite.

Je suis dans un putain de nid de vipères…

Je réajuste ma position en songeant à Eldrid. Que lui est-il arrivé ? Est-elle encore en vie ? Asulf veille-t-il sur elle, s*ans la toucher*, comme il s'y est engagé ? Pense-t-elle à moi ? Me reviendra-t-elle, quand les choses se calmeront ?

Je ferme les yeux et mon esprit s'égare. Je revois son magnifique visage, son corps pour lequel aujourd'hui je suis prêt à me damner. Je repense à nos moments intimes. Ah, Eldrid… Qu'est-ce que je voudrais pouvoir te faire jouir encore et encore ! Rien que de t'imaginer, j'ai une érection d'enfer… Comme j'aimerais que tu sois là !

J'ordonne à la THRALL d'aller me chercher une amie aussi jolie qu'elle et de revenir ensemble au plus vite. La privation de femmes a été trop longue et elles ne seront pas trop de deux pour me combler cette nuit.

THORBJÖRN

CHAPITRE 19

LE ROI EST MORT. VIVE LE ROI !

❄ ÝLIR / DÉCEMBRE ❄

BJÖRN

La nuit avec les deux THRALLS fut courte et j'émerge lentement en y repensant, un sourire aux lèvres. Je n'ai eu ni à forcer ni à payer, juste à dégainer ma jolie petite gueule et des promesses de plaisir à venir. À peine avaient-elles refermé la porte de ma maison, qu'elles se jetaient sur moi, telles deux louves affamées. Puis elles m'ont chacune attrapé par les poignets et guidé jusqu'au lit, où nous avons passé une nuit mémorable et très peu reposante.

Je me retourne sur la couche, courbaturé par nos ébats qui se sont éternisés. Eldrid m'obsède tellement qu'il m'a fallu deux femmes, en même temps, pour me la sortir de la tête quelques instants.

J'ai rassasié mon corps de longues heures durant. Elles se sont bien occupées de moi et j'ai fais honneur à ma réputation en leur rendant la pareille. Mais ce matin, ma virilité en réclame encore.

Tant pis, mesdames, je vous réveille !

Ce sera la dernière, car le devoir m'appelle.

Je sors de ma maison, suivi des deux femmes qui m'invitent à renouveler nos petits jeux ce soir. Je leur promets d'y réfléchir au moment où j'arrive devant mon ancienne demeure. Un garde s'avance et m'avertit :

— Votre père voulait vous voir dès votre réveil. Il est dans le SKALI.

— Cela peut-il attendre que je prenne mon petit déjeuner ? Ces deux-là m'ont vidé plus qu'elles n'auraient dû ! Dis-je en pointant les deux silhouettes déjà loin.

— Je ne crois pas, répond-il en les lorgnant. Mais s'il n'y a rien pour vous là-bas, je vous ferai porter un plateau.

— Mon estomac t'en remercie, l'ami ! Déclaré-je en lui tapotant l'épaule.

Par chance, lorsque je passe la lourde porte, il y a de la nourriture sur la table. Ils le savent, je suis ronchon si je ne mange pas. Mais ce qui me met encore plus en rogne est déjà assis : Harald. Mes poils se hérissent de colère.

Tout doux, Björn ! Fais des efforts pendant quelques lunes et trouve un moyen de l'écarter de toi par la suite.

Un mouvement sur la droite me fait tourner immédiatement la tête. L'homme s'avance alors que Harald s'exprime :

— Bien le bonjour, Björn ! Bien dormi ?

De quoi est-ce que je me mêle ? Non, je ne peux pas... Compose, allez !

— Autant que faire se peut, je réponds un sourire narquois aux lèvres. Qui est-ce ? demandé-je en pointant l'inconnu du doigt.

— Je suis Markvart le guérisseur. Et sur le point de partir. Harald, je te verrai plus tard.

Il sort sans un mot de plus.

Je dirais bien que je l'apprécie, puisque, pour une fois, je me trouve face à quelqu'un qui ne parle pas pour rien. Et qu'en plus il a le cran de tutoyer le JARL et de se comporter à sa guise. Mais tous mes sens sont en alerte, comme quand il s'agit de Harald. Alors je vais faire confiance à mon intuition et me méfier de lui. Et à l'occasion, je me renseignerai sur cette nouvelle tête.

— Un souci ? questionné-je.

— Aucun, pourquoi ?

— Les seules fois où j'ai vu un guérisseur entre ces murs, c'était quand Thorbjörn était blessé ou malade. Une bonne nouvelle à m'annoncer, JARL ? le provoqué-je.

Il capte ma pique, mais ravale celle qu'il allait me lancer, car notre roi entre à son tour. Harald se force à sourire et être aimable. Il a raison quand il dit qu'il va m'apprendre plein de choses. Sa capacité à changer instantanément d'humeur sur son visage est fascinante. Contrairement à moi qui suis le reflet exact de mes émotions. Et beaucoup trop impulsif.

— Bonjour, fils. Ravi que tu te joignes à nous.

— De même, père. Que puis-je faire pour toi ?

— La rumeur de ton retour a circulé. Les hommes sont impatients de te revoir. Alors je souhaiterais t'introniser rapidement.

— Je ferai selon tes désirs. Ton moment sera le mien.

— Très bien. Je réunis tout le monde dans une heure.

Nous sommes devant le SKALI, surplombant notre peuple. Je suis à la droite de Thorbjörn, Harald à sa gauche et dans le même axe que lui, en retrait, j'aperçois Markvart. Encapuchonné, encore. Il ressemble à un spectre et se déplace comme tel.

Quand il est à proximité, j'en ai la chair de poule. Je n'ai pas peur de lui, juste un mauvais pressentiment. Ce type pratique la magie noire. Ce n'est pas une affirmation, plutôt une intuition. Mais je vais mener l'enquête. Je ne veux pas m'entourer de plus de traîtres que nécessaire.

Thorbjörn s'avance d'un pas et les hommes l'acclament alors qu'il n'a pas encore ouvert la bouche. Sa gestuelle est sympathique, paternelle. Il s'adresse à eux de la même manière qu'avec mes frères et moi.

— Merci à tous d'être réunis ce matin. Je préfère couper court aux rumeurs et vous communiquer directement les informations. Il y a une lune maintenant, j'ai organisé un tournoi pour désigner mon successeur. Je félicite tous ceux qui ont participé et, dommage, vous n'avez pas été assez bons !

Le public rit un instant et se ressaisit alors qu'il continue :

— Asulf et Björn se sont affrontés durant le duel final. Comme vous le savez, c'est Asulf qui a gagné, de peu. Björn a été contraint de partir. Tous deux ayant l'étoffe d'un roi, nous ne pouvions les avoir constamment en compétition.

La foule gronde doucement et, comme elle, j'attends la suite.

— La nuit de sa victoire, Asulf s'est volatilisé, sans prévenir. Nous ignorons ce qui s'est passé. Nous avons envoyé des troupes à sa recherche une lune durant, mais personne ne l'a retrouvé. La situation ne pouvant rester ce qu'elle est, nous accueillons de nouveau Björn parmi nous.

Les hommes tapent tous trois fois du pied en signe d'approbation. Thorbjörn poursuit :

— Vous connaissez tous mon fils cadet. Du haut de ses vingt et un ans, Björn est un valeureux guerrier, l'un des meilleurs sur un champ de bataille et il vous l'a déjà prouvé à maintes reprises. Prêt à sauver chacun d'entre vous, s'il le peut. Il a la fougue et la jeunesse que je n'ai plus. Il n'hérite pas de ma place. Il l'a décrochée et c'est amplement mérité.

Début d'acclamation de notre auditoire.

Mon père est fort, très fort ! Il a transformé mon échec en fait d'arme et notre peuple semble boire ses paroles sans poser de questions.

— Qu'en est-il d'Asulf ? Crie un homme en contrebas.

Cette fois, c'est Harald qui s'avance d'une foulée lente et répond :

— Il est introuvable et j'espère qu'il ne lui est rien arrivé de fâcheux. Néanmoins, tout comme vous, j'ai à cœur de privilégier notre clan avant mes intérêts personnels. Je ne laisse pas l'amour que je porte à Asulf prendre le pas sur mes devoirs. Aussi, afin de prouver à tous ma loyauté, je soutiens Björn dans ses nouvelles fonctions et régenterai à ses côtés, autant de temps que jugé nécessaire. Ce qui, bien évidemment, me pousse à renier les droits d'Asulf, même s'ils les avaient acquis avec honneur. À compter de ce jour, Asulf n'est plus autorisé à circuler librement parmi nous. Il est officiellement banni et toute personne qui le croise est priée de le ramener ici, vivant et sans dommage, pour que nous entendions ses explications.

Merde, il est fort, ce con ! Bien meilleur que je ne le croyais !

Tout le monde est choqué, surpris, peiné et passe par tout un tas d'émotions. Moi-même je ne sais pas quoi penser. Son discours sonne faux à mes oreilles, car je connais la vérité. Et que je doute de plus en plus de lui.

Je ne peux m'empêcher de relever la différence de considération entre les deux hommes. Alors que Thorbjörn est paternel, aussi bien avec sa famille que le peuple, je réalise que Harald ne désigne jamais Asulf comme son fils.

Est-ce que c'est ce qui a créé la rupture entre les deux ?

Et la raison pour laquelle notre champion est parti ?

Ma question reste en suspend, car mon père reprend la main en s'adressant à moi :

— La cérémonie d'intronisation aura lieu quand tu seras prêt, fils. Dans l'intervalle, Harald te guidera et vous vous partagerez la gestion du clan.

Cette déclaration publique est un rappel pour moi. Je me promets de faire mon possible pour que la célébration ait lieu rapidement. J'ai hâte de faire le ménage dans tout ce beau monde.

Thorbjörn termine son discours :

— Merci d'accueillir comme il se doit votre nouveau roi : Björn ! Puisse le sort t'être favorable et les Dieux veiller sur toi tout au long de ton chemin ! Me souhaite-t-il, attrapant vigoureusement mes épaules de ses mains fortes.

— Vous m'honorez, tous ici présents et je vous rendrai fier, déclaré-je. Puisse le dieu primitif Tyr m'insuffler son audace, son courage et son héroïsme au combat. Et Odin me prêter sa sagesse à gouverner.

Tous lèvent leur breuvage vers moi. Je saisis la corne remplie que me tend une des deux THRALLS de cette nuit. Je réponds à son clin d'œil, puis monte le coude dans leur direction. Nous crions tous en cœur avant de boire :

— SKÔL.

Aujourd'hui je suis en pleine campagne politique, comme dirait mon père. Les hommes doivent me voir, il faut que je sois proche d'eux. Alors je déambule dans AROS toute la journée, à saluer tout le monde, à partager un repas par-ci, une cervoise par-là. Je voulais me restaurer, je suis servi !

Je suis accueilli tel un Dieu dans ma ville, après avoir été banni comme un malpropre à peine une lune auparavant. Comme quoi on ne peut jamais présager de rien.

Je passe devant une habitation et reconnais la voix de Harald à l'intérieur. Je m'arrête un instant pour épier, quand je devine qu'il converse avec le *guérisseur*.

— As-tu progressé dans tes recherches ?

— Non, j'en suis toujours au même point.

— Va plus vite ! Ce ne devrait pas être si compliqué de mettre la main sur un foutu livre !

De quoi ? Putain, je savais que ce type pratique la magie noire !

— Je ne peux rien faire d'ici et tu t'en doutes. Il faut que je reparte à la Grande Bibliothèque.

— De combien de temps as-tu besoin ?

— Je l'ignore. Le trajet aller-retour me prendra au bas mot trois semaines. Sans compter la durée sur place.

— C'est beaucoup trop long ! Si Asulf était là, je n'aurais pas à me soucier des délais. Thorbjörn aurait lâché les rênes immédiatement et j'aurais pu agir à loisir.

Tiens tiens... Et tu aurais fait quoi ?

— Mais là, ce n'est pas un gamin crédule que je chaperonne. C'est Björn. Le plus jeune, mais le plus futé de ses fils.

Merci bien, vieille branche ! Sois sans crainte, je ne faillirai pas à ma réputation.

— Je le sens hostile, Markvart et j'aimerais l'éloigner dès que possible. Il ne me lâche pas du regard, il soupçonne quelque chose.

Alors là, oui, maintenant je vais t'avoir constamment à l'œil ! J'en étais sûr ! Ça empestait le coup fourré !

— Tu veux que je m'en charge ?

Il souhaiterait me jeter un sort, le guérisseur, ou je rêve ? Il a prévu quoi ? Une potion qui répare instantanément les petites coupures ?

— Non, pars chercher ton grimoire et reviens vite. En plus de Björn, je vais devoir m'occuper de Thorbjörn. Si tu n'es plus dans les parages, tu ne seras pas suspecté.

Ça veut dire quoi, ça ? Il projette de m'éliminer, ainsi que mon père ? Quel fils de pute ! Asulf avait raison de s'enfuir. Et je ne l'en remercierai jamais assez d'avoir emmené Eldrid. La petite fouineuse aurait découvert quelque chose qu'elle n'aurait pas dû savoir et ils l'auraient tuée.

— Fort bien. Et comment comptes-tu t'y prendre pour ne pas éveiller les soupçons ?

— As-tu quelques poisons sur toi qui pourraient m'aider dans mon entreprise ?

J'ai mal saisi, là !

— En effet, mais je ne fais pas de bénévolat.

— Tout ce qui est gratuit n'a pas de valeur, mon ami.

— Ravi que l'on se comprenne.

Je m'éloigne l'air de rien, j'en ai assez entendu. Harald a prévu de nous empoisonner. Au minimum, mon père et moi. Peut-être aussi mes frères et ma mère. Je fonce prévenir Thorbjörn avant que cette charogne ne passe à l'acte.

Mes parents sont sur leur nouveau domaine, non loin de celui de Harald. Ces demeures, en périphérie de notre ville, sont plus prestigieuses, plus spacieuses. Elles sont intégralement bâties en pierres et possèdent toutes un terrain suffisamment grand pour un potager et élever des animaux. Assorti à plusieurs THRALLS.

Mais surtout, elles sont loin du centre-ville, de l'agitation et du SKALI. Tout cela sent la retraite et le purin. Et il faut un cheval pour s'y rendre, ou aimer courir. Très peu pour moi, merci bien ! Je préfère vivre en ville, à proximité de tout.

Je descends de ma monture, l'attache dans l'étable et entre précipitamment dans la maison.

— Père, je dois vous parler, c'est urgent !

Il se rajuste dans son siège et tous les deux me regardent, inquiets.

— Pardonne mon intrusion, mais nous n'avons que peu de temps. Ce que je m'apprête à vous dire est extrêmement sérieux.

— Exprime-toi sans crainte mon fils, me rassure ma mère.

Nous nous asseyons près du feu et je commence, en murmurant :

— Pendant que je saluais notre peuple dans les commerces autour du SKALI, je suis passé à proximité d'une habitation dans laquelle se trouvaient Harald et Markvart son *guérisseur*. Ils parlaient de trouver un grimoire. Il est question de magie noire, père.

— Probablement pour le détruire, fils. Markvart l'aide depuis des années à traquer les nécromanciens. J'imagine que ce livre fait partie de leur quête.

— Non, je l'interromps. Il se trame autre chose, mais je ne sais pas exactement quoi. La situation actuelle les presse. Je les ai entendus dire que si Asulf était devenu notre roi, le temps n'aurait pas été un problème. Mais puisqu'il s'agit de moi, il veut s'occuper de nous deux, dis-je en regardant mon père droit dans les yeux.

Je sens l'inquiétude gagner la matriarche alors que Thorbjörn refuse d'y croire.

— Björn, tes accusations sont graves. Tu parles de sorcellerie, de trahison, de complot, d'assassinat. Le tout, envers nous.

— Je sais. Et j'ai également peur pour mère et mes frères.

Un silence pesant s'installe dans la pièce alors que mon père frotte ses deux mains sur son visage. Je ne lui ai jamais menti. Il n'a jamais eu à se méfier de moi et je le sais pris entre deux feux.

— As-tu des preuves de ce que tu avances ? quémande-t-il.

— Aucune, je réponds. Mais j'ai appris que Markvart va partir sous peu à ce qu'il appelle la *Grande Bibliothèque*. Et que Harald va tenter de nous empoisonner.

Mes parents se redressent. Nous nous scrutons tous les trois sans un mot. La tension est palpable et je vois mon père commencer à s'inquiéter. Il inspire et expire longuement, avant de me demander conseil :

— Que préconises-tu, en tant que nouveau chef ?

Il s'attend à ma première décision, qui est de gérer une trahison. Rien que cela ! Alors j'énonce ce qui me semble le plus approprié :

— Trop d'hommes le soutiennent. Il faut éviter des soulèvements au sein du clan. Puisque nous savons comment il compte agir, faisons appel à des goûteurs. Si l'un d'eux meurt, nous creuserons la piste, qui nous mènera jusqu'au commanditaire.

Thorbjörn approuve d'un hochement de tête.

— Comment justifies-tu leur présence ? Demande ma mère, toujours aussi avisée.

— Du gibier malade alentour.

— Fort bien, fils. Faisons cela. J'espère que tu as tort. Mais si ce n'est pas le cas, nous prendrons les mesures qui s'imposent.

Je soupire fort et réalise que j'avais retenu ma respiration jusque là. Mes parents me croient et vont être sur leurs gardes. Reste à convaincre mes frères. Et surtout à leur faire fermer leurs gueules ! Car ils ont tendance à beaucoup boire. Ce qui pourrait vite dévoiler nos suspicions et faire capoter notre plan pour démasquer Harald.

Les jours suivants sont extrêmement longs. J'ai commencé ma formation diplomatique avec Harald. Il me faut faire bonne figure, accepter sa présence, écouter ses conseils. Alors que je n'ai qu'une seule envie : l'embrocher de ma lame.

Comme prévu, Markvart a quitté AROS le lendemain. Je l'ai su parce qu'une sentinelle qui m'est fidèle m'a prévenue. Dès lors, je suis en état d'alerte. Nos rations, nos boissons, tout est systématiquement goûté avant nous. Qu'est-ce que je déteste qu'un mec boive dans ma corne ! J'aurais pu demander à une des filles, mais le risque encouru est trop grand et je n'ai pas pu me résoudre à les envoyer à une mort quasi certaine.

Harald agit comme si de rien n'était. Mais nous savons tous deux que l'autre se donne une contenance. Nous ressemblons à deux fauves prêts à se sauter à la gorge au moindre signe de faiblesse.

Pourtant, il a changé. À plusieurs reprises, j'ai perçu une lueur de folie dans ses yeux. Cela m'a fait l'effet de deux personnalités différentes qui cohabitent dans un même corps. Et c'est plutôt déstabilisant, pour ne pas dire effrayant.

Je suis sur le qui-vive en permanence. Je ne dors presque plus et je commence à le ressentir. Mais c'est au premier qui craquera. Et comme il a l'air plus serein que moi, je fais en sorte qu'il ne puisse pas se reposer correctement. Mes hommes se chargent d'interrompre son sommeil avec de fausses alertes d'attaques. Des femmes gémissent à réveiller un mort, toute la nuit, dans le bordel qui jouxte le SKALI. Des gardes bien avinés qui chantent et parlent fort en passant à proximité. Et tout un tas d'autres idées qui me viennent à l'esprit. J'use et j'abuse de tous les subterfuges que je connais pour l'énerver. Je me fais parfois penser à un fils de Loki, le Dieu de la malice et de la discorde. Petit con ! Mais il faut bien ça pour égayer mes journées ! Cela amuse bien mes parents et mes frères, qui sont dans le même état que moi.

❄ ÞORRI / FÉVRIER ❄

BJÖRN

Deux lunes se sont écoulées et il ne s'est rien passé. Bordel ! Mon père se demande si je n'ai pas rêvé tout cela. Harald a compris que je sais, j'en suis persuadé. Et il attend patiemment que son heure arrive.

Markvart n'est toujours pas rentré et est, du coup, insoupçonnable. Mais ces deux-là mijotent un truc. Je les ai entendus, je ne suis pas fou.

Je m'arrache les cheveux. Je suis à bout.

❄ GÓA / MARS ❄

BJÖRN

Trois lunes. Trois putains de lunes ! C'est le temps qu'il a fallu à Harald pour endormir notre vigilance. Tout le monde a repris sa vie d'avant, alors que je suis perçu par mes proches comme un cinglé. Pourtant, je persiste. Mon instinct ne m'a jamais trompé. Et là, il me maintient clairement sur le qui-vive.

Et un jour, la situation a complètement dérapé. Avant même que je ne m'en rende compte, tout était terminé.

Je rentre chez moi quand j'aperçois un homme courir en hurlant :

— On nous attaque !

Quoi ? Comment est-ce possible ? Personne n'a rien vu venir ! Je n'ai été averti de rien !

Je me rue à l'intérieur et ce que je découvre m'arrête net. Une fiole ouverte est jetée sur mon lit.

Non, non, non ! NON !

Je me précipite comme un fou à l'étable la plus proche, esquivant les hommes qui s'affairent dans tous les sens, comme des abeilles dont un ours attaque la ruche. J'en percute un malencontreusement et nous roulons au sol. Je me relève sans lui prêter attention et continue de courir. Je vole un cheval et galope en trombe en direction du domaine de mes parents.

Lorsque je pénètre dans leur demeure, un silence de plomb règne. Mon père, ma mère, ainsi que mes frères, sont tous allongés sur le plancher. Ils ont l'air endormis, empoignant leurs armes, mais je ne vois pas de sang.

Putain, qu'est-ce qui s'est passé ? Tous. Morts. Ensemble. Et pourquoi pas moi ? Comment se fait-il que je sois toujours en vie ? Et c'est alors que le puzzle se forme et que je fais le lien avec la fiole sur mon lit.

Je m'approche de mon plus grand frère, soulève son bras et porte sa main droite, tenant son épée, à hauteur de mon nez. Et là, une odeur que je ne connais pas mais que j'identifie instantanément : du poison. Je lâche mon aîné. Je suis dans un état second. J'avais raison. On voulait attenter à leurs vies. Ils ont fini par ignorer mes avertissements et l'ont payé cher.

Sentant une présence derrière moi, je me retourne vivement en me redressant, mon épée dégainée. Et là, je le vois, tout sourire, fier de lui. Ce salopard de Harald.

— Tu m'as donné du fil à retordre, Björn ! J'ai bien cru que ce moment n'arriverait jamais !

Il jubile et je ne retiens plus ma rage. Je grogne et me jette sur lui. Je suis à deux doigts de lui trancher la gorge, quand je suis soudain propulsé à l'autre bout de la pièce. Je me réceptionne tant bien que mal, alors que je suis immobilisé par une force invisible.

Sortant de l'ombre, bras et paumes tendus face à moi, le regard concentré et dans ma direction, Markvart me tient en joug avec sa magie. Putain ! Je le savais ! Un *guérisseur*, mon cul ! Et quand est-il rentré, celui-là ?

— Qu'est-ce que tu leur as fait ? hurlé-je.

— Moi ? Rien ! Toi, par contre, tu as empoisonné tous tes proches.
— Mensonge ! TU AS TUE TON ROI ET TOUTE SA FAMILLE ! hurlé-je à pleins poumons.
— C'est faux, Björn. Tu es en vie et tu avais un motif pour les tuer tous. Tu veux le trône de ton père. Et ces derniers temps, tu ne t'entendais plus avec eux qui te traitaient de dingue. Alors ta folie a pris le pas sur toi et tu as mis fin à leurs jours.
— Et comment aurais-je fait cela, hein ? Je ne connais rien à la magie !
— Il se trouve que des potions ont disparu de l'atelier de Markvart. Des substances mortelles.
Je ris, son plan ne tient pas la route.
— Nous avions des goûteurs, depuis trois lunes. Tous nos repas étaient contrôlés avant que nous ne les prenions. J'ai des témoins que la nourriture n'a pas été empoisonnée.
Harald s'avance en souriant et m'explique :
— Vois-tu, Björn, quand tu veux te débarrasser de quelqu'un, de façon subtile, tu testes ta méthode, pour être sûr qu'elle n'échouera pas. J'ai su que vous aviez des goûteurs, car, il y a trois lunes, j'ai mis une bonne dose d'élixir de purge dans l'une de vos assiettes. Et aucun d'entre vous n'a été malade. Le goûteur, en revanche, en a eu pour la nuit !
— Alors comment t'y es-tu pris ? questionné-je, la rage bouillonnant furieusement dans mes veines.
— En enduisant les poignées et manches de leurs armes, à tous. Je n'ai malheureusement pas pu atteindre ton épée, car tu ne la quitte jamais. Tu dors même la main sur la poignée. Et puis je me suis dit que tu serais le coupable idéal. Et que tu disparaitrais, quoi qu'il arrive.
Je tente de me débattre, en vain.

C'est alors que tout se met en place dans ma tête. Je comprends que je suis seul à présent et que mon unique chance, c'est que l'on nous surprenne dans cette scène improbable : moi, prisonnier de l'enchantement d'un sorcier et Harald à ses côtés.
J'essaie de gagner du temps, en espérant que quelqu'un vienne chercher Thorbjörn et tombe sur nous.
— Alors c'est comme ça que tu voulais la jouer, Harald ? Me faire passer pour le fils haineux qui se venge de son père pour l'avoir banni. Et au passage, j'élimine mes frères et ma mère qui ne m'ont pas soutenu ? Tout ça pour récupérer mon héritage ?
— En effet.
— Et dans ton plan machiavélique, qu'est-ce que je fais de toi ?
— Tu as essayé de me tuer aussi. Markvart vient de me sauver la vie in extremis, avec un antidote.
Je cherche quoi dire de plus, lorsque je capte du coin de l'œil une

silhouette qui se déplace furtivement. C'est ma chance. Elle semble avoir vu ce qui se passe ici.

Il me reste à faire avouer ses crimes à Harald :

— Tu es fou, Harald, complètement fou ! ricané-je. Tu décimes ma famille avec du poison et tu veux que j'endosse ta responsabilité ? Qui croira un mensonge pareil ? Et Markvart. Un guérisseur, sérieusement ? C'est écrit sur son front qu'il pratique la sorcellerie. D'ailleurs, il se cache toujours sous sa capuche pour que personne n'identifie son visage. Et ne me dis pas qu'un putain de guérisseur est capable de me tenir figé dans cette position, sans s'exercer à la magie ! La magie est interdite, Harald. INTERDITE ! Vous êtes tous deux des traîtres, passibles de la peine de mort par « l'aigle de sang ». Oh oui, qu'est-ce que j'aurais rêvé de vous couper les chairs du dos, de briser vos os en les déboitant un à un de votre cage thoracique !

Harald et son compère se moquent de moi, mais je sais que j'ai obtenu ses aveux et que j'ai un témoin, lorsque j'entends un couteau fendre l'air. La lame part se loger dans l'épaule de Markvart et le sort est immédiatement interrompu. J'adorerais les tuer, sur le champ, mais mon sauveur m'intime de déguerpir. Et il a raison, je n'aurai pas le dessus si facilement. Je veux que justice soit rendue.

Alors je sors en courant de la maison et fonce vers les écuries. Je vole le premier cheval sellé que je trouve et je fais la seule chose qui me semble sensée : retrouver Asulf.

Note de l'auteur : AIGLE DE SANG : punition ultime pour un crime prémédité. Cette torture se soldait par la mort. Elle n'a été recensée que deux fois dans l'histoire des vikings, mais constituait une menace très dissuasive.

Note de l'auteur : SKÔL : signifie « santé », lorsque l'on trinque.

ASULF

CHAPITRE 20

LA TRAQUE

❄ MÖRSUGUR / JANVIER ❄

ASULF

Épuisé par plusieurs jours de chevauchée sans relâche, je descends de mon cheval, imité par Eldrid et Karl. Nous avons finalement semé Amalrik au dernier village, le lançant sur une fausse piste. Encore.

Notre ruse a dû être parfaite, car l'ami de mon oncle est futé. C'est lui qui m'a appris tout ce que je sais sur l'art de la guerre et comment tromper l'ennemi. Maintenant, je dois mettre en application ses enseignements, sans les suivre exactement, sous peine qu'il nous retrouve, car il me connait trop bien. Une difficulté supplémentaire dont je me serais bien passé.

Alors nous nous dirigeons vers le milieu du village. Certes, cela augmente le nombre de témoins nous ayant vus en tant qu'étrangers, mais cela induit beaucoup plus de monde à interroger.

Je scrute la foule à la recherche d'un paysan avenant pour lui demander assistance. Et je l'aperçois, un peu à l'écart.

Nous laissons la cacophonie du marché derrière nous et allons à sa rencontre. Il nous scrute alors que nous avalons les derniers pas qui nous séparent.

— Pardon de vous importuner, m'excusé-je. Mes amis et moi aurions besoin d'un service.

— Quel genre ? bougonne-t-il en s'appuyant sur la fourche qu'il utilisait jusque là pour nourrir ses cochons.

— Une diversion.

Celui-ci nous toise, pas très enclin à nous aider. Alors je sors une modeste bourse contenant une dizaine de pièces et la lui lance. Il l'attrape au vol et la soupèse. Il l'ouvre rapidement, acquiesce, la range dans sa botte et me prête enfin une oreille attentive.

— Nous avons besoin de semer un pisteur, je poursuis.

Il me dévisage et je sens qu'il est sur le point de refuser. Pourtant l'appât du gain le laissait hésitant. Les secondes s'égrainent et je réfléchis à comment je pourrais le convaincre d'accepter.

Soudain, j'aperçois un adolescent dans le champ derrière sa maison :

— Hey petit, approche ! Hélé-je.

Le jeune hoche la tête et nous rejoint, alors que le paysan grogne.

— Nous sommes poursuivis depuis plusieurs jours par un homme, expliqué-je à l'adolescent. Il n'en a qu'après moi et il me veut vivant. Il connait mon visage, ainsi que le sien, dis-je en désignant Eldrid. Mais il n'a jamais vu le sien, affirmé-je en pointant Karl. Nous avons besoin d'un leurre. De deux hommes et une femme qui continuent vers l'Est, alors que nous nous dirigerons vers le Sud.

— Est-il dangereux ? Questionne celui qui doit être son père.

— Je ne vous cache pas qu'il est redoutable. Mais votre fils ne risque rien car il n'est pas l'objet de sa mission. Amalrik ne tue pas pour le plaisir, uniquement pour défendre sa vie.

L'homme écume alors que l'adolescent accepte :

— Que dois-je faire ? s'enquière-t-il.

— J'aimerais que tu chevauches avec mes amis vers le Sud.

— Non, coupe le paysan. S'il connait la fille, mon fils est en danger. Elle doit être remplacée.

— Très bien. Que proposez-vous ? demandé-je.

— Avant ça, expliquez-moi pourquoi cet homme vous poursuit. Lui avez-vous volé quelque objet de valeur ?

— En un sens, oui, confessé-je. J'ai privé son chef de son meilleur guerrier : moi. Cet individu a massacré ma famille et ma fiancée. À présent, c'est après moi qu'il en a. Alors il a envoyé son bras droit pour me retrouver. Donc je souhaiterais l'entraîner sur une mauvaise piste, pour que nous puissions disparaître.

— Un lâche, en somme, crache-t-il. Je ne m'immisce pas dans les querelles de famille.

— Je ne fuis pas mes obligations, si c'est ce que vous insinuez ! ragé-je. Je veux rétablir la vérité. Comprendre quelle est ma place. Et pour cela, j'ai besoin de temps pour avoir les idées claires.

Je le sens méprisant, mais je m'en moque.

Je me prépare à insister, quand le gamin intervient :

— Combien de temps devrais-je m'absenter, monsieur ?

— Une semaine. Deux, tout au plus, je réponds. Juste assez pour qu'il vous rattrape et comprenne la supercherie. Karl ira avec vous pour vous protéger.

Le garçon tremble un peu, mais son regard est déterminé. Il veut essayer.

— Comme il te l'a dit, renchérit Karl d'une voix fraternelle en posant sa main sur l'épaule de l'adolescent, nous ne risquons rien. Il ne me connait pas. Il sait simplement que mon ami est accompagné d'un homme et d’une femme rousse. Lorsqu’il nous rattrapera, il se rendra compte qu’il a fait fausse route. Il devra rebrousser chemin et continuer ses recherches. Ce qui fera gagner un temps considérable à mon ami.

Le discours de mon compagnon d’aventure fait mouche et je sens l’homme se détendre.

— Alors il faut vous changer, suggère-t-il. Karl, c’est ça ? demande-t-il en s’adressant à lui. Vous mettrez les vêtements de votre compagnon. Si celui qui vous suit en a après ce grand gaillard, mieux vaut que ce soit vous qui portiez ses affaires.

— Bien évidemment, consent Karl.

— Quant à vous, me harangue-t-il, vous enfilerez une tunique de mon fils. Une caravane part bientôt dans la direction où vous devez vous rendre. La famille de mon voisin sera du voyage. Ce dernier me doit une faveur, alors je lui demanderai de vous faire passer pour son neveu. Votre rouquine prendra la place de sa fille. Et les deux gamins iront avec Karl.

— C’est parfait ! Merci à vous ! soufflé-je.

— Mon fils et sa copine ont intérêt à revenir en vie d’ici quelques jours, sinon je vous balance aux prochaines sentinelles que je croise, menace-t-il. En attendant, laissez vos montures à l’étable et reposez-vous.

— Nous n’avons pas mis assez de distance entre Amalrik et nous. Plus nous patientons et plus il gagnera du terrain. C’est un acharné, extrêmement difficile à semer.

— La caravane vers le Sud lève le camp à la nuit tombée. La rouquine et vous en serez. Vous vous échapperez sous le nez de votre pisteur pendant qu’il questionnera la foule. Les gamins partiront immédiatement vers l’Est et je m’assurerai qu’il suive leurs traces.

— Où et quand nous rejoindrons-nous ? l’interrompt Karl.

— Vous continuez en direction de l’Est deux jours après qu’il vous ait rattrapé, poursuit le paysan. Puis vous rebroussez chemin. Et surtout, vous ramenez les enfants ici, sains et saufs !

J’esquisse un sourire. Ce paysan est ingénieux.

— Il a raison, confirmé-je. On suit son plan. Eldrid et moi te retrouverons au premier village à l’Est d’ici.

— Pourquoi cette stratégie, si l’on perd autant de temps ? Questionne Eldrid.

— Karl va lui faire invalider l’option de l’Est. Il va chercher dans les trois autres directions, pendant que nous réemprunterons la première.

Tout le monde sourit et je prends cela pour une acceptation du plan.

— Vous aurez besoin de nourriture, affirme le patriarche. Laissez-moi un instant.

L’homme s’absente un très long moment. Pas d’autre choix que de lui faire confiance, à ce stade.

Je sens une certaine pression monter en moi. Le temps joue contre nous et je ne suis pas préparé à affronter Amalrik en ce moment. Je préfère fuir, encore. Oui, je sais, c'est lâche. Mais je n'ai que vingt ans et mon monde s'est écroulé sous mes pieds. Je n'ai pas décidé si je suis prêt à rentrer, ou à tourner définitivement le dos à mon passé pour me reconstruire ailleurs.

Alors que je suis perdu dans les turpitudes de mon esprit, le paysan revient avec une jeune femme et deux grosses sacoches. Il en tend une à son fils, l'autre est pour moi. Puis il ordonne à la gamine d'échanger ses vêtements avec ceux d'Eldrid. L'adolescente jubile tandis que la rouquine peste, même si elle sait qu'elle les retrouvera dans quelques jours.

L'homme, les deux jouvenceaux et Karl se rendent à l'étable pour finaliser leur expédition. Quelques minutes plus tard, nous les saluons, leur enjoignant d'être prudents, avant qu'ils ne s'élancent au galop en direction de l'Est.

Revenus sur le perron de sa maison, le père de famille et son épouse nous invitent à partager une assiette de gruau. Eldrid et moi engloutissons tout et la femme nous sert une seconde ration. Nous avons honte de les priver de leur nourriture, mais nous sommes affamés.

Enfin calé, je redresse la tête et observe nos hôtes :

— C'est beaucoup trop pour une simple escapade, déclare l'homme en sortant de sa botte la besace que je lui ai remise et en la soupesant.

— Prenez là, coupé-je en refermant ses doigts dessus. Je ne peux vous donner davantage pour votre générosité. Le service que vous nous rendez vaut bien ce dédommagement.

— Ici il est de coutume d'aider les voyageurs. Montez vous reposer jusqu'à ce soir. La route va être longue.

Je les remercie d'un hochement de tête et nous grimpons à l'étage. Je me laisse tomber sur le lit de paille, sans même prendre le temps de détacher mon épée, alors que le sommeil me gagne instantanément.

Lorsque je me réveille en fin d'après-midi, je comprends qu'Eldrid a veillé sur moi tout du long pour que je récupère. Elle est devenue une amie sincère, tout comme Karl. Ils sont les seuls en qui j'ai encore confiance et pour qui je donnerais ma vie. Ils sont ma famille, ma meute et je les aime sincèrement, même si je ne le crie pas sur tous les toits.

Pendant que je m'étire, elle se redresse et m'embrasse la tête.

— Tu te prends pour ma mère ? La taquiné-je.

— C'est tout comme ! M'asticote-t-elle en roulant des hanches alors qu'elle me quitte.

Je souris à sa répartie. J'apprécie qu'elle me materne parfois, même si je déclare le contraire. Je suis heureux de compter pour elle.

Autant notre amitié est réciproque, autant je mettrais ma main à couper qu'il y a, ou y aura plus entre elle et Karl. Ces deux-là se dévorent constamment du regard et ne s'en rendent même pas compte.

Je me lève à mon tour et lorsque je les rejoins tous les trois, l'homme m'annonce :

— Votre Amalrik a fait son apparition aux abords du village il y a environ une heure. Visiblement, il est aussi épuisé que vous. Il a demandé de l'aide à la première maison avec étable qu'il a vue. Son cheval se repose et pour l'instant, il n'a pas prévu de l'échanger. Quant à lui, il traîne déjà dans les rues et arrête les badauds pour leur monnayer toute information intéressante à votre sujet.

— Cela ne m'étonne pas de lui, commenté-je. Mieux vaut qu'Eldrid et moi nous baladions en ville jusqu'à ce que notre caravane parte. Vous aurez moins de problèmes si on vous questionne ou si les gens parlent. Et puis, je pourrai en apprendre davantage sur ce qu'il sait ou non.

Têtes baissées, recouverts de longues capes brunes appartenant à nos hôtes, Eldrid et moi arpentons les rues comme si nous étions en couple. Soudain, j'aperçois Amalrik qui devise avec un villageois, l'air soucieux. D'un regard, elle et moi convenons de nous approcher discrètement pour entendre ce qu'ils se disent :

— Deux hommes et une femme sont arrivés plus tôt aujourd'hui, raconte le marchand. Ils ont demandé des vivres et sont repartis vers l'Est.

— En es-tu sûr ? s'enquit Amalrik.

— Oui, monseigneur.

— Où se sont-ils approvisionnés ?

— Chez un paysan en bordure du village. Probablement la maison là-bas, dit-il en désignant l'habitation où nous avons passé quelques heures. Il aide tous les étrangers qui transitent par notre bourgade.

Notre complice a été dénoncé. Merde ! Eldrid presse mon bras et me fait signe de continuer un moment notre route. Amalrik n'ira pas directement là où on lui a indiqué notre présence, il est beaucoup trop malin pour cela. Il va s'installer en retrait et surveiller tout comportement suspect qui pourrait lui en apprendre davantage.

Par provocation, je passe près de lui en prenant soin de dissimuler mon visage et mon épée sous ma cape. Eldrid m'imite dans ce jeu dangereux mais au combien excitant.

J'ai l'impression que mon corps se réveille enfin, après des lunes d'hibernation. Je pousse le risque au palier suivant en le frôlant. Mais de dos et accoutrés de cette manière, Amalrik ne nous reconnaît pas.

J'admets que cette manœuvre est totalement inconsciente, mais elle nous dissimule mieux que jamais.

Comme prévu, Amalrik est parti se restaurer, tout en gardant un oeil sur ce qu'il se passe.

Je m'impatiente et voudrais partir au plus vite, alors qu'Eldrid m'enjoint à continuer de déambuler.

Nous sortons du champ de vision du pisteur. Après quelques pas, la rouquine me fait un signe de tête en direction de cinq patrouilleurs sellant leurs chevaux. Je les dévisage attentivement et n'en identifie aucun. Tant mieux. Toujours par un jeu de regard, je lui signale que nous devons nous approcher et grappiller des informations. Elle me suit sans discuter, un sourire complice aux lèvres.

— Excusez-moi, les interrompt-elle. Venez-vous du Nord ?

— En effet, ma bonne dame. Pourquoi cela vous intéresse-t-il ?

— Mon jeune frère est dans l'armée, ment-elle en triturant ses doigts. Il a été appelé à rejoindre AROS il y a six lunes et je n'ai plus de nouvelles depuis. Savez-vous si des affrontements sont en cours ? Je suis terriblement inquiète pour lui.

— Non, ma dame. Cela fait des lunes que tout est redevenu paisible.

Eldrid me regarde et dilate une seconde ses narines. Comme elle, je constate que ces hommes sont avinés. Avec un peu de chance, nous réussirons à leur soutirer suffisamment d'informations.

— Calme ? Conteste une autre sentinelle. Sur le champ de bataille, peut-être ! Mais la succession au trône, c'est un putain de merdier !

— Qu'entendez-vous par là ? questionné-je naïvement.

Ils sont plusieurs à me répondre à tour de rôle :

— Thorbjörn a organisé un tournoi pour prendre sa relève et c'est le *Regard d'acier* qui a gagné.

— C'était couru d'avance. Il est protégé par les Dieux. J'ai combattu avec lui, il y a un an et cet homme est invincible.

Il a croisé le fer près de moi et ne me reconnait pas ? Foutaises !

— Mais il a disparu et c'est Harald qui a pris la régence.

— Jusqu'à ce que Björn revienne pour empoisonner son père et toute sa famille. Putain, il les a tous tués ! Dire que ce bâtard lui aurait succédé. Je suis bien content que sa tête ait été mise à prix.

— Ouais ! D'autant que Thorbjörn était un bon roi. Il n'était pas irréprochable, mais je le respectais. Il prenait soin de nous. Maintenant que Harald est monté sur le trône, il se croit invincible et nous en demande déjà trop. Allouer autant d'hommes pour battre la campagne et retrouver deux fugitifs. A quoi cela sert-il ? Qu'Odin l'emporte !

— Vous me faites peur, pleurniche Eldrid en les interrompant. Combien de personnes sont à leurs trousses ?

— Ne craignez rien, ma dame. Plusieurs centaines d'entre nous les recherchent. Amalrik, le second lui-même, est à leurs trousses.

— C'est pour une mise à mort ? demandé-je innocemment.

— Non, conteste l'un des compagnons. Harald les veut vivants.

La cacophonie reprend :

— Pour en faire quoi ? Des expériences mystiques ? Tu sais bien qu'il s'enferme continuellement dans son SKALI et qu'il reçoit de moins en moins de monde, à part son *guérisseur,* Markvart.

— C'est plutôt un sorcier, si tu veux mon avis. Il parait qu'il pratique la magie noire.

Je n'ai jamais entendu parler de cet homme et cela m'intrigue. Pourquoi Harald aurait-il besoin d'un guérisseur ?

— Pourtant c'est interdit, affirmé-je. Pourquoi n'a-t-il pas été tué ?

— C'est tout le contraire ! Harald l'a fait venir à AROS et l'a installé dans une maison, tout près de lui. Je parie que ce type lui apprend la sorcellerie !

— J'ai aperçu Harald juste avant qu'on ne parte, il avait l'air d'un dément ! Les cheveux hirsutes, le regard fou. Sérieusement, il m'a fait peur !

— Tu n'es pas le seul qu'il effraie ! Même les membres du Conseil l'évitent à présent. Les hommes lui ont prêté allégeance pour éviter des représailles, plutôt que par conviction.

Les nouvelles ne sont vraiment pas bonnes.

J'estime que nous en avons assez appris et devons les quitter si nous ne voulons pas attirer l'attention sur nous.

— Nous vous remercions pour votre temps et vos informations, dis-je. Puissent les Dieux et leur bonne fortune vous accompagner lors de votre quête.

Alors c'est ce qui nous attend ? Si l'on m'attrape, je serai jugé pour désertion, tel un VARGR ? Quant à Björn, ils lui réserveront sûrement l'aigle de sang. La punition suprême pour être accusé de meurtres, qui plus est sur ses proches.

Je refuse de croire qu'il ait tué sa famille. Il les aimait plus que tout. Il aurait sacrifié sa vie pour eux. Mon ami doit être dévasté.

Je sais à présent de quoi mon oncle est capable pour conserver le pouvoir. Il fait endosser ses crimes aux autres, quitte à les exécuter pour servir d'exemple.

Je fais signe à Eldrid que nous en avons fini, lorsque nous sommes interrompus dans notre élan par le dernier guerrier resté muet jusqu'alors :

— Une seconde, l'ami ! Ton visage m'est familier. Est-il possible que nous nous soyons rencontrés précédemment ?

Eldrid resserre sa prise sur mon bras et je ressens sa peur.

— Plusieurs personnes me l'ont déjà dit, parlé-je lentement, tournant mon portrait de profil, pour ne le regarder que d'un œil. M'est avis que j'ai un faciès assez commun, car les confusions sont aisées. Néanmoins, il est peu probable que nous nous soyons déjà croisés. Je ne suis pas d'ici. C'est la première fois que je traverse cette contrée.

L'homme me scrute à nouveau et me demande :

— Avant de partir, dis-moi quel est ton nom, l'ami. Et d'où tu viens.

Merde, vite ! Je réfléchis un instant en me frottant la barbe. Je ne me suis pas rasé depuis des semaines, alors il me vient une idée :

— On me surnomme Skeggi. Je viens de RIBE.

— « Le barbu », ironise-t-il. C'est fort à propos !

— Je lui ai déjà dit de faire des efforts à ce sujet, me taquine Eldrid, mais il n'en fait qu'à sa tête ! Il a toujours une barbe hirsute. Il ne peut s'en prendre qu'à lui-même si on le nomme ainsi.

Je lui souris et elle appuie sa remarque d'un clin d'oeil amusé.

— Soyez prudents ! Annonce l'homme.

Sa dernière phrase sonne comme une menace, mais j'acquiesce comme s'il s'agissait d'un conseil bienveillant.

Nous nous éloignons suffisamment et je serre Eldrid contre moi, car elle tremble comme une feuille.

— On a failli se faire prendre, murmure-t-elle.

— Je sais. Excuse-moi.

— Ce n'est rien, j'ai juste besoin d'un moment.

Elle inspire longuement, s'écarte un peu de moi et me sonde de ses yeux verts et larmoyants.

— Tu les crois ? Je veux dire, pour Björn.

— Impossible, chuchoté-je, mon regard ancré dans le sien. Toi et moi le connaissons bien. Il n'aurait jamais fait une telle chose. Il a trop d'honneur pour ça. Sans compter que le poison est une arme de faible. Cet ours de Björn n'extermine qu'à l'épée ou à mains nues, ironisé-je. Et puis, qui tue son propre père ?

— Qui met à prix la tête de son fils, répond-elle sur le vif en pensant à Harald.

J'expire fortement par le nez. Son allusion m'est encore douloureuse.

— Je suis désolée, s'excuse-t-elle. Pour tout ce qui t'es arrivé.

— Merci, soufflé-je.

Elle hésite un instant et se lance :

— Tu penses encore à Holda ? Tu l'as aimé ?

— Hum, je réponds alors que sa question remue mes entrailles.

— Je suis indiscrète. Pardon. C'est juste… Non, oublie ça.

— Je fais mon deuil, lentement. Tout comme Karl, j'imagine. Et ta présence y est pour beaucoup. Sans toi, nous aurions probablement tous deux sombré.

— Ça, c'est certain ! Quand je vois la dégaine que vous vous payez. J'ai beau vous connaître, même moi j'ai peur !

Je souris à sa pique bienvenue et elle m'imite.

Je la sens hésitante alors qu'elle détourne son visage de moi. Comme si elle n'osait pas me questionner. Ce qui est très inhabituel de sa part.

— Hey, à quoi penses-tu ?

Elle se redresse plante ses yeux dans les miens.

— Comment as-tu su que tu voulais l'épouser ? Que c'était elle et pas une autre ?

— Je ne sais pas trop, je réponds honnêtement. Nous avions passé trois semaines merveilleuses. Il y avait quelque chose de réciproque entre nous, c'était certain. Ça me prenait aux tripes chaque fois que je m'imaginais sans elle. Et Harald a débarqué avec ses prétendantes. Il était hors de question que j'hypothèque notre bonheur pour une relation insipide. Holda et moi, c'était beau, évident, dis-je en soutenant son regard. Et je ne voyais plus les autres. Alors je me suis dis qu'elle pourrait être la bonne pour moi.

Je la vois déglutir et la sens se raidir.

— Est-ce que… Non, rien, oublie.

Je m'attends à ce qu'elle me relance, comme je l'ai fais quelques instants auparavant. Au lieu de cela, elle continue de m'observer de ses yeux larmoyants.

— Hey, je… j'espère que je n'ai rien dis de mal, hésité-je.

Une larme dévale sa joue et je comprends que j'ai peut-être mis fin à un espoir.

— Toi et moi, c'est impossible, Eldrid, continué-je.

— À cause de ta fichue promesse à Björn ?

Je crois comprendre que je l'ai blessée. Je soupire longuement.

— Je t'aime Eldrid. Mais pas comme ça.

— Quoi ? Non, je… Dit-elle, les yeux écarquillés.

Constatant ma méprise, je la taquine :

— Toutes les femmes qui me rencontrent sont folles de moi. Je n'y peux rien, je suis irrésistible !

— N'y crois pas trop ! Me ramène-t-elle sur terre d'une frappe sur le torse.

Je sonde la foule à la recherche d'Amalrik, comme de toute oreille indiscrète, avant de lui confier :

— Ton tour viendra, Eldrid. Et ce jour-là, quand il se présentera vulnérable face à toi, tu sauras. Ton cœur t'avertira.

Les larmes montent à nouveaux dans ses yeux et elle les retient tant bien que mal. Je la rapproche de moi et que nous nous étreignons avec force. Nous passons tous deux par des moments difficiles et son soutien est inestimable.

Lorsque je mets fin à notre câlin, j'aperçois notre caravane qui s'agite.

— Viens, dis-je en attrapant son bras, nous partons.

ELDRID

CHAPITRE 21

PRIS POUR UN SERVICE

❄ ÞORRI / FÉVRIER ❄

SIGRUNE

— Réveille-toi Sigrune, m'intimé-je, tentant de me donner du courage.

Je suis presque éteinte. Je cohabite avec cet esprit depuis si longtemps, que j'en ai perdu ma joie de vivre. Mais je suis une VALKYRIE, bon sang !

Ce démon, qui a passé le portail cette nuit-là est effrayant, dangereux. J'ai appris à lutter contre sa fureur. Mais il m'épuisait, me volait mon énergie.

Jusqu'au jour où l'épée a tranché et qu'il a goûté le sang. Et là, tout changé. Il s'est désintéressé de moi, comme si sa faim avait été assouvie et il s'est concentré sur le jeune humain. Ce monstre était enfermé dans cette épée, dans ce monde, depuis si longtemps, qu'il s'était affaibli. Mais lorsque les premières morts survinrent, il reprit vie et retrouva ses pouvoirs.

Il lui fallait du sang, beaucoup de sang, pour qu'il récupère ses forces. Depuis qu'il l'a compris, il commande à l'humain de lui en donner encore et toujours plus. Rien d'autre n'étanche sa soif. Il murmure la nuit, pour le persuader de se battre. Quand celui-ci est à bout de forces ou blessé, le démon renvoie de la magie vers lui, *ma* magie, par simple contact de l'épée. Un investissement sur l'avenir, en somme. Il protège cet humain qui le nourrit et rêve sûrement qu'un jour, il pourra quitter son épée-prison et se déplacer à sa guise sur Terre.

J'ai assisté à tout cela, impuissante. J'ai eu peur et je ne savais pas comment réagir. Moi aussi je veux être libérée, délivrée de cette cage. Alors, quand le démon est abreuvé et se repose, j'agis à mon tour. J'exhortes ce MIDGARDIEN à l'aide, lui explique ce qui se passe, mais il ne semble pas m'entendre. Probablement car je suis trop faible.

J'ai tenté de renouveler mon appel, en vain.

Pourtant, un jour, j'ai perçu une question de l'humain. Asulf. Il a posé sa main sur le pommeau de l'épée et souhaitait savoir si l'autre objet qu'il détenait appartenait à son père.

Je ferme les yeux, invoque ma magie SEIDR de divination et je sais d'où il provient. Alors en une fraction de seconde, je lui envoies un songe. C'est si violent qu'il manque de défaillir. Je lui déroule ma vision, depuis l'intérieur de l'arme. On y voit la forêt, de nuit et on entend un homme hurler, pendant qu'il est ligoté sur un cheval, entouré par des sentinelles. Puis leur chef qui revient sur ses pas pour ramasser l'épée. Et qui plus tard la donne à un autre. Harald.

La vision ne s'arrête pas là. Elle continue sur une scène différente, où l'on voit Harald s'approcher d'une habitation. Frapper à la porte. Réclamer un enfant. Entrer de force. Rudoyer les occupants. Violer et étrangler la jeune mère. Transpercer l'homme. Poignarder la femme. Prendre le bébé. Brûler la maison. Une image fugace de la hache. Les faciès des trois personnes, dont celui qu'a emprunté Freya. Son visage, nourrisson.

Je ne peux en diffuser davantage, j'ai épuisé mes dernières forces, je suis en train de mourir.

C'est mon ultime appel, pour que l'on m'entende, que l'on sache que j'existe encore. J'ai besoin que l'on croie en moi pour vivre.

Si seulement l'humain avait compris plus tôt. Si seulement j'avais pu être sauvée… Je me sens glisser lentement vers le néant…

ASULF

Je sursaute et prends une profonde inspiration. J'ai le sentiment d'être submergé, d'échapper de justesse à une noyade.

Que s'était-il passé ? Est-ce que j'ai rêvé ?

Je me souviens m'être demandé si la hache que nous avons trouvée dans les ruines était bien pour moi. Je la tenais de ma main gauche et la droite était posée sur le pommeau de l'épée. J'ai énoncé ma question à voix haute et il semblerait que Rigborg m'ait répondu par des bribes de visions. Comme si je revivais la scène de son point de vue.

J'ai aperçu Harald, plus jeune, prendre possession de Rigborg. Puis je suis entré dans la maison, avant qu'elle ne soit réduite en cendres. J'ai reconnu Freya, alors qu'elle était moins âgée.

Cet homme et cette femme, se pourrait-il qu'ils soient Leif et Irmine, mes parents ?

Quand j'ai vu le bébé, j'ai compris que Freya disait la vérité, car nous avons tous deux une tâche de naissance au même endroit : sur le haut de la cuisse droite.

Je me frotte le visage et l'enfouis dans mes mains. J'éprouve beaucoup de difficulté à reprendre mes esprits. J'attrape la hache et la soupèse. Étonnamment, elle est très légère et très maniable, mais surtout encore affûtée et tranchante. Je la range soigneusement dans ma ceinture, la double lame épousant le bas de mon dos.

— Tu disais vrai, Freya et de prime abord, je t'ai mal jugée, énoncé-je à haute voix et pour moi-même. Tu ne m'as pas menti, je le sais à présent. Je m'excuse d'avoir douté de toi.

Pourtant, accepter la vérité est encore trop difficile. Car cela voudrait dire que je suis orphelin de sang et que plus personne ne m'attend à AROS.

Je n'ai pas dormi. Beaucoup trop de choses se bousculaient dans ma tête.

Harald est mon oncle et il a tué mes parents. Il a assassiné Leif, son propre frère. Violé et tué sa belle-sœur, Irmine. Volé leur fils, c'est à dire *moi*.

Il a aussi abusé de Holda avant de mettre fin à ses jours.

Quels autres crimes a-t-il commis, depuis tout ce temps ?

À cela s'ajoute la magie de Rigborg. Mon épée m'a rendu fort, presque invincible. Elle semble réparer mes blessures et a décuplé mes capacités, jusqu'à faire de moi le guerrier ultime du clan. Et voilà qu'à présent elle tente de communiquer avec moi. Tout ceci est à peine croyable !

Rigborg… Je te chéris autant que je te déteste. Tu te dévoiles meilleure chaque jour. Mais tu me rappelles mon oncle, qui t'a offerte à moi pour mes quatorze ans. S'il en sait autant que moi à ton sujet, il voudra te récupérer.

Que faire ? Dois-je te garder, ou me débarrasser de toi ?

Je suis idiot de me poser la question, je n'ai pas la réponse.

Mais toi, l'as-tu ? Je suis fou… Et pourtant, je le fais.

Je serre le pommeau en lui demandant :

— Qu'est-ce que tu es, Rigborg ?

Mon épée se met à bleuir, alors que je suis à nouveau submergé, noyé…

SIGRUNE

— Réveille-toi, Sigrune ! Tu n'es pas morte. Pas encore. On t'appelle. On croit en ton existence.

S'agit-il de l'humain ? Autant dire que sa conviction est modérée ! Que réclame-t-il ? Il veut savoir qui je suis. Ou plutôt, qui nous sommes. Les âmes d'une VALKYRIE et d'un démon, coincés dans une épée. Dit comme ça, ce n'est pas très crédible !

Enfin, on s'intéresse à moi ! Cela fait tellement longtemps que je suis emprisonnée ici, muette. Je vais finalement pouvoir m'exprimer. Et pour une pipelette comme moi, cela va me faire du bien. Même si je suis extrêmement faible, je dois lui répondre. Comment ?

Je lui envoie une vision où je lui dévoile mon vrai visage. Mes yeux bleus, mes cheveux blonds, mon corps de guerrière immortelle dont je suis si fière. Bien qu'amoindrie, je reste magnifique.

Ensuite, je lui montre le portail magique du rituel. La situation qui dérape. Moi qui me fais aspirer par l'épée. Le halo qui se coupe. La lame qui scintille bleu puis rouge, car le démon et moi y sommes prisonniers ensemble.

Je suis épuisée. J'espère qu'Asulf ne se détournera pas de moi. Qu'il croira à mon existence et à ce que je lui expose.

J'ai besoin de son aide, il ne doit pas m'abandonner.

ASULF

Je reprends connaissance. Ma question a reçu une réponse. Tout se mélange dans ma tête. Je suis heureux, troublé, surpris.

Je commence à parler à Rigborg :

— Ainsi tu es l'une des vingt-neuf VALKYRIES, prisonnière dans cette épée, avec un démon. Illumine-toi une fois si mon hypothèse est la bonne.

Tu confirmes ma compréhension. J'ai tellement de questions et pourtant je ne sais pas par où débuter. Mais je me lance :

— Laquelle es-tu ? Svara ? Kara ? Ingrid ?

J'énonce les VALKYRIES les unes derrière les autres, en te laissant le temps de te manifester, jusqu'à ce que tu me répondes :

— Sigrune ! Je suis ravi de faire ta connaissance.

Je souris comme un con. J'ai une amie avec qui converser et pas des plus banales !

Je continue mon interrogatoire :

— Est-ce que tu m'aides durant mes combats ?

Affirmatif.

— Est-ce que tu m'apprends des stratégies militaires ?

Oui.

— Est-ce qu'il t'arrive de prendre mon contrôle ?

Encore oui.

— À tous mes combats ?

Il ne se passe rien. J'en déduis que c'est non.

— Donc tu n'interviens pas à chaque fois. Pourtant je suis toujours en vie, malgré les situations inextricables dans lesquelles j'étais. J'en déduis que tu gardes un oeil sur moi et que tu interviens uniquement quand je suis en danger.

Elle confirme.

— C'est donc toi, *l'homme au Regard d'acier* ?

Elle tarde à répondre et m'envoie une vision où nos deux visages se superposent. Je comprends qu'ensemble, nous sommes *Lui*.

C'est juste dingue ! Une VALKYRIE et un démon, coincés ensemble dans mon épée et qui font de moi le guerrier le plus puissant jamais connu. Rien n'aurait pu me préparer à cela. Et même dans mes rêves les plus fous, je ne l'aurais jamais envisagé.

Je souris avant d'affirmer :

— J'ai toujours su que la magie existait, mais je ne suis au fait de rien. Elle est formellement interdite à notre peuple.

Je marque une pause, puis reprends d'un ton grave :

— Les choses pourraient changer car il s'agit de mon clan à présent. Toi aussi tu sembles lutter pour ta survie. Peut-être pouvons-nous nous entraider ? Nous pourrions trouver un mage qui t'aiderait à sortir de là.

L'épée bleuit encore pendant une seconde.

— Maintenant, parle-moi de ce démon. Qui est-il ? Que veut-il ? Pourquoi a-t-il était invoqué ?

Elle répond par de rapides images qui n'ont aucun sens pour moi.

— Je te remercie pour toutes ces informations. Cela fait beaucoup en très peu de temps. Je suis fatigué et je dois réfléchir à tout ça.

Je rengaine Rigborg et m'allonge.

J'espère que je ne deviens pas fou ! Je parle à mon épée... Si je n'ai pas rêvé et qu'elle dit vrai, elle contient un démon et une VALKYRIE, Sigrune, qui converse avec moi. Cette épée sur laquelle j'ai pu compter et qui n'a jamais failli. Et cette VALKYRIE qui prend soin de moi et répare mes blessures, c'est juste incroyable ! Mais le monstre me demande de tuer, de plus en plus.

Je regarde mon arme :

— Tu n'es plus Rigborg, la « puissante protectrice ». Tu es devenue Rigborg, la « puissante meurtrière ».

Que se passerait-il si j'arrêtais de t'utiliser ?

L'esprit s'en irait-il, ou attendrait-il son heure ?

Sigrune disparaitrait-elle, même si elle est immortelle ?

Quelqu'un pourrait-il prendre mon épée et la retourner contre moi ?

Je finis par m'endormir, perplexe, mais plus clairvoyant que jamais.

ELDRID

Je surveille Asulf depuis notre départ d'AROS, il y a de cela quatre lunes et je le sens dans une impasse. Nous tentons d'échapper à Amalrik depuis tout autant et il nous retrouve toujours. Nous n'avons que peu d'avance sur lui.

Afin de brouiller les pistes plus efficacement, j'ai entrepris d'éclaircir les cheveux de Karl en utilisant de la cendre de chêne. Je dois dire que cela lui sied bien, bien qu'il ne soit pas de cet avis. Lorsque nous croisons du monde, il garde sa capuche. Mais bientôt il pourra l'enlever, car il passera presque pour un blond et j'en suis plutôt fière. Ainsi, Amalrik pensera avoir fait fausse route.

Nous avons tous les trois erré le long de la côte, sans but précis, d'abord en direction du Sud, puis cap à l'Est. Non pas que je me plaigne de l'absence de destination, puisque c'est le périple en lui-même qui m'intéresse. Mais Asulf a perdu de sa superbe. Je ne le reconnais plus et cela ne présage rien de bon pour la suite.

Nous avons eu plusieurs altercations, car il avait besoin que je lui secoue les puces. Pourtant, j'ai l'impression de parler à un mur.

Karl me dit qu'il va se reprendre, mais je n'en suis pas aussi sûre.

Du coup, pour calmer mes nerfs, je suis passée de l'autre côté : comme un homme, je collectionne les aventures d'un soir. Malgré le regard désapprobateur de Karl, je sollicite une partenaire après chaque dispute. Et je prends du bon temps avec des femmes. J'avais l'habitude des parties à trois et jouer avec une femme n'est pas une nouveauté.

Par contre, aucun homme n'a eu le droit de me toucher depuis que j'ai changé de vie. Rien qu'à l'idée, j'en ai des haut-le-cœur. Elle est bien loin, l'ancienne Eldrid ! Je ne regrette pas mon passé, mais cette époque est définitivement révolue.

Ce soir encore, je vais chercher du réconfort contre une poitrine généreuse. J'en ai besoin. Même si je vois Karl grommeler son mécontentement.

Qu'est-ce qu'il me veut, lui aussi ?

Asulf

Le temps a passé et je réalise que je suis enfin prêt à rentrer. Connaître mon passé et prendre du recul m'a permis de mûrir. Malgré les désillusions et la trahison, je me sens plus fort. Je sais qui je suis et d'où je viens vraiment. Je suis prêt à affronter mon oncle et à gouverner.

Eldrid n'a pas renoncé à me suivre, mais souhaite une nouvelle vie d'aventures. Elle m'a confié vouloir retrouver l'ancien Asulf qu'elle a connu. Le guerrier valeureux et juste, qui défend les faibles et ne laisse jamais tomber ses amis. Elle le tient en très haute estime et sait qu'il fera un bon chef. Et elle a probablement raison. Je dois simplement lui faire bénéficier de l'expérience que j'ai acquise durant ce périple.

Karl, quant à lui, a passé sa nuit à réfléchir. Depuis notre départ, il a changé. Je l'ai observé couler régulièrement des regards tantôt inquiets, tantôt amoureux vers la rouquine. Il est évident qu'il ressent plus que ce qu'il n'avoue et surtout il ne se voit pas se séparer d'elle. Pas encore. Il a décidé de la suivre, probablement le temps d'y voir plus clair.

Après une journée de chevauchée éreintante, nous nous arrêtons dans une LANGHÚS crasseuse mais hospitalière. Le fils de l'hôte, un gamin d'une dizaine d'années, prend nos montures et les emmène à l'écurie pour les panser et les nourrir.

Nous entrons tous les trois dans la pièce principale, accompagnés par une bourrasque, qui s'interrompt sur le sol, lorsque la porte se referme derrière nous. Personne à l'horizon et un feu presque éteint dans la cheminée. Karl entreprend de le raviver pendant qu'Eldrid nous sert à boire.

C'est alors que le petit garçon pénètre dans la salle. Je m'approche de lui :

— Peux-tu demander à ta mère de nous préparer quelque chose à manger ? Nous avons voyagé toute la journée et nous sommes affamés.

Le gamin baisse les yeux :

— Je suis désolé, sir, ma mère est malade et mon père est avec elle. Il n'y a que moi pour vous servir.

Je regarde mes deux compagnons, interloqués. Eldrid s'approche :

— Sais-tu faire la cuisine ? Lui demande-t-elle.

Le petit fait non de la tête.

— Alors, emmène-moi, nous allons préparer le repas tous les deux.

Il acquiesce et sort de la salle, la rouquine sur ses talons. Au bout d'un moment, elle revient dans la pièce avec un plat qu'elle pose sur la table près du feu et l'enfant dresse le couvert à sa suite.

— Leurs réserves sont vides, commence la jeune femme. Je n'ai trouvé qu'une miche de pain rancie et un bout de cochon.

— Cela fera l'affaire, déclare Karl. Nous grillerons le lard au-dessus du feu.

Il découpe le morceau en tranches avec dextérité, puis se lève pour faire rôtir le lard.

Dans l'intervalle, Eldrid me murmure :

— Je n'ai pas vu d'âme qui vive, en dehors du gamin. Ils sont plus que pauvres ; leurs réserves sont vides, les ustensiles de base ont disparu. Ils ont été pillés, c'est certain. Quant au petit, il tient à peine debout, la peau sur les os. Probable qu'il n'ait pas bien mangé depuis longtemps.

Je regarde l'enfant. Eldrid a raison, il a l'air bien maigre. Ses traits sont creusés, ses pommettes saillantes, ses yeux cernés. Je m'abaisse à sa hauteur et lui demande :

— Comment t'appelles-tu ?

— Sven, sir.

— A quand remonte ton dernier vrai repas, Sven ?

— Je… Je ne sais plus, sir. Nous n'avons presque rien, répond-il en lorgnant sur le repas. La rouquine le remarque et le rassure :

— Il y a une part pour toi, petit, alors ne sois pas timide.

Il hoche la tête, plein de gratitude. Karl détourne temporairement son attention :

— Où sont tes parents ?

— Ils… Ils…

Sven fond en larmes et Eldrid le serre contre elle. Je fais signe à mes deux compères de s'occuper de l'enfant et sors de la salle, mon épée à la main.

Je contourne la LANGHÚS et me dirige vers une porte, qui donne sur une pièce sombre et froide. Il est trop tôt pour qu'une chaumière soit déjà plongée dans le noir et que le foyer ne soit pas entretenu. Je m'avance et le sol craque sous mes pas.

Lorsque j'atteins l'espace de la chambre, mon cœur se fige. Une femme est allongée sur le lit, son mari assis à côté d'elle, lui tenant la main. Ils sont morts depuis des jours, comme en atteste l'odeur qui flotte ici.

Je rejoins mes amis et suis accueilli par le feu bienfaiteur, qui contraste avec la froideur morbide de cet endroit. Ils me regardent et je leur fais signe que rien ne va. Karl se lève en direction du comptoir, sort une autre assiette et partage le maigre repas en quatre, avec une part plus grosse pour l'enfant. Je m'accroupis auprès de Sven :

— As-tu de la famille qui pourrait t'accueillir ?

— Mon oncle habite à quelques villages d'ici, c'est un JOMSVIKING.

Je hoche la tête et je peux déjà sentir mon ami se tendre en entendant le lieu de notre future destination.

— Les… Les terres de JOMSBORG ? Bredouille Karl.

— Eh bien quoi ? Demande Eldrid. Là où ailleurs, qu'est-ce que ça peut faire ?

— Ces terres sont hostiles, je réponds.

La rouquine se tourne vers Karl.

— Tu as la trouille, mon beau ? Raille-t-elle.

— Non ! Conteste Karl avec véhémence, m'arrachant un sourire au passage.

— Alors pourquoi es-tu aussi tendu ? Le provoque-t-elle. Ce serait plutôt à moi de m'inquiéter, si je me fie à ce que tu m'as dit au début de cette aventure. *Les femmes ont besoin d'être protégées*, l'imite-t-elle.

Karl passe par toutes les couleurs de l'arc en ciel du BIFRÖST ! Avec une préférence pour le rouge écarlate et le blanc comme un linge. Je sais ce que notre belle rousse cherche à faire. Elle le pousse dans ses retranchements pour qu'il trouve assez de fierté et de courage pour continuer avec nous. Et sa technique est imparable, l'adolescent se fait avoir à chaque fois.

— Quoi qu'il en soit, Sven ne peut pas rester ici, tranché-je. Demain, nous l'amènerons chez son oncle.

Je me tourne ensuite vers Karl :

— Après le repas, j'aurais besoin de ton aide.

Il approuve d'un hochement de tête sans poser de question. Il va vite déchanter quand il saura de quoi il retourne, car nous devons enterrer les corps.

Note de l'auteur : BIFRÖST : arc en ciel magique qui relie Midgard, le royaume des hommes, à Asgard, le royaume des Dieux. Il est gardé par le géant Heimdall et seuls les Einherjar et les Dieux sont autorisés à l'emprunter pour rejoindre Asgard.

Note de l'auteur : EINHERJAR : guerriers remarqués et prélevés par les VALKYRIES sur le champ de bataille. Ils festoieraient indéfiniment à Asgard avec les Dieux.

Note de l'auteur : JOMSBORG : aujourd'hui connue sous le nom de Wolin, une ville portuaire au Nord de la Pologne. JOMSBORG est devenu au IXème siècle une des plus grandes villes d'Europe de l'époque, avec 10,000 habitants.

Note de l'auteur : JOMSVIKINGS : habitants de JOMSBORG. Ce sont des mercenaires.

KARL

CHAPITRE 22

NE ME CHERCHEZ PAS

❄ ÞORRI / FÉVRIER ❄

ASULF

Nous chevauchons depuis plusieurs heures, lorsqu'un carreau siffle à mon oreille.

— On nous attaque ! Mettez-vous à l'abri ! ordonné-je.

Une seconde flèche manque d'embrocher Karl dont le destrier se cabre et le désarçonne. Il se relève rapidement et se jette sur la bride de sa monture. Si l'animal se sauve, s'en est fini de nos maigres provisions et de son arme. Il attrape son épée dans ses sacoches et se prépare maladroitement à combattre.

Je descends de mon cheval, prends Rigborg dans ma main droite et la hache à deux têtes de mon père dans l'autre. Je suis prêt à riposter et à défendre mes amis.

Nous sommes bientôt entourés d'hommes menaçants. Combien sont-ils ? Une vingtaine ? Peu importe. Les deux premiers s'avancent simultanément et celui de gauche engage le combat. Je lève ma hache et frappe de toutes mes forces, envoyant la lame de mon adversaire à plusieurs mètres. Je pivote sur moi-même et missionne Rigborg pour tâter de la cuisse du second qui hurle et s'effondre au sol.

Ma petite démonstration énerve les autres qui s'amassent autour de moi, menaçants. Je fais tournoyer d'abord ma hache, puis mon épée. Je bande mes muscles, en position d'attente, prêt à les affronter tous. Séparément ou ensemble.

— Non ! entendis-je crier derrière moi.

Je me retourne vers Karl et vois derrière lui qu'Eldrid et le garçon ont été capturés.

— Drôle d'attelage, ironise un cavalier en traversant le rang de ses pairs pour se retrouver face à moi. Qui es-tu et que faites-vous ici ? grogne-t-il.

Je les détaille un instant. Ces cavaliers, au visage peint de noir et aux yeux entourés de blanc, ne m'inspirent guère confiance.
J'analyse rapidement la situation. J'ai appris à mes compagnons à se battre au cours de ces dernières lunes. Ils savent se défendre, mais ils ne sont pas des guerriers. Karl n'a pas vraiment de réflexes stratégiques et se fera tuer avant d'avoir porté le moindre coup. Les deux autres sont déjà des otages.

Je dois trouver une solution pour gagner du temps et ne pas mourir.
— Je m'appelle Stig, mentis-je.
— « *Le voyageur* » ? Tu me prends pour un idiot ?
— Non, rétorqué-je. Nous ne sommes que de passage. Nous ramenons cet enfant dans sa famille et quittons vos terres.
Le cavalier me regarde d'un air suspicieux :
— Ma patience atteint vite ses limites. Et je sens que tu me mens.
— Il dit la vérité ! Confirme le garçon. Je suis Sven et je dois rejoindre mon oncle.
— Ses parents sont morts, renchéris-je. Ils vivaient dans une LANGHÚS, par laquelle nous sommes passés hier soir. Le petit était seul depuis un moment. Nous ne pouvions pas l'y laisser.
Le cavalier comprend que je fais référence aux décès de ses parents. Il nous sonde longuement tous les quatre, à la recherche d'une faille dans notre récit.
— Rien ne me dit que tu ne les as pas tués et viens à présent réclamer une compensation non justifiée.
— Il ne ment pas, renchérit Sven que les larmes submergent.
— En attendant de savoir si tu dis vrai, annonce-t-il, vous allez tous nous suivre sans rechigner. Vous êtes nos prisonniers jusqu'à nouvel ordre.
— Laissez-les tranquilles, m'interposé-je. Tous les trois. Et je ferai ce que vous voudrez.
— J'ai déjà donné mes ordres, répète le chef en grimaçant. Vous venez avec nous. De gré ou de force.
J'observe rapidement la troupe. Ils sont nombreux et bien trop armés. Si j'avais été seul, j'aurais tenté de me battre avec le *Regard d'acier*. Mais là, j'ai bien trop peur des dommages collatéraux que les miens pourraient subir.

Je préfère m'adresser à mes compagnons :
— Ne résistez pas, nous les suivons. Sven doit retrouver sa famille, il en a besoin.
— Très bien, approuvent mes camarades à contrecœur.
Eldrid se retourne vivement vers les hommes qui l'approchent.
— Ne me touchez pas, ou vous le regretterez ! les avise-t-elle.

Ses geôliers font fi de son avertissement et lui immobilisent les poignets. La rouquine me sonde, attendant mes instructions. Je lui réponds par la négative. Elle soupire, frustrée et tend ses avant-bras face à la corde du JOMSVIKING qui patiente.

Il lui lie les mains et l'attrape par la taille pour la désarçonner. Karl réagit en fonçant vers lui, le pointant de son épée. Il est vite arrêté par plusieurs mercenaires, alors que je saute à bas de mon cheval et me place immédiatement aux côtés d'Eldrid.

— Laisse-la sur son destrier, ordonné-je.

— Sinon quoi ? Menace le chef.

— Ne me cherchez pas, siffle la belle.

— Si vous les touchez, je vous le rendrai au centuple, je promets.

— Tu n'es pas en position de force, Stig, affirme-t-il. Aussi, je te suggère sérieusement de fermer ta grande gueule et de nous suivre.

Je me renfrogne. Néanmoins, il estime judicieux de ne pas me contrarier, tant que nous coopérons.

Chacun notre tour, ils nous ligotent à notre cheval et lient nos destriers à celui d'un mercenaire. Par précaution, nous avons été désarmés. Je plains celui qui va transporter ma lame !

Quant à Sven, il a également été attaché, mais effectuera le reste du trajet avec le chef pour nous empêcher toute tentative de leur fausser compagnie.

Trois hommes lorgnent Eldrid et ricanent. Elle feint de les ignorer et garde une contenance. Pourtant je sais qu'elle a compris ce qui se trame dans son dos. Son corps trahit imperceptiblement la tension qui l'anime. Je n'aime pas cela, même si tant que nous chevauchons, elle ne risque rien.

Ramener une femme dans un camp de mercenaires s'apparente déjà à de l'inconscience. Mais je gage qu'ils vont tenter quelque chose. J'espère que nous ne serons pas séparés, afin que je puisse veiller sur elle.

Nous avons passé le reste de la journée à cheminer au pas. Je me suis constamment assuré que mes compagnons allaient aussi bien que possible. Eldrid a mis quelques coups de botte pour éviter d'être approchée. Et Karl ne quitte pas sa mine renfrognée, grognant à l'occasion quand la rouquine est importunée.

Quant à celui qui trimballe ma lame, sa monture et lui sont dans un piteux état. Ils croulent sous le poids qu'elle leur impose et je m'en réjouis.

Lorsque nous atteignons JOMSBORG, un mercenaire part en éclaireur pour annoncer notre venue.

Il en revient accompagné d'un homme qui doit être le chef, car l'autre est devenu obséquieux. Cela change radicalement de son comportement vis-à-vis de Karl tout au long de la journée !

— Je m'appelle Folker et vous êtes chez moi, déclare le nouvel arrivant.

— Ne vous en déplaise, nous ne sommes pas ravis de l'invitation, grommelle notre compagnon.

Folker le toise et reporte son attention sur notre amie.

— Enfermez la louve avec les THRALLS, ordonne-t-il. Le petit m'accompagne.

— Non ! hurle-t-elle en se débattant, alors qu'un homme l'assomme.

Karl conteste à son tour, tandis que deux mercenaires le jettent à bas de son cheval et l'immobilisent à grande peine.

— Mettez-moi ces deux-là dans les cages. Pas envie qu'un enragé me poignarde dans mon sommeil.

ELDRID

Je suis emprisonnée depuis trois jours avec les esclaves. Sven a été emmené par Folker dès notre arrivée dans le campement. J'ignore ce qu'il est devenu et je prie les Dieux que rien de fâcheux ne lui soit advenu. Ce gamin a besoin de retrouver ce qu'il lui reste de famille. En souhaitant qu'il puisse se reconstruire.

Asulf et Karl ne sont pas avec moi. Nous avons été séparés dès notre arrivée. Je n'ai pas entendu d'homme crier, alors l'espoir qu'ils vont bien demeure.

À dire vrai, je m'inquiète davantage pour Karl. Il ne connait rien au monde des combats et n'a jamais été initié à la torture, contrairement à notre meneur. Je sais qu'il perd vite ses moyens si la personne appuie sur un point sensible. Ce que je me suis plu à faire jusque là.

Saura-t-il résister s'ils s'en prennent à lui ? Cette question me tord l'estomac plus que je ne le voudrais. J'ai peur pour lui. Non, je suis terrifiée.

Notre cage est à l'abri des intempéries dans une très grande tente, ce qui nous empêche de voir quoi que ce soit dehors. Uniquement des sons nous parviennent.

Cela a pourtant l'avantage non négligeable de nous couper du froid mordant en cette lune de ÞORRI et de la neige présente une bonne partie de VETR.

Pas de feu pour nous réchauffer, seulement des peaux d'animaux décrépies qui sentent le rat crevé. Alors nous passons nos journées serrées les unes contre les autres.

Nous mangeons peu, mais chaud. Une espèce de bouillie, presque aussi liquide que de la soupe, qu'ils appellent gruau.

Six filles sont avec moi. Deux d'entre elles ont disparu une bonne partie de la nuit précédente. Elles sont revenues ce matin, avant le lever du jour, en piteux état. Amochées, tremblantes et apeurées. Pas besoin d'être une VÖLVÄ pour deviner ce qu'ils leurs font.

Elles ne parlent pas ma langue, mais je parviens à communiquer avec elles pour les rassurer.

Je suis la plus âgée. Toutes semblent être des gamines de bonne famille et pour partie ne provenant pas de nos contrées. Le choc culturel de rencontrer des Vikings pur jus a dû être brutal ! Surtout des mercenaires, qui ne doivent pas voir de femmes très régulièrement.

Je culpabilise d'abandonner ces pauvres filles à leur sort injuste. Cela aussi me ronge de l'intérieur. Pourtant, je refuse de prendre leur place. J'ai bien trop souffert et lutté jusqu'à présent pour me défaire de cette couche de crasse qui me collait à la peau depuis bien trop longtemps. Je ne me laisserai plus faire. Je ne suis plus une fille facile qui écartait les cuisses pour quelques pièces.

Je les ai aidées à soigner leurs blessures. Je fredonne pour les apaiser et nous donner du courage. Je fais de mon mieux pour garder mon calme, alors que ma tension grimpe en flèche.

Quatre geôliers nous surveillent en permanence et sont relayés à intervalles réguliers.

Jusqu'à présent, j'ai eu de la chance. Ils étaient trop avinés pour s'intéresser à moi. Je suis une captive qui se défend. Leurs gestes imprécis, à la nuit tombée, les forçaient à renoncer rapidement pour jeter leur dévolu sur plus faible que moi. Mais je gage que ce ne sera pas toujours le cas.

D'ailleurs, les trois qui m'ont asticoté durant le trajet jusqu'ici débarquent. Ils ricanent encore entre eux et je sens que cela n'augure rien de bon.

KARL

Asulf et moi moisissons dans des cages en fer depuis trois jours.

Trois putains de jours durant lesquels nous avons été enfermés comme de futurs cadavres ! Chacun dans la sienne. Posées à même le sol. Avec ce froid qui nous gèle en profondeur. Nous mangeons chaud, à peine de quoi survivre. Les heures sont interminables.

Sven a été emmené à part. J'espère que Folker le ramènera à son oncle. Tous deux sont des JOMSVIKINGS. Il doit bien y avoir un code d'honneur entre eux, non ?

Toutes ces petites manœuvres visent à nous affaiblir pour nous asservir. Pourtant, ce n'est pas ce qui me préoccupe.

Je suis inquiet pour Eldrid. Nous avons été séparés d'elle dès notre arrivée et ignorons ce qu'elle est devenue. Nous savons uniquement qu'elle a été emprisonnée avec d'autres THRALLS.

Des femmes dans un camp de mercenaires. Pas besoin d'être très futé pour imaginer ce qu'ils leur font subir. Mon esprit y pense constamment et je sens que je perds la tête. Je tire sur mes cheveux, frustré.

Asulf tente de me rassurer :

— Eldrid est une dure à cuir. À ta place, je prierais les Dieux d'épargner les mercenaires et de les tenir loin de son courroux ! S'ils la cherchent, ils la trouveront et ce ne sera pas joli à voir.

J'ignore s'il parle en connaissance de cause. Car hormis son sale caractère, la rouquine n'a pas démontré d'aptitudes particulières à se battre à l'épée.

Je sens qu'il y a un fond de vérité dans sa plaisanterie. Pourtant je bous d'impuissance. Et s'ils la surprennent et qu'elle n'a pas le temps de riposter ? S'ils l'assomment et la violent ?

Mon cœur part dans un galop effréné que je n'arrive plus contenir.

Du calme, Karl. Tu ne l'aides pas, là !

Réfléchis à une façon de sortir de ta cage, petit oiseau. Et ensuite, tu pourras aller la secourir.

Je suis perdu dans mes pensées quand Asulf m'interpelle discrètement. Il me fait un signe de tête et j'observe dans la direction indiquée. Trois mercenaires qui ne nous sont pas inconnus marchent à proximité.

— Ceux qui nous ont capturés, murmure Asulf.

J'acquiesce et regarde vers mes genoux, l'air dépité. En apparence, je ne perçois pas ce qui se passe, mais en réalité, je tends l'oreille pour épier leur conversation :

— Folker nous assigne tous les trois de garde chez les THRALLS.

— Ensemble ?

— Affirmatif.

— Vous savez ce que ça veut dire ?

— Qu'on va pouvoir s'envoyer la fougueuse.

— Ouais ! Ça va donner !

— Elle va crier toute la nuit, la salope !

Je m'arrime aux barreaux de la cage et m'apprête à déchainer toute ma haine verbale, quand la main d'Asulf se pose sur mon avant-bras.

— Non, susurre-t-il. On ne pourra plus l'aider s'ils nous tuent.

— Alors on va les laisser faire ?

— Non plus.

Je ne comprends rien à ce qu'il me dit. En revanche, je suis sûr d'une chose. Dès que nous serons libérés, ces trois-là seront des hommes morts.

ELDRID

Trois visages familiers débarquent, pour mon plus grand déplaisir. Personne n'entre jamais ici, à part pour les repas et kidnapper des demoiselles. Et ce soir, ils sont là pour la seconde option. Et plus précisément pour moi.

Le premier ouvre la cage et s'introduit. Le second lui emboîte le pas. Le troisième s'invite à son tour et verrouille la porte derrière eux. Il se dirige vers les filles, l'épée au poing et les force à se tenir tranquilles, entassées dans un coin.

Numéro un a une dentition pourrie, qui m'inspire le surnom de *Chicots Moisis*. Quant à l'autre, son Crâne rasé et tatoué préfigure du sien.

Tous deux s'approchent dangereusement de moi.

— Comme on se retrouve, la rouquine ! Siffle Chicots Moisis. Tu n'as pas été très coopérative durant le trajet. J'espère que tu te laisseras faire ce soir. Mes camarades et moi avons envie de nous amuser un peu avec toi.

Je sens mon cœur s'affoler alors que je tente de garder mon calme. Björn m'avait mis en garde. Il savait que mon impétuosité me causerait des problèmes, tôt ou tard. Je ferais bien de suivre ses conseils avisés.

J'inspire longuement. Mauvaise idée, car elle emplit mes narines de leurs odeurs fétides ! Ce qui est loin de m'apaiser, comme je l'espérais.

Tu ne les laisseras pas te prendre Eldrid. Ils n'y arriveront pas.

— Ne me cherchez pas, les menacé-je avec aplomb.

— Qu'est-ce que tu as, la rouquine ? Tu préfères utiliser ta bouche avant ton cul ?

Respire, Eldrid. Prie les Dieux, ils ne t'abandonneront pas.

— Eh ! Pourquoi passerais-tu en premier ? Râle Crâne Rasé.

— Parce que je l'ai décidé, du con !

— Ah ouais ?

Les deux hommes se bousculent et s'empoignent. L'un d'eux perd un couteau de lancer qui m'appartenait. Du bout de ma botte, je m'empresse de le camoufler discrètement sous la paille qui tapisse notre habitat plus que sommaire.

L'une des captives m'a vue et m'observe, ses yeux écarquillés. Je lui fais signe de se taire, alors que je sens la panique l'étreindre. Je n'ai vraiment pas besoin qu'elle ruine mes chances de nous sortir de là.

Le troisième mercenaire, qui nous tournait le dos pour surveiller les autres filles, intervient pour séparer les deux idiots :

— Putain, mais arrêtez vos conneries ! Soit vous y allez, soit on dégage. Vous allez rameuter Folker avec vos histoires !

Je retiens l'idée, elle pourrait me servir. Hurler dès que je sens que je n'ai plus le contrôle. Avec un peu de chance, leur chef débarquera et ils seront bons pour le fer, eux aussi.

Celui assigné à la garde reprend sa position initiale, dos à nous. Chicots pourris a le dessus et est le premier à revenir vers moi, sous le regard énervé de son comparse.

— Où en étions-nous ?

— Nulle part. Tu t'apprêtais à nous souhaiter une agréable nuit et à sortir.

— Pas avant de t'avoir fait un câlin.

— Tu serais déçu, je ne suis pas très affectueuse.

— Ne t'en fais pas, je vais t'apprendre.

L'homme s'avance et m'admire comme s'il allait me dévorer. Mais la seule chose qu'il va mordre, c'est la poussière. Il ne sait pas à qui il se frotte, le gaillard ! Il a beau faire une tête de plus que moi, je ne me laisse pas intimider. Björn m'a appris à me défendre en corps à corps et je compte bien tout tenter pour sauver ma peau.

Chicots Moisis fait un pas de plus. C'est maintenant ou jamais. Telle une furie, je me penche et pousse mon corps en avant avec un maximum d'impulsion. Ma tête et mon épaule gauche viennent s'écraser contre son ventre mou, alors que mes mains crochètent l'arrière de ses genoux. Le bougre semble lourd et difficile à déplacer, mais je ne me décourage pas. Je positionne mon pied gauche derrière le sien pour faire barrage quand il va reculer. Il chancelle à cause de l'élan que j'ai pris, mais bute sur mon entrave. N'arrivant pas à rétablir son équilibre, il chute en arrière et s'affale sur le dos dans un bruit sourd. Il grogne sous l'effet de surprise et tente de me repousser.

Je sais que je suis plus petite et plus légère, alors je dois être plus rapide que lui.

J'extrais mon bras gauche de dessous lui pour le passer sous son cou. Sa tête est prise en étau entre mon épaule et mon poignet. Je serre le plus fort possible pour l'empêcher de respirer, alors que je suis en appui sur son torse. Son haleine fétide manque de me tuer sur place. Je me force à rester concentrée sur ma tâche à accomplir. L'homme commence à étouffer et essaie de se défaire de mon entrave. De son membre valide, il envoie trois coups de poing dans mes côtes.

Putain, ça fait mal ! Je comprends alors qu'à l'époque Björn ne me frappait pas vraiment.

Je resserre ma prise encore un instant, juste avant que Crâne Rasé se jette sur moi pour me ceinturer. Il tente de me faire lâcher, me tire fort en arrière, mais je lutte. Quand je sens que ses appuis vacillent, je délaisse tout d'un coup Chicots moisis. Emporté par sa force, Crâne Rasé, qui me tient toujours contre lui, perd l'équilibre. Il s'effondre à plat dos alors que l'arrière de ma tête vient fracasser son nez dans un bruyant craquement d'os.

— Salope !

— Sale putain !

Crient les deux en chœur, alors que je roule en arrière, écrasant au passage le visage du numéro deux. Je termine gracieusement ma pirouette en me redressant promptement, prête pour le prochain affrontement. Quant à mes deux assaillants, ils sont bien moins frais. Le premier crache ses poumons et l'autre saigne abondamment du nez qui ne ressemble plus à rien.

— He, qu'est-ce qu'il se passe ? s'enquiert le troisième, dos à nous.

Je me jette sur lui et grimpe sur son échine. Je glisse mon bras droit autour de son cou, crochète mon poignet droit dans le creux de mon coude gauche et mon avant-bras gauche derrière sa nuque. Il est coincé et ma prise bien ancrée l'empêche de respirer. Je serre de plus en plus fort, alors que mes forces diminuent. Son oreille à proximité, j'en profite pour la mordre violemment. Je croque si fort que je lui en arrache un bout que je recrache aussitôt. Le goût et l'odeur du sang s'insinuent dans mes narines et sur ma langue et je dois lutter contre un haut le cœur.

Ses cris fusent, bientôt accompagnés par ceux des THRALLS qui paniquent. Dans l'affolement, la lame de l'homme tournoie dangereusement, manquant de peu de blesser les captives.

Avec tout ce raffut, j'espère que cela va rameuter du monde et surtout leur chef.

KARL

Cela fait déjà plusieurs minutes que les trois mercenaires sont passés devant nous en nous narguant. Je me suis mordu la langue pour ne rien dire. J'ai serré mes doigts tellement fort contre les barreaux que mes jointures ont blanchi.

Asulf m'enjoint à rester calme, mais putain, c'est impossible ! Il attend qu'un individu s'approche pour lui demander audience avec Folker. Il a entendu que ce dernier aimait l'argent facile et veut tenter de monnayer notre liberté grâce à quelques combats à l'épée, sur lesquels le chef pourra parier.

Excepté que des cris d'hommes, puis de femmes, fusent un peu plus loin. Putain, Eldrid ! Je me jette contre les barreaux de ma prison de fer et hurle comme un dingue pour qu'on me laisse sortir. Je vais exploser à rester là alors qu'elle est clairement en danger. D'autant que nous ne sommes pas les seuls à les avoir entendus. Des hommes courent à vive allure en direction du bruit qui les a alertés.

ELDRID

L'épée de numéro trois tombe au sol alors que je l'étrangle. D'un geste leste, je desserre ma prise et me précipite sur son arme.

Accroupie, sa poignée contre mon ventre, le métal de sa lame dirigé vers le haut, je pivote face à lui. C'est le moment qu'il a choisi pour fondre sur moi dans l'espoir de me maitriser. Ce qu'il n'avait pas prévu, c'est qu'il s'embrocherait sur sa propre épée. Il appuie de tout son poids tandis que je lui transperce le cœur. Le pommeau me coupe la respiration et je perds l'équilibre. Je tombe en arrière alors que les esclaves se décalent rapidement.

Deux d'entre elles m'aident à pousser mon assaillant avant de me relever, alors que les quatre autres sont prostrées, hurlant à la mort.

J'ai du mal à me redresser. J'ai le souffle court, le ventre et les côtes douloureuses, la tête qui tourne et les oreilles qui sifflent. Je ne suis pas certaine d'être d'attaque pour beaucoup plus.

Crâne Rasé s'est redressé, mais se tient le nez qui continue de saigner. Chicots Moisis a récupéré un peu de ses capacités. C'est lui qui s'élance sur moi. Les filles s'écartent, apeurées par son assaut.

Je me jette en avant pour l'esquiver et rejoindre le couteau de lancer que j'ai caché tout à l'heure sous la paille, quand il m'interrompt en m'attrapant par les cheveux. Sa prise m'arrête net et je m'effondre au sol, alors qu'il me maintient fermement.

— Ah ! hurlé-je de douleur.

— Alors, on fait moins la maline, maintenant ! Fanfaronne Chicots Moisis.

Les quatre filles prostrées n'ont pas bougé. Par contre, les deux qui m'ont aidé à me relever se sont lentement déplacées près de mon arme. L'une d'elles déblaie le sol de sa bottine et pousse le couteau de lancer vers moi. Je suis assise et m'apprête à le réceptionner de ma main, mais elle ne l'a pas envoyé assez fort. *Merde !*

Chicots Moisis me tire en arrière alors que je m'agrippe à son bras pour soulager la pression sur mes cheveux. De mon pied droit, je tâtonne jusqu'à le poser sur mon arme. Enfin ! Je rapatrie mon pied et la lame vers mes doigts qui se referment sur le manche. Je poignarde à l'aveugle derrière moi. Je finis par lui transpercer plusieurs fois la cuisse au même endroit.

Il me relâche en me maudissant et j'en profite pour me dégager. Je pivote et bondis sur mes talons en sautant dans sa direction, mon couteau en avant. Le métal vient se ficher jusqu'à la garde dans sa jugulaire. Je le tourne d'un quart et le ressors violemment. Chicots Moisis s'effondre et se vide dangereusement de son sang, les deux mains plaquées contre sa gorge, comme le gros porc qu'il est.

Je me retourne précipitamment vers là où j'ai laissé le dernier survivant. Son nez continue de saigner et il tient, tant bien que mal, toutes les filles en joug.

— Tu vas crever, démon ! crie-t-il à mon intention.

Je ne prends pas le temps de répondre et pivote vers le premier homme que j'ai embroché. Une nouvelle fois, mes deux alliées sont là pour me prêter main forte. Elles ont roulé le cadavre sur le dos et arraché la lame de sa poitrine. Je m'approche et la récupère rapidement de la première, alors que la seconde me fait un signe de tête entendu.

Seraient-elles prêtes à m'aider encore ?

Je n'aurai ni l'énergie ni la puissance de me battre à l'épée contre un homme. Je ne maitrise pas suffisamment l'exercice habituellement, malgré les leçons d'Asulf. Pourtant, je peux gagner du temps en simulant une certaine expérience.

Rester agile sur ses appuis. Ne pas se laisser approcher.

Puis je me souviens des ruses employées par Björn et Asulf le jour de leur duel. Le blond a fait en sorte qu'ils se décalent pour amener le loup là où il le souhaitait. Quant au brun, il tentait de le faire sortir de ses gonds.

Tourner jusqu'à ce qu'il soit dos à mes deux amies. Monopoliser son attention dans l'intervalle pour qu'il ne comprenne pas ce qui va se passer. Ça, je sais faire !

— Je croyais les mercenaires plus forts que cela, provoqué-je Crâne Rasé en me déplaçant d'un pas vers la droite.

— Tu es une sorcière, femme ! crache-t-il. Tu te bas tel un esprit, non comme un humain !

Un autre pas.

— Et toi, tu es un lâche ! répliqué-je. Qui attaque de jeunes filles sans défense, enfermées dans une cage ?

Un de plus.

— Ces deux-là voulaient te baiser !

Encore un pas.

— Et c'est l'inverse qui s'est produit, rétorqué-je.

Plus que trois.

— Mais moi, tu ne m'auras pas, trainée !

— On parie ?

On y est. Pile là où je le désirais.

Les deux gamines se jettent sur Crâne Rasé et l'agrippent fermement, chacune une épaule. Il se débat vivement. J'ai tout juste le temps de lui transpercer le ventre et de tourner avant de ressortir la lame, de biais. Il dégage son bras qui tient son épée et m'entaille la cuisse. Je n'ai pas pu l'esquiver. J'ai mal, je saigne, mais pas autant que lui. Il titube et avant que je n'aie eu la possibilité d'en faire plus, les filles le frappent à plusieurs reprises avec mon couteau de lancer et celui qu'elles lui ont volé dans sa ceinture.

Le mercenaire s'écroule raide mort à mes pieds.

J'ai à peine le temps de reprendre mes esprits que des hommes débarquent en trombe sous la tente. Devant la boucherie qui s'est jouée ici, certains sont atterrés, d'autres admiratifs.

Je me tiens debout face à eux, au milieu de la cage, l'épée ensanglantée à la main. Je reste droite et fière, alors que je suis un tas de douleurs.

— Allez me chercher Folker. Maintenant ! hurlé-je.

ASULF

Un groupe de mercenaires s'approche de nous en silence et nous scrute. L'un d'eux, plus jeune, nous contourne et déverrouille les geôles, avant de s'éloigner rapidement.

Karl m'observe, ahuri. Nous sortons de nos prisons, les muscles encore endoloris par la même position depuis trois jours. Nous prenons à peine le temps de nous étirer qu'il hurle :

— Eldrid ?

— Je suis là ! Répond-elle alors que la foule s'écarte pour la laisser passer.

Je suis soulagé de la savoir en vie. Mon cœur s'emballe à l'idée de la revoir. Elle fait quelques pas vers nous en boitant. Je constate aisément qu'elle s'est battue, car elle est maculée de sang. Elle a du mal à se déplacer, même si elle feint d'aller bien. J'imagine que ça a cogné !

Karl se jette sur elle et ils s'enserrent fort. Puis elle arrive jusqu'à moi et je l'étreins à mon tour.

— Tu vas bien ? je m'enquiers auprès de la rouquine.

— Parfaitement, oui.

— Qu'est-ce que tout cela signifie ?

— Quoi qu'ils disent, vous être tous deux pire que moi, nous susurre-t-elle.

— Hum, répliqué-je.

— Compris, répond Karl.

Nous sommes interrompus par un raclement de gorge annonçant l'arrivée de Folker. Celui-ci s'avance et se poste à un mètre de moi, alors qu'Eldrid et Karl m'entourent.

— Vous souhaitiez vous entretenir avec moi ? Nous interroge-t-il.

— Comment pouvons-nous obtenir notre liberté ? Questionné-je sans perdre de vue notre objectif.

Folker m'observe, interloqué :

— Et comment comptes-tu t'y prendre, *voyageur* ? Comme ton amie ?

— Hum. Pire, rétorqué-je.

Folker se fige avant de laisser éclater un rire nerveux. Il se frotte le menton un instant et sourit.

— Rendez-leur toutes leurs armes, ordonne-t-il à l'assemblée. Préparez-leur une tente près de la mienne. Ils ne sont plus nos prisonniers, mais nos hôtes de marque.

Puis il se tourne vers moi et me dit :

— En effet, Stig, ta lame pourrait bien m'être utile.

SURT

CHAPITRE 23

SURT

❄ GÓA / MARS ❄

HARALD

— C'est pas vrai ! hurlé-je. Fais chier !

Trois putains de lunes que je patientais, pour ça ! Je tenais Björn dans ma main, j'étais à deux doigts d'en finir. Et par je ne sais quel tour les Dieux m'ont joué, il a réussi à m'échapper.

Je passe la tête à l'extérieur pour appeler à l'aide, mais il n'y a personne alentour pour m'entendre. J'aperçois au loin Björn qui s'évade, lancé à vive allure sur le cheval avec lequel il est arrivé jusqu'ici. Je vais lui faire porter le chapeau du meurtre de sa famille et il le sait. Sa fuite est définitive. Il ne prendra pas le risque d'une confrontation avec moi, sachant que j'inclurais le Conseil et le peuple pour témoins. Il y a trop de cadavres, tous appréciés du clan. Je dois juste réarranger un peu mon histoire afin de m'assurer qu'il soit à nouveau banni et sans possibilités de retour.

Markvart se tient l'épaule, le couteau toujours fiché dans sa chair. Je m'approche de lui pour lui enlever, espérant ne pas le blesser davantage.

— Ah, putain ! Crie le sorcier. Ça fait un mal de chien ! Si j'avais su, je ne serais pas rentré cet après-midi, Harald ! Tu parles d'un comité d'accueil ! Bordel de merde !

Je hausse un sourcil dans sa direction. C'est vrai que j'ai connu des retours plus glorieux à AROS. Heureusement qu'il était là ce soir, d'ailleurs, car sans lui, j'aurais pu mourir. Ou peut-être que son absence prolongée à la Grande Bibliothèque a poussé ma patience à bout, raison pour laquelle j'ai tout mis en œuvre le jour même de son retour. Je n'en pouvais plus.

Je referme la porte, m'approche de l'un des cadavres et déchire un bout de cape pour faire un garrot à mon acolyte, afin d'arrêter le saignement.

— Ne te soigne pas seul, je l'interromps alors qu'il psalmodie un sort contre la douleur et pour la guérison. Ta blessure est une preuve de son forfait.

— Si l'un de ces charlatans en ville s'en occupe, je vais garder une cicatrice ! rage-t-il.

— Eh bien, oui, tu en conserveras la marque, rétorqué-je. Elle est une garantie de ta sécurité.

— Encore une, maugrée-t-il, car il n'a pas digéré que je lui ai apposé la mienne vingt ans auparavant.

Il bout de fureur et de colère et c'est pareil pour moi. Voire pire. J'étais si près du but ! Et l'espace d'un infime instant, tout a basculé. Je n'étais plus maître de mon destin. Cette toute petite faille dans laquelle Björn s'est engouffré. Elle va me demander du temps et une énergie considérables pour réparer cette bourde.

Il y a un témoin dans la nature. Quelqu'un qui a porté secours à Björn. Qui cela peut-il bien être ? Sans compter que j'ignore ce que cette personne a entendu de notre échange. Dire que j'ai tout avoué par vanité ! Parce que je voulais qu'il sache que j'avais gagné et qu'il avait échoué, malgré ses lunes de vigilance constante. Quel con !

Oui, Thorbjörn et sa famille sont morts et cela fait grandement le ménage. D'autant que, grâce à eux et à la fuite de son cadet, je vais pouvoir prouver au peuple que notre ancien chef était trop magnanime. Lui montrer ce que sa gentillesse lui a coûté. À présent, j'ai le champ libre pour devenir plus ferme.

Nous rentrons dans le centre-ville d'AROS et j'ordonne à Markvart d'aller chez un vrai guérisseur pour soigner sa plaie et de se reposer.

Je retourne dans mon SKALI et m'assois sur le trône. Je repense à tout cela et je fulmine. Tout se passait bien et j'allais être définitivement débarrassé de tous mes problèmes. Mais il a suffi d'un seul petit caillou pour que mon plan s'enraye et parte à la dérive. Même si la situation n'est pas aussi dramatique qu'elle aurait pu l'être, il va quand même falloir que je sois malin et vigilant.

Je frotte mes deux mains sur mon visage et respire longuement. J'ai quarante-cinq ans. Je suis au sommet. Et je viens de me faire berner par un petit con de vingt et un ans. Comment en suis-je arrivé là ?

— Tous des ingrats, maugréé-je en serrant avec force les accoudoirs qui m'entourent. Quand je pense à tout ce que j'ai entrepris pour faire d'eux des hommes. Et au lieu de me remercier, ils m'abandonnent, sans se préoccuper de tous mes efforts, qui sont vains à présent.

Je songe d'abord à Björn :

— Asulf est parti et Thorbjörn m'a nommé régent. Bien sûr, j'étais contrarié par le départ du petit, mais il n'a en rien entravé mes plans. Mieux ! Au lieu d'exister dans son ombre, comme avec Thorbjörn, je siège aujourd'hui en tant que Harald, protecteur du royaume. C'est tellement plus simple de régner au nom de mon neveu absent ! Cela m'évite d'avoir à le persuader d'abonder dans mon sens en cas de désaccord. Pourtant si Thorbjörn n'avait pas souhaité que nous annoncions la désertion d'Asulf, tout aurait continué sans le moindre accroc.

Je me remémore alors notre ancien chef que j'ai empoisonné :

— Tu n'aurais pas gardé ton trône aussi longtemps si je ne t'avais guidé à travers les méandres de la politique et des stratégies militaires. Tu as fait de moi ton bras droit, mais j'ai surtout vécu derrière toi. Quand tu n'en pouvais plus de régner, pourquoi ne m'as-tu pas simplement nommé pour te succéder ? Il est vrai qu'organiser un tournoi en y inscrivant mon héritier me permettait de conserver ma place sans avoir à me battre pour ça. Mais si Björn avait gagné, il ne m'aurait pas gardé à ses côtés sans que tu ne l'y contraignes.

J'ironise :

— Thorbjörn, en mauvais père que tu es, tu as banni ton meilleur fils ! Tu lui as fermé la porte à son héritage. Une chance qu'il n'ait pas eu le temps de créer son clan ! Si tu ne l'avais rappelé si rapidement, nous aurions probablement compté un ennemi de plus ! Rien n'empêche Björn d'essayer de se constituer une armée maintenant. Mais avec ce génocide et sa fuite, plus personne ne voudra le suivre et risquer la peine de mort pour trahison. Non, tu es bel et bien seul, Björn !

Je sens la colère monter en moi et je continue :

— Asulf était contrarié par le décès de sa petite servante qu'il culbutait. Alors il est parti pour me montrer sa désapprobation. Il est devenu un VARGR, un hors-la-loi. Sa tête a été mise à prix pour avoir déserté et tu as ordonné que Björn revienne. Tu m'as demandé de m'en occuper, de le former, pour qu'il soit paré à prendre ta place. Ton idiot de fils devait tout apprendre de moi, quand le mien était déjà prêt. Comme toi et moi à l'époque. On dirait que l'histoire se répète et en ma défaveur, encore.

Je m'irrite et attrape nerveusement mes cheveux :

— Je ne souhaitais pas mettre fin à ta vie, Thorbjörn, ni à celle de ta famille. Je t'avais prévu une retraite tranquille dans ta demeure en lisière d'AROS. Là où tu serais devenu un vieux grabataire inoffensif. Tu me faisais confiance. Tu as même douté des propos que Björn t'a rapportés, quand il m'a entendu livrer mon plan à Markvart.

Je me redresse violemment, telle une furie et arpente plusieurs fois la pièce juste devant le trône.

— Ton fils, qui d'habitude ne s'occupe que de la boisson et des prostituées, a commencé à fourrer son nez partout. À me rendre la vie impossible, m'empêchant de dormir par des stratagèmes plus vils les uns que les autres. S'ils n'étaient pas dirigés contre moi, j'aurais applaudi ses idées, sa ténacité. Mais il m'a juste rendu dingue ! Si je suis d'humeur massacrante, c'est de sa responsabilité. Si ta famille et toi, Thorbjörn, êtes morts, c'est encore de sa faute. Si le royaume se divise, c'est parce que ton rejeton n'a pas battu Asulf. TOUT EST DE LA FAUTE DE BJÖRN !

Je m'entends hurler, ma voix faisant écho dans le SKALI. Je retourne m'asseoir sur mon précieux siège. Celui qui commence à coûter cher en vies. Est-ce que je regrette mes actes ? Non !

La fin justifie les moyens et je l'assume.

— Toute mon existence, j'ai dû me battre pour tout. Mes parents ont préféré mon grand frère Leif et ma petite sœur Inge. Ils n'ont jamais eu le moindre égard pour moi. J'étais celui qu'ils ne souhaitaient pas. Alors moi non plus je n'ai pas voulu d'eux.

J'attrape ma coupe et l'envoie à travers de la pièce. Elle atterrit contre une poutre en bois, dans un bruit métallique atténué. Ma rage toujours intacte, je poursuis mon monologue :

— Et Holda, cette sale petite garce ! Elle se refusait à moi alors qu'elle aurait dû voir mon intérêt pour elle comme un honneur. Si elle m'avait laissé faire, j'aurais mis fin à son statut de THRALL. Je l'aurais engrossée. Et si elle m'avait donné un fils, je l'aurais épousée. Je lui aurais fait plusieurs enfants et nous aurions été heureux. Mais elle a préféré écarter les cuisses pour Asulf ! Pourquoi ? Parce qu'ils avaient presque le même âge ? Rassure-toi, petite Holda, tu ne vieilliras plus et resteras éternellement jeune ! Car il était hors de question que tu deviennes la femme du fils de Leif !

Je m'arrête net dans mon élan lorsque je me rappelle que même si Holda avait voulu être avec moi, nous n'aurions jamais eu d'enfants. Car j'ai sacrifié ma fertilité au profit de mon apprentissage de la magie noire.

Markvart m'avait prévenu, mais à l'époque je pensais que c'était sans importance. Jusqu'à aujourd'hui où je réalise que cela me coûte de ne finalement pas avoir ma propre descendance.

Cette fois j'attrape mon assiette encore pleine, posée au sol juste à côté de moi et lui fais prendre le même chemin que ma coupe.

— Qu'est-ce qui ne tournait pas rond chez eux ? Pourquoi me rejetaient-ils tous ? Heureusement pour moi, je peux compter sur le soutien sans faille d'Amalrik ! Il est mon plus vieil ami. Et probablement le seul. Nous sommes inséparables depuis le jour où nous nous sommes rencontrés, quand nous avons intégré l'armée à quatorze ans. J'ai toujours pu me reposer sur lui. Il ne remet jamais ma parole en doute. Il sait que j'agis avant tout pour le bien commun. J'aime connaître ses pensées, car il est perspicace, avisé et ne parle que lorsqu'il a quelque chose à dire. Et ça me change grandement de tous ces imbéciles qui me tournent autour, tels des charognards attendant que je crève ! Il aurait pu me contester sans que je ne le lui en tienne rigueur. Mais il ne l'a jamais fait, pas une fois. Pourtant, aujourd'hui je l'ai éloigné de moi, parce qu'il est le seul à pouvoir suivre et ramener Asulf. Tous les autres échoueront. Ce n'est pas du pessimisme, c'est un fait. Amalrik a enseigné l'art de brouiller les pistes au gamin. Et au vu du temps qu'il faut aux sentinelles pour le retrouver, c'est qu'il a bien appris ses leçons. Son mentor est donc le seul qui puisse le débusquer.

Les cheveux ébouriffés, les yeux injectés de sang, je soupire longuement. Ma crise s'atténue et je poursuis :

— Enfin, depuis Amalrik, personne, à part Markvart, n'est jamais vraiment resté. Il est également devenu un ami, quoiqu'un peu *spécial*. Il n'hésite pas à me dire ce qu'il pense et se moque bien de savoir s'il va me vexer ou non. J'aime sa franchise et le fait qu'il parle sans détour. Il se fout des convenances et des protocoles. Il a de l'humour. Et il m'apprend ce que je veux maitriser en échange de mon aide dans son dessein.

Je ricane sournoisement :

— Sa quête… Si Markvart savait ! J'ai continué à m'entraîner à la divination et aux prophéties. Lors d'une transe, il y a quelques jours, j'ai su qui avait violé et tué sa sœur. Mais je ne peux pas lui dire, j'ai encore besoin de lui. Si je lui avoue de qui il s'agit, il partira et je le perdrai lui aussi. Je ne suis pas prêt à ça.

❄ EINMÁNUÐUR / AVRIL ❄

HARALD

Nous sommes à la fin de VETR et arrivons bientôt en période de SUMAR. La neige n'est plus là, mais je dois continuer de chauffer le SKALI. Markvart est reparti chez lui, dans ses grimoires. J'ai congédié mes THRALLS pour la nuit, pour continuer de m'entraîner à invoquer discrètement de mon côté. Je ne veux pas éveiller ses soupçons. Le sorcier sait que j'ai progressé, mais pas d'autant. Et j'ai encore trop besoin de lui pour peaufiner. Je ne peux me permettre de lui dévoiler que l'élève va bientôt surpasser le maître.

Mais ce soir, je ne m'exerce plus, j'agis. Discrètement, à la nuit tombée, j'ai lancé un sort d'isolement, pour que personne ne voie ni n'entende ce qui se passe au sein du SKALI. J'ai encerclé ma demeure à la craie pour définir un espace protégé. Quatre bougies placées aux points cardinaux au bord du cercle. Des herbes sacrées, à base de camomille, de sauge et de millepertuis, pour le renforcer. Un mélange d'encens pour purifier l'air et faciliter ma concentration. Et une pierre runique portant un symbole de protection.

Je psalmodie l'incantation en vieux norrois :

« MEÐ FORNRA RÚNAR OK ANDA MÁTT,
(Par les pouvoirs anciens des runes et des esprits,)
EK KALLA ÞIK, GALDRABLAÐR, AT VERNDA ÞESSI STAÐ,
(Je t'invoque, bulle magique, pour protéger cet espace,)
AT ENGI SJÁ NÉ HEYRI ÞAÐ SEM GERIST HÉR,
(Que nul ne voie ni n'entende ce qui s'y déroule,)
OK AT LEYND SÉ VARIÐ FRÁ FORVITNUM AUGUM.
(Et que les secrets restent à l'abri des regards indiscrets.) »

« RUND UM ÞENNAN HRING, EK SET UPP ÓSJÁANLEG VEGG,
(Autour de ce cercle, je dresse un mur invisible,)
INNSIGLIÐ MEÐ FJÓRUM KERTI, VÖRÐUR CARDINAL POINTS,
(Scellé par les quatre bougies, gardiennes des points cardinaux,)
AT HELGA JURTIR OK REYKUR HREINSI STAÐIR,
(Que les herbes sacrées et l'encens purifient les lieux,)
OK AT VARNAR-RÚNA STYRKIR ÞENNAN GALDRA. »
(Et que la rune de protection renforce ce sortilège.) »

« SVÁ, VERÐI ÞAÐ SAMKVÆMT MÍNUM VILJA,
(Ainsi, qu'il en soit fait selon ma volonté,)
AT ÞESSI GALDRABLAÐR VARÐVEITI OKKAR EINRÆÐI,
(Que cette bulle magique préserve notre intimité,)
OK AT EKKERT BRJÓTI HANA, ÞAR TIL EK LYFTI GALDRA,
(Et que rien ne puisse la briser, jusqu'à ce que je lève le sort,)
MEÐ MÁTT FORNRA OK KRAFTUR MINNAR SANNFÆRINGAR.
(Par la puissance des anciens et la force de ma conviction.) »

Ça y est, tout le SKALI est à l'abri des yeux et oreilles qui traineraient à proximité. À présent, je peux réunir tout ce dont j'ai besoin pour invoquer Surt. Neuf pierres runiques, chacune à l'effigie un royaume différent. Un talisman en forme de flammes pour l'honorer lui et les feux de MUSPELHEIM. En offrande, de la viande et de l'hydromel pour lui plaire. Et une épée sacrificielle pour dépeindre sa puissance. J'ai tracé un autre cercle à la craie, à l'intérieur, cette fois. Il représente les neuf mondes unis. J'ai allumé un feu sacré en son centre, symbolisant les flammes de MUSPELHEIM.

Je relève mes manches et commence à réciter en vieux norrois :
« Ó, SURT MÆTTI, HERRA ELDS OK LOGA,

(Ô puissant Surt, seigneur du feu et des flammes,)
ÚR MUSPELHEIM BRENNANDI RÍKI EK KALLA ÞIK,
(Du royaume ardent de Muspelheim je t'invoque,)
STÍG NIÐR Á MIÐGARÐ, LÁTT MENN SKJÁLFA,
(Descends sur Midgard, fais trembler les hommes,)
OK FÆRÐU MEÐ ÞÉR KRAFT EYÐANDI SVERÐS ÞÍNS.
(Et apporte avec toi la force destructrice de ton épée.) »

« MEÐ ÞESSUM NÍU RUNASTEINUM, EK BIND HEIMANA,
(Par ces neuf pierres runiques, je lie les mondes,)
OK EK OPNA STÍG MILLI MUSPELHEIM OK MIÐGARÐ,
(Et j'ouvre le chemin entre Muspelheim et Midgard,)
LÁTT HELGAN ELD BRENNA RÚM OK TÍMA,
(Que le feu sacré consume l'espace et le temps,)
SVO ÞÚ GETIR KOMIÐ Í ÞESSI JARÐRÍKI.
(Pour que tu puisses rejoindre ce royaume terrestre.) »

« VEIT MÉR ÞINN KRAFT, Ó, JÖTUNN ELDS,
(Accorde-moi ta puissance, ô géant des flammes,)
OG LÁNA MÉR SVERÐ ÞITT, SEM EYÐIR OK BRENNIR,
(Et prête-moi ton épée, celle qui détruit et consume,)
SAMMEN, VIÐ MUNUM RÍKJA HRÆÐSLA OK UNDIRGEFNI,
(Ensemble, nous ferons régner la terreur et la soumission,)
OG MIÐGARÐ MUN FALLA UNDIR VILI OKKRUM.
(Et Midgard succombera sous notre volonté.) »

À la fin de ma litanie, je suis éreinté, à bout de forces. J'ai toutes les peines du monde à reprendre mes esprits. Je ne me suis même pas rendu compte que j'étais tombé à genoux, totalement vidé de ma propre énergie.

Voilà pourquoi combiner les sorts est dangereux. Et qu'il est déconseillé d'être seul. Markvart m'a averti plus d'une fois et systématiquement je balayais ses mises en garde. Je ne veux pas de sa présence car je refuse qu'il sache ce que j'ai aperçu dans ma vision. Je lui dirai, plus tard.

Un frisson me parcoure et m'annonce que j'ai réussi. Cela me galvanise et je me redresse pour faire bonne figure face à ce qui m'attend.

L'air semble chargé d'une tension qui m'est inconnue. Le feu du foyer s'éteint brusquement. Un froid polaire m'environne. Puis, l'instant d'après, il fait chaud. De plus en plus chaud.

Le silence de plomb laisse place à un grondement caverneux, comme venu d'un autre monde. Et c'est le cas. Il fait même trembler le sol, les murs et la toiture. Je le ressens qui traverse et secoue tout mon être.

Je me sens oppressé et euphorique, alors que je devrais être épouvanté par ce que j'ai réussi à provoquer.

Devant moi se matérialise une ombre sur fond de flamboiement rougeoyant. Elle est immense, gigantesque et occupe tout le SKALI. Ses deux cornes massives qui ornent sa tête frottent et cognent le bois du toit. Il frappe son épée démesurée sur le sol et le fend jusqu'à moi dans un craquèlement terrifiant. Il martèle deux fois le plancher de ma demeure et je m'attends à trouver un énorme trou sous ses pieds.

Je me tiens debout face au gardien de MUSPELHEIM. Combien d'hommes ont-ils pu le voir sous sa véritable forme sans en mourir ?

Le géant s'adresse à moi sur un ton impérial, d'une voix si forte qu'elle rendrait sourd :

— Qui ose troubler ma garde et m'arracher à mon royaume ? fulmine-t-il.

— Je me nomme Harald Sigersson, roi viking du JUTLAND.

— Harald Sigersson, répète-t-il. Oui, je sais qui tu es. Ce n'est pas la première fois que tu tentes d'ouvrir des portails entre nos deux mondes.

— En effet. Es-tu Surt, le géant de la prophétie du RAGNARÖK ?

— Lui-même. Pourquoi un serviteur d'Odin fait-il appel à l'ennemi ? questionne-t-il en ponctuant par un grognement d'outre-tombe. De quel droit m'ordonnes-tu de venir sur MIDGARD ?

— J'ai un marché à te proposer, expliqué-je.

— Crois-tu qu'un simple mortel soit en mesure d'exiger quoi que ce soit de moi ?

En fin stratège que je suis, je ne lui réponds pas. Il a beau arriver d'un autre royaume, il ne peut se soustraire à mon invocation. Alors je laisse le temps s'égrainer, patientant jusqu'à ce qu'il ouvre à nouveau sa bouche colossale.

— Tu sais que la succession des saisons n'a pas d'emprise sur moi, n'est-ce pas ? Contrairement à toi.

De nouveau je reste silencieux alors que nous nous toisons.

— Parle, avant que je ne te tue ! Qu'as-tu à m'offrir ?

— Des portails ouverts entre les mondes, pour contourner la punition des ASES et permettre à la prophétie de s'accomplir, je réponds.

— En quoi cela m'intéresse-t-il ? Je peux le faire seul.

Non, il ne le peut pas et il le sait.

Je ne relève pas sa dernière réplique et poursuis ma négociation :

— Et une épée magique refermant un démon de HELHEIM, je surenchéris.

Surt me fixe attentivement et rapetisse jusqu'à ne faire plus que trois mètres de haut.

— Qui a disparu de chez HEL ?

— Voici ce que j'en sais, dis-je en tendant une main vers lui.

Il l'empoigne une seconde alors que je suis saisi d'une vision du soir où elle m'a été apportée. C'est fugace, mais sa prise est extrêmement douloureuse, comme si j'avais pénétré dans son royaume.

Lorsqu'il me relâche, il sourit. *Très bien, nous allons pouvoir marchander.*

— Continue, Harald Sigersson. Que veux-tu en échange ?

— Je veux MIDGARD. Le dominer intégralement et sans ingérence. Je te laisse les huit autres, affirmé-je avec aplomb.

— Rien que ça ? ricane Surt.

— Et que tu me débarrasses de l'esprit dans cette lame.

— Bien évidemment. C'est après toi qu'il en a.

J'acquiesce en silence et attends qu'il me réponde.

— C'est entendu, confirme-t-il. Appelle-moi quand cette épée sera en ta possession et ton démon ne sera plus un problème.

— Très bien.

Surt me tend une poignée de main pour sceller notre accord. Lorsque je la sers, je suis à nouveau plongé dans son royaume, qui est à son image : terrifiant et désolé.

Le géant tourne les talons et marche en direction des feux de MUSPELHEIM. Juste avant de les traverser, il m'avise :

— Une dernière chose, Harald. Méfie-toi de l'eau.

J'ignore ce qu'il entend par là et je n'ai pas l'occasion d'en savoir davantage qu'il est avalé par les flammes.

Le portail se referme et la chaleur cesse instantanément, plongeant le SKALI dans le noir et le froid.

Je claque des doigts et mon feu se rallume. Je balaie l'air de mon bras en direction des inscriptions au sol qui s'effacent alors que je les traverse. J'ouvre une fenêtre et provoque une averse qui fait disparaître le cercle autour de ma demeure.

Satisfait, je pars m'asseoir sur mon trône, plus serein que jamais.

Note de l'auteur : SURT : géant de feu qui protège la frontière du monde de MUSPELHEIM et empêche quiconque de s'y aventurer. Selon la prophétie du RAGNARÖK, il commande les géants dans la guerre finale contre les dieux et tue Odin.

Note de l'auteur : MUSPELHEIM : monde des géants

Note de l'auteur : HELHEIM : royaume de tous les morts qui ont succombé sans combattre (maladie, déshonneur).

Note de l'auteur : HEL : fille du géant LOKI, elle règne sur HELHEIM.

ASULF

CHAPITRE 24

LE PHOENIX

❄ GÓA / MARS ❄

KARL

Cela fait cinq lunes que j'ai dit adieu à Holda. Et une lune que nous avons élu domicile à JOMSBORG. Enfin, nous sommes plutôt prisonniers, car Folker refuse de nous laisser repartir. Son précieux Stig est trop rentable ! Alors nous avons intégré la vie de leur communauté.

Asulf/Stig en qualité de poule aux œufs d'or. Il combat tous les soirs un adversaire différent et Folker parie sur notre champion. Il amasse tellement d'argent que je doute qu'il lui rende sa liberté.

Eldrid est la chef de cuisine du camp. Il était hors de question qu'elle redevienne courtisane. Elle leur a menti en prétendant être une experte de l'alimentation. Et comme ces gars-là ne savent pas se nourrir convenablement, ils n'y ont vu que du feu. La rouquine les a tous mis au pas. Elle a exigé des herbes et des épices pour créer des repas de qualité et tout le monde a obtempéré sans broncher. Ils y ont gagné au change et aimeraient tous la remercier avec leur corps. Même pas en rêve ! Le premier qui l'approche, je l'étripe !

Quant à moi, je suis leur boucher. Je dépèce le gibier rapporté ce jour, comme j'ai appris à le faire avec mon père. Mes gestes sont assurés, précis, même si je débute. Encore une fois, ces barbares ne sont bons qu'à chasser et tuer. Alors je sélectionne les meilleurs morceaux pour Folker et nous, remportant au passage sa protection.

Je rejoins notre tente en milieu d'après-midi. Asulf est allongé sur sa couche. Je le crois endormi et me déplace silencieusement.

— Tu ferais un excellent guide pour elle.

Sa voix me fait sursauter alors que mon palpitant s'emballe. Je me retourne pour le regarder. Il sourit. Il m'a fait peur, ce con !

— Et plus, si affinités ! poursuit-il. Mais tu vas devoir la surprendre, l'apprivoiser, l'attendrir. La demoiselle est rusée, endurante et expérimentée ! Ponctue-t-il d'un clin d'œil.

— Mais… Je… Qu'est-ce que… balbutié-je.
Il s'esclaffe :
— Je parle d'Eldrid.
— J'avais compris, merci ! Il n'y a rien entre elle et moi, murmuré-je, presque navré de ce constat.
Car oui, depuis un moment, mes sentiments à son égard ont changé. Lentement. Insidieusement.
Je l'ai détesté les premières semaines.
Puis tout a basculé cette nuit-là chez Freya. Ses douces caresses, ses tendres baisers, son corps chaud blotti contre le mien. Quand je m'en suis rendu compte, il était trop tard. J'étais déjà pris dans ses filets.
— Justement, saisis ta chance avant qu'un mercenaire ne tente de la conquérir, mon ami. Et ne te laisse pas mener par le bout du nez. Ni par ce que tu veux d'autre, d'ailleurs. Sinon elle te fera faire trois fois le tour du pays.
Il rit à gorge déployée tandis que, décontenancé, j'acquiesce.
L'entrée furtive d'Eldrid coupe court à notre discussion. Ne sachant pas depuis combien de temps elle était là, et donc ce qu'elle a ou non entendu, je deviens rouge-écarlate. Je suis tendu à l'idée de ce qu'elle pourrait croire. Enfin, comprendre. Et que cela ne soit pas réciproque.
— Tout va bien ? demande-t-elle, curieuse, comme à son habitude.
— Oui, je réponds. Nous parlions de tout et rien.
— Je dirais plutôt que Stig se moque de toi. Reste sur tes gardes.
Elle me scrute un instant, suspicieuse. Je me sens mis à nu tandis que je ne peux détourner mon regard d'elle.
— Bien, conclut-elle. Ne vous arrêtez pas. Je ne fais que passer.
Notre tornade récupère sa cape et sort tout aussi vite. Asulf se moque et j'ai envie de lui en coller une. Mais je me retiens. Pas parce qu'il est plus fort que moi, hein ! Mais du fait qu'au fil du temps, il est devenu comme mon grand frère, de trois ans mon aîné.

ELDRID

J'entre dans la tente avec le sentiment d'interrompre une discussion intéressante entre mes deux acolytes. Karl vire au rouge, c'est suspect. Je ne m'attarde pas, traverse la pièce et me dirige vers mon espace. Il est délimité par un paravent que des mercenaires m'ont ramené suite à un raid, pour me remercier de ma cuisine. J'attrape mon vêtement et file. Je mènerai mon enquête plus tard, et j'aurai le fin mot de tout cela.

Je sens qu'entre Karl et moi, les choses ont changé. Mais pas de là à lui donner envie de me baiser. Bien dommage, d'ailleurs ! Par conséquent je m'amuse, seule dans mon coin, contrainte et forcée. Il y a peu de femmes ici et il ne faut vraiment pas être regardant… alors, sans façon ! Du coup, je me touche en fantasmant tour à tour sur Asulf, Karl, ou Björn.

Je suis nostalgique de ce dernier. Le sexe avec lui était à la fois bestial et passionné. J'adorais ça. Pourtant, à certains moments, j'ai cru qu'il m'aimait et me faisait l'amour. Pas assez pour officialiser entre nous, ceci dit. Je ne compte plus le nombre de nuits où je me suis touchée en pensant à lui, en silence sous notre tente, alors que mes deux acolytes ronflaient. Tu me manques, Björn.

Ou devrais-je dire, tu me manquais.

Car depuis peu, c'est un autre qui hante mes fantasmes. Non, pas Asulf ! Même si je l'aurais bien laissé jouer avec mon corps. Pff, lui et sa foutue promesse faite à Björn ! Il est trop droit, trop loyal. Et pudique, par-dessus tout. La belle affaire ! C'est frustrant !

Mes pensées lubriques se sont récemment déplacées sur Karl. Il a beau avoir tout juste dix-huit ans, il a l'apparence et l'esprit d'un homme mûr. Je l'ai espionné à plusieurs reprises, nu dans notre habitation de fortune. Et j'ai eu chaud. Très, très chaud ! Je n'imaginais pas qu'il cachait un physique pareil sous ses vêtements ! Du coup, c'est son visage que je vois quand je clos mes paupières pour me donner du plaisir.

Il y a deux nuits, je fantasmais sur lui. J'étais nue sur ma couche lorsqu'il s'est approché. Il est resté au niveau du paravent, ses bras le long du corps, me dévorant du regard. Mes yeux ancrés dans les siens, nos respirations saccadées se sont synchronisées. J'ai murmuré son prénom au moment de voir les étoiles. Je pensais que cela l'inciterait à me rejoindre, mais il n'en a rien fait. Il est parti se recoucher, me laissant comme un goût d'inachevé.

C'est la première fois que l'on m'admire de cette façon sans me prendre ensuite. Je me suis sentie honteuse et déboussolée. Est-ce que je me suis trompée sur ce que j'ai vu ? Finalement, je ne l'intéresse pas ?

Les questions se bousculent dans ma tête, sans que je parvienne à y trouver de réponses. Je me recouvre avec la peau d'ours qui me sert de couverture et m'endors, l'esprit toujours préoccupé par Karl.

KARL

Je tourne dans mon lit, encore et encore. Asulf a-t-il raison ? Ai-je guéri mon cœur, au point de laisser Eldrid y entrer ? Holda est partie, rien ne pourra changer cela. Je dois aller de l'avant. Il le faut. Je sais qu'elle n'aurait pas souhaité que je la pleure toute ma vie.

Je frotte mon visage et me lève. Vêtu seulement d'un bas qui couvre mon intimité, j'avais l'intention de sortir prendre l'air. Pourtant j'hésite. Eldrid joue avec mes pensées. À chaque fois que nous nous croisons, mon cœur s'emballe. Comme en ce moment, d'ailleurs.

Boum boum. Boum boum. Boum boum…

Je fais demi-tour et me dirige à pas feutrés vers le fond de la pièce. Mes pieds nus frôlent sans bruit les peaux étalées au sol qui isolent du froid.

Lorsque j'arrive à hauteur du paravent, je m'attends à voir la rouquine endormie, pelotonnée au chaud. Mais c'est un tout autre spectacle qui m'accueille. Elle est là, réveillée, s'adonnant en silence à des plaisirs solitaires. Sa chevelure de feu éparpillée autour de son visage. Sa parfaite peau laiteuse à faire pâlir Freya, la déesse de l'amour. Je suis hypnotisé par cette vision. Dissimulé dans l'obscurité, j'admire avec envie chacune de ses courbes. Qu'est-ce qu'elle est belle !

Elle a dû sentir que je l'observais, car elle tourne son adorable figure vers moi. Elle continue lentement ses mouvements qui m'excitent terriblement. Mon corps est en transe, tendu au possible. Tout son être m'appelle, et, comme un con, je reste figé sur place. Je suis incapable de bouger.

Boum boum boum boum boum boum…

Mon cœur me lâche au moment où elle termine, mon prénom sur ses lèvres. *Putain de merde !*

Je crève d'envie de la faire mienne, mais je ne sais pas comment faire. Je n'ai aucune expérience en la matière. Je me réservais pour Holda. J'espérais que nous apprendrions ensemble.

Honteux et sans un bruit, je quitte ma déesse à regret et pars me recoucher. Je vois Asulf étendu sur son lit et je me calme immédiatement. Pas envie de me soulager avec lui juste à côté et qui peut se réveiller à tout moment.

Je souffle en me frottant à nouveau le visage. Je n'ai pas pu rêver ce qui vient de se passer. Elle était bien là, ses pupilles ancrées dans les miennes, attisant ce feu qui me consume de l'intérieur.

M'attendait-elle ?

Non, Karl. Jamais elle ne s'intéressera à toi. Tu n'as rien d'exceptionnel. Tu es juste toi. Tu vis dans l'ombre d'Asulf, qui attire la lumière sur lui, comme toujours.

Je ne suis pas assez bien pour elle.

ASULF

Je rejoins Eldrid alors qu'elle s'affaire à donner des ordres pour le repas de ce soir. Du coin de l'œil, elle suit ma progression, tous ses sens en alerte, comme je le lui ai appris. Et je suis fier d'elle, car elle s'est énormément affûtée ces dernières lunes.

J'avance jusqu'à elle, le pas félin et assuré, un rictus aux lèvres. Tout ce qu'elle déteste, car elle sait qu'à ce moment-là, je la cherche.

Je la sens se raidir, prête à riposter, alors que je m'immobilise à sa hauteur contre son bras.

— Arrête de torturer ce pauvre Karl, murmuré-je, narquois.

Elle s'interrompt, interdite et rougit imperceptiblement.

— Je vous ai entendu la nuit dernière, continué-je sournoisement.

— De quoi parles-tu, Asulf ? Me rabroue-t-elle sèchement.

Je m'approche. Mon visage frôle son oreille et je lui susurre :

— Tu oublies que je suis le meilleur des guerriers. Je n'ai pas besoin d'avoir les yeux ouverts pour savoir ce qu'il se passe autour de moi.

Elle ricane de ma remarque, comme à une mauvaise blague. Pourtant, la décontraction qu'elle affiche n'est qu'une façade. Je ne la sens pas sereine.

— Karl s'est levé et s'est approché de ton lit, je poursuis. Il y est resté un moment avant de retourner s'allonger. Tu es une sale petite allumeuse, Eldrid ! Tu sais qu'il ne va pas s'en remettre ?

Elle vire au cramoisi. J'en étais sûr !

— Dis-lui, l'encouragé-je. Ne laisse pas cette tension sexuelle couver indéfiniment sous notre toit. Ni une autre prendre cette place dans sa couche alors qu'elle pourrait être tienne.

Je m'écarte d'elle et lis toute la surprise et l'incompréhension que mon commentaire suscite.

Je m'exprime à voix haute :

— Au cas où cela t'intéresserait, je reste ici aujourd'hui.

Je la quitte, alors qu'elle est muette, la bouche entre ouverte, incapable de contester quoi que ce soit.

ELDRID

Est-ce qu'Asulf a raison ? Karl me plait-il ? Oui, je fantasme sur lui. Mais ai-je envie de plus avec lui ? Et le plus important : me voit-il vraiment ? Ou bien croit-il que je suis toujours Eldrid la courtisane ?

Je fais quelques pas en direction de la tente où les hommes découpent la viande. Il est là, dos à moi, dépeçant l'animal que je dois rôtir aujourd'hui. Il s'essuie le front et se retourne brusquement, son regard intense verrouillé sur moi. Et je fonds littéralement sur place. Je me caresse le cou, presque par instinct, ce qui le déstabilise complètement. Oh, Karl !

Dans un mouvement fluide, il décroche la carcasse, la pose sur son épaule et se dirige vers moi. J'ai chaud !

— Où dois-je te la mettre ? Me demande-t-il.

J'écarquille les yeux. Est-ce qu'il a bien dit ce que je crois ?

— Heu, je veux dire, à qui dois-je refourguer ça ? bredouille-t-il.

Que les dieux me viennent en aide, là ! Karl, tu peux me refourguer ce que tu désires ! Je l'accueillerai avec plaisir !

Nous sommes de plus en plus embarrassés et je peine à garder une contenance. Mais je me lance :

— Asulf ne quittera pas le camp cet après-midi. Ça te dit de m'accompagner en forêt ? J'ai repéré un petit coin sympa où on pourrait souffler et aussi se baigner, si tu le souhaites.

— Oui ! Excellente idée ! On se retrouve ici dès que tu as terminé de préparer le repas ?

J'acquiesce et il repart en direction de son ouvrage. Je m'apprête à rejoindre mes commis lorsque j'entends Karl m'interpeller :

— Eldrid ? Tu nous ferais un panier pour manger là-bas ?

Je minaude en mordant mon index. Une vraie cruche ! *Qu'est-ce qui t'arrive ma fille ?*

Mon bras reprend sa place le long de mon corps alors que je lui fais face :

— C'est un rendez-vous galant, Karl ?

Il se frotte la nuque alors qu'un magnifique sourire gêné s'affiche sur son visage, avant qu'il ne disparaisse. Et je l'imite, me redressant sur la pointe des pieds pour tourner bride, direction la cuisine.

KARL

— C'est succulent, Eldrid ! Dis-je en m'étendant sur le dos, repu, les mains sur le ventre.

— Tu es un vil flatteur, Karl ! me répond-elle en me rejoignant.

Allongée près de moi, son bras frôlant le mien, je suis bien. Mon cœur cavale déjà, enivré par son odeur. Je ferme les yeux pour en profiter davantage, lorgnant discrètement à plusieurs reprises dans sa direction.

Nous restons là un moment sans parler, dans un silence devenu gênant. Cette femme me rend dingue. Mais je sais que je n'ai aucune chance avec elle. Elle est beaucoup trop bien pour moi. Et un jour, elle rencontrera un homme avec qui elle fera sa vie et je devrai la laisser partir.

J'ouvre les yeux et l'observe. Ses longs cheveux roux auréolent son portrait. Son petit nez me nargue, j'aurais envie d'y déposer un baiser. Sa plénitude dessine ses jolies pommettes. Elle est magnifique, comme toujours. Et elle doit sentir qu'elle me captive, car elle tourne son visage vers moi en souriant. Lorsqu'elle soulève lentement ses paupières, je me noie dans ses iris verts.

Oublie-la Karl, elle te brisera le cœur.

— Nous ferions mieux de rentrer, dis-je en me redressant brusquement, rompant par la même occasion ce moment magique.

— D'accord, dit-elle en prenant la main que je lui tends pour l'aider à se relever.

Je tire un peu fort et elle atterrit contre mon torse, alors que je la stabilise avec mes bras. Je jurerais l'avoir senti frissonner et avoir aperçu du désir dans son regard.

J'en crève tellement d'envie que je m'imagine tout et n'importe quoi.

— Merci, murmuré-je avant d'embrasser ses cheveux et de resserrer ma prise sur elle pendant un instant.

Elle est tendue alors je n'insiste pas. J'ai gâché la seule opportunité que j'avais. Dépité, je ramasse nos affaires et nous retournons au camp.

ELDRID

Ce moment avec Karl était magique. Et je n'ai pas su en profiter.

Mais enfin, Eldrid ! Tu as perdu la main, ma belle ! Et pourquoi es-tu aussi timide ? Me fustigé-je.

Il suffisait d'approcher tes lèvres des siennes et tu aurais été fixée. Là, tu t'es juste embourbée et tu viens de te mettre toute seule dans la catégorie « amie ». Merveilleux…

KARL

Asulf a gagné son duel du jour. Nous avons fêté sa victoire ce soir, une fois encore. J'ai trop bu et presque rien mangé, obnubilé par mon constat de cet après-midi. Eldrid ne sera jamais mienne.

Je sens déjà les effets de la cervoise détendre tous mes muscles. Je titube jusqu'à notre tente quand je percute un petit corps et que je me retrouve trempé. Je reconnais le rire de ma rouquine et cela me réchauffe instantanément le cœur.

— Karl, mon beau, c'est toi ! crie-t-elle en se jetant dans mes bras, m'arrosant davantage de son breuvage.

— Chut ! Parle moins fort, tu vas réveiller tout le monde ! Lui intimé-je en posant mes doigts sur ses lèvres chaudes qui m'excitent malgré moi.

— Oh, mais non ! conteste-t-elle. Ils ont tous bu plus que moi et ronflent tellement fort qu'on ne m'entend pas !

Elle manque de tomber. Aussi vite que mes réflexes engourdis me le permettent, je place mes paumes sur sa taille et la plaque contre moi pour la rattraper. Au contact de son corps chaud, je frissonne instantanément.

— Je t'ai sali ! se lamente-t-elle. Je suis désolée, mon chou. Viens, on va aller nettoyer tout ça.

Je ne suis pas en état de riposter quand elle m'agrippe la main et m'entraîne en direction de là où nous étions quelques heures plus tôt.

Je ne sais pas depuis combien de temps nous marchons, mais l'air frais et sa présence m'aident à dessoûler.

En arrivant à la cascade, j'ai retrouvé mes esprits. Pourtant, je suis toujours aussi faible face à elle. Je me laisse guider par la tornade rousse qui ravage tout sur son passage, emportant mon cœur avec elle.

ELDRID

J'étais alcoolisée et déprimée d'avoir loupé mon occasion avec Karl, quand je l'ai percuté avec élan. Ma corne remplie de cervoise m'a échappé des mains, trempant sa chemise et ma robe.

Rouge de honte et plus vraiment consciente de ce que je faisais, je l'ai entrainé à ma suite. Mes doigts enlacés aux siens, je sautille légèrement devant lui. Il doit me prendre pour une folle !

Par chance, nous sommes seuls en arrivant.

Je m'approche de Karl. Je sens son souffle chaud et régulier sur moi. Ma tête tourne, enivrée par l'odeur de sa peau. Je frissonne de désir. Mon intimité palpite de le savoir à deux doigts…

Telle l'allumeuse que je suis, j'appuie mes seins contre lui, l'observant déglutir avec difficulté :

— Dois-je te laver autre chose ? demandé-je d'une voix sensuelle.

— Mon pantalon est trempé aussi, bredouille-t-il.

— Qu'est-ce que tu racontes ? m'esclaffé-je.

La lune éclaire son visage et ses joues rougissent à n'en plus finir. Je m'arrête, interdite, et analyse sa réponse. Quand soudain je comprends ce qu'elle insinue et me recule brusquement.

— Oh, par tous les Dieux ! Tu es encore puceau !

KARL

Captivé par son parfum envoutant, la gorge sèche, je suis figé de cette proximité avec ma déesse. Je réalise que je suis complètement à sa merci.

— Dois-je te laver autre chose ?

Sa question est susurrée et me laisse sans voix. J'ignore quoi lui dire, l'esprit toujours embrouillé par l'alcool. Ma bouche remue et parle d'elle-même, sans que je puisse contrôler le flot débile de mes paroles :

— Mon pantalon est trempé aussi, bredouillé-je, tel un abruti.

Elle se recule et me sonde, nos yeux sans cesse ancrés.

— Qu'est-ce que tu racontes ? se moque-t-elle.

Je me sens si idiot ! Presque humilié quand soudain elle s'exclame :

— Oh, par tous les Dieux ! Tu es encore puceau !

La honte m'envahit instantanément. Que répondre à cela ? Je me frotte la nuque, dépité de lui inspirer de la pitié et une telle sidération. Je me retourne pour entrer dans l'eau froide et marche droit devant moi.

Quand le liquide atteint ma taille, elle m'interpelle d'une voix basse :

— Je ne savais pas que je te dégoûtais à ce point, lâche-t-elle.

— Quoi ? l'interrogé-je en faisant volte-face. Qu'est-ce que tu racontes ?

— Je vois bien que tu ne me penses pas assez bien pour toi.

Je rêve ou elle semble accorder de l'importance à mon avis ?

— Non, Eldrid, contesté-je. Tu n'y es pas du tout.

— Arrête d'être gentil avec moi, Karl, je ne suis plus une gamine, s'exaspère-t-elle.

Elle soupire lentement.

— Montre-moi que je ne te rebute pas et contemple-moi, intime-t-elle.

Depuis la rive, elle se déshabille langoureusement alors que nous ne nous quittons pas du regard. Je suis tendu à l'extrême, excité par ce spectacle qu'elle me dédie.

Elle entre dans l'eau et se rapproche de moi. Son attitude déterminée contraste avec une soudaine timidité qui la drape. Mon cœur s'affole et ma gêne augmente à chacun de ses pas.

Arrivée à moins d'un mètre, elle attrape la main que je lui adresse inconsciemment. J'entrelace nos doigts et m'approche d'elle.

Je me mets à genoux, me prosternant devant cette déesse incarnée. Je l'attire à moi, sa poitrine s'avançant dangereusement de mon visage. Je voudrais me blottir contre ses deux monts parfaits et m'enivrer d'elle jusqu'à ma mort.

Elle s'immerge à son tour et s'installe contre moi. Elle agrippe mes bras ciselés et encercle ma taille de ses jambes. Me voilà prisonnier de ce petit bout de femme que je rêve de vénérer.

Sa peau frissonne alors que mes paumes s'immobilisent sur ses reins. Je la serre contre mon torse pour la réchauffer, appuyant mon front contre le sien.

— C'est moi qui ne te mérite pas, soufflé-je contre son nez.

Dans un mouvement d'une extrême délicatesse, elle cale son bras sur mon épaule, une main dans mon dos, alors que l'autre remonte dans mon cou. Ses doigts laissent une trainée de feu derrière eux, poursuivant leur course le long de ma mâchoire avant d'atterrir sur ma joue. Son nez caresse le mien avec douceur. Ses yeux se ferment et je l'imite, tandis que sa bouche s'approche de la mienne dans une lenteur insoutenable.

Mon corps s'embrase quand ses lèvres se posent sur les miennes, aussi légères qu'un papillon. Mes entrailles dansent au rythme de ce baiser duquel je suis déjà accroc.

Je n'ai jamais embrassé personne. Je laisse Eldrid me guider patiemment, l'accompagnant au mieux. La rouquine a le goût de la cervoise, mais également des épices avec lesquelles elle assaisonne ses plats, et j'adore ça.

Sa tendresse se mue et devient passionnée. Je resserre mon étreinte, la rapprochant encore un peu. Elle comprend que moi aussi, j'en veux plus, que je ne suis pas rassasié d'elle, et continue ses délicieux assauts.

Lorsqu'elle se détache finalement de moi, je n'ai plus de souffle. Et pourtant, c'est maintenant que je ne respire plus. Son baiser m'a réveillé. Transformé. J'espère ne pas m'emballer en imaginant qu'elle ressent la même chose pour moi.

Elle sourit en mordant sa lèvre inférieure, alors que son pouce parcourt tendrement ma joue.

— Je suis ta première ? m'interroge-t-elle timidement.

J'acquiesce en silence.

Elle soude à nouveau nos bouches et m'entraîne dans une danse sensuelle. Je caresse son dos et des côtes du bout de mes doigts. Elle s'empare de mon âme en même temps qu'elle prend d'assaut ma langue. Mon cœur devient fou et cogne fort, menaçant de se déplacer de ma poitrine à la sienne.

Je crois que c'est clair, je suis amoureux de la rouquine.

ELDRID

C'est la première fois que je vois Karl aussi ébranlé et mes pulsations s'emballent. Dire qu'il y a cinq lunes, nous nous détestions ! Nous avons échangé un nombre incalculable de piques. Et pourtant, nous veillons constamment l'un sur l'autre. C'est d'autant plus vrai depuis que nous sommes à JOMSBORG. Il est devenu extrêmement protecteur. Je ne me suis jamais sentie autant valorisée. Je ne suis pas qu'un trophée. Karl s'inquiète réellement pour moi.

Je me suis trompée sur lui. Je lui plais et l'intensité de ce baiser me chamboule totalement. Je ne suis pas sûre d'avoir déjà ressenti cela avec Björn, qui reste de loin celui qui était le plus près de ravir mon cœur.

Je suis sa première et j'en suis honorée. Mais je ne m'arrêterai pas là ce soir. J'en veux plus. Je désire le sentir en moi. Cela fait trop longtemps que je me soulage seule et je suppose que lui aussi. Il est temps que je l'aide à évacuer toute cette frustration qui l'habite.

Je me colle contre lui pour qu'il ne doute pas de mes intentions.

— J'ai besoin que tu me fasses tienne, soufflé-je contre ses lèvres.

— D'accord, murmure-t-il alors qu'il peine à reprendre sa respiration.

Mon rythme cardiaque devient incontrôlable. Je ne vais plus pouvoir résister bien longtemps.

— Suis-moi, lui ordonné-je à voix basse en m'écartant de lui.

Je nous ramène sur la berge alors qu'il semble incapable de réfléchir. Ses baisers et ses caresses m'ont coupé le souffle. Son corps contre le mien m'a brûlé et fait frissonné dans l'eau froide.

Nous ne parlons pas. Par mes gestes, je lui intime de s'allonger et de me laisser le guider dans ce qui va suivre. Karl n'a jamais goûté aux plaisirs de la chair et m'a choisi pour l'initier. À ma merci, il ne demande qu'à être accompagné vers la jouissance.

Je pense faire ce que je connais le mieux : coucher avec un homme. Mais ses caresses et ses baisers sont tellement intenses que j'ai du mal à garder le contrôle. Il me désarme totalement et déverse tant de douceur dans ses gestes que je me sens céder petit à petit.

Nous ne baisons pas. Nous faisons l'amour. Lentement. Tendrement. Passionnément.

Je n'ai pas souvenir d'avoir autant compté pour quelqu'un dans un tel moment. Pas même avec Björn. Des larmes atteignent mes yeux et je lutte pour les contenir. Mais c'est peine perdue quand Karl me regarde de cette façon. Comme si j'étais une merveille. La sienne. Et que plus rien d'autre que moi n'existait pour lui.

Nous jouissons ensemble, dans une étreinte salée par les perles qui coulent à présent de mes yeux. Parce qu'il murmure, sincère, contre mes lèvres :

— Je t'aime, Eldrid.

❄ EINMÁNUÐUR / AVRIL ❄

ASULF

Je m'apprête à entrer dans la tente pour me reposer lorsque j'entends :

— Dépêche-toi, Asulf sera là d'un instant à l'autre.

Ça y est, ils remettent ça ! Ils s'envoient en l'air à toute heure. De vrais lapins, ces deux-là ! À peine quelques semaines qu'ils sont ensemble et j'en viens déjà à regretter de les avoir poussés dans les bras l'un de l'autre.

— Et alors ? Il sait pour nous. Détends-toi.

— Je n'ai pas envie qu'on nous surprenne.

— S'il y a bien quelqu'un qui respecte mon intimité, c'est lui !

Oups, j'ai failli entrer un peu vite.

Je dois demander une tente séparée à Folker, sinon je vais avoir l'impression de participer au bébé qu'ils vont finir par nous faire.

— C'est de ta faute ! Je t'entends gémir…

— Alors tu viens te rincer l'œil en douce !

— Tu veux que j'arrête ?

— Non, j'adore sentir ton regard brûlant sur moi quand je me touche. C'est terriblement excitant.

— Ah oui ? Et si je te fais ça, ça t'excite aussi ?

J'entends un bruit de vêtement qui se déchire et presque instantanément des corps qui s'entrechoquent, suivi de leurs gémissements. D'abord de plaisir, puis de jouissance. Oh les sauvages ! Qu'est-ce que je disais ? Ah oui, des lapins !

Je rebrousse chemin, frustré. Bien sûr que je suis heureux pour eux ! Karl est comme mon petit frère et j'ai bien vu au fil des lunes que son attirance pour la rouquine n'était pas juste physique.

Il l'aime, c'est plus que clair. Et je n'ai vu Eldrid avec personne d'autre depuis que nous avons quitté AROS. Elle a changé. Elle est devenue plus forte, plus épanouie. Ces deux-là se sont bien trouvés et leur bonheur me réjouit autant qu'il me fait envie.

Je soupire en réalisant que, pour moi aussi, la plaie de la mort de Holda s'est presque refermée, six lunes après son départ. J'espère que je serai bientôt prêt à aimer de nouveau.

Note de l'auteur : La « cuisine » ici est une tente sous laquelle se préparaient les repas.

Note de l'auteur : retrouvez plus d'informations concernant les jurons, les concepts modernes utilisés pour faciliter votre compréhension et les adaptations artistiques du roman à la fin de celui-ci.

CHAPITRE 25

LYRA

❄ EINMÁNUÐUR / AVRIL ❄

ASULF

Je décide d'aller faire un tour à la cascade dont Karl et Eldrid m'ont parlé. Nous sommes à JOMSBORG depuis une lune et je ne m'y suis pas encore rendu. Aujourd'hui est l'occasion rêvée de me changer les idées et d'éviter de surprendre mes compagnons en pleins ébats. Une baignade et une sieste, avant de rentrer manger à JOMSBORG et je serai fin prêt pour le duel de ce soir.

En ce début d'EINMÁNUÐUR, il fait déjà chaud. Je hume l'air, profitant de l'ombre des arbres, avant de percevoir le bruit d'une chute d'eau. Transpirant, je décide de m'immerger au plus vite pour me rafraichir. La tiédeur de la brise qui s'engouffre entre les feuillus s'agrippe à mon torse, telle une caresse et je frissonne de plaisir.

À mesure que je m'approche, le bruit d'eau s'intensifie. J'atteins les rochers qui la bordent et me déshabille. Je cherche un endroit au sec entre les pierres, pour y déposer Rigborg et mes vêtements. Plus que quelques pas et je pourrai me détendre au frais. J'ai hâte.

Mais lorsque je me retourne et fais face à la cascade, je suis arrêté net dans mon élan. Ce que je vois me coupe le souffle. Je ne distingue plus aucun chant d'oiseau. Je suis sourd au doux bruit de l'eau s'abattant sur des rochers.

Mes yeux me jouent un mauvais tour. Je frotte mes paupières, de mon pouce et mon index, espérant revenir à la réalité. Lorsque je les ouvre à nouveau, le paysage face à moi n'a pas changé. Cette vision que j'ai eue d'innombrables fois se tient devant moi.

Irréelle. Sublime. Envoutante.

J'avance prudemment quand un son mélodieux parvient à mes oreilles. La femme chante divinement bien et l'intensité de sa voix se répercute à l'intérieur de mon être, s'emparant de mon cœur. Elle est debout, de dos, à moitié immergée. Ses longs cheveux bruns ondulés la recouvrent jusqu'à sa fine taille. Ses mains glissent sur sa peau claire. Son bain ressemble à un rituel de séduction bien rodé.

Je suis parcouru d'un désir inextricable de la toucher. Bien plus fort que lorsque je fantasme sur elle pendant mes visions. J'aimerais que mes doigts frôlent ses épaules, descendent le long de son dos et se perdent à la naissance de ses fesses, qui s'évanouissent dans l'eau. C'est fugace, mais je crois apercevoir un halo de lumière l'auréoler.

La créature rassemble ses cheveux en un chignon lâche qu'elle maintient avec sa main gauche. Elle fait un pas en arrière et s'immerge jusqu'au cou. Puis elle se retourne paresseusement, toujours en fredonnant, les paupières closes. Je suis happé par cette déesse aquatique qui m'attire irrémédiablement à elle. Lentement, j'entre dans l'eau froide et avance vers elle, la dévorant du regard.

La jeune femme se lève, relâche ses cheveux et ouvre enfin ses yeux. L'eau la recouvre jusqu'au ventre et son épaisse chevelure foncée dissimule partiellement ses épaules et ses seins. Lorsque ses yeux, d'un vert profond, plongent dans les miens, je suis figé sur place. Elle est superbe, intouchable. Et je n'ai qu'une envie : enrouler mes bras autour d'elle.

LYRA

Je m'immobilise et observe longuement l'intrus venu troubler mon bain. Combien d'hommes ont cherché à me surprendre nue ? Ils sont tous morts pour cet affront. La cascade exige de moi des sacrifices réguliers pour la nourrir et en échange elle me garde jeune et belle. Ainsi je les attire dans l'eau et lorsque l'esprit de ma protectrice prend possession de moi, elle les embrasse pour absorber leur force vitale, n'en laissant pas une goutte. La crique, régénérée par mon intermédiaire, engloutit le corps et chasse l'éventuelle monture restée sur la rive.

Est-ce que j'en éprouve des remords ? Non, pas le moindre. Je suis une ondine. Les humains ne représentent rien pour moi. Les animaux de la forêt environnante ont plus de valeur à mes yeux.

Suis-je déjà tombée amoureuse ? Jamais. Ou alors je n'en ai conservé aucun souvenir. J'ai parfois eu de l'affection pour certains, que je gardais avec moi quelques jours, avant de me lasser et de les donner en pâture à la cascade, dans un ultime baiser.

Les ondines avec qui je partageais cet endroit sont parties. L'une après l'autre, elles ont rencontré un humain de qui elles se sont éprises et se sont unies. Elles ont acquis une âme et se sont transformées en bulots agrippés à leurs rochers. Beurk, très peu pour moi !

Pourtant, à l'approche de cet homme, j'ai la sensation qu'il y a quelque chose de différent. Comme si l'emprise de ma bienfaitrice était moins forte qu'à l'accoutumée, qu'elle ne réussissait pas à m'atteindre. Étrange.

Je détaille l'inconnu. Il est très beau et bien bâti. Ses cheveux bruns atteignent ses épaules. Son torse sculpté me donne envie de le toucher, de le laisser m'étreindre. Il est tombé à genoux et je ne peux m'empêcher d'en tirer une grande satisfaction.

J'observe longuement son visage, sa mâchoire carrée et son regard déterminé que j'ai déjà vu en songes. Un harmonieux mélange d'émeraude, de terre et d'acier… Oui, je sais qui il est. Ou plutôt, mon cœur, ce traître, semble l'avoir reconnu et tambourine comme un forcené.

La rivière s'agite sous mes pieds, impatiente. Je sens qu'elle le désire ardemment, bien plus que les précédents. Pourtant, j'hésite à lui donner, car j'ai d'abord besoin de comprendre ce qui se passe.

Je ressens une attirance intime. Une irrésistible nécessité d'être en contact avec lui, de me couler entre ses bras musclés. Mais il y a autre chose, de plus profond, que je n'arrive pas à décrire et que je n'ai éprouvé pour personne d'autre.

J'aimerais sentir son souffle chaud sur mon nez, ses mains agrippant mes joues, ses lèvres caressant les miennes avant de les embrasser dans un baiser brûlant. La vierge en moi rêve secrètement d'un amour véritable qui me consumerait tout entière. Est-ce que je le souhaiterais avec lui ?

Tout se bouscule dans ma tête et je prononce à son attention une phrase sortie de nulle part :

— Retourne sur la rive, je t'y rejoins.

ASULF

J'ai de l'eau jusqu'à la taille et je suis à quelques mètres d'elle. Je ne me souviens pas comment je suis arrivé là. Je reprends mes esprits lorsqu'elle m'ordonne de faire demi-tour et de l'attendre sur la berge. Bien que dubitatif, j'obtempère et rebrousse chemin. Je me dirige vers l'herbe, à proximité des rochers où j'ai laissé mes affaires.

Je me retourne et la vois s'approcher. Quand elle grimpe sur une pierre et se retrouve entièrement nue, hors de l'eau, sa beauté éclatante me paralyse.

Je me remémore, adolescent, quand j'ai découvert le corps d'une femme pour la première fois. Je suis excité. J'ai perdu tous mes moyens.

Qu'est-ce qui m'arrive ? Je ne me connaissais pas aussi timide. Je voudrais dire quelque chose, mais mes paroles meurent dans ma gorge.

— Ne te baigne jamais ici en ma présence, m'avertit-elle, ou tu pourrais ne jamais revoir le soleil se lever.

Je demeure interdit alors qu'elle fait demi-tour et s'apprête à rejoindre l'eau. Je m'entends simplement lui demander :

— Quel est ton nom, beauté divine ?

— Je m'appelle Lyra.

Et sans un mot de plus, elle m'abandonne. Je reste figé, les bras ballants, jusqu'à ce qu'elle ait entièrement disparu sous le jet d'eau. Et seulement là, je reprends mes esprits et me rhabille, me promettant de revenir pour la revoir.

Sur le chemin du retour, je repense à cette rencontre inattendue. Lorsque je l'ai découverte, elle ressemblait trait pour trait à la vision qui me hante depuis des lunes. Je ne rêve plus, je suis bien réveillé. Cette attraction entre nous était puissante, naturelle, une évidence. J'avais la sensation de la connaître depuis toujours, alors que je l'approche à peine. Et pour une première interaction avec elle, j'ai foiré en beauté !

Lyra. Son prénom serait-il issu de la constellation de la Lyre ? Fais attention Asulf, tu deviens romantique, mon vieux !

Je suis sorti de mes songes par la voix de Karl :

— Ah, te voilà ! Tout le monde te cherche. Folker est nerveux comme jamais. Il avait peur que tu lui fasses faux bond. Visiblement, il engage gros sur toi ce soir. Et Eldrid est à la cuisine, elle t'attend avec ta ration.

— Est-ce qu'elle était à la cascade quand vous vous y êtes rendus ? Questionné-je sans rien avoir écouté de ce qu'il annonçait.

— De qui parles-tu ? M'interroge Karl, interloqué. Enfin, peu importe de qui il s'agit, nous étions constamment seuls Eldrid et moi. Je te disais…

— Il faut que j'y retourne, annoncé-je, toujours dans mes pensées, en rebroussant chemin.

— Wow, wow, wow ! Je t'arrête de suite, tu ne vas nulle part ce soir, affirme mon ami, une main appuyée sur mon torse pour m'interrompre. D'abord tu manges. Puis tu gagnes ton combat. Et ensuite, tu fais ce que tu veux. Mais tu gères dans cet ordre, sinon Folker me fera la peau ! Ou pire, Eldrid ! Et je ne t'apprends rien, quand elle est en rogne, on file tous droits !

Il ne croit pas si bien dire, car la rouquine débarque.

— Karl, je t'ai dit de me le ramener, pas de lui faire la conversation ! vocifère-t-elle en m'attrapant par le bras. Bouge-toi, *Stig*, ou je me charge de rappeler à ton joli petit cul qui commande ici !

Karl se mord l'intérieur des joues pour ne pas rire, d'un air qui signifie « je t'avais prévenu ! ».

— Tu ne l'as pas vu, toi non plus ? demandé-je à la rouquine, complètement à côté de ce qui se déroule.

Elle m'observe, les yeux ronds, puis regarde Karl. Il lui répond en levant les mains au niveau de sa tête, en signe de reddition :

— Je ne sais absolument pas ce qui se passe. Il délire depuis qu'il est revenu de la cascade.

Eldrid s'approche de mon visage et l'abaisse en plaquant ses mains sur mes joues. Ce petit bout de femme me scrute, sérieuse, en bougeant ma tête dans tous les sens. Son diagnostic arrive en même qu'elle m'ausculte :

— Pas de morsure, d'égratignure ou de coup. Tu es propre et pas ébouriffé, donc pas de chute ou de bagarre. Tu as l'air ailleurs, mais pas de bizarrerie dans tes yeux. Tu as avalé quelque chose ?

Je fais non de la tête. Elle lâche mes joues et tapote vivement mon front. Je râle, alors que Karl se marre dans mon dos.

— Ah, te revoilà ! S'exclame-t-elle. Bienvenu parmi nous. Maintenant, bouge-toi. Tu dois manger et te préparer à gagner.

Je bougonne en suivant notre tornade jusqu'à mon assiette.

— J'ai bien cru que tu ne te joindrais pas à nous, Stig ! Me rabroue Folker.

— Je t'ai manqué ? Raillé-je.

— Cesse de fanfaronner et prends place. Ce soir, c'est un HOLMGANG de haches, sans bouclier. Au premier filet de sang.

— Tu te moques de nous ? La hache ne te fait pas une jolie entaille. C'est une arme de destruction massive.

— Alors, montre-nous tes talents. Ou j'envoie Karl à ta place. Il a l'air de savoir la manier, *lui*.

— Et dans deux jours tu cherches un nouveau champion. Tu as besoin de moi, Folker, ne fait pas le con ! Provoqué-je sa fierté pour qu'il ne songe même pas à aller sur ce terrain-là.

Je n'aime pas du tout son allusion. Il est hors de question que Karl se batte. Il a beau maitriser tout ce qui peut dépecer, il n'a pas encore les réflexes d'un guerrier, même si je l'entraîne.

Je marche en direction de Folker et le dépasse, après avoir cogné son épaule de la mienne. Je sais que le provoquer est une mauvaise idée, mais je déteste qu'il menace mes compagnons. Et puisque je suis son gagne-pain, il ravale sa fierté. Derrière lui, l'arène, que je connais bien et rejoins.

La nuit est tombée et nous sommes entourés par de nombreuses torches qui nous éclairent. Je suis le champion de Folker depuis cinq lunes maintenant et je m'étonne qu'il me trouve encore des hommes qui ignorent que je suis invaincu. Je suis intrépide et redoutable.

Je me tiens de mon côté, les yeux fixés sur mon adversaire, un sourire insolent aux lèvres.

— J'espère que tu es prêt à perdre ! Claironne mon concurrent.

— J'espère que tu n'as pas trop parié, parce que je gagne plus vite que mon ombre, je réponds, narquois, en faisant tournoyer ma hache.

L'homme, un Viking robuste aux cheveux roux et à la barbe fournie, brandit son arme à double tête avec assurance. Je soupèse la mienne, évaluant mon adversaire du jour et cherchant une faille dans sa garde.

Il lance les hostilités en abattant sa hache brutalement pour me trancher en deux. L'enfoiré ! Je l'esquive de justesse, laissant la lame siffler à quelques centimètres de mon visage. Je contre-attaque avec une frappe rapide qu'il pare sans effort et enchaîne avec un coup de pied qui atteint mon ventre et me fait reculer. Je me ressaisis promptement, cette offensive me permet de comprendre comment il combat. Il est puissant, mais il mise trop sur sa force brute. Je décide de tirer avantage de ma vélocité et de ma ruse pour le surprendre.

Alors qu'il lève sa hache pour une nouvelle attaque, je feins un assaut direct, puis pivote agilement sur le côté, au moment où son arme fend le vide. L'homme est déséquilibré par son propre élan et m'offre l'ouverture que j'espérais. Je saisis l'opportunité et assène un coup rapide, sentant ma lame mordre la chair de sa cuisse. Mon adversaire hurle pendant que du sang s'échappe de la plaie. Le duel est terminé, mais j'attends que Folker y mette fin, me préparant néanmoins à parer une éventuelle riposte.

— Et le vainqueur est Stig ! Clame-t-il.

Je lève ma hache sous les ovations de la foule. Encore une victoire propre, nette et rapide.

Je n'ai presque pas dormi cette nuit et pour le peu que je me sois reposé, j'ai rêvé de ma vision. Encore. Avant que le soleil se lève, je prends mon courage à deux mains et j'avance en direction de la cascade. J'ai eu le temps de réfléchir à ce que je pourrais bien dire à Lyra, mais à peine arrivé, j'ai déjà tout oublié.

Elle est là, dans une position identique à celle où je l'ai découverte hier. À la différence que cette fois-ci, elle se retourne immédiatement et plante son regard dans le mien. Il n'aura suffi que d'une seconde pour que mon esprit me quitte et que les mots tant ressassés me manquent soudainement. Je suis maintenant nerveux et tente de garder une contenance.

Elle marche langoureusement dans ma direction et monte sur la berge. Elle attrape une robe à mes pieds, que je n'avais pas remarquée jusque là et s'en vêtit.

— Pour quelqu'un qui vient me voir deux fois en deux jours, tu n'es pas très bavard ! ironise-t-elle.

Je me racle la gorge et réalise que mon cœur bat à tout rompre. Cette créature me fait un effet de dingue ! Je tente de me ressaisir et articule mes premières paroles sensées et intelligibles :

— Bonjour Lyra.

— Bonjour, étranger, dit-elle en me souriant.

— Asulf, corrigé-je.

— Le « *loup-guerrier des dieux* », prononce-t-elle de sa voix enchanteresse. Suis-moi, m'invite-t-elle d'une main tendue.

J'attrape ses doigts et elle les entrelace, alors que nous marchons en direction de la forêt. Mon cœur palpite tellement fort que je n'entends plus rien. Seul me parvient aux oreilles son fredonnement divin.

LYRA

Je me baigne, comme à mon habitude, lorsque je me sens observée par un regard brûlant. Il est revenu. Je sais que c'est lui avant même de me retourner. Et quand je le vois, cela confirme mon hypothèse. J'en suis heureuse et mon cœur s'affole dans ma poitrine.

Je me dépêche de sortir de l'eau, excitée à l'idée de le retrouver. Et apeurée, car la cascade éprouve un intérêt un peu trop vif à son encontre, ce qui me déplait fortement. Je rejoins la terre ferme et m'habille. Je le sens complètement envouté, mais est-ce le charme de l'ondine, ou moi ?

Il s'appelle Asulf. Mon guerrier. Mon loup.

Mon cœur est sur le point d'exploser à l'évocation de ce dernier surnom, comme s'il l'avait choisi. J'en suis la première étonnée et décide de nous éloigner, pour vérifier mes théories. Je m'arrête lorsque je n'entends plus le bruit de l'eau qui se fracasse sur les rochers en contrebas.

— Tu es dans ma vision depuis des lunes, murmure-t-il. Comment est-ce possible ?

Je reste interdite, surprise par ses mots. Je ne comprends pas qu'il ait rêvé de moi. Ma bouche s'ouvre et se referme, sans qu'aucun son n'en sorte.

— On dirait que cette fois, c'est toi qui en perds la parole ! se moque-t-il.

Il s'approche de moi et pose ses mains sur mes hanches, son front contre le mien. J'ignore pourquoi son contact ne me répugne pas. D'ordinaire, quand les humains me touchent, je les tue sur le champ. Alors qu'elle n'est pas ma surprise, lorsque mes bras s'enroulent autour de sa nuque !

Nous restons dans cette position durant un long moment. C'est à la fois nouveau et tellement naturel que j'en suis complètement décontenancée. Asulf est immobile et s'enivre de mon odeur. Sa respiration profonde m'apaise instantanément. Je me sens bien dans ses bras. Mes doigts glissent sur sa carotide et je réalise que les battements de nos cœurs se sont harmonisés.

Je suis effrayée et comblée. Tiraillée entre le besoin de le fuir et celui de lui appartenir. Je n'ai jamais ressenti cela auparavant. Est-ce le grand amour dont je rêve ? Ou la magie de l'ondine fait-elle encore effet ?

ASULF

Je tiens Lyra dans mes bras depuis un moment et je redoute l'instant où je devrai relâcher mon étreinte. Mon front appuyé sur le sien, je sens nos souffles qui s'échangent entre nos visages. Je frémis sous ses doigts qui caressent lentement ma nuque.

Les tambourinements dans ma poitrine persistent, mais je suis serein. Comme si notre destin était de nous rencontrer. Que les dieux avaient écrit notre histoire. Que nous étions faits pour être ensemble.

— Que m'as-tu fait, Lyra ? Qui es-tu ?

Immédiatement, elle se raidit dans mes bras. Et merde, je viens de gâcher notre moment. Décidément, je suis passé maître dans cet art !

Lyra se défait de mon emprise et je ressens déjà le manque d'elle. Je suis complètement perdu.

— Je ne sais plus qui je suis, dit-elle en triturant ses doigts.

Surpris, je la regarde et penche légèrement la tête sur le côté.

— Où vis-tu ?

— Dans la cascade.

— Comment peux-tu habiter ici ? Questionné-je, interloqué.

— Il y a une cavité, derrière la chute d'eau.

— D'accord, admis-je, dubitatif. J'ai eu beau voyager, j'ai connu mieux comme logement. Me montreras-tu cela un jour ?

— Je vais y réfléchir, énonce-t-elle.

Je réalise que je la juge alors que j'ignore tout d'elle. Je souhaite simplement rester auprès d'elle. La protéger.

— Je m'excuse d'avoir été indiscret, je ne voulais pas te blesser.

— Je comprends. Et si je te dis non, sache que c'est pour ton bien.

J'expire fort, tentant de rassembler mes esprits, ainsi que les bribes d'information qu'elle me communique. Je suis satisfait de l'idée saugrenue qui me vient.

— À quoi penses-tu, pour afficher ce sourire idiot ?

— Si je me fie à ton attitude et tout ce que tu as mentionné, tu serais une ondine, déclaré-je, fier de ma blague.

Son regard se fige et que ses yeux s'arrondissent.

— Ne fais pas cette tête ! En tout cas, ça m'en a tout l'air, continué-je sur un ton badin.

— Qu'est-ce qui te fait croire que j'en suis une ? Rétorque-t-elle, froide.

— Eh bien, commencé-je en me raclant la gorge, tu vis dans un endroit insolite. Tu m'as attirée à toi avec un sortilège. Et quand je suis près de toi, je n'arrive plus réfléchir.

Je pense avoir rattrapé le coup avec mes flatteries, mais elle baisse la tête, comme honteuse. Toute sa fougue a disparu et je me sens bête.

— Ce n'est pas moi qui t'envoute, c'est la cascade, avoue-t-elle.

Je pouffe de rire. Et quand elle relève son visage et que ses yeux trouvent les miens, j'y lis une profonde tristesse.

— Oh, tu es sérieuse !

Lyra triture à nouveau ses doigts et c'est à mon tour d'être mal à l'aise.

— Pourquoi crois-tu que je t'ai demandé de m'attendre hors de l'eau ? Et que nous nous sommes éloignés pour être ensemble ?

Si j'étais assis, je serais tombé de ma chaise. Je n'ai pas le temps de dire quoi que ce soit, qu'elle fait vote-face et s'enfuit chez elle. Allez savoir pourquoi, je ne l'ai pas suivi. J'étais pétrifié sur place.

Tous les jours qui se sont ensuite écoulés, je suis revenu, avec l'espoir d'y croiser Lyra. Je l'attendais des heures. En vain. J'ai même été voir derrière le rideau de la cascade, mais mes mains n'ont rencontré que de la paroi rocheuse. En désespoir de cause, j'ai interrogé Rigborg, mais elle semble muette à mes appels. Etrange qu'elle ne me réponde plus depuis que nous sommes à JOMSBORG. Je tourne en rond et cela me rend dingue.

LYRA

Lorsqu'Asulf a compris ce que je suis, il s'est figé et je l'ai senti déçu. Qu'est-ce que j'espérais, sérieusement ? Je lui ai appris que je suis une créature mythologique, malfaisante, qui prélève la vie des humains dont je me moque. Sa réaction était fondée et j'ai préféré m'en aller, plutôt que d'apercevoir du dégoût dans son regard.

Contre toute attente, il est revenu tous les jours, à m'attendre. Je l'ai aperçu à travers le rideau de la cascade, poser ses mains et son front contre la paroi rocheuse, m'appelant désespérément. Je l'observais, assise de l'autre côté, les genoux repliés contre la poitrine. Je voulais tellement le rejoindre !

La rivière m'oppresse, me poussant à sortir de ma grotte et à prélever son âme. Ce que je me refuse de faire. Je me suis adossée loin de l'eau, hors de son atteinte. Mais je sens que l'atmosphère est empreinte d'elle, car j'ai du mal à réfléchir et à lutter.

Mes forces s'amenuisent et je sombre lentement dans une agonie délirante. Je m'imagine dans les bras d'Asulf, heureuse, éperdument amoureuse. Est-ce que mes anciennes amies ondines ont ressenti cela elles aussi ?

Au bout d'une semaine, avant que l'aube ne se lève, je suis sortie de la grotte et j'ai traversé l'eau pour m'allonger sur la rive. Au moment où mes yeux se ferment, je l'ai vu et entendu m'appeler.

ASULF

Je traine des pieds en direction de la cascade. Dans une énième tentative d'y croiser Lyra. Peu importe ce qu'elle est, ou comment elle m'a envouté. Je sens au plus profond de moi que j'ai besoin d'elle. Son poison s'est instillé dans mes veines. Lentement. S'il atteint mon cœur, je suis foutu. Condamné à mourir à petit feu. Mais n'est-ce pas déjà le cas ?

Je suis à quelques pas, lorsque j'aperçois une silhouette sur la rive. C'est elle. Mon rythme cardiaque s'emballe soudainement et devient fou. Je me précipite pour la trouver inconsciente. Je la prends contre moi et tourne doucement son visage dans ma direction.

— Lyra, tu m'entends ? Parle-moi, mon étoile.

Pas de réponse. Je la cale dans mes bras et je parcours la crique, en direction de la cascade, à la recherche de sa grotte.

Nous avons dépassé le mur d'eau et une large cavité est apparue. Je l'ai enfin trouvée et constate qu'elle disait vrai.

Je la tenais fort contre moi pendant la traversée, alors que je nous immergeais dans l'eau et je l'ai senti bouger. J'ai réajusté mon étreinte et je l'ai embrassé sur le front, lui intimant de ne pas m'abandonner. Elle est restée muette à mes appels, mais est revenue doucement à elle, quand elle a enroulé ses bras autour de mon cou.

Lorsqu'elle s'éveille et réalise où elle se trouve, elle plante ses yeux dans les miens et me rabroue.

— Qu'est-ce que tu fais là ? Comment es-tu entré ?

— Je t'ai trouvé allongé sur la rive. Tu n'avais vraiment pas l'air bien. Je t'ai porté et nous sommes arrivés jusqu'ici. Je ne pensais pas découvrir cet endroit, mais j'ai essayé, en désespoir de cause. Et nous y voilà.

— Tu ne peux pas rester là, complète-t-elle.

— Un merci m'aurait suffi, m'indigné-je.

— Va-t'en, Asulf. Je t'en prie. Pars avant qu'il ne soit trop tard.

— Je n'irai nulle part sans toi.

Les larmes montent aux yeux de Lyra.

— Elle te veut et je ne suis pas en état de lui résister pour te protéger.

— Je sais très bien faire cela tout seul. Ne t'inquiète pas pour moi. Repose-toi, je serai là à ton réveil.

Je laisse Lyra dans l'endroit le plus confortable que je puisse trouver et qui ressemble à une paillasse. Ce doit être son lit.

J'explore la grotte en quête de quelque chose pour la couvrir. Je déniche une guenille d'un autre temps. Cela fera l'affaire pour le moment. Je retourne auprès d'elle et l'y enveloppe. Elle soupire dans son sommeil.

J'ai encore ratissé l'endroit pour essayer de le chauffer, mais je n'ai rien trouvé qui ressemble à un foyer. Pas de restes de nourriture non plus. Je pensais blaguer en lançant qu'elle devait être une ondine. Mais à sa réaction de la semaine dernière, combiné à ce que je constate ici, je ne peux que me rendre à l'évidence : Lyra est vraiment une ondine. *Bordel !* Il a fallu que mon cœur s'emballe pour une créature mystique et malveillante. N'y avait-il pas assez d'humaines sur ces terres ? Pas aux alentours du camp, en tout cas.

Pourtant, quand je la regarde, je ne vois qu'une jeune femme magnifique. Et lorsque l'eau se reflète sur sa peau, elle scintille légèrement. Plus de doute possible sur l'identité de mon hôtesse. Je m'assois près d'elle et la contemple longuement. Ses cheveux bruns ont séché et ondulent sur ses épaules. Ses lèvres m'appellent et je lutte pour ne pas y écraser les miennes, dans un baiser passionné qui nous couperait le souffle.

Comme promis, je reste avec elle. Quand l'après-midi s'achève, elle se réveille et m'aperçoit. Elle se lève d'un bond, surprise par la présence.

LYRA

Je me souviens avoir passé une semaine éprouvante, à rêver de mon loup. À le contempler depuis la grotte et à me morfondre en silence. Je n'ai pas eu le courage de le sacrifier à la cascade, qui ne cesse de m'implorer de le prendre. J'ai lutté pour ne pas le rejoindre. Et j'ai dû me boucher les oreilles pour ne pas entendre la douce mélodie de ses suppliques. À bout de forces, j'ai atteint la rive pour m'y laisser mourir. Périr d'amour, comme c'est romantique. Triste fin pour une ondine.

Quand je me réveille dans ma grotte et que je le trouve assis à m'observer, je suis surprise et me lève d'un bond. Ma tête tourne et je vacille. Je me sens tomber en arrière, alors que deux bras puissants me retiennent dans ma chute. Asulf m'a rattrapée. Le jeune homme ténébreux ne détache pas son regard du mien et cela me trouble.

— Ça va aller, je te remercie, dis-je en tentant de reprendre une contenance. Ces courants d'air sont vraiment pénibles, blagué-je.

Mon bel inconnu me lance un sourire entendu.

— Hum, oui, les courants d'air, ironise-t-il. Le soleil se couche, je vais devoir partir, annonce-t-il. Est-ce que ça ira ?

J'acquiesce alors que je me sens défaillir et me retrouve une nouvelle fois plaquée contre son torse chaud.

— Tu en es sûre ? S'inquiète-t-il.

Son odeur enivrante me fait complètement perdre pied et j'ai du mal à garder la tête froide. Je souhaiterais que ce moment dure. Que son regard brûlant sur mon corps persiste. L'étincelle au fond de ses prunelles traduit la satisfaction et le plaisir qu'il prend à me serrer contre lui.

Je voudrais pouvoir m'abandonner dans cette étreinte, mais le risque de le sacrifier est grand et je ne peux pas m'y résoudre. Alors je m'éloigne de sa chaleur et de sa douceur.

— Oui, ça ira, merci, dis-je sur un ton plus froid que ce que je ressens.

— Bien, concède-t-il. Je reviendrai demain.

— Ne fais pas de promesses que tu ne pourras pas tenir, Asulf.

— Hum, grogne-t-il.

Il attrape mon visage en coupe et m'embrasse sur le front.

— Je te promets d'être là demain, insiste-t-il. Bonne nuit Lyra.

Au moment où il se retourne, je pourrais presque jurer qu'il m'a fait un clin d'œil. Il m'adresse un sourire charmeur et je sens mes genoux ramollir. Une chaleur indescriptible m'envahit. Je l'observe s'éloigner de son allure guerrière et féline et rejoindre le monde extérieur. Il me manque déjà.

Alors je réalise que j'avais retenu ma respiration pendant tout notre échange.

— Toi, ma chérie, tu sais comment te faire remarquer par de séduisants inconnus ! Me fustigé-je à haute voix.

Je repense à Asulf. Il m'attire, avec son regard intense et son odeur boisée. Je rougis en me remémorant ses muscles qui me tenaient, son inquiétude pour moi. Mon corps frémit et mon cœur s'agite.

Boum boum. Boum boum. Boum boum.

FREYA

CHAPITRE 26

LE PACTE

❄ EINMÁNUÐUR / AVRIL ❄

FREYA

La situation est en train de complètement nous échapper. Et tout cela est entièrement de notre faute. Assis dans la grande salle de banquet d'Odin, nous, les dieux, festoyons avec les EINHERJAR, ces valeureux guerriers morts au combat. Ils ont gagné le droit de siéger pour l'éternité à notre table, en tant que convives permanents du VALHALLA.

Lorsque mes VALKYRIES les ont prélevés sur le champ de bataille, j'ai choisi la moitié de ceux ici présents. J'ai estimé que chacun d'entre eux méritait de partager mon ambroisie. Et j'ai laissé les autres à Odin.

Les cornes s'entrechoquent et les rires fusent. Des guerriers racontent à qui veut bien l'entendre comment ils ont péri, l'arme au poing. Leurs récits sont sûrement passionnants, mais je suis complètement ailleurs. Trop occupée à ressasser les nombreuses erreurs qui ont été commises ces deux dernières décennies.

En sondant Asulf, j'ai découvert des morceaux qui me manquaient pour comprendre l'entièreté de la scène qui s'est jouée. Et tout me ramène toujours à la même personne : Harald Sigersson.

Avant toute chose, il me semble important de reconnaître que nous, les Dieux, avons failli à notre mission de protéger tous les MIDGARDIENS.

Nous avons abandonné Harald à son sort, très jeune. Le seul que nous aurions dû aider. Le seul qui pourrait nous faire tomber.

Depuis ce jour, nombreux sont ceux qui ont pâti de notre négligence.

Il était destiné à devenir un grand guerrier. Mais lorsque j'ai déroulé sa prophétie, j'en ai eu froid dans le dos. Parmi les horreurs que me montraient les visions, l'une d'entre elles m'a interpellée : j'ai aperçu un univers de flammes et de chaos. Était-ce MUSPELHEIM ? Ou bien Harald allait-il mettre MIDGARD, son propre monde, à feu et à sang ?

J'ai averti Odin qui ne m'a pas cru. Il y a fort longtemps, je lui ai enseigné le SEIDR, cet art de la divination. Il a donc exigé d'interpréter par lui-même la vision qu'il aurait.

J'ignore ce qu'il a vu ce jour-là, car il a refusé de me le confier. Mais la destinée de Harald est devenue un sujet sensible entre nous.

Pour ne pas dire prohibé.

Lorsque Markvart a invoqué son démon, il y a vingt ans, j'avais une raison légitime d'intervenir. Car Sigrune, l'une de mes VALKYRIES, s'est retrouvée prisonnière d'une épée, enfermée avec ce démon provenu des enfers. Quel cauchemar ! Je suis allée trouver Odin et une fois encore, il m'a interdit de m'immiscer.

Alors je suis restée là, simple spectatrice du désastre qui se déroulait sous mes yeux. Jusqu'à ce que, grâce à Sigrune, Asulf devienne *l'homme au Regard d'acier*. Puis qu'il soit en âge de connaître la vérité sur ses origines et sur le monstre qu'est Harald, cet oncle qui s'est fait passer pour son père.

Quand je lui ai dévoilé la vérité, le jeune guerrier s'est effondré et j'en ai eu le cœur serré. Il a pris la route avec Eldrid et Karl pour mettre un maximum de distance entre lui et son ancienne vie.

Je suis coupable de ses malheurs et depuis si longtemps. Dès lors, j'ai mis Harald sous surveillance, car j'ai vu que quelque chose allait se produire. Et je ne m'étais pas trompée.

Cette fois, il faut impérativement qu'Odin m'écoute et prenne une décision.

Je suis sortie de ma torpeur par les voix enjouées des guerriers assis à ma droite et qui devisent fort. Je n'ai plus le cœur à célébrer. Ma tête bourdonne, je boue d'avoir laissé faire. Le sujet n'a que trop traîné. Il faut que je converse avec Odin de toute urgence.

D'un geste vif, je me lève et délaisse ma place pour me diriger vers lui. À mon visage grave, il comprend que je souhaite m'entretenir avec lui en privé. D'un signe de tête, il m'enjoint à lui emboîter le pas.

Nous quittons les festivités et le silence du couloir me fait du bien. Seules nos foulées résonnent sur le sol d'or du palais. Cette marche m'apaise quelque peu, mais je sais que la discussion qui va suivre sera houleuse.

Il brise cette sérénité environnante en prononçant les premières paroles :

— Que se passe-t-il, Freya ? demande-t-il avec bienveillance.

— Nous devons parler de Harald Sigersson, lancé-je nerveusement.

Odin me dévisage et sa douceur laisse place à un masque austère. Je me racle la gorge et lui annonce sans détour :

— Harald a invoqué Surt pour pactiser avec le souverain de MUSPELHEIM.

J'observe Odin, la bouche grande ouverte, dont la mâchoire est prête à se décrocher sous le choc. Un instant plus tard, il a retrouvé sa stature.

— Pas ici, murmure-t-il alors qu'il scrute les alentours.

Odin me précède dans la salle du trône et referme la porte derrière nous. Il s'approche de son siège, grimpe sur l'estrade et s'installe. Je fais apparaître une assise en contrebas et prends place.

— Dis-moi ce que tu sais, sans omettre le moindre détail, m'ordonne-t-il.

Rassurée, j'expire l'air que je bloquais jusque là et démarre mon récit :

— Depuis ASGARD, j'ai senti un portail s'ouvrir entre MIDGARD et MUSPELHEIM. J'ai perçu l'odeur de souffre de son seigneur, le redoutable Surt. Harald l'a invoqué pour réclamer la disparition du démon qui habite l'épée, en échange de cette dernière. Il a aussi négocié de régner sur son propre monde, MIDGARD. En échange de quoi, il garantit des portails à Surt pour traverser entre les sphères. Mais si Surt sort de MUSPELHEIM, la prophétie du RAGNARÖK s'accomplira et les habitants des neuf royaumes mourront.

Je laisse un moment à Odin pour digérer ce que je viens de lui apprendre, puis poursuis :

— J'ai donc voulu prévenir Sigrune et Asulf qu'il devient urgent de se débarrasser de son oncle, car lui seul peut l'arrêter. Je me suis drapée dans mon manteau en plumes de faucon et j'ai traversé les cieux incognito. J'ai localisé mes protégés sur les terres de JOMSBORG. Mais lorsque je me suis approchée, j'ai réalisé qu'ils n'étaient plus à ma portée. Un périmètre magique est étendu autour de la cascade à proximité du clan des JOMSVIKINGS.

— Une ondine s'y est établie il y a fort longtemps et refuse de nous prêter allégeance, me confie-t-il. Nous avons été permissifs, tant qu'elle n'interférait pas dans nos affaires.

— À présent, elle m'empêche d'atteindre Asulf et mon obligée, je poursuis en acquiesçant. Étant prisonniers des Jomsvikings, ils ne sont pas autorisés à s'éloigner. Je ne peux donc pas les aviser.

Lorsque je termine mon récit, je me rends compte que je commence à trembler et sens Odin descendre de son trône pour arpenter nerveusement la pièce, les mains jointes derrière son dos.

— Ce MIDGARDIEN est complètement inconscient ! tempête-t-il. Risquer le RAGNARÖK par cupidité ! Pour un royaume ! Croit-il réellement que Surt est digne de confiance et tiendra parole ?

Je ne relève pas ses interrogations rhétoriques, car mon roi a raison.

— On ne peut pas se fier à Surt, renchéris-je. D'ailleurs, il est clair qu'il sait ce que contient l'épée, alors que Harald n'en a qu'une information partielle. Surt va le duper, ce n'est qu'une question de temps.

Odin hoche la tête pour confirmer mes dires.

— À chacune de ses étapes de vie, je poursuis, nous aurions pu mettre fin à la souffrance que Harald causait tout autour de lui. En abrégeant la sienne, par la même occasion. Mais aucun de nous n'a bougé, considérant qu'il s'agissait du destin du MIDGARDIEN. Nous avons tous pêché par vanité…

— Et tu m'en veux de ne pas t'avoir fait confiance. De t'avoir empêché d'intervenir quand il était encore temps, termine Odin.

Je soutiens son regard en silence. Cette bravade peut me coûter mon bannissement d'ASGARD. Odin est magnanime, mais je le pousse dans ses retranchements et pourrais le payer très cher.

Il poursuit :

— Voilà ce que m'a révélé ma prophétie : Asulf me tuera.

« ÚLFUR MUN BRJÓTA KEÐJUR SÍNAR,
(Le loup brisera ses chaines,)
GUÐ ÓÐINN MUN FALLA Í ORRUSTU.
(Le dieu Odin tombera au combat) »

C'est donc cela qui le tracasse.

— Ta prophétie est incomplète, soupiré-je. Tu te trompes d'ennemi.

— Ah oui ? Parce que tu penses qu'Asulf n'est pas le loup en question ? Qu'après avoir entendu la vérité sur ses origines, il ne va pas se libérer de toutes ses entraves et mettre MIDGARD à feu et à sang ?

— Son nom a beau signifier « l*e loup guerrier des dieux* », il n'est pas celui qui te fera tomber, Odin. Il est celui qui te sauvera.

— Il est surtout celui qui déclenchera le RAGNARÖK ! hurle-t-il.

— Non, je l'interromps sèchement. Harald a posé la première pierre. D'autant qu'Asulf n'est pas un vrai loup.

Odin se renfrogne, alors je continue ma plaidoirie.

— Voici ce que me livre ma prophétie :

"ÞEGAR KALDA VETRAR NEITA AÐ VÍKJA FYRIR SUMRI,
(Lorsque l'hiver glacial ne cédera plus sa place à l'été,)
OG STRÍÐ HAFA EYÐILAGT MIÐGARÐ,
(Et que les guerres auront ravagé Midgard,)
SKÖLL OK HATI, SYNIR FENRISÚLFS, MUNU GLEYPA SÓLINA OG TUNGLIÐ,
(Sköll et Hati, les fils de Fenrir, dévoreront le soleil et la lune,)
STEYPT ALHEIMURINN Í DÝPSTU MYRKUR. »
(Plongeant l'univers dans l'obscurité la plus totale.)

« YGGDRASILL MUN SKJÁLFA OG NÍU HEIMAR MUNU SPRINGA.
(Yggdrasil tremblera et les neuf royaumes se fissureront.)
SURT, HERRA MUSPELHEIMS, MUN HÆTTA VAKT SÍNA.
(Surt, seigneur de Muspelheim, abandonnera sa garde.)
LOKI MUN BRJÓTA KEÐJUR SÍNAR OG SAMEINAST HEL, DROTTNING HELHEIMS.

(Loki brisera ses chaines et rejoindra Hel, la reine de Helheim.)
FRÁ SUÐRI, ÞAU MUNU STÝRA HER DREPA TIL ÁSGARÐS. »
(Depuis le Sud, ils mèneront l'armée des morts vers Asgard.)

« FENRIR MUN BRJÓTA KEÐJUR SÍNAR OG DREPA ÓÐINN, EN VÍÐARR MUN HEFNA HONUM.
(Fenrir brisera ses chaines et tuera Odin, mais Vidar le vengera.)
MIÐGARÐSORMUR, MUN EITRA ALLT Á LEIÐ SINNI,
(Le serpent de Midgard, empoisonnera tout sur son passage,)
OG ÞÓRR OG HANN MUNU BERJAST TIL DAUÐA.
(Et Thor et lui se battront jusqu'à la mort.)
FREYR OG SURT MUNU DREPA HVORT ANNAÐ Í LOGUNUM.
(Freyr et Surt s'entretueront dans les flammes.)
HEIMDALLR OG LOKI MUNU BERJAST OG DEYJA BÁÐIR. »
(Heimdall et Loki s'affronteront et périront tous deux.)

« SÓLIN MUN EKKI SKÍNA LENGUR, JÖRÐIN MUN FALLA Í HAF,
(Le soleil ne brillera plus, la terre s'enfoncera dans la mer,)
HEIMURINN VERÐUR AÐ ÖSKU.
(L'univers sera réduit en cendres.)
ÞÁ MUNU LIFANDI SYNIR RÍSA,
(C'est alors que les fils survivants se lèveront,)
TIL AÐ BYGGJA UPP NÝJAN HEIM. »
(Pour reconstruire un nouveau monde.)

« LÍF OG LÍFÞRASIR MUN ENDURNÝJA MIÐGARÐ.
(Lif et Lifthrasir repeupleront Midgard.)
BALDR, SEM HEFUR KOMIÐ AFTUR ÚR HELHEIM, MUN RÍKJA MEÐ VÖLDUM OK RÉTTLÆTI.
(Baldr, revenu de Helheim, gouvernera avec sagesse et justice.)
RAGNARÖK MUN EYÐA ÖLLU,
(Le Ragnarök aura tout détruit,)
EN VON MUN ENDURFÆÐAST ÚR ÖSKUNNI ÞAKKIR HŒNIR. »
(Mais l'espoir renaîtra de ses cendres grâce à Hoenir.*)*

Odin se rassoit sur son trône, sa tête entre ses mains et soupire bruyamment.

— FENRIR va revenir, dis-je sur un ton inquiet, mes doigts attrapant son avant-bras. C'est de ce loup-là que tu devrais te méfier.

— J'ai moi-même enchainé FENRIR, affirme-t-il froidement. Personne ne pourra jamais défaire ses liens.

— En es-tu certain ? Le questionné-je avec bienveillance.

— Insinuerais-tu que j'ai failli à ma tâche ? rage-t-il.

— Je dis simplement que la confiance n'exclue pas le contrôle. Tu devrais t'en assurer, l'enjoignis-je.

Odin me sonde longuement avant de m'interroger :

— Qu'en est-il de ses fils ? Dois-je craindre qu'ils tentent de le libérer ?

— Je n'en suis pas certaine, mais tu pourrais garder un œil sur eux.

Je plaque ma main sur ma bouche, quand je réalise l'absurdité qui vient d'en sortir. Je n'ai pas le temps de m'excuser auprès de mon roi, qu'il me reprend aussitôt :

— Comme tu peux le constater, de tes deux yeux, il ne m'en reste qu'un. J'ai sacrifié le gauche à MIMIR pour avoir accès à l'eau du puits de la connaissance.

Je rougis de honte et détourne le regard. Tout le monde est au courant de cette anecdote. Odin aime le Savoir, il s'en nourrit continuellement. Et il a renoncé à cette partie de lui-même pour étancher sa soif. Pourtant, ma maladresse le radoucit et il ricane de mon malaise.

Je peine à retenir un sourire, mes deux yeux toujours rivés sur le sol.

— Tu ne m'as pas offensé, Freya. Mais j'avoue tirer un certain plaisir à te voir perdre de ta superbe, l'espace d'un instant. Ces occasions sont trop rares, ironise-t-il.

— C'est de bonne guerre, mon souverain, concédé-je en relevant mon visage face au sien.

J'aime Odin autant que je crains son courroux. Mais je dois apprendre à tenir ma langue.

À ce stade des discussions, je ne dis plus rien et le laisse s'exprimer à nouveau. Ce qu'il ne tarde pas à faire et sa question me prend totalement au dépourvu :

— Eclaire-moi sur un point. Pourquoi les femmes sont-elles absentes de ta prophétie ?

— Elles ne le sont pas, Odin, je réponds, perplexe.

— Pourtant tu n'en as mentionné que deux. SOL, déesse du soleil, qui succombe, dévorée par l'un des fils de FENRIR. Et HEL, déesse des morts et fille de LOKI, qui aide son père à provoquer le RAGNARÖK, mais nous n'en connaissons pas son issue. Alors, où sont les autres ? Que devient ma femme ? Et celle de LOKI, que dit-elle de ta prophétie ? Accepte-t-elle de savoir que son mari sera emprisonné et leurs fils tués ? Leur prêtera-t-elle main forte ? Dois-je me soucier d'elle dès à présent ?

— Ces informations ne sont pas parvenues jusqu'à moi, mon roi, avoué-je, honteuse, au bout d'un long moment.

— En effet, constate-t-il. Vous, les femmes, êtes le plus grand mystère de la création. Si rares sont les récits qui vous concernent. À croire que votre sort n'intéresse pas les hommes. Ou que vous être trop complexes.

— Tu dis sûrement vrai, Odin, soupiré-je, désabusée.

— Pourtant vous tenez une place capitale à nos côtés. Vous êtes nos piliers. La raison de nos querelles et la source de notre bonheur.

Je souris de sa clairvoyance et de sentir tout l'amour qu'il nous porte.

— Et toi, Freya ? Quelle est ta destinée ? demande-t-il, bienveillant.

— Je l'ignore, je réponds en me rembrunissant. Je n'ai jamais eu de vision me concernant. Et je n'ai trouvé aucun moyen d'en avoir. Toi-même, tu n'en as jamais eu à mon sujet.

Odin se détend en acquiesçant.

Puis il s'enfonce dans son trône et m'interroge, de son habituelle voix calme et posée :

— Alors, dis-moi, pourquoi protèges-tu Asulf ?

Je m'assois sur le sol, à ses pieds, mes mains apposées sur ses genoux, mes yeux ancrés dans le sien :

— Je l'ai rencontré. C'est un guerrier exceptionnel, droit, honnête. Il a un grand cœur. Tout comme toi, il se préoccupe du bien-être des personnes qui l'entourent. Et il a été dévasté d'apprendre que Harald lui a ravi sa promise à jamais, je reprends plus sérieusement.

— Justement, il aurait tous les motifs du monde de se venger.

— Et c'est le cas. Il souhaite la mort de Harald. Rien de plus.

Mon roi grommelle. Il n'est pas convaincu. Alors je continue mon argumentaire :

— J'ai une totale confiance en Sigrune. Si elle épaule Asulf, je le ferai également. Elle le côtoie depuis six années. Elle le connait mieux que personne. Elle ne peut pas se tromper à son sujet.

— Jusqu'à ce que l'on fasse miroiter le pouvoir à un homme, tu ne peux être certaine de ce qu'il a au fond de lui.

— Justement. Asulf devait être roi. Il a vaincu loyalement tous ses concurrents. Mais il ne voulait pas de ces responsabilités. Quand il a appris la vérité sur Harald, il a tout abandonné pour se reconstruire ailleurs.

Mes paroles touchent enfin mon souverain dont la mâchoire se décroche.

Il reprend rapidement une contenance et me questionne :

— Qui le cherche ?

— Björn et Amalrik.

— Penses-tu qu'il nous aideront ?

— Je l'espère, dis-je, hésitante. Amalrik considère Asulf comme un fils, mais il est le bras droit de Harald. Je l'imagine pris entre deux feux. Je ne sais pas où ira sa loyauté. Quant à Björn, la défaite cuisante qu'il a essuyé, ainsi que la perte de l'élue de son cœur, ne présagent rien de bon. D'autant qu'elle est partie avec Asulf. J'ignore s'il serait heureux de le retrouver, ou s'il souhaiterait le tuer.

— Pourtant ils sont nos seuls espoirs pour le moment. Puisque la magie de la cascade est si puissante qu'elle annihile les pouvoirs de Sigrune et du démon. Elle les empêche de communiquer avec Asulf.

— En effet, soupirais-je.

Pour la première fois de mon existence, je me surprends à désirer prier. Pour le salut d'Asulf, ainsi que des royaumes.

Mais qui une déesse peut-elle implorer de lui venir en aide ?

LYRA

CHAPITRE 27

MON ÉTOILE

❄ EINMÁNUÐUR / AVRIL ❄

ASULF

Je suis rentré au campement, la tête pleine d'interrogations. Lyra est une ondine. J'en suis certain, à présent. Etrangement, c'est loin de me rebuter. Je n'ai pas eu besoin de demander confirmation à Rigborg, car elle ne fera que me conforter dans cette voie.

En parlant de mon épée, je ne l'ai plus sollicitée depuis que nous avons été capturés. D'une part, parce que je souhaitais rester discret. Si jamais Folker découvre que je ne m'appelle pas Stig, mais Asulf et que je suis le *Regard d'acier*, probable que les choses tournent court. La rumeur d'une rançon est parvenue jusqu'ici et tout le camp, composé exclusivement de mercenaires vikings, est en ébullition. L'appât du gain.

Harald me cherche activement et la prime pour ma capture est telle que n'importe qui vendrait père et mère pour me livrer et toucher la rançon promise. Je me demande si, en réalité, il ne tuera pas la personne qui m'amènera à lui. Je doute de lui, de tout ce que je sais à son sujet et considère clairement le pire le concernant.

A contrario, ma confiance en Karl et Eldrid est absolue. Ils ne m'ont pas trahi, malgré la somme exorbitante proposée. Ils auraient pu envisager de me dénoncer, profiter de l'argent pour s'installer confortablement et fonder une famille. Mais il n'en est rien. Ils me sont fidèles et préfèrent rester à mes côtés, même si cela implique d'être en danger. Je les aime davantage chaque jour pour ça. Ils sont ma nouvelle fratrie. Je donnerais tout pour eux, dussé-je en mourir.

Alors ne pas utiliser la magie de mon épée évite que nous soyons repérés et que Harald débarque. Je crains pour la vie de mes amis, plus que pour la mienne. Et je ne veux pas non plus être responsable de la mort de tous les hommes qui composent ce camp. D'autant que nous avons appris à les apprécier et qu'ils nous considèrent à présent comme des hôtes et non plus des prisonniers. Nous sommes en sécurité à

JOMSBORG, au milieu de ces mercenaires que tout le monde redoute.

D'autre part, je ne sollicite plus le *Regard d'acier* pour me prouver que je suis le meilleur, épée magique ou pas. Je ne me voile pas la face, Sigrune a assisté à tellement de batailles qu'elle m'a fait profiter de son Savoir. Aujourd'hui, ces connaissances me sont acquises et elle a toute ma gratitude pour cela. Elle m'a rendu indétrônable en tout point.

Cependant, j'ai besoin d'évacuer ma frustration, ma colère et mon chagrin. Alors ce combat quotidien, c'est le moment où je peux flirter avec le danger pour me révéler.

Je ne dors plus avec ma lame à la main et je ne bénéficie donc plus de sa guérison miracle. Je dois être prudent et parer chaque coup, car il pourrait faire mal et laisser des séquelles irrémédiables.

Pourquoi est-ce que je m'inflige cela ? Pour me punir d'avoir été aussi naïf durant tout ce temps. À propos de mon oncle. De mon épée. De Björn et Eldrid. De Holda.

Quoi penser de mon départ précipité d'AROS ? Ma disparition a dû briser Solveig. Je l'ai abandonnée au pire moment, alors qu'elle venait elle aussi de perdre Holda. Je me demande ce que Harald a dit à ma nourrice et comment elle a pris la nouvelle. Elle ignore certainement qu'il n'est pas mon père, mais mon oncle. Un putain de détraqué meurtrier ! Et probablement bien d'autres choses que je méconnais encore à son sujet. Solveig doit s'imaginer que j'ai retourné ma veste, que je suis un ingrat.

L'ai-je déçu ? Sûrement.

La reverrais-je un jour ? Peut-être pas. Harald en vie, ce serait dangereux pour elle et je me refuse à l'exposer.

Par ailleurs, ce n'était pas le cas jusqu'il y a peu, mais aujourd'hui j'ai une raison de rester à JOMSBORG. Elle se nomme Lyra.

Ma beauté fatale est une ondine. *Merde, je deviens déjà possessif !*

Bien que je ne l'ai même pas encore embrassée ! J'y remédierai à notre prochaine rencontre. Je veux la faire mienne, j'en ai besoin.

J'espère qu'elle ne me repoussera pas. Pourtant, je ne suis pas sûr de moi, car sa nature profonde l'amène à haïr les humains. Alors j'ignore si, dans un futur proche, son baiser me ranimera ou m'éteindra.

Tout ce que je sais, c'est qu'elle me consume d'un seul regard. Et qu'elle occupe toutes mes pensées, ce qui finira par s'avérer périlleux au cours des combats, si je n'y prête pas attention.

Que dire de la cascade qui exerce un fort pouvoir sur elle ?

Est-ce que ce que je ressens est dû à l'esprit de l'eau, ou bien à elle ?

Qu'en est-il de son côté ?

Est-ce la même magie qui l'attire à moi, ou y a-t-il autre chose ?

Difficile de discerner les deux. Pourtant, si je me fie aux tambourinements effrénés de mon cœur quand je repense à elle, Lyra est faite pour moi.

Allongé dans mon lit, je ne trouve toujours pas le sommeil. Mon adversaire de ce soir était plus fort qu'à l'accoutumée. Ou bien est-ce moi qui me ramollis ? Quoi qu'il en soit, si je veux rester dans les bonnes grâces de Folker et préserver la vie de mes compagnons, je dois continuer de gagner et de l'enrichir.

Le chef des mercenaires est cupide, mais je peux me fier à sa parole. Il a rapidement vu que nous ne cherchions pas à fuir et que je mettais volontiers mes talents à son service. Rapidement, nous n'avons plus été traités comme des prisonniers et nous avons droit aux mêmes avantages que son peuple.

Mieux que cela, nous leur avons perfectionné leurs repas et Eldrid est devenue la déesse du camp. Intouchable, grâce à l'intérêt que Folker me porte et à la garde rapprochée de Karl, qui ne lâche pas sa belle d'une semelle. Trop peur qu'on la lui pique.

Du coup, il s'entraîne assidûment et s'est considérablement amélioré, se transformant en un très bon guerrier. Il scrute d'un œil mauvais tous ceux qui la côtoient. Il les menacer silencieusement en les regardant pendant qu'il découpe sa viande avec une précision inégalée. Si je ne le connaissais pas aussi bien, il me ferait froid dans le dos.

Je me tourne sans arrêt dans mon lit et peine à trouver le sommeil. Il faut vraiment que j'éclaircisse la situation, à tous points de vue, car cela me ronge.

Je suis réveillé avant même que le soleil pointe à l'horizon. Mes compagnons dorment encore, dans les bras l'un de l'autre, sur la couche d'Eldrid. Au moment de sortir, j'avise la boîte à bijoux de la rouquine. Elle déborde de présents ramenés par les mercenaires, chacun espérant attirer ses faveurs, ou la remercier de bien s'occuper de leur estomac. Vais-je trouver dans tous ces trésors celui qui plaira à Lyra ?

J'en déplace quelques-uns, en silence, jusqu'à tomber sur un bracelet torque en métal, orné de deux têtes de loups qui se regardent, un mâle et une femelle. C'est le cadeau parfait pour ma belle.

Je sors sur la pointe des pieds pour ne pas les réveiller. Direction la cuisine afin de me ravitailler avant de quitter le camp. Je n'ai même plus besoin de prévenir. Voyant mon lit vide, Karl en déduira immédiatement que je suis à la cascade, car il sait que je m'y rends tous les jours maintenant. Il s'occupera de rassurer Folker jusqu'à ce soir, pour mon prochain combat.

J'approche de la rive où m'y attend déjà Lyra. Vêtue, cette fois-ci. Ce qui signifie deux choses : premièrement, que je vais pouvoir garder l'esprit un peu plus clair, mais surtout deuxièmement, que c'est un rendez-vous officiel. Et je me félicite intérieurement d'avoir prévu un cadeau pour elle.

Elle me regarde parcourir la distance qui nous sépare avec une joie non dissimulée. Je me sens léger, nerveux, moi-même. Tout est confus. Ma seule certitude, c'est que je veux être auprès d'elle.

— Je suis heureuse que tu sois là, sourit-elle.

— Je t'avais promis que je reviendrais.

— En effet, acquiesce-t-elle.

— J'ai un cadeau pour toi, énoncé-je.

Je fouille dans la petite bourse en cuir accrochée à ma taille et en sors le bracelet. J'attrape tendrement son poignet droit et y glisse le bijou. Elle approche son bras pour l'observer de plus près.

— Est-ce que ce bijou nous représente ?

Je lève les sourcils, taquin. Je ne veux pas brûler les étapes entre nous, mais ce cadeau, c'est plus qu'une simple babiole pour moi. Pourtant, elle n'en saura pas plus. C'est trop tôt.

J'attrape sa main et lui propose de nous éloigner. Lorsqu'elle entrelace nos doigts, je me sens confiant.

Cette scène a un petit air de déjà vu pour moi et mon humeur joyeuse s'assombrit. Lyra le remarque et m'arrête, saisissant mon visage avec tendresse. Je suis désarçonné par son attitude, qui contraste avec les mythes sur son espèce. Je ne vois aucune malveillance ni froideur dans son comportement, comme on pourrait l'attendre d'une ondine. Plutôt beaucoup de douceur et d'empathie, et cela me touche.

D'une certaine façon, elle me rappelle Holda. Mais en étant… différente. Plus que cela. Je le sens. Même si je ne sais comment l'exprimer.

— Ton cœur est déjà pris ? M'interroge Lyra, soudain anxieuse.

— Non, affirmé-je et agrippant ses hanches de mes doigts pour la rapprocher de moi.

Ce matin je pensais arriver en conquérant, charmer ma belle et l'impressionner pour mériter son baiser. Au lieu de cela, le souvenir de ma défunte promise s'installe et ramène avec lui toute ma déprime.

Cette pente est glissante et je risque de louper le moment, encore.

— Est-ce qu'elle a compté ? s'inquiète mon ondine.

Je soupire, levant les yeux au ciel. Si je veux construire quelque chose avec elle, autant être honnête dès le départ.

Avisant un tronc d'arbre couché, je lui propose de nous y assoir pour me confier. Elle prend place à mes côté, mal à l'aise, jouant nerveusement avec le bracelet que je viens de lui offrir.

Avec une douceur infinie j'entremêle nos doigts et me rapproche d'elle. Je plonge dans ses grands yeux verts.

— Je l'ai aimé. Nous devions nous marier. Mais elle m'a été arrachée violemment il y a six lunes. Mes plaies cicatrisent encore de sa perte.

— Je suis désolée, souffle-t-elle.

— Merci de ta sollicitude, je réponds en caressant le dos de sa main avec mon pouce.

Lyra sourit à peine. Je la devine hésitante alors qu'elle se renferme. Il est vrai que parler de Holda ne pouvait pas la faire bondir de joie.

Pourtant, mes aveux sont loin de la faire fuir. Elle approche son visage du mien, prenant d'assaut tous mes sens. Je lutte pour lui laisser l'initiative de me montrer ce qu'elle veut, alors que je ne rêve que d'une chose : la goûter.

— Laisse-moi te débarrasser de ton chagrin, murmure-t-elle à mon oreille.

Je penche mon visage vers le sien et ferme les yeux, toujours agrippé à elle. Nos souffles se mélangent. Mon rythme cardiaque s'emballe, mais je n'ose pas accélérer. Pas encore. Je profite de ce moment.

Quand ses mains se détachent des miennes, c'est pour trouver mon cou et glisser sur ma nuque. C'est le signal que j'attendais.

Dans une lenteur exquise, mes lèvres se posent délicatement sur les siennes. Je prends mon temps, savourant chaque seconde de ce premier baiser. Ses lèvres sont douces et sucrées. Elles sentent la framboise, bien que ce ne soit pas la saison.

Je resserre mon étreinte sur Lyra, la plaquant contre moi. Elle gémit dans ma bouche, encore une fois, quand mes doigts rejoignent le bas de son dos.

Je la laisse faire quand elle décide de prendre le contrôle. Telle une experte, elle appuie et prolonge ce baiser qui m'embrase instantanément.

Je suis submergé par la vague de sentiments qui déferle sur mon âme. Je me délecte de sa peau soyeuse, de ses soupirs étouffés en réponse à mes grondements de satisfaction.

Embrasser une ondine est une expérience inédite, presque mystique. À moins que ce ne soit elle, juste elle.

Mon cœur bat à tout rompre. Il vit à nouveau, plus fort que jamais. Et il a un message à me délivrer : Lyra a été créée pour moi.

Cette évidence m'ébranle, me dévaste de bonheur. Je suis enfin serein et heureux.

Nous nous rencontrons à peine, et pourtant nos âmes semblent se retrouver, après avoir été trop longtemps séparées. Comme si nous nous connaissions depuis toujours.

À mesure que les secondes s'égrainent, la certitude m'envahit. C'est elle, la femme de ma vie. Celle qui illumine mon existence par sa seule présence.

Je l'embrasse à présent avec fougue et passion. Notre baiser s'éternise et je rêve qu'il perdure.

Ce n'est que lorsque mon corps manque d'air, que je suis contraint d'y mettre fin. Pourtant je garde mon étoile contre moi, refusant de me détacher d'elle.

Elle inspire et expire quelques instants, le souffle saccadé, les joues rougies, les lèvres gonflées.

Nous nous sourions comme deux adolescents, alors que je replace une mèche de cheveux derrière son oreille.

— Si tu savais depuis quand je t'attends, mon loup, susurre-t-elle avant de prendre à nouveau possession de ma bouche.

Nous avons passé la journée ensemble, apprenant à nous connaître entre deux baisers passionnés. Qui me font étrangement penser à des retrouvailles, alors que c'est juste impossible. Nous ne nous connaissions pas.

Lorsque je la raccompagne à la cascade, j'ai la sensation d'y abandonner mon cœur.

J'ai aimé Holda. Je voulais l'épouser et je pense sincèrement que nous aurions été très heureux.

Mais avec Lyra, je touche les étoiles. Nous n'avons pas besoin de parler pour nous comprendre. Nous finissons les phrases de l'autre, ou nos regards les terminent pour nous. Nos gestes sont naturellement synchronisés.

Je vis des moments parfaits, alors autant dire que chaque fin de journée est une torture.

— Reste avec moi cette nuit, me murmure-t-elle.

Sa voix innocente ne réalise pas qu'elle m'envoie un double message. Certes, elle ne veut pas que l'on se quitte, mais sa tirade sonne comme une promesse de plaisirs charnels à venir. Je sens que ça s'agite dans mon pantalon, alors que l'instant est mal choisi. *Tranquille !*

— Je ne peux pas, ma douce, énoncé-je à contrecœur. Je dois être rentré pour mon combat chaque soir. Sinon Folker va perdre de l'argent et mettre en danger la vie de mes compagnons. Eldrid serait une proie facile, même si elle sait se défendre et que Karl et moi assurons sa sécurité. Et ça, c'est hors de question.

— Oh, prononce-t-elle, ennuyée.

Je plisse les yeux et la sonde. Serait-elle jalouse ? Si vite ?

Je dois admettre que cette idée me plait et flatte mon égo.

— Est-ce que tu aimerais que je te les présente ? Même si je suppose que tu les as déjà aperçus.

Lyra m'observe en penchant la tête sur le côté. J'en déduis qu'elle attend des précisions. Alors je démarre un rapide portrait d'eux :

— C’est un adorable couple de lapins qui vient se reproduire ici.

— Je n’ai pas vu de lapins depuis des lustres, répond-elle sérieusement.

Mince. Je crois que ma blague n’a pas fonctionné. D’autant qu’avant de me rencontrer, mon ondine détestait les humains.

Je me hasarde néanmoins à les décrire :

— Non, je me suis mal exprimé. Elle, c’est une magnifique femme, une petite rousse, avec des cheveux très longs et des yeux verts. Un caractère bien trempé. Tu ne peux pas la louper. Et lui, un beau jeune homme d’une tête plus grand qu’elle, brun, timide. Il veille sur la rouquine mieux que sa propre ombre.

— Et qui passent leur temps ici à se grimper dessus comme des lapins, c’est ce que tu voulais dire ? Oui, je vois de qui il s’agit.

J’éclate de rire. Je tiens un bon moyen d’enquiquiner mes compères.

— Ils ont l’air très amoureux, affirme-t-elle.

— C’est le cas, confirmé-je.

— Et très gentils. Même si elle lui donne beaucoup d’ordres, c’est lui le plus entreprenant des deux.

— Voyez-vous ça ! dis-je en me tournant tandis que j’attrape son menton entre mon pouce et mon index. Et tu les as observé se câliner, demandé-je d’une voix caverneuse.

Lyra hoche la tête, confirmant mes insinuations.

Je suis soudainement pris d’un désir difficile à maitriser. Je la dévore de mon regard brûlant, tandis que mes doigts parcourent son bras. Lyra rougit.

Je sais qu’elle est toujours vierge, sinon elle ne serait plus une ondine. Une partie de moi souhaiterait lui faire découvrir ce monde de plaisir et d’extase, mais je dois freiner mes ardeurs, car je ne veux pas la brusquer.

J’anticipe que pour moi, ça va se finir comme tous les soirs. Je vais devoir gérer moi-même ma frustration.

— Est-ce que tu aimerais faire comme eux ? M’aventuré-je à demander, d’une voix rauque.

— Je ne sais pas, avoue-t-elle, les joues cramoisies. Est-ce que cela fait mal ?

— Non, je réponds, manquant de m’étrangler. Pourquoi est-ce que tu penses que cela pourrait être douloureux ?

— Tes amis crient beaucoup pendant qu’ils se câlinent. Surtout elle. Alors, je…

Je ris de plus belle. Je vais pouvoir asticoter ces deux-là pendant des lustres avec ce que Lyra vient de me révéler ! Ils ne sont vraiment pas discrets. Je comprends à présent leur besoin de s’isoler.

Ma réaction ne plait pas vraiment à ma belle qui se renferme davantage. Je me calme et tente de l'apaiser :

— Tu es tellement craquante quand tu bafouilles, dis-je en caressant sa joue de mon pouce. Non, ils ne se font pas de mal. Au contraire, ils se font du bien. Beaucoup, si j'en crois ce que tu dis.

— Et tu voudrais qu'on fasse comme eux ?

Et là, c'est moi qui en perds mes moyens :

— Heu… je… oui… Absolument !

— Tu es tellement craquant quand tu bafouilles, se moque-t-elle.

Nom d'un chien ! Si avant j'avais le béguin pour elle, maintenant c'est pire. Sa petite répartie me plait et m'excite terriblement.

Par contre, je ne peux pas me laisser aller. De nous deux, je suis le plus expérimenté et je me dois de la guider. Elle va perdre sa longévité et sa nature mystique en se donnant à moi. Elle abandonnera sa vie d'ondine et ce n'est pas rien.

— Nous en reparlerons demain, si tu le souhaites.

— Oui, j'aimerais beaucoup que tu m'apprennes.

Je souris comme un idiot. Je suis heureux. Mais surtout, je comprends mieux mes compagnons qui ont besoin de s'étreindre à tout va.

— Je t'enseignerai ce que je sais. Et nous découvrirons le reste ensemble.

Elle acquiesce et me tend son poignet.

— Peux-tu ajuster mon bracelet ? Il semblerait que j'ai l'avant-bras très fin et je ne voudrais pas perdre ton présent.

— Si je le resserre, tu ne pourras plus l'enlever.

— Je n'en avais pas l'intention, confesse-t-elle.

Sa phrase sonne comme une promesse d'avenir, ensemble.

Loin de m'effrayer, je suis en joie et mon cœur part au triple galop.

Et si je revenais ce soir, après le combat ? Non, je ne peux pas abandonner Karl et Eldrid. Je ne les croise déjà presque plus.

Je me résous à quitter ma belle pour aujourd'hui. Un dernier baiser empli de tendresse pour me donner du courage et je m'éclipse au pas de course, car je suis déjà en retard.

Je cours de nuit dans la forêt, aussi rapide et furtif qu'un loup.

À l'issue de mon combat, j'ai rencontré Eldrid, surprise de me voir si désabusé, une fois encore. Elle m'a mis dehors en m'ordonnant de rentrer de bonne humeur demain, car elle ne supportait plus ma tête. *Charmant.*

Je ne freine pas en arrivant à la cascade et cours dans l'eau en hurlant son prénom. Tant pis pour les visiteurs nocturnes que ma présence effraie.

Lyra sort rapidement de la grotte, vêtue de la même tenue que plus tôt.

— Asulf ? Qu'est-ce que tu fais là ? s'étonne-t-elle.

J'avale les derniers mètres en quelques foulées alors qu'elle descend dans l'eau pour m'accueillir. Je me jette sur ses lèvres comme un affamé. Je l'embrasse à perdre haleine. Entre deux baisers, je souffle quelques mots :

— J'avais besoin de te voir… De te sentir… De te prendre dans mes bras… Je ne peux plus me passer de toi…

— Moi non plus, répond-elle. Mais pas ici.

Je réalise que j'ai foncé tête baissée, oubliant tout ce qu'elle m'a dit sur elle. J'aperçois ses yeux changer de couleur, alors que nous sommes immergés jusqu'à la taille. Et là je comprends ce qu'elle voulait me dire le premier jour en m'éloignant d'elle. La rivière cherche à me prendre à travers elle.

Son visage se transforme en une grimace hideuse et elle se jette sur moi, avec la ferme intention de me tuer.

— Lyra, non ! hurlé-je en l'attrapant.

Mon ondine est sourde à mon appel et se débat comme une furie pour se libérer. Je la bloque et j'éprouve toutes les difficultés du monde à la sortir de l'eau. Elle chante, de sa voix envoutante pour me corrompre. Je tiens bon en fredonnant la comptine que Solveig utilisait pour m'endormir lorsque j'étais enfant :

« Í FJÖRÐUM NOREGS,
(Dans les fjords de Norvège,)
VÍKINGAR HAFA FYLGI SITT,
(Les Vikings ont leur cortège,)
TROLLUM, ÁLFUM OG RISUM,
(De trolls, d'elfes et de géants,)
SEM SYNGJA ÞÉR MJÚKLEGA.
(Qui viennent chanter doucement.) »

« NÓTTIN ER DIMM OG DULARFULL,
(La nuit est sombre et mystérieuse,)
EN VÍKINGAR ERU HUGRAKKIR,
(Mais les Vikings sont courageux,)
ÞEIR VAKA YFIR ÞÉR, LITLI BARN,
(Ils veillent sur toi, petit enfant,)
OG VERNDA ÞIG FYRIR ILLGJÖRÐUM.
(Et te protègent des méchants.) »

« LOKA AUGUNUM, LEYFÐU ÞÉR AÐ SVEFNFYLLAST,
(Ferme les yeux, laisse-toi bercer,)
AF MJÚKUM TÓNUM ÁLFA,

(Par les douces mélodies des elfes,)
OG Á MORGUN, VIÐ SÓLARUPPRÁS,
(Et demain, au lever du soleil,)
ERTU TILBÚINN FYRIR NÝJAR UNDUR.
(Tu seras prêt pour de nouvelles merveilles.) »

« SOFÐU VEL, LÍTILL VÍKINGUR,
(Dors bien, petit Viking,)
LÁT SVEFNINN ÞINN VERA MJÚKAN OG KYRRAN,
(Que ton sommeil soit doux et serein,)
OG STJÖRNURNAR VAKA YFIR ÞÉR,
(Et que les étoiles veillent sur toi,)
UNS DAGURINN RÍS LOKSINS.
(Jusqu'à ce que le jour se lève enfin.) »

Je sens Lyra se détendre un peu dans mes bras, me permettant de la rapatrier jusqu'à la rive. Lorsque je la sors de l'eau, elle redevient elle-même et je m'affale sur l'herbe, éreinté.

— Que s'est-il passé ? S'inquiète-t-elle.

— Tu as essayé de me tuer, énoncé-je platement en reprenant difficilement ma respiration.

Mon ondine écarquille les yeux et j'y lis de la peur. Je m'assois et la rapproche de moi.

— Tu n'étais pas toi. C'est l'eau qui a tenté de s'emparer de moi.

Ses yeux papillonnent alors qu'elle peine à me croire.

— Comment lui as-tu échappé ? S'enquière-t-elle.

— Je suis le meilleur, ironisé-je.

Elle se jette dans mes bras, s'assois sur moi et m'embrasse avec fougue.

Je manque d'air, mais mes poumons comblent ce manque en m'emplissant d'elle. Je me nourris de ses baisers enflammés.

Elle recule après notre délicieuse et interminable apnée.

— Je suis désolée de tout cela, sanglote-t-elle. Je crois que tu vas devoir t'en aller et ne plus jamais revenir.

Aucune chance, ma belle ! Que je reste ou m'éloigne, je suis déjà mort. Mon cœur et mon âme sont à toi.

— Non, Lyra, je ne m'éloignerai pas de toi, dis-je avec fermeté.

Je la vois longuement hésiter, me sonder. J'attends qu'elle finisse son analyse, récupérant mon souffle par la même occasion.

Lorsqu'elle ouvre la bouche, c'est pour me désarçonner, une fois de plus :

— Est-ce que tu m'aimes assez pour faire de moi ta femme ?

LYRA

Asulf est venu me trouver en pleine nuit, pour me dire qu'il ne pouvait plus se passer de moi et j'ai manqué de le tuer. Il m'a avoué cela platement, comme si c'était normal, qu'il s'y attendait.

La cascade a profité que je baisse ma garde pour s'emparer de moi et essayer de le prélever. J'étais horrifiée, je ne pouvais pas lutter. Elle, par contre, se débattait comme un démon de HELHEIM.

Mon loup m'a impressionné de calme et de force. Il ne s'est pas laissé faire. Et il ne s'est pas non plus enfui. Il est venu pour moi et nous sommes ressortis ensemble et vivants de la cascade.

J'ai failli le perdre à jamais. Je refuse que cette situation se reproduise.

Je suis tombée amoureuse de mon guerrier à la seconde où je l'ai vu. Je sais aujourd'hui que je ne pourrais plus exister sans lui. Pourtant, c'est à contrecœur que je prends cette décision.

— Je suis désolée de tout cela, sangloté-je. Je crois que tu vas devoir t'en aller et ne plus jamais revenir.

— Non, Lyra, je ne m'éloignerai pas de toi, conteste-t-il.

Je le scrute longuement, en silence. Mais en réalité, c'est moi que je sonde. J'ai un choix à faire. Soit je l'écarte de moi à jamais, j'accepte qu'il fasse sa vie avec une autre, alors que je passerai le restant de la mienne à me morfondre.

Soit j'embrasse notre statut d'âmes sœurs et m'abandonne totalement à lui. Je perdrai tout ce qui fait de moi une ondine pour devenir une simple mortelle et passer le reste de ma vie avec lui.

Suis-je prête à tout quitter pour lui ? Oui ! Je n'ai aucun doute là-dessus. Les humains appellent ce que je vis un *coup de foudre*. Comme si Thor allait les anéantir de son tonnerre. Je ne comprends pas l'allusion.

Asulf est-il prêt à m'accueillir ?

Il m'a confié avoir voulu épouser cette Holda en à peine quelques semaines. Nous en sommes au même point, si ce n'est que je ne me suis pas encore donnée à lui, contrairement à elle.

Mon aimé m'a affirmé que lorsque nous nous câlinerions, il me ferait du bien. J'ai envie de le croire. Je sais qu'il prendra soin de moi.

Alors il ne me reste plus qu'à lui poser la question :

— Est-ce que tu m'aimes assez pour faire de moi ta femme ?

Devant la mine surprise de mon loup, je regrette instantanément de m'être livrée. Avant même qu'il ne me réponde, j'enchaîne :

— Je… oublie, c'était idiot, dis-je en détournant la tête.

Il me rattrape et attend que mon regard fuyant se rive au sien.

— Si je te fais mienne, tu deviendras humaine. Ta vie sera raccourcie. Tu éprouveras du bonheur, mais aussi de la tristesse. Tu ressentiras le chaud et le froid. Tu perdras tes pouvoirs.

— Je vois, ce n'est pas ce que toi tu veux, énoncé-je, intérieurement dévastée par son rejet, que je tente de camoufler.

Asulf se rapproche de moi et m'étreint.

Son regard toujours dans le mien, il me confie :

— Lyra, les dieux m'en sont témoins, c'est ce que je désire le plus au monde. Je te donnerai tout. Je m'assurerai que tu sois heureuse chaque jour qui nous sera accordé. Mais je refuse que tu te décides sous la contrainte. Car cette décision sera lourde de conséquences pour toi.

— Je sais, confessé-je.

— Je vais te laisser le temps que tu jugeras nécessaire pour être certaine de ton choix. Je t'attendrai.

Il prend ma main et la pose sur son cœur, que je sens battre à un rythme complètement fou sous ma paume.

— Il est à toi, mon étoile.

Je souris bêtement, réalisant que pour la première fois de mon existence, je suis libre de décider ce que je veux devenir. Enfin, je pense faire ce choix, car en réalité ce sont les NORNES qui tissent nos destinées. Je ne fais qu'embrasser la mienne avec une ferveur nouvelle.

Note de l'auteur : ONDINE : équivalent scandinave d'une nymphe. Elle se présente sous les traits d'une femme froide et distante, dépourvue d'âme et entraîne les voyageurs au milieu des brumes, des marais ou des forêts, pour les perdre ou les noyer. Elle considère les humains comme inférieurs et ennuyeux. Elle change radicalement de comportement quand elle tombe amoureuse. Après son union, l'ondine devient plus vulnérable et attachée à son amoureux. Elle est un soutien inconditionnel, protectrice, mais devient jalouse et possessive.

ELDRID ET KARL

CHAPITRE 28

BIS REPETITA

❄ HARPA / MAI ❄

ASULF

Je suis allongé sur ma couche, l'esprit ailleurs, quand Eldrid débarque en trombe :

— Tu as encore gagné, champion ! Me félicite-t-elle d'une voix suraiguë. Folker jubile comme jamais ! J'ai adoré quand tu as remis ce gros balourd en place : « *Tu te prends pour Odin ? Prépare-toi à perdre un oeil* », m'imite t-elle. Et tu l'as fais, putain ! Tu ne lui as rien abimé d'autre, juste pris son oeil ! Par tous les dieux, c'était épique ! Oh, et le moment où tu t'es baissé, tu as glissé sous ses jambes pour te retrouver derrière lui et le contourner. Ce coup de botte aux fesses que tu lui as asséné pour qu'il tombe ! Mémorable ! Ça, il ne s'en remettra jamais ! Tu as superbement fait le spectacle en traînant son égo dans la boue ! Les gars autour se marraient ! Beaucoup on parié sur toi, tu sais, pour cette histoire d'oeil.

— T'es une groupie hystérique, en fait ! Ravi que ça te plaise, soupiré-je.

Je devrais en être heureux et m'en attribuer tout le mérite, car je n'ai jamais fais appel à Rigborg depuis mon arrivée ici.

Mais je suis préoccupé.

— Tu me sidères ! Tu les bats tous depuis que nous sommes ici. Tous les jours. Et tu n'en tires aucune satisfaction ?

— Hum. Je m'en moque.

— Dis-moi franchement que nos sorts t'importent au moins un peu ! Ou bien je te saoule ? S'indigne la rouquine.

— Pas du tout, je réponds en la regardant droit dans les yeux. Karl et toi êtes ma famille. Je ferais tout pour vous.

Eldrid esquisse un sourire et s'approche. Elle tapote mes tibias pour que je replie mes jambes et lui laisse la place de s'assoir.

— Ça doit bien faire une lune que tu n'es pas dans ton assiette. Alors mon beau, c'est quoi cette histoire de cascade ?

Je prends une longue inspiration et expire lentement, en frottant mes mains sur mon visage, avant d'expliquer :

— Tu te souviens qu'il y a quelques lunes, je vous avais partagé mes visions ?

— Une beauté qui se baigne dans une cascade ? Oui, j'ai cru que tu parlais de moi ! blague-t-elle.

Je souris et réponds sur le même ton :

— Si ça avait été toi, Karl m'aurait déjà fait la peau !

— Toi et moi aurions eu une sérieuse discussion à ce sujet !

Nous restons silencieux quelques instants. :

— Donc il s'agit d'une fille ? m'incite-t-elle à poursuivre.

— Hum.

— Que tu as rencontré cet après-midi-là, quand tu es rentré troublé ?

— Hum.

— Et qui doit t'avoir pris dans ses filets, vu ta réaction.

— Hum.

— Tu sais dire autre chose que « *Hum* » comme un homme du Nord du KATTEGAT ?

— Hum.

Eldrid me chatouille les côtes et je ris.

Elle continue son interrogatoire :

— Quel rapport avec celle de ta vision ?

— C'est elle.

— Comment ça, elle ? demande-t-elle dubitative, avant d'afficher des yeux ronds, signifiant qu'elle vient de comprendre. Oh, par tous les Dieux ! Jure Eldrid. Tu l'as rencontrée ?

— Hum, la taquiné-je avant de me prendre un coup de coude.

— Tu es sûr de ne pas l'avoir rêvé, Asulf ?

— Elle m'a parlé, renchéris-je.

— Oh et qu'est-ce qu'elle t'a dit ?

— De ne jamais revenir m'y baigner en même temps qu'elle.

Eldrid explose de rire, m'entrainant malgré moi à sa suite.

— Oh non, Asulf ! Oh, pardon, Stig ! On dirait que tu as perdu la main, car ton charme ne fait plus effet !

— C'est ça, fous-toi de moi !

— Heureuse que tu me donnes ton accord ! raille-t-elle.

Son fou rire repart de plus belle et cela me rend bougon.

Je veux me tourner dos à elle, mais elle me retient.

Elle sèche ses dernières larmes avant de continuer son interrogatoire :

— C'est bon, j'arrête. Tu dis qu'elle était à la cascade. Mais dans ta vision, elle se baignait, non ?

— Hum.

— Et là, où était-elle quand elle t'a envoyé promener ?

— Sur la berge.

— Mais cela ne correspond pas.

— Elle sortait de l'eau, grincé-je.

— Wow ! Une seconde. Tu dis qu'une jeune femme sublime et nue t'a envoyé balader ?

— Hum.

— Oh, bon sang ! C'est trop drôle !

— Arrête de te moquer, la tornade.

— Je l'aime déjà ! Je vais aller la voir, dit-elle en feignant de se lever.

Je rattrape Eldrid par le poignet et l'immobilise.

— Pas si vite ! Sinon je te balance à Karl !

Elle se dégage et répond, sur un ton mutin :

— Dis lui bien que j'ai trouvé ma jumelle spirituelle et que je suis partie m'envoyer en l'air avec elle. Et rajoute qu'il est le bienvenu !

Je grogne. J'ai à peine le temps de me redresser et de la ceinturer au vol, car elle s'était déjà élancée vers la sortie. Rattrapée in extremis, elle s'assagit instantanément, fière de sa blague et je la repose au sol.

Puis, sérieuse, elle se retourne lentement et plante son regard dans mes yeux verts, terre et or.

— Tu en parles comme si tu étais mordu d'elle, murmure-t-elle, son regard ancré au mien.

— Je le suis. Elle m'a dit vouloir m'épouser. Je ne voulais pas précipiter les choses entre nous, alors je lui ai laissé du temps. Car cela implique un changement profond et définitif de sa part.

Eldrid hoche la tête, compréhensive, comme toujours.

— Où en êtes-vous ?

— Je vais devoir lui reposer la question et j'espère que sa réponse correspondra à la mienne.

Je soupire en passant une main dans mes cheveux, sans me détourner.

La rouquine déglutit, hésite et se confie à voix basse :

— Je suis tombée amoureuse de Karl chez Freya. Quand vous avez mentionné Holda, je vous ai senti bouleversés. J'ai honte de l'avouer, mais je l'ai enviée d'avoir ravi vos cœurs. Alors que vous n'éprouviez rien pour moi. Jalouse d'une défunte, tu imagines ? J'étais pathétique.

— Non, tu ne l'es pas, dis-je en me rapprochant d'elle.

J'appose une main sur son bras et de l'autre, j'attrape son menton et redresse doucement son visage vers le mien.

— Cette nuit-là, quelque chose de fort m'a poussé vers Karl, poursuit-elle. Et avant que je réalise ce qui se passait, j'étais en train de poser mes lèvres à la commissure des siennes. Quand il m'a gardé près de lui et m'a étreinte, je me suis sentie à ma place. Et je me suis dit que je ne le méritais pas. Que jamais il ne s'intéresserait à une pauvre fille comme moi. Et aussi, qu'il était trop jeune pour moi. Mais ça tu ne dois pas lui répéter, parce qu'il fait déjà une fixation là-dessus.

Je souris parce qu'elle pouffe de rire et j'acquiesce :

— Je te promets qu'il n'en saura rien. Ce sera notre petit secret.

KARL

Je cherche Eldrid depuis un moment, mais ma tornade n'est pas en train de festoyer sur le camp. Je me mets alors en quête d'Asulf. Peut-être l'a-t-il aperçue. Et comme il était bizarre avant son combat, cela me permettra de m'assurer qu'il va bien.

Alors que je m'approche de la tente, je reconnais le rire de ma compagne et j'écoute Asulf prononcer :

— Je te promets qu'il n'en saura rien. Ce sera notre petit secret.

Mon sang ne fait qu'un tour. Je suis au courant qu'Asulf a juré de ne jamais poser la main sur elle. Et ce que j'entends m'annonce tout le contraire. Dire que je l'ai cru, alors que durant tout ce temps, il a menti. J'ouvre vivement la tente pour les surprendre et je me fige. Ils sont enlacés, prêts à s'embrasser.

— Je vous dérange ? Questionné-je sur un ton glacial, en les foudroyant du regard.

Pris la main dans le sac, tous deux s'éloignent l'un de l'autre, mais le mal est fait.

— Avant que tu ne t'imagines des choses…

— La ferme, Asulf ! Je le coupe violemment. Je vous faisais confiance, putain ! Et je tourne à peine le dos, que tu te tapes ma femme ?

Ils me regardent avec des yeux ronds, en silence.

— Toi et tes grands principes d'amitié, craché-je à l'attention du guerrier. Et toi, pointé-je Eldrid, j'imaginais que tu éprouvais sincèrement des choses pour moi. Mais quel con !

— Karl, non, attends ! M'ordonne-t-il alors que je m'apprête à repartir pour trouver de quoi me saouler jusqu'à oublier ce que j'ai découvert.

— Karl, s'il te plait, ce n'est pas ce que tu crois, m'implore celle qui vient de me briser le cœur.

— Et qu'est-ce que je dois croire, quand je vous vois enlacés, en train de vous lancer des regards langoureux ? Que vous envisagiez d'aller faire la vaisselle ?

Asulf m'attrape par le bras et je n'arrive pas me dégager de son emprise, car il est plus fort que moi.

— Je comprends pourquoi tu l'as choisi, lui, lâché-je frustré.

— Tu fais fausse route.

— Oh que si ! C'est pour ça que tu étais troublé tout à l'heure ? Demandé-je au brun. Tu voulais lui dire ce que tu ressens ?

— Ce n'est pas ce qui était prévu, avoue-t-il.

— À d'autres ! Je vais sortir avant de dire quelque chose que je vais regretter.

Asulf resserre sa prise sur mon bras.

— Regarde-moi, Karl ! gronde-t-il. Tu n'iras nulle part.

Je le scrute méchamment. Je bous, j'enrage. Si j'avais eu plus de force que lui, je l'aurais étranglé. Mais je sais que je n'ai aucune chance d'avoir le dessus.

— Je vais vous laisser discuter, dit-il en relâchant mon bras. Tu peux lui en parler, Eldrid, si cela règle ce malentendu.

La rouquine hoche la tête et Asulf s'engouffre dans la nuit, m'abandonnant, seul, avec deux tornades : l'une dans mon esprit, attisée par l'autre qui se tient devant moi.

— Je n'ai jamais joué avec toi, Karl, je te le jure.

Le visage fermé, j'observe les yeux d'Eldrid qui s'embuent lentement. Je sens qu'elle va mettre fin à notre histoire et ça me tue. Ce que je ressens pour elle est tellement fort ! Mon ego est en train d'accuser un sacré coup. Je ne peux pas la laisser prendre les devants, c'est à moi d'arrêter tout ça, avant d'être ridiculisé davantage.

— J'y ai cru, murmuré-je, la gorge nouée. Comme le novice que je suis, je me suis fait berner. J'ai cédé à tes sourires ravageurs et tes yeux magnifiques. Ton rire qui me réchauffe le cœur. Ou tes tempêtes quand tu t'énerves. J'aime tout chez toi. Mais de te savoir avec un autre… Que tu ne ressentes pas la même chose pour moi… C'est au-dessus de mes forces.

— Ne fais pas ça, Karl, me supplie-t-elle, les larmes dévalant ses joues.

— Combien de temps vais-je attendre que tu mettes fin à nous ? N'y en a-t-il jamais eu pour toi ?

— Karl, je n'ai jamais eu l'intention de te blesser. Je…

Les mots se perdent dans sa gorge et je sais que je dois abréger, car je sens que le chagrin monter inexorablement en moi.

— Tu as quelque chose à ajouter ?

— Tu comptes tellement pour moi. Ne m'abandonne pas. Pas toi. Pas comme ça…

— Tu m'as déjà remplacé. Asulf prendra soin de toi.

— Pas comme tu le fais. Karl, je t'implore, ne fais pas ça…

Mon cœur est en miettes et elle semble profondément touchée par mes paroles. Je suis tellement énervé, déçu, que je ne me rends pas compte que je la brise à mon tour. Elle me renvoie le reflet de ce que je suis. Complètement dévasté.

— Sache que je ne regrette rien de notre histoire. À part ce moment-ci, où tu envisages de mettre fin à nous, sanglote-t-elle.

— C'est toi qui l'as fait, Eldrid. J'étais ton choix par dépit, car Asulf n'a pas voulu de toi.

— Tu n'es pas un choix par dépit. Je n'ai rien décidé. Avant de comprendre ce qui se passait, j'étais dans tes bras. Et j'ai su que je ne serais jamais assez bien pour toi.

— Tu me l'as dit, à la cascade, ce soir-là, la coupé-je.

— Je ne parlais pas de notre première fois. Mais de cet instant intime que nous avons partagé chez Freya. Quand tu m'as serré contre toi, je me suis sentie tellement bien. Puis j'ai réalisé que je ne serais jamais comme Holda. Que jamais tu ne me verrais pour ce que je suis. Alors j'ai pris mes distances.

Mon regard se verrouille au sien et je comprends que nous avons éprouvé des sentiments identiques, au même moment.

— J'ai cru avoir rêvé, cette nuit-là, avoué-je. Quand tu es venue à moi, que tu as posé tes lèvres et tes mains sur moi, quelque chose a changé. Et j'ai longtemps prié les Dieux pour qu'ils m'accordent cette chance d'atteindre ton âme, confessé-je en saisissant ses phalanges tremblantes.

Mes doigts attrapent la joue droite de ma tornade et mon pouce caresse sa bouche et sa pommette, alors que je continue mes aveux :

— Ils m'ont exaucé et je les en remercie chaque jour. Car tu es celle qui fait battre mon cœur. Celle sans qui je ne respire plus.

— Je…

— Mais tu ne ressens pas la même chose que moi. Je t'ai dit à plusieurs reprises que je t'aime et tu ne me l'as jamais dit en retour. Je me berce d'illusions. Tu ne crois pas en nous. On n'a pas d'avenir, toi et moi.

Les larmes d'Eldrid redoublent alors qu'elle s'accroche de toutes ses forces à ma chemise. Je lui laisse le temps de me dire que je fais fausse route, qu'elle m'aime elle aussi. Mais rien ne sort de sa bouche.

Je me penche au-dessus d'elle et dépose un chaste baiser sur ses lèvres. Elle tente d'approfondir mais je lui bloque les poignets et décroche ses mains.

— Ne fais pas ça… sanglote-t-elle.

— Adieu, Eldrid.

Je la lâche et quitte la tente sans me retourner, à deux doigts de m'effondrer de chagrin.

ASULF

Déjà une semaine qu'Eldrid et Karl se sont séparés. Une semaine qu'elle pleure toutes les nuits. Une semaine qu'elle mord tous ceux qui disent un mot de travers. Elle devient intenable et même les mercenaires les plus intraitables n'en mènent pas large avec elle.

Karl aussi est dans un piteux état. Il tente de noyer son chagrin en se saoulant du matin au soir. Il n'est plus revenu dormir avec nous. Il reste en tête à tête avec sa cervoise.

Cette situation me rend dingue, d'autant plus que leur rupture est de ma faute. Karl a mal interprété ce qu'il a vu et a imaginé que je voulais lui prendre sa femme. D'ailleurs, je ne crois pas l'avoir déjà entendu la mentionner en ces termes.

En parlant d'elle, la voilà !

— Bordel, Stig, tu pourrais faire le ménage ici ! Je ne suis pas ta THRALL à repasser derrière toi !

— Hey, tout doux, la tornade ! Tout est bien rangé, rien ne dépasse.

— Mais bien sûr !

— Et tu sais pourquoi ? continué-je. Parce que tu es passée par là il y a une heure et que tu as déjà tout remis en place.

Elle s'arrête, les joues rouges jusqu'aux oreilles.

— Viens par là, lui ordonné-je en l'attrapant par la main et en l'enjoignant à s'asseoir sur la couche de Karl.

Ses yeux se brouillent lentement.

— Dis-moi pourquoi vous êtes toujours en froid, tous les deux.

— Il pense que je ne l'aime pas autant que lui m'aime.

— Et c'est le cas ?

Elle fait non de la tête et marque une pause en se pinçant la lèvre inférieure, avant de poursuivre :

— Il s'attendait à ce que je lui déclare que je l'aime. Mais je n'ai pas pu… J'ai essayé, mais les mots ne sont pas sortis, s'épanche-t-elle alors que les larmes dévalent ses joues. Je ne l'ai jamais dit à personne, susurre-t-elle.

J'attrape son menton entre mon pouce et mon index et approche ses yeux des miens.

— Est-ce que c'est ce que tu ressens pour lui ?

Elle hoche la tête en signe d'affirmation.

— Alors, dis-lui. Il a besoin de l'entendre. Et toi, de lui avouer ce que tu viens de me confier.

— Tu as raison. Même si cela ne change rien, il doit savoir.

Je place mes mains de part et d'autre de son visage et lui embrasse le front. Lorsque je me recule, je sèche ses larmes de mes pouces et elle affiche enfin un sourire. Une semaine qu'elle faisait la tête ! Mon calvaire prend fin !

KARL

Une semaine que je ressasse. Que je me demande comment je suis passé de l'homme le plus heureux du monde, à cette loque qui se met minable à longueur de journée.

Je n'ai pas bu aujourd'hui. Je voulais avoir les idées claires pour comprendre ce qui s'était déroulé. Eldrid était en larmes quand nous avons rompu. Et je réalise que j'ai sûrement loupé quelque chose.

Je prends mon courage à deux mains et je pars à la recherche de ma tornade rousse. Elle n'est pas aux cuisines, donc j'essaie la tente. Et comme la semaine dernière, je tombe au mauvais moment, car je perçois :

— Alors dis-lui. Il a besoin de l'entendre. Et toi, de lui avouer ce que tu viens de me confier, prononce Asulf.

— Tu as raison, approuve Eldrid. Même si cela ne change rien, il doit savoir.

J'ouvre le pan de la tente et comme la semaine dernière, ils se câlinent.

— Putain !

— Karl, stop ! M'ordonne Asulf. Cette situation est insoutenable.

— À qui la faute ? Demandé-je, sarcastique.

— À moi, déclare-t-il.

— Enfin, tu le reconnais !

— Et à toi, Karl.

— Je rêve !

Asulf se lève et nous nous défions du regard.

— Tu me piques ma femme et tu viens me provoquer ? M'indigné-je.

— Eldrid, laisse-nous, s'il te plait, lui intime-t-il sans me quitter des yeux.

La rouquine ne se fait pas prier et sort, alors que je grogne.

Si je dois me battre avec lui, il vaincra à coup sûr. Mais je ne me laisserai pas faire pour autant. Je perdrai avec honneur.

— Maintenant tu vas ouvrir tes oreilles et m'écouter attentivement, m'ordonne-t-il en s'approchant à une vingtaine de centimètres de mon visage. Je n'ai pas touché Eldrid. Et je n'en ai pas l'intention.

Je pouffe, incrédule. Ce couplet, je le connais déjà et il sonne faux.

— Je vous ai surpris deux fois en l'espace d'une semaine. Ne me prends pas pour un con, éructé-je.

— Voilà ce que tu as vu. Une fin de conversation entre deux amis qui se soutiennent.

— Elle m'a trompé avec toi ? demandé-je. C'est ça, votre petit secret ?

— Elle venait de me dire ce qu'elle ressentait pour toi. Elle m'a supplié de ne pas te dévoiler qu'au début de votre relation, elle te trouvait trop jeune. Parce qu'elle sait que tu bloques là-dessus.

— Je ne suis pas trop jeune pour elle ! hurlé-je.

— C'est précisément pour cela que je ne devais pas soulever ce point, rit-il.

— Je ne m'emporte pas ! Crié-je, en même temps que je le réalise. Enfin… Si… Tu as raison. J'ai toujours eu peur que nos six ans d'écart, ce soit trop pour elle. Et qu'elle préfère quelqu'un de son âge.

— Et tu as pensé à moi ? Ravi de l'apprendre. Mais, non.

Je me radoucis et décide d'écouter Asulf, qui poursuit :

— On a démarré cette conversation en parlant de ce qui m'a troublé ces derniers temps. La femme de ma vision, je l'ai trouvée. Elle est réelle.

Mes yeux s'écarquillent et les pièces du puzzle s'assemblent.

— Où l'as-tu vue ?

— À la cascade. Je venais de me confier à Eldrid à son sujet quand tu nous as surpris. C'est elle, Karl. Mon cœur l'a reconnu avant même que je ne découvre son visage.

Ma mâchoire se décroche un instant.

Je l'interroge :

— Alors tu n'es pas intéressé par Eldrid ?

— Elle est bourrée de charme, mais non, elle n'est pas pour moi.

Je ris comme un dément, soulagé d'avoir simplement été un abruti.

— Et ce que tu as surpris tout à l'heure, c'est une femme dévastée que j'ai convaincue de t'avouer ce qu'elle ressent pour toi. Tu l'as transformée, idiot, me dit-il en agrippant vigoureusement ma nuque. Alors, arrête de la faire souffrir et rends-lui son sourire !

J'acquiesce comme un con. Putain, elle a des sentiments pour moi ! Elle croit en nous ! Mon cœur s'envole et je suis prêt à partir à sa recherche, quand Asulf m'attrape le bras.

— Avant que tu ne files, explique-moi pourquoi tu l'as nommée « *ma femme* » ?

Rouge de honte, je me frotte la nuque. C'est le moment de passer aux aveux.

ELDRID

Je suis seule dans la cuisine et je tourne comme un fauve dans une cage, lorsque Karl débarque. Je n'ai pas le temps de réagir qu'il se jette sur mes lèvres et m'embrasse désespérément.

— Je suis désolé… Je suis tellement con… Je n'aurais jamais dû te quitter… Je ne suis plus rien sans toi…

Il picore ma bouche entre chaque mot, ses pouces caressant mes joues. Je souris, si heureuse qu'il me revienne !

— Moi non plus je ne peux pas vivre sans toi. J'ai mordu tout le monde ces derniers jours !

Karl rit à gorge déployée, avant de plaquer son front contre le mien.

— Ils avaient été prévenus quand ils nous ont capturés, raille-t-il. Tu es la personne la plus redoutable sur ce camp. Ils savaient pourquoi, et tu viens de le leur rappeler. Tu les tiens par leurs estomacs.

Je ris avec lui. Il m'a manqué. Sa bonne humeur et ses baisers réparent doucement mon cœur meurtri.

Mais je connais un moyen d'accélérer notre guérison.

Alors, rassemblant tout le courage dont je suis capable, je me lance et murmure, en le regardant droit dans les yeux :

— Je t'aime, Karl.

Il m'embrasse passionnément, déversant tout son amour et son besoin de moi dans son baiser. Ses lèvres charnues me dévorent encore et encore, pour mon plus grand plaisir. Et je lui rends bien volontiers.

Mon cœur s'envole. En posant ma paume contre sa poitrine, je le sens tambouriner au même rythme que le mien. Je suis à nouveau heureuse, entière.

Mais rien ne m'a préparé à ce qui va suivre :

— Epouse-moi, Eldrid.

ODIN

CHAPITRE 29

PAS VU, PAS PRIS

❄ HARPA / MAI ❄

AMALRIK

Je suis toujours sur la route, à la recherche d'Asulf. Cela doit bien faire six lunes que je suis parti et j'en ai marre de tourner en rond. Au début, je me félicitais de l'avoir bien formé à brouiller les pistes. Maintenant, je frustre comme n'importe qui. On dirait bien que ma patience légendaire a foutu le camp.

J'ai fait des milliers de kilomètres, durant tout VETR et je peux attester que cet hiver était rude. J'ai parcouru les côtes, sillonnant tout le KATTEGAT, aller et retour. J'ai visité chaque endroit où je lui aurais conseillé de se cacher. Pas de trace du gamin. Il y a de grandes chances pour que ce petit futé soit resté en mouvement, ce qui expliquerait que je sois toujours à ses trousses.

Mais au bout d'une si longue durée, il pourrait être n'importe où. D'autant qu'il est initialement parti à cheval et que rien ne me garantit qu'il n'ait pas changé de moyen de transport. Probablement à plusieurs reprises, d'ailleurs. S'il a pris la mer sur un DRAKKAR, il peut être à l'opposé de chez nous et du monde connu.

Je soupire fort. Toutes ces réflexions me donnent mal à la tête. N'est-il pas temps de s'avouer vaincu et de rentrer ? J'ai besoin de me reposer, chez moi, dans mon lit.

Je ne suis pas le seul à être épuisé. Mon cheval hennis et piaffe. C'est le moment de faire une pause. Je mets un pied à terre, attrape la bride de ma monture et marche à ses côtés pour me dégourdir les jambes.

Un homme vient à pied à ma rencontre. D'un âge de bien vingt ans supérieur au mien. Sa haute stature en impose et contraste avec ses cheveux mi-longs et blancs, assortis à sa barbe. Il n'a qu'un oeil, mais son regard est perçant. Il est vêtu d'une tenue de guerrier de bonne facture, que j'aurais vu portée par un JARL. Cette contrée lui appartient-t-elle ?

— Tu sembles fatigué, l'ami. Et ton destrier aussi, constate-t-il.
— Long périple, je réponds, laconique.
— Tu cherches à te loger pour la nuit ?
— Ce ne serait pas de refus, acquiescé-je.
L'individu me fait un signe de tête pour que je le suive. J'imagine qu'il m'amène dans une LANGHÚS. Peut-être même la sienne.
Je le scrute un peu trop, car il entame la conversation. Tout ce que j'adore…
— Quel est ton nom, étranger ?
D'habitude, je mens à cette question. Autant pour ne pas me faire repérer, si jamais Asulf était non pas devant, mais derrière moi. Et ensuite, parce que je ne vois pas en quoi cela regarde les personnes que je croise l'espace de quelques minutes, ou quelques heures.

Mais pas aujourd'hui. On dirait que ce bougre m'inspire confiance et me tire les vers du nez. Je dois être réellement épuisé pour obtempérer de la sorte !
— Je m'appelle Amalrik.
— Enchanté. Moi c'est Odin.
Je pouffe.
— Comme le roi des Dieux ?
— Lui-même, atteste l'étranger, ce qui déclenche mon hilarité.
— C'est vrai que tu lui ressembles, confirmé-je. Tout comme lui, tu dégages une certaine sagesse. Et il te manque un œil.
— Tu oublies le plus important : je suis bien conservé pour un vieux !
Il me décroche un autre éclat de rire tonitruant et je dois admettre que cela fait du bien de bavarder avec quelqu'un qui a de l'humour.
— Alors, Amalrik, qu'est-ce qui t'amène par ici ?
— Je suis à la recherche de mon fils, déclaré-je.
Même si Asulf n'est pas de mon sang, je le considère comme tel. Sa disparition soudaine, sans aucune explication, m'a profondément ébranlé. Cela ne lui ressemblait pas et les événements adjacents y sont probablement pour quelque chose.
— Comment s'appelle-t-il ? s'enquiert Odin.
— Asulf.
— Le « *loup-guerrier des dieux* ». En est-il est digne ?
— Odin lui-même a dû en souffler l'idée. Mon gamin est solitaire et furtif, tel un loup et un guerrier accompli.
— Comme son père, j'imagine, me dit-il en me toisant, amusé de cette similitude frappante.
Car même si je ne suis pas son père, Asulf me ressemble énormément. Parfois plus qu'à Harald, avec qui il ne partage presque rien. J'ai d'ailleurs été surpris par sa nonchalance, quand nous avons appris la disparition du petit. Alors qu'à l'opposé, je tournais comme un

fauve en cage, prêt à bondir à ses trousses pour le ramener et comprendre son départ précipité.

— Peux-tu me le décrire ?

— Un mètre quatre-vingt-douze, un physique athlétique, une stature imposante. Il a vingt ans, les cheveux bruns, un visage carré et une mâchoire forte. Il a les yeux verts, presque bleus, parsemés de brun et or. Un regard que l'on n'oublie pas.

— Celui de sa mère, je présume.

J'approuve d'un hochement de tête, alors que j'ignore à quoi ressemblait celle qui lui a donné la vie. Harald n'en parle jamais. Comme s'il avait profondément enterré son souvenir. Ce qui m'amène à me demander ce que connaît Asulf à ce sujet.

— Tu as mentionné qu'il est bon guerrier. À quel point ?

— Il est le meilleur. Je lui ai enseigné tout ce que je sais et l'élève a dépassé le maître.

— D'où ta présence ici.

— En effet.

L'homme semble réfléchir un instant, puis son visage s'éclaire.

— Pas impossible qu'il soit à JOMSBORG, ton gamin. Les mercenaires ont un champion qui combat chaque jour. Invaincu depuis des lunes.

— Ce pourrait être lui. Mais comment le sais-tu ? Nous sommes à une bonne cinquantaine de kilomètres de JOMSBORG.

Il me montre son œil et je réalise qu'il l'a fraîchement perdu.

— Le prix de la Connaissance, ironise-t-il.

ASULF

Je suis nerveux, le cœur battant à tout rompre, quand j'arrive à la cascade. Je fais rouler entre mes doigts la bague que j'ai choisie pour Lyra. Il y a maintenant une lune, l'esprit de l'eau m'a attaqué par l'intermédiaire de ma belle. Il m'a fallu tout mon sang-froid et ma détermination pour en réchapper, sans la blesser.

Mon étoile était effondrée de ce qui s'est produit et m'a lancé un ultimatum : soit je la transforme en humaine, soit j'arrête de venir la voir. Je lui ai imposé une lune pour y réfléchir, car ce choix est lourd de conséquences pour elle et irrémédiable. Et ce délai expire aujourd'hui.

J'espère que nous sommes sur la même longueur d'onde, parce que je suis prêt à faire un bout de chemin avec elle.

Je me suis égaré dans mes pensées, comme toujours, lorsque je songe à Lyra. Cela finira par me perdre. Et dans les prochaines secondes, si je me fie au craquement de branche derrière moi et cette voix que je ne connais que trop bien :

— Tu as su te faire discret, entonne l'homme que je croyais ne plus jamais croiser. J'ai eu toutes les peines du monde à remonter jusqu'à toi.

Mes épaules s'affaissent alors que je me retourne, soulagé. Amalrik est là, seul et j'entends sa monture renâcler un peu plus loin.

— Ravi de te revoir, Asulf, me dit-il, un large sourire illuminant son visage.

Il vient à ma rencontre et me serre dans ses bras, d'une étreinte sincère et puissante. Je lui ai manqué. Et putain, lui aussi m'a manqué !

Je l'enserre avec force, profitant du plaisir de retrouver un allié.

Il met fin à notre accolade en reculant et apposant ses mains sur mes épaules.

— Je me suis inquiété pour toi, fiston. Je suis soulagé que tu sois toujours en vie et en un seul morceau, au demeurant.

— C'est pour cela que tu sembles avoir battu la campagne depuis des lunes ? Tu empestes le renard mort ! Raillé-je.

— Nous sommes près d'une cascade. Souhaites-tu que je me lave ?

Je me renferme. Je ne veux pas prendre le risque que l'esprit de l'eau se restaure de sa vieille carcasse, alors j'élude la blague.

— Je suis heureux de te revoir, déclaré-je.

— Ta disparition soudaine a fichu une sacrée pagaille ! plaisante-t-il. Mais elle m'a surtout profondément attristée. À plusieurs reprises, j'ai imaginé le pire. Je me rassurais en me disant que je t'avais formé et que tout irait bien. Néanmoins…

— Ta sollicitude me touche, confessé-je, ému.

— Laisse-moi m'installer et raconte au vieil homme que je suis ce qui s'est passé.

Amalrik s'assoit au sol et je me vois mal le congédier. Depuis la grotte, Lyra peut nous apercevoir. Elle saisira sûrement ce qui me retient de la retrouver.

J'imite mon aîné et prends place face à lui, adossé à une pierre, une jambe repliée contre mon torse, l'autre allongée sur l'herbe. Cette scène me rappelle tant de souvenirs avec lui. Nous n'avons jamais eu besoin de parler pour nous comprendre. Et aujourd'hui plus que jamais, il est impératif que je me confie à lui. Comme un fils réclamant le soutien de son père.

AMALRIK

Asulf inspire profondément, appuyant sa tête contre la roche derrière lui, alors qu'il semble chercher par où commencer son récit.

— Je n'ai jamais voulu être roi, initie-t-il, droit dans le vif du sujet.

— Je sais, acquiescé-je. Je me souviens de ton visage quand Thorbjörn a annoncé ta participation au tournoi. Tu étais résigné à accomplir ton devoir. Là où Björn était excité de pouvoir succéder à son père.

— Probablement parce qu'il est le petit dernier de la fratrie et que ce tournoi lui offrait une opportunité unique de prouver sa valeur. Il savait que ses frères ne faisaient pas le poids face à lui. Et donc qu'il avait une chance de gagner et de devenir roi à son tour.

— Moi-même je ne veux pas du trône, renchéris-je, alors comment t'en blâmer ? Je ne suis pas intéressé par toutes ces intrigues politiques et suis mauvais en diplomatie.

— Tu préfères être actif et multitâches : pisteur, conseiller en stratégies militaires, formateur des novices au combat, professeur de l'élite.

— En effet. Tout cela me sied à merveille. Alors je ne comprends que trop bien ta résignation, fiston.

Asulf hoche la tête et je lui laisse le temps de reprendre son récit.

— J'avais prévu d'abandonner la victoire à Björn d'une courte tête, confesse-t-il. Il aurait gagné sa place avec les honneurs et rendu fier son père. Mais cet abruti a invoqué l'EINVIGI !

L'aveu d'Asulf ne me surprend qu'à moitié. Il a toujours eu énormément de respect pour Thorbjörn et sa famille. Ainsi qu'une belle complicité avec Björn, lorsqu'ils étaient jeunes. Mais plus maintenant, à présent que le pouvoir et les femmes sont entrés en lice.

— C'était prévisible, conclus-je. Tu es son seul vrai concurrent, autant au sein du peuple que dans le cœur de son père.

— Il était mon meilleur ami, poursuit-il. J'aurais tout donné pour le récupérer et servir à ses côtés.

— D'où ta promesse envers la petite rouquine ?

— Hum. Je pensais qu'elle partirait avec lui. Et même s'il nous avait tous mis en garde de ne pas l'approcher, il n'a jamais clairement demandé à Eldrid de l'épouser. Du coup, elle a hésité à le suivre. Pire, le lendemain, elle est venue avec moi. Björn me fera la peau quand il l'apprendra.

— Et c'est tout ce qui t'inquiète ? Ironisé-je. Je devrais peut-être lui dire où tu te trouves, si je le croise en chemin. Cela vous permettra de régler vos différends.

— Ce serait une bonne nouvelle. Cela m'offrirait la possibilité de revoir un visage familier. Par contre, dis-lui bien qu'Eldrid s'est aguerrie et qu'elle mate le plus féroce des JOMSVIKINGS et ce dès le petit-déjeuner. Ces mercenaires n'en mènent pas large avec elle !

Nous rions librement et ensemble durant un moment.

— Alors, gamin, pourquoi es-tu parti ? l'interrogé-je.

Il esquisse un sourire puis soupire :

— Une femme est venue me trouver, ce soir-là. Elle avait environ ton âge et a prétendu avoir assisté ma mère à me mettre au monde.

Je rajuste ma position. Il a toute mon attention.

Il me raconte la conversation avec cette Freya, sans omettre le moindre détail. Harald qui a été dupé par ses proches. La révélation de leur lien filial. Son génocide de leur famille. La hache à VIBORG.

Asulf était à cran et cette Freya est venue lui en remettre une couche avec ses confidences sur Harald. Si ce qu'elle lui a dit est vrai, cela expliquerait l'attitude de mon ami vis-à-vis du petit.

Il n'a jamais eu mon affection pour lui. Il se comporte davantage comme un tuteur à son égard. Je pensais que cette distance volontaire préparait Asulf à de grandes responsabilités, mais j'avais tort. Mon comparse l'a simplement utilisé pour ses propres desseins.

Heureusement que Solveig et moi étions là pour Asulf ! Je suis persuadé que cela a équilibré la balance. Car même s'il semble froid et réservé de prime abord, ce n'est qu'un instinct de conservation. Par la suite, il se montre prévenant et protecteur. Toutes les compétences attendues d'un loup alpha.

Je ne le laisse pas paraître, mais je suis en colère contre mon ami. Comment a-t-il pu me cacher qu'Asulf est son neveu ? Et me mentir autant sur sa vie. Un putain de génocide, de sa propre famille ! J'imagine que tout est lié et qu'il s'est inventé une histoire plausible pour attendrir son monde et détourner l'attention.

Mais qu'est-ce qui t'est passé par la tête, Harald ?

— Et tu l'as cru ? Je m'enquiers.

— Pas dans un premier temps. Mais Rigborg a confirmé toutes ses allégations par la suite, par l'intermédiaire de visions fugaces, complète-t-il.

— Ces visions dont tu parles, sont-elles vraies ? Ou bien l'épée te dit ce que tu veux entendre ?

— Elle m'a montré Harald tenant un nouveau-né dans ses bras. Ce nourrisson avait la même tâche de naissance que moi, sur le haut de la cuisse droite.

Je l'observe, suspicieux et incrédule.

Devant mon visage interrogateur, il m'explique comment sa lame communique avec lui. Je tombe des nues quand j'apprends qu'une VALKYRIE et un démon cohabitent dans son épée. Je comprends sa transformation en *l'homme au Regard d'acier* pendant les combats.

Il me laisse le temps d'encaisser ces informations et je devine qu'il a eu du mal à tout accepter.

— Je vois. Et qu'est-ce qui t'a convaincu de tout cela ?

— Freya n'est pas venue seule. En chemin pour me trouver, elle a croisé la route de Karl, un ami de Holda.

— La jeune esclave de votre maison, précisé-je.

— Hum. Elle est décédée, après avoir été violée et étouffée.

— Je sais, m'attristé-je, Harald m'a demandé de camoufler l'affaire en désignant un coupable, si je n'identifiais pas qui c'était rapidement. J'ai d'abord pensé que c'était pour ne pas te détourner de tes nouvelles obligations. Mais une fois fait, sur le trajet du retour, je me suis souvenu de certains éléments et j'ai commencé à douter.

— Harald est son meurtrier, tranche-t-il sans détour.

— Comment ? bredouillé-je.

— Karl. Il connaissait bien Holda. Il l'aimait. Quand il a compris que Harald était de retour, seul chez nous avec elle, il a accouru. Mais il est arrivé trop tard, au moment où Harald quittait la maison au triple galop. Solveig et lui se sont chargés de sa sépulture. Je m'y suis rendu pour lui faire mes adieux.

Les bras m'en tombent devant la mine triste et affligée d'Asulf qui tente de retenir ses larmes.

Je lui laisse un moment pour souffler, car cette discussion est très éprouvante pour nous deux.

Lorsqu'il a repris ses esprits, il me questionne :

— Quels indices avais-tu récoltés pour te mettre sur la voie ?

— Eh bien, tout d'abord, le comportement de Harald concernant ta fuite. Il n'a pas trouvé étrange que tu aies disparu. Il a pris ça à la légère. Et j'avais cette impression tenace que quelque chose n'allait pas. Bien sûr il a envoyé quelques hommes te chercher, mais cela me semblait plus de la poudre aux yeux qu'autre chose. Tu n'étais jamais parti sans prévenir, il aurait pu y avoir un vrai problème.

— Et c'était le cas, indirectement, approuve-t-il.

— Je me suis dit que je m'inquiétais trop à ton sujet. Mais j'ai réalisé plus tard que lui n'éprouvait pas d'anxiété, ni aucun sentiment d'un père envers son fils.

— Alors que toi si, bien que tu ne sois pas de mon sang.

— En effet, admis-je.

La bouche d'Asulf tremble et il tente de la bloquer en se mordant fort la lèvre inférieure, les yeux au ciel.

Je change de sujet pour le reconnecter à notre échange :

— À propos de Rigborg. Sais-tu d'où elle vient ?

— Sa vraie provenance, ou ce que l'on m'en a dit ? rétorque-t-il.

Je hoche la tête, en signe de compréhension. Je lui expose ce que je sais :

— Cette épée appartenait à un jeune mage. Elle lui a été prise alors qu'il venait d'ouvrir un portail sur l'un des huit autres mondes, pour appeler un démon. Une histoire de vengeance personnelle, en rapport avec la disparition de sa famille.

— Mais, il y a vingt ans, la magie était déjà interdite !

— Précisément, mon grand. Ce sorcier a été ramené à AROS et gardé quelques lunes avec nous. Thorbjörn voulait sa mort, mais Harald tentait de le persuader du contraire. Il pensait que le magicien serait utile. Bizarrement, il a été déclaré décédé au matin de son exécution.

— Fort pratique, j'en conviens ! plaisante-t-il.

— Récemment Harald a fait mander un ami à lui, qui n'est autre que Markvart, ce fameux sorcier. Il nous a expliqué ce que je viens de t'annoncer à propos de l'épée.

Je vois Asulf déglutir alors que mes paroles font leur chemin.

— Si tu es un jour amené à le croiser, méfie-toi de lui.

Asulf acquiesce et garde le silence un moment, avant de le rompre :

— Dis-moi, ai-je été naïf à ce point ?

— Il nous a tous bernés, fiston. Ne t'en veux pas pour cela.

Je continue, lorsque son regard trouve à nouveau le mien, signe qu'il est prêt à entendre la suite :

— J'ai trouvé très étrange que Harald me charge personnellement du meurtre de Holda, alors que l'urgence était de te retrouver. Et comme il a insisté sur le fait que je devais identifier un coupable, j'ai tout de même mené mon enquête. Solveig a confirmé ta venue nocturne, puis ta disparition. Elle a dit que tu voyageais avec Eldrid, un dénommé Karl et une Freya. Ce qui corrobore ton récit.

— Alors, verdict ?

— J'en arrive à la même conclusion que toi. C'était Harald. Et j'aurais dû le comprendre bien avant. Récemment, quand tu as combattu cet adversaire à RIBE, Harald n'était pas là.

— Il a prétendu auprès de Thorbjörn devoir finaliser mon union à venir.

— Et c'est ce qui m'a interpellé. Quel père laisse son fils se battre pour autant d'enjeux, sans être présent ?

Asulf soupire fortement. Je remue le couteau dans la plaie et j'en suis navré. Pourtant, il veut en savoir davantage :

— Quelle était la raison de son acte, selon toi ?

— Solveig n'a rien dit, j'imagine qu'elle n'a pas pu se résoudre à choisir et vous protège tous les deux, en même temps. Mais si je me fie à votre discussion houleuse et au trajet pesant entre AROS et RIBE, plausible qu'il te reprochait ton refus d'une union politique, alors que tu avais des sentiments pour Holda.

— C’est en partie vrai. Aux dires de Freya, Holda ressemblait à ma mère. Toutes deux ont subi le même sort, parce que Harald ne pouvait pas les avoir.

Je reste interdit suite à ces paroles qui tournent dans ma tête. Solveig n’a pas paru surprise de l’issue fatale de la jeune femme et j’en déduis que ce n’était ni un acte isolé ni un accident.

Asulf se pense naïf, mais je l’ai été aussi. J’ai eu tellement foi en mon ami et en mon devoir que je n’ai jamais cherché au-delà. Je suis pris de remords. Ma gorge se serre, mon estomac se noue.

Putain, ce que j’ai pu être con !

Par amitié, j’en ai perdu tout discernement.

ASULF

Le visage d’Amalrik est sombre et je me hâte de le sortir de ses pensées :

— Comment m’as-tu retrouvé ?

— Un vieil homme prénommé Odin et que tu as rendu borgne, m’a appris que je te trouverais ici.

— Le seul que j’ai éborgné était loin d’être grabataire, rétorqué-je.

Amalrik me regarde, incrédule, alors que les mots lui manquent.

— Ne me dis pas que tu penses réellement avoir croisé Odin, le père de tous les Dieux ! Je ne suis pas assez important pour qu’il soit venu à ta rencontre afin de t’indiquer le chemin jusqu’à moi.

— Nous ignorons tout des desseins qu’ils ont pour nous. Et Odin aime nous rendre visite.

— En tout cas, tu en auras mis du temps pour me rejoindre ! Le taquiné-je.

— Je t’ai bien formé et tu m’en vois ravi ! s’en amuse-t-il.

— En effet, l’élève a dépassé le maître. D’autant que tu nous as eus sous le nez. Ou plutôt, que je t’ai percuté l’épaule dans ce village durant MÖRSUGUR.

— C’était toi ! S’exclame-t-il. J’étais persuadé de t’avoir aperçu. J’ai cru devenir fou !

Je souris, heureux de mon petit tour de passe-passe.

— C’était très bien joué de ta part, admit-il. Sans l’aide d’Odin, je ne t’aurais jamais retrouvé. D’ailleurs, j’étais sur le point de rentrer à AROS avant de tomber sur lui. Te joindras-tu à moi pour éclaircir toute cette affaire ?

— Je te remercie de ta proposition, mais je me dois de la refuser. Je ne suis plus seul à présent.

— Oh, tu as rencontré quelqu'un ?
— Hum. Et cette fois, je ne prendrai pas le risque de l'exposer.
— Je comprends, admit-il. Comment s'appelle-t-elle ?
— Lyra.
— Et cette Lyra ne souhaiterait pas accompagner le futur roi du JUTLAND jusqu'à chez lui et l'épauler dans ses fonctions ? Ton peuple t'attend.
— C'est plus compliqué que ça, dis-je en me frottant la nuque. Et il y a aussi Karl et Eldrid. Nous avons tourné la page et refait notre vie ici. Nous n'avons plus de raison de rentrer.
— Tu manques sûrement à Solveig, gamin.
— Je le sais et cela me brise le cœur de la rendre malheureuse. Veilles sur elle pour moi, veux-tu ?
Il acquiesce et se relève. Je l'imite.
— Je m'en retourne à AROS, conclut-il. Je t'avoue que je pars avec plus de questions que lorsque je suis arrivé. J'ai vraiment besoin de confronter ton… Harald… Il me faut entendre certaines vérités de sa bouche.
— Par contre, puis-je compter sur ta discrétion ? Je m'enquiers.
— Évidemment ! Cette conversation n'a jamais eu lieu.
— J'aurais tellement aimé que tu sois mon père, murmuré-je. Merci pour tout, lui dis-je en l'étreignant avec force et émotion.
Amalrik resserre notre accolade. Je le sens ému, comme je le suis. Et cet au revoir sonne comme un adieu à une personne chère à mon cœur.
— Prends soin de toi, fiston, me dit-il en s'écartant et en tapotant ma joue, les yeux brillants.
Je regarde mon père de coeur s'en aller sans se retourner. Il semblait épuisé de m'avoir traqué durant des lunes, mais notre discussion l'a accablé et fatigué davantage. J'espère qu'il ne lui arrivera rien de fâcheux.
Je me rassois sur la rive et attends longuement. Je veux m'assurer qu'il soit réellement parti, avant de rejoindre mon étoile.

ASULF ET LYRA

CHAPITRE 30

SANS RETOUR

❄ HARPA / MAI ❄

LYRA

Je suis nerveuse, le cœur battant à tout rompre, car c'est aujourd'hui que je dois donner ma réponse à Asulf.

Il y a maintenant une lune, l'esprit de l'eau a pris possession de moi et l'a attaqué. Mon loup nous a sortis de là sans une égratignure, mais il l'a échappé belle. J'ai eu si peur de ce que j'aurais pu lui faire ! J'aurais pu le tuer.

Cette situation est réellement périlleuse pour lui, même s'il ne semble guère affecté. Alors je lui ai lancé un ultimatum : soit il me prend pour femme et me transforme en humaine inoffensive, soit il ne doit plus revenir ici.

Il l'a accepté, m'imposant une lune de réflexion, afin d'être certain que je ne regrette pas mon choix.

Nous nous sommes à peine vus. Je me suis langui de lui durant ses absences. Cela m'a rongé de l'intérieur de devoir attendre, mais j'ai pris sur moi. Le délai arrive à terme aujourd'hui. Je souhaite que nous soyons sur la même longueur d'onde, parce que je suis prête à tout sacrifier pour être avec lui.

Pour ce jour spécial, je me suis confectionné une tenue avec ma vieille robe et me suis coiffée en un chignon lâche. J'espère que cela lui plaira. Pour ne pas ruiner tous mes efforts, je me faufilerai en longeant la paroi. Il y a tout juste assez d'espace pour passer et éviter d'être trempée par la cascade. Ensuite je rejoindrai les pierres et contournerai l'eau jusqu'à lui.

Je l'aperçois sur la rive, perdu dans ses pensées. Les tambourinements dans ma poitrine accélèrent. J'ai hâte de pouvoir être à nouveau dans ses bras. Là où est ma place. Où je me sens en sécurité. Où je suis chez moi.

Je réalise qu'en à peine une lune, il m'a transformée. Je ne suis plus Lyra, l'ondine insouciante qui obéit à la cascade sans réfléchir. Je prends mes propres décisions. Mieux, il m'encourage dans cette voie.

J'ai commencé à apprécier les humains. Ce qui me pose problème, car j'ai du mal à nous nourrir depuis quelque temps.

La cascade sent que je lui échappe, moi, sa petite dernière. Et elle déploie tout ce qu'elle peut pour me contraindre à rester avec elle. Dès que je me baigne, elle s'insinue en moi et j'ai énormément de difficulté à reprendre le contrôle. Alors j'évite l'eau au maximum. Elle s'en est aperçue. Elle murmure pendant mon sommeil, m'empêchant de dormir.

De nature mythologique, je ne peux pas manger comme Asulf. Donc il est inutile que je lui demande de me ravitailler.

Je m'épuise à vue d'œil et j'ai hâte de laisser tout cela derrière moi. J'en suis au point où je pourrais sacrifier un humain pour lui transmettre mes pouvoirs et qu'il me remplace. Mais il est difficile de trouver un MIDGARDIEN vierge dans les parages, homme ou femme.

Je me distrais en regardant les animaux qui viennent s'abreuver, ou des humains de passage. J'en ai prélevé un, assez âgé, qui était en fin de vie. Le vieil homme m'a laissé un goût amer pendant des jours et j'en ai éprouvé de la pitié.

Je scrute chaque individu, pour apprendre de leur gestuelle, leurs habitudes. Je les imite et perfectionne mes mouvements.

Surtout celle de ses amis, même s'ils ne me voient pas. Je les observe, du moment où ils arrivent et jusqu'à ce qu'ils repartent. Ils me fascinent, m'hypnotisent.

J'aime le rire de la belle rousse. Les reflets du soleil couchant ou de la lune dans ses cheveux. Sa peau laiteuse. Ses courbes attirantes. Je ne suis pas en reste sur son compagnon. Il a pris en muscles et en assurance, depuis qu'il a commencé à venir ici. Son visage est détendu et affamé quand il regarde sa bien-aimée.

Je détaille comment Eldrid se déshabille en fixant son amant dans les yeux. Je l'imite depuis la grotte. Karl a l'air d'apprécier sa façon de faire. J'espère que cela plaira également à Asulf. Je ne lui en ai pas parlé, je voudrais le surprendre.

Nue, la belle rousse lance un sourire aguicheur à son compagnon. Ce dernier se débarrasse de ses vêtements en un temps record. L'instant d'après, elle se rue sur sa bouche et l'embrasse longuement. Karl appuie ses baisers, tout en l'accompagnant, jusqu'à être couchés dans l'herbe.

Eldrid resserre sa prise sur les épaules du jeune homme et geint, pendant qu'il parcourt son corps de ses lèvres depuis sa nuque. Ses soupirs s'intensifient alors qu'il a sa tête entre ses cuisses. Elle semble y éprouver beaucoup de satisfaction.

J'espère qu'Asulf me le fera. J'aimerais connaître cela moi aussi.

Elle gémit plus fort, comme soulagée, avant de retrouver ses esprits.

Puis ils inversent et c'est lui qui ressent un plaisir non dissimulé. Il pousse un dernier râle, plus puissant que les précédents et Eldrid revient vers lui.

Ils n'ont cessé de se regarder et de se dévorer.

Leurs bouches se rejoignent et ils s'embrassent un peu partout. Ils se caressent, geignent, rient. Puis Karl prend possession d'Eldrid et ils s'expriment ensemble, changeant plusieurs fois de positions, jusqu'à l'extase finale.

Ils retombent sur l'herbe, épuisés, mais heureux. Ils ont sûrement chaud, car souvent ils recommencent dans l'eau et je dois m'immerger pour voir ce qu'ils font sous la surface.

Quand enfin ils sortent s'allonger sur la rive, ils se prennent dans les bras l'un de l'autre. Leurs baisers et leurs caresses sont plus chastes. Ils murmurent et je dois tendre l'oreille pour entendre ce qu'ils se disent.

Ils s'aiment et sont heureux ensemble.

J'ai envie de tout cela avec mon aimé. Je souhaite que lui aussi.

Asulf est sur la berge et semble hésiter. Oh non ! J'espère qu'il n'a pas changé d'avis. Je m'apprête à le rejoindre pour le convaincre, quand j'entends une voix qui l'interpelle.

Je m'interromps dans mon élan et observe ce qui se passe. L'homme plus âgé s'avance et ils s'étreignent avec force. Ils échangent quelques paroles et s'assoient l'un en face de l'autre.

Ils conversent longuement.

Plusieurs expressions se succèdent sur leurs visages.

J'entends parler d'un certain Harald, qui ne serait pas le père de mon amour, mais son oncle. Des atrocités que celui-ci a commises. De Holda, celle qu'Asulf escomptait épouser et de sa fin tragique. Je saisis qu'elle avait également un lien avec Karl.

Je les écoute et tente de mémoriser chaque information qu'ils s'échangent, même s'il y en a beaucoup. Cela me permet de mieux connaître Asulf. Il est devenu roi d'un pays nommé JUTLAND, mais il ne souhaitait pas régner. J'entends sans comprendre, mais cela a visiblement créé beaucoup de tensions et de problèmes dans ce qu'il considère être son ancienne vie.

Leurs confidences me bouleversent autant qu'elles ébranlent mon beau brun. Je voudrais le soutenir, l'apaiser. Mais s'il ne m'a pas appelé, c'est qu'il n'est pas prêt à me présenter à cette personne, tout comme à ses amis.

Ou bien cherche-t-il à me protéger ?

Attend-il que nous ayons pris notre décision avant d'officialiser ce qu'il y a entre nous ?

Son visiteur le quitte et Asulf reste longuement sur la berge, perdu dans ses pensées, des larmes perlant sur son visage. Je le laisse digérer la conversation avec l'inconnu, m'apprêtant à le rejoindre quand il prononcera mon nom.

Mais il ne le fait pas.

Le soleil se couche. Il sèche ses joues et s'en va, avec un dernier regard triste en direction de la cascade. Et donc de moi.

Les jours passent et Asulf n'est pas revenu. Des dizaines de questions et d'affirmations affluent dans mon esprit alors que mon cœur se brise. Il ne m'aime pas autant que je le chéris.

N'a-t-il jamais rien éprouvé pour moi ?

A-t-il réalisé que nous deux, c'était impossible ?

Va-t-il renoncer à nous ?

À ce que nous pourrions devenir ?

Ma poitrine se serre à chaque vérité qui s'annonce. Je pleure sans discontinuer. Je ne veux pas vivre sans lui. Je n'y arriverai pas.

J'ai rencontré cet étranger et au lieu de le prélever, je me suis éprise de lui. Toute ma froideur et mon indifférence d'ondine ont disparu à son contact. Il s'est instillé sous ma peau, il est gravé en moi pour toujours. Il a conquis mon cœur, que je pensais inexistant.

Je préfère mourir que de m'infliger ce chagrin éternel de l'avoir perdu.

J'ai trouvé un couteau, sûrement égaré par l'une de mes anciennes victimes. Je rejoins la rive, lame en main, avec l'intention d'en finir. Adieu, monde cruel.

ASULF

Depuis le départ d'Amalrik, je n'ai fait que ressasser. Tous les événements portés à ma connaissance remuent des souvenirs que je pensais avoir bien enfouis. Pourtant, malgré les larmes, cette discussion m'a fait du bien. Revoir mon mentor m'a amené énormément de joie, même s'il n'est resté que quelques heures. Il me cherchait pour que je rentre avec lui à AROS et retrouve Harald. Mais nos aveux respectifs l'ont fait changer d'avis et il est reparti sans moi. Je sais où les trouver, après tout.

J'ai dû rejoindre le camp pour mon combat du jour, que j'ai expédié. J'ai fait de même avec les suivants, ce qui m'a valu une discussion musclée avec Folker. Il se plaignait que je n'assurais plus le spectacle, et qu'il ne gagnait plus autant d'argent. Mais je lui ai dit que je n'étais pas dans une bonne période, mais il s'en moque.

Je l'ai quitté en promettant à nouveau du divertissement dès demain. Mais honnêtement, ma motivation est au plus bas.

Je ne suis pas retourné à la cascade, car j'ignore quoi faire. Je ne veux pas exposer Lyra et la perdre, comme Holda avant elle. Mais est-ce mieux de l'abandonner à son sort ?

Même si elle a vécu seule avant que je ne la rencontre et qu'elle saura sûrement reprendre cette vie-là. Est-ce que je le désire vraiment ?

Dois-je retourner à AROS et affronter mon oncle ? Dois-je en parler à Karl et Eldrid ou les laisser dans l'ignorance ? Ils ont l'air heureux et je refuse de nuire à leur bonheur. Mais, à leur place, voudrais-je le savoir ?

Plusieurs jours ont passé quand je rejoins la cascade de nuit après mon combat. J'avance au ralenti, la tête constamment pleine des révélations faites. Mais surtout remplie d'innombrables questions qui s'accumulent et pour lesquelles je n'ai toujours pas de réponses. Je me dis qu'en parler avec Lyra, lui demander son avis, m'aidera sûrement à me faire le mien.

Je parviens à destination, une nouvelle fois sans m'en rendre compte. Je dois vraiment être attentif, car il va m'arriver des bricoles.

Lyra est là, à genoux sur le rivage, face à l'eau. Elle ne m'a pas entendu approcher ni l'appeler. Je la contourne et constate avec horreur ce qu'elle a fait. Ses poignets sont entaillés et son sang s'écoule d'elle. Je suis frappé par sa couleur grisâtre. Pourtant, c'est une ondine, je ne devrais pas être surpris. Je ne m'attarde pas sur ce détail et m'active à la sauver. Je déchire deux pans de sa robe et les noue au-dessus de ses plaies pour stopper la vie qui la quittait doucement.

Lyra s'effondre contre moi, toujours vivante.

Je l'appelle, mais elle ne me répond pas. Je nous approche de l'eau et tente le tout pour le tout, en y plongeant ses bras.

Ma belle gémit de douleur, de frustration et essaie de se libérer. Dans un délire fiévreux, elle entonne, presque inconsciente :

— Laissez-moi mourir. Je ne veux pas vivre sans lui. Sans son amour. C'est trop dur. Je ne mérite pas de souffrir autant. Pourquoi ?

Et là, je comprends. Elle m'a vu sur la rive, avec mes doutes et mes hésitations qu'elle a pris pour elle. Car je suis parti sans lui adresser un mot, alors que cette journée était importante pour nous.

Je me suis noyé dans les turpitudes de mon esprit. Et je l'ai laissée seule aux prises de ses propres incertitudes et incompréhensions. Doutant d'elle, de ma promesse, de nous.

Ce que je peux être con, putain !

Je m'allonge auprès d'elle, m'assurant que ses bras soient toujours immergés. Je me dis que si toute son histoire est vraie, la cascade ne voudra pas qu'elle meure et la sauvera. Mais à quel prix ?

Les minutes s'écoulent et il ne se passe rien. Lyra est encore faible. J'imaginais qu'une créature mythologique se régénèrerait bien plus vite.

Peut-être que je m'y prends mal. Je rapproche ma tête de l'eau et entonne :

— Esprit des eaux, aide ta protégée et je te promets de te servir durant les deux prochaines années.

Je plonge ma main dans l'obscurité fraîche pour sceller notre pacte. Le liquide se met à chauffer et bouillonner autour de moi. Le vent souffle et les feuilles des arbres alentour frémissent. Un murmure arrive à mes oreilles, m'indiquant les termes de notre accord. J'acquiesce d'un mouvement de tête et le calme réapparait.

Quelques instants plus tard, mon étoile revient à elle, éberluée.

LYRA

Je m'éveille dans les bras d'Asulf, mes mains baignant dans la cascade. Lorsque je me redresse, il me sourit et m'étreint avec force.

— J'ai eu tellement peur de t'avoir perdu ! Prononce-t-il en déposant un baiser dans mes cheveux. Ne me fais plus jamais ça !

Quand il me relâche, je remarque ses yeux fatigués. Il a pleuré. Je sens que c'est de ma faute et je m'en veux de lui avoir fait du mal.

J'essaie de comprendre ce qui s'est passé et je vois deux garrots de tissu à mes poignets. Puis je me souviens que je me suis ouvert les veines de chagrin. Je touche là où devraient se trouver les traces de mon forfait, mais il n'y a rien.

— Qu'est-ce que… ?

— La cascade t'a soignée, m'éclaire-t-il.

— Pourquoi ? Que lui as-tu promis ? Questionné-je avec crainte.

— Rien que je ne puisse honorer, je te le jure.

J'ai peur de comprendre. Il s'est sacrifié pour moi. C'est donc que je compte à ses yeux.

— De quoi es-tu effrayée, mon étoile ? Me demande-t-il en me sondant.

— De te perdre, je réponds spontanément, embuée par les larmes.

Il attrape mon visage et m'embrasse avec une infinie douceur. Notre baiser a un goût de sel et de bonheur retrouvé.

— Tu ne me perdras pas, murmure-t-il sur mes lèvres. Personne ne nous séparera. Je ne le permettrai pas.

Je l'étreins avec fougue, lançant mes bras autour de son cou. Sa bouche m'accueille avec délice et je m'en délecte longuement. Ses mains caressent mon dos, mes hanches, comme pour vérifier que je suis bien réelle. Et c'est le cas. Mon cœur bat fort, très fort. Je suis bien vivante. Plus heureuse que jamais.

À bout de souffle, nous nous séparons de quelques centimètres. Il repose son front contre le mien, nos nez se câlinant lentement.

— Es-tu en état de faire quelques pas ? Me demande-t-il.

— Avec toi, toujours, je réponds en souriant.

Mais c'est également vrai, je ne me suis jamais sentie aussi bien.

Il se redresse et me tend la main pour m'aider à me relever. Debout, je me cale un instant contre lui pour profiter encore un peu de sa chaleur réconfortante. J'ai bien failli le perdre, et cette idée m'est à présent insupportable. Je comprends son choix de pactiser avec la cascade pour me sauver, même si j'ai peur du coût réel que cela engendrera.

Nos doigts entrelacés, Asulf me guide en silence à travers la nuit et les bois. Je le suis sans savoir où nous allons, pourtant je sens que je peux lui faire confiance.

Nous grimpons un moment, jusqu'au sommet d'une petite colline, où une clairière nous y attend. De là où nous sommes, la vue est dégagée sur les alentours. J'aperçois la cascade en contrebas qui semble minuscule. Éclairée par la lune et les étoiles au-dessus de nos têtes.

— C'est magnifique, dis-je devant ce superbe tableau naturel.

— Ça l'est, me répondit-il.

Lorsque je me tourne vers lui, il m'admire déjà. Je rougis, réalisant qu'il n'a pas regardé le paysage, il parle de moi.

Il s'approche alors et me prend dans ses bras, ses pupilles dans les miennes, sondant mon âme.

— Si tu savais comme je m'en veux de t'avoir tenue à l'écart de tout cela ! J'aurais dû t'en informer tout de suite, au lieu d'attendre. Tu n'aurais pas tenté de mettre fin à tes jours.

Je pose une main sur sa joue râpeuse et barbue et le rassure :

— Tu semblais bouleversé quand vous discutiez. J'ai compris que quelque chose n'allait pas. Mais c'est vrai que ton absence de ces derniers jours… cela a été une torture. Je croyais…

— Excuse-moi mon étoile. Je n'ai pas réalisé que tu te méprendrais sur mes intentions. Je suis tellement désolé.

Il implore ma clémence, alors que j'ai déjà tout oublié, au moment où il m'a embrassé.

— Je sais, dis-je en lui caressant la joue.

— Un jour, je te raconterai tout. Mais pas maintenant. Cette nuit, je veux me faire pardonner toute cette souffrance que je t'ai involontairement infligée.

Je souris, alors que mon cœur tambourine à un rythme fou.

— Asulf, soufflais-je alors que je m'écarte de lui, j'ai pris ma décision. Je souhaite être à toi. Fais de moi ta femme.

ASULF

Lyra me devance et balaie toutes mes craintes et mon chagrin d'avoir failli la perdre. Elle croit en nous, nous voit un avenir commun. Elle est prête à sacrifier son statut d'ondine pour devenir une simple mortelle. Je souris comme un imbécile, alors que je plonge les doigts dans ma bourse, pour en ressortir un anneau.

Je ne suis pas sûr qu'elle comprenne ce que je suis en train de faire, jusqu'à ce que je le lui glisse à l'auriculaire, tandis que je récite mes vœux :

« HEIÐURS KONA,
(Honorée épouse,)
AT GOÐ VEITI OKKUR LÍF
(Que les dieux nous accordent une vie)
AF GLEÐI OK VELMEGUN SAMAN.
(De bonheur et de prospérité ensemble.)
AT HEIMILI OKKAR SÉ FULLT AF HITA OK GLEÐI,
(Que notre foyer soit rempli de chaleur et de joie,)
AT ÁST OKKAR SÉ JAFNSTERK SEM THOR'S HAMAR.
(Que notre amour soit aussi fort que le marteau de Thor.)
AT VÉR TAKIST VIÐ ERFIÐLEIKAR SAMAN,
(Que nous affrontions les épreuves ensemble,)
MEÐ HUGREKKI OK ÁKVEÐNI.
(Avec courage et détermination.)
TIL ÞÍN AÐ EILÍFU.
(À toi pour toujours.)
EK ELSKA ÞIK
(Je t'aime)

Elle me sourit, radieuse, alors que je prête serment devant les dieux. Son émotion me gagne quand elle me répète simplement :

— EK ELSKA ÞIK, Asulf.

Je suis heureux qu'elle m'aime en retour. Je n'en espérais pas davantage, après ce début de soirée mouvementé. Pourtant, elle m'en offre plus que je n'en mérite :

— Fais de moi ta femme. Cette nuit.

Je fonds sur sa bouche délicieuse qui m'appelle. Elle m'a tellement manqué ces derniers jours ! J'étais tellement absorbé par mes interrogations que je n'ai pas réalisé ce qui me torturait véritablement :

son absence. Et ne pas la voir a finalement rendu la situation pire que ce qu'elle n'était, pour tous les deux.

Je l'embrasse tendrement, profitant de ce contact nécessaire à ma survie. Mon cœur bat à nouveau à tout rompre. Je suis bel et bien vivant.

— Fais-le, m'ordonne-t-elle.

Sa voix m'envoute. Sa demande me remue en profondeur. Elle est prête pour moi et je meurs d'envie de la faire mienne.

Il ne m'en faut pas plus pour être excité, mais je me retiens. C'est sa première fois, alors je vais prendre mon temps.

— D'accord, acquiescé-je. Tout ce que tu souhaites, mon étoile.

Elle sourit, mutine. Je parierais qu'elle me prépare quelque chose.

— Je veux que tu t'assoies sur cette pierre et que tu me regardes, susurre-t-elle.

Cette assurance dont elle fait soudainement preuve me rend dingue. J'obtempère sans poser de questions et l'observe attentivement.

J'attends, impatient, de voir ce qu'elle compte faire de moi. Elle recule de deux pas en roulant des hanches. Dans une lenteur insoutenable, elle dénoue le corsage de sa robe et fais glisser le tissu le long de son corps. Ses mouvements m'hypnotisent. Ma gorge s'assèche. Mes muscles se tendent. Ce n'est pas la première fois que je la vois nue, mais ce spectacle qu'elle m'offre m'excite terriblement.

Quand elle s'est complètement déshabillée, elle se rapproche de moi, tel un félin. Je l'embrasse avec dévotion et lui demande, entre deux baisers :

— Où… as-tu… appris… à faire… cela ?

— En observant… tes amis… se câliner… à la… cascade, m'avoue-t-elle, à bout de souffle.

Je me stoppe et la regarde intensément. Je ne m'attendais clairement pas à cela. Je relève un sourcil, pour qu'elle m'en dise davantage.

— J'ai vu Eldrid faire avec Karl… Et j'ai pensé… Je l'ai mal fait, c'est ça ? bredouille-t-elle, inquiète.

— Non… Tu étais… parfaite… ma douce, dis-je en embrassant sa mâchoire, son cou et glissant délicatement jusqu'à son épaule. Je suis… agréablement… surpris… de ton… audace… Et… j'adore… ça…

Je m'interromps et lui demande, l'œil gourmand :

— As-tu aimé ce que tu as vu quand tu les regardais ?

— Oui, beaucoup, me confie-t-elle, les joues cramoisies.

Bordel ! J'étais déjà à l'étroit dans mon pantalon pendant qu'elle se déshabillait. Mais maintenant, je risque le garrot !

— Voyez-vous ça ! Petite coquine ! La taquiné-je en me relevant.

Sa timidité l'amène à détourner le visage. Je rattrape son menton entre mon pouce et mon index et la rapproche de moi.

— Est-ce que tu as envie de quelque chose en particulier ? L'interrogé-je.

— Cela se pourrait bien, répond-elle, aguicheuse.

Je capte immédiatement l'imitation d'Eldrid et je me retiens de rire. Je me mords les lèvres, de peur d'interrompre ce délicieux moment.

Lyra me déshabille d'une lenteur déconcertante, sans arrêter de m'embrasser. Je ne pourrai jamais me lasser de sa douceur. Encore moins de sa tendresse. Quant à son audace de ce soir, elle la rend follement excitante !

Ses doigts se promènent sur moi, explorant la moindre parcelle de ma peau qui frissonne sous son toucher.

Alors que j'allais l'étreindre, elle me force à reprendre place sur la pierre.

— Ne m'interromps pas, m'ordonne-t-elle.

Bordel ! Si elle continue, je ne vais pas tenir !

Ma virilité rivalise avec la dureté de la roche sur laquelle je suis assis.

Elle s'agenouille devant moi et je n'ai jamais rien ressenti de tel. Je suis au bord de la jouissance en quelques aller-retour.

— Ralentis, Lyra… je… ne veux pas… venir… trop vite.

Je n'ai pas le temps d'aller au bout de ma phrase, car elle accélère et je termine. Trop tôt à mon goût.

Je suis pantelant, détendu et surpris de la précision de ses gestes. Elle savait exactement ce qu'elle faisait.

— Par tous les Dieux, Lyra !

— Cela ne t'a pas plus ? questionne-t-elle, nerveuse. Pourtant, j'étais sûre d'avoir fait comme elle… Tu prononçais la même chose que Karl, alors…

Je l'interromps en posant mes doigts sur ses lèvres alors que je souris.

J'aurais une petite discussion plus tard avec mes compères à ce sujet. Je n'oublierai certainement pas de remercier Eldrid d'avoir été une bonne professeur, bien qu'à son insu.

— C'était absolument parfait, mon étoile, la rassuré-je en l'embrassant avec ferveur et douceur. Je suis juste très surpris que tu sois si experte, dis-je, amusé. Mais maintenant, c'est à moi de te faire du bien.

Elle acquiesce, les yeux pétillants de curiosité.

Tandis qu'elle s'allonge sur l'herbe, sa grâce me coupe le souffle. Je l'effleure, remontant mes doigts le long de sa jambe. Lorsque j'arrive à destination, je m'affaire en prenant mon temps, pour qu'elle ressente chaque sensation. Au son de sa voix, je module mes assauts, l'amenant au bord du précipice de son excitation sans l'y plonger. Jusqu'à ce qu'elle me supplie d'y mettre fin, au bord de l'extase. J'attends quelques instants, puis j'intensifie mes caresses. Je la sens se raidir et l'écoute gémir à l'instant où elle explose de plaisir.

Les yeux aussi brillants que les étoiles au-dessus d'elle, Lyra revient lentement à elle. Encore engourdie, elle me regarde, heureuse.

— Ne t'arrête pas, Asulf, incite-t-elle. Fais-moi tienne.

À ses mots, mon cœur se remet à battre si fort qu'elle pourrait l'entendre. Je rampe au-dessus d'elle paresseusement, ma bouche parcourant son corps qui frémit. Lyra est magnifique. Chaque courbe de sa chair appelle mes lèvres et mes caresses. Je meurs d'envie de la posséder, mais je me freine, pour que notre étreinte charnelle dure jusqu'à l'aube. Mon excitation de jeune puceau ayant déjà été soulagée, je vais pouvoir prendre mon temps et utiliser mon endurance, juste pour elle.

Nos yeux ancrés, je la fais mienne, dans une lenteur insoutenable. Elle gémit et enfonce ses ongles dans mes épaules. Sa tête renversée en arrière me libère l'accès à sa gorge que j'honore de mes baisers. J'y vais doucement, pour ne pas lui faire mal, me fiant aux expressions de son visage pour guider mon rythme.

Sa peau scintille un instant. Ses pupilles, ancrées dans les miennes, bleuissent puis reprennent leur couleur naturelle. Lyra s'abandonne dans mes bras, tournant définitivement le dos à sa condition d'ondine. Elle n'est plus cette créature mythologique que j'ai rencontrée il y a une lune. Je suis en train de faire d'elle une humaine.

Mon humaine. Ma femme.

Lyra se détend peu à peu et je la sens profiter pleinement de ce moment qui est le sien, le nôtre. Elle m'incite à accélérer la cadence. Je m'adapte exclusivement à ses besoins, l'écoutant très attentivement. Chaque râle, chaque pression de ses doigts m'indique la marche à suivre.

Je m'exécute avec plaisir, tout en luttant contre moi-même pour garder un maximum de contrôle, afin de ne pas nous interrompre trop vite.

Notre union n'est pas simplement charnelle. Nous lions nos cœurs et nos âmes sous les étoiles et devant les Dieux.

Nous passons la nuit sur cette colline, alternant entre baisers, câlins paresseux et fusion de nos corps. Nous parlons peu, nous n'en avons pas besoin. Nous profitons naturellement de cette connexion entre nous.

J'aimerais que ce moment ne se termine jamais.

Lorsque ᛋᛟᛚ, déesse du soleil, se montre à l'horizon, je sais que je ne pourrais plus jamais être séparé de cette créature merveilleuse qui est étendue contre moi.

J'ai toujours adoré observer les astres solaire et lunaire apparaître. Mais mon étoile est éblouissante et les éclipse tous deux.

Je réalise que je désire voir le soleil se lever chaque matin avec ma femme dans mes bras. Rien d'autre n'est plus important qu'elle à mes yeux. Elle a su toucher mon âme comme personne avant elle. Et je sais que si je meurs maintenant, j'aurais vécu heureux, car nous nous serons aimés.

Je l'ai prise à la cascade cette nuit, faisant de mon cœur sa nouvelle maison. Avant même que je n'ouvre la bouche pour lui proposer de rentrer au campement et y rencontrer mes amis, je l'entends formuler :

— Emmène-moi avec toi. Toujours. Je ne veux plus jamais que nous soyons séparés.

Note de l'auteure : EK ELSKA ÞIK : signifie « je t'aime » en vieux norrois.

ODIN

CHAPITRE 31

COMME ON SE RETROUVE

❄ VETRABLÓT / DÉBUT DE L'HIVER ❄

DEUX ANS ET DEMI PLUS TARD

BJÖRN

Les saisons se sont succédées et je suis toujours sur la route, à la recherche d'Asulf. Le loup est introuvable et cela me fatigue. Je suis allé dans tout le monde viking connu, fouillant le moindre recoin, dans chaque village. Et rien. Pas même une trace de son passage.

Je ne peux pas me présenter aux personnes que je rencontre. Car si la tête d'Asulf a été mise à prix, la mienne l'est tout autant. Alors j'en ai déduit que le loup voyage incognito, probablement sous un faux nom.

Enfoiré de Harald ! Ce fourbe, avide de pouvoir, a décimé toute ma famille pour s'assurer la position de roi du JUTLAND. Il a placé un contrat mirobolant sur nos deux tronches, s'attendant à ce que nous ayons tout le monde à nos trousses. Pourtant je suis toujours libre et j'espère ne pas être le seul. Quant à savoir si le vieux paiera pour notre capture, rien n'est moins sûr.

Même si j'enrage contre mon ancien meilleur ami, je suis rasséréné. Je suis persuadé qu'il protège Eldrid au péril de sa vie. Si tant est que cette forte tête soit encore à ses côtés ! Mais bon, si je pouvais me charger de ses petites fesses moi-même, ce ne serait pas de refus.

Elle me manque. Je n'ai pas eu le temps ni le cœur à la remplacer. Elle qui me hante nuit et jour. En ai-je seulement envie ? J'ai mis des femmes dans mon lit, mais aussi extraordinaires fussent-elles, elles ne l'égaleront jamais.

Cela fait maintenant trois ans que nous nous sommes perdus de vue. J'ignore dans quel état d'esprit je suis vis-à-vis d'eux.

Que vais-je bien pouvoir leur dire ? Ou plutôt, par où commenceraisje ?

Suis-je encore contrarié ? Assurément. Ma défaite me reste en travers de la gorge. Ma seule face à lui, et elle est tombée au pire moment. Je ne l'ai toujours pas digérée.

Vais-je demander réparation ? Évidemment. Ce petit con ne perd rien pour attendre !

Demeurerais-je avec eux ? Certainement. Ils sont ce qui se rapproche le plus d'une famille. Et, à présent, la seule qu'il me reste et sur laquelle je peux compter.

Leur pardonnerais-je ? Incontestablement. Ce serait même plutôt à moi de m'excuser, car j'ai été idiot avec eux.

Idiot avec Eldrid, de l'avoir courtisée, d'en avoir fait ma chasse gardée et de ne jamais lui avoir avoué que je voulais m'unir à elle. Cette femme est merveilleuse et elle aurait déjà dû être mienne. Je projetais de le faire, à l'issue du duel final, mais il ne s'est pas déroulé comme prévu.

Idiot aussi avec Asulf, d'avoir fais l'inverse en lui tournant le dos, par jalousie. Nous n'avons qu'un an d'écart et il était comme mon petit frère. Mon cadet suivait mon exemple, j'en étais honoré. Mais quand il a commencé à se battre, sa notoriété de guerrier a dépassé la mienne et je ne l'ai pas supporté.

Mon père me répétait constamment de le prendre en modèle, car il est d'un tempérament calme et posé, là où je suis fougueux et fonceur. Je me disperse quand lui se concentre.

Pourtant, sur le champ de bataille, nous n'étions jamais loin l'un de l'autre. Pour se protéger mutuellement, même si nous n'en disions rien. De forces égales, ensemble, nous étions invincibles. D'autant que séparément il était déjà difficile de savoir qui était le meilleur.

Si je n'avais pas jalousé son succès dans le cœur de mon père et dans celui des femmes… Surtout de celui de celle que je voulais mienne, nous n'en serions pas là. D'autant qu'Asulf n'a jamais rien fait pour attirer l'attention. Il était modeste, le bougre ! Au contraire, il essayait de m'en faire profiter, mais j'étais trop aveuglé pour le comprendre.

Je ne supportais pas de partager la vedette. Avec lui, ou n'importe qui d'autre. Les femmes nous appelaient « *le beau blond* » pour moi et lui « *le beau brun* ». Encore une similitude. Et comme je ne lui voyais que des qualités, j'enrageais davantage quand Eldrid le lorgnait avec la même convoitise que lorsqu'il s'agissait de moi.

Pourtant, je l'ai cru quand, à l'issue de notre duel, il m'a juré de ne pas l'avoir touché et promis de ne jamais le faire. Le loup étant un homme d'honneur, je n'en ai jamais douté.

Même si, à présent, j'angoisse qu'il soit encore avec Eldrid. Car je connais bien ma tentatrice. Si trois jours sans sexe, c'est impensable pour elle, alors trois ans… Elle lui aura sûrement fait des avances. Je suis partagé entre l'envie qu'il les ait refusées et celle qu'il les ait acceptées.

S'il les a refusées, cela sauve notre honneur et il tient sa promesse vis-à-vis de moi. Mais cela pourrait signifier qu'elle s'est unie à un autre et qu'Asulf l'a laissé avec son mari dans un village lointain.

S'il les a acceptées, il est possible qu'ils soient en couple.

Et s'il l'avait épousée ?

Pire, qu'ils avaient fondé une famille, le supporterais-je ?

Pourrais-je rester à leurs côtés sans souffrir tous les jours ?

Ou bien le loup s'effacerait-il devant l'ours, par loyauté ?

Je me frotte le visage. Un cri guttural et caverneux s'échappe puissamment de ma gorge. *Putain !*

— Un souci, l'ami ? Me demande une voix masculine et virile.

— Rien que vous ne puissiez régler, je réponds.

— Je n'en serais pas si sûr, lance l'homme goguenard.

J'enlève mes mains de mes yeux et l'observe. Ma mâchoire se décroche, je n'ose y croire. Devant moi, l'individu à l'imposante stature me sourit. Son regard borgne est perçant. Sa longue barbe blanche s'accorde avec ses cheveux. Son armure est faite d'or et de métal divin.

— Bordel, je deviens fou. Je parle tout seul. Et j'imagine voir Odin.

— Tu ne rêves pas, Björn, affirme-t-il.

Je suis sonné comme si j'avais roulé sur moi-même en dévalant toute une colline depuis son sommet.

Odin, le père des Dieux, se tient devant moi.

— Lui-même, répond-il à mes interrogations muettes.

Je me redresse, m'éclaircis la gorge et reprends une contenance impassible. La même que la sienne, soit dit en passant.

— N'y voyez aucune offense, roi des Dieux, mais comment m'assurer que vous êtes bien là et que je ne délire pas ?

— Je te comprends, Björn. J'aurais moi-même douté si j'étais à ta place. Saches que j'ai découvert ce que Harald a fait à ta famille à AROS.

Premier coup de massue. Il me connait et sait d'où je viens. L'héritier déchu.

— Non, tu ne l'es pas. Le bras droit de feu ton père a berné tout le monde. Il agissait secrètement dans l'ombre et feignait l'inverse aux yeux de tous. Même Asulf et Amalrik sont tombés de haut. Quant à cette pauvre Holda…

Mes suspicions s'épaississent autant qu'elles prennent le large. À part quelqu'un proche de nous ou du pouvoir, personne ne peut savoir tout cela.

Sauf si j'ai bien Odin en face de moi. Je me pince discrètement, mais suffisamment fort pour m'assurer que c'est bien réel et il acquiesce.

Je vais arrêter avant de passer pour un con.

— Que puis-je faire pour vous, oh, Père de Tout ? Me prosterné-je.

— C'est à moi de t'aider, annonce-t-il en captant toute mon attention. Tu es mon champion. Tu devais devenir roi mais je t'ai abandonné. J'ai été trop confiant.

— Non, seigneur des AESIRS. Je ne peux m'en prendre qu'à moi-même, confessé-je. Plus j'y repense et plus j'ai la sensation qu'Asulf ne voulait pas de ma place. Il retenait ses coups. J'ai invoqué l'EINVIGI sans aucune raison valable. Contre mon meilleur ami, mon frère. Et j'ai tout perdu. Tout est entièrement de ma faute.

— Tout le monde fait des erreurs, Björn. Moi le premier. Tu as fait du chemin, depuis.

— Mes pieds peuvent en attester, raillé-je.

Odin rit à gorge déployée. Cette discussion est surréaliste.

— J'ai toujours aimé cela, chez toi. Tu es honnête, tu ne crains personne et tu perds rarement ton sens de l'humour.

J'esquisse un sourire. Il a raison. Seul Asulf me rend nerveux, car j'ai peur qu'il ne me surpasse. Si ce n'est pas déjà le cas.

— Asulf n'est pas meilleur que toi, même si Freya dit le contraire, affirme-t-il. Sache que je te garde une place d'honneur à ma table, le moment venu.

Je me redresse, fier de ce compliment qui éclipse tous les autres que j'ai entendus depuis ma naissance.

Odin me voit comme son champion et j'ai un siège réservé près de lui au VALHALLA. Les mots me manquent pour exprimer ma gratitude au Père de Tout.

Le dieu pose une main sur mon épaule et j'ai encore des difficultés à réaliser ce que je vis.

— Asulf a besoin de toi, déclare-t-il.

— Que se passe-t-il ? Demandé-je, attentif à ses dires et prêt à intervenir sur tout ce qu'il jugera nécessaire.

— Depuis que tu as fui AROS pour sauver ta vie, Harald a gagné en puissance. Ce fou a invoqué le géant Surt.

— Le seigneur de MUSPELHEIM. Mais, pourquoi ?

— Pour le pouvoir. Il veut régner sur MIDGARD.

— C'est du délire ! Son appétit ne connait-il aucune limite ?

— Assieds-toi, Björn et laisse-moi te conter toute cette histoire.

J'écoute Odin me narrer tout ce que j'ignorais et les bras m'en tombent. J'étais à des lunes de la vérité. Asulf est dans une merde noire, seul contre tous. Je l'ai abandonné, au moment où il avait le plus besoin de moi. Lui, au contraire, serait resté et nous aurions affronté les dangers ensemble.

Je l'aime trop pour le perdre. Même si notre relation actuelle est plutôt dans l'amour-haine… surtout de mon côté, à vrai dire.

Mais il n'est pas trop tard pour changer d'avis et lui prêter main-forte.

— Où puis-je le trouver ? demandé-je.

— Tu dois d'abord te reposer. La route jusqu'à lui sera longue.

J'acquiesce, obéissant à ce père tout puissant et bienveillant que je respecte et vénère. Celui qui a confiance en moi et me soutient envers et contre tous.

— Ils sont à JOMSBORG, lâche-t-il. Asulf combat chaque soir pour leur chef, Folker. Bonne chance à toi, Björn.

Odin disparaît dans un halo de lumière divine.

Je me retrouve plongé dans la nuit noire, sans feu, mais le cœur rempli d'espoir. Ils sont chez les mercenaires. Et donc, Eldrid aussi.

Qu'est-ce que vous foutez là-bas, vous deux ?

SIGRUNE

Il y a trois ans, au moment de VETRABLÓT, Asulf et ses compagnons ont quitté AROS. Constamment à sa taille, j'étais loin de m'imaginer tout ce que nous vivrions ensemble.

Trois lunes plus tard, durant ÞORRI, notre capture par les JOMSVIKINGS a marqué un tournant inattendu. Autour de leur camp établi à JOMSBORG, j'ai senti que de la magie était à l'œuvre. Elle provient d'une cascade à proximité qui hébergeait une ondine. Son pouvoir était si fort qu'il bloquait toutes mes tentatives de communication avec mon champion.

Sans compter qu'Asulf voulait se prouver à lui-même qu'il pouvait être un valeureux guerrier sans mon aide. La petite troupe étant prisonnière, elle ne pouvait s'éloigner du campement. Il était donc constamment sous ce dôme d'enchantement. Impossible pour moi de lui expliquer ce que je savais en tant que VALKYRIE.

Deux lunes plus tard, pour EINMÁNUÐUR, il a rencontré Lyra. L'ondine et lui sont tombés amoureux, mais suite à une incompréhension, elle a tenté de mettre fin à ses jours. Le beau brun a négocié avec la cascade, qui l'a sauvé en échange de deux années à l'alimenter. Pour cela, elle s'est servie de Rigborg et donc de moi, pour catalyser les vies prises. Quand Asulf retournait à la cascade, il devait me plonger dans l'eau, pour relâcher l'énergie vitale accumulée.

Le démon et moi enragions de devoir partager avec cette entité, mais un pacte avait été scellé et il nous fallait patienter. De plus, les adversaires du guerrier devenant plus vindicatifs, Folker et lui ont donc accepté l'EINVIGI. Réclamé à présent presque un soir sur deux et qui se soldait toujours par la mort de son opposant. Asulf alimentait tout le monde à un rythme fou.

Par chance, l'esprit des eaux prenait mon relai et requinquait mon protégé après chaque combat.

Durant les deux ans qui ont suivi, Asulf et Lyra ont été très heureux. L'ondine a abandonné son statut de créature mythologique quand elle a perdu sa virginité avec son bien-aimé. Mais puisqu'Asulf l'avait remplacée et qu'il l'alimentait comme jamais, la cascade n'en prit pas ombrage.

C'est à l'issue de ces deux ans que tout s'est complexifié. Quand l'esprit des eaux a refusé de laisser partir Asulf. Lyra, Karl et Eldrid ont tenté de le raisonner, mais il était comme drogué par elle. Il l'est toujours, d'ailleurs. Il est infect avec tout le monde si on l'empêche d'accomplir son dessein.

Lyra s'est installée avec Asulf. Eldrid et Karl ont eu le droit à un logement indépendant et voisin du leur. Intimité de couple oblige.

La rouquine a pris Lyra sous son aile et lui a enseigné tout ce qu'elle sait : cuisine, maniement des armes, art de la séduction et autres minauderies. Asulf n'a d'ailleurs pas manqué de l'en remercier et ce dès qu'il est revenu au camp avec sa femme :

— Alors comme ça, Karl et toi batifolez à la cascade, madame « J'aime donner des ordres pendant le sexe » ! raille-t-il.

— La ferme ! Réponds la rouquine, rouge de honte. Comment ?

— Laisse, ma belle, la tempère son compagnon. Il dit n'importe quoi pour te soutirer des informations compromettantes.

— Justement, Karl, renchérit le loup, il parait que tu lui fais tellement de bien qu'elle couine et en redemande.

— Tu nous as espionnés ? Questionne le jeune boucher, cramoisi.

— En tout cas, merci à toi, Eldrid, d'avoir montré à mon étoile comment faire. Elle t'imite à la perfection !

— Mais je ne lui ai rien enseigné ! D'où est-ce que ça sort, ça ? interroge-t-elle.

— Je vous ai observé, confesse Lyra en avançant de sa cachette, derrière la carrure massive d'Asulf.

Les yeux de ma rouquine s'écarquillent en la voyant.

— Mince, alors ! Tu existes vraiment ! Enchantée, magnifique Lyra !

— Bienvenu parmi nous, Lyra, l'accueille Karl.

— Alors tu es une petite voyeuse, la taquine Eldrid en s'approchant d'elle. Et ce que tu as vu t'a plu ? minaude-t-elle.

— Oui, beaucoup, répond l'ancienne ondine en toute sincérité. J'aime ta grâce et ton côté autoritaire, qui se marient très bien. Et tu as

un corps fabuleux ! Mais je ne voulais pas être indiscrète. C'est juste que je n'y connaissais rien et que vous vous câliniez souvent, alors...

— Souvent ? L'interrompt Karl, surpris. Combien de fois nous as-tu observés ?

— À chaque fois que vous veniez, répond-elle, honteuse.

— Oh, ne sois pas gênée, jolie Lyra. Tes aveux me flattent, dit-elle en prenant son visage entre ses mains et en déposant un rapide baiser sur ses lèvres.

— Eldrid ! L'interpelle Asulf.

— Tu sais que tu peux te joindre à Karl et moi, si tu le souhaites...

— Oh, je... Bredouille Lyra.

— Eldrid ! Grogne le loup. Oublie ça de suite, je ne partage pas !

— Toi, peut-être. Mais elle ? insiste la tornade rousse, visiblement excitée.

— J'ai dit non ! Tranche le guerrier. Ne commence pas à lui mettre ce genre d'idées en tête. Nous nous sommes unis devant les Dieux et je ne plaisante pas avec cela. Alors fin de l'histoire pour toi et tes pulsions.

Karl, en retrait, assiste à la scène en silence, appuyé contre un mât, un sourire en coin. Il attend que ses compères règlent la situation, son égo regonflé.

— Et si j'apprends de nouvelles choses qui pourraient te plaire ? Questionne Lyra.

— Argh ! s'énerve Asulf pris entre deux feux. Tu saoules, la rouquine !

Il respire bruyamment, furieux et en pleine réflexion.

— Mon étoile, dit-il en s'adressant à sa femme au bout d'un moment, juste avec elle et personne d'autre. Ni avec vous, ni qui vous regarde.

Lyra hoche la tête pour approuver.

— Et toi, rajoute-t-il en pointant son amie du doigt, un seul faux pas et il t'en coûtera cher.

— Tu n'oserais pas frapper une dame ? s'indigne-t-elle.

— Non, mais je te priverai de Karl, aussi longtemps que je l'estimerais nécessaire.

— Hey ! Ne me mettez pas dans vos embrouilles ! intervient le jeune homme.

— C'est une menace ? Poursuit la belle rousse et s'approchant d'Asulf pour le défier.

— Une promesse, affirme-t-il.

— Repenses-y, quand elle te fera du bien grâce à moi !

Asulf est resté pantois devant l'air narquois d'Eldrid. Lyra oscillait entre eux deux. Et Karl riait en se tenant les côtes.

Et c'est ainsi que le quatuor inséparable s'est formé. Asulf les a tous les trois entraînés assidûment. Ils sont devenus des combattants aguerris, ce qui était indispensable, en vivant dans un camp de mercenaires. Notamment pour Eldrid et Lyra.

ELDRID

Dès qu'Asulf nous a présenté Lyra, j'ai su immédiatement qu'elle me plairait. Cette petite avait beau être naïve, elle ne manquait pas d'aplomb. J'apprécie sa franchise et son calme. Elle est très bien assortie avec notre chef de meute, qui est passé de *loup solitaire* à *mari amoureux transi, jamais sans sa belle*.

En deux ans et demi, elle est devenue son pilier. Mais aussi ma meilleure amie, ma sœur. Elle me connait par cœur, je ne peux rien lui cacher.

D'ailleurs, elle a des soupçons depuis quelques jours. Son regard inquisiteur m'ébranle. Je sens que je vais craquer et bientôt me confier à elle.

— Tu touches souvent ton ventre depuis la nouvelle lune. Un problème ?

Et voilà, qu'est-ce que je disais ?

Je la traine par le bras jusqu'à un endroit isolé pour converser.

— Tu as vu juste, je suis enceinte.

— Mais c'est une excellente nouvelle ! Karl doit être fou de joie !

— Il ne le sait pas encore, avoué-je.

— Pourquoi ?

Je triture nerveusement mes doigts.

Je suis consciente qu'elle n'a jamais vécu cela, mais j'ai besoin de lui parler.

— J'ai déjà perdu plusieurs bébés, à quelques semaines de grossesse. Je ne veux pas l'annoncer à Karl trop rapidement, si je…, bredouillé-je en frottant mon ventre.

Lyra attrape mes mains et les serre dans les siennes.

— Ta vie n'est plus du tout la même. Aujourd'hui, tu es prête. Tu ne la perdras pas. Fais-moi confiance.

— Mais, comment peux-tu savoir que ce sera une fille ?

— Une intuition. Tu devrais lui dire, c'est une nouvelle importante. Il sera là pour toi, dit-elle en désignant Karl du menton alors qu'il approche.

Lyra s'est éclipsée et j'ai décidé de suivre son conseil. J'ai annoncé à Karl qu'il allait être papa dans sept lunes. Il était complètement fou, heureux comme jamais. Il a même fait une danse stupide, avant que les larmes nous montent aux yeux.

Son attitude m'a profondément touchée et mon cœur battait à tout rompre. Je l'aime tellement fort !

À contrecœur, j'ai dû aussi calmer ses ardeurs, en lui expliquant que ce n'était pas ma première fois. Il a compris ma réaction mitigée et m'a promis de faire son maximum pour que tout se passe bien pour nous deux.

Nous sommes ensuite allés rejoindre le petit couple pour partager la fabuleuse nouvelle avec Asulf, qui était ravi pour nous.

J'ai alors fais signe à nos compagnons de nous laisser, car je dois maintenant m'entretenir sérieusement avec le loup :

— Tu te doutes bien que je relance, une fois encore, la discussion sur ce même sujet. Mais à présent, il est nécessaire de prendre une décision.

— Hum, grogne Asulf alors qu'il m'observe.

— Nous ne pourrons pas rester ici éternellement, je poursuis. Ce n'est pas sain d'élever un bébé dans un environnement pareil, dis-je en balayant l'air autour de nous.

— Je comprends, me dit-il.

— Mais ?

— Mais je ne peux pas quitter cet endroit. La cascade…

— Tu ne lui es plus redevable depuis la saison dernière. Tu as honoré votre accord, bien au-delà de ce qui était convenu et elle a accepté de libérer Lyra. Alors, qu'est-ce qui te bloque ?

Il penche la tête en avant. Quand il la relève, des larmes embuent ses yeux magnifiques.

— J'ai peur de la perdre… Comme il m'a privé de Holda. Et de ma mère avant elle. Vous êtes tout ce qui me reste. Ma famille. Je ne peux pas.

Je m'assieds à côté de lui et le prends dans mes bras pour consoler cette masse de près de cent kilos de muscles.

— Nous sommes en sécurité, ici, argue-t-il.

— Jusqu'à ce qu'ils découvrent qui tu es, murmuré-je. Ce sont des chasseurs de primes. Ils nous vendront dès qu'ils en auront l'occasion. Cette sécurité qu'est la nôtre est illusoire. Elle existe uniquement parce que tu enrichis Folker. Mais le jour où ce ne sera plus assez…

Je laisse ma phrase en suspens et il saisit vite ce que je sous-entends.

— Je sais que tu as raison. Mais je…

— Stop, mon beau ! Le coupé-je. Je devine très bien quel couplet tu vas me sortir, car il s'agit toujours du même. L'esprit des eaux, bla bla bla… La vérité, c'est que tu es un putain de drogué ! M'emporté-je. Tu te fais du mal et à nous aussi, par la même occasion. C'est affreux de te voir dépérir de jour en jour, sangloté-je.

C'est à son tour de m'étreindre avec force et douceur.

— Tu as raison, approuve-t-il. J'ai réagi comme un égoïste. Nous devons trouver une solution pour partir d'ici avant que ta grossesse ne se remarque.

J'acquiesce en le remerciant, toujours dans ses bras, alors qu'il embrasse le sommet de ma tête.

ASULF

Je suis seul dans la tente, lorsque Folker entre telle une bourrasque. Il est euphorique, pire qu'à l'accoutumée.

— Stig, prépare-toi, je t'ai déniché un adversaire de ton envergure !

— Je constate que tu soignes tes apparitions, Folker ! Et si j'étais en pleins ébats avec ma femme ? Le rabroué-je, assis sur un tabouret en rondin, aiguisant ma lame.

— Que les Dieux t'emportent, toi et tes pudibonderies ! Claque-t-il. Crois-tu que je n'ai jamais vu de gueuse ?

— L'intimité de Lyra n'est pas chose que je souhaite exhiber. Tranché-je en rangeant mon épée dans son fourreau. Que me vaut ta visite ?

— Comme je te l'annonçais, je t'ai trouvé un adversaire digne de toi, continue-t-il comme si de rien n'était.

— Oh, le fameux noble riche que tu vas escroquer ! Autant dire que si c'est le bon, c'est une des dernières fois que tu me vois, ainsi que mes trois compagnons. J'ai largement acheté notre liberté.

— Je ne suis pas sûr de vouloir laisser partir les filles, crache-t-il.

Mon sang ne fait qu'un tour, mais je m'oblige à garder mon calme. Car là, tout de suite, je suis à deux doigts de le tuer.

— Une parole est une parole. La bafouer, c'est salir son honneur et s'exposer à mon courroux. Et je ne t'en crois pas capable, le menacé-je en me redressant pour le surplomber.

Puis j'enchaîne, pour que Folker n'ait pas le temps de répondre par une filouterie et que la discussion s'éternise, car elle m'ennuie déjà :

— Quel âge a ce gentilhomme ?

— Environ le tien.

— Va-t-il faire ta fortune ? Quel est le montant du pari ?

— Nous n'avons pas parlé d'argent, balaye-t-il. Ici il est question d'honneur. L'homme est persuadé qu'il peut te vaincre. S'il gagne, il te veut comme prisonnier. S'il perd, il viendra combattre à tes côtés.

— Et tu as accepté ce pari, sans une bourse en vue ? m'étonné-je. Tu t'assagis, Folker, dois-je m'en inquiéter ?

Il s'approche et pose une main sur mon épaule :

— Tu es « *Stig l'invincible* ». Personne ne t'a battu jusqu'ici. C'est d'ailleurs pour cela qu'il veut t'affronter. Et je te sens particulièrement en forme, alors il n'a aucune chance de gagner !

Folker s'éloigne et avant de sortir, il me glisse un dernier mot :

— Tu es l'objet du pari, pas tes amis. Si tu perds, ils resteront avec moi. Ne me déçois pas, Stig.

Je suis en rage et serre les poings à peine s'est-il éclipsé. J'attrape le pichet vide de cervoise qui trônait sur ma table et l'envoie valser hors de la tente.

— Fais chier ! juré-je. N'y a-t-il donc aucune issue ?

Mon adversaire a demandé à me voir, mais j'ai décliné. Je ne suis pas une bête de foire que l'on montre à l'envi. Mais Folker a été très insistant et est revenu avec un message de l'étranger :

— Il exige de te parler seul à seul et de te délivrer ceci, si tu refusais : « Harald t'attend chez toi ».

Je bondis sur mes pieds, fou de colère, sous l'œil scrutateur de mon geôlier.

— Il me semble que cet homme te connait, constate-t-il. Mais à ta réaction, j'en déduis que tu ne le portes pas dans ton cœur. Votre combat promet d'être très intéressant ! s'exclame-t-il. Vous aurez ensuite tout le temps de vous réconcilier, quand il sera ton voisin de tente.

Je crache, me retenant de lui dire le fond de ma pensée. Eldrid a raison, il faut partir. Ce combat sera le dernier. Nous nous éclipserons cette nuit.

— Le gars t'attend à la sortie du camp, à l'Est, annonce-t-il. N'oublies pas que tous vos différents se règleront dans l'arène au coucher du soleil.

Je prends la direction que Folker m'a indiquée, en m'interrogeant sur qui peut bien m'avoir retrouvé. J'aperçois bientôt l'arrière de la silhouette de l'homme et elle me semble familière. En tout cas, il doit être bien sûr de lui, celui qui ose tourner le dos à un camp entier de mercenaires.

Au son de mes pas approchants, l'inconnu brise le silence, sans bouger :

— Voici donc le voyageur invincible !

Je m'arrête net. Cette voix ! Je ne l'identifie que trop bien. Une lueur d'espoir m'allume le cœur et je prononce, hésitant :

— Björn ?

BJÖRN

Je me retourne pour faire face à Asulf et ôte ma capuche.

— Comme on se retrouve, vieux frère. Tu n'as pas été simple à localiser !

Je suis fatigué par ces années à le chercher inlassablement. Je ne nourris plus de rancœur à son encontre depuis la discussion avec le roi des Dieux. Mais je refuse de dévoiler la moindre émotion. Je lui laisse croire que rien n'a changé ces trois dernières années, depuis que nous nous sommes quittés en mauvais termes. Je veux savoir dans quel état d'esprit il se trouve.

— Il semblerait que tout se termine ce soir. Car je te le dis, fils de Harald, tu ne survivras pas à ce combat.

— Non ! Pas de ça ici, essaie-t-il de me faire taire.

— Après tout ce que ta famille m'a pris, il me tarde d'en finir.

— J'ignore de quoi tu parles, mais…

— Eh bien, assieds-toi, que je te raconte ce qui s'est passé depuis ton départ.

— Björn, écoute-moi. Je suis prisonnier ici…

— Plus pour longtemps !

— Mais je ne suis pas seul, m'interrompt-il. Eldrid est avec moi.

Asulf confirme ce qu'Odin a laissé sous-entendre et poursuit :

— Nous avons besoin de toi pour nous évader. Ensuite, toi et moi règlerons tout ce que tu voudras.

— Vous êtes prisonniers ? Ensemble ?

— Je t'ai promis que je ne la toucherai pas et j'ai tenu parole. Elle va bien, pour l'instant.

— Pour l'instant ? Qu'est-ce que ça veut dire ?

— Si tu gagnes ce combat, moi seul partirai avec toi. Folker refuse de rendre sa liberté à Eldrid, Lyra et Karl.

— Qui sont les deux nouveaux ?

— Je te raconterai plus tard.

Le dénommé Folker s'approche, probablement pour s'assurer que nous ne nous étripons pas sans public et nous demander de nous préparer.

— Qui te dit que je souhaite t'aider ? Toi, ou cette briseuse de cœurs d'Eldrid ? lancé-je. Après tout, peut-être que vous n'avez que ce que vous méritez.

— Je vois que les retrouvailles ont été bonnes ! S'émerveille Folker. Combattants, il est temps de vous mettre en condition. J'aimerais que nous commencions dans un court moment.

Nous nous dirigeons vers le camp, de part et d'autre de Folker. Régulièrement, j'aperçois Asulf chercher mon regard. Je reste impassible et feins de l'ignorer. Je sens bien que quelque chose ne tourne pas rond, ils ont des soucis. Je dois agir finement pour ne pas éveiller les soupçons.

BJÖRN

CHAPITRE 32

LA REVANCHE DU BLOND

❄ VETRABLÓT / DÉBUT DE L'HIVER ❄

KARL

J'arrive en trombe dans la cuisine lorsque j'aperçois Eldrid, dos à moi. Je réalise qu'elle est trop près pour que je puisse m'arrêter sans la heurter. La collision est imminente. Elle se retourne pendant que je la percute. Pris dans mon élan, nous perdons l'équilibre. J'ai juste le temps d'enrouler mes bras autour d'elle avant de m'écraser l'échine au sol. La rouquine s'effondre sur moi. Pour amortir notre chute en douceur, je termine en roulant et me retrouve au-dessus d'elle, en appui sur mes coudes et mes pieds, ma belle toujours contre mon torse.

Elle rit et m'embrasse. Je suis heureux, à en oublier ce pour quoi je la cherchais.

— Je t'ai manqué, pour que tu accoures à moi si vite ?

— Chaque minute quand tu t'éloignes, avoué-je.

Elle me dévore du regard et mon esprit s'évade en repensant à toutes ces folles nuits avec elle. J'en veux encore, je ne suis jamais rassasié.

— Tu ne m'as pas répondu quand je te l'ai proposé à l'époque, mais je suis toujours aussi sérieux. Épouse-moi, Eldrid.

— Et tu me fais ta demande ici ? Au sol, au milieu des assiettes et de la viande qui rôtit ? glousse-t-elle.

Vexé, je me redresse et l'aide à se relever.

Elle me retient par le poignet et enroule ses bras autour de ma nuque pour m'embrasser passionnément.

— Je veux une vraie demande, Karl. Comme à une dame importante.

— Tu l'es, murmuré-je et tellement plus encore.

Mon nez caresse le sien et ma main vient trouver son ventre.

— Si tu savais comme je t'aime, susurré-je.

— Moi plus, sourit-elle contre mes lèvres.

Cette femme est déjà la mienne dans mon cœur. Et je vais officialiser notre histoire très rapidement. Car je la cherchais pour lui annoncer qu'un rival de plus a fait son entrée dans l'arène : Björn.

— De toi à moi, ce n'est pas le meilleur endroit pour ce que tu t'apprêtais à me faire, minaude-t-elle.

Par tous les Dieux ! Je crève d'envie de la prendre quand elle me lance ce regard-là ! Mais je dois la tenir informée et, par la même occasion, en savoir davantage.

— Un instant, j'ai failli oublier ce que j'étais venu te dire.

— Je t'écoute, dit-elle, sérieuse, en s'écartant de moi.

— Heu, oui. Tout le camp ne jase plus que sur cela. Un homme est arrivé et a demandé à combattre Stig. Ils se sont parlés et Folker aurait surpris la fin de leur conversation. Visiblement, ils se connaissent et se battent pour une femme que Stig lui aurait prise. Cette femme, c'est toi, Eldrid.

— Moi ? s'étrangle-t-elle. Je n'ai jamais été avec Stig ! Et la seule personne qui en était vraiment jalouse est…

Elle écarquille grand les yeux et un sourire illumine son visage alors qu'elle termine sa phrase :

— Björn ! Les Dieux soient loués ! Nous avons une chance d'être libérés.

— Qui est-il ? Questionné-je, prudent.

— Il est le dernier fils du roi Thorbjörn. Asulf et lui se sont battus pour le trône, avant que toute notre épopée démarre. Asulf a gagné et Thorbjörn a condamné son cadet à l'exil. J'ai préféré rester aux côtés d'Asulf et j'ai brisé le cœur de Björn.

Merde, c'est bien lui, le fameux Björn. Celui qu'Eldrid a aimé avant moi.

Je me renferme :

— Es-tu sûre qu'il va nous venir en aide ? Et pas juste t'emmener ? N'est-il pas ton ancien amant ?

Eldrid acquiesce, gênée. J'espère que les sentiments de ma belle à son égard sont révolus. Moi vivant, je ne le laisserai pas revenir dans sa vie pour gâcher la nôtre. Autant je sais que je peux avoir foi en Asulf, qui me l'a prouvé à de multiples reprises, autant le blond ne m'inspire aucune confiance. Il est là pour gagner. Et je suis persuadé que je ne fais pas le poids face à lui.

ASULF

Le soleil décline et tout le camp est rassemblé autour de nous. Les chopes s'entrechoquent, la bière coule déjà à flots.

Lyra, Eldrid et Karl ont trouvé une place sur le toit des écuries, à l'abri des regards. Prêts à voler des chevaux et à s'enfuir, au moindre signe de ma part.

Björn n'a pas eu le temps de m'entretenir de ses intentions, alors j'ignore si son dédain est réel ou feint.

Folker s'avance entre nous et nous présente avec enthousiasme :

— Bonsoir à tous et bienvenus ! Je suis ravi de vous voir aussi nombreux ce soir. J'espère que tout le monde a choisi son poulain, car les paris sont clos et le combat va pouvoir commencer.

La foule rugit alors qu'il continue :

— À ma gauche, un nouvel adversaire, venu des terres du Nord, prénommé Björn !

Quelques murmures et huées se font entendre depuis l'auditoire. Il a l'air de ne pas y prêter attention et cela n'est pas dans ses habitudes.

— À ma droite, Stig, que je ne vous présente plus. Vous l'avez vu faire, ce gars-là a terrassé des combattants deux fois comme lui.

La foule siffle de satisfaction, mais j'imite mon adversaire et reste impassible. Folker enchaîne :

— Mes amis, ce soir cet affrontement est un peu particulier. En effet, Björn n'est pas en quête de gloire ou de renommée. Il vient se mesurer à un homme qu'il connait déjà. Son rival de toujours, j'ai nommé Stig !

Stupéfaction et ricanements dans le public qui trouve un intérêt soudain à ce combat. Folker poursuit :

— Stig, qui lui aurait volé la femme de sa vie et avec qui il se serait enfui.

Des murmures lourds se font entendre et on hurle :

— Je suis sûr que c'est la belle rouquine !

— Ouais, la fille qui travaille aux cuisines !

— Elle est bien bonne !

— L'autre aussi !

— J'aurais fait pareil à sa place !

Folker les calme, tandis que je coule un regard discret vers Eldrid. Nous sommes deux à fulminer, prêts à bondir.

— Guerriers, reprend Folker à notre attention, il est temps de régler vos comptes.

Il s'éloigne de façon théâtrale, en nous invitant à investir l'arène. Puis il se fraye un chemin pour rejoindre son estrade et présider le duel.

Björn et moi nous nous toisons, parés à nous affronter, encore.

— On dirait que, ce soir, je vais avoir ma revanche ! Lance Björn, goguenard. Sacrée coïncidence que ce soir pile le même jour qu'il y a trois ans !

— N'en sois pas aussi sûr ! je réponds. Je peux encore gagner.

— La dernière fois, tu m'as eu par tes tours de passe-passe. Mais pas aujourd'hui. Je te connais trop bien. Je suis plus fort que toi. Et j'ai plus envie de te vaincre que jamais.

— Alors, amène-toi et prouve-moi que tu es un adversaire digne de moi ! Le provoqué-je.

Je me tiens en face à mon ex-meilleur ami, l'épée à la main. J'étudie son visage fermé qui m'observe et m'éclaire sur ses projets : il est déterminé.

Folker lance les hostilités. Björn et moi nous tournons autour lentement, tout comme nos animaux totems, chacun cherchant une ouverture. Moi, agile et rusé, tel un loup. Et lui, aussi puissant et précis qu'un ours. Ses frappes font mal, je dois impérativement les éviter. Et son regard haineux me le confirme.

Je lorgne une fraction de seconde à ma droite, c'était notre signal. Il n'en faut pas plus à Björn pour donner le premier coup d'épée, que je bloque sans difficulté.

— C'est tout ? Raillé-je. Tu vas devoir faire mieux que ça si tu veux triompher.

Je feins une attaque vers la gauche, pour en réalité atteindre l'opposé. Mais il ne se laisse pas tromper et pare aisément mon offensive, esquissant un léger sourire. *Merde ! Suis-je si prévisible ? Ou bien me connait-il si bien ?*

Il riposte rapidement et à pleine puissance vers ma tête, hurlant toute sa rage de vaincre. J'esquive de justesse, mais ceci est clairement un rappel à l'ordre : je dois rester concentré.

Je contre-attaque en direction de son flanc et il me bloque à nouveau de sa lame. Je saisis quelle sera la teneur de notre duel. Il va être du même acabit que les précédents : dangereux pour moi, car l'ours ne retient pas ses coups.

Pourtant, cette fois, je décide de l'imiter. Puisque j'ai laissé Rigborg à ma femme, je ne risque pas de l'expédier par inadvertance au VALHALLA. Je peux donc libérer toute la frustration accumulée depuis des lunes dans cet affrontement que nous n'avons que trop repoussé.

Björn sent la différence et son petit rictus narquois fait place à de la rage. Il comprend que je vais envoyer fort, comme lors de nos entraînements. Cela ne lui plaît qu'à moitié, car il va peiner lui aussi.

L'instant d'après, les coups pleuvent de part et d'autre, de plus en plus fort.

Nous nous écartons pour reprendre notre souffle. Aucun de nous n'a encore blessé l'autre, mais la fatigue est palpable dans les deux camps. Se battre ensemble, c'est un peu comme s'affronter soi-même. Nous nous connaissons si bien qu'il nous est impossible de nous surprendre.

Nous sommes de forces et d'endurance identiques, ce qui débouche systématiquement sur un combat long et usant, tant pour le corps que pour les nerfs.

Nous échangeons coup sur coup, bloquons habilement les attaques de l'autre, cherchant une ouverture qui ne vient toujours pas. De temps à autre, j'essaie de capter l'attention de Björn, mais il refuse d'ancrer son regard au mien pour communiquer secrètement, comme nous savions si bien le faire. Je redouble de vigilance, car je redoute qu'il m'en veuille vraiment à mort de l'avoir privé d'Eldrid aussi longtemps. Et quand il apprendra qu'elle est amoureuse et enceinte de Karl, il va devenir fou.

En attendant ce moment de grande réjouissance collective, je me concentre sur le duel en cours, pour éviter de perdre un membre.

Soudain, tandis que je vise son bras, il saisit l'occasion de me désarmer d'un coup de coude sec et bien placé. *Ça, c'est mesquin!* Mais prévisible de sa part quand il ne gagne pas.

Mon épée vole et s'échoue lamentablement au sol. Je suis temporairement vulnérable et je dois trouver un moyen de récupérer ma lame. Alors je me jette sur mon ancien meilleur ami et lui assène un coup de poing dans les côtes, dans lequel j'envoie toute ma force. Il est surpris et désarçonné par cette attitude indigne de moi, mais pile dans son registre. Il s'ébroue et rit :

— Ah ! Le loup montre enfin les crocs ! Tu t'es laissé pousser les bourses ? On dirait que le grand air te fait du bien !

— Allez, en piste, ma mignonne ! Le provoqué-je, en secouant mes bras et en sautillant d'une jambe à l'autre pour riposter plus rapidement.

La foule frémit et semble ravie de ce revirement de situation. L'ours, quant à lui, s'énerve, comme à chaque fois que je l'attaque sur sa virilité.

Oui, je sais, c'est très petit, mais je suis certain qu'il réagit.

Il tente de me frapper avec le tranchant de son épée, mais j'envoie son arme rejoindre la mienne d'un violent coup de pied retourné, que je ne lui avais encore jamais fait.

— Eh oui, j'ai appris deux ou trois choses avec les mercenaires d'ici ! Fanfaronné-je.

Je lis à la fois de la fierté et de l'agacement dans ses yeux. Il ne voulait pas me tuer, juste me coller une dérouillée devant un large public, comme pour me rappeler que c'est lui, le chef.

Maintenant que nous sommes tous les deux désarmés, nous nous toisons intensément, haletants et essoufflés. Je comprends que son animosité est toujours là. Une bonne explication apaisera les tensions, comme toujours.

Je ressens toute sa colère et je ne peux l'en blâmer. J'espère simplement qu'il saisira la raison pour laquelle j'ai agis comme je l'ai fait et pourquoi Eldrid a fui avec moi.

Nos esprits retrouvés, je m'ébroue et nous nous précipitons l'un vers l'autre, prêts à en découdre à mains nues. Je sonne Björn d'un coup de poing à la mâchoire, alors qu'il m'expédiait son tibia dans les côtes. Je recule, titube, m'étouffe, tousse.

Putain, ça fait mal ! J'avais oublié qu'il était aussi puissant, ce con !

Nous continuons d'échanger des coups de poings et de pieds. Je suis à mon tour frappé au menton et me penche en avant, alors que Björn attrape mes tempes et m'envoie son genou dans le nez.

Ma tête tourne et je lutte pour ne pas tomber. Le sang coule de mes narines et atterrit dans ma bouche. Ce goût métallique me transmet un regain d'énergie, comme sur le champ de bataille. Je souris tel un idiot, crache, m'essuie le visage avec ma manche et me remets en position.

En nous déplaçant en roulant, nous atteignons nos épées respectives dont nous nous emparons. Le métal claque à répétition dans des bruits assourdissants. Je transpire, j'écume, j'engage. Et l'ours est dans le même état que moi. Pourtant, aucun de nous ne veut abandonner la victoire à l'autre. Nous nous épuisons sans pour autant nous départager.

Bordel, Björn, à quoi joues-tu ?

Finalement, nous nous affalons tous les deux sur le sol, exténués et hargneux. C'est une défaite de toute part, après d'interminables minutes de lutte acharnée.

Folker nous a interrompus trop tôt tout à l'heure et nous n'avons pas pu mettre un plan d'évasion sur pied. Nous sommes donc prisonniers tous les cinq.

Fais chier…

LYRA

Asulf et Björn sont seuls à l'infirmerie, quand nous y pénétrons, précédés par Eldrid, qui déboule comme une tornade. Je sens que la tension va vite monter et que chacun va vider son sac. J'avise Karl, qui a visiblement compris ce qui va nous tomber dessus et nous nous installons silencieusement, sur des tabourets qu'il ramène. La rouquine vérifie que la tente est fermée et inoccupée et éclate face à eux, tout en gardant un volume sonore qu'il n'attirerait pas l'espionnage de notre conversation.

— Un chaos technique, vraiment ? grommelle-t-elle. Vous auriez pu vous entendre pour nous sortir de là ! Au lieu de cela, à cause de vos putains d'égos, nous sommes tous coincés ici !

— Bonjour, Eldrid, coupe Björn.

Elle soupire de frustration et commence à rougir d’embarras.

— Visiblement, aucun de nous n’a voulu laisser gagner l’autre, conclut Björn.

— J’ai bien cru que tu souhaitais me tuer, souligne Asulf, amer. Ou alors je n’ai pas compris ta stratégie ?

— C’était mon intention et c’est toujours le cas, répond le grand blond. Je te hais, pour tout ce que tu m’as pris.

J’observe mon mari, la mine basse.

Il a l’air d’être d’accord avec lui et cela attise ma curiosité.

— Vous vous détesterez depuis des tentes voisines, rétorque Eldrid et pendant encore un moment, si vous ne vous accordez pas.

— Pas de chance pour toi, tu seras aux premières loges, puisque tu partages sa couche ! Grogne Björn en désignant mon loup.

— Je ne dors pas avec lui, conteste la jeune femme.

— Je t’avais promis que je ne la toucherais pas et j’ai tenu parole, conclut Asulf.

— Oh, c’est pas vrai ! s’indigne la rouquine, en jetant les bras le long de son corps. Ils se partagent un bout de viande !

La tension entre eux est palpable. Je reste en retrait et essaie de comprendre de quoi il retourne exactement.

— Je suis perdu, avoue Karl. Êtes-vous amis ou ennemis ?

— Et vous ? Demande Björn en nous désignant mon voisin et moi. Vous êtes ensemble ? Sois prudent, gamin, il vole les femmes des autres, peste-t-il en indiquant mon beau brun.

Nous nous toisons tous, embarrassés et légèrement sur les nerfs.

Eldrid s’interpose et brise le silence.

— Björn est le fils de Thorbjörn, notre roi. Rival de toujours de Stig, avec qui il aurait dû rester en bons termes, le sermonne-t-elle.

— Stig ? Interroge Björn. Je me doutais bien que tu voyageais incognito.

— Dans ce camp et pour ces mercenaires, c’est ainsi que je me nomme, renchérit Asulf.

— Pourquoi n’êtes-vous plus amis ? Me hasardé-je.

— Thorbjörn a mis en jeu son trône lors d’un tournoi, poursuit ma sœur de cœur. Il voulait que son meilleur guerrier lui succède et non que ce soit héréditaire. Il y a inscrit Asulf, enfin Stig. Ça m’embrouille alors je continue avec Asulf. Sans surprise, ces deux-là se sont affrontés dans le duel final. Et donc Asulf a gagné.

— À presque rien, râle Björn dans sa barbe.

La belle rousse lui jette un regard noir et continue son récit :

— Björn ne se serait jamais soumis à l’autorité d’Asulf, alors son père l’a banni.

— Je t'ai donc demandé de venir avec moi, mais tu as décidé de rester avec lui, rage Björn. Pire, de partir sur les routes avec lui dès le lendemain ! Pour le suivre jusqu'ici, dans le fin fond du monde ! Donc oui, j'ai des raisons d'être *un peu* sur les nerfs, appuie-t-il.

La rouquine s'empourpre et le questionne :

— On parle de ton cas ? Pourquoi n'as-tu pas fait de moi une femme honnête quand tu en avais l'occasion ? Ta jalousie est déplacée. Tu as eu tout le loisir de faire ta demande et tu ne l'as pas fait. Au lieu de cela, tu m'as laissée dans ma vie de débauche. Que fais-tu ici, Björn ? Comment es-tu arrivé jusqu'à nous ?

Karl se raidit et blêmit à mes côtés. Il a beau connaître toute l'histoire, elle n'en demeure pas difficile à digérer. Eldrid est énervée comme jamais et ne semble pas apercevoir le trouble qui envahit son compagnon.

La mâchoire du blond se décroche, car les mots lui manquent. Et le brun me regarde intensément pour confirmer ce qui a été dit. Il n'a pas cédé aux avances de la tornade rousse et je n'ai rien à craindre. Pourtant, ces vérités qui éclatent me mettent mal à l'aise, alors que je sens que ce n'est qu'un début.

Nous ajustons tous nos positions et Björn démarre son récit. Nous l'écoutons, choqués et attristés par ses paroles. Asulf est sidéré, meurtri. Il aimait Thorbjörn comme un père et ce que vient de lui relater son ami le bouleverse.

— Et toi, quelle est ton histoire ? Lui demande Björn.

C'est au tour de mon mari de lui raconter ces trois dernières années. Il ne m'a jamais rien caché, mais l'entendre à nouveau de sa bouche me fait réaliser à quel point ce qu'il a vécu a été dévastateur. Je ne comprends que trop bien pourquoi il ne veut pas rentrer chez lui. Il n'en a plus. Comme il me le répète souvent, c'est moi, son foyer. Aujourd'hui encore, j'en saisis toute l'importance.

Les deux guerriers resteront à l'infirmerie jusqu'à leur rétablissement. Ils ont des choses à se dire. Karl et Eldrid aussi, mais Asulf leur a demandé de ne pas me laisser seule cette nuit et de m'héberger. La situation est trop dangereuse pour qu'elle nous échappe une fois encore. Alors, avant de quitter la tente, je le rejoins enfin pour un tendre baiser. J'ai hâte de le retrouver.

BJÖRN

La discussion que nous venons d'avoir tous les cinq nous a remué les tripes. Asulf en a vraiment bavé et pourtant il a su garder la tête hors de l'eau, pour ses amis. Il n'a presque rien dit sur Karl et je sens que ça cache quelque chose. Quant à la jolie brune, il l'a à peine évoquée. Par conséquent, de la voir s'approcher de lui et de l'embrasser tendrement, ma mâchoire m'en tombe. Encore plus alors qu'il l'envoie dormir avec les deux autres, pour sa sécurité.

Dans la pénombre, j'avise un anneau à son doigt et tout s'éclaire. Oui, il a refait sa vie. Et je suis soulagé que ce ne soit pas avec ma fougueuse rousse.

Les minutes s'égrainent en silence.

— Donc, toi et Lyra ?

Asulf tourne la tête vers moi un instant et me sourit. Puis il cale son bras sous sa nuque et regarde vers le toit de la tente.

— Je t'ai fait une promesse et je l'ai tenue.

Je me sens con d'avoir douté de lui. Si moi j'aurais fini par céder, ce n'est pas son cas.

— Vous deux, c'est récent ?

— Deux ans et demi. Elle est ma femme, à mes yeux et devant les Dieux, alors ne t'avise même pas d'aller sur ce terrain-là, m'avertit-il.

— Tu es toujours sur ce couplet d'une seule épouse ?

— Hum. Tu comprendras un jour, toi aussi.

Je saisis déjà ce qu'il veut dire. J'ai Eldrid dans la peau et j'ai été tellement idiot de ne pas l'avoir mariée ! Dès que je serai sur pieds, je lui parlerai et nous arrangerons tout. Je me tais devant le loup, mais je suis certain que c'est elle, la femme de ma vie.

J'inspire fortement et continue mes questions :

— Crois-tu à ce que t'a dit cette femme, Freya ? Penses-tu que Harald est ton oncle et qu'il a tué tes parents ?

Asulf réfléchit avant de me répondre :

— J'aurais voulu que Karl et elle aient tort. Que tout ceci ne soit qu'un cauchemar duquel j'allais bientôt me réveiller. Cependant, c'est bien réel. Il m'a fallu du temps, mais j'ai fait le deuil de mon ancienne vie. Je n'y retournerai pas, Björn.

— Tu as peur pour Lyra ?

Il acquiesce en silence.

— Pourtant, JOMSBORG n'est pas le meilleur endroit pour une femme. Tu dois être sacrément confiant ! Ou terriblement naïf !

J'aperçois son sourire dans la nuit et j'en fais autant.

— Tu parles comme Eldrid, m'annonce-t-il, me décochant une flèche en plein cœur, par la même occasion. Vous avez tous raison, ce n'est pas sûr ici, bien que nous soyons davantage traités tels des invités que des prisonniers.

— Jusqu'à quand ?

— Je sais. Et nous comptions sur ton apparition inopinée pour partir tous ensemble. Mais je crois que nos égos ont tout fait foirer en beauté.

Je ris et il m'emboîte le pas.

Il trouve toujours comment désamorcer les situations tendues. Il m'a manqué, c'est peu dire !

— Je suis navré de tout ce qui t'est arrivé, murmuré-je.

Il me regarde et son silence me remercie de ma sollicitude. Je ne suis même pas surpris que nous continuions de nous comprendre aussi bien, sans échanger de paroles. Il est rapidement devenu mon meilleur ami et j'ai failli le perdre à cause de ma fierté mal placée.

— Cela n'enlève rien au fait qu'Eldrid est fantastique, enchaîne-t-il. Je l'ai découverte sous un autre jour. Mais c'est une amie sincère, rien de plus. À l'heure actuelle, ces trois-là sont ma famille et je me battrais pour eux jusqu'à la mort, s'il le fallait. Ils ont mis leurs vies en péril pour m'accompagner dans mon voyage et je leurs dois beaucoup.

J'acquiesce d'un hochement de tête. J'aurais aimé me lier d'amitié, durant cette interminable errance. Mais je n'ai pas su le faire.

— Par contre, poursuit-il, si tu veux reconquérir la tornade, ce n'est clairement pas le moment, m'avertit-il. Tu l'as connue en déesse de l'amour et elle a capturé ton cœur. Mais elle ne courtise plus depuis notre départ d'AROS. Tu serais surpris du changement. Elle est devenue bien plus. La nouvelle Eldrid est plus fougueuse, plus indépendante, plus courageuse, bien plus habile au lancer de lames, et impossible à raisonner ! rit-il. Elle ne va que là où elle le souhaite. Et sait nous persuader pour nous y emmener avec elle.

— Le portrait que tu fais d'elle est glorieux et la rend encore plus désirable à mes yeux. Elle était un diamant brut et tu l'as révélée, admis-je.

— Hum. Elle est devenue plus lumineuse.

— Aucun d'eux n'a pu te convaincre de déserter cet endroit ?

— Les filles ont fini par trouver les mots justes.

— Lyra veut des enfants ?

— Hum. Et ta venue était la diversion parfaite. Dommage.

Je réalise à présent la situation inextricable dans laquelle nous sommes.

— Que vas-tu faire quand nous quitterons JOMSBORG ?

— En toute honnêteté, je n'en sais rien. Je laisserai les autres décider, cette fois-ci. Par contre nous sommes tous d'accord sur un point : nous ne retournerons pas à AROS.

— Pourtant, il le faut. Harald a mis nos têtes à prix. Si les hommes d'ici découvrent qui nous sommes, je ne donne pas cher de ta joyeuse troupe.

— Maintenant tu comprends pourquoi j'ai pris un nom d'emprunt.

— Donc, ici, tu es Stig, affirmé-je.

— Hum.

— Te nommes-tu encore autrement ?

— Hum, oui : « *Le bellâtre qui éclipse Björn* », raille-t-il.

Je ramasse un gravier qui traine et le lui jette. Il l'esquive et rit. L'espace d'un instant, nous sommes redevenus deux gamins et je le retrouve enfin, ce meilleur ami qui m'a tant manqué.

Au bout d'un moment, je me hasarde à demander :

— Es-tu sûr de ne pas vouloir rentrer pour combattre Harald et reprendre ton dû ?

Asulf expire lentement avant de me répondre :

— Pas le moins du monde. Mais tu as raison, je dois confronter Harald. S'il avoue, alors nous nous battrons. Et que les Dieux lui viennent en aide ! Quant au trône, tu peux le garder. Je n'en ai jamais eu envie.

Je soupire de soulagement et le loup poursuivit :

— Depuis que nous nous sommes affrontés, j'ai eu le temps de repenser à tout cela. Je crois que ton père désirait te mettre en lumière. Que tout le monde constate que tu es le meilleur de ses guerriers. Et pas simplement son héritier. Il souhaitait que ton pouvoir soit incontestable. S'il m'a inscrit au tournoi, c'est parce qu'il voulait que tu aies un adversaire à ta mesure. Je pensais me tromper, mais il est possible que nous ne nous soyons jamais vraiment appréciés ailleurs que sur le champ de bataille, là où nous étions frères.

— Tu ne m'as jamais aimé ? M'attristé-je.

— Bien sur que si, mais je ne suis pas sûr de la réciproque.

— Elle l'était jusqu'à un certain point, m'indigné-je. Elle s'est arrêtée quand tu as commencé à t'emparer de celle que je convoitais.

— Cesse donc avec ça ! Râle Asulf. Nos pères ont attisé nos rivalités depuis toujours, nous avons juste été une prolongation d'eux.

— En tout cas, avant d'être banni du clan, je ne t'avais jamais haï, confessé-je. Je ne t'ai détesté que parce que tu m'avais tout pris.

— Cela n'a jamais été mon intention, corrige-t-il. Je voulais te laisser gagner d'une courte tête. Mais tu as invoqué l'EINVIGI, espèce d'andouille !

Je me frotte le visage, honteux. Je ne suis qu'un idiot ! Cet homme a passé sa vie à se mettre en retrait pour moi, pour que j'obtienne tout. Harald l'a poussé à montrer son vrai potentiel et il a remporté le duel.

Il est meilleur que moi, en tout point. Pourtant, contrairement à moi, il ne m'a jamais balancé toute sa superbe à la tête. Alors même si cela ne changera rien à la situation, je lui dois des explications :

— Je le sais, à présent. Mon antipathie à ton encontre vient du fait que je t'ai toujours envié. Tu as gagné le respect de tous, y compris de mon défunt père, lorsque je ne faisais que le courroucer. Tu te bats pour des causes justes. Tu n'as jamais peur de rien. Tu sembles porté par les Dieux. Rien ne peut t'atteindre.

Asulf sourit, visiblement gêné par tous ces compliments.

— Je voulais te ressembler, je poursuis. Être toi, le fils parfait dont tout le monde rêve.

— Ça, c'est toi, Björn. J'ai déçu Harald. J'ai fui mes responsabilités. Je l'ai bravé. J'ai découvert qu'il n'est pas mon père, qu'il a assassiné mes parents par jalousie. Son propre frère, putain ! Un paysan ! Comment peut-on autant manquer d'honneur ? s'indigne-t-il.

— Il aimait ta mère et ne pouvait pas l'avoir.

— Il a préféré tuer la femme qu'il convoitait, plutôt que de la savoir heureuse avec un autre. Rage-t-il. Tout n'a toujours été qu'une question de possession avec lui.

— Il était le second, systématiquement. Et même si cela ne semblait pas le gêner, nous savons aujourd'hui que ses desseins étaient tout autres : être le premier. L'élu. Celui que tout le monde admire et devant qui il faut ployer le genou.

— Et tu as percé à jour sa traîtrise, Björn.

— Il a tué Thorbjörn, son roi, ainsi que toute ma famille, sans une once de regret. Il m'a accusé de ce crime. J'étais le coupable idéal. Le fils banni qui rentre se venger et récupérer son héritage. Ils me tenaient ce soir-là, lui et son sorcier Markvart. J'ai eu de la chance qu'un inconnu soit intervenu. Pour moi, c'était la fuite ou la mort.

Asulf se redresse et s'assoit au bord de son lit. Je l'imite pour nous retrouver face à face, à un mètre l'un de l'autre. Il annonce :

— Je ne puis revenir en arrière, Björn. Accepte mes excuses pour les souffrances que ma famille t'a infligées.

— C'est à moi de te demander pardon. Mes propres frères ne m'ont jamais témoigné le respect dont tu as constamment fait preuve à mon égard.

Le loup est pantois. Il ne s'attendait pas à un tel élan de confidences et de sympathie de ma part. Il a raison quand il dit que je l'ai mal considéré depuis des années. Pourtant, il est là, une fois encore, à vouloir réparer mes erreurs.

Ce devrait être lui, notre roi. Il en a toutes les qualités. Et comme toujours, il décline les rêves de grandeur. Cet homme est un « *pour vivre heureux, vivons cachés* ». Il n'a pas tort à ce sujet. Même si je ne peux le conforter dans cette voie, car Odin a besoin de nous.

Asulf incline la tête en signe de remerciement.

Dans la pénombre, je le vois approcher sa main de moi :

— La hache de guerre est-elle enterrée, mon ami ?

— Oui, mon frère, je réponds en attrapant sa poignée et la serrant affectueusement.

— Mon frère, répète Asulf en m'attirant à lui pour m'étreindre vigoureusement.

Je suis soulagé qu'il me pardonne.

Avant que la gêne ne me gagne, je me dégage de notre accolade pour retrouver une contenance et lui exposer mes idées :

— À présent que nous sommes réconciliés et unis, je suggère que nous quittions immédiatement cet endroit. Ils nous croient sonnés et pas en état de bouger. Nous bénéficierons de l'effet de surprise.

— Impossible. Folker me connait bien et sait que je récupère très vite. Il a, au minimum, triplé la garde devant notre tente et celles des nos amis. Si nous tentons quoi que ce soit, nous les perdrons. Il ne plaisante pas.

— Alors, reposons-nous cette nuit et trouvons vite comment nous évader.

BJÖRN ET ASULF

CHAPITRE 33

DEUX POUR LE PRIX D'UN

❄ GORMÁNUÐUR / NOVEMBRE ❄

ELDRID

En quittant l'infirmerie, j'ai pressé le pas pour être seule un moment. J'imaginais que le retour de Björn serait une bonne nouvelle. Mais j'ai rapidement déchanté. Cela complique tout. D'abord parce que cet idiot n'a pas pris le temps de mettre en place une stratégie avec son rival pour nous sauver. Poussé par son égo démesuré, il n'a pensé qu'à lui, une fois de plus. Cette aide providentielle qu'il devait nous apporter s'est évaporée aussi vite qu'elle est venue.

Ensuite, son retour me chamboule plus qu'il ne devrait. Le revoir a fait remonter beaucoup de choses et toutes ne sont pas agréables.

Je triture mes doigts quand Karl me rejoint dans notre tente. Je l'entends avancer doucement, comme s'il cherchait à apaiser cette colère qui gronde en moi. En silence, il m'enroule tendrement dans ses bras et pose son menton sur mon crâne alors que je m'effondre contre son torse chaud.

— Les humeurs de femme enceinte ? questionne-t-il.

Je fais non de la tête, tandis que des larmes dévalent mes joues.

— Ne dis rien, s'il te plait. Je n'ai pas envie de parler.

— Alors je me tairai, confirme-t-il en resserrant son étreinte et baladant une main dans mon dos.

Je sens qu'il a besoin de plus, mais je ne suis clairement pas dans le même état d'esprit.

— Non, pas ce soir, dis-je en me dégageant de ses caresses. Lyra va nous rejoindre, prétexté-je.

Karl s'assombrit immédiatement.

— Tu l'as revu et tes sentiments pour lui ont resurgi ? interroge-t-il.

— Non. Peut-être. Je ne sais pas. Je ne sais plus. Tout se bouscule dans ma tête.

— Hier tu allais bien et ce soir tu me fuis. Pourquoi ? insiste-t-il.

— Ce n'est pas toi, c'est moi. En revoyant Björn, tous les souvenirs de mon ancienne vie me sont revenus en mémoire. Et je me sens sale de m'être aussi peu respectée.

— Tu n'y es pour rien, compatit-il doucement en resserrant son étreinte. Tu ne connaissais que ça, tu ne savais pas.

— Mais j'aimais ça ! Martelé-je vivement, à l'oral comme sur son torse. J'aimais le regard des hommes sur moi. J'aimais pouvoir les contrôler. J'aimais le sexe, avec certains. Surtout avec Björn. Il était sauvage, possessif. Je me sentais importante. Vivante.

— Sans compter qu'il a tout pour lui, grogne-t-il. Il est beau, fort, influent et peut te protéger. Tout ce que je ne suis pas. Et selon tes dires, il savait te baiser comme tu appréciais.

Je le gifle vivement.

— Je t'interdis de me manquer de respect ! hurlé-je. C'est vrai que le sexe était dément entre nous, admis-je. Et au fil du temps, j'ai développé des sentiments pour lui.

Je prends son visage entre mes mains, le forçant à me regarder :

— Mais j'ai changé et je ne veux plus revenir en arrière. L'ancienne Eldrid ne t'aurait jamais remarqué. Ni vu autrement que comme un objet sexuel avec qui elle aurait passé du temps. Alors que là, je peux te dire que tu comptes. Je t'aime. J'ai juste besoin de savoir où j'en suis.

Karl expire bruyamment par le nez en m'écartant de lui, me privant de son réconfort. Je devine aisément qu'il se sent rejeté, rabaissé.

La mine grave il m'interroge :

— Est-ce que toi et moi, c'était seulement un entre-deux en attendant son retour ?

— Non ! Bien sûr que non ! protesté-je vigoureusement.

— Alors pourquoi as-tu refusé mes deux demandes en mariage ? s'énerve-t-il, les mains dans ses cheveux.

Nos regards se croisent pour la première fois depuis qu'il est entré et la tristesse que je lis dans le sien me transperce le cœur. La colère monte en moi, entrainant des larmes avec elle :

— Je n'étais pas prête et tu me les as faites n'importe comment.

— Pourtant j'étais sincère, à deux reprises. J'attends que ce soit le bon moment depuis des lustres, mais tu ne sembles pas réceptive.

— C'est faux.

Il se frotte le visage de ses mains puissantes. Et lorsqu'il me regarde à nouveau, son expression et ses mots me glacent :

— As-tu également envie de ce bébé, ou suis-je le seul ?

Les larmes qui dévalent mes joues redoublent en intensité et il les interprète mal. Il se retourne pour partir, puis fais demi-tour :

— Celui que tu as perdu il y a plusieurs années, c'était le sien ?

J'acquiesce en silence, alors que cet affreux souvenir me tord les entrailles.

— Évidemment. Pourquoi je demande ? Le sien tu souhaitais le garder, mais pour le nôtre, tu hésites.

— Je ne doute pas. De rien. Je t'aime Karl. Et je désire plus que tout faire ma vie avec toi.

— Non, me coupe-t-il, ça, c'était ce matin. Ce soir, ton cœur brûle à nouveau pour lui.

— Karl, je…

— Ne te fatigue pas. Le message est clair : tu ne veux plus de moi.

Il pivote sur lui-même et entame sa marche vers la sortie, comme à chaque fois qu'il est blessé, sans attendre que je m'explique.

— Reste ! Le supplié-je, étranglée par les sanglots, submergée par la colère, la tristesse, la honte et l'impuissance de la tornade que j'ai créée.

Il est interrompu dans son élan par Lyra qui fait son entrée.

Il l'observe une seconde.

— Je te la confie ce soir, lance-t-il, amer, en nous laissant seules.

Mon amie se précipite vers moi et m'enserre avec force.

— Chut, je suis là, murmure-t-elle.

Je m'effondre quelques instants contre elle, avant de me ressaisir et de tout lui raconter.

LYRA

Le récit d'Eldrid me touche plus que je ne le pensais. Je la soutiens en cette période difficile, même si tout cela est nouveau pour moi. Ses sautes d'humeur me surprennent et je marche sur des œufs avec elle en ce moment, essayant de comprendre comment je peux l'aider.

J'ai du mal à appréhender tout ce qu'elle a vécu, car tout m'est étranger. Alors je reste à ses côtés, la laissant pleurer dans mes bras. Nous avons fini allongées sur sa couche. J'ai longuement caressé ses cheveux pour qu'elle s'endorme. Quand elle ne sanglote plus, je m'installe sur le dos. Une silhouette entre quelques instants plus tard. Je me redresse furtivement et sors les poignards dans mes bottes, prête à en découdre. Je suis rassurée en découvrant que c'est Karl.

— Désolé, je ne voulais pas te réveiller, murmure-t-il.

— Je ne dormais pas.

Son visage est fatigué, rougi, ses yeux gonflés. Il a pleuré.

— Comment va-t-elle ?

Je lui attrape le coude et l'entraîne près du feu pour nous asseoir.

— Vous semblez tous deux dans le même état, constaté-je à voix basse.

Mon ami ne dit rien, mais sa mine grave et perdue confirme tout.

Les secondes s'égrainent lentement, jusqu'à ce qu'il soit prêt à parler :

— Asulf et toi avez exprimé le souhait d'avoir des enfants ?

Sa question me prend totalement au dépourvu.

— Laisse tomber, c'était trop intrusif de ma part, se ravise-t-il.

— Non, ne t'en fais pas. C'est juste que nous ne l'avons pas vraiment évoqué. Je veux dire, nous sommes heureux, c'est certain. Mais je crois que nos démons et nos peurs ne sont pas encore derrière nous. L'esprit des eaux qui refuse de lâcher mon mari et un camp de mercenaires pour pouponner. Tu imagines ?

Il soupire et je sens sa bonne humeur revenir doucement. C'est le moment de rattraper leur malentendu :

— Elle est dingue de toi, Karl.

— Pourtant elle me repousse. Et c'est encore plus vrai depuis que Björn est apparu. Elle est distante.

Je lui prends les mains et le rassure :

— Ce qu'elle m'a confié ce soir, c'est dur pour elle. Sa présence lui renvoie son passé en pleine figure et elle ne sait pas comment le gérer. Elle est terrifiée. Elle craint que votre fille ne survive pas. Elle est effrayée de te perdre. Elle a peur…

— Attends, me coupe-t-il, un sourire aux lèvres, c'est une fille ? Comment… ?

— Une simple intuition, je l'interromps.

— Une fille… répète-t-il, heureux.

— Elle a besoin de toi. De l'homme qu'elle aime.

— Ses convictions vacillent depuis qu'il est là. Et il n'a suffi que de quelques heures.

— Fais-lui confiance. Ce qu'il y a entre vous, c'est précieux pour elle. Elle ne le rayera pas pour celui qui lui a fait du mal et lui renvoie une image d'elle-même qu'elle déteste à présent.

— Tu as raison, comme toujours, admet-il. D'ailleurs, c'est chiant !

— Foutaises. Tu es heureux que j'efface tes angoisses.

— Je le suis. Pourtant je ne peux m'empêcher d'imaginer qu'il essaiera de la convaincre de revenir vers lui.

— Il le fera, c'est certain. Son regard sur elle ne trompe pas. Mais le sien, celui qu'elle pose sur toi, ne laisse pas de place au doute. Elle t'aime, Karl. Elle est elle-même avec toi. Heureuse. Pétillante.

— Grincheuse si elle ne mange pas assez ou à temps, plaisante-t-il.

— Ça, elle m'a dit que ça n'allait pas aller en s'améliorant. Tu devras couper plus de viande, le taquiné-je.

— Autant qu'elle en réclamera. Elle le sait, je cède déjà à tous ses caprices.

Il rit et cela me soulage grandement. Je poursuis :

— Ce qu'il y a entre vous, c'est puissant. Ça se sent, rien qu'en vous regardant. Et Björn le percevra aussi. Il te provoquera. Te confrontera.

Reste fort, car il voudra te déstabiliser. Il va te tester jusqu'à ce que tu craques. Puis retourner la situation à son avantage. Lutte contre toi-même et crois en vous. Laisse le temps à Eldrid de combattre ses démons. Épaule-la dans ce moment difficile qu'elle traverse et vous en ressortirez grandis.

— Et tu as compris tout cela en l'ayant à peine croisé ce soir ?

— Asulf est bon professeur. Il m'a appris à observer avant d'agir.

Il acquiesce alors que nous nous relevons et me serre fort contre lui.

— Tu es la sagesse même, gentille Lyra.

— *Hum*, grogné-je gentiment pour imiter mon loup. Tu devrais la rejoindre, l'encouragé-je en désignant la belle endormie.

Il approuve, mais me ramène d'abord des peaux pour que je puisse me faire un lit de fortune. Il ravive également le feu avec quelques brindilles et des bûches plus grosses qui brûleront lentement cette nuit.

— Merci, murmure-t-il en embrassant mon crâne, avant de retrouver sa tornade rousse.

Je m'installe en silence près du foyer qui crépite. J'observe longtemps les flammes rougeoyantes qui dansent, espérant trouver le sommeil, alors que les bras d'Asulf me font cruellement défaut. Depuis que nous sommes officiellement ensemble, nous n'avons jamais été séparés. Je sais que je ne devrais pas être tendue, nous savons nous défendre en cas de problème. Mais la sécurité de mon compagnon me manque terriblement.

Allongée à même le sol, les doigts croisés sur mon ventre, j'imagine ce que serait notre existence, si mon mari et moi avions un bébé. Je me demande ce que cela ferait de ressentir la vie bouger en moi.

Est-ce que je serais aussi émotive qu'Eldrid ?

À quoi ressemblerait mon corps qui construirait ce petit être ?

Serais-je une bonne mère ?

Vais-je perdre des bébés, comme mon amie par le passé ?

Je comprends à ce moment-là une partie de ses doutes et sa volonté de le mettre au monde ailleurs qu'ici. Nous vivons avec des mercenaires, dans un brouhaha constant, y compris la nuit. J'ai eu du mal à trouver mon rythme quand je suis arrivée et il m'a fallu plusieurs lunes pour m'y habituer. Alors, avoir un enfant dans ce contexte, qui pleure à toute heure, je ne donne pas cher de sa peau ici.

Je dois convaincre Asulf. Il doit mettre un terme à cette relation toxique avec la cascade. Cela n'a que trop persisté. Elle abuse de ses charmes pour faire perdurer un marché qui a expiré depuis des lunes.

Cette accoutumance qu'elle lui instille, j'en ai fait les frais aussi. C'est son moyen de le garder sous sa coupe. Pourtant, il est fort. Il a lutté contre elle quand elle a voulu le prélever. Il peut aller dans l'eau et rester lucide, ce qui n'était pas mon cas. Elle échoue à le posséder. Et je me réjouis en pensant que c'est grâce à moi, car son amour m'appartient. Je n'ai jamais eu besoin de preuves de son affection, mais celle-ci est flagrante. Le venin de la cascade adorerait s'infiltrer dans ses veines, mais il n'atteindra jamais son cœur.

Et malgré tout, j'ai peur. Je ne suis jamais retournée là-bas. Elle sait que je suis la raison de la résistance de mon aimé. Celle qui les séparera. Et elle envisagerait certainement de me noyer, puis d'abandonner mon corps sur la rive. Espérant qu'il m'y trouverait et veuille y mourir de chagrin. Et là, quand il serait au plus profond de son désespoir, elle s'emparerait de lui, car il n'aurait plus rien à perdre.

Cette pensée me fait froid dans le dos. Je ne peux pas succomber, je suis son pilier. Et aux dires de Björn ce soir, Asulf a une mission capitale à accomplir. Il a besoin de moi, de puiser sa force là où elle est la plus puissante : en notre amour.

Lui et moi, c'est pour toujours. Je le sens au plus profond de moi. Je ne pourrais pas vivre sans lui. Il est mon univers, ma maison, mon tout. Et je suis celle qui l'arrachera à ses addictions grâce à l'amour infini que je lui porte.

Il est temps que notre couple avance et que nous fondions une famille. Je lui en parlerai quand nous serons à nouveau seuls.

Je ferme les yeux et me laisse couler vers le sommeil, plus déterminée que jamais à le sortir de l'enfer où il erre en ce moment.

ASULF

Björn est redevenu mon ami. Mais il est là depuis une semaine et c'est déjà la guerre avec Karl. Il n'a pas supporté d'apprendre qu'Eldrid est en couple et heureuse avec lui. Il a vu rouge et ne cesse de le provoquer. Pourtant, le jeune boucher demeure inébranlable. Et tel que je le connais, il ronge son frein. En parallèle, Karl redouble d'attentions envers sa belle. La tornade rousse est ravie et Björn écume.

Ça en serait presque drôle, si je ne savais pas le blond capable de tout. Car même si la rouquine le remet régulièrement à sa place, il tente toujours. Il échoue à déstabiliser son rival et il en est de même pour la reconquête d'Eldrid. Son égo et son cœur en ont pris un coup et il va vriller sous peu.

Je retrouve le guerrier assis à son point d'observation habituel : à bonne distance, mais avec une vue imprenable sur la zone de cuisine et l'atelier de dépeçage. Tel un aigle, sa vision perçante scrute leurs moindres gestes, pendant qu'il aiguise nerveusement sa lame.

— Tu te fais du mal pour rien, lui dis-je en posant une main sur son épaule et en m'assaillant à ses côtés.

— Trois ans que je l'attends, que mon âme et mon cœur lui sont dédiés, et elle me remplace par un môme, grogne-t-il.

— Je peux t'assurer qu'il n'est plus un gamin depuis fort longtemps ! Affirmé-je. J'ai demandé une tente séparée, car j'avais l'impression de participer à leurs ébats... toute la journée... et toute la nuit ! De vrais lapins ! Le provoqué-je en riant.

— La ferme, Asulf ! hurle-t-il.

— Stig.

— Si tu veux. Tu fais chier, putain ! Maintenant je vais les imaginer en train de baiser... T'abuses...

— C'est pour ça que je suis le meilleur, lancé-je, goguenard. Tu es trop long à comprendre ce qui se passe.

— Gnagnagna, rétorque-t-il, puéril.

— Cesse de faire ton ours mal léché et regarde-les bien.

— Je les vois.

— Non, observe. Insisté-je en lui décrivant la scène qui se déroule devant nous. Eldrid lorgne Karl constamment. Et quand ce n'est pas elle, c'est lui. Et maintenant, tu l'aperçois scruter autour d'elle ? Elle s'assure que tout est sous contrôle avec le repas et se dirige vers Karl. Elle va s'approcher lentement de lui par-derrière, poser ses mains sur ses yeux et le surprendre. Ils vont sourire comme des idiots, juste avant qu'elle ne le contourne pour aller l'embrasser. Il referme ses bras sur elle sans pouvoir la toucher, car il a les mains sales. Mais il lui susurre que, ce soir, elles vont se balader longuement sur son corps. Elle glousse d'excitation et ils vont se murmurer qu'ils s'aiment. Elle va repartir superviser le repas, d'abord en sautillant légèrement. Un tour complet sur elle-même pour s'assurer que Karl l'admire toujours comme sa merveille et minauder. Et reprendre sa démarche autoritaire en déboulant en cuisine. Et seulement là, il recommencera à dépecer.

Björn en a la mâchoire qui tombe alors qu'il regarde tout ce que j'ai prophétisé.

Je constate que mon récit ne lui plait pas. J'ai attaqué un point sensible en mettant en évidence ce qu'il refuse de voir. Et il déteste être pris en défaut.

— Comment sais-tu tout cela ? Es-tu devenu une VÖLVA pour deviner l'avenir ?

— Pas besoin, contesté-je, c'est le même rituel chaque jour. Ils s'aiment, mon ami. Et si tu veux rester dans la vie de la rouquine, je te conseille de ne pas t'immiscer entre eux. Car tu le paieras très cher.

— C'est une menace ?

— Une mise en garde. Tu sais qu'elle ne te le pardonnera jamais. Alors, ne va pas sur ce terrain-là, où tu la perdras définitivement.

— Tu sous-entends que c'est déjà le cas.

— On ne peut pas réécrire l'histoire. C'est fait. Mais on peut avancer et inventer la suite.

— Facile à dire ! Toi, tu as Lyra. Et il n'y a pas une seule femme libre dans ce foutu camp !

— Je te le concède. Mais si au lieu de foncer, aveuglé par ton orgueil, nous avions monté une stratégie d'évasion, nous n'en serions peut-être plus là.

— Oh, tu veux dire qu'Asulf, ma belle brune, attendait patiemment que je vienne la sauver de sa cage ? ironise-t-il.

— Arrête de m'appeler ainsi ! On va finir par avoir des problèmes.

— Très bien, *monsieur* Stig. D'où ça sort, ça, d'ailleurs ? Tu étais en panne d'inspiration ce jour-là ?

— Moque-toi. Au lieu de cela, nous sommes tous les deux dans cette cage, maintenant. Folker est en joie de t'avoir comme second champion et de nous faire combattre à tour de rôle. Je crois qu'il n'a jamais été si riche ! Et nous, aussi loin de la sortie.

Je déteste cette idée, mais j'ai raison. Le chef des mercenaires a renforcé la sécurité autour de nous. Nous sommes suivis dans chacun de nos déplacements hors du camp.

Et la branche qui vient de craquer derrière moi ne me plait guère. Soit je deviens paranoïaque, soit nous avons été épiés. Et cela, ce n'est pas bon du tout…

FOLKER

Je paresse dans ma tente, admirant, satisfait, les derniers trésors que j'ai amassés, lorsque l'un de mes mercenaires débarque, la mine grave, mais l'œil pétillant.

— Folker, j'ai intercepté une conversation qui pourrait te plaire, annonce-t-il.

Je n'autorise pas d'être dérangé. Tous ici savent que je ne plaisante pas et que pénétrer de la sorte pourrait leur coûter la vie, à moins que l'intrusion soit justifiée. Mais aujourd'hui je ne suis pas d'humeur à trancher des têtes.

— J'espère pour ta main que c'est important, dis-je alors que mon doigt parcourt la lame aiguisée de mon épée.

Je m'attends à ce qu'il déglutisse fortement et bredouille une excuse, mais il me répond avec aplomb :

— Ça l'est. Stig t'a menti sur son identité.

Je me retourne et le scrute, tout en lui faisant signe de prendre place.

Probable qu'il conserve sa main.

— Bien. Alors, explique-moi tout cela, dis-je tandis que je lui accorde toute mon attention.

— J'étais parti pisser à l'écart, au moment où j'ai vu ton nouveau champion, le blond. Toujours en train d'épier la rouquine. Je voulais le rejoindre pour me foutre de sa gueule, quand Stig est venu s'asseoir à ses côtés. Je suis resté caché, à les espionner. J'ai perçu Björn le nommer Asulf à deux reprises et le brun l'a corrigé en lui remémorant qu'il s'appelle Stig.

— Es-tu sûr de ce que tu as entendu ? Ils se connaissent de leur vie d'avant, ce pourrait être un surnom.

— Certain que c'est son vrai prénom. Sache également qu'ils projettent de partir.

— Oui, je m'en doutais un peu. Le soir où Björn a débarqué, Stig voulait déjà mettre fin à notre collaboration. Tu ne m'apprends rien de neuf, dis-je en posant la paume de ma main sur le pommeau de mon épée.

Loin de se démonter, l'homme me dit calmement.

— Lors de mon précédent voyage, je me suis rendu au JUTLAND. M'est arrivée aux oreilles une rumeur étrange. Le roi Thorbjörn, mort il y a trois ans, aurait été empoisonné, ainsi que toute sa famille, par son fils cadet. Et il a été remplacé par Harald Le Démoniaque.

— Encore une fois, tu ne m'apprends rien.

— C'est la suite qui va t'intéresser. Avant que Le Démoniaque monte sur le trône, Thorbjörn avait organisé un tournoi pour céder sa place à son meilleur guerrier. Un certain Asulf, dit *l'homme au Regard d'acier*, aurait gagné, mais se serait enfui.

Je plante mes yeux dans ceux du mercenaire. Il parle avec assurance et ce qu'il me dit éveille ma gourmandise. J'ai capturé Stig et ses amis il y a trois ans. Ils semblaient errer sans but, même si, sur le moment, ils ramenaient un gosse dans sa famille. Ils ont rapidement monnayé leur sécurité contre des victoires en duel à l'épée. Et il m'en a fait gagner du pognon ! Le bougre est invaincu depuis toujours. Si j'ai effectivement le roi fuyard du JUTLAND sous mon toit, cela explique beaucoup de choses.

— Admettons que tu dises vrai. Quel est le lien entre lui et Björn ? demandé-je en me levant et en marchant avec désinvolture.

— Le blond est le cadet régicide. Et il y aurait une putain de récompense pour qui trouvera l'un ou l'autre, répond-il sans ambages.

À ses paroles, je m'arrête net. *Bordel de merde !* J'ai deux têtes de premier choix sous mon toit. Les Dieux sont avec moi, c'est plutôt clair.

Je me dirige vers l'un des coffres, attrape une babiole en or et la lance au mercenaire. Il la rattrape au vol.

— Merci pour ces informations, le congratulé-je. J'ai donc une mission pour toi. Tu vas te rendre à AROS et te présenter comme mon porte-parole à Harald Le Démoniaque. Et à ton retour, ce coffre et le butin qu'il contient seront à toi.

Il sourit et acquiesce, alors que je lui communique le message à transmettre.

Quand j'ai attrapé Stig, il y a trois ans, j'étais loin de m'imaginer qu'il ferait de moi un homme riche. Aujourd'hui, je le suis davantage qu'un simple JARL. Mais d'apprendre qu'en plus, il serait le roi du JUTLAND et qu'une prime mirobolante ait été mise sur sa tête, c'est inespéré ! Ce qui est encore plus fou, c'est que son comparse régicide se trouve également parmi nous et qu'il y a aussi une récompense faramineuse pour celui qui le livrera.

J'ai donné quelques ordres dès que mon messager est parti. J'ai renforcé toute la sécurité du camp et surtout de nos hôtes de marque, qui doivent rester sous bonne escorte. Je vais essayer d'agir le plus naturellement possible à leur encontre, jusqu'à ce que Le Démon vienne les récupérer et me rapporte mon dû.

De nomades, nous n'en aurons bientôt plus que l'appellation, car je vais initier des constructions solides. Au minimum un SKALI pour moi. Je mérite bien une demeure confortable. Puis les écuries, les cuisines, tout ce qui relève de la collectivité. JOMSBORG va devenir une ville, grâce à Stig. Ou devrais-je dire, Asulf. Et je remercie également Björn pour ce cadeau.

HARALD

CHAPITRE 34

HARALD LE DÉMONIAQUE

❄ ÝLIR / DÉCEMBRE ❄

HARALD

Je suis dans mon SKALI, à faire les cent pas. Je tourne comme un ours en cage, prêt à bondir et à déployer ma force. Je ris à gorge déployée, tel un dément. L'attente est enfin terminée. Ils sont en vie.

Je le sentais, j'en étais même persuadé. Mais je n'en avais aucune preuve. Avec ou sans la sorcellerie, je ne pouvais pas les localiser.

Aujourd'hui, les choses ont changé et je sais dans quelle direction aller et où me rendre pour les cueillir.

Trois ans que j'attends de les revoir. J'en suis enfin plus proche que jamais. Alors que tout le monde est revenu bredouille, y compris Amalrik, ce mercenaire débarque de nulle part et me les sert sur un plateau.

Je jubile. Je ris. J'expulse de mon corps cette tension accumulée ces dernières années, alimentée par ma frustration grandissante.

Je m'assois sur mon trône, extatique, avant de me plonger dans mes réflexions :

Le premier souvenir qui fait surface est celui de mon père me hurlant dessus une énième fois. Je revois son visage congestionné de fureur, ses yeux perçants qui me toisent comme si j'avais brûlé ses réserves de nourriture pour l'hiver. Ses poings qui s'ouvrent et se ferment forts en craquant. Son haleine fétide, à quelques centimètres de mon nez, qui me donne la nausée. Il m'attrape par le cou et serre autant qu'il le peut.

Il me soulève, si bien que je ne touche plus terre. Mon dos plaqué contre le mur froid de la maison. Mes deux mains accrochées à la sienne, enroulée autour de ma gorge et qui refuse de se desserrer. Mes pieds battent l'air, à la recherche d'un support où s'appuyer, alors qu'il n'y en a aucun. Je le supplie du regard, mais il n'en a rien à faire. J'ai huit ans et c'est la première fois que mon père tente de me tuer. Ce ne sera pas la dernière.

J'ai déjà été violenté, à de nombreuses reprises et pour des motifs bien divers. Mais cette fois, pas de coups. Juste son énorme main qui m'empêche de respirer et qui va bientôt avoir raison de ma résistance. Je faiblis, je suffoque, mes mouvements ralentissent. Je me sens partir et je repense à la peine que je ferai à la seule personne qui compte pour moi : Leif. Je suis désolé, je songe, alors que les larmes dévalent mes joues.

Ma vision est brouillée et obscurcie, mon corps ne me répond plus.

On me relâche d'un coup. Je m'effondre au sol en respirant bruyamment, crachant, portant mes mains à ma gorge. La douleur de cette bouffée d'air est atroce. Mais je suis toujours vivant.

J'entends mon père qui parle, sans comprendre ce qu'il dit. Ma tête tourne et bourdonne, comme si elle était habitée par un essaim d'abeilles. Je suis faible, je souffre, mais je suis bel et bien là.

Une seconde voix lui répond. Leif. Il est venu me sauver. Mes larmes redoublent, cette fois-ci de reconnaissance. J'ouvre les yeux et je le vois poser affectueusement la main sur l'avant-bras de mon père.

— Je l'ai retrouvé, mon oncle. La fripouille a eu envie de gambader jusqu'au ruisseau pour s'y abreuver. J'ai eu du mal à la ramener, elle s'y plaisait bien !

Mon père lui répond :

— Merci, Leif. Si tu savais comme je suis fier de toi !

Sa voix est d'une douceur qui contraste avec le coup d'œil mauvais qu'il me lance. Quelques secondes auparavant, il essayait de me tuer. Et il a suffi de l'intervention de mon cousin pour qu'il se calme instantanément.

J'ai la sensation qu'il l'aime sans bornes, alors qu'il me déteste avec cette même intensité. Que lui ai-je fait ?

Je sais à peine compter, parce qu'il n'a pas jugé nécessaire de m'apprendre. C'est Leif qui m'a expliqué comment je devais faire.

Alors quand mon père m'a demandé de gérer les chèvres, sans me dire ce qu'il attendait de moi, j'ai fait au mieux pour me rappeler chacun de ses gestes et paroles. Mais l'une d'elles s'est sauvée et j'ai paniqué.

J'ai repris mes esprits et j'ai ramené le troupeau à la maison. Les bêtes mises en sécurité, je me suis concentré sur celle à débusquer. Déjà là, son regard sur moi présageait de la correction à venir : privation de repas et pluie de coups. Je ne voulais pas imaginer ce que ce serait si je ne retrouvais pas la fugitive. J'ai vérifié que toutes les autres étaient bien enfermées et je me suis lancé à la recherche de la disparue.

J'ai couru partout, imitant à de nombreuses reprises le cri de la maman qui appelle son petit. Mais celui-là n'en avait que faire et ne me répondait pas. Je m'épuisais, je fatiguais, je tremblais de froid. J'ai décidé de rentrer quand mon père m'est tombé dessus. Et la correction était pire que ce que j'avais déjà connu.

Ce n'est pas la première fois que je constate son changement d'humeur quand mon cousin apparaît. Avec lui, il est une tout autre personne et cela me fait de plus en plus mal. Il me déteste, me dédaigne, me frappe. Alors qu'il redouble d'attention pour ma mère et son ventre rond. Ils me disent que je vais avoir une petite sœur, que je devrais être content. Mais la vérité, c'est que j'ai peur pour elle. J'en viendrais presque à souhaiter qu'elle n'arrive jamais, pour qu'elle n'ait pas à subir le caractère lunatique de mon père, l'indifférence de ma mère et leurs mauvais traitements.

Les secondes s'écoulent et je vais mieux.

Je me redresse et m'assois péniblement, adossé à la palissade en bois qui sert de mur à notre maison. Je suis toujours parmi eux et je ne m'explique pas tout cet accès de violence que mon père déverse sur moi. Mais je comprends une chose : la chèvre a plus de valeur que moi.

Je déteste ce souvenir, pourtant je me le remémore régulièrement. En apprenant la sorcellerie avec Markvart, il m'a enseigné que je devais puiser ma force au plus profond de moi. Ou plutôt, ma haine. Qui s'est intensifiée au fil des ans, après cet épisode. Il me rappelle où tout a commencé. La fin de ma naïveté d'enfant. Quand j'ai arrêté de faire confiance à mes parents pour ne compter que sur moi-même.

Puis il y a celui où j'ai découvert que Leif n'était pas mon cousin, mais mon frère aîné :

Ce jour-là, j'ai explosé et j'ai laissé libre cours à ma fureur. J'ai enfermé ma petite sœur et mes géniteurs dans notre maison et j'y ai mis le feu. Je les entends encore frapper le bois et me supplier d'ouvrir la porte pour les libérer. Suffoquer et hurler de douleur quand les flammes les ont léchés. L'odeur de chairs qui carbonisaient dans ce brasier. J'ai observé mon ancienne vie prendre fin définitivement.

Leif tente de me raisonner, m'implorant d'arrêter toute cette folie qui s'empare de moi. Mais avec le recul, je constate que ce n'était qu'un début. J'avais besoin de m'affranchir de cette existence où je n'avais fait que subir, pour embrasser celle où je prenais mon destin en main. Mon aîné ne le comprend pas et je dois calmer ses ardeurs, d'un coup d'épée dans la jambe.

J'admire ce spectacle encore quelques instants et je pars avec mes compagnons sentinelles.

Eux non plus ne cautionnent pas mes actes. Alors j'efface les preuves de mon échec à leurs yeux, en les tuant tous durant leur sommeil. Je prends plaisir à plaquer ma main sur leurs bouches et à leur trancher la gorge, comme j'ai rêvé de le faire à mon salopard de père. J'y ai renoncé, jugeant cette mort trop rapide.

L'odeur du sang remplit mes narines et je la ressens jusqu'à mon palais. Le liquide rouge gicle, coule à flots. Le corps tremble et une minute plus tard, je m'attelle au suivant. Toute la troupe y passe. J'en serre un dans mes bras, pour maculer ma tenue et je rentre à AROS*, m'assurant que tous ceux que je croise aperçoivent un adolescent apeuré qui a été attaqué.*

Thorbjörn était un tout jeune roi à l'époque. Il me prend en pitié, au moment où je lui raconte mon mensonge. Je prétends être parti chasser quand ils se sont fait massacrer. À mon retour, tout était déjà terminé.

Je me souviens de son regard bienveillant, de sa main compatissante sur mon épaule. Il m'a fait confiance. Par la suite, il a suivi mes progrès en tant que guerrier et m'a rapidement affecté à sa garde rapprochée.

J'ai grandi vite, loin de l'ombre castratrice de mes défunts parents. Sous la protection du jeune roi, j'ai rencontré Amalrik et j'ai reconstruit avec lui cette relation que j'avais jadis avec Leif. Il est devenu mon frère, à la différence près que j'avais l'ascendant sur lui. Mais je n'ai jamais eu besoin de m'en servir, car celui qui a évolué pour être le meilleur pisteur du royaume a toujours eu ma confiance et ne l'a jamais trahie.

J'observe à mes pieds l'homme qui m'a apporté cette bonne nouvelle que j'attends depuis trois ans. Il m'a dit où ils se trouvent et je ris à gorge déployée. Ô joie ! Je vais pouvoir célébrer cette victoire et écarter toute menace sur mon pouvoir.

Je regarde en direction de l'espace au milieu du SKALI, là où j'ai invoqué le géant Surt, seigneur de MUSPELHEIM. Nous avions conclu un accord : je deviendrai le souverain de MIDGARD, mon monde, en échange de l'épée d'Asulf et de portails entre les neuf royaumes.

Plus j'y pense et plus je me demande si j'avais réellement besoin de ce marché. En effet, la lame de mon neveu est magique, j'en suis à présent certain. Elle a fait de lui un guerrier invincible, surpassant au combat tous ceux que je connais. Elle lui confère sa puissance, bien qu'il n'en soit pas digne. Qu'en serait-il si j'en devenais le possesseur ? Puisque j'ai acquis certaines capacités surnaturelles par les leçons de Markvart, mon sorcier, cette arme devrait les décupler.

À cela s'ajoute un pouvoir que Surt m'a laissé et que j'ai découvert ultérieurement. J'ignore si c'était volontaire ou non, mais quand il m'a attrapé la main pour apprendre tout ce que je savais sur l'épée d'Asulf, il m'a transmis ce don. Tout comme lui, en serrant la poignée que l'on me tend, j'ai une vision fugace qui répond à la question que je me pose.

Il me tarde d'en connaître davantage sur cette lame que j'ai remise à Asulf, et qui a conduit Surt à ratifier notre accord. Cette arme a été le point de bascule, ce pour quoi le géant a accepté de conclure ce marché. Bien sûr, elle contient un démon, dont j'ai besoin d'être débarrassé, car il en a après moi. Cette âme que Markvart a ramenée à la vie pour venger sa sœur.

En serrant la main de mon sorcier, il y a quelques jours, j'ai aperçu la scène de son viol et je m'y suis vu adolescent. Quand il me l'a évoqué à l'époque, cela m'a rappelé ma première fois :

J'ai quatorze ans, je suis un guerrier depuis trois lunes maintenant. Les sentinelles avec qui je patrouille ne sont pas des tendres. Ils malmènent systématiquement les personnes qu'ils croisent. Je ne dis rien, je suis le petit dernier de la troupe, je suis avec eux pour apprendre. Je sais que si je proteste, ils retourneront leur fureur sur moi. J'en ai eu assez dans ma vie précédente, par conséquent autant faire profil bas avec eux.

Nous cheminons le long d'une habitation un peu à l'écart. Mes compères ont faim, alors ils veulent s'inviter au repas. Ils frappent fort sur la porte en bois qui tremble sous les coups de poing. Puisque personne ne nous répond, le plus massif du groupe défonce la porte en quelques chocs d'épaule.

Nous entrons dans cette toute petite maison, au milieu de laquelle se tient une adolescente apeurée. Je la comprends, ce sont de vraies brutes. Elle est plutôt jolie et nous demande poliment ce qui nous amène. Les guerriers répondent qu'ils ont faim, mais je devine à leurs regards lubriques que le menu a changé.

Elle va y passer.

Je me retourne pour me retirer quand l'un d'eux m'intercepte.

— Où va-tu, gamin ?

— Je sors, le temps que vous fassiez votre affaire, répliqué-je, gêné.

— Tu n'iras nulle part, rétorque-t-il. Cette fois-ci c'est ton tour.

— Je… bredouillé-je.

— Quoi ? Tu ne l'as jamais fait ?

Je fais non de la tête, honteux, pendant qu'ils se moquent de moi.

— Eh ben on va t'apprendre ! Ricane l'un d'eux.

Je sais qu'ils ne plaisantent pas. Ils pourraient me retourner sur la table, bloquer mes membres et me passer tous dessus, si je refuse de respecter leurs ordres. Alors, à contrecœur, j'obtempère.

La jeune fille doit avoir mon âge. Les yeux larmoyants, elle me supplie de ne pas lui faire de mal. Les autres me pressent et me donnent les consignes que je dois suivre à la lettre.

— Je suis désolé, lui murmuré-je entre deux baisers forcés.

Je voudrais me dépêcher d'en finir, pour lui éviter de souffrir. Mais je présume que ce qui succèdera pour elle sera bien pire. Je n'ai pas le temps de réfléchir à une solution, car mes résolutions s'effondrent en quelques coups de butoir. Le plaisir est immense, je ne me suis jamais senti aussi bien, aussi vivant. Je me laisse emporter pendant que les encouragements et les instructions fusent autour de moi. L'adolescente me supplie toujours d'arrêter, mais je suis sourd à ses appels, happé par l'excitation et la menace de sévices potentiels de la part de mes camarades. Quelques secondes plus tard, je me libère et c'est l'extase.

Je me ressaisis, me rhabille et sors de la maison, sous les hourras de mes camarades que j'entends à peine. J'ai besoin de prendre l'air. Je ne peux pas assister à la torture de la fille qui hurle déjà.

Je franchis le pas de la porte que je referme tant bien que mal, tournant définitivement le dos à mon passé. Je suis devenu un homme.

À cet instant précis, je constate que l'adolescent en moi est parti. Je veux l'enterrer avec toutes les horreurs et les violences qu'il a subies. L'ancien moi est mort et ne reviendra jamais. Je décide qu'à présent, plus personne ne me manquera de respect. Si quelqu'un l'ose, je le lui ferai regretter.

J'ai vite compris que j'avais participé au viol de la sœur de Markvart. Mais c'est autre chose que de voir la scène depuis ses yeux de gamin. Caché dans cette armoire que nous n'avions pas remarquée, tant nous étions occupés avec son aînée. Je ne peux pas le lui dire sans le perdre. D'autant que j'ai encore besoin de lui. Je décide de ne pas lui communiquer cette information, sachant que je suis le dernier en vie des sentinelles présentes ce jour-là. Si le démon est toujours dans l'épée, c'est qu'il m'attend. Et si je ne la remets pas à Surt, je vais devoir trouver un moyen de renvoyer cet esprit là d'où il vient, à HELHEIM. Et je parie que le sorcier saura comment faire.

Surt. Le géant gardien de sa frontière. Seigneur de MUSPELHEIM.

Rien que l'évocation de son nom ou de son royaume fait froid dans le dos. Ses terres ne sont que dévastation et désolation. Je me demande bien pourquoi il a besoin d'en surveiller les limites. Personne ne s'y rend, à moins d'y être contraint. En tout cas, ce sont ce que rapportent les légendes à son sujet. Et que j'ai pu confirmer quand je l'ai invoqué et qu'il a traversé entre nos mondes.

J'ai réussi à convoquer ce géant qui, si l'on en croit la prophétie du RAGNARÖK, prévoit de créer un cataclysme qui mettra fin à la vie telle que nous la connaissons. Il est dit qu'il veut envahir ASGARD, l'univers des Dieux et en devenir le maître. Qu'il garde bien tous les royaumes, tant qu'il me laisse MIDGARD, le mien !

Cela fait plus de deux ans que nous avons conclu ce pacte. Surt n'était pas enclin à accepter, pourtant il a changé d'avis quand je lui ai proposé l'épée d'Asulf. Je sais déjà qu'elle contient le démon qui veut ma mort, mais qui est-il pour éveiller autant l'intérêt du colosse ? Est-ce pire que ce que j'imagine ? Un esprit puissant et pas juste une âme égarée, vengeresse ?

En tout cas, cette lame est spéciale à ses yeux, même s'il n'en a pas fait mention. Et je dois en découvrir la raison avant de la lui remettre. Peut-être qu'en touchant Asulf ou son arme, j'en apprendrai davantage.

Avec le recul, je me dis que ce pacte avec le géant est inéquitable. Que j'aurais pu marchander bien plus, comme le retour de ma fertilité, même si Markvart m'a avisé sur son irréversibilité. Là, je n'ai finalement presque rien demandé et Surt semble s'être joué de moi, car il me l'a accordé trop facilement.

De combien de temps est-ce que je dispose ? Il m'a dit de le contacter quand je serai en possession de l'objet de notre négociation, mais il n'a pas exigé que ce soit immédiatement après l'avoir récupéré. Je peux tenter de percer le mystère de ce que l'épée contient, voire de l'utiliser avant de la lui remettre. Nous n'avons jamais parlé de délais et il est immortel, le temps n'a pas d'emprise sur lui. Alors je ne pense pas qu'il verra un inconvénient à ce que je m'assure de l'authenticité de l'artefact à lui donner.

Histoire de rééquilibrer la balance de ce pacte clairement en ma défaveur.

Je tapote nerveusement les doigts sur mon accoudoir alors que je réfléchis. Je finis par sentir que la structure du bois n'est plus la même. Et quand je soulève lentement mes phalanges, j'aperçois des trous creusés qui sont l'exacte taille de mes tapotements. Impossible !

J'observe mon bras nu alors que nous sommes en pleine lune de GORMÁNUÐUR. Je devrais avoir froid, puisque nous sommes avons passé VETRABLÓT et que les premiers flocons vont apparaître, mais il n'en est rien. Au contraire, j'ai chaud, je suis torse nu, avec pour seul vêtement un morceau d'armure créé sur mesure par un forgeron. Tout comme mon casque.

Je n'ai même pas allumé le feu du foyer. Le SKALI est plongé dans l'obscurité, mais j'y vois comme en plein jour.

Je me lève et passe outre le messager qui attend toujours bien sagement au sol. Je me dirige vers la bassine qui me serre de lave-mains et me penche au-dessus pour observer mon reflet. Mon corps est bien plus fort et ciselé qu'auparavant. Je suis bien plus musculeux que dans mes souvenirs. Et je ne me rappelle même pas avoir déjà croisé un guerrier aussi bien bâti. J'ai quarante-sept ans et mon physique est celui d'un homme dans la fleur de la trentaine, qui se serait musclé et endurci toute sa vie. À l'image de mon esprit : plus fort que n'importe qui.

Mon visage est plus dur qu'avant. Ma barbe courte accentue mes pommettes saillantes, presque squelettiques. L'armure en métal qui orne mes épaules et le haut de ma poitrine accentue cet effet massif. J'ai fait forger un casque à l'effigie de Surt, pour rappeler à tous ma toute-puissance et leur montrer qui je sers. Je ne m'en défais plus, si bien qu'il est soudé à mon crâne. Mais ce qui me vaut ce surnom de « *Harald le démoniaque* », ce sont avant tout mes yeux. Ils luisent continuellement et effraient mes ennemis comme mon peuple.

Mais je m'en moque.

Qu'ils me craignent. Tous.
Qu'ils paient ce qu'ils me doivent.
Qu'ils conquièrent mes territoires.
Qu'ils m'offrent leurs fils, tel le sacrifice qu'une famille doit faire.
Non plus aux divinités traditionnelles, mais à moi.
Je suis celui qu'ils doivent servir sans réserve.
Je suis leur nouveau dieu.
S'ils me désobéissent, mon courroux sera plus effrayant que celui d'Odin.

Ce surnom, je l'ai aussi acquis en conquérant davantage de territoires. Je combats comme un démon. Je suis partout et nulle part à la fois. J'use aussi bien de ma force physique que de ma magie. Et je possède d'autres qualités indéniables : ma froideur et mon manque d'empathie, dont je m'accommode très bien. Voilà comment je suis devenu « *Harald le Démoniaque* ». Et j'aime l'image et ce sentiment de puissance que me renvoie mon reflet.

Je retourne m'asseoir sur mon trône, toujours sans un regard pour l'individu qui arrive de JOMSBORG et j'ordonne à un THRALL d'aller quérir sur le champ Amalrik, bien sûr, mais également Almut. Ce dernier m'a servi loyalement les années précédentes, suivant mes traces et me prouvant sa valeur. Je sais que je peux compter sur lui pour cette tâche délicate.

Les deux hommes pénètrent dans mon SKALI, que j'ai pris soin de rendre plus accueillant. D'un claquement de doigts, j'ai allumé le feu du foyer. Les flammes dansent et le bois crépite. J'adore ce spectacle dont je ne me lasse pas. Il m'hypnotise, si bien que je n'ai pas entendu mes hommes entrer. Je ne les perçois que lorsqu'ils sont à quelques mètres de moi.

— Tu nous as fait mander, mon roi ? Entame Almut.

Je relève la tête et les regarde, l'œil perçant, un rictus sur les lèvres.

— En effet. Me sont arrivées des nouvelles très réjouissantes. Asulf et Björn sont en vie, annoncé-je sans ambages.

Ils sont surpris tout comme je l'ai été quelques minutes plus tôt.

— C'est lui qui te l'a dit ? Demande Amalrik, en désignant le JOMSVIKING.

— Il m'a annoncé ce que je n'espérais plus, lancé-je sur un ton de reproche à mes deux bras-droits, qui font profil bas.

— Asulf est à JOMSBORG depuis trois ans. Et Björn vient tout juste de l'y rejoindre, je poursuis.

— Et c'est seulement maintenant qu'ils nous préviennent ? S'offusque Almut.

— Il s'est fait connaître en tant que Stig, rétorqué-je. Il se bat pour enrichir un certain Folker.

— Un mercenaire, grommelle Amalrik. Pas étonnant qu'il ait voulu se le garder le plus longtemps possible. Il se sera sûrement fait une petite fortune avant de nous le livrer et en plus de quémander sa prime.

— Précisément, acquiescé-je.

— Pourquoi maintenant ? Questionne Almut.

— Parce que Björn est arrivé et que leurs identités ont été découvertes. L'anonymat d'Asulf compromis. Alors avant de créer une émeute au sein de son clan, il nous a envoyé celui-ci pour réclamer son dû pour leur capture.

MARKVART

CHAPITRE 35

MARKVART

❄ ÝLIR / DÉCEMBRE ❄

MARKVART

Je suis à AROS, dans la maison que m'a allouée Harald, à deux pas du SKALI. J'y vis depuis qu'il m'a rapatrié ici, il y a trois ans. Il ne sait plus se passer de mon charme irrésistible. À moins qu'il ne craque pour ma répartie cinglante ? Ou mes pommettes râpeuses. J'hésite.

En tout cas, beaucoup évitent de s'attarder en face de ma porte. Comme si j'avais placardé un écriteau du genre « *Ci-vit Markvart le sorcier. Vous trainez devant chez moi à vos risques et périls* ». Tout bien pensé, je devrais le faire.

Je le côtoyais peu auparavant. J'étais toujours parti à la recherche de grimoires en tout genre. Vous vous demandez sûrement à quoi cela sert-il, puisque les vikings n'écrivent pas.

Ce n'est pas tant que nous ne rédigeons rien, ou peu, mais plutôt que nous privilégions la transmission orale, le contact humain. Nous gravons principalement des runes de protections sur des pierres. Mais cela s'arrête là. Nous lisons donc en conséquence.

Alors pourquoi suis-je à la recherche de livres ?

Quand il s'agit de sorts anciens, ils doivent être exacts et sont dès lors retranscrits pour que ce Savoir demeure intact. Car s'il faut être tributaires de la mémoire des intermédiaires... Impensable pour moi. D'autant que je n'ai confiance en personne.

Par conséquent, Askel, le mage qui m'a pris sous son aile quand j'étais gamin, m'a enseigné la lecture. Puisque je voulais apprendre son art, je devais le connaître dans son intégralité. Pour guérir des maux, je devais savoir quoi faire de mes mains. Mais aussi quels ingrédients et ustensiles employer et comment. J'ai avalé des livres entiers de remèdes ou sorts. Et toutes autres joyeusetés de cet acabit. Je me suis surpris à aimer cela. Pire ! J'étais fasciné de décoder ces traits gribouillés sur ce qu'on appelle du papier. De comprendre des mots, puis des phrases. C'était un univers inconnu, que je découvrais avec délice.

J'étais tellement absorbé, que je suis passé à côté de mon adolescence. Même pas un coup d'œil aux filles de mon âge. Sans regret. Je préférais enrichir mes connaissances, plutôt que de prendre le risque d'engrosser une gourgandine, qui allait m'imposer une vie à travailler la terre. Non merci, mon niveau d'intelligence a déjà dépassé celui d'une vache. Je passe mon tour.

Plus tard, j'ai trouvé comment remédier à ce problème avec la sorcellerie. Si je voulais la pratiquer, je devais sacrifier ma future descendance. Vendu !

Le Savoir étant plus fort que tout, cette nouvelle réjouissante m'a ouvert d'autres horizons. J'ai consommé des femmes, sans risque qu'aucune d'elle ne m'enchaîne. Et puis, qu'est-ce que je ferais avec des gosses, franchement ? Je me vois mal répéter toute la journée : « *non, gamin, repose cette fiole !* ». Ou encore : « *hey, gamine, je t'ai déjà dit de ne pas mélanger ces plantes pour t'en faire un bouquet ou les tresser dans tes cheveux ! C'est mortel, ce truc !* ». Réflexion faite, ce serait un très bon sujet d'expérience. Pour la science, j'entends. Des cobayes humains volontaires. Il n'y a que moi que ça fait rire ? Cela se pratique, ailleurs. Véridique !

Blague à part, je serai toujours infiniment reconnaissant à Askel d'avoir été ce second père pour moi. Il m'a tellement donné et appris que sa mort m'a bouleversée. Je l'ai côtoyé dix ans. Les meilleures années de ma vie. Même si j'étais réservé et peu démonstratif. Il comprenait mes grognements d'ours mieux que personne.

J'étais un disciple appliqué. Je suivais tous ses enseignements à la lettre. J'ai développé ma mémoire, stimulé mon esprit. Mes gestes sont devenus précis. Si bien qu'à plusieurs reprises, l'élève a surpassé le maître, pour notre satisfaction mutuelle. Même si nous étions pudiques et pas franchement dans l'accolade fraternelle, nos sourires en disaient long.

Je repense à lui avec beaucoup de nostalgie. À sa mort, j'ai préféré quitter notre famille. Enfin, la femme et les enfants d'Askel. Pour leur éviter des problèmes, puisque je pratiquais la sorcellerie. Je devais les protéger de moi et de mes expérimentations. Et j'ai fait l'idiot, car les soucis m'ont suivi jusqu'à aujourd'hui.

J'ai manqué de rigueur lorsque j'ai invoqué mon démon vengeur, il y a vingt-trois ans. Et je me suis fait prendre, comme un néophyte. J'ai longtemps cru que j'avais échoué et que je devais recommencer.

Alors j'ai cherché toutes les informations possibles et, bien évidemment, personne n'a mentionné s'être vautré comme je l'ai fait. J'aurais sûrement dû effectuer un sortilège de vérification, pour savoir si le démon était passé. Mais j'étais tellement persuadé d'avoir foiré, que je ne l'ai même pas envisagé. J'ai juste foncé tête baissée dans les calculs savants pour connaître quand refaire le sort.

Il y a trois ans, j'ai finalement appris le succès de cette entreprise et j'étais fou de joie. Une âme, en provenance de HELHEIM, avait bien traversé. J'ignore toujours à qui elle appartient. En toute honnêteté, j'ai souhaité que ce soit l'esprit de ma défunte sœur qui ait passé le portail et me retrouve sur MIDGARD. Pour que nous puissions la venger, ensemble. Ce que je n'ai pas su faire quand elle est morte, trente-trois ans plus tôt. Depuis que je sais cette épée habitée, j'ai besoin d'en connaître davantage sur son identité. Et si c'était vraiment elle ?

Ma frustration est à son paroxysme, car le doute plane alors qu'il m'est impossible d'en définir son emplacement. Je pensais qu'un sort de localisation me montrerait simplement la voie, puisqu'elle fut mienne avant d'appartenir au guerrier. Mais je n'ai rien ressenti, malgré mes nombreuses tentatives. Comme si l'épée et Asulf avaient complètement disparu.

Harald me poussait dans cette quête et son insatisfaction alimentait la mienne. Car plus j'essayais, moins j'y arrivais. J'en suis venu à douter de mes capacités, me demandant s'il n'était pas temps d'arrêter de jouer avec la magie noire. Comme si elles s'amenuisaient dans la durée. À contrario, notre roi actuel est de plus en plus puissant. Se pourrait-il qu'il absorbe mon énergie ? Je suis sceptique et envieux à la fois.

Notre souverain est devenu plus fort et j'en veux pour preuve le développement de son physique hors normes. Surtout pour un individu de son âge. Il ne sort plus de son SKALI. Sa nouvelle apparence effraierait-elle son peuple ? Il reste torse nu presque tout le temps, même lorsqu'il fait froid. C'est le cas en ce moment, alors qu'il révèle sa peau qui semble tannée comme le cuir. Endurcie. Impénétrable ? En tout cas, il dégage une impression de forte chaleur, comme si un feu ardent brûlait en permanence en lui. Je ne sais pas si c'est l'effet escompté, mais il me fait frissonner, notamment maintenant que les flocons vont poindre.

Il orne ses épaules d'une armure en métal, que je me figure lourde à porter, alors qu'il l'arbore tel un simple vêtement. Il en est de même pour son casque qu'il ne retire jamais. Cette nouvelle couronne est, disons, assez inhabituelle. Presque d'un goût douteux.

Ses yeux qui luisent en permanence ne m'inspirent rien qui vaille. Il a poussé la magie trop loin. Je suis persuadé qu'il s'entraîne sur autre chose que mes enseignements. Dort-il seulement ?

Est-ce qu'il a pris le temps d'observer son reflet dernièrement ? Sa lente métamorphose ne semble pas l'affecter outre mesure, alors qu'elle devrait au minimum l'interpeller. J'ai eu tout le loisir de m'y habituer, tout comme les THRALLS qui l'entourent, j'imagine. Ou pas. Ils ont souvent un air inquiet quand je les croise. À moins que leur réaction ne me soit adressée. Pensent-ils que je suis à l'origine de la transformation de leur roi ? Allez savoir.

Son apparence et son obsession pour cette épée m'évoquent les légendes du seigneur de MUSPELHEIM. Se pourrait-il que Harald ait invoqué Surt ? Impossible, n'est-ce pas ? Ce serait pure folie.

Mon estomac se tord alors que je sens poindre la monstrueuse promesse du RAGNARÖK. Je ne prie jamais, mais depuis peu j'en appelle aux Dieux pour que l'ordre actuellement établi demeure.

À l'instar de son physique, l'esprit de Harald s'est aussi aiguisé. Il l'était déjà, mais là, nous atteignons des sommets. Il est capable d'anticiper chacune de nos réactions. Comme s'il nous observait en permanence, enregistrant chaque aspect de nos comportements.

Personnellement, je n'ai rien à lui cacher. J'ai toujours été transparent. Je crois être le seul individu honnête avec lui dans tout AROS.

Mais pour d'autres… Cela explique que certains soient ressortis du SKALI les pieds devant.

Peu nombreux sont ceux qui osent encore le regarder dans les yeux. Évidemment, Amalrik, son ami d'antan, en fait partie. Même s'il le conteste de moins en moins. Ce type-là n'a jamais été très causant. Il grogne à l'occasion pour s'exprimer. C'est un style. Mais son mutisme en dit long sur ce qu'il pense. Il ne cautionne pas les décisions de son roi, c'est certain. Il voit bien que quelque chose cloche et il s'inquiète pour lui, tout comme moi. Pourtant il continue d'obéir aveuglément. Bon chien.

Mais aussi le second d'Amalrik, en qui il n'a pas confiance, car c'est Harald qui lui a imposé. Almut, c'est l'ascension express, le lèche-croupe de service. Il marche dans les traces de Harald et cela lui réussit plutôt bien. D'ailleurs il vient d'obtenir le titre de JARL ainsi que les terres et privilèges qui vont avec. Celui-là est un connard qui m'insupporte comme personne avant lui. Il est arrogant, calculateur, manipulateur et fait tout pour parvenir à ses fins, sans se préoccuper des dommages collatéraux. Bon… d'accord… je le suis aussi. Mais moi je ne m'en cache pas, j'assume. Alors que lui est sournois et agit dans l'ombre. Le peuple le critique mais ne se risque pas à le contredire.

Le dernier individu assumant de soutenir le regard de Harald, c'est moi. Et depuis que je le connais, d'ailleurs.

Cette peur des habitants d'AROS d'admirer leur maître n'est-elle finalement pas du dégoût ? Ou craignent-ils réellement le courroux de leur seigneur ? Les deux, probablement.

Je pense que l'on peut dire de moi que je suis un personnage complexe. Je tiens trop à ma liberté. Je ne veux bosser pour personne, ni faire bosser personne. Je ne sais que compter sur moi-même, surtout depuis que j'ai quitté le foyer d'Askel. Alors d'être éternellement à la botte de quelqu'un, parce qu'il m'a sauvé les miches il y a vingt-trois ans, je l'ai encore de travers.

Cette erreur qui aurait pu passer inaperçue si je ne m'étais pas fait prendre me coûte beaucoup trop cher. Je ne décolère pas.

Et paradoxalement, je dois bien avouer que je suis content d'être là. J'ai toujours joué le type détaché, sans famille, qui se fout de tout, pour que personne n'ait d'emprise sur moi. Mais dans le fond, je m'attache aux gens.

Et je pense pouvoir dire, sans me tromper que c'est réciproque.

Excepté pour Amalrik. Entre nous, c'est aussi froid qu'en plein VETR, tout au Nord de la Suède.

Harald est un homme fascinant, qui s'est construit et élevé au rang de roi tout seul. Oui, je lui ai fourni le poison qui a tué son prédécesseur et sa famille. Mais dans le fond, il n'a jamais eu besoin de moi pour en arriver là. Je ne lui sers d'instrument que pour un plus grand dessein. Se libérer de l'emprise de l'épée sur lui. Enfin, je crois.

Je venais d'ailleurs lui annoncer une bonne nouvelle : j'ai finalement trouvé une piste pour le débarrasser du démon dans la lame quand elle sera en sa possession. J'ai découvert une instruction dans un grimoire avisant que pour annuler une invocation, il faut relire le sort à l'envers. Avec tout le cérémonial de ladite incantation. En somme, c'est beaucoup plus simple que prévu et c'est parfait.

Au loin, je vois Amalrik et Almut sortir du SKALI, alors que je m'y dirige. Le premier a un visage grave, tandis que le second affiche une arrogance sans borne. Une nouvelle mission où ils vont devoir collaborer et le plus vieux n'a pas l'air enchanté.

Je m'approche pour les succéder et frappe cinq coups sur l'énorme porte, à mon rythme habituel. Cela m'annonce et permet accessoirement à Harald le temps de finir ses petites affaires, s'il n'était pas juste avec ses deux guerriers. Lorsque je m'apprête à pousser les battants, quelques instants plus tard, ils s'ouvrent devant moi. Bien, ses THRALLS ont enfin appris les bonnes manières !

Sauf que… Au lieu de me laisser entrer, ils obstruent le passage et évacuent un corps sous mes yeux. Je les scrute en silence, pour observer le visage du cadavre qui m'est inconnu. Ses vêtements m'interpellent et je réfléchis où j'ai bien pu en voir de similaires.

Tout à coup, cela me revient. J'en ai croisé à plusieurs reprises lorsque je me dirigeais vers la Grande Bibliothèque, bien plus au Sud, en cheminant jusqu'à leur mer. Là où leur VETR ressemble à notre SUMAR. Est-ce qu'ils y ont de la neige, au moins ?

Je me souviens avoir suffoqué la fois où j'y suis allé pendant leur saison chaude. Ils vivaient tous presque nus. Pour me fondre dans la masse, je les ai imités. Même si j'ai tenté de cacher la marque que Harald a apposée sur moi à l'époque de ma capture, ces gens n'en ont eu que faire. Ils me regardaient surtout parce que je fais près d'une tête de plus qu'eux.

Mes cheveux clairs sortaient du lot au milieu de leurs tignasses charbonneuses. Mon épiderme pâle détonnait parmi les leurs dont la palette s'étirait de miel, pour ceux qui semblaient les plus fortunés, jusqu'au noir pour les plus pauvres. De ce que j'ai compris, plus c'est foncé, plus ça doit obéissance aux mielleux.

D'ailleurs, ceux à la peau d'ébène circulaient entravés. Des THRALLS, en somme. Ce qui dénote avec les nôtres qui ont plus de liberté. Ils peuvent au moins marcher seuls, mais arborent la marque de leur maître. Souvent un bijou pourtant son nom et apposé en évidence.

Beaucoup penseront certainement que je devrais porter la responsabilité de ces changements, mais il n'en est rien. D'une part, car je n'en suis pas à l'origine. Et d'autre part, parce que j'avais bien prévenu Harald que la sorcellerie avait un coût élevé. Et à l'époque, il l'avait accepté. Depuis, les termes de l'accord ont évolué et le sien l'est bien plus que ce que j'imaginais. Ce qui me conforte dans l'idée de ce pacte avec Surt, à qui il ressemble de plus en plus. Et cela est de très mauvaise augure…

Je pénètre dans la grande pièce chauffée alors que Harald m'invite à prendre place. Je m'exécute sans me faire prier.

— Que me vaut l'honneur de ta visite, Markvart ?

— Une bonne nouvelle, annoncé-je.

Harald sourit et réajuste sa position, assis sur le trône. Les flammes du foyer se reflètent sur sa peau nue et accentuent ce sentiment d'être démoniaque. En a-t-il seulement conscience ?

— À quoi penses-tu ?

— Que tu sembles un peu pâlot. Tu devrais sortir de ta grotte et profiter des derniers rayons de soleil.

Harald éclate de rire et je sais instantanément qu'il est de bonne humeur. La mission confiée aux deux guerriers l'a manifestement mis dans d'excellentes dispositions.

— Alors, dis-moi, qu'est-ce qui pousse un ours à s'extirper de sa tanière, pour aller en débusquer un autre dans son antre ?

Harald sourit de sa blague et je l'imite.

— J'ai trouvé comment renvoyer le démon de l'épée à HELHEIM, annoncé-je sans détour.

Ses yeux s'illuminent davantage, reflétant le feu de sa curiosité que je viens d'attiser en lui.

— Je dois refaire mon rituel, je poursuis, mais cette fois en lisant le texte de l'incantation à l'envers.

— C'est une excellente nouvelle ! s'exclame-t-il.

— En effet. Il me sera facile de regrouper tous les ingrédients. Il ne manquera que l'épée.

— Elle ne devrait plus tarder, rétorque-t-il, satisfait.

Sa soudaine décontraction à ce sujet me déstabilise l'espace d'un instant. Ai-je bien compris ce qu'il m'a confié ? Le macchabée de tout à l'heure lui a-t-il dit où la trouver ?

— Arrête de réfléchir et pose-moi tes questions, me coupe-t-il.

Je hoche la tête pour acquiescer et démarre mon interrogatoire, auquel il répond de bonne grâce.

— J'imagine que tu dois être heureux qu'elle te revienne bientôt, m'exclamé-je. Quand je pense qu'Asulf est resté caché trois ans auprès de ces mercenaires. Il a vraiment de la suite dans les idées, le petit !

— En effet. Il a réussi à brouiller les pistes pour qu'on le croie mort et le laisse refaire sa vie tranquillement.

— Avec les contrats que tu as mis sur leurs têtes, c'est étonnant que ces accrocs à l'argent ne t'aient pas contacté plus tôt.

— Ils se sont d'abord enrichis. Et maintenant ils réclament leurs dûs.

— Ils sont gonflés ! m'offusqué-je.

Je l'observe un instant et son sourire en coin m'éclaire sur ses desseins.

— Tu n'as pas l'intention de les payer, n'est-ce pas ? D'où le cadavre qui vient d'être évacué.

— En effet. M'as-tu déjà vu tenir ce genre de parole ? Avec des mercenaires, en plus ?

Je ricane, pas surpris de sa réponse.

— Et donc comment l'as-tu retrouvé ? questionné-je.

— Björn.

— Lui aussi est toujours en vie ? m'étonné-je.

— Oui. Il cherchait Asulf depuis qu'il a pris la fuite.

— Il aura mis le temps, mais il l'aura tout de même rejoint, constaté-je. Contrairement à nos troupes qui sont systématiquement revenues bredouilles.

Harald grimace et je me dis que j'aurais mieux fait de me taire.

— Bien, ça te fera une belle prise ! Deux poissons pour le prix d'un ! Ce sont Amalrik et Almut qui s'en chargent ?

— Eux et une poignée d'hommes. Ils se préparent à partir pour JOMSBORG.

— Laisse-moi deviner. Tu as ordonné de tout brûler, pas vrai ?

Harald affiche ce sourire carnassier qui en effraierait plus d'un.

— Quel mal y a-t-il à faire un peu de ménage ? Si je les avais payés, ils seraient revenus m'en extorquer davantage. Ou m'attaquer avec mon propre argent. Et je n'ai pas pour habitude de négocier.

Je le reconnais bien là. Il va laisser Almut faire ce que bon lui semble, tant qu'Asulf et Björn lui sont restitués. D'où la mine déconfite du vieux briscard.

Je comprends à présent l'excitation de Harald, car il me tarde également de revoir cette épée. De retrouver ma sœur.

FOLKER

CHAPITRE 36

TRAHI

❄ ÝLIR / DÉCEMBRE ❄

FOLKER

Mon messager a dû arriver à AROS ce matin. Cela fait trois semaines qu'il est parti par la terre, car je n'avais pas de DRAKKAR sous la main, ni sur le moment ni dans les jours suivants. Je les avais déjà tous envoyés naviguer vers le Nord, en prévision de quelques pillages de cargaisons marchandes. Les hivers ici sont rudes, mieux vaut avoir quelques peaux en plus.

Ce nigaud m'a appris que Stig se nomme en réalité Asulf. Qu'il est le roi du JUTLAND. Leur meilleur guerrier. *L'homme au Regard d'acier.* Alors je me demande bien ce qu'une telle pointure trouve d'attrayant dans le fait de rester ici. Mon camp grouille en permanence de mercenaires, tous aussi civilisés qu'une troupe d'ours mal léchés. Personne n'est au petit soin pour lui, il est traité comme n'importe lequel d'entre nous.

Il est venu s'enterrer ici, avec sa femme, qu'il a ramenée au bout de quelques mois et ses deux amis que nous avions initialement capturés. Je ne dis pas que leur présence est désagréable, loin de là. Ils se sont rapidement intégrés à mes hommes et mon champion participe avec entrain à mon enrichissement.

Pourtant, depuis l'arrivée de Björn, sa motivation a disparu. L'aura du blond fait monter leur envie d'évasion. Je dois redoubler de stratagèmes pour qu'ils conservent un certain intérêt à combattre tous deux et à rester ici. Du moins, jusqu'à ce que Harald Le Démoniaque ait pris connaissance de mon message et nous envoie quelques gars pour les embarquer. J'ai beau les apprécier, rien ne surpasse cette tentation irrépressible de toucher le montant de leurs primes. J'étais déjà riche grâce à mon champion, mais avec ces deux récompenses, je serai un JARL considéré. Et ce campement improvisé deviendra une petite ville portuaire, où mon commerce pourra prospérer.

Je me suis attaché à eux quatre. La rouquine a du caractère et elle a su se faire respecter de mes gars, fait rare chez une femme. Elle les a matés et supportés sans difficulté, les a mieux nourris que leurs propres mères et s'en est fait des alliés. Le massacre de trois d'entre eux a sûrement joué un rôle. À moins qu'ils n'attendent qu'une chose : prendre la place du jeune boucher.

Ce dernier qui d'ailleurs doit sentir la menace, car il ne la quitte pas d'une semelle. Il a montré aux mercenaires comment tailler et préparer la viande, pour une cuisson optimale. Mais le regard qu'il lance à mes gars quand ils reluquent la tornade rousse me fait dire qu'il se battra jusqu'au bout pour elle. Et rien n'est plus dangereux qu'un homme qui n'a plus rien à perdre.

La belle brune n'est pas en reste. En plus de seconder la rouquine en cuisine, elle chante merveilleusement bien et apaise mes guerriers énervés. Elle a aussi rapidement maîtrisé les arts de la pêche et de chasse, que son mari lui a enseignés. Ils partent souvent avec quelques mercenaires et font toujours de jolies prises.

Rien qu'avec ces quatre-là, je mange comme un roi.

Alors je suis convaincu qu'il ne sera pas aisé de me séparer d'eux. Pourtant, je n'ai pas le choix. L'arrivée de Björn a bouleversé le petit havre de paix du quatuor, pas juste le mien. Il leur monte la tête, si bien qu'ils envisagent de partir. Et je sais qu'ils le pourraient, sans la moindre difficulté. J'ai donc significativement augmenté le nombre d'hommes en faction, afin de les dissuader de le faire. Je suis conscient que cela est éphémère. Au mieux, je gagne quelques semaines, mais il est sûrement question de quelques jours. J'espère que mon messager reviendra à temps.

Le blond a les yeux partout et pas seulement sur Eldrid. Il analyse tout et a déjà repéré comment nous fausser compagnie. Une chance que les autres trainent la patte pour le moment. Pour combien de temps encore ?

Les tensions de départ entre lui et Stig — où devrais-je dire Asulf — se sont évaporées après ce premier combat entre eux. Duel qui m'a d'ailleurs coûté une petite fortune, à cause de leur ex æquo par épuisement. Alors je les ai enrôlés tous les deux, pour qu'ils se battent à tour de rôle et remboursent mes pertes. Je ne les laisse plus s'affronter. Je n'ai pas envie d'une nouvelle égalité. Ni d'abimer la marchandise juste avant qu'elle me soit payée. Je tiens à percevoir la somme dans son intégralité.

❄ MÖRSUGUR / JANVIER ❄

AMALRIK

Sous mon commandement, nous avons quitté AROS et chevauché presque trois semaines en direction de JOMSBORG.

Pourquoi n'avons nous pas embarqué sur un DRAKKAR et pris la mer pour relier ces deux ports en ligne droite et en quelques jours ? Interrogation pertinente, car, nous, les Vikings sommes d'excellents navigateurs et avons le pied marin. Sauf qu'un navire qui accoste à JOMSBORG avec trente combattants vikings, ça fait vite déclaration de guerre. Même si le messager nous a affirmé que nous y sommes conviés par Folker en personne. Mais étant donné que ce porteur a été exécuté par Harald, je préfère me la jouer discret, afin de ne pas éveiller les soupçons et de conserver l'effet de surprise. Nous nous sommes séparés en petits groupes inégaux et donné rendez-vous à deux jours de leur camp. D'ailleurs, la dernière troupe arrive.

Je décide de ne pas attendre davantage. Il est temps pour nous de faire le point. Je m'éclaircis la gorge et ordonne à tout le monde de me rejoindre. Ils s'attroupent autour de moi et du foyer, attentifs.

Je sens que l'on me scrute et au moment où je relève la tête dans la direction concernée, je ne suis pas surpris. Almut me lorgne de travers. Il a l'œil mauvais de celui qui aimerait être à ma place. Il est habitué à représenter l'autorité quand il part en mission avec ses hommes, alors qu'aujourd'hui il doit se soumettre à la mienne, car je suis son supérieur. Et cela l'insupporte.

Après avoir rapatrié Björn de son exil il y a trois ans, il a vite monté les échelons. Il n'accepte personne entre lui et son ambition démesurée et je suis le prochain sur sa route. Je me méfie de lui plus que de n'importe qui d'autre. Il brigue la place de roi. Si mon hypothèse est la bonne, Harald va l'entreprendre comme il se doit pour l'exemple et c'est l'AIGLE DE SANG qui l'attend. Tant pis pour lui, s'il ne sait pas freiner ses ardeurs.

Mes yeux ancrés aux siens, je vois un rictus se dessiner sur ses lèvres, alors que je lui intime d'un plissement de paupières sévère de ne pas intervenir. Il m'a très bien compris, car il souffle de frustration. Il n'a rien à dire, juste à suivre mes instructions.

— Les ordres du roi sont clairs, commencé-je : ramener Asulf et Björn sains et saufs à AROS. Par conséquent, nous allons envoyer quatre éclaireurs sur place afin d'étudier la configuration du camp et nos options.

Dix d'entre eux se portent volontaires. Je choisis donc ceux qui me semblent les plus appropriés pour cette tâche délicate.

— Vous êtes en mission d'observation. J'attends de vous que vous cartographiez minutieusement leur campement. Depuis la tente de Folker, jusqu'aux latrines. Je veux savoir où se situent les zones de repas et autres lieux de rassemblements. Informez-nous sur les endroits où ils dorment et s'ils organisent des rondes de surveillance.

Ils hochent la tête et patientent pour connaître la suite des instructions.

— J'ai besoin que vous dénombriez les mercenaires présents sur le camp, j'enchaîne. S'ils circulent à leur guise, ou s'ils ont des tâches spécialement affectées. Quelles sont leurs fréquences de rotation. Observez-les bien agir en groupe, mais aussi individuellement, je martèle.

Ils confirment leur compréhension d'un nouveau mouvement du menton.

— Je dois savoir s'ils sont constamment armés ou non, continué-je et comment ils s'équipent. Quelles sont leurs habitudes. S'il y en a un qui va voler de la viande à heure régulière, je dois en être informé.

Nouvel acquiescement général. J'en pointe un du doigt :

— Tu es chargé d'identifier les points d'entrée évidents et celui par lequel ils ne s'attendraient pas à nous voir débarquer. Même s'il faut escalader une palissade mal gardée.

— Oui, Amalrik, répondit-il.

— Quant à toi, tu as la mission la plus ardue : localiser Asulf et Björn. Tu dois apprendre où ils évoluent sur le camp. S'ils sont prisonniers ou en liberté, sait-on jamais. Sois discret, car ils seront surement sous bonne garde, rapprochée ou à distance. Je veux que tu dénombres leur escorte et identifies un moyen de les atteindre.

— Bien, Amalrik.

— Et si l'un d'entre nous est pris à espionner ? Questionne le plus hardi.

— Vous vous faites passer pour un futur mercenaire qui souhaite savoir à qui il a affaire avant de s'intégrer. Quitte à être bloqué sur le terrain, apprenez-en au maximum en ouvrant l'œil et en vous mêlant à eux.

— On a combien de temps ?

— Quatre jours, dont deux sur place. Vous partirez demain matin. Pendant ce temps-là, nous allons nous disperser et nous déplacer de l'autre côté de JOMSBORG, à l'Est, à trois heures à pied de leur campement. Vous nous y retrouverez pour nous délivrer toutes les informations collectées.

— À tes ordres, Amalrik, répondent-ils en chœur.

Un sourire entendu se dessine sur mes lèvres, alors que je croise le regard courroucé d'Almut. Je suis certain qu'il est frustré car la troupe m'obéit au doigt et à l'œil. Je termine mes explications, mes yeux ancrés dans les siens :

— Je ne tolèrerai aucun débordement. Suivez mes ordres. Pas d'initiative hasardeuse. Je vous rappelle que notre roi a tué leur messager et il est possible que Folker l'ait anticipé. Ils nous attendent peut-être et seront plus nombreux que nous. Ces gars-là ont prêté allégeance à la richesse et n'ont rien à perdre. Ils sont très rusés, alors à nous de l'être davantage si nous voulons garder l'effet de surprise.

Les vingt-huit hommes se frappent de concert la poitrine en entonnant un cri de guerre qui les unifie.

Face à moi, à l'écart, Almut n'esquisse même pas un mouvement. Personne ne s'en est rendu compte, car ils ont tous braqué leurs regards sur moi. Il me défie. Même s'il a beaucoup de partisans au sein de notre troupe, j'ai besoin que tout le monde fasse corps dans cette expédition périlleuse.

Je déteste devoir remplir cette mission avec Almut. Il semble si confiant que cela m'interpelle. Je sens qu'il va tenter de me la faire à l'envers. Peut-être profitera-t-il de l'agitation de la bataille pour attenter à ma vie. J'ai beau personnifier la force tranquille, je ne suis pas naïf pour autant. Avec lui je sais que je dois constamment rester sur mes gardes.

❄ MÖRSUGUR / JANVIER ❄

QUATRE JOURS PLUS TARD

AMALRIK

Le plan est en marche. Comme convenu, nous avons contourné JOMSBORG et nous avons migré à l'Est. Almut a suivi de mauvaise grâce. Il est de plus en plus désagréable. Je sens que quelque chose se trame, mais quoi ?

Pendant ce temps-là, les éclaireurs se sont rendus sur place pour leur mission d'observation.

J'entends des bruits de chevaux qui galopent dans notre direction.

— Ils sont tous de retour, m'indique avec soulagement l'une des sentinelles restées avec nous.

Le quatuor met pied à terre. Il nous explique qu'ils se sont mêlé chacun de leur côté à la foule, pour assister aux duels quotidiens. Ils ont vu environ trois cents mercenaires, comme l'a annoncé leur messager à

Harald. Ils sont dix fois plus nombreux que nous. Ils circulent en tout sens, armés d'épées, de poignards ou de haches à la ceinture. Les tentes ont été disposées au milieu d'une plaine, à plusieurs centaines de mètres de toute cachette potentielle. Une vingtaine d'archers en faction sont dispersés dans le campement et patrouillent pour leur sécurité. Ils se relaient à intervalles irréguliers.

Asulf et Björn semblent y circuler à leur guise, mais il y a toujours une douzaine de mercenaires à proximité. Le soir, ils affrontent des guerriers dans ce qu'ils appellent « l'arène » et où Folker paraît s'enrichir en plumant ses spectateurs. J'ai entendu parler de cela, dans des contrées lointaines, bien plus au Sud de tout ce que j'ai déjà exploré.

Avec l'agitation de la soirée, tout le monde déambulait en tout sens. Nos espions ont fini par perdre la trace des prisonniers que nous venions chercher.

Tout cela va grandement nous compliquer la tâche. Il aurait été plus facile pour nous de les trouver enfermés et sous bonne garde.

Je suis en pleine réflexion stratégique, assis sur un tronc d'arbre effondré. Les coudes en appui sur mes genoux, mes mains emprisonnent mes tempes que je masse vigoureusement. Je ne vois pas d'issue sans morts de part et d'autre. J'en viens même à me demander si, en désespoir de cause, nous ne devrions pas attaquer le soir, pendant leurs combats. Perdu pour perdu.

Ma vision se pose sur le sol sablonneux où j'ai reproduit le campement des JOMSVIKINGS. De frustration, j'attrape un caillou qui représente une tente et je le lance au loin en soupirant lourdement.

Je râle. Harald aurait souhaité me voir collaborer avec mon subordonné, non pas de le tenir à l'écart de mes réflexions. Cela m'en coûte de l'admettre, mais ce dernier a parfois de bonnes idées.

Je me redresse et pars immédiatement à sa recherche. Sait-on jamais.

Je croise Baldwin et l'interroge :

— Peux-tu m'indiquer où se trouve Almut ?

— Il est déjà là-bas, comme tu le lui as ordonné, rétorque-t-il, surpris.

Eh merde !

ALMUT

J'ai assisté sans broncher au discours de préparation d'Amalrik. Je l'ai suivi à l'Est de JOMSBORG, car, même si cela m'arrache la gorge de l'admettre, il a raison de brouiller les pistes. En revanche, les éclaireurs sont revenus et il veut attendre davantage pour passer à l'offensive ? Le vieux se ramollit. Hors de questions que l'on se fige sur place et que les gamins s'échappent ! Il nous a déjà fallu trois ans pour leur mettre la main dessus. Et encore, la chance était de notre côté, on nous les a servis sur un plateau.

Impensable que je rentre bredouille à ARÖS et déçoive mon roi. Je me suis battu pour devenir JARL, il n'est même pas envisageable que je perde ça !

Alors pendant qu'Amalrik s'énerve à échafauder des plans impossibles à réaliser, je vais le coiffer au poteau. Je lui laisse cinq guerriers, ses petits favoris et je pars discrètement avec les autres pour cueillir les deux fugitifs. Au passage je montre qu'il est bon pour la retraite et moi pour lui succéder.

Il fait encore nuit quand le campement des JOMSVIKINGS est en vue. La brume qui cache les tentes se lève doucement avec les premiers rayons de soleil qui ne tarderont pas à poindre à l'horizon. Nous nous préparons à l'assaut, tapis à la lisière des bois. D'ici tout est calme. Seuls les chants des oiseaux qui émergent se font entendre. C'est le signal que nous attendions.

Quelques minutes plus tôt, je confirmais mes consignes aux vingt-trois hommes que j'ai emmenés avec moi. Trouver Asulf et Björn, puis brûler tout le campement. Il ne doit pas subsister de témoins. Ces hommes sont des mercenaires et ils nous feront la peau s'il en reste ne serait-ce qu'un en vie.

Je réajuste ma prise sur la poignée de mon épée, alors que ma main droite tient fermement les rênes de mon cheval. Autour de moi, tous m'imitent avec leurs haches ou leurs lames. Nous nous sommes équipés de toutes nos armes, y compris nos poignards, glissés dans nos ceintures et nos bottes. Nous avons emporté nos boucliers, car ils pourraient nous être utiles au moment où nous poserons le pied à terre.

Seuls cinq de mes hommes ont un arc. Ils nous couvriront en envoyant une pluie de flèches depuis le Sud du campement. Pendant qu'ils nous offrent cette diversion, je cavalerai avec les dix-huit autres depuis l'Est. Avec le soleil dans notre dos et la brume qui se lève à peine, ils ne pourront pas anticiper notre arrivée.

Je resserre mes doigts sur la lanière en cuir et prends une grande inspiration, juste avant de hurler le signal. Nous y sommes.

BJÖRN

Je tourne encore et encore sur ma couche. Des images d'Eldrid me reviennent en tête. Nos moments intimes et passionnés, quand j'enlaçais son corps nu contre le mien, avant de la dévorer pour la énième fois dans la même nuit. Trois ans sans la voir et je me souviens toujours de l'ondulation de ses cheveux roux mêlés à mes mèches blondes. Son rire cristallin. Ses fossettes qui creusaient ses joues. Je voudrais l'étreindre à nouveau, alors qu'elle n'est qu'à quelques mètres de moi.

Mais elle dort dans les bras d'un autre et cela me rend dingue !

En la retrouvant, je pensais qu'elle m'aurait attendu. Je n'imaginais pas qu'elle aurait refait sa vie. Je suis là depuis une lune et j'ai eu le temps de me rendre compte des changements qui se sont opérés en elle. Elle n'est plus la femme volage et enjôleuse que j'ai connue. Elle a gardé sa fougue, mais a pris en assurance. Elle est forte, inébranlable et incorruptible. Elle ne cède plus à mes propositions, malgré mes nombreuses tentatives. Elle s'est rangée et fait la cuisine. Eldrid qui prépare à manger. C'est un putain d'oxymore !

Comme si elle était devenue une femme bonne à marier. Mais hors de ma portée, puisqu'elle n'est plus réceptive à mon charme.

J'enrage de la savoir avec ce gosse. Qu'est-ce qu'il a de plus que moi ? Physiquement, rien. Je suis plus beau, plus fort et à n'en pas douter, mieux pourvu. Il fut un temps où elle et moi nous aimions passionnément. Où j'étais à trois fois rien de m'unir à elle, même si elle ignorait mon dessein. Alors pourquoi demeure-t-elle avec lui depuis mon retour ?

Ce gamin m'horripile à rester de marbre alors que je tourne autour de sa compagne. Il devrait être hors de lui et venir m'affronter pour répondre à mes provocations. Mais non, il ne bouge pas d'un pouce. Pire, il multiplie les mièvreries avec ma belle rousse. C'est à vomir.

Moi, jaloux de ce bébé ? Clairement. J'en crève, même.

Si elle avait besoin de materner, j'aurais comblé son désir.

Toute cette situation me dépasse, je ne la comprends pas. Je n'en suis pas à souhaiter la mort des gens, mais si Karl pouvait disparaître, peu importe comment, cela arrangerait bien mes affaires !

Putain de bordel de merde ! Maintenant je les imagine tous les deux en train de batifoler dans nos positions préférées.

Je me frotte vigoureusement le visage pour m'ôter ces images de la tête. Je vais aller pisser, ça me fera du bien de prendre l'air.

Je m'étire longuement et sors de ma tente en silence. Je réalise au bout de quelques pas que je n'ai pas ceint mon épée. On est quand même dans un camp de mercenaires. Je ne veux pas me passer de ma lame. Même si je pourrais désarmer n'importe qui pour m'équiper en un rien de temps.

Sauf Asulf, éternel caillou dans ma botte. Et je ne vais pas m'étendre sur ce sujet, tout aussi épineux qu'Eldrid et Karl.

Je tourne les talons pour rebrousser chemin quand j'entends un sifflement familier et perçois des projectiles qui fendent la brume. Et là, je comprends.

— On nous attaque ! hurlé-je plusieurs fois à pleins poumons en plongeant dans ma tente pour m'armer.

ASULF

Je suis tiré de mon sommeil par des cris perçants et je crois reconnaître la voix de Björn.

— On nous attaque ! répète-t-il à plusieurs reprises pour réveiller tout le monde, juste avant de débouler comme un fou dans ma tente.

Je saute sur mes pieds et Lyra m'imite, alerte en une fraction de seconde. Sans attendre, nous nous équipons à la hâte alors que mon ami me renseigne :

— Volée de flèches en provenance du Sud et cavaliers galopants dans notre direction à l'Est.

— Combien sont-ils ? Questionné-je.

— Je l'ignore. La brume nous enveloppe et le soleil se lève.

— Eh merde, je réponds, sachant pertinemment que l'astre va nous éblouir et nous handicaper dans cette bataille.

Depuis la tente, nous percevons des hennissements et un galop fou de plusieurs chevaux. Le bruit est fugace alors qu'ils traversent le campement tel des furies. Des cris de guerre les accompagnent et se mêlent aux fracas des armes et grognements des mercenaires qui luttent déjà.

Cette scène que j'imagine sans difficulté me semble familière. En scrutant Björn, je comprends qu'elle l'est pour lui aussi. Ils nous ont retrouvés et ils nous attaquent.

Je toise le blond, guettant tout signe qui pourrait révéler une quelconque trahison. Nous étions tranquilles et en sécurité pendant trois ans. Puis il réapparait et deux lunes plus tard, nous sommes démasqués et traqués à nouveau. Je n'ose y croire, pourtant cette coïncidence ne peut en être une. Je lui ai toujours fait confiance, j'ai placé ma vie entre ses mains, les yeux fermés, durant des années. Et voilà comment il me le rend ! En exposant la seule famille qu'il me reste encore ! En mettant en danger *ma femme* !

À moins qu'il ait juste été suivi…

Le résultat a beau être le même, ce ne serait pas intentionnel.

Je suis en colère contre lui, mais je passerai outre sous peu… s'il n'y a pas de morts à déplorer.

Je bande mes muscles et m'apprête à lui vomir tout mon ressentiment, quand je suis coupé dans mon élan de manière inattendue. Lyra a senti mon inquiétude et pose ses yeux de biche sur moi, s'empressant de me calmer. Elle me sonde et à la vitesse de l'éclair, elle étreint mon âme pour la rassurer. Comment fait-elle cela ?

Sa tête bouge imperceptiblement de droite à gauche, rattrapant et muselant ma haine envers lui, me suppliant de la diriger ailleurs. Elle esquisse un mouvement du menton en direction de mon ami. Son visage carré est incrédule et blême. Il doit probablement ressembler au mien et confirme les impressions de ma belle brune.

A-t-il perçu mes hésitations le concernant ? C'est plausible, car il me connait si bien que je ne peux absolument rien lui cacher. La déception s'empare de ses traits et il soupire. Je m'en veux déjà d'avoir envisagé sa traîtrise en premier lieu alors que plusieurs hypothèses seraient crédibles.

Cette bataille qui débute excite le guerrier en moi et des sentiments violents s'affrontent. Je baisse le regard et m'aperçois que j'ai dégainé Rigborg sans même m'en rendre compte. C'est donc pour cela que je suis sur les nerfs. Ma lame a soif de sang et souhaite en découdre.

Lyra presse mon avant-bras et évacue de ce fait les dernières pensées négatives qui m'avaient envahies à tort à l'encontre de mon ami. Ma femme est une bénédiction. Sans elle, je ne suis qu'un loup enragé et incontrôlable, à la merci de mon arme affamée. Elle est le calme qui dompte ma tempête.

Je pivote vers elle et nos regards se verrouillent. Je me perds un court instant dans ses iris verts et bruns, alors que je communique avec elle sans paroles.

J'ai formé mes compagnons sur ce que j'attends d'eux en cas d'attaque. Je veux qu'ils partent se réfugier en sécurité à la cascade où personne ne pourra les trouver. Elle saisit le fond de ma pensée et acquiesce.

— Sois prudent, m'enjoint-elle en m'embrassant.

— Mettez-vous tous les trois à l'abri, je réponds. C'est tout ce qui compte. On se retrouve plus tard.

Un dernier tendre baiser à mon étoile et nous quittons tous les trois la tente à toute hâte. J'observe Lyra foncer vers celle d'Eldrid et Karl à l'Ouest, jusqu'à ce qu'elle ne soit plus à porter de vue.

Que les Dieux la préservent d'un malheur !

Björn et moi partons plein Est au pas de course. Autour de nous, les mercenaires s'agitent en tout sens, telles des abeilles dont on aurait secoué la ruche, peu habitués à être coordonnés et dirigés. Ce balai est inefficace et périlleux, pour eux comme pour nous. Nous risquons de nous percuter et de prendre un mauvais coup, voire de mourir. C'est à se demander comment ils ont survécu jusqu'ici !

Les volées de flèches nous surplombent et atteignent les tentes. Il devient dangereux de rester à l'intérieur.

Tous se parent de leur bouclier et de leurs armes.

Le sol se met à gronder et trembler, alors que des cris nous proviennent de l'Ouest. Merde, les chevaux reviennent !

D'une voix forte et assurée, je hèle aux guerriers plus proches :

— SKJALDBORG ! Mur de boucliers !

Je brandis le mien en rempart dans un geste fluide, aussitôt rejoint par Björn. Notre cohésion est à nouveau là, plus puissante que jamais.

Les mercenaires autour de nous nous imitent, juste à temps nous offrir une meilleure couverture et intercepter la gerbe qui nous était destinée. Nous ne vacillons pas alors que nos protections accueillent ces projectiles. Je compte cinq impacts et rien au sol. Ces archers sont loin et sacrément doués ! À l'inclinaison des traits, ils sont plein Sud.

Nous essuyons successivement trois salves rapprochées de cinq flèches. Toutes terminent leur course sur le mur de boucliers érigé au-dessus de nos têtes. Les hommes avec nous ont vite compris que m'obéir était dans leur intérêt et nos rangs ont été grossis par d'autres à proximité.

— On peut les prendre à revers et les neutraliser, lance l'un des mercenaires, mais ça prendra un peu de temps.

— Combien ? je m'enquiers.

— Une vingtaine de minutes, répond-il. Il faut passer par la plage, c'est le seul moyen de progresser à couvert et de les surprendre. Nous serons en contrebas jusqu'à la forêt et avancerons entre les arbres en direction du Sud en les contournant largement. Puis on les attrape à revers.

Ce plan me parait bon et à Björn également puisqu'il acquiesce d'un hochement de tête.

Nul besoin de lui parler. Sur le champ de bataille, nous sommes synchronisés, en parfaite harmonie.

— Allez-y, ordonné-je. On vous couvre jusqu'à l'embarcadère.

Ils approuvent et nous rejoignons le sable blanc comme convenu, à l'abri derrière le SKJALDBORG. Nos boucliers encaissent et commencent à se fissurer, alors que les pointes traversent le bois de toute part. Certaines manquent de peu nos têtes.

Sur la plage, les flèches ne peuvent plus nous atteindre. Je me redresse pour observer la configuration du campement. Les cavaliers ont déjà fait des dégâts. Des braseros ont dû être renversés, car des tentes sont en feu. Nous n'en avons pas croisé en chemin, mais j'imagine déjà des hommes à terre, vaincus par nos assaillants.

Björn pose sa main sur mon épaule pour me signifier qu'il est temps d'y retourner. Nous laissons là quatre hommes pour exécuter le plan, alors que nous retournons au cœur de la bataille.

FOLKER

Je suis réveillé en sursaut par un hurlement :

— On nous attaque ! On nous attaque !

Qu'est-ce que c'est que ce bordel ? J'envoie valser les peaux qui me recouvrent, m'habille à la hâte et ceins mon épée, quand l'un de mes mercenaires débarque en trombe dans ma tente.

— Folker, des hommes…

— Nous attaquent, coupé-je. J'ai compris. Combien ?

— Une vingtaine.

— Pourquoi n'ai-je pas entendu le cor nous prévenir ?

— Ils sont arrivés par l'Est, au moment où le soleil se levait. Nous avons été aveuglés et…

Bande d'incapables ! Ils ont encore bu tout leur saoul hier soir et n'ont pas monté la garde cette nuit.

— Va me chercher ma monture, j'ordonne.

— Impossible, bredouille-t-il. À leur premier passage dans le camp, ils ont libéré tous les chevaux.

— Et on ne peut pas fuir, car il n'y a aucun DRAKKAR au mouillage, je termine.

C'est pas vrai !

— Comment cela se présente ? Interrogé-je.

— Pas très bien. Leurs archers nous arrosent de flèches depuis les bois au Sud. Asulf a coordonné un SKJALDBORG pour nous mettre à l'abri.

Et là, je percute. Il devait être roi du JUTLAND. Et Björn est le fils de son prédécesseur.

Je me raidis néanmoins en songeant à mon butin qui risque de se faire endommager durant ce raid. Je suis surpris de les savoir encore là.

— Pour qui lui et son ami se battent-ils ? Questionné-je.

— Pour nous. Il pense qu'il n'y a que cinq archers, mais d'une précision redoutable, bien qu'à bonne distance. Il est persuadé que c'est Harald Le Démoniaque qui nous attaque, car il aurait reconnu certains anciens compagnons d'armes. Et le blond a confirmé.

Par tous les Dieux ! Je me fige. Je suis en train de me prendre une claque monumentale avec l'avalanche d'informations qu'il déverse.

Je me suis fait duper, putain ! Qu'est-ce que j'ai été con !

Je ne suis pas naïf, mais je pensais tout de même pouvoir faire un minimum confiance à un roi ! J'ai été négligent, je n'ai même pas gardé un DRAKKAR à quai. Je les ai tous envoyés en mer pour des pillages. Les hivers ici sont rudes et nous sommes de plus en plus nombreux.

Mais aujourd'hui, cette petite erreur d'appréciation pourrait me valoir toutes mes possessions et ce pour quoi je me suis battu tant d'années.

Mais surtout, je pourrais perdre ma tête.

En tout cas, cela explique le silence de mon messager. Sa mission lui aura coûté la vie.

Je ne suis clairement pas prêt à affronter un roi. Même s'il semble que seule une vingtaine d'hommes aient été envoyés pour nous tuer. C'est bien présomptueux de sa part, car mes gars ne sont pas des tendres.

Comme toujours, j'ai de la chance, car Asulf et Björn se battent pour moi. Ils mettent à profit leurs compétences et connaissances du terrain pour affronter leurs anciens camarades. Ils aident mes mercenaires.

Si nous nous en sortons vivants, il est certain que ces deux-là réclameront, à juste titre, des explications de ma part. Mais pour l'instant, je dois surtout faire en sorte de sauver ce qui peut encore l'être, notamment mon butin.

J'attrape par l'épaule l'homme qui est venu m'avertir et nous quittons ma tente. Je suis surpris de voir une silhouette approcher rapidement et lève mon épée, prêt à me défendre. Mais les yeux dans lesquels les miens se verrouillent m'arrêtent net.

— C'est toi que l'on doit remercier pour tout ce merdier ? questionne-t-il, alors qu'il semble déjà avoir la réponse.

ELDRID

CHAPITRE 37

FAUX- FRÈRES

❄ MÖRSUGUR / JANVIER ❄

SIGRUNE

— On nous attaque !

La phrase de Björn tourne en boucle et réveille tout le monde autour, y compris mon colocataire. Il n'a suffi que de quelques mots pour que le démon salive. Il a soif de sang, comme tous les jours. Mais cela fait bien longtemps que nous n'avons tué personne, alors la perspective d'une bataille l'excite au plus haut point. Je le sens frétiller et peine à le contenir.

Asulf bondit de sa couche et me ceint à sa taille, au moment où son ami arrive pour lui faire un état des lieux de la situation. Le loup se crispe à l'idée d'une attaque-surprise et pose sa main sur moi. Enfin, sur Rigborg, son épée, dans laquelle je me trouve. Je tente d'intimer au démon de ne pas bouger, afin que je puisse comprendre de quoi il retourne. De mauvaise grâce, il cède et patiente, pensant que je vais encore faire ma rabat-joie. Mais il n'en est rien. On nous attaque, il nous faut nous défendre. Et s'il y a des morts, cela me donnera probablement l'occasion de revoir mes sœurs, même si je ne peux pas communiquer avec elles.

La bataille point à l'extérieur, alors que le guerrier fait état de la situation. Comme un écho à ses dires, nous percevons des chevaux, des cris et des fracas de métal au-dehors. Le beau brun n'aime pas du tout ce qu'il entend. Il sait qui est le commanditaire de l'assaut : son oncle.

Tout se mélange sous son crâne et brusquement il imagine un lien entre son ami et l'attaque qui se déroule en ce moment même.

Non, Asulf, tu fais fausse route !

Le blond a dit sur le ton de la plaisanterie qu'Odin lui avait indiqué le chemin à suivre et il n'a sûrement pas menti. Le roi des Dieux aime se mêler aux MIDGARDIENS. Il affectionne tout particulièrement se prendre pour l'un d'entre eux. Et puisque nous étions introuvables, il est probable qu'il ait orienté le guerrier sur la bonne voie.

Björn le scrute un instant. Soudain, il semble entrevoir la lutte dans la tête de son compagnon et se décompose. Incrédule et consterné que celui-ci puisse penser une telle chose. Alors que la seule personne à blâmer s'appelle Folker. C'est lui qui les a dénoncé à Harald.

Ce n'est pourtant pas le lieu idéal pour parler de cela et Lyra l'a bien compris. Elle s'interpose pour calmer les ardeurs de son mari qui peine à contenir sa fureur. Il tremble, bout sur place et je sens de l'énergie qui commençait à circuler entre nous se tarit brusquement. Nous étions à deux doigts de voir apparaître le *Regard d'acier* hors combat. Une fois encore, son étoile l'a ramené à la raison.

Rassérénés, les deux jeunes guerriers échafaudent rapidement un plan avant de se séparer. Asulf contemple sa femme qui s'éloigne, jusqu'à ce qu'elle ne soit plus dans son champ de vision. Je sens les incertitudes du loup refaire face. Il a confiance en elle et ses amis. Pourtant, cette attaque-surprise l'inquiète. Harald est derrière tout cela et mon champion se demande s'il a bien fait de les laisser partir sans protection.

Des flèches pleuvent et les combattants s'en abritent en créant un SKJALDBORG salvateur avec quelques mercenaires. Ils se déplacent jusqu'à la plage, pour y déposer quatre d'entre eux chargés de débusquer et neutraliser les archers.

L'ours et le loup reviennent dans la bataille, plus déterminés que jamais. De six mercenaires qui les entouraient, au sortir de la tente, ils sont à présent douze. Alternativement, les deux guerriers hèlent des ordres complémentaires et clairs et les hommes leur obéissent aveuglément :

— Flèches ! Crie Asulf.

Les quatorze brandissent leurs boucliers respectifs, en formation serrée, pour se protéger des pointes qui les attaquent.

— Six chevaux à l'Est ! Hurle à présent Björn.

Les quatorze changent d'angle et composent un SKJALDBORG impénétrable, la jambe avant repliée, l'arrière ancré dans le sol pour se stabiliser. Les destriers ennemis peinent à ralentir, alors que leurs cavaliers ont aperçu l'obstacle trop tard. Deux d'entre eux sont désarçonnés et l'un d'eux vole au-dessus du SKJALDBORG pour atterrir derrière la ligne.

Asulf grogne en abandonnant son bouclier. Il prend de l'élan et s'agenouille violemment alors qu'il enfonce Rigborg dans la poitrine d'un ancien camarade. Il l'a reconnu et je sens la culpabilité l'envahir simultanément. Cependant, elle ne s'éternise pas, car le démon se réveille instantanément. Telle une vague déchainée, elle déferle sur le jeune guerrier qui tressaute.

Lorsqu'il relève la tête, Asulf n'est plus aux commandes. Ses yeux ont pris la teinte glacée du métal. Il a un rictus mauvais aux lèvres. C'est le démon à travers le *Regard d'acier*. Et pour une fois, je le laisse diriger.

Le guerrier se redresse et arrache Rigborg des entrailles du cadavre, alors qu'elle bleuit, nous régénérant de la vie tout juste prélevée.

Sans attendre, Asulf se retourne et escalade en courant l'un des mercenaires qui s'affaisse légèrement sous son poids. Il prend appui sur son mollet, puis impulse pour que son autre pied atteigne l'épaule de l'homme. L'élan le propulse. Un pas de plus et cette fois, c'est un bouclier qui réceptionne ses pieds joints. Il fléchit ses jambes et rebondit en avant, en direction d'un cavalier encore en selle. Le cri de guerre qu'il pousse est effrayant, alors qu'il brandit sa lame bleutée au-dessus de sa tête, qu'il tient à présent à deux mains. Il la pivote, pointe vers le bas. Il atterrit sur le dos du cheval, se stabilisant avec son épée qui s'enfonce droit dans le corps de son ennemi.

Celui-ci n'a même pas bougé, paralysé par la vision d'horreur du *Regard d'acier*, dont les traits du visage ne laissaient aucune place au doute.

Le champion se relève en retirant Rigborg de ce second cadavre. L'homme désarçonné précédemment veut prendre ses jambes à son cou. Mais c'est sans compter sur l'assaut de Björn, qui imite son ami pour survoler le mur de boucliers. Il se réceptionne au sol et en quelques foulées a rattrapé son adversaire qu'il transperce en pleine poitrine.

Les trois cavaliers restants ne font pas long feu, car les deux guerriers reviennent à la charge, effrayant les chevaux qui éjectent l'un d'eux. Il tombe fesses contre terre et a tout juste le temps d'effleurer son épée, que le *Regard d'acier* fait virevolter sa lame et lui tranche la tête d'un coup sec. Il a visé si juste que le métal s'est faufilé entre deux vertèbres. J'ai ressenti la déchirure de la chair et je tremble, alors que la tête roule plusieurs fois sur l'herbe avant de s'arrêter contre une tente. Les yeux sont grand ouverts, figés dans la surprise la plus totale.

Malgré le nombre plus que conséquent d'ennemis occis ces neufs dernières années, je ne me fais toujours pas à ce dégoût qui me parcoure. Je frissonne, le cœur au bord des lèvres, alors que le démon jubile à mes côtés.

Le *Regard d'acier* se retourne. De concert, Björn et lui attrapent les rênes des chevaux des deux cavaliers restants pour les empêcher de fuir. Les deux hommes dégainent leurs épées une seconde trop tard et se font embrocher sans sommation. La vie les quitte alors qu'ils chutent à bas de leurs montures.

Le brun fait tournoyer sa lame avec aisance et scrute autour de lui pour savoir qui sera le prochain. Björn n'est pas surpris, il a l'habitude de voir la version déchainée d'Asulf. Néanmoins, quand les yeux de son ami tombent pour la première fois dans les siens, leur teinte métallique l'effraie. Car si le *Regard d'acier* vous toise, vous êtes le suivant sur sa liste.

Un éclair de stupeur passe dans les iris du blond qui ne se démonte pas. Si Asulf veut l'affronter, il est prêt. Pourtant, le brun sourit sans un mot, alors qu'il montre quatre doigts pour narguer Björn. Ce dernier grogne, il n'en a éliminé que deux.

Leur attention se porte une seconde sur les mercenaires qui ont assisté à la scène. Ils sont béats d'admiration devant ces passes d'armes grandioses. Les douze hommes apprécient clairement de les avoir dans leur camp pour cette bataille.

Au loin, j'aperçois un halo que je connais bien. Mes sœurs s'approchent pour emmener les âmes de ceux morts dignement au combat.

Malheureusement, elles ne peuvent nous rejoindre. La cascade nous en empêche, car la magie de l'esprit des eaux recouvre JOMSBORG. Ce qui signifie que chaque guerrier qui tombe ici, aussi méritant soit-il, ne pourra pas gagner le VALHALLA.

Au loin, j'aperçois Kara, la sœur dont je suis la plus proche. Ses longs cheveux d'or et ses yeux bleus perçants regardent dans ma direction. Je fais bleuir Rigborg pour attirer son attention. La VALKYRIE comprend qu'il s'agit de moi, car j'utilise notre code secret.

Elle penche légèrement la tête sur le côté, ses paupières se plissent, et sa bouche devient boudeuse. Elle voudrait m'aider, ainsi que tous ces guerriers qui meurent vaillamment, mais elle est entravée par la magie à l'œuvre ici.

Je soupire de frustration et de regret. Mes sœurs me manquent tellement !

J'espère sincèrement que je serai libérée de cette prison et que je les reverrai un jour.

Dans l'intervalle, je fais la seule chose que je maîtrise à la perfection : guider Asulf vers la victoire.

ASULF

Björn et moi sommes dos à dos pour lutter contre ceux qui étaient auparavant nos hommes. Nous devons faire abstraction de nos sentiments pour les voir tels qu'ils sont aujourd'hui : des ennemis. Par chance, nous n'étions pas proches de ceux que nous avons affrontés précédemment. Cela a quelque peu apaisé notre conscience, même si une vie reste une vie, que nous ne prélevons jamais de gaité de cœur.

Un peu plus tôt, j'ai senti mon épée prendre possession de moi. Avec le temps, j'ai appris à faire la différence entre les moments où Sigrune m'aide et ceux où le démon s'empare de mon corps. Et tout à l'heure, c'était clairement lui. Je pense qu'elle l'a laissé faire, parce que c'était nécessaire et que sa soif viscérale n'était pas contrôlable sur le moment. Maintenant qu'il a absorbé quatre vies et qu'il n'a plus besoin de les partager, je le sens plus serein.

Lorsqu'il ne lutte pas contre moi ou la VALKYRIE, le démon me permet d'assister à la bataille. Dans ces rares moments, je suis comme le spectateur d'un rêve éveillé. Je n'ai pas conscience de mes membres, je ne ressens rien de ce que mon bras ou mes jambes font, je peux juste voir ce qui se passe.

Par contre, je perçois la jouissance intense du monstre au moment où cette vie arrachée le régénère. Et j'admets que c'est un plaisir coupable duquel je profite, aussi explosif qu'un orgasme. Ce doit être pour cela que je plane, alors que le démon vient de me rendre mon enveloppe charnelle.

— Tu me fais penser à un putain de drogué avec ta tronche d'ahuri, m'apostrophe mon ami. On dirait que tu as snifé des plantes de VÖLVA. À l'occasion, fais tourner !

Je l'observe, incrédule. Notre complicité passée est revenue naturellement et j'avoue volontiers qu'elle m'a manquée.

Si lui et moi plaisantons durant les combats, c'est uniquement pour détourner notre attention de la dureté de nos actes. La violence à laquelle nous sommes confrontés rendrait dingue n'importe qui. Alors nous évacuons cette pression comme nous le pouvons, afin de conserver notre motivation jusqu'à la fin de la bataille.

Il me nargue avec un clin d'œil complice, alors qu'il avise un nouvel ennemi, en sautillant sur place pour être plus prompt à réagir. Avec toute la délicatesse que je lui connais, c'est à dire aucune durant un affrontement, il charge tel un ours et embroche l'assaillant qui n'a pas le temps de répliquer.

— Un de moins. Fais gaffe, je te rattrape, m'avertit-il, goguenard.

— T'es un abruti ! Je le rabroue.

— Et toi, tu te ramollis.

Sans lui répondre, je pare le coup d'un nouvel attaquant qui arrive sur ma droite. Je le mets définitivement hors d'état de nuire en trois manoeuvres élégantes.

— Tu disais ?

— T'as toujours pas compris qu'on ne joue pas avec ses proies ? Pendant une bataille, on s'économise, gamin.

— Oui, papa ! Je lui rétorque, comme lorsque nous étions adolescents et qu'il me cherchait.

Sauf qu'aujourd'hui, cette taquinerie innocente m'assombrit derechef. Je n'ai plus de père. Le mien, le vrai, cst mort le jour de ma naissance. Et l'usurpateur a mis ma tête à prix.

Mon ami doit sentir mon trouble car il m'en sort avec une boutade :
— Finalement non, garde tes herbes. T'as une mine affreuse et l'euphorie ne dure pas. Je préfère me saouler à la cervoise.
— Sérieusement, c'est quoi ton problème avec mon visage ?
— Il est moins beau que ton arrière-pays, raille-t-il.
— Enfoiré ! Tu as vu mon cul moins souvent que moi le tien.
— C'est parce que tu peux rajouter « indiscret » à ta longue liste de qualités, mon loup.
— C'est toi, le sans-fourreau !
— Ouais, c'est pas faux, admet-il, fier de lui en plus !

Dans nos recherches pour débusquer d'autres ennemis, nous nous rapprochons de la tente de Folker. L'un d'eux déboule devant nous, alors qu'il est embroché simultanément pas nos deux épées.
— Et maintenant tu voles dans ma gamelle ? Grimace Björn.
— Je te sauve la vie, nuance.
— Je m'en sortais très bien tout seul.
— J'ai dû manquer des trucs en trois ans, parce qu'il ne me semble pas que le cœur se soit déplacé à droite, me moqué-je.
— Tu m'as gêné, grommelle-t-il.
— Hum. Ça doit être ça.
À notre gauche, un pan de tissu bouge et deux hommes en jaillissent, pour se trouver nez à nez avec nous. Folker et un mercenaire. Ils ont l'air de débarquer et je suis étonné qu'avec tout ce boucan, ils ne se mettent en route que maintenant.
— C'est toi que l'on doit remercier pour tout ce merdier ? Le questionne Björn, acerbe.
Le chef grimace et ne relève pas.
— Où en sommes-nous ? S'intéresse Folker.
— Huit morts à nous deux, je réponds. On a envoyé une escouade pour neutraliser leurs cinq archers. Et vous ?
— Nos chevaux ont été libérés. Pas de DRAKKAR à quai. Possible qu'il y en ait encore qui traînent dans le camp, conclut le mercenaire.
— Sans blague ! ironise Björn, alors que nous entendons du grabuge au loin.
Sans attendre, il part dans la direction du bruit et je lui emboîte le pas.

À mon arrivée, il est en plein duel avec un colosse. Puisqu'il m'a rabroué une minute plus tôt, je le laisse se dépatouiller. L'œil alerte, je m'assure néanmoins qu'il ne sera pas pris à revers.
Il fait moins le fier, car l'homme lui donne du fil à retordre. Je vois qu'il perd patience quand il contourne son adversaire. Il prend appui sur un brasero et se jette sur le dos de son opposant. Le porte-flamme

s'effondre sur la tente voisine qui s'embrase instantanément. Je réalise que le stock d'alcool se trouvait là. Logique.

— Un coup de main ? me hèle le blond.

— Tu t'en sors très bien tout seul, le paraphrasé-je.

Björn s'énerve, il a atteint sa limite. Il est juché sur le dos de l'homme, ses jambes autour de sa taille, pendant que celui-ci a perdu sa hache et tente de désarçonner son cavalier à mains nues. De son bras gauche, mon ami lui enserre fermement le cou. Avec sa main qui tient son épée, il pose la lame sur son avant-bras déjà calé. Il l'appuie contre la gorge de sa proie et la ramène vers lui d'un coup sec pour l'égorger. L'individu ne se débat plus et cherche à stopper l'hémorragie, alors que Björn saute à bas et l'observe mourir, fatigué, le regard grave.

— Tu vois que tu peux te faire confiance, je le nargue pour détendre l'atmosphère.

Folker et son acolyte nous rejoignent. Toujours un temps de retard.

— Toi et moi allons avoir une petite discussion, lui annoncé-je, énervé.

— Au sujet de la décoration du campement qui n'est plus à ton goût ? râle-t-il, sachant très bien de quoi je parle.

— De ta putain de trahison et de ton addiction à l'or ! Hurle Björn.

Folker soutient son regard sans rien répondre. Par son silence, il vient de confirmer que c'est bien lui qui nous a vendu à Harald. Et il doit déjà le regretter, vu l'état de son camp. Les chevaux sont partis, les braseros ont été couchés et ont brûlé plus de la moitié des tentes. À cela s'ajoutent les lourdes pertes humaines qu'il dénombrera plus tard.

— En effet, nous en reparlerons. Ce n'est pas le moment, grogne-t-il.

— Content d'avoir fait connaissance avec mon oncle ? Demandé-je, bien que ma question soit purement rhétorique.

Il coule un œil mauvais dans ma direction qui me renseigne clairement sur son état d'esprit. La tromperie fait très mal.

— Si tu survis à cette bataille, je poursuis, tu m'en devras une.

— C'est une blague ? s'emporte-t-il en pivotant vers moi, arme à la main.

— Je te le déconseille, prévient le blond, le plat de sa lame posée contre le torse du chef pour le couper dans son élan.

— Sinon quoi ? Tu me menaces ? Demande Folker qui n'apprécie pas cet affront.

— Non, je t'avertis, lui répond mon ami. On se casse tous les cinq après la bataille. Si tu nous en empêches, je te tuerai. Et ça, Folker, c'est une promesse, martèle-t-il.

Ils se toisent tels deux ours qui ont repéré du miel et dont aucun ne veut abandonner la ruche entr'aperçue.

Un hurlement de douleur nous parvient aux oreilles. Mon ami oublie

Folker et pivote dans ma direction.

— Eldrid, souffle-t-il après l'avoir reconnue.

D'un accord silencieux, nous plantons là Folker et les mercenaires et courrons à perdre haleine en direction du cri qui déchire nos entrailles.

LYRA

— Mettez-vous tous les trois à l'abri. C'est tout ce qui compte. On se retrouve plus tard.

Asulf m'embrasse tendrement, juste avant que nous nous séparions. J'applique ses ordres sans poser de questions et fonce vers l'Ouest, pour rallier au plus vite la tente d'Eldrid et Karl.

Je cours avec un couteau dans chaque main. Un bouclier enfilé sur mes épaules pour couvrir ma tête et le haut de mon dos. La hache à double tête de feu Leif, le vrai père d'Asulf, est devenue mon arme. Je l'ai ceinte dans le bas de mon dos pour ne pas me ralentir.

Lorsque j'arrive, mes compagnons sont équipés et prêts à suivre mes directives.

— On doit se rendre immédiatement où vous savez, annoncé-je sans plus de détails, au cas où nous serions espionnés.

Ils acquiescent en silence. Karl s'empare avec souplesse de son bouclier de la main gauche, puis de la droite il se saisit fermement du manche de sa hache. Il en utilise la tête en acier pour écarter les pans de tissu et mettre furtivement le nez dehors. Pendant ce court laps de temps, la rouquine endosse son propre bouclier et s'arme de couteaux de lancers, comme je l'ai fait plus tôt en présence des deux guerriers.

— La voie est libre, mais ça ne va pas durer, nous renseigne-t-il.

— Il faut y aller maintenant, affirmé-je. On reste à couvert autant que possible. Direction Nord-Ouest pour rejoindre la plage. Puis on longe en contrebas jusqu'à atteindre la forêt. De là, on fonce où vous savez.

Nous validons le plan ensemble d'un hochement de tête et sortons discrètement. Ainsi équipés, nous pouvons courir aisément d'une tente à l'autre pour nous cacher derrière et avancer en limitant les risques. Je remercie mon mari et ses entraînements forcés, car sa préparation physique paie aujourd'hui. Je ne suis absolument pas essoufflée.

Nous progressons l'un après l'autre, sans nous éloigner.

Soudain, à sept mètres, je remarque un inconnu, dont le regard meurtrier se braque sur nous. Je réfléchis à peine une seconde pour trouver une faille dans son armure. Rien. C'est finalement sa tête qui est le plus vulnérable.

Je tends mon bras vers l'arrière et ajuste automatiquement mon couteau et mon geste. Quand mon épaule repart vers l'avant à pleine puissance, j'ai tout juste le temps de voir la lame quitter ma main, qu'elle est propulsée droit vers son visage. Elle se fiche dans son œil et il se met à hurler.

Karl nous dépasse en brandissant sa hache à l'horizontale et lui tranche la gorge, interrompant net le cri de l'homme qui se noie dans son propre sang.

Eldrid est pétrifiée, alors j'attrape son bras pour la faire réagir. Ses iris trouvent les miens et elle semble se reconnecter à la réalité.

— Viens, ne restons pas là, lui intimé-je.

Son visage pâlit, mais elle obtempère en m'emboîtant le pas, alors que Karl ferme la marche, une main dans le bas de son dos pour la rassurer.

Nous arrivons au niveau de la dernière tente. Eldrid me sauve la mise, quand un colosse sort de nulle part. J'ai à peine le temps d'apercevoir son couteau voler devant mon nez, pour finir sa course dans l'épaule de la montagne de muscles. L'individu sourit comme s'il ne représentait rien. La rouquine se saisit d'une seconde lame, puis d'une troisième et les lance vigoureusement l'une après l'autre. Elle vise et touche les mains de l'homme qui commence à nous charger de rage.

J'imite mon amie et cible les pieds de notre ennemi, comme Asulf me l'a appris. L'inconnu perd l'équilibre alors que Karl arrive. Le géant essaie de prendre son épée pour l'occire, mais le jeune boucher est plus rapide et se déplace en un éclair. Il abat sa hache qui tranche la main et la sépare de l'imposante stature. L'homme étreint son moignon d'où le sang coule à flots et crie de rage. Je suis mortifiée, même s'il est désarmé et affaibli.

Karl fait alors tournoyer sa hache qui siffle, avant de l'attraper à deux mains. Elle termine sa course dans le crâne de l'assaillant, qui saigne abondamment. Celui-ci s'écroule dans un bruit sourd, que le fond sonore de la bataille n'arrive pas couvrir.

J'observe Eldrid dont le teint est livide et décide de ramasser nos couteaux. J'essuie les siens sur le cadavre avant de les lui rendre.

— Merci, murmure-t-elle, à peine audible.

Karl inspire profondément. Il n'a pas l'air bien non plus. C'est une chose de s'entraîner au combat avec Asulf. S'en est une autre de tuer. Et pour lui, ce sont ses premiers.

Le temps presse. Je décide de prendre le commandement de notre groupe :

— À partir de là, il va nous falloir courir à découvert sur deux cents mètres. Vous pouvez le faire ?

Mes compagnons opinent du chef et se mettent en position. Intérieurement, je tremble comme une feuille, mais je leur dissimule mon angoisse. Je ne peux pas flancher, sinon nous sommes foutus.

Respire, Lyra. Tes amis comptent sur toi. Ce n'est pas le moment de les laisser tomber.

— Puissent Odin et Freya nous protéger, murmuré-je pour m'encourager.

Je penche la tête vers le sol et inspire longuement, alors que je triture le bracelet qu'Asulf m'a offert. Quand je la relève, je suis plus déterminée que jamais.

— FRAM ! C'est parti ! Crié-je pour lancer notre course.

Mes pieds foulent l'herbe à un rythme effréné. Je crois m'être rarement déplacée aussi vite. Je fonce sans regarder derrière moi, comme Asulf me l'a maintes fois ordonné. Sauver ma propre vie, c'est tout ce qui compte.

Et mes amis ? Je perçois des pas derrière moi, je sais qu'ils me suivent. S'il y avait eu un problème, j'aurais entendu crier, pas vrai ?

Et s'ils avaient été pris par surprise et que des hommes leur avaient tranché la gorge ? Saisie d'une angoisse incontrôlable, je tourne la tête jusqu'à ce qu'ils soient dans mon champ de vision.

— Qu'est-ce que tu fous ? T'arrêtes pas, Lyra ! me hurle Karl.

Je suis rassurée et fixe à nouveau mes yeux vers le rivage, tout en accélérant mes foulées. J'ai toujours été là plus rapide. Mais je ne me voyais pas abandonner mes amis si l'un d'eux était touché. J'aurais bravé les ordres d'Asulf pour eux deux. Ils sont ma famille, mon frère et ma sœur de cœur.

En arrivant sur la plage, nous nous arrêtons un instant pour nous remettre de nos émotions. Eldrid est livide. Sa peau laiteuse est devenue vraiment blanche. Elle accuse le coup et rend son dernier repas. Est-ce la grossesse ou l'émotion intense dès le réveil ?

Karl et moi n'en menons pas large non plus, mais nous tenons bon. Nous soufflerons lorsque nous serons cachés dans la grotte de la cascade. Car même si c'est risqué de nous aventurer dans l'eau, ça l'est toujours moins que de rester dehors. Nous ne pouvons pas lutter contre des guerriers aguerris. En revanche, nous sommes trois et pouvons nous soutenir pour lutter contre l'enchantement de l'esprit de l'eau.

Dès que la rouquine se sent mieux, nous reprenons la route en trottinant doucement. L'air marin lui fait du bien, car elle regagne des couleurs.

Nous atteignons la lisière de la forêt, soulagés, mais toujours sur nos gardes. En silence, nous nous enfonçons dans les bois et repérons un groupe de cavaliers. Nous nous cachons et les esquivons, alors qu'ils semblent patrouiller dans le coin, comme s'ils cherchaient quelqu'un. Nous, peut-être ?

Nous nous détournons de notre itinéraire à plusieurs reprises. Je sens qu'ils nous rabattent en direction du campement. *Mince !*

Le visage de celui qui doit être leur chef se tourne dans ma direction.

C'est pas vrai ! Il m'a vu et s'avance vers moi.
— On est repérés, soufflé-je à mes amis, alors que nous commençons à courir en direction du Nord pour leur échapper.

ELDRID

Je me glace alors que Lyra nous avise que nous avons été débusqués. Elle m'attrape par la main et me tire derrière elle pour m'obliger à bouger. Je la suis sans réfléchir, accélérant de plus en plus. Je n'ai pas le meilleur sens de l'orientation, mais j'ai l'impression que nous rebroussons chemin. Je vais pour protester quand nous déboulons dans une petite clairière, aux abords de la plaine, non loin du campement.

Par Freya, c'est un piège !

Cinq cavaliers se tiennent en son centre et nous mettent en joug. Qu'est-ce que… ? Leurs visages me semblent familiers, mais je peine à me souvenir d'où je les connaitrais.

Les hommes détendent leurs doigts au signal de celui qui se trouve au milieu. Leurs phalanges relâchent les cordes de leurs arcs qui propulsent leurs flèches dans notre direction. Asulf a eu beau nous avoir entraînés pour parer à ce genre de situation, je reste figée.

Du coin de l'œil, je suis soulagée d'apercevoir Lyra plonger sur sa gauche en une glissage et atterrir derrière un énorme rocher, en sureté.

Au même moment, je sens deux mains fortes me saisir par la taille et me lancer vers elle, comme si je ne pesais rien et avant que je n'aie eu le temps de protester. Les flèches sifflent et l'une d'elles érafle ma jambe.

Par Odin, ça fait mal !

Je me réceptionne sur les genoux et les paumes. Par chance, je ne suis pas très lourde et cette chute ne m'a pas blessée. Je m'ébroue pour reprendre mes esprits, tout comme Lyra, qui observe dans ma direction, blanche comme un linge. Je suis son regard et fais face à la zone où j'étais un instant plus tôt.

C'est alors que je réalise que Karl ne nous a pas suivies. Il est debout, mais ses jambes se dérobent sous lui. Je me précipite pour l'aider, tandis que mon amie m'ordonne de rester avec elle. Elle a eu beau essayer de me retenir, je me dégage violemment de sa prise et me rue pour empoigner Karl.

Lorsqu'il tourne son regard vers moi, je comprends que quelque chose cloche. Je ploie sous son poids et nous nous effondrons au sol. Mes mains parcourent sa poitrine. Elles sont instantanément entravées par du bois et en contact avec un liquide visqueux et chaud. Je baisse la tête et frotte mon pouce contre le bout de mes doigts. C'est du sang…

Mon esprit réintègre mon corps à une vitesse fulgurante et je comprends ce qui s'est passé. Karl m'a attrapée et jetée de côté. Il m'a évité la volée de flèches, mais son abdomen en est criblé.

— Oh non, non, non ! sangloté-je.

Karl tousse et crache du sang. J'appose ma main précédemment rougie sur sa joue et tourne son visage vers moi. Ses yeux sont vitreux et la vérité me percute avec une violence inouïe. Il a été mortellement touché. Je rugis ma douleur, incrédule.

Je ne réalise pas que Lyra a ôté son bouclier pour l'enfiler sur son bras droit, alors que sa main gauche tient sa hache à double tête. Elle s'est postée entre nous et les archers. Elle est prête à en découdre. Seule contre cinq.

Je ne percute pas quand j'entends un cri de guerre, des chevaux qui hennissent, des sons de lutte, des hurlements humains.

Je ne réagis pas quand Lyra et quatre mercenaires nous encerclent.

Je ne bouge toujours pas, quand je les sens s'agiter et nous entourer pour nous prémunir d'une nouvelle menace.

Car je ne les vois pas. Mon regard est ancré dans celui de Karl, qui affiche sur ses lèvres le sourire satisfait de celui qui a protégé sa femme une dernière fois.

Je ne veux pas y croire. Je suis en plein cauchemar. Je vais me réveiller. Oui, je suis certaine que je suis endormie. Dans notre tente, en sueur. Ce sont forcément les hormones de grossesse qui me chamboulent. Ce ne serait pas nouveau.

Ce n'est que quand je perçois mon prénom dans une autre bouche, que je reviens à moi. Cette voix… Je ne l'ai plus entendue depuis trois ans. Son intonation surprise m'interpelle.

Et lorsque je relève la tête, encore tremblante, je le vois.

Amalrik.

JOMSBORG

CHAPITRE 38

LE COUP DE TROP

❄ MÖRSUGUR / JANVIER ❄

AMALRIK

Après une chevauchée éreintante, à toute allure, nous arrivons aux abords de JOMSBORG. Je m'apprête à mettre pied à terre quand nous entendons des cris humains et des hennissements. Je stoppe net ma monture, imité par les sentinelles qui m'accompagnent.

Le soleil vient de se lever, la brume est encore basse, mais je distingue nettement la plaine, les tentes et les habitants de ce campement. Des fumées noires s'agitent, alors que des flammes rouges dont elles émanent avalent leur lieu de vie.

Cet enfoiré d'Almut a bravé mon autorité et outrepassé mes directives pour me la faire à l'envers. Il a déjà lancé l'attaque avec ses hommes, me laissant les cinq qui ont refusé de le suivre. Et il brûle tout sur son passage.

Ce devait être une infiltration discrète pour récupérer Asulf et Björn. La partie la plus incertaine aurait consisté à convaincre ces deux fugitifs de nous suivre, alors que Harald a mis leurs têtes à prix.

J'avais envisagé une alternative, bien que peu réaliste : les assommer et les trimballer à l'épaule comme de vulgaires hommes ivres. Raison pour laquelle j'ai choisi quelques larges carrures afin de les transporter facilement. Mais dans mon groupe restreint, je n'en ai plus qu'une : Baldwin.

Excepté qu'Almut a décidé de n'en faire qu'à sa tête.

Dans tout ce merdier qui nous fait face, je m'interroge sur comment nous allons pouvoir localiser nos deux guerriers maintenant. Les connaissant, ils pourraient être n'importe où et sûrement en train de se battre.

Je soupire d'exaspération devant autant d'idioties et me demande ce que nous devrions faire, lorsqu'un mouvement à ma droite attire mon attention.

Deux femmes, une brune et une rousse fuient le combat, escortées par un homme. J'hésite une fraction de seconde et décide de les laisser filer tous les trois. En temps normal, je me serais occupé de lui. Mais ces trois-là ne sont clairement pas prioritaires aujourd'hui.

Puis un autre éclair de lucidité me parcoure. Ils pourraient me guider jusqu'à eux.

C'est arrêté, il me faut les interroger.

Je signale à mes hommes de me suivre et emboîte le pas des trois fuyards.

Lorsqu'ils nous aperçoivent, ils décident de slalomer entre les troncs pour nous ralentir. Les bois sont très denses et nos chevaux ne réussissent pas à les rattraper. C'est bien notre veine !

Quand j'entends un cri perçant, j'identifie sans mal celui d'une femme. Probablement du groupe que nous suivions.

Je contourne les larges bosquets entrelacés qu'ils ont traversés et presse l'allure, allongé sur l'encolure de ma monture. Les branches d'arbres me fouettent les flans et je dois faire corps avec mon hongre pour les éviter.

J'arrive dans une petite clairière, suivi par les combattants qui me sont fidèles. Les cinq archers d'Almut sont morts.

Au milieu de quatre mercenaires, je retrouve les trois fugitifs que nous poursuivions encore deux minutes plus tôt. La brune est à genoux. Elle fait face à son amie qui tient dans ses bras le brun qui les escortait. Il est criblé de flèches.

Je devine aisément ce qui s'est passé. Tous trois ont fait irruption dans la clairière et les archers ont décoché sur eux. Le jeune homme a dû se sacrifier pour sauver les deux femmes. Et si j'en crois le désarroi de la rousse, ce devait être son compagnon.

Je focalise mon attention sur elle que je pense reconnaître.

— Eldrid ? Me hasardé-je, surpris.

Elle s'arrête de pleurer et je comprends qu'elle aussi m'a identifié.

Je blêmis, non pas en voyant la scène qui se déroule devant mes yeux. Mais en pensant à Björn qui aurait voulu être là pour la soutenir.

Alors je prends les devants :

— Allez les aider ! J'ordonne à mes hommes, habitués aux blessures.

Nous rengainons nos épées, mettons pied à terre et nous approchons, les mains bien en évidence, en signe de paix.

— Nous venons en amis, je crois bon d'ajouter.

Les quatre mercenaires se redressent et nous toisent, pas prêts à mettre plus en danger la sécurité du trio.

— Est-ce que je peux encore te faire confiance ? M'interroge une voix familière qui m'a manquée.

Je pivote pour faire face à celui qui fait son entrée. Asulf. Je suis soulagé de le voir sain et sauf et mon cœur martèle puissamment ma poitrine. Je suis aussi heureux qu'un père qui retrouve son fils, bien qu'il ne soit pas le mien par le sang. Je me retiens de le rejoindre et de le serrer dans mes bras.

Derrière lui se tient Björn, bien vivant et très en colère. Aussi perdu de vue depuis trois ans.

Finalement, ils auront été faciles à repérer.

Tous deux semblent troublés. À la fois contents de me revoir, mais ne sachant pas comment me considérer. Ils portent un regard identique sur Baldwin, non loin de moi.

Puis les yeux d'Asulf se portent sur le blessé et il se rue à son chevet, y rejoignant les deux femmes, le visage paniqué.

— Je vous cherchais, commencé-je.

— Et tu nous as trouvés. Tu aurais dû rester à AROS, me rembarre le blond.

— Tout ça, c'est Almut, je renchéris. Cela devait être un sauvetage discret.

— Oui ! Avec une putain de prime sur nos têtes ! Prends-nous pour des cons, maintenant ! s'énerve Björn.

Je croise le regard inquiet d'Asulf, accroupis auprès de son ami. Ils ont tous deux connu Almut et savaient de quoi il était capable déjà à l'époque. Ils constatent à présent que c'est pire.

— Où est-il ? Grogne le brun.

— Probablement dans le camp. Il vous cherche avec ses hommes.

— De quel côté es-tu ? Questionne Björn avec sa délicatesse légendaire.

— Du vôtre, je réponds du tac au tac.

Le loup me scrute un instant et conclut :

— Il dit vrai.

— Prouve-le, insiste le fils de feu Thorbjörn.

— Prends tes compagnons et ramène-le ici, vocifère le loup.

J'acquiesce et ordonne à mes hommes de remonter en selle.

— Combien étiez-vous ? Hurle Björn.

— Trente, je réponds en tournant les talons.

— Moins quatorze, rétorque Asulf en grondant.

— Moins seize, annonce la rouquine, acerbe.

— Alors il reste huit traîtres à débusquer, dont Almut, acquiescé-je.

Je contemple une nouvelle fois le carnage qui s'est déroulé ici quelques instant plus tôt. Si les archers les avaient ignoré, le trio aurait passé son chemin. Ils étaient inoffensifs. Rien ne justifie qu'ils aient tiré sur eux. Je me rembrunis, écœuré par la sauvagerie dont mes hommes ont fait preuve.

— Eldrid, l'interpelé-je, je suis navré pour ton compagnon.

Elle ne prend pas la peine de me répondre. Elle relève simplement la tête et souffle par le nez, un rictus désabusé aux lèvres. Mes excuses ne répareront pas cette monumentale erreur.

Nous abandonnons Asulf et ses proches et partons à la recherche d'Almut. Les quatre mercenaires nous accompagnent. Nous formons deux groupes pour ratisser plus large. Afin de leur prouver ma loyauté, je me joins à eux, laissant mes hommes composer la seconde escouade sous la direction de Baldwin.

Je parcours JOMSBORG du regard et je réalise l'étendue des dégâts. Les tentes qui servent d'habitation ont presque toutes brûlé, englouties par les flammes et les fumées noires qui se perdent dans le brouillard à peine levé. Le sol est jonché de cadavres, des mercenaires pour la plupart. J'ai aperçu trois des hommes qui ont suivi Almut. Cela veut dire qu'il lui en subsiste quatre. S'ils sont restés groupés, ce sera très mal engagé pour nous.

Au moment de quitter AROS, nous avons pioché vingt-huit des meilleures sentinelles. Et avant de mourir, on peut dire qu'ils ont bien fait le ménage !

Je dois me hâter de trouver Almut, afin de rentrer avec un maximum d'hommes. Nous n'étions pas venus pour les sacrifier tous, même si nous nous doutions bien que certains y resteraient.

J'entends des bruits de bagarre et des cris non loin de nous.

— Allons-y ! Suggère l'un des mercenaires.

Nous lui emboitons le pas en courant le plus vite possible. En arrivant sur place, deux des nôtres sont déjà morts et un troisième est touché à l'épaule. En face, c'est la même chose.

Alors que les deux blessés espèrent s'enfuir, les hommes de mon groupe les entravent et les exécutent sans sommation.

— Vous avez vu Almut ? Questionné-je.

— Non, il doit bien se planquer, répond Baldwin.

— Tout a brûlé, il n'y a plus d'endroit où se cacher, constaté-je. Néanmoins, restez sur vos gardes, il est fourbe et attaque par-derrière. Je pars à sa recherche. Seul. C'est moi qu'il veut.

Tout le monde acquiesce et décide d'aider les blessés dispersés dans le camp pendant que je me mets en chasse.

Le soleil et la brume se sont levés, m'offrant une vue oh combien déplaisante sur le campement complètement carbonisé.

Je tourne depuis un moment, le nez dirigé vers le sol. J'ai le pressentiment qu'il se cache parmi les cadavres. Alors j'observe tous ceux que je croise, retenant la bile qui monte. De temps à autre, je plante mon épée dans la poitrine ou le dos. Les morts ne me répondront pas, n'est-ce pas ?

J'ai une nouvelle intuition. Cette fois-ci je place mon bouclier devant moi et avance prudemment. Grand bien m'en a pris, car un présumé cadavre se relève derrière moi et m'attaque. Comment ai-je pu le louper ? J'ai tout juste le temps de me retourner et de hausser mon bouclier pour éviter sa lame.

Almut, enfin.

Il est couvert de sang, mais ce n'est pas le sien, car il ne semble pas blessé. Il se redresse de toute sa hauteur, prêt à en découdre. Il a beau ne pas être un grand gabarit et plutôt mince, il a déjà vaincu des colosses comme Baldwin. Pas à la loyale, mais il est toujours en vie, contrairement à ses adversaires.

Mon esprit me somme de rester constamment en alerte et de ne pas me laisser distraire. Car la moindre inattention peut m'être fatale.

Le traître me toise, un sourire narquois aux lèvres, l'œil mauvais. Il tient dans chacune de ses mains des haches de lancers. Elles sont plus petites et légères qu'une hache de combat, mais tout aussi dangereuses. Surtout quand il se trouve lui-même au bout du manche.

— Tu es enfin arrivé ! Pas trop fatigué de m'avoir laissé tout gérer ?

— Tu as bravé mon autorité. Tu es parti seul, sans mon accord. Je devrais t'occire rien que pour ça.

— Eh bien, amène-toi. Qu'est-ce que tu attends ? Tu risques de mourir de vieillesse avant moi, se moque-t-il.

Qu'est-ce qu'ils ont tous à me prendre pour une antiquité ? Si je suis toujours en vie, malgré toutes les batailles que j'ai menées, c'est bien que je n'ai pas perdu la main !

J'écume alors que mon adversaire se gausse ouvertement de moi :

— Franchement, Harald aurait dû te remplacer depuis longtemps. Tu ne sers plus à rien. Et je suis ton successeur tout désigné.

Je vois rouge. En temps normal, j'aurais foncé tête baissée. Mais en face de moi se tient Almut. Si je veux mettre toutes les chances de mon côté pour le battre, je dois retourner ses armes contre lui. Et la plus puissante est sans conteste son ego démesuré.

Alors, comme lui, j'affiche un sourire sournois, puis je ris franchement.

— J'ai trouvé Asulf. Deux fois. Et toi ? Tu sais où il est en ce moment ? Et qu'en est-il de Björn ?

— Tu bluffes, le vieux. Et l'autre est du menu fretin pour notre roi.

J'étire un peu plus mes lèvres pour lui montrer que j'ai un réel avantage sur lui. Et ma ruse fonctionne.

— Puisque tu as désobéi à mes ordres, tu ne vas donc plus bénéficier de ma protection devant Harald. Dès lors, je me demande comment tu vas lui expliquer ce carnage qui nous entoure, alors que tu n'as pas rempli ta mission. Tu devais capturer deux gamins, qui t'étaient servis sur un plateau.

— Non, ça, c'était la tienne.

— Mais tu es mon second. Donc elle t'incombe si je meurs. Et m'est avis que tu vas y retourner bredouille. Alors je serais curieux de voir comment tu vas lui justifier cela.

Il se renfrogne et bande ses muscles.

— Exactement. Je vais rentrer victorieux avec les fugitifs et tu vas crever ici, de ma main.

— Ta prise s'est encore fait la malle, je rétorque du tac au tac, pour l'énerver davantage. Tu as mis un tel bordel ici qu'il a profité de ta diversion pour s'enfuir.

— Non, je ne crois pas. Mes archers ont tiré sur son ami. Il ne s'en ira pas sans avoir obtenu réparation. Tu vois, j'ai bien fait mes devoirs, raille-t-il.

Merde, comment est-il au courant de cela ?

La meilleure hypothèse serait qu'il a aperçu les trois fugitifs quitter discrètement le camp, puis les cris d'Eldrid depuis là où se tenaient ses archers. Mais comment sait-il que c'est l'homme qui a été abattu ? Et comment a-t-il eu autant d'informations ?

Je dois continuer de le faire parler, car il se déplace en crabe et me tourne autour. Il se rapproche imperceptiblement de moi pour se trouver à bonne distance d'attaque. S'il croit me duper avec une technique que je lui ai enseignée, il se fourvoie totalement.

Par ailleurs, cela m'alerte sur un point crucial. Mes éclaireurs ne m'ont pas tout dit. En revanche, ils ont donné plus de détails à Almut.

J'extrapole cet état de fait aux trois dernières années et je comprends comment il a gravi les échelons. En profitant de mon absence. En me dupant. En m'envoyant sur des pistes fictives.

Harald est-il seulement au courant de sa ruse pour l'atteindre ?

Et enfin, ultime point important, il avait plusieurs coups d'avance. Il savait pour les jeunes femmes. Car s'il est aussi sûr de lui sur qui ses archers ont visé, c'est qu'il a donné ses directives en amont. Eldrid fut un temps la compagne de Björn. Quant à la brune, elle doit être celle d'Asulf. Elles sont son moyen de pression sur les deux guerriers.

Bordel, comment ai-je pu passer à côté de tout cela ?

Je me fais vraiment vieux.

Heureusement pour moi, cette fois-ci j'ai un avantage sur lui. Il ne sait pas que je les ai trouvés et que ses archers sont morts.

Je me creuse la tête pour inventer une nouvelle façon de le désarçonner.

— Donc tu tues l'un de ses amis et tu espères encore t'en sortir vivant ? Tu es fou ! Tu périras en une fraction de seconde. Si je ne t'ai pas déjà occis.

Almut ne répond rien. Il est à court d'arguments, car il me charge soudainement. Typique de lui. J'ai tout juste le temps de me protéger de mon bouclier, la jambe avant fléchie, l'arrière tendue et ancrée au sol. Mon épée est dirigée vers lui, en appui contre le bois qui sert à ma défense.

Il se jette sur moi d'un coup d'épaule et je chancèle. Plutôt que de lutter et de le repousser, je pivote pour le laisser terminer sa course, tel un taureau enragé. Il manque de tomber, mais se rattrape de justesse, alors que je me repositionne.

Il est vraiment imprévisible et beaucoup trop ambitieux ! Nous courrons à notre perte en le gardant dans nos rangs.

Almut effectue quelques moulinets avec ses haches et me frappe. Elles s'accrochent fermement dans mon bouclier, alors que je m'en sers pour l'écarter sur le côté. Il y reste suspendu, pour ne pas se départir de ses armes.

J'en profite pour envoyer mon épée dans sa direction. D'un mouvement souple du bassin, il m'évite et je l'entaille au lieu de l'embrocher.

— Ouh, le vieux est en colère et a sorti les griffes ! ricane-t-il.

Je grogne en guise de réponse.

Il s'approche d'un pas, toujours agrippé aux manches de ses haches et pousse sur mon bouclier avec ses talons. Ses armes se détachent et il roule au sol avant de se remettre rapidement sur pieds, déjà prêt. Quant à moi, je chancèle à nouveau, mais je tiens bon.

Almut est un renard rusé. Il est agile, fourbe et n'a rien à perdre. S'il est acculé, il tentera le tout pour le tout. Mais une chose est sûre, il ne se laissera pas mourir. Il a toujours un tour dans son sac et en ce moment, je cherche encore lequel.

Ses coups suivants sont précis et tranchants. Ils endommagent salement ma protection que je finis par jeter. Je la remplace par une seconde épée prise à un défunt qui n'en aura plus l'utilité.

Je peine à parer ses attaques, même si la longueur de mes armes surpasse les siennes. Le métal s'entrechoque, créant des étincelles qui s'envolent vers le ciel clair.

Son visage terrifiant ruisselle de sueur et de sang. Ses yeux sont déterminés et furieux. Il ressemble à un dément.

Je n'en mène pas large non plus. Je suis éreinté et j'ai besoin de reprendre mon souffle.

Je dois le déstabiliser moralement si je veux espérer gagner. Et je peux sûrement en apprendre plus sur ses réelles motivations.

Je décide d'attaquer sur son autre point faible : Harald.

— Que vas-tu dire à ton roi, si tu reviens les mains vides ?

— Je vais d'abord te tuer et ensuite je t'accuserai de traîtrise.

— Pour quel motif ? l'interrogé-je. J'ai toujours été clair dans mes intentions et mes ambitions. Je n'ai besoin de rien de plus et c'est de notoriété publique.

— Oui, jusqu'à ce que tu aies mis la main sur l'épée d'Asulf.

— Pourquoi son épée ?

— Ne me dis pas que tu n'as rien remarqué ?

Je suis plutôt bon au jeu de la non-expression. Je feins l'ignorance, en le scrutant et j'attends. Il se met à rire à gorge déployée.

— Pour un pisteur, tu es sacrément aveugle ! Tu aimes tellement ce môme que tu ne vois pas tous les problèmes qu'il cause !

— Sois plus clair, je ne comprends rien à ton charabia, râlé-je.

— Ton petit protégé a une épée magique. Et Harald la convoite.

— Tu dis n'importe quoi, la magie a été interdite par Thorbjörn.

— Mais elle ne l'est plus. En tout cas, pas officiellement.

— Arrête de parler par énigme et viens-en au fait ! Je m'impatiente, alors que nous continuons de nous tourner autour.

— Les années qui passent ne te réussissent pas. Tu t'encroûtes. N'as-tu pas remarqué l'attitude étrange de notre roi ? Son refus de sortir de son SKALI. Il vit constamment dans la pénombre, torse nu toute l'année et n'allume son foyer que lorsqu'il a de la visite qui s'éternise. Qui fait ça, s'il n'y a pas de magie derrière ?

Je prends une mine songeuse et frustrée de ne pas avoir vu les choses par moi-même. Almut jubile, j'ai réussi à le berner.

— Dis-moi que tu as quand même remarqué que son corps avait changé. Il est bien plus musculeux et mange bien plus qu'avant. Il ne dort plus. D'ailleurs les THRALLS ont cessé de faire son lit et il n'a rien relevé.

— Son regard est différent, n'est-ce pas ? affirmé-je, pour qu'il continue de parler.

— Eh bien voilà ! Tu vois que ton petit esprit a capté des choses ! Écoute-le et tu découvriras qu'il se trame beaucoup plus que ce que tu ne penses.

Je prends un air songeur et fais semblant de réfléchir. Puis j'écarquille soudainement les yeux, horrifié, comme si j'avais compris.

— Ça y est ! Tu perçois enfin les signes ! Je te le dis, tu es bon pour la retraite.

— Et donc, si je suis ton raisonnement, Harald ne veut pas retrouver Asulf, mais uniquement son épée magique ?

— Tu es vraiment long à la détente. Eh bien, puisque j'ai prévu de te tuer, je vais t'expliquer ce qui va se passer. Je vais m'occuper des deux fugitifs et récupérer la lame. Dès qu'elle sera en sûreté, je rentrerai à AROS pour te faire porter le chapeau de tout. Je dirai à Harald que tu as fait tout cela pour te venger de lui, de moi.

Je grogne. Cette fois je ne simule plus.

— Il ne te croira jamais, vociféré-je.

— À ta place, je n'en serais pas si certain. Il a changé.

Je sens au fond de moi qu'il a raison. Harald est différent depuis quelque temps. L'espace d'un instant, je suis troublé par les propos d'Almut et il en profite pour expédier une hache dans mon flanc. Je n'esquive pas assez vite, alors qu'elle m'entaille la chair. Je grimace de douleur.

Malgré la blessure, je ne flanche pas et le repousse avec une rage décuplée. Dans un dernier élan de courage, j'envoie valser son arme. Il ne lui en reste qu'une, alors que je brandis mes deux épées. Je l'attaque avec les deux lames simultanément et finis par lui transpercer la cuisse.

Un cri de colère traverse ses lèvres, immédiatement suivi d'un long sifflement. Puis il verrouille son regard au mien :

— Finalement, je ne te tuerai pas, ce serait bien trop simple, crache-t-il. Harald va se charger de ton sort, quand il apprendra tout ce qui s'est passé. Et je serai aux premières loges pour te voir mourir lentement.

Je n'ai pas le temps de lui répondre qu'un martèlement rapide et régulier de sabots parvient à mes oreilles.

Le destrier d'Almut.

Ce putain de cheval trop bien dressé !

Cet enfoiré est en train de s'échapper !

La monture arrive à sa hauteur et, de sa jambe valide, Almut se hisse sur sa selle. L'animal tourne bride, sans s'être arrêté et ils fuient tout deux le lieu du massacre.

Je n'ai pas eu le temps de l'intercepter. J'ai trop mal à l'abdomen pour crier et appeler les autres. Les chevaux sont à l'opposé du campement. Il va rapidement nous distancer et nous ne lui mettrons jamais la main dessus avant qu'il n'atteigne AROS.

Eh merde !

HELHEIM

CHAPITRE 39

DERNIER VOYAGE

❄ MÖRSUGUR / JANVIER ❄

KARL

Nous déboulons dans une petite clairière déjà occupée. Cinq archers s'y trouvent, arcs bandés, face à nous. Avec difficulté, nous arrêtons notre course effrénée. Du coin de l'œil, j'observe furtivement Lyra glisser de côté pour se mettre à l'abri derrière un rocher et j'en suis soulagé.

Eldrid s'est figée face à eux et ne paraît pas vouloir esquisser le moindre mouvement. *C'est pas vrai, qu'est-ce qu'elle a ?*

Depuis le début de la bataille, elle semble ailleurs, absente. Par chance, tout à l'heure, elle a réagi promptement et a probablement sauvé Lyra d'une mort certaine. Mais maintenant, elle m'effraie à ne pas prendre conscience de ce qui se passe autour d'elle.

Je ne sais pas ce qu'elle a, et ce n'est pas vraiment le moment de le comprendre ! Là, l'urgence, c'est de sauver nos vies.

Les archers nous visent alors qu'elle reste immobile. J'ai peur pour elle et notre bébé. Je nous ai déjà imaginé tous les trois, et je sais que je serai comblé avec mes deux femmes. Ce petit être qui grandit en Eldrid m'apporte une joie immense. Impossible pour moi de songer à un futur sans elles.

Sans réfléchir, j'attrape ma rouquine par la taille et la jette aussi fort que possible pour qu'elle rejoigne son amie. Au pire elle se blessera, mais je lui aurai épargné une ou plusieurs flèches.

Elle se réceptionne sur ses paumes et genoux, toujours en état de choc.

Je n'ai pas le temps de m'en préoccuper davantage, car j'entends des traits fendre l'air. Je fais face à mes assaillants, mains nues, tandis que cinq impacts me transpercent violemment le torse. Je me raidis pour encaisser les chocs et ne pas perdre l'équilibre. Je suis sonné, je chancèle, alors que je réalise que j'ai été touché. Mais avec l'adrénaline qui me porte depuis mon réveil, je ne ressens pas encore la douleur. Juste une énorme colère envers ceux qui nous attaquent. Et beaucoup de peur pour les deux femmes.

J'exhorte mon esprit à ne pas flancher. Je ne peux pas les abandonner. Non, j'ai promis de les protéger coûte que coûte et je m'y tiendrai.

Je perds l'équilibre et je suis rattrapé par deux bras menus que je connais bien. Eldrid amortit ma chute et me réceptionne avec douceur. Lorsqu'elle atteint le sol, à genoux, je m'adosse contre elle. Elle me cale plus confortablement sur ses cuisses, comme elle en a l'habitude quand je m'affale sur elle, durant nos moments tendres.

Son visage près du mien, je souris, heureux.

Ma tornade rousse est magnifique, même décoiffée et en sueur. Mon cœur bat à tout rompre et c'est plus douloureux que jamais. Mais ses iris émeraudes sont hypnotisants et avalent tout autour.

Je suis avec elle, rien d'autre ne compte.

J'ai aimé Holda durant toute mon enfance et mon adolescence. Mais Holda n'est plus.

J'aime Eldrid depuis qu'elle a fait de moi un homme. Elle a ramené mon âme depuis les profondeurs de HELHEIM.

Je renais de mes cendres alors que je ne croyais plus en rien. Elle a vu qui je suis et m'a octroyé une place de choix dans son existence, dans son cœur.

Avant que nous ne le réalisions, nous ne nous taquinions plus. Nous étions déjà amoureux l'un de l'autre. Peut-être même depuis le premier jour. Et aujourd'hui je sais que je veux passer le restant de ma vie avec elle.

Un hurlement plaintif me ramène à la réalité. Je suis toujours dans cette clairière, allongé contre ma belle. Eldrid me tient fermement dans ses bras et me supplie de ne pas perdre connaissance.

Je sens que l'on s'agite autour de nous sans comprendre de quoi il retourne. Je ne veux pas le voir, j'ai besoin de rester dans cette bulle que nous avons créée ensemble et où je suis bien.

— Oh non, non, non ! Geint ma belle.

Que se passe-t-il ? Une douleur atroce me parcoure alors qu'elle me touche. Je suis bien vivant, mais apparemment pas au meilleur de ma forme.

Je tousse et recrache du sang. Ce n'est pas bon signe.

Eldrid pose une main ensanglantée sur ma joue. Est-ce qu'elle est blessée ? Ai-je réussi à lui éviter les flèches, ou ai-je échoué ?

Je ne peux pas me redresser pour voir ce qui se passe.

Ma rouquine tourne mon visage vers elle. Ses yeux sont vitreux, je comprends alors que quelque chose de grave est arrivé. Elle relève la tête vers les cieux et hurle sa douleur. Je ne sais toujours pas si elle est blessée, mais je suis certain d'une chose : elle souffre.

Son regard est paniqué, incrédule, puis surpris. Je peine à suivre et dois me concentrer intensément pour ne pas m'endormir.

— Reste avec moi, mon amour, me murmure-t-elle. Je t'en prie.

— Je ne vais nulle part, je réponds, d'une voix à peine audible.

Elle sourit faiblement, comme lorsqu'elle ne me croit pas. Pourtant je suis sincère, je ne bougerai pas de là. Je préfère de loin la contempler, pendant que je profite de son étreinte.

— Lyra, je grogne, en pensant soudainement à mon amie.

La brune approche et s'agenouille près de moi. Son regard aussi est inquiet. Elle ne semble pas blessée.

Heureusement pour moi, car j'entends la voix d'Asulf un peu à l'écart. Il m'aurait fait la peau s'il était arrivé quelque chose à sa femme !

Un instant plus tard, mon frère est à mes côtés également.

C'est maintenant la voix du blond que je capte. Lui et moi aurions pu apprendre à nous connaître et à nous respecter, si nous ne convoitions pas tous les deux la même femme.

Eldrid a été sienne et j'en suis malade de jalousie.

Je suis au courant qu'elle a eu un tas d'hommes dans sa vie, mais lui, c'est différent. Il a compté. Ils ont eu leur histoire, et pas simplement des coups d'un soir. Elle a perdu son bébé. Et je devine aisément qu'elle en a été dévastée.

Leur rupture a été douloureuse pour elle. Elle a cru en eux, mais Björn n'a jamais rien officialisé. Pour mon plus grand plaisir, je dois dire.

Mais sait-il au moins ce qu'elle éprouvait pour lui ?

C'est d'ailleurs ce dernier qui me ramène à la réalité :

— Combien étiez-vous ? Hurle Björn.

Je comprends qu'il parle des assaillants, mais j'ignore à qui il s'adresse.

— Trente, répond un homme qui doit en faire partie.

— Moins quatorze, rétorque Asulf près de moi.

C'est pas vrai ! J'espère qu'il ne les a pas tous abattus lui-même ! En même temps, c'est un guerrier. Je ne devrais pas me comparer à lui, alors que j'ai tué pour la première fois il y a seulement quelques minutes. Aidé des filles, qui plus est. J'ai dû me contenir pour ne pas vomir, à l'instar de ma belle.

Mais je n'ai pas à rougir, j'ai aussi participé.

Je me racle la gorge mais ma tornade me devance :

— Moins seize, renchérit-elle, acerbe.

Une vive quinte de toux me prend et je ne perçois plus ce qui se dit, trop perturbé par le sang qui m'étouffe et la souffrance lancinante de mon torse.

Et là, tout s'éclaire. Eldrid et Lyra n'ont rien, moi seul ai été blessé.

Je soupire, soulagé. Mieux vaut moi qu'elles.

Asulf inspecte mon abdomen tandis que je grimace de douleur. Ses traits sont tirés, sa mine est grave et il est en panique. Je ne l'ai jamais vu dans cet état, lui qui d'habitude est tellement calme, qui maîtrise tout. Ce n'est clairement pas bon signe.

Lorsque ses pupilles rencontrent les miennes, je comprends. J'ai été mortellement blessé, je ne m'en sortirai pas.

— On peut l'amener à la cascade ? Supplie la rouquine. On en est proche.

— Eldrid, commence Lyra, je ne crois pas…

— La ferme, Lyra ! S'emporte ma femme. J'ai dit « on l'emmène à la cascade ». Ce n'était pas une question ! Elle t'a sauvé à l'époque, elle peut le refaire pour Karl.

— Je ne sais pas. Tu sais qu'il y aura forcément une contrepartie.

— Je m'en moque ! Hurle-t-elle. Je veux que Karl survive. Est-ce que tu peux comprendre ça ?

Lyra baisse la tête et ne répond plus. Je ne la sens pas vexée. Juste extrêmement triste, presque résignée, et c'est ce qui me fait le plus mal.

Björn est resté en retrait, mais je le sais toujours présent, car Asulf regarde dans sa direction.

— Tu peux m'aider à le porter ? Lui demande le loup.

Le blond s'avance d'un air sceptique qui n'augure rien de bon.

— Dis-nous si on te fait mal, s'inquiète-t-il.

Il m'attrape les jambes et Asulf se saisit de mon buste. Ils ont à peine bougé que je hurle. Ils me reposent alors délicatement.

— Non ! Conteste Eldrid. On doit l'emmener !

— On ne peut pas le transporter, affirme posément Björn. Il ne tiendra pas le voyage.

Je le vois soupirer, lever les yeux au ciel, comme s'il cherchait des réponses.

Lorsqu'il me regarde à nouveau, il annonce :

— On va vous laisser un peu d'espace.

Je m'en doutais. J'avais peur d'entendre la mauvaise nouvelle, et il a eu le cran de me l'apprendre. Je vais mourir. Et visiblement, il ne me reste plus beaucoup de temps.

Sans perdre une seconde de plus, j'attrape le bras d'Asulf pour m'adresser à lui :

— Je te confie ce que j'ai de plus précieux. Veille sur elles.

— Je te le jure, promet-il en me regardant droit dans les yeux.

Il appose sa main libre sur la mienne, bientôt rejointe par celle de Lyra, dont les yeux s'embuent.

— Compte sur nous, murmure-t-elle, luttant pour ne pas pleurer.

— Elles vont avoir besoin de toi, j'insiste en admirant mon amie, un sourire triste aux lèvres.

Elle acquiesce sans un mot.

Je n'irai pas au VALHALLA avec les deux guerriers, car j'ai été touché sans arme au poing. Et ce serait mentir aux Dieux que de m'emparer d'une épée et de feindre une gloire qui n'est pas mienne.

Quoiqu'il arrive, le groupe se sépare aujourd'hui.

Je tourne mon visage vers mon ami qui me demande, hésitant :

— Peux-tu transmettre un message à Holda pour moi ?

Je reste interdit, car sa question me prend au dépourvu. J'acquiesce et il entonne à voix basse, la mine grave :

— Dis-lui que je l'ai aimé et que je suis tellement navré de ce qui s'est passé. Rajoute aussi que je remets entre ses mains mon frère. Pour qu'elle ne soit plus seule et que vous preniez soin l'un de l'autre.

J'approuve alors que le trouble nous gagne tous deux.

Sois fort Karl, je m'encourage, un guerrier ne pleure pas.

Même si ce que je vois ensuite contredit ma pensée. Asulf tremble de rage, les yeux humides.

— Je ne voulais pas que ça se termine comme ça. Pas toi, putain ! Pas toi ! Ça aurait dû être moi. Tout ça, c'est à cause de moi ! Argh ! s'énerve-t-il en frappant le sol du poing.

Lyra et lui se rapprochent et m'enserrent aussi forts qu'ils le peuvent, entravés par les traits des flèches. Je souffre, mais je ne dis rien. J'ai besoin de leur étreinte.

— On t'aime, Karl. Si tu savais combien on t'aime, pleure-t-elle.

— Moi aussi, je réponds, ému.

Nous demeurons un instant silencieux, nous admirant en repensant à tous nos bons moments ensemble. Je leur souris et ils m'imitent.

Quand une nouvelle quinte de toux me prend, ils se relèvent et je les observe s'éloigner. Je les aperçois s'enlacer et tenter de se consoler.

Mon cœur se serre et je tousse encore une fois, dans une douleur affreuse.

Lorsque je me calme, Björn s'avance à son tour. Il s'accroupit pour être à ma hauteur et me tend son avant-bras que j'attrape, répondant à son accolade, alors qu'il m'avoue :

— Ça a été un honneur de te rencontrer, Karl le boucher. Je suis navré de t'avoir pourri l'existence, au lieu d'apprendre à te connaître.

— Tout le plaisir a été pour moi, blagué-je.

Une fossette creuse sa joue droite.

Avant de relâcher ma prise sur son avant-bras, je l'attire à moi pour lui parler sérieusement. L'avertir, d'homme à homme :

— Si j'apprends que tu lui as fait du mal, je reviendrai te hanter comme un putain de revenant !

Il relève un sourcil, amusé, avant de me répondre :

— Je te déchausserai et m'assurerai que tu sois carbonisé jusqu'au dernier orteil. Je n'ai pas non plus envie que tu reviennes juste pour mater mes fesses.

Je réprime un rire alors qu'il a détendu l'atmosphère.

Puis il reprend d'un ton sérieux :

— Je te fais le serment de la protéger sur ma vie.

— C'est à Asulf que je l'ai confiée, le contesté-je, pas à toi. Il saura prendre les bonnes décisions. Mais je te remercie de ton dévouement pour elles.

Le blond ne semble pas comprendre tout ce que mon message comporte. Il hoche la tête et se relève lorsque je consens à le relâcher.

Ils se sont tous les trois écartés pour me laisser un peu d'intimité avec ma rouquine. Elle pleure depuis tout à l'heure et mon cœur souffre de la savoir si mal. Malgré tout, elle est toujours aussi belle. Mon rayon de soleil. Que ne donnerais-je pas pour qu'elle soit heureuse !

Pour demeurer un peu plus longtemps avec elles. Pour voir grandir notre bébé. Quand il me reste au mieux quelques minutes. Je m'abreuve de ses traits autant que je le peux. Pour les mémoriser éternellement. Pour le moment où mes yeux se fermeront et ne se rouvriront plus.

Je me souviens du jour où je l'ai rencontrée. De son impertinence. De sa nonchalance. Elle m'avait immédiatement énervé et je lui ai envoyé des piques pour la tenir à distance. La vérité, c'est qu'à la seconde où j'ai posé les yeux sur elle, j'ai su qu'elle changerait ma vie.

Elle m'a totalement envoûté.

Elle a allumé cette étincelle chez Freya en venant m'embrasser et s'endormir dans mes bras. Elle a créé des flammes, quand, nue sur sa couche, elle se touchait en me regardant. Elle l'a attisé en faisant de moi un homme. Elle l'a alimenté ces dernières années, par ses petites attentions, ses caresses, ses rires. Comment aurais-je pu m'en lasser ?

Elle tente d'interrompre le tremblement de ses lèvres pour parler :

— Merci d'avoir toujours été là pour moi. De m'avoir soutenue quand j'en avais besoin. De m'avoir fait sourire quand j'allais mal. D'avoir cru en moi, en nous, quand je ne me faisais plus confiance et que j'étais perdue. Merci de m'avoir sauvé de moi-même. Tu m'as montré quelle personne magnifique je pouvais être à tes yeux. Et je me suis efforcée chaque jour de le devenir.

— Tu l'as été, mon amour. C'est moi qui suis chanceux de t'avoir rencontré. Tu as illuminé mes ténèbres et tu as tout rendu meilleur.

Elle se serre contre moi avec précaution.

— Tu vas tellement me manquer, sanglote-t-elle. Comment vais-je m'en sortir sans toi ?

— Je ne serai jamais loin, précisé-je en posant ma main sur son cœur. Je serai là, avec toi. Toujours. Quand tu douteras, demande-toi ce que je te dirais et je te répondrai de l'au-delà.

Ses larmes repartent de plus belle et les miennes vont poindre si elle persévère.

Cette tornade a tout dévasté sur son passage, pour ensuite s'implanter sous mes côtes, sans même que je m'en aperçoive. Et quand je lui ai avoué ce que je ressentais, cela sonnait telle une évidence. Mon évidence.

Je tourne la tête vers son ventre plat. Sa grossesse n'est pas encore visible, mais j'ai envie de croire qu'elle aboutira et gardera un peu de moi.

— Je regrette de ne pas être là pour la voir grandir, confié-je.

— Elle ? Répète ma belle. Mais comment est-ce que tu peux le savoir ?

— Lyra a eu un pressentiment. Et je le crois aussi.

Elle penche le menton vers son ventre.

Quand elle le relève, elle me regarde et prononce :

— Elle s'appelle Karla.

Notre fille. Ce petit bout pas encore né portera mon prénom. Mon cœur déborde de joie une nouvelle fois et je souris comme un idiot.

— J'espère qu'elle n'aura pas mon caractère, se moque-t-elle.

— Dans le cas contraire, je ne donne pas cher de ta peau !

Nous rions tous deux, ce qui induit douleur et toux. J'inspire pour apaiser au mieux ma gorge.

— Elle aura le tempérament de son père et la beauté de sa mère, prophétisé-je, serein. Elle sera notre fierté.

L'émotion la gagne à nouveau et je lutte encore pour rester éveillé et ne pas pleurer. Je veux qu'elle garde le meilleur souvenir possible de moi, de nous. Qu'elle parle de moi à notre fille avec tendresse et admiration.

Alors je prends sur moi pour ne rien laisser paraître d'autre que mon amour infini pour elles.

De mon pouce, j'essuie les larmes toujours plus nombreuses qui dévalent ses joues. Puis j'enferme sa petite main dans les miennes, alors que mes iris se verrouillent aux siens. Car il y a encore une question que je dois lui poser :

— Épouse-moi, murmuré-je.

Ses pleurs redoublent et un large sourire étire ses lèvres.

— Oui, répond-elle avant de m'embrasser avec fougue.

Je lui rends autant que je le peux, déversant dans ce baiser tout ce que je ressens pour elle. Mais je n'arrive plus lutter. J'ai déjà tenu bien plus que je ne l'espérais.

Eldrid, mon amour, nous nous reverrons sûrement à HELHEIM *où je t'y attendrai. Rejoins-moi si tu le peux et le plus tard possible. Je veux que tu vives. Que tu ries, encore et encore. Que tu aides notre fille à grandir. Que tu sois heureuse. Car grâce à toi, je l'ai été.*

Je me sens partir pour de bon. Alors, dans un ultime effort, j'attrape sa nuque et lui murmure sur les lèvres :

— Si tu savais comme je t'aime.

— Je t'aime aussi, me répond-elle, au moment où mes yeux se ferment.

Je l'embrasse encore et encore, déposant tout l'amour que j'ai pour elle, jusqu'à ce que mes forces m'abandonnent définitivement.

Merci Eldrid. Grâce à toi, je meurs heureux et en paix.

KARL

ASULF

CHAPITRE 40

RENTRER À LA MAISON

❄ MÖRSUGUR / JANVIER ❄

ASULF

Karl est mort.

Cette affirmation est terrible. Irréelle. Angoissante. Dévastatrice.

Depuis qu'il a rendu son dernier souffle, j'ai l'impression qu'Eldrid est partie avec lui. Elle est dans un état second et ne perçoit plus rien de ce qui se passe autour d'elle. Lyra l'accompagne pour tout, veillant sur elle comme un nouveau-né.

Nous avons remporté cette bataille de justesse. Nous avions beau être dix fois plus nombreux, nos assaillants maîtrisaient ce qu'ils faisaient.

En parcourant la plaine carbonisée et jonchée de cadavres, j'ai reconnu d'excellents guerriers, pas vraiment réputés pour leur délicatesse. Ce n'était pas juste un sauvetage pour Björn et moi, c'était un putain de génocide !

Je sais qu'Amalrik n'en est pas le commanditaire. Cela ne lui ressemble pas. Et à chaque nouveau mort découvert, il en a semblé très affecté.

En revanche, c'est totalement le style de cette enflure d'Almut ! Quand je pense qu'Amalrik le tenait et que le traître s'est échappé ! Je suis certain qu'il va broder une version qui l'arrange et la déverser dans l'oreille de mon oncle. J'en viens même à me demander si ce dernier ne lui a pas donné son aval pour incendier JOMSBORG. Pas de témoins, pas de récompenses à payer.

Folker a disparu. Je voulais venger Karl moi-même, mais je pense que Björn s'en est chargé. Je n'ai trouvé aucune trace de lui.

À la nuit tombée, Eldrid a accepté de lâcher la dépouille de Karl. Björn et moi avons cassé les traits pour ne laisser que les pointes dans son abdomen. Nous l'avons préparé aussi dignement que possible, confiant à Lyra le soin de gérer la catatonie de la rouquine.

La tornade s'est éteinte. Le jeune boucher était son équilibre, son soleil. Il l'a changé en profondeur. Grâce à lui, elle est devenue une femme épanouie, heureuse et posée.

Je ne peux m'empêcher de craindre pour sa grossesse. J'espère qu'elle ne va pas faire de bêtise. Du moins, pas tant qu'elle sera enceinte. Mais si elle perdait le bébé, je sais qu'elle n'y survivrait pas. Ce serait comme perdre Karl à nouveau. Elle ne s'en relèverait pas.

Tandis que nous préparions l'ultime voyage de feu mon ami, j'ai beaucoup discuté avec mon mentor. Amalrik m'a raconté ce que j'ai manqué ces trois dernières années. Tout comme moi, il a loupé les six premiers mois, trop occupé à me traquer. Alors il m'a suggéré de me tourner vers Baldwin, mais je n'ai rien appris que je ne savais déjà. Harald a évincé toute personne gênant son accession au trône, dans des manœuvres douteuses. Les survivants font profil bas depuis et peu nombreux sont ceux qui osent le braver.

De là à compter sur une aide quelconque à mon retour…

Je me redresse alors que nous avons terminé le bûcher et cherche mes amis du regard. Dire adieu à Karl est une épreuve pour chacun d'entre nous. Je perds mon frère, et la souffrance qui m'écrase la poitrine depuis ce matin me le rappelle sans cesse.

Ce soir je te pleure. Demain je te vengerai.

Eldrid a demandé un dernier instant avec l'amour de sa vie avant que nous nous chargions de sa dépouille.

Lorsque le moment arrive, la douleur est vive, comme si nous avions ajouté du sel sur une plaie ouverte et fraîche.

Les yeux piquent. La gorge brûle. Le cœur se comprime.

Je serre Lyra contre moi alors que nos pupilles sont happées par les flammes rougeoyantes qui illuminent la noirceur du ciel étoilé.

J'ai eu tellement peur que ma femme soit blessée aujourd'hui ! Ou pire !

Bien sûr, j'avais de l'appréhension en les envoyant tous les trois sans escorte jusqu'à la cascade. En petit groupe, ils passaient pour des fuyards que l'on peut épargner. En nombre, ils devenaient une cible de choix.

Même si je ne doute pas des capacités de ma femme, j'étais paniqué à l'idée qu'il lui arrive quelque chose. J'ai fait en sorte de ne rien laisser transparaître pour ne pas qu'elle s'inquiète à son tour.

Et s'il lui était advenu quelque chose ?

Je repousse cette idée aussi loin que possible. Je refuse d'y penser. La perdre signifierait égarer mon âme. Et cela, je ne peux m'y résoudre.

Le bois crépite et exhale une odeur de pin.

Je coule un instant le regard vers la jolie rousse qui sanglote et frissonne, figée face au brasier. Björn se tient près d'elle et la scrute en silence, reportant régulièrement son attention sur les flammes. Je l'ai senti secoué, même s'il connaissait peu son rival. Le blond parait rustre, pourtant derrière sa carapace dure, il a du cœur.

Que dire de la rouquine ? Elle est dévastée. Ailleurs. Telle une coquille vide, perdue sans l'homme de sa vie.

Je vois qu'Amalrik s'approche d'elle à pas lents pour lui présenter ses condoléances. Mais elle lui ordonne de dégager car elle voudrait faire son deuil en paix. Elle ne lui a plus adressé un mot. Alors, l'épaule basse, il est parti aider à ériger les buchers destinés aux mercenaires tombés aujourd'hui.

Je m'abandonne à mon chagrin, entraîné par celui de mon étoile. Lorsque tout à coup, j'entends Eldrid hurler :

— Lâche-moi ! Je dois le rejoindre. Il… il a besoin de moi. Je…

— Non, Eldrid ! Rugis le blond qui l'a ceinturée.

Mon amie se débat, mais Björn resserre sa prise sur sa taille.

— Je ne peux pas te laisser faire ça, murmure-t-il à son oreille. Je lui ai promis de te protéger. De prendre soin de toi et de votre bébé.

— Je ne t'ai rien demandé ! s'époumone-t-elle.

— Mais tu sais très bien que je le ferai, déclare-t-il à voix basse. Alors, calme-toi. Il n'aurait pas aimé te voir comme ça, je t'assure.

Eldrid cesse de lutter et s'effondre contre son torse. Le blond la maintient debout en l'étreignant de plus belle. Il pose son menton sur sa tête et la berce alors qu'elle ne parvient pas à sécher ses larmes.

J'aperçois celles du guerrier poindre. Je peux ressentir d'ici sa douleur. Voir celle qu'il chérit en aimer un autre. Être détruite par sa violente disparition. Sa propre culpabilité de ne pas avoir pris les devants il y a trois ans. L'impuissance face à son désarroi à elle.

Il est un livre ouvert pour moi qui le connait depuis toujours.

Même s'il cache bien ses sentiments, je les ressens d'ici.

Björn est amoureux.

Est-ce qu'il s'est rendu compte que c'est bien plus qu'une simple attraction physique ?

S'il était mordu de l'ancienne Eldrid, il va être accro à la nouvelle !

Si pour lui ce n'était pas évident il y a trois ans, aujourd'hui la réalité est bien différente. Oui, il l'a courtisée assidûment depuis deux lunes. Mais il ne la regarde plus comme sa propriété. Il a peur de ce qu'elle pense de lui. Peur de la blesser. Peur de la perdre. Elle a toujours eu une affection particulière pour lui. Reste à savoir s'il sera capable de ranimer leur flamme, afin qu'Eldrid brille à nouveau.

Cette nuit, nous dormons sur les cendres du camp. Demain, il nous faudra partir. Ici nous sommes à découvert. Exposés aux assaillants et aux éléments. Il y a un réel risque que Harald se pointe. Quand Almut lui aura fait son rapport, il enverra à coup sûr ses meilleurs guerriers à nos trousses pour faire le ménage.

Notre temps ici est compté, nous ne sommes plus en sécurité.

BJÖRN

Je savais que le décès de Karl les affecterait tous grandement. Mais j'étais loin d'imaginer que ce serait également mon cas. Découvrir Eldrid aussi mal en point et ne rien pouvoir faire a été une vraie torture. La tenir dans mes bras a ravivé l'ancien moi avec une force inouïe, tandis que ses larmes m'ont fait ployer le genou comme jamais auparavant.

Avec Eldrid, je suis faible. Et de la voir dans cet état, c'est pire.

Je me contiens pour ne pas paraître opportuniste. Ce n'est absolument pas le moment. Elle doit d'abord faire son deuil, comme j'ai fait le mien de ma famille. J'étais seul et il m'a fallu pas loin de trois ans pour m'en remettre. Je me raccrochais à l'idée que je retrouverais Asulf, mon frère de cœur. Avec l'infime espoir qu'elle soit toujours dans les parages et que mon charme opère encore une fois.

Je ne sais pas s'il pourra à nouveau y avoir un « nous » dans le futur. Je ferai mon possible, sans la brusquer. J'ai appris à être patient. Je l'accompagnerai dans sa reconstruction. Je m'attacherai à lui rendre son rire cristallin. J'ai vu qu'elle aimait les mièvreries de Karl. Je suis prêt à le faire aussi, si cela peut lui décocher un sourire.

En attendant ce moment, je prends une profonde inspiration. Asulf a demandé à Lyra de gérer Eldrid pour organiser une réunion tactique. Je le rejoins donc à l'écart en compagnie d'Amalrik.

Un silence pesant s'est abattu et je vais devoir le dissiper, car je ne suis pas patient, surtout pour ce genre de discussions :

— Je crois qu'on est tous fatigués, alors si on pouvait en venir aux faits rapidement, puis aller se coucher.

Asulf approuve en réprimant un soupir et questionne Amalrik :

— Pourquoi maintenant ?

— Parce que Folker vous a vendu et que Harald vous veut.

— Ce n'est pas ce que je te demande. Pourquoi ne pas être revenu plus tôt, puisque tu m'avais déjà retrouvé une fois.

Je reste interdit. Celle-là, je ne m'y attendais pas ! Amalrik savait où se trouvait Asulf tout ce temps et n'en a rien dit à Harald. La question du loup n'en est que plus légitime et j'écoute avec la plus grande attention.

— Parce que contrairement à ton p… oncle, je te considère réellement comme un fils. Et qu'il était impensable que je te trahisse.

Les deux hommes se toisent. J'imagine que le vieux dit la vérité. Il a toujours eu des gestes paternels envers lui. Il le couvait sans pour autant le favoriser, le poussant systématiquement plus loin pour s'améliorer. Asulf a de tout temps été son chouchou et ma jalousie d'antan laisse place à de la compassion quand je me rappelle que nous sommes à présent tous deux orphelins.

— C'est la raison pour laquelle tu t'es joint à l'expédition ? Nous te manquions ? Tu voulais nous revoir ? Questionné-je, goguenard.

— En partie. Je devais aussi tempérer ce chien fou d'Almut.

— Eh bien, c'est réussi ! Ironisé-je en parcourant le campement carbonisé du regard. J'espère que tu es content.

— Il n'y a pas que cela, renchérit-il. Une conversation parallèle a eu lieu.

— Sans blague ! Raillé-je. Et pour quel motif ?

— Mon épée, répond platement Asulf, comme s'il s'agissait d'une évidence. C'est elle qui fait de moi *l'homme au Regard d'acier*.

Mes bras ont beau être croisés sur ma poitrine et mes pieds fermement ancrés dans le sol, une toute petite poussée pourrait me faire chanceler. J'ai toujours pensé que cette rumeur de demi-dieu était infondée. Que ses adversaires n'avaient rien de spécial et que lui non plus, en dehors d'être un excellent guerrier viking.

C'est une chose de s'imaginer ce qui a fait la *légende*. S'en est une autre de se l'entendre confirmer.

Asulf balaie du regard autour de lui pour s'assurer qu'aucune oreille indiscrète ne traine à proximité, puis nous fait signe de nous assoir.

Devant mon regard dubitatif, il juge opportun d'expliquer :

— La première fois que j'ai tué avec elle, j'avais quatorze ans. J'ai ressenti une sensation indescriptible. C'était puissant, vibrant, euphorisant.

— Meilleur que le sexe ? Me hasardé-je pour avoir un point de comparaison.

— Aussi fort que de faire l'amour à la femme de ta vie. À chaque fois que tu occis.

Je déglutis. *Si c'est comme à l'époque entre Eldrid et moi, bordel, ça doit être quelque chose !* Pourtant, je n'ai pas eu l'impression qu'Asulf abusait de ce « pouvoir ». Au contraire, il semblait presque le nier. Ou peut-être cherchait-il à le contenir ?

Mon regard curieux l'incite à poursuivre :

— Je ne m'étais jamais senti aussi bien qu'en pleine action, au cœur d'une bataille. C'est comme si j'étais tout puissant, alors que j'étais un adolescent. Par la suite, l'effet addictif a perduré et je m'y suis habitué, je n'étais plus déstabilisé par la vague d'émotions qui me submergeait. J'ai énormément appris et engrangé tout un tas de connaissances stratégiques. Je me souvenais de tout.

— Et tu es devenu invincible, tranché-je sur un ton un peu trop sec.

Il approuve d'un hochement de tête et j'assimile lentement l'information.

Sans le savoir, il flirtait avec la magie, qui était proscrite. Cela aurait dû lui coûter la vie. Pourtant, il est toujours parmi nous. Donc soit personne ne s'en est rendu compte, soit il était observé à distance telle une *expérience interdite*.

Lorsque je détache mon regard de lui pour analyser Amalrik, il ne paraît nullement surpris.

— Tu le savais ? M'énervé-je contre ce dernier.

— Je l'ai deviné au fil du temps. Mes soupçons se sont accentués juste avant le tournoi pour la succession au trône. Et ils ont été confirmés par Markvart récemment.

— Le sorcier ? Quel est le rapport avec lui ? Interrogé-je, dubitatif.

— Rigborg était à lui. Il y a vingt-trois ans, il a invoqué un démon vengeur, venu des profondeurs de HELHEIM. Il pensait avoir échoué, mais l'esprit est bien dans l'épée. C'est lui qui prête sa force à Asulf.

Je manque de m'étrangler avec son explication qui ne tient pas debout. C'est alors que je vois du coin de l'œil mon ami regarder ses bottes avec une fascination déconcertante. Il en sait plus que ce qu'il veut bien nous dire et au vu des enjeux, hors de questions qu'il garde cela pour lui.

— Crache le morceau ! Lui ordonné-je.

Il relève le menton et nous toise, comme s'il voulait s'assurer de notre confiance réciproque, avant de nous expliquer :

— Il n'est pas seul dans l'épée. Ce soir-là, Sigrune, l'une des vingt-neuf VALKYRIES, s'est retrouvée piégée à l'intérieur avec lui.

— C'est une blague, n'est-ce pas ? Contré-je.

Devant son air sérieux, mes yeux s'arrondissent.

— C'est elle, le *Regard d'acier*, poursuit-il. Elle intervient en prenant possession de mon corps si elle sent une menace, me reléguant au rôle de spectateur.

Je frotte vigoureusement mon visage pour reprendre mes esprits. Ce qu'il annonce est complètement dingue. S'il n'avait pas cet air si sérieux gravé sur la figure, je lui rirais au nez. Il semble persuadé de son histoire et je commence à douter de ce qui est vrai ou non.

À mes côtés, Amalrik entend finalement une information qu'il ignorait.

— Comment sais-tu… Enfin… Balbutie notre mentor.

— Nous communiquons par visions, répond le loup qui a capté par je ne sais quel miracle la question derrière l'hésitation.

Pincez-moi, je rêve. Asulf se moque de nous, n'est-ce pas ? Je le scrute longuement, mais il n'a pas l'air de plaisanter.

Bien, partons du principe qu'il soit honnête et que je ne sois pas borné. Je passe en revue les différents moments dont je me souviens alors qu'il manipulait Rigborg. Les morceaux s'imbriquent un à un dans mon esprit. Au bout de quelques secondes, je souris bêtement.

— Qu'est-ce qui t'amuse à ce point ? s'indigne l'ancien.

— Alors quand tes yeux changent de couleur et que ta lame luit, c'est la VALKYRIE ?

Asulf acquiesce, me sondant en silence. Il attend la suite de ma remarque, que je laisse volontairement trainer quelques instants.

— Putain, je savais que j'étais le meilleur ! Me gaussé-je.

— Quand je t'ai battu, c'était à la loyale, grogne le loup, sachant pertinemment que je parle de l'unique moment où j'ai perdu face à lui.

— À d'autres ! Rétorqué-je en rajustant ma position. Tu te fais aider alors que tu étais le seul à pouvoir prétendre m'égaler, frimé-je.

— Tu es le second en lice, je te rappelle.

— Non, premier. Parce que toi, tu triches ! Annoncé-je d'un léger coup de poing dans son épaule. Mais ce n'est pas grave, maintenant que tu as rétabli la vérité devant notre mentor.

Ma boutade n'avait qu'une visée : détendre l'atmosphère devenue trop oppressante. Mission accomplie, car Asulf l'a compris. Ses lèvres s'étirent et ses traits s'adoucissent. Amalrik grommelle que je ne suis qu'un gamin, mais ses épaules s'affaissent de soulagement. J'ai l'infime satisfaction d'avoir allégé leurs fardeaux, du moins l'espace d'un instant.

— J'imagine que le démon intervient aussi, je reprends plus sérieusement.

— Oui, confirme-t-il. Mais contrairement à la VALKYRIE, j'ignore ce qu'il se passe à ce moment-là. J'ai une… absence.

— C'est à dire ? je m'enquiers.

— C'est comme si je m'endormais et me réveillais un peu plus tard. Je n'ai aucun souvenir de ce qui se passe entre ces deux moments.

— Je vois, dis-je, alors que cela ne m'éclaire pas davantage. Et donc ?

— Ce matin, c'était lui, mais il m'a permis d'assister aux combats.

— On dirait que c'est le bazar dans leur cohabitation ! constaté-je.

— Je pense plutôt qu'il avait besoin de *se repaître* et que la VALKYRIE lui a laissé le champ libre sans opposer de résistance. Du coup, il a *consenti* à me garder éveillé.

— Et toi, tu ressens la même chose que lui ? continué-je.

— Hum. Je perçois sa colère, sa frustration, sa *faim*… C'est particulier. Puis nous tuons et là vient l'extase. À ce moment-là, je me sens vraiment bien. Je comprends que le démon en veuille toujours plus, c'est addictif.

— Pourtant tu gardes le contrôle, constate Amalrik.

— Je ne pense pas que ce soit moi. C'est probablement la VALKYRIE. Mais c'est un cercle sans fin. Sa soif n'est jamais étanchée, il doit constamment se nourrir. Et il devient à chaque fois plus fort. J'en viens à me demander s'il ne finira pas par prendre le dessus.

— Est-ce la raison pour laquelle Harald la veut ? Me hasardé-je. Est-ce qu'elle peut être à lui ? Ou bien ne répond-elle qu'à toi ?

— Il le pense, tranche Amalrik. Il semble la voir comme la source de son futur pouvoir, pour son ascension.

— Et comment compte-t-il s'y prendre ? M'exaspéré-je. En terrorisant tout le monde ? En tuant tous ses opposants ? En assassinant le dernier membre de sa famille ?

— Je ne suis plus sûr de rien, affirme l'ancien. Sa part d'humanité s'éteint lentement. Il n'est plus l'ami que j'ai connu.

— Donc tu le trahis et changes de camp. Logique ! coupé-je.

— Je fais ce qui est juste, comme toujours, grogne-t-il.

— De toute façon, ce n'est plus la question, nous interrompt Asulf qui ancre ses iris dans les miens.

— Tu as peur pour Lyra ? Me hasardé-je.

— Hum.

— Et donc ? Je m'impatiente. Je sens que tu as quelque chose à me demander, mais que tu tournes autour du pot. Alors, accouche !

— Je vais rentrer à AROS et mettre un terme à tout cela.

— Bonne idée, je réponds, je t'accompagne.

— Non. J'irai avec Amalrik, Baldwin et nos deux sentinelles restantes. J'ai d'autres projets pour toi.

Je le scrute, dubitatif, les yeux plissés. Je m'attends au pire.

— Je veux que tu partes avec Eldrid et Lyra. Que tu les mettes en sûreté, là où Harald ne pourra pas les atteindre.

— De combien de temps est-ce que je dispose ?

— Autant que nécessaire.

Sa réponse ne me plait pas du tout.

— Et ensuite, où nous rejoindrons-nous ? je m'enquiers.

— C'est moi qui vous retrouverai. Plus tard.

— Je rêve ou tu es en train de m'évincer ? râlé-je. N'y penses même pas, tu m'entends ? J'ai des comptes à régler avec cette enflure. Tu t'en souviens ?

Le loup soupire lourdement, alors qu'Amalrik reste en retrait, silencieux. Il ferme les yeux d'exaspération.

— Je ne te demande pas ton avis, Björn. Fais ce que je te dis.

Je sens la colère monter en moi. Il est vraiment en train de sous-entendre qu'il va buter cet enfoiré sans moi ?

— Hors de question ! Je ne me barrerai pas comme un moins que rien alors que cet usurpateur respire encore ! tempêté-je.

— Putain, Björn, fais-le ! hurle-t-il en se levant.

— Sinon quoi ? le bravé-je en l'imitant et plaquant mon torse contre lui.

— Fais attention à qui tu t'adresses, m'avertit-il.

— Non, toi, fais gaffe. C'est quoi ton délire ?

— Je suis ton roi, bordel ! Perd-il patience. Alors quand je te donne un ordre, tu ravales ta fierté de merde et tu m'obéis !

Il a martelé sa phrase en frappant mon épaule de son index. Asulf n'a jamais fait cela. La bravade, c'est mon truc. D'habitude, il laisse couler. Mais pas ce soir. Ce qui veut dire qu'il est inquiet. Que quelque chose m'échappe.

Alors je fais un pas en arrière et je me radoucis avant de le questionner :

— C'est quoi le souci ?

Il me fait signe de me rassoir et fait de même.

Amalrik n'est pas intervenu, mais il nous a laissé nous battre comme deux coqs qui cherchent à dominer la même basse-cour. Comme lorsque nous étions plus jeunes. Nous avons toujours su nous comprendre, malgré les éclats de voix.

Asulf fixe ses bottes, comme tout à l'heure. Je suis aux limites extrêmes de ma patience. La moindre parole mal placée peut m'embraser tel un fichu feu de paille. Mais j'attends encore, afin de ne pas faire de vagues. Je me mords la langue pour m'empêcher de dire une ânerie.

— J'ai perdu Holda, de la pire des façons qui soit, murmure-t-il. Je ne prendrai aucun risque avec Lyra.

Ses yeux me scrutent intensément et je peux y lire l'étendue de sa tristesse.

Alors que je m'apprête à renvoyer mon père et ma famille sur le tapis, il me coupe l'herbe sous le pied :

— Si elle meurt, je ne m'en remettrai jamais. Elle est ma lumière. Sans elle, je basculerais irrémédiablement du côté obscur.

Je réfléchis à ce que je pourrais répondre à cela, mais rien de pertinent ne me vient. Alors je l'écoute, comme je le ferais avec mon souverain.

— Je te confie la personne la plus chère à mes yeux : ma femme. Ainsi que la sécurité d'Eldrid. J'ai promis à Karl de prendre soin d'elle, mais je dois d'abord en finir avec Harald. Tu es le seul en qui j'ai suffisamment confiance et le plus à même de les protéger. Alors je te le demande une dernière fois : mets-les à l'abri.

La tirade du loup me touche bien plus qu'elle ne le devrait. S'il remet entre mes mains les deux femmes de sa vie, c'est qu'il doute de l'issue de ce duel et qu'il considère sérieusement ne plus jamais repartir d' AROS.

— Tu es sûr de toi ? l'interrogé-je. Parce qu'à t'entendre, on dirait que tu entreprends une mission suicide. Et si c'est le cas, je n'ai rien à perdre, contrairement à toi.

— Vraiment ? Contre-t-il. Et qu'est-ce que tu fais d'Eldrid et de tes sentiments pour elle ?

Je soupire lourdement de protestation. C'est un amour à sens unique. Alors que lui délaisse Lyra. Pourtant il semble penser l'inverse, car il insiste :

— Elle reviendra vers toi. Accorde-lui du temps. Karl était sa lumière, celui qui l'a aidé à se trouver. Elle aura besoin de toi pour se reconstruire. Ne la laisse pas tomber.

Qu'est-ce qu'il veut dire ? Qu'elle pourrait m'aimer à nouveau ?

— Et toi, alors ? Qu'es-tu en train de faire ?

Il expire fortement car je l'agace. Ses limites ont été atteintes.

— Fais juste ce que je te demande, Björn.

Je le sonde longuement, comme pour confirmer ses ordres. Et il est on ne peut plus sérieux. *Merde !*

— Je le ferai, accepté-je à contrecœur. Où souhaites-tu que j'aille ?

— Là où nous rêvions de nous rendre quand nous étions gamins.

— Le lieu secret dont nous avions juré de ne parler à personne ?

— Hum.

— Très bien. Mais nous nous reverrons, mon frère. Car j'ai une revanche à prendre sur un certain duel.

— Je l'espère, rétorque-t-il d'une détermination feinte qui ne me dupe pas.

— Et pas dans vingt ans ! Je ne veux pas me retrouver seul à gérer deux femmes et un gamin !

Il expire fort par le nez en se moquant de moi :

— J'aimerais bien assister à cela !

— Finalement, on va inverser, proposé-je. Je préfère affronter Harald. J'ai plus de chance d'y survivre.

ASULF ET HARALD

CHAPITRE 41

JUGEMENT

❄ MÖRSUGUR / JANVIER ❄

ASULF

Après notre réunion, nous avons retrouvé Eldrid et Lyra, installées dans la seule tente miraculeusement encore debout, à savoir celle de Folker. Le bougre a disparu et il ne reste pas grand-chose de ses richesses, probablement pillées par des mercenaires peu scrupuleux.

La rouquine s'est assoupie, épuisée de sa journée. Björn a pris place auprès d'elle, l'observant dormir. J'espère qu'il se reposera, car ils partiront tôt demain.

Quant à ma brune, je l'ai trouvée assise de l'autre côté du foyer, pensive, absorbée par les flammes qui dansaient. Elle triturait le bracelet torque à têtes de loups que je lui ai offert et qui nous symbolise. Je sais à ce geste qu'elle est nerveuse et tente de puiser du courage en elle, en nous.

Lorsqu'elle m'a aperçu, ses prunelles se sont ancrées aux miennes. Nul besoin de m'exprimer sur le but ou l'issue de notre discussion, elle lit en moi avec une aisance déconcertante.

En silence, elle s'est levée et a enlacé ses doigts aux miens. Dans la nuit noire, éclairé par les astres, je l'ai guidée à ma suite à travers bois, deux peaux sous le bras. Je resserre ma prise sur ses phalanges et elle y répond. Je la sens heureuse de ce moment de complicité à venir, pourtant entâché par la tristesse de notre départ imminent. Avant que notre bulle de bonheur n'éclate avec le lever du soleil, j'ai besoin de savourer ces dernières heures juste avec elle.

Pas un bruit ne vient interrompre notre progression entre les arbres. Le sol est dur, les branches trop fragiles craquent sous nos pas discrets. Lyra me suit sans avoir prononcé un mot, alimentant mon angoisse d'être privé d'elle dans quelques heures.

Karl n'a pas eu la chance de profiter d'Eldrid une ultime fois, alors que moi, oui. Ma femme se tient à un mètre de moi et cette nuit, rien ne nous séparera.

Lorsque nous atteignons notre destination, nous sommes sur la colline qui surplombe la cascade. Isolés du reste du monde, j'étends la plus grande peau sur le sol, avec les étoiles comme seuls témoins de ce qui va suivre.

Je m'assois sur le doux tapis et Lyra s'installe sur mes cuisses. Son corps chaud contre le mien me fait oublier tout le reste, malgré les couches de vêtements qui nous séparent momentanément.

Mes mains encadrent son visage. Mes pouces caressent l'angle de sa mâchoire, ses lèvres pleines. Je connais par cœur ses lignes parfaites, son sourire. Tel un fauve affamé, je souhaiterais la dévorer tout entière. Pourtant, cette nuit, comme lors de la première que nous avons partagé ici, je veux prendre mon temps. Et ma femme a également l'air d'être de cet avis.

Je l'embrasse tendrement. Son contact me rappelle tout ce dont je vais bientôt manquer et qu'il me tardera de retrouver.

— EK ELSKA ÞIK, murmuré-je dans un souffle. Si tu savais comme je t'aime, répété-je.

— Moi aussi, mon amour, me répond-elle.

Nos baisers reprennent de plus belle, toujours empreints d'une douceur qui m'ébranle jusqu'aux tréfonds de mon âme. Lyra a ce pouvoir de communiquer intensément avec ce que je suis et que personne d'autre qu'elle ne connait.

Avec une tendresse révérencieuse, je la déleste lentement de ses vêtements, embrassant chaque morceau de peau que je découvre. Je me suis uni à elle sous les étoiles, ici même, la première fois. Bien que la saison s'y prêtait davantage. Les nuits sont glaciales en cette période de l'année, mais la morsure froide ressentie contrebalance la fièvre qui nous anime. Ma femme frissonne, dans un mélange d'engourdissement et d'excitation. Je m'empresse d'ôter les derniers remparts qui m'habillent pour presser ma peau contre la sienne et la réchauffer.

À cet instant, le monde peut s'effondrer, je m'en moque. Il n'y a qu'elle, plus rien d'autre ne compte. Je resserre ma prise sur elle tandis que nous roulons. Lyra se retrouve plaquée dos au sol, alors que je la surplombe. Les étoiles se reflètent dans ses yeux où je pourrais me noyer pour l'éternité.

J'ignore si c'est un reste d'ondine, ou si c'est l'amour que je lui porte, mais son regard a raison de mon cœur qui se met à battre tel un cheval au galop, à l'unisson avec le sien qui palpite sous mes doigts.

Avant elle, jamais je n'aurais pu imaginer une telle osmose avec quelqu'un. Ce que nous avons est précieux, sacré et pourtant éphémère. Quand les premiers rayons du soleil illumineront sa peau, je devrai rendre tout cela. Mais pour l'heure, je ne fais que l'aimer davantage.

Notre étreinte a duré une bonne partie de la nuit, entrecoupée de caresses, de baisers et de promesses non formulées. J'ai essuyé des larmes silencieuses qui perlaient sur ses joues. Je l'ai embrassée à m'en couper le souffle plus d'une fois. Je prends tout ce qu'elle veut bien me donner. Je grave dans mon esprit chaque expression, le moindre mouvement, la plus infime odeur, tous les touchers délicats et les gémissements qui s'échappent de sa bouche.

À bout de force, nous nous allongeons et nous recouvrons de la seconde peau, nos corps nus enlacés et brûlants.

Mes doigts dessinent à loisir sur son épaule ou sa hanche, alors que ses ongles tracent des sillons sur mon ventre et mes pectoraux, provoquant des frissons involontaires sur leur passage.

Blottis l'un contre l'autre, nous avons refait le monde, imaginant que Harald n'ait jamais existé. Se demandant ce que pourraient être nos vies dans quelques années, d'abord juste nous deux, puis avec des enfants. Je ne suis pas certain qu'évoquer tout ce bonheur à côté duquel nous avons une chance de passer soit bénéfique. Mais nous en avons besoin.

Faire l'amour avec elle revêtait déjà un goût d'adieu qu'il m'est difficile de concevoir. J'en crève de savoir qu'elle va être loin de moi, même si c'est la meilleure décision à prendre. Elle est à la fois ma plus grande force et ma seule faiblesse. S'il lui arrivait quoi que ce soit, je deviendrais fou.

Lyra a perçu mon inquiétude des heures auparavant et n'a rien laissé transparaître. Mais maintenant que la réalité nous rattrape, je la sens se raidir. Elle a tenté de me dissuader de rentrer à ARØS, car nous ne supposons que trop bien de l'issue de cette confrontation. Elle sait que je n'ai pas le choix, je dois mettre un terme à tout cela. Pourtant, cela n'allège en rien mon fardeau.

Et si elle avait raison ? Nous pourrions juste tous embarquer sur un DRAKKAR et partir aussi loin que possible, là où personne ne viendrait nous chercher.

Il te retrouvera toujours, me dit une petite voix dans me tête. Et entre temps, des gens mourront par ta faute, parce que tu as refusé de prendre tes responsabilités et de faire ce qui est juste.

Je me frotte le visage pour évacuer ces sombres pensées qui m'envahissent. Lyra se redresse seulement pour souder ses lèvres aux miennes, chassant mes craintes en une fraction de seconde.

Elle va tellement me manquer ! Il me tarde déjà que cette quête soit derrière nous.

Au petit matin, c'est avec un énorme vague à l'âme que j'ai regardé les rayons du soleil réveiller doucement l'amour de ma vie. Ses rayonnements ont caressé ses pommettes, redessiné l'arrête de son nez.

La fraîcheur du matin devrait nous enjoindre à nous rhabiller rapidement, mais le cœur n'y est plus. Mes mouvements se font au ralenti, tant pis pour la morsure du froid. Je sais que je vis mes derniers moments avec Lyra avant un bon bout de temps. Je la prends délicatement dans mes bras et l'admire. Ses mains s'agrippent à ma nuque et je me penche vers elle. Nos nez se frôlent et se câlinent. Nos bouches se trouvent pour se souder passionnément, alors que nous faisons perdurer l'instant.

Ces gestes tendres, je refuse de les partager aux yeux de tous sur le camp. Je me dois de me comporter en public tel le roi que je n'ai jamais voulu être. Si je suis trop démonstratif, il pourrait prendre l'envie à certains de la pister et de lui faire du mal. Même si j'ai toute confiance en Björn pour assurer sa sécurité, il ne peut pas rivaliser seul contre une escouade lourdement armée.

Nous avons rebroussé chemin et rejoint les autres, là où vingt-quatre heures plus tôt s'éveillait un campement de mercenaires. Aujourd'hui, il n'en reste qu'un tas de cendres.

En notre absence, le blond a sellé et équipé trois chevaux, emportant de la nourriture, mais aussi des armes et des peaux en nombre. Leur voyage sera long et périlleux et je regrette déjà de ne pas en être.

Une accolade fraternelle et d'ultimes recommandations échangées avec le blond. Un câlin sincère à Eldrid, qui ne quitte plus sa catatonie et s'aperçoit à peine de ce qui se passe. Un baiser et une étreinte à ma femme et des promesses de se retrouver au plus vite.

Mon cœur se serre. Ma famille talonne les chevaux et s'éloigne, emportant une part de moi avec elle. Je suis dévasté à l'intérieur, impassible à l'extérieur. Je ne peux pas flancher, je n'en ai pas le droit, ils comptent tous sur moi.

Hier soir, durant notre discussion à huis clos, j'ai soumis à Amalrik un plan pour notre voyage. Je refuse d'entrer en douce dans ma ville. Je paraîtrais soit par la grande porte, soit par la mer. Je veux que le peuple soit au fait de mon retour, à peine aurai-je foulé le sol de ma terre.

De plus, Almut nous a pris de vitesse en s'enfuyant à la fin de la bataille. Ainsi, même si nous ne trainons pas en route, il y a fort à parier qu'il nous devancera, au minimum d'une courte tête.

Donc nous devons nous attendre à un comité d'accueil. Aussi nous avons décidé d'un commun accord que seuls Amalrik et moi serions au fait du plan, afin de conserver au maximum l'effet de surprise et de ne mettre personne en porte-à-faux.

Il n'y a aucun DRAKKAR à quai à JOMSBORG. Et il n'y a plus de chevaux sur le camp. Almut et ses hommes les ont fait fuir au début de l'attaque.

Des six montures avec lesquels Amalrik et ses mercenaires sont arrivés à JOMSBORG, nous en avons alloué trois à Björn. Par conséquent, il nous en reste trois pour cinq gaillards armés, dont Baldwin et sa carrure d'ours. Cela laisse peu d'options pour se déplacer. D'autant qu'Amalrik a été blessé au flanc par Almut et qu'un si long trajet à cheval ne se fera pas sans douleur.

Les deux sentinelles ont offert de marcher jusqu'au port le plus proche et de tenter de nous rejoindre à AROS par la mer. Leur chef a rejeté leur proposition, car je reste un prisonnier à escorter et il a besoin de chaque guerrier disponible.

Lui et moi prenons donc les guerriers sur nos chevaux pour équilibrer au mieux le poids, mais nous ne pourrons pas galoper plus de quinze kilomètres quotidiens. À ce rythme, le trajet durera une lune et demie, quand il pourrait être avalé en quelques jours par bateau. J'écume.

Nous longeons ainsi la côte en espérant trouver une embarcation disponible avec un équipage coopératif.

Les journées s'égrainent aussi vite que ma patience. Amalrik est mal en point. Nous aurions peut-être dû attendre une semaine avant d'entreprendre un tel périple. Même s'il m'a rabroué de le lui avoir proposé de nous reposer.

Toujours pas de DRAKKAR en vue. Est-ce normal qu'il y ait autant de raids durant VETR ? À l'un des ports, nous avons appris qu'un cavalier a exigé de voyager sur l'eau avec son cheval. Je me demande qui a été assez fou pour accepter cela. Les chevaux paniquent dans les embarcations exiguës. Le tangage n'est pas compatible avec leurs petits sabots et leurs longues pattes, surplombées d'un corps lourd. À part s'ils sont bien dressés, ce qui est très rare, impossible de les tenir tranquilles.

Encore une fois, Almut nous a pris de court avec sa monture intelligente. Nous avons bien suivi le même tracé, mais avec plusieurs jours de retard.

Je peste contre moi-même et prends mon mal en patience.

Je me demande où sont Lyra, Eldrid et Björn.

Je prie les Dieux pour que leur périple se passe bien.

Je tourne comme un animal en cage. Ce trajet est sans fin. Je suis d'humeur irascible. Je mords tous ceux qui tentent de m'approcher, tel un loup enragé. J'ignore si le démon alimente mon besoin d'en découdre, parce qu'il patiente depuis des semaines sans que je n'aie pu le nourrir, ou si c'est juste moi, car j'ai hâte d'en finir.

Amalrik m'enjoint à canaliser ma colère en vue de mon duel à venir. Il a raison, tenté-je de me convaincre, tandis que j'ai du mal à obtempérer.

Nous avons vendu les chevaux pour payer notre traversée. Nous embarquerons à HEDEBY ce soir, sur un DRAKKAR déjà plein et accosterons dans deux jours à LALANG, au Sud d'AROS. Les Vikings qui nous escortent refusent de mouiller dans la ville de notre destination. Ils sont devenus superstitieux et craignent la magie du roi, dont tout le monde parle sous cape.

Cela nous fera néanmoins économiser quelques kilomètres de trajet par les terres. Ensuite, se décidera si nous trouvons des chevaux et terminons notre périple en trois jours, ou si nous y passons la semaine à pied avec nos deux blessés.

❄ ÞORRI / FÉVRIER ❄

ASULF

J'aperçois des remparts qui m'annoncent qu'AROS est enfin en vue. Je désespérais de voir ce moment arriver. Le trajet a été long, beaucoup trop long. Mais il a eu le mérite de me laisser le temps de réfléchir à l'après.

Oui, je compte battre Harald. Et oui, je devrais essayer de gouverner, même si c'est mon dernier souhait. Je ne crois pas au hasard. Tout ce qui a été mis sur ma route est là pour une bonne raison. J'ai suffisamment repoussé mon échéance, il est l'heure d'embrasser ma destinée, en laquelle j'ai toujours eu foi. Le peuple du JUTLAND a besoin d'un roi à la hauteur de ses attentes et non d'un sorcier qu'il craint plus encore que l'ennemi. Même si je pense sincèrement que Björn serait bien meilleur que moi dans cet exercice.

Quand l'usurpateur aura été destitué, j'irai récupérer ma femme et mes amis. Je sais où ils sont allés et je ne confierai cette expédition à personne. Je m'y rendrai moi-même. Seul.

Je deviendrais fou à patienter à AROS, si je devais déléguer cette mission de la plus haute importance. D'autant que Björn a pour consigne de ne faire confiance à personne qui viendrait d'AROS.

Par ailleurs, le meilleur pisteur que je connaisse se fait vieux pour un tel périple. Alors durant mon absence, je lui laisserai volontiers le trône. Amalrik non plus n'en veut pas et sera, par conséquent, un régent sage.

Mes pieds foulent ce sol que j'ai quitté il y a plus de trois ans et que je ne pensais plus jamais revoir. Je me fourvoyais. Je me mentais honteusement à moi-même. Il fallait juste que l'on vienne me chercher par la peau des fesses, comme un enfant qui s'apprête à se faire gronder. À un détail près : je n'ai commis aucune erreur.

Je connais par cœur le chemin qui mène d'ici au SKALI. Les allées qui serpentent entre les habitations et les commerces. Je peux sentir l'odeur du pain au seigle, cette céréale résistante à nos climats rudes, auquel on ajoute des graines du lin et du miel, pour le rendre goûteux et consistant. Cela me replonge en des temps plus heureux.

Plus loin, je croise le père de Karl et le chagrin m'envahit. Comment lui dire que son fils unique est mort en sauvant sa compagne et son enfant ? Et que ladite compagne est partie avec son ancien amour pour sa propre sécurité. Je devrais lui avouer que le massacre de JOMSBORG n'avait pour seule vocation que de faire sortir le loup du bois. Harald me voulait et personne d'autre. Pourtant je les ai tous menés à leur perte, tandis qu'ils essayaient de nous protéger. Il faudra que je lui relate ce qui s'est passé et je sais d'avance que je lui briserai le cœur.

Il m'observe un instant et je sens toute ma détermination vaciller. Je dois lutter pour ne pas flancher. Rester concentré sur la tâche à accomplir.

Impossible qu'il ne m'ait pas reconnu avec mon escorte. Les deux sentinelles qui me précèdent scandent mon nom pour écarter la foule et rameuter tout le monde à notre suite. Certains désapprouvent mon retour, d'autres nous rejoignent, par sympathie ou par curiosité mal placée.

Amalrik chemine à mes côtés, tandis que Baldwin ferme la marche. Cette procession a quelque chose de religieusement funeste.

On m'accompagne jusqu'au Conseil pour que je sois jugé devant eux. C'est d'ailleurs ce que j'espère en faisant une entrée remarquée. Je souhaite éviter que Harald n'agisse dans l'ombre, comme il en a pris l'habitude. Je veux l'exposer aux yeux de tous, qu'ils réalisent le monstre qu'il est devenu.

J'aimerais que les sages prennent le temps de la réflexion, pour délibérer honnêtement sur mon cas. S'il l'on fait fi de mon départ, je n'ai commis aucune faute. Mon oncle a mis ma tête à prix et je compte sur le Conseil pour juger son geste comme trop impulsif et disproportionné. J'ai besoin de chaque minute supplémentaire pour qu'Amalrik puisse prévenir mes partisans et qu'ils s'organisent.

Rentrer à AROS ravive d'autres blessures que je croyais cicatrisées, alors que je n'ai fait que les occulter.

Mes pensées naviguent vers mes souvenirs d'une jolie blonde qui n'est plus là. Holda. Elle aussi est morte par ma faute. Ou plutôt, parce qu'elle voulait être avec moi. C'est Harald qui l'a tuée. Et je ne peux m'empêcher de me dire que sans moi, Karl et elle seraient encore en vie et probablement heureux ensemble.

Ai-je toujours foi en ma destinée après cela ?

Je dois garder la tête froide. Tout ici est empreint de souvenirs de mon enfance et de mes certitudes passées.

Ici, j'étais un roc. Je n'avais peur de rien. J'étais invincible.

Mais c'était une autre vie. Celle dont j'ai fait le deuil. Celle à qui j'ai tourné le dos, comme lorsque j'ai abandonné Solveig.

Ma nourrice est-elle toujours de ce monde ? Il serait temps de se poser la question ! En tout cas, je le désire du plus profond de mon cœur. Est-ce qu'elle m'en veut d'avoir tout quitté parce que c'était trop à assumer d'un coup ? Ou au contraire, serait-elle ravie de me revoir aujourd'hui ? J'imagine qu'elle entretenait le secret espoir que je rentrerai un jour. Je souhaite simplement qu'il ne soit pas trop tard.

Je suis extrait de ma torpeur par Amalrik qui interpelle les membres du Conseil, leur annonçant ma présence et demandant si quelqu'un peut aller quérir notre roi.

Je réalise que nous nous sommes arrêtés au pied du SKALI et que Harald en sort de lui-même, lentement, encapuchonné, la cape ouverte, révélant un torse massif. Sa musculature n'a rien à voir avec celle que je lui ai connue. Ni même ce regard suffisant qu'il me lance. Ou ce rictus de victoire qu'il affiche désormais.

Un homme lui emboîte le pas, le visage à moitié dissimulé. Je ne l'ai jamais rencontré, mais je sais qu'il s'agit de Markvart. Björn me l'a décrit, impossible pour moi de me tromper.

Le bourdonnement des paroles échangées entre villageois jusqu'à présent cesse immédiatement et laisse place à un silence dérangeant. Le sorcier ne devrait pas être autorisé à sortir avec nonchalance du SKALI. Mais il le fait avec une telle aisance que j'en déduis que ce comportement est habituel.

Un pratiquant de la magie noire si proche du pouvoir, feu Thorbjörn, notre ancien roi, en mourrait une seconde fois. J'ai eu la version officieuse de son décès par Amalrik durant notre trajet retour, la vraie, de la bouche de Björn. Et les deux n'avaient rien en commun.

Quand je lui ai relaté les paroles du blond, mon mentor a vu rouge. Un mensonge de plus avec lequel Harald l'a bercé d'illusions pour le maintenir dans le flou.

Puis c'est au tour d'Almut de passer la double porte, un sourire contrarié aux lèvres. Allez savoir ce qu'il a dit à Harald. En tout cas, ma présence ici auprès de mon père de cœur ne semble pas le réjouir.

Les spectateurs dans la foule se scrutent ou me toisent, mais aucun ne s'autorise un commentaire. J'ignore si je suis la source de leur malaise, ou si je ne fais que m'ajouter aux problèmes existants.

Un raclement de gorge à ma droite rompt le silence.

— Asulf est de retour, entonne-t-il. Il demande audience avec le Conseil pour s'expliquer sur son départ et répondre de ses actes.

La foule frémit, surprise de ma requête.

— Il n'a rien à exiger, clame Almut. Il a abandonné son peuple à la première occasion.

— Il a été inscrit à ce tournoi par feu Thorbjörn, argumente Amalrik, omettant volontairement que cela a fait les affaires de mon oncle par la suite. Il n'a jamais brigué le trône et ne pensait pas l'obtenir.

— Bien sûr, ironise Almut. Pourtant il a gagné.

— Björn a invoqué l'EINVIGI. Je ne connais personne qui se laisserait mourir pour quelque chose qui ne lui importe pas. Björn l'a systématiquement battu d'une courte tête et en tant que mentor des deux, je peux certifier qu'il…

— Certifier quoi ? Le coupe Almut. Les faits restent ce qu'ils sont. Asulf doit être exécuté.

— Et de quoi est-il accusé, au juste ? Poursuit mon père de cœur. Asulf a toujours été de notre côté. Il ne nous a jamais trahis.

— Il est parti s'acoquiner avec des mercenaires, poursuit le rouquin hargneux. Que comptait-il faire de ses nouveaux amis ? Tu y étais, tout comme moi. Et qu'as-tu vu, si ce n'est un homme qui s'est battu contre nous ?

— J'avais besoin de réponses, je l'interromps. J'ai erré sans but et j'ai atterri par hasard à JOMSBORG.

— Ne nous mens pas, veux-tu ? Quelles réponses t'auraient poussé jusque là-bas ?

— Je ne cherchais pas d'alliés. Je ramenais un orphelin dans sa famille près de JOMSBORG, chez son oncle.

— Ah ! Asulf, l'homme au grand cœur ! énonce Almut sans conviction. Mais tu y es resté. Tu t'es même battu pour engraisser leur chef.

— Je voulais juste repartir de zéro et laisser le passé derrière moi.

— En devenant un mercenaire à ton tour ?

Je serre la mâchoire et élude sa question, alors que mon regard balaie la foule qui m'entoure. Des hommes armés forment une masse discrète autour des villageois qui m'environnent. Je suis pris dans leurs filets.

En hauteur, sur le seuil du SKALI, à deux pas d'Almut, Harald assiste à notre joute verbale. Qui ressemble davantage à mon procès, avec témoins. Je dois rester prudent, car cela sent le piège à plein nez.

— Et pourtant tu es bel et bien là ! Poursuit le hargneux sur qui je reporte mon attention.

— Tu es venu me chercher, il me semble, constaté-je, goguenard. D'ailleurs, tu es reparti tellement vite que nous avons eu du mal à suivre ta trace. Pour quelqu'un dont la mission était de me ramener, tu admettras que la méthode est peu conventionnelle.

— Tu ne t'es pas laissé convaincre, ajoute Almut.

— Difficile de faire confiance au commanditaire d'un génocide.

Trois cents mercenaires innocents ont péri sur ton ordre, tonné-je.
— Faux. Aucun mercenaire n'est innocent. Par ailleurs, j'agissais sous les ordres d'Amalrik.
— Mensonges ! tempête ce dernier. Tu n'as pas attendu mes instructions. Tu es parti en pleine nuit avec vingt-trois sentinelles, sans mon accord ! Et quand le soleil s'est levé, tu as attaqué et incendié leur campement, alors qu'ils dormaient encore.
— J'ai cherché Asulf et Björn comme tu l'as ordonné, conteste-t-il.
— En libérant les chevaux et brûlant leurs habitations ? Il était question d'une extraction discrète. Pas d'un carnage.
— Les nôtres aussi sont morts ! martèle-t-il. Et pour quoi ? Pour que tu changes de camp et t'allies au traître ?
— Surveille ta langue, ou je te la ferai arracher. Tu oublies à qui tu t'adresses.
— Et toi tu as vite enterré à qui va ton allégeance ! hurle-t-il.
La foule gronde et je sens que notre intervention vire à notre désavantage.
Nous devons reprendre la situation en main.
— Quelles réponses cherchais-tu à JOMSBORG, que tu n'aurais pu trouver ici ? Questionne une voix féminine et ancienne parmi les membres du Conseil.
Je me tourne vers elle et inspire fortement.

Je repense à tout ce chemin que j'ai parcouru, à toutes ces personnes qui ne sont plus. Mes parents. Mes grands-parents et ma tante. Holda. Thorbjörn et toute la famille de Björn. Karl.
Un rage sourde m'envahit. Tous sont morts par la faute de Harald. Cet oncle, qui m'a tout pris et de qui je veux me venger.
Ce monstre qui a fait de mon ami Björn un orphelin et à qui j'ai promis de rendre justice.
Combien d'autres personnes ont subit ses méfaits ?
Je me remémore mes nombreuses discussions avec Amalrik, mon père de substitution. Et également celles avec Freya, ma porteuse de sinistres nouvelles. En assemblant ce qu'ils m'ont tous deux dit, une vérité me saute aux yeux. Harald était très proche de Leif, mon vrai père, qu'il a tué car il ne lui a jamais pardonné de lui avoir menti. De l'avoir trahi. Et aujourd'hui, c'est Amalrik qui le remplace. Ce dernier a tout découvert n'approuve pas les agissements de son roi. Il prend même parti contre lui en m'aidant dans ma quête pour le destituer. Je crains qu'à présent Amalrik soit sa prochaine cible. Il va vouloir lui faire payer au prix fort sa traîtrise.
Harald est un meurtrier en puissance.
C'est à moi, son seul parent restant, de mettre un terme à sa folie.

Je suis prêt à divulguer ce secret que notre ville se doit de connaître.

— Ma mère est morte à ma naissance. Je voulais en apprendre plus sur elle et sur mon vrai…

— Il suffit ! Coupe violemment Harald. Nous t'avons assez entendu. Tu as scellé ton destin au moment où tu es parti.

— Pour quel motif ? s'enquiert la femme. Je ne vois aucun crime de sa part. Y en a-t-il que quelqu'un souhaite exposer ?

Mon cœur tambourine fort dans ma poitrine.

Mon sort dépend de l'ancienne qui questionne du regard l'assemblée redevenue muette.

Rien ne ressortira sur moi, car je suis irréprochable en tant que guerrier et citoyen.

La pression sur mes épaules s'allège lentement, alors que les secondes s'égrainent, me rapprochant du verdict des sages, de ma liberté.

Harald ne peut pas les braver ouvertement sans que le peuple ne se braque contre lui. Il a besoin de leur soutien. Et il sait utiliser les ruses nécessaires pour remporter l'adhésion de chacun. Ce qui m'interroge sur ce qu'il a, ou n'a pas, à l'encontre de ma sauveuse.

Et là, sans que je ne l'aie vu débarquer, mon oncle me surprend :

— Nous parlementons alors qu'il y a un moyen très simple d'obtenir une délibération. Laissons les Dieux décider de son sort.

Il rejette sa cape et dévoile son corps imposant.

— J'affronte Asulf en duel ici et maintenant.

Il redresse la tête vers le ciel lumineux et crie :

— J'en appelle à ta toute-puissance !

Celui-ci s'assombrit soudainement et des éclairs le fendent, effrayant l'assemblée.

Tandis qu'il s'incline à nouveau vers moi, la foule s'écarte pour me laisser le rejoindre. À quelques pas de lui, j'aperçois son casque se métamorphoser lentement. Il lui recouvre intégralement le crâne, alors que poussent à présent des cornes en métal.

— Puissent les Dieux te venir en aide, murmure-t-il à ma seule intention.

Note de l'auteur : LALANG : nom ancien pour la ville de Jelling, au Danemark, situé au Sud d'Aarhus, sur la côte Est. C'était une ville portuaire, et un important centre politique et religieux sous l'ère viking.

VALHALLA

CHAPITRE 42

LES DIEUX ONT PARLÉ

❄ ÞORRI / FÉVRIER ❄

HARALD

Lorsqu'Almut est rentré seul il y a plusieurs semaines, j'ai d'abord cru à une mauvaise blague. Sur les trente guerriers que j'ai envoyés à JOMSBORG pour capturer Asulf et Björn, seulement cinq d'entre eux en sont revenus et pas dans le meilleur état.

Almut m'a averti de la trahison d'Amalrik. Voir ce dernier pénétrer dans AROS avec mon neveu et le défendre n'a fait qu'accréditer les dires de mon bras-droit. Les trois autres ont-ils également changé de camp ? Dans le doute, je les ferai tous enfermer séparément pour les interroger.

J'ai violemment interrompu les justifications d'Asulf, car nous nous engagions sur une pente bien trop glissante pour moi. Ce gamin est rusé. Il a pris le peuple à témoin pour m'empêcher de me charger de son cas à huis clos. S'il croit m'avoir vaincu, il se fourvoie.

Il fallait un fameux culot pour recourir à la clémence du Conseil lors d'une assemblée publique.

Je ravale ma colère et la cache derrière un sourire de façade. Je n'ai pas dit mon dernier mot. Loin de là.

Puisque les sages étaient prêts à se passer de mon autorité, je réserve quelques tortures supplémentaires pour ces vendus.

J'invoque le jugement des Dieux pour dénouer cette affaire et éviter toute contestation de leur part.

J'ôte la cape qui m'entrave et déclare vouloir affronter Asulf sur le champ. Je feins de m'adresser à Odin, le corps tourné vers les cieux :

— J'en appelle à ta toute-puissance !

En réalité, je psalmodie discrètement un sort d'invincibilité à l'attention de mon allié afin d'activer ma magie noire :

« Ó, SURT, HERRA ELÐAR MUSPELHEIMAR,
Ô Surt, seigneur des flammes de Muspelheim,
ÞÚ SEM HEFUR KRAFT LAVU OG ELDS,
Toi qui détiens la force de la lave et du feu,
VEIT MÉR ÞINN VERND OK MÁTT,
Accorde-moi ta protection et ta puissance,
AT SÁL MÍN SÉ ÓSIGRANDI OK ÓÞREYTANDI,
Que mon âme soit invincible et impénétrable,
OK AT SIGUR SÉ MÉR VEITT. »
Et que la victoire me soit accordée. »

Le ciel s'assombrit, fendu par la foudre, comme si les Dieux accédaient à ma requête. Alors que c'est son pouvoir à *Lui* qui me répond. Ma couronne se métamorphose lentement en un casque métallique où des cornes poussent. Je sens la magie palpiter dans mes veines. Sa chaleur me consume de l'intérieur.

Les feux et tempêtes de MUSPELHEIM se déchaînent en moi, prêts à s'abattre sur le loup qui me tient tête. Il ignore que le combat est déjà perdu d'avance pour lui. Je vais récupérer son épée et la monnayer en temps voulu à SURT contre le royaume de MIDGARD, comme convenu.

Le peuple ne s'offusque pas de ma transformation, car j'apparais comme le champion désigné par Odin. Tant mieux, je pourrai user de la sorcellerie sans éveiller les soupçons.

La foule s'écarte pour laisser mon neveu me rejoindre :

— Puissent les Dieux te venir en aide, lui murmuré-je.

— Nous savons tous deux que tu pratiques la magie noire, Harald, intervient-il. Tout ceci en est la manifestation réelle et n'a rien à voir avec eux.

— Prouve-le, le provoqué-je, un sourire narquois aux lèvres.

Le louveteau grogne d'impuissance, car il ne peut rien mettre en évidence. L'étau se resserre autour de lui, pourtant il continue de me défier.

Son assurance m'irrite. Je me ferai un plaisir de la réduire à néant, le moment venu.

— Ne te sauve pas, Amalrik, l'avertis-je sans me détourner de mon opposant, et vois la défaite de ton champion. Dès que j'en aurai fini avec lui, nous aurons une petite discussion, toi et moi.

Le sous-entendu est clair et sonne comme un ordre. Mes hommes se regroupent immédiatement autour du quatuor qui m'a ramené Asulf pour les empêcher de filer. Du coin de l'œil, je devine Baldwin qui lève sa massue, alors que mon second lui enjoint de se tenir tranquille. Mais le vieil ours n'a pas dit son dernier mot.

— Attrape ! Hurle Baldwin à l'attention de mon neveu, alors qu'il lui lance son bouclier.

Le morceau de bois tournoie à l'horizontale en survolant la foule ébahie par sa force. Asulf le réceptionne et remercie son allié d'un hochement de tête avant de s'en parer.

Les traîtres se révèlent peu à peu. Voilà encore un guerrier qui affirme sans ambages quel camp il a choisi. Raison de plus pour me débarrasser de lui, même si je le connais depuis plus de trente ans et que je l'aimais bien.

Le jeune loup dégaine son épée magique que je lorgne avec convoitise. Il aperçoit mon regard et se raidit. Peu importe ce qu'il croit, cette lame sera à nouveau mienne et très bientôt.

Je m'équipe uniquement d'une hache double-tête que me tend Almut. Je veux garder une main libre pour lancer des sorts d'attaque et de protection.

Je connais les techniques de combat du gamin et il ne me fera aucun coup bas. Il a trop d'honneur pour cela. Et avec le public à témoin, il va vouloir triompher avec panache, comme d'habitude.

ASULF

Alors que je m'apprête à affronter mon oncle dans un duel à mort qui s'annonce épique, mon œil est attiré par une silhouette qui bouge en bordure de la foule. Solveig. Ma nourrice est là, les yeux embués. Je devine que je lui ai manqué et je culpabilise d'avoir tant traîné à rentrer. Mon cœur se ragaillardit de son soutien indéfectible et je me promets de passer plus de temps avec elle à l'avenir.

Je dois gagner ce combat, c'est une question de vie ou de mort.

Je reporte mon attention sur mon oncle toujours focalisé sur moi. Je bande mes muscles, prêt à en découdre. Je dégaine mon épée d'un geste assuré et murmure pour elle seule :

— Fais tout ce qui est en ton pouvoir pour le contrer, Sigrune. Nous devons gagner.

Je ressens une chaleur ondoyante parcourir brièvement mon corps. La VALKYRIE approuve et répond présente, une fois de plus. Elle est ma plus grande alliée dans ce duel à mort et son concours est précieux.

Je rajuste mes prises, d'abord sur le bouclier, puis sur la poignée de Rigborg, alors que Harald me toise et me provoque.

— J'espère que tu as fait tes adieux à ceux que tu aimes, car tu n'en auras plus l'occasion, me menace le roi.

— Nul besoin de le faire, puisque je vais gagner, rétorqué-je avec aplomb.

Mon oncle grimace, mais ne se laisse pas déstabiliser, déclenchant les hostilités avec un premier sort d'attaque qui me surprend :

— ELDBRÆNN ! Énonce-t-il.

Une flamme ténue se matérialise dans sa paume ouverte vers le ciel. Elle prend de l'ampleur à mesure qu'il pivote son poignet vers moi. D'un mouvement rapide de celui-ci, c'est à présent un feu ardent qui quitte son corps et s'élance dans ma direction.

En une fraction de seconde, j'analyse la situation. Le bois va brûler, mon bouclier ne résistera pas longtemps. Dans un geste prompt, je me jette au sol en une roulade avant contrôlée. Je sens un brasier me survoler d'un peu trop près durant ma cascade, auquel je suis content d'avoir échappé. Quand je me redresse, je suis de nouveau prêt à combattre.

L'assemblée a retenu son souffle. J'ignore si elle a eu peur que je meure dès la première offensive, ou si la magie l'a effrayée. Quoi qu'il en soit, elle les a privés de l'usage de la parole.

Mon oncle semble contrarié, mais pas vraiment surpris que j'ai pu esquiver. Il enchaîne sans plus attendre avec une seconde attaque :

— HARÐVINDR ! Psalmodie-t-il en poussant son avant-bras vers moi.

La petite brise qu'il a créée prend de l'ampleur en parcourant l'espace qui nous sépare. Elle se mue en un vent violent qui me soulève et m'expédie à plusieurs mètres de là. J'ai eu beau ériger mon bouclier devant moi, je n'ai pas pu lutter, bien qu'en appui ferme sur mes deux jambes, comme lors d'un SKJALDBORG. La bourrasque était telle qu'elle m'a poussée comme sur un lac gelé, avant que je m'envole pour m'écraser lourdement contre le SKALI. Aïe.

Je me redresse, le corps endolori par le choc et m'ébroue pour me ressaisir. Harald jubile :

— Tu bats déjà en retraite ? se moque-t-il.

— Non, je cherche simplement où tu as caché la corbeille de fruits. Celle réservée aux hôtes de marque. J'ai le sentiment que ce duel va s'éterniser et qu'il va me falloir prendre des forces.

Harald grimace de mon insolence qui amuse la foule et lance derechef un troisième assaut, paume en avant :

— DUGBLINDR !

Cette fois, c'est un brouillard qui m'entoure et s'épaissit rapidement pour m'engloutir. Que j'ai les yeux ouverts ou fermés n'y change rien. Je ne perçois plus rien. Pas même ma lame, qui a rejoint mon bouclier au niveau de mon nez pour me protéger. Alors je garde les paupières closes et me fie à mon ouïe aiguisée.

Je me concentre et fais le vide dans ma tête.

Ne se focaliser que sur les bruits à proximité, m'intimé-je.

J'entends le sol crisser un peu plus loin sur ma gauche. Harald me contourne, mais je reste immobile pour ne pas l'alerter, mes sens en éveil. Je le perçois qui approche. Quand je le sens assez près, je pivote en m'accroupissant, ma lame tournoyant dans l'air. Cette dernière évite de justesse les genoux de mon ennemi et va s'échouer contre le métal de sa hache à double tête. Il vacille légèrement.

À présent que je connais sa position, j'en profite pour envoyer rapidement quelques coups là où je l'imagine. Il pare les deux premiers en grognant, puis crie une nouvelle incantation :

— VARNARBLIÐR !

À l'assaut suivant, je me heurte à une surface aussi dure qu'un mur contre laquelle Rigborg s'écrase. J'en déduis qu'il a dressé un rempart magique entre nous, derrière lequel il se protège.

La brume épaisse s'évanouit instantanément et je peux à nouveau voir la foule qui nous entoure. Nos places sont maintenant inversées.

Sa paume libre maintient une onde rougeâtre qui se propage devant lui. La voilà, sa protection ! Puisqu'il n'a qu'une seule main accessible pour la magie, il ne peut cumuler les sorts. Je reste donc au plus près de son champ de force pour l'obliger à l'abandonner rapidement.

Harald demeure un guerrier dans l'âme. Il interrompt sa défense pour m'attaquer à la hache. Il frappe à plusieurs reprises, à pleine puissance, bien que je le contre sans difficulté. Mais mon arme est bien plus longue que la sienne et je l'atteins finalement d'estoc.

Mon oncle se fige une seconde et nos regards convergent vers son abdomen, au moment où je retire ma lame. Je m'attends à voir du sang couler à flots, quand je suis accueilli par une plaie qui se referme instantanément.

C'est à mon tour d'être sans voix, tandis qu'un rire tonitruant s'échappe de sa gorge. Qu'est-ce qu'il a fait ? Qu'est-il devenu ?

Je me tourne brièvement vers Amalrik et Baldwin qui affichent un visage tout aussi sidéré que le mien.

Dans ma main, Sigrune et le monstre s'impatientent. Le roi usurpateur du JUTLAND joue avec nos nerfs et je sens l'esprit de HELHEIM se débattre comme un fou. À la prochaine tentative, je le libère.

Le bruit strident de métal qui s'entrechoque met fin à ma torpeur. Rigborg s'est redressée pour dévier un coup mortel, pourtant Harald a eu le temps de m'entailler l'épaule gauche. *Eh merde !*

Je me suis à peine éloigné de quelques pas, l'odeur de mon sang embaumant mes narines, tandis que mon oncle poursuit :

— HVASSVIÐRI !

Alors qu'une tempête de neige se déclenche, j'abandonne mon corps à Sigrune et au démon. Je ferme les yeux à nouveau, car l'épais blizzard dissimule tout. Par ailleurs, je ne veux pas exposer le *Regard d'acier* au vu et au su des villageois. En tout cas, pas tant que je le peux encore.

Ma lame doit bleuir, car j'entends un brouhaha ébahi en provenance de la foule. Moi aussi, je suis soutenu par les Dieux, via Rigborg.

En spectateur conscient, j'assiste à la fureur qui se déchaine au bout de mon bras. Des cris et des grognements caverneux sortent de ma gorge, mais ils ne m'appartiennent pas. Ils sont au démon.

La tempête s'intensifie autour de nous, alors que mes coups redoublent en fréquence comme en puissance. Harald peste et je m'en réjouis.

Il fait appel à un nouvel élément :

— YÐFLÓÐIÐ !

Malheureusement pour lui, le déluge qui se déverse sur nous est loin de me ralentir. Au contraire, il semble activer l'esprit des eaux que j'ai nourri pendant plus de deux ans.

Fort de ce troisième allié, j'attaque comme un forcené. Mes offensives s'abattent de concert avec cette pluie diluvienne et je réussis à atteindre Harald à l'abdomen, encore. À la différence que cette fois-ci, le coup l'embroche et le sang s'écoule de sa plaie.

Je décide d'enfoncer plus profondément ma lame et de la pivoter d'un quart de tour avant de la ressortir sans ménagement. Mon oncle titube et crie comme l'immonde porc qu'il est et que je suis en train de saigner.

Je devrais me fustiger mentalement d'en ressentir une certaine satisfaction, mais je n'en ferai rien. Notre roi illégitime a fait souffrir beaucoup trop de monde. Aujourd'hui, je suis l'arme de leur vengeance.

Harald lance déjà son attaque suivante, pour reprendre son souffle alors que je continue de lutter :

— JARÐSKJÁLFTI !

La terre se met à trembler et s'ouvre brutalement sous mes pieds. Je tombe de plusieurs mètres sans pouvoir me retenir à quoi que ce soit. Je m'écrase douloureusement au sol, tandis qu'il m'envoie une nouvelle flamme ardente.

Par réflexe, je me protège derrière mon bouclier, mais je sais que c'est une question de secondes avant qu'il ne me lâche, car il part en lambeaux.

Mon avant-bras gauche commence à me brûler sérieusement. Il exhale déjà une odeur de chair carbonisée alors que le feu traverse, mais je tiens bon.

— HARÐVINDR ! Grogne Harald juste avant qu'une mini tornade éteigne l'incendie et me soulève pour me ramener sans ménagement à ses pieds. Mon bras gauche est douloureux et temporairement hors service.

Bordel !

Je reprends difficilement mes esprits quand il abandonne sa hache pour venir m'enserrer la gorge de sa main droite et poser l'autre sur le pommeau de Rigborg.

— Voyons voir ce que tu caches, annonce-t-il sournoisement.

Je suis alors pris de vertiges et une série de visions s'impose à moi, tandis que je lutte pour les contenir. Des bribes de discussions entre Amalrik, Björn et moi au cours de notre ultime échange à JOMSBORG, quand nous planifions de nous séparer ponctuellement. Les visages ravagés de chagrin d'Eldrid et Lyra, alors que Björn les emmène loin de moi. Et une dernière image : celle de la VALKYRIE, qui se superpose au démon et à moi.

— Intéressant, dit Harald alors que la vision s'interrompt et qu'il relâche son étreinte.

HARALD

Je m'attendais à tout sauf à cela ! Ces fragments de visions m'en ont appris bien plus en une seconde qu'en trois années.

Björn est en vie et la catin rousse aussi. Quant à la brune avec eux, il émanait d'elle un tel chagrin ! Je parierais qu'elle est la compagne d'Asulf.

Tous trois sont partis sans lui et je devrai les retrouver, si je veux avoir un moyen de pression sur mon neveu. Par contre, j'ignore où ils sont allés, car ils n'en ont pas fait mention. *Bordel !* Dois-je envoyer des sentinelles dans tout le monde connu pour les traquer ?

J'ai été ravi d'apprendre que la traîtrise d'Amalrik est avérée. Il voulait faire passer Asulf pour son prisonnier, alors qu'ils sont officieusement alliés et qu'il devait l'aider à s'évader, le cas échéant. Ce n'est pas très joli de jouer sur les deux tableaux pour me berner !

Et le clou du spectacle : le *Regard d'acier* ! J'ai compris il y a un moment qu'un démon habitait l'épée et épaulait le gamin. Markvart se figure que c'est sa sœur, mais cette fumée d'âme noire lors de la vision ne m'a pas permis d'identifier s'il s'agissait d'un homme ou d'une femme.

Quant au second personnage, je suis estomaqué de reconnaître les attributs d'une VALKYRIE. Cette représentante d'Odin est supposée récupérer les défunts sur le champ de bataille. Je ne pensais pas en côtoyer une avant mon trépas. Que fait-elle coincée dans cette lame ?

Cela m'amène à un point d'une importance capitale. SURT est-il au courant pour l'immortelle ? Je me remémore le jour de notre pacte.

Initialement, il n'était pas intéressé. Puis il a soudainement changé d'avis après notre poignée de main.

Est-ce la présence de la VALKYRIE qu'il a découverte à ce moment-là ?

A-t-il l'intention de me duper ?

Les questions se bousculent dans ma tête, alors que la douleur dans mon abdomen s'intensifie. Peut-être que je dois garder Asulf en vie, après tout. Et le sonder sur tout ce que je viens d'apprendre.

Si je m'empare de son épée, voudra-t-elle de moi en tant que nouveau champion ? Je me souviens qu'Amalrik a mentionné son poids démesuré quand elle était éloignée d'Asulf. Elle est sensée m'aider, pas me handicaper.

Beaucoup trop d'interrogations sans réponses à ce stade. Il me faut cette arme et Asulf vivant, pour m'aider à démêler ce sac de nœuds.

Avant toute chose, je dois donc neutraliser Asulf pour gagner ce duel.

Je déplace ma main au niveau de son cœur et psalmodie :

— HÖRÐR SEM STEINN.

ASULF

La vision m'a échappée et je me maudis de lui avoir livré autant d'informations capitales. *Putain !*

— Intéressant, jubile Harald.

J'observe ses yeux s'immobiliser. Il est en pleine réflexion et cherche sûrement comment tirer parti de ce que je viens de lui divulguer. *Merde !*

L'instant d'après, un rictus apparait sur son visage alors qu'il appose sa paume sur mon torse et prononce une nouvelle incantation :

— HÖRÐR SEM STEINN.

Je réalise que l'intérieur de mon corps se durcit peu à peu et va devenir un roc. Mes poumons et mon cœur ralentissent jusqu'à se figer. Je suffoque et j'ai la sensation de peser plus lourd qu'un DRAKKAR sorti de l'eau pour être réparé. Tous mes sens se brouillent. Je sens mes doigts s'ouvrir et relâcher Rigborg qui s'effondre à mes pieds.

Putain ! Non, pas ça !

Mourir est une chose. Mais sans arme au poing, cela me ferme définitivement les portes du VALHALLA.

Je me pétrifie de l'intérieur et c'est extrêmement douloureux. Pourtant je m'interroge sur ce qui est le pire : que mon corps succombe, ou que je perde Lyra à tout jamais ?

La savoir loin de moi et apprendre un jour que je suis mort, cela l'anéantira. Je prie Freya pour qu'elle la guide sur la voie du salut et qu'elle ne sombre pas à cause de mon trépas.

Ma vision s'assombrit et je ne suis plus capable de rien. Même mes oreilles ne perçoivent plus le vacarme qui m'entoure.

Je m'éteins, seul et à la merci de mon ennemi.

Mes yeux s'ouvrent sur l'obscurité. J'ignore où je suis, mais j'y vois comme en plein jour. C'est juste que… il n'y a rien à observer. Tout est noir.

Mes douleurs ont disparu et je peux à nouveau sentir mon corps intact.

J'aperçois au loin une lumière et une porte d'or. Serait-ce le VALHALLA ?

— Asulf, prononce une voix familière dans mon dos.

Lorsque je me retourne, Freya la divinité se tient devant moi. L'espace d'un instant fugace que je crois avoir rêvé, se superpose à elle la silhouette de la femme qui m'a dévoilé la vérité sur mes origines. Se pourrait-il que la déesse me soit venue en aide auparavant ?

Elle acquiesce alors que j'incline respectueusement mon visage, honteux de ne pas m'en être rendu compte. Mais surtout de lui avoir hurlé dessus.

Freya sourit et ne semble pas m'en tenir rigueur.

— Je meurs sans honneur et pourtant tu m'accompagnes au VALHALLA ? L'interrogé-je, surpris mais d'une voix empreinte de respect.

— Odin me punira s'il apprend que j'ai intercepté ton âme au moment où elle quittait ton corps, m'avoue-t-elle. Mais je devais m'entretenir avec toi.

J'admire ses longs cheveux couleur neige et partiellement tressés, ses yeux bleus, son visage harmonieux surplombé d'un diadème en or.

Sa beauté flamboyante irradie et doit chambouler bon nombre d'hommes. Pourtant, mon cœur ne réagit pas.

Et le constat ne se fait pas attendre : elle n'est pas Lyra.

Cette vérité me frappe violemment et accentue la douleur dans ma poitrine. J'ai perdu ma femme de mon vivant. La retrouverais-je dans l'au-delà ?

— Nous avons peu de temps, m'annonce Freya. Harald a ordonné que l'on ne te laisse pas mourir, quand bien même ton cœur se serait arrêté. Markvart te ranime en ce moment même.

La nouvelle me choque davantage et je peine à suivre.

— Harald a pactisé avec SURT, poursuit-elle. Pour devenir le maître de MIDGARD, il a mis en péril tous les royaumes. Il a promis au seigneur de MUSPELHEIM d'ouvrir des portails entre les mondes. Tu dois l'arrêter avant qu'il ne soit trop tard.

Je hoche la tête, désabusé. Mon oncle vient de me battre à plates coutures avec sa sorcellerie.

Quand je cheminais vers AROS, je ne m'imaginais pas cela. J'étais certain de le défaire et de rallier le peuple derrière moi.

Pas de me prendre une raclée cuisante et de me priver du privilège d'intégrer le VALHALLA.

— Pourquoi moi ? l'interrogé-je, perplexe. Pourquoi les Dieux n'interviennent-ils pas pour mettre fin à cette folie naissante ?

— Si l'un de nous s'en mêle, cela déclenchera à coup sûr le RAGNARÖK.

— Pourtant, cela semble déjà amorcé, constaté-je.

La déesse demeure sans voix un instant, avant d'enchaîner avec ses instructions :

— Pour vaincre Harald, tu dois le tuer avec ton épée.

— Curieusement, la première fois que je l'ai transpercé, il ne s'est rien passé, rétorqué-je. Ma seconde tentative a fonctionné et la seule différence que je note, c'est le concours de l'eau. Comme si la cascade m'aidait à distance.

— Tu es probablement dans le vrai. L'eau est absente de MUSPELHEIM. C'est sûrement la raison pour laquelle elle a pu l'atteindre.

Je médite un instant sur ce que nous avons découvert, quand Freya reprend :

— Harald doit mourir par Rigborg. Cela libèrera par la même occasion le démon vengeur qui retournera à HELHEIM. Ainsi que Sigrune, ma précieuse VALKYRIE.

— Ce démon en a après lui ? Questionné-je, surpris.

— Le sorcier l'a invoqué pour punir le meurtre de sa sœur. Les coupables sont tous morts, sauf un.

— Harald…, prononcé-je à mi-voix.

Mon sang bouillonne dans mes veines et frappe fort dans ma tempe. Je serre mes poings dont les jointures blanchissent.

Y a-t-il une seule famille que mon oncle aurait épargnée ?

Ou bien a-t-il semé le chaos partout sur son passage ?

— Très bien, je m'en chargerai, affirmé-je au lieu de mon habituel « *Hum* » d'ours mal léché, peu approprié à une immortelle.

— Une dernière chose, termine-t-elle. SURT ne doit surtout pas s'emparer de ton épée, sinon Sigrune sera définitivement perdue.

J'observe attentivement le visage de la déesse qui semble tout autant contrariée que je ne le suis. Je chemine avec la VALKYRIE depuis dix ans. Elle fait partie de ma vie, au même titre qu'une amie chère qui veille sur moi. Je n'avais jamais envisagé qu'un jour nos routes se sépareraient et qu'elle reprendrait sa place auprès des siens.

Cette idée m'attriste, mais elle arrivera tôt ou tard.

Je n'ai plus le loisir d'échanger avec Freya, car je sens une douleur atroce s'emparer de moi. Je quitte brutalement cet entre-deux mondes et réintègre violemment mon corps. La lumière du jour me brûle les yeux. À moins que ce ne soit la vue du sorcier penché à trente centimètres de ma tête.

Ses deux mains apposées sur mon torse, il psalmodie une incantation que je n'entends pas, car mes oreilles bourdonnent trop fort. J'ai un affreux goût de sang sur la langue qui me rappelle ma blessure à l'épaule et l'odeur de viande grillée qui provient de mon bras gauche.

Je suis complètement immobile, toujours affecté par l'ultime sort de Harald qui m'a pétrifié.

— Qu'on lui apporte à boire ! Crie Markvart.

Une THRALL totalement paniquée s'avance vers nous. Son regard oscille entre le sorcier et moi. Ce dernier lui arrache la corne des mains et incline ma tête pour que je m'abreuve. L'eau étanche immédiatement le feu dans ma gorge, mais je distingue un relent que j'identifie sans peine.

C'est alors que Harald nous surplombe et que la THRALL s'efface, en larmes et tremblante. Elle m'est inconnue, donc son comportement m'interpelle.

Mon oncle s'accroupit pour nous rejoindre. Il affiche un imperceptible rictus qui m'est clairement adressé et que l'assemblée ne verra pas.

Alors qu'il me domine, il susurre, à peine audible :

— C'était bien joué, cette entrée triomphale dans la ville qui t'a vu grandir. Et ce procès public que tu as réclamé au Conseil. Pourtant, tu devrais le savoir, j'ai toujours plusieurs coups d'avance. En tout cas, tu m'auras permis de dresser la liste des traîtres et je te remercie de ta collaboration. Très efficace.

Mon esprit déjà mal en point s'embrume davantage et je peine à suivre la conversation.

Lorsque Harald désigne d'un léger mouvement de tête la corne que je viens de vider d'une traite, je regrette immédiatement d'avoir bu.

— Vois-tu, me confesse-t-il à voix basse, le poison a beau être une arme de femme, il reste un outil d'une efficacité redoutable.

Björn avait raison, bien que je n'ai jamais douté de lui. C'est bien Harald qui a assassiné feu son père Thorbjörn et toute sa famille. *Le lâche !*

— Celui-ci va ralentir tes fonctions vitales et te faire hiberner trois jours, poursuit-il en murmurant. Nous allons te déclarer mort et j'aurai tout le loisir d'organiser tes funérailles. Tous ici pourront constater ta défaite et que tu n'es plus. Tes alliés seront torturés et ta rébellion étouffée dans l'œuf. Ensuite j'irai chercher Björn, sa catin de rouquine et ta jolie petite brune, à qui je réserve le même sort qu'à Holda et à ta mère.

Je suis prisonnier de mon corps qui refuse de coopérer et m'entraîne inexorablement vers le néant. Je ne peux ni bouger ni crier. Mais mon esprit, lui, explose. J'écume. J'ai des envies de meurtre, que mon regard transmet à mon oncle, sans équivoque.

S'il touche à Lyra, je le tuerai, peu importe où je me trouve !

— Tu n'aurais jamais dû revenir me défier, Asulf, répond-il à ma fureur. Tu aurais dû sagement demeurer à distance. Mais puisque tu es rentré, il me faut te faire disparaître proprement.

Je plonge dans un abîme dont je ne sens pas le fond, alors que mon cœur s'arrête presque de battre. Je ne ressens plus rien de physique, juste ma haine qui me consume intégralement.

Mon esprit se détache de mes muscles et je perçois une toute dernière phrase avant de sombrer définitivement :

— Au fait, merci pour l'épée.

BJÖRN

CHAPITRE 43

TU T'ES ÉGARÉ EN CHEMIN ?

❄ HARPA / MAI ❄

VINGT ANS PLUS TARD

BJÖRN

Je m'installe comme tous les jours sur la crête. Tourné face à l'océan, je hume les embruns qui vivifient mon esprit et apaisent mon âme. Assis sur le même rocher depuis que nous sommes arrivés, je discute avec l'empilement de cailloux que je t'ai créé et remodèle au gré de mes envies.

Vingt ans que je te parle, que je te raconte ma vie. Que je te maudis aussi, de m'avoir laissé gérer tout cela seul.

— Je ne sais pas ce qui était le pire, en fin de compte. Endosser mes responsabilités ou les tiennes ? Est-ce qu'affronter Harald m'aurait achevé ? Je veux dire, par rapport à tout ce que j'ai enduré jusqu'à aujourd'hui. Crois-moi, il y aurait matière à débattre !

Je soupire en coulant un œil à ta représentation peu flatteuse.

— J'apprécie sincèrement ton oreille attentive. Pour une fois que l'on m'écoute sans m'interrompre. Et aussi, que tu ne sois plus condescendant. C'est reposant, ça me change !

Le roc d'Asulf, alias Roca, ne me répond pas. Il se contente d'être là pour recueillir mes confidences.

Je n'ai pas pu le personnifier, on m'aurait pris pour un fou. Déjà que là, c'est limite. On m'a surpris à plusieurs occurrences à parler seul dans cet endroit, et je ne veux pas perdre ma crédibilité déjà maintes fois mise à mal.

— Je ne pense pas que tu sois mort, continué-je. Juste, en retard. Bien, bien, trop en retard. Tu t'es égaré en chemin, Asulf ? Il serait temps que tu arrives, mon frère ! Parce que je suis à bout !

— Et là, tu m'aurais dit : « *Pardon, Björn, j'ai été retardé* », t'imité-je tandis que tu t'adresserais à moi avec ta grosse voix grave.

Je pouffe de rire. On y est, mon esprit m'abandonne. Il aura bien résisté, mais là, c'est la goutte de trop.

Foutu pour foutu, autant continuer :

— Je ne saurais même pas par quoi commencer quand tu nous rejoindras. Il s'est passé tellement de choses en ton absence. Peut-être devrais-je suivre l'ordre des faits et débuter par ce cadeau que tu m'as refilé :

Après la bataille de JOMSBORG *et la mort de Karl, je suis parti avec Eldrid et Lyra, vers l'Est. Nous avons longé la côte jusqu'à la nuit tombée et rencontré des vikings qui possédaient un* DRAKKAR. *Crois-le ou non, ils ont reconnu Eldrid et Lyra et ont accepté de nous emmener avec eux à* UPPSALA. *Nous avons ensuite traversé à cheval les contrées de* SVÍARÍKI, *la terre des Suédois,* et NOREGI, *le chemin du Nord, pour rejoindre* NIDAROS, *sur la côte Nord-Ouest. En plein* VETR, *il y faisait aussi froid qu'au royaume de* NILFHEIM. *Enfin, j'imagine.*

Un groupe de colons partait pour les iles FØROYAR, *que toi et moi rêvions depuis toujours de visiter. Alors nous avons embarqué avec eux. Mais il y a eu une forte tempête et nous avons dévié de notre trajectoire, pour gagner une destination inconnue de notre peuple. Nous avons nommé ce sol l'*ÍSLAND, *la « terre de glace ».*

Notre nouveau foyer semble avoir été créé par toi et moi. Les paysages sont magnifiques. Un mélange de grandes plaines froides, au milieu desquelles trône une montagne de feu qui crache parfois. Des rivières gelées, mais aussi des sources d'eaux chaudes qui te délassent les muscles comme jamais. Personne n'y vit. Nous sommes seuls avec la nature, en sécurité depuis vingt ans.

Je ne regrette pas d'avoir quitté les tumultes de la civilisation pour le calme d'ici. Je crois sincèrement que notre chez nous te plairait.

Le voyage a été compliqué, car la rouquine a été malade tout du long. Les premiers mois de sa grossesse ont été difficiles à vivre pour elle et nous l'aidions autant que possible.

Lyra semblait fatiguée aussi, presque éteinte. J'ai mis cela sur le compte de votre éloignement. Je pensais que tu lui manquais tellement qu'elle avait du mal à refaire surface.

Oui, ton absence était douloureuse, mais je me suis totalement fourvoyé. Et je l'ai compris au moment où elle a commencé à être à l'étroit dans ses vêtements. Qu'est-ce que je me suis pris des deux femmes quand je l'ai fait remarquer à la tienne !

Tu m'as fait un fameux cadeau ce jour-là à JOMSBORG *! Et je ne sais toujours pas si je dois t'en remercier ou te maudire.*

Lyra aussi était enceinte. Elle l'ignorait, complètement dans le déni. Elle ne pensait qu'à s'occuper d'Eldrid, sûrement pour ne pas pleurer ton absence.

Je voyais bien que ta brune était préoccupée, mais par quoi ? Elle passait son temps à triturer nerveusement son bracelet à têtes de loups.

Et puis, un jour, elle a fait un malaise et j'ai eu une conversation sérieuse avec elle. Elle a constaté les faits et a fini par accepter qu'elle portait la vie et qu'elle devait se ménager elle aussi.

Nous sommes arrivés en ISLAND *avec d'autres colons et nous sommes établis avec eux, par sécurité pour elles et leurs bébés à naître. Toutes deux allaient avoir besoin d'aide, nous ne pouvions pas nous engager seuls dans un nouveau territoire, potentiellement hostile.*

Nous étions jugés par nos pairs, mis à l'écart. Tu imagines ? Je pars m'isoler du monde connu avec deux femmes enceintes et tristes. Tous pensaient qu'elles étaient malheureuses parce que je me tapais les deux sans vouloir choisir entre elles, alors que je n'en touchais même pas une !

Aux yeux de tous, j'étais un enfoiré qui les faisait souffrir. Je n'ai jamais démenti. J'ai préféré passer pour un affamé afin d'éviter qu'on leur tourne autour. Et cela a fonctionné. Quand bien même j'ai dû casser quelques côtes pour que mon message soit bien compris.

Les Dieux m'en sont témoins, les nouvelles rondeurs d'Eldrid m'excitaient un peu trop ! Je devais tous les jours refroidir mes ardeurs dans le ruisseau glacé près de chez nous. J'étais un loup alpha que sa louve ne pouvait pas satisfaire.

C'était une période étrange. Devoir gérer deux grossesses en même temps, alors qu'elles agissaient comme deux opposés. Eldrid était volcanique, quand Lyra était le calme incarné. À l'image d'ici.

Elles ont accouché à quelques semaines d'intervalle. Et moi j'ai arrêté de dormir à ce moment-là, je crois.

J'ai demandé aux femmes de notre village de venir s'occuper d'elles pour la délivrance. Je n'avais rien à leur rétorquer quand elles me toisaient.

J'étais le mauvais exemple que tous les maris du coin enviaient.

S'ils savaient !

Je suis resté con quand elles m'ont mis les bébés dans les bras. C'est là que j'ai compris l'importance de ce que tu m'avais confié.

Le premier né était celui d'Eldrid et Karl. Ils ont eu une fille. Une belle petite brune. Karl l'avait prophétisé avant de mourir et il avait vu juste. La rouquine l'a nommée Karla, en souvenir de son père. À toi je peux l'avouer : j'aime beaucoup ce prénom, même si je ne le crie pas sur tous les toits.

Karl était un homme bien. Il s'est sacrifié pour les sauver et je le respecte infiniment pour cela. Si nous en avions eu l'occasion et ne convoitions pas la même femme, je suis sûr que nous aurions été proches.

Quelques semaines plus tard, c'est Lyra qui a mis au monde. Cette nuit-là, nous avons failli la perdre. Elle a enfanté deux fois et c'était trop pour elle.

Des jumeaux, enfoiré. Tu as eu des jumeaux !

Elle les a nommés Leif, en référence à feu ton vrai père et Géri, comme l'un des loups protecteurs du dieu Odin. Leif est l'aîné, de quelques minutes. Il a hérité de la hache à double tête, en plus de ton sale caractère. Mais ça, on y reviendra en temps voulu.

— Tu vois, Asulf, en l'espace d'à peine une lune, je suis devenu chef de famille. En charge de deux femmes et trois enfants. Et aucun d'eux n'était à moi ! Tu peux croire ça ? Björn, le redoutable guerrier, en train de pouponner pour les autres. Impensable, mais vrai.

Je me tourne vers Roca et m'adresse toujours à lui comme s'il s'agissait d'Asulf :

— Je te vois venir d'ici. Tu te fous de ma gueule. Fais attention à toi, car je vais te faire ravaler tes paroles !

Je soupire et laisse échapper un léger rire en me frottant les yeux.

— J'en ai bavé, putain ! Pire que sur le champ de bataille. Je t'assure que tous les entraînements d'Amalrik n'étaient rien comparés à cela. La paternité, c'est une croisade qui se termine à ta mort. Véridique. Quand ils découvrent le monde, tu leur sauves la vie au moins cinq fois par jour. Ton cœur s'arrête de battre systématiquement. Ces gosses me tuent. Littéralement.

Je m'allonge sur le dos, la jambe droite repliée, la main gauche derrière la tête et l'autre sur mon ventre.

— Je ne te raconte pas mon existence après ça ! Si ? Bon, d'accord, puisque tu insistes.

J'ai arrêté de dormir quand les petits sont nés. J'ai commencé à faire des siestes en même temps qu'eux. Enfin, j'ai essayé. Car je peux te dire qu'ils étaient rarement synchronisés. Un ballet incessant de rires, de berceuses et de pleurs.

Je devais déjà être un peu cinglé à cette époque, car après ces trois-là, j'ai eu envie d'avoir les miens. Les nôtres.

Tout le temps où Eldrid attendait Karla, elle était complètement déboussolée. Son cœur était déchiré entre la disparition de Karl et le bonheur de la naissance à venir.

Elle m'a partagé ses craintes les plus profondes et j'ai appris des choses que je méconnaissais totalement.

Tu savais qu'elle avait déjà perdu un bébé ? Elle portait la vie. Mon bébé, putain ! Et il n'a jamais vu le jour.

Elle ne m'en avait pas du tout parlé avant d'arriver en ISLAND*. Et ça a été un sacré choc pour moi ! Si j'avais su cela à l'époque, j'ignore comment je l'aurais pris. J'aurais sûrement pété un plomb, comme le connard que tu as côtoyé. Je l'aurais blessée et probablement enterrée irrémédiablement toute chance de me remettre avec elle un jour.*

Par contre là, quand elle me l'a annoncé, je lui ai dit qu'avec le recul, je l'aurais bien voulu aussi, ce bébé. Elle n'y a pas cru sur le moment, parce que nous en gérions déjà trois, avec les deux tiens. Mais j'étais sérieux. J'étais prêt à être avec elle. Pour de bon. À fonder notre famille.

Elle l'a compris lorsque Karla a eu un an. Je n'avais couché avec personne depuis que je vous avais retrouvé à JOMSBORG*. Et ça, c'est un record que je ne suis pas prêt de réitérer ! J'en ai eu des crampes à la main de devoir me soulager tout seul, putain !*

J'ai ouvert mon cœur et dit à Eldrid ce que j'avais prévu le jour du duel pour succéder à mon père. Je voulais faire d'elle ma femme aux yeux de tous. Mais mon fichu caractère a tout foutu en l'air, hein ?

Après nos confidences, elle m'a mis au pas. Elle m'a prévenu que Karla ferait toujours partie de sa vie, à prendre ou à laisser. Je ne l'ai jamais envisagé autrement. Je la considère depuis sa naissance comme ma propre fille, même si elle n'est pas de mon sang.

Eldrid et moi avons longuement discuté et décidé d'oublier les erreurs du passé. Nous nous sommes redécouverts l'un l'autre et aimés à nouveau. Elle m'a donné une seconde chance et je me suis promis de ne pas la gâcher. Alors j'ai fait toutes les mièvreries qui pouvaient lui plaire. Elle a adoré que je la courtise. Et si je suis un tant soit peu honnête, moi aussi.

Lyra a rapidement saisi ce qui se tramait. Elle passait des soirées entières à s'occuper des trois enfants, alors que je badinais avec ma rouquine.

Ta femme est une bénédiction mon vieux, alors rejoins-nous vite ! Je fais tout ce que je peux pour tenir les charognards à l'écart, mais ces couillons ont du mal à comprendre un « non ».

Six mois plus tard, Eldrid était enceinte et bien de moi, cette fois. Je l'ai immédiatement épousée. Une jolie cérémonie d'union dont elle rêvait. Tu aurais vu comme elle était belle ! Déjà qu'elle l'est tous les jours. Mais là, elle était parfaite. J'en avais les larmes aux yeux, bordel ! J'ai dû m'essuyer discrètement, mais quand elle s'est aperçue que je pleurais, j'ai prétexté que les fumées du rituel me gênaient.

Tu n'as pas intérêt à lui répéter tous ces trucs de bonnes femmes que je te raconte, sinon je te noie dans la rivière !

Nous avons eu un garçon. Eldrid l'a nommé Thor, en souvenir de mon père. J'étais ému. Mon fils, putain ! Mon premier né ! Et Eldrid a voulu perpétuer mon héritage familial.

Je suis dingue d'elle, je te l'ai dit ?

— Après Thor, nous avons eu encore deux enfants avant qu'elle m'interdise de lui en faire d'autres. Et j'ai obtempéré. Bien obligé. Elle a sorti les griffes et menacé de m'émasculer si je réitérais.

Je protège mes parties de mes mains en étouffant un rire, comme si Eldrid était face à moi pour mettre son avertissement à exécution.

— C'est à cette époque que j'ai trouvé le nouveau surnom de ma femme. Je l'appelais « El » dans l'intimité depuis que nous nous sommes connus à AROS. Mais ici, elle est devenue « Hel ». Ouais, comme la reine des morts ! Enfin, pas en face, je ne suis pas fou ! Au moment où elle l'a appris, je jure sur les Dieux que j'ai vu ma fin arriver ! Par la suite, j'étais prudent. Les enfants se marrent bien avec ça. Ils me font des guets-apens quand je ne vais pas dans leur sens. La menace suprême pour que je cède, tu vois le genre ? On a créé des monstres, je te dis !

Je pleure de rire de ma mauvaise blague et du visage d'El que je me remémore sans difficulté. C'était vraiment drôle !

Puis je m'assois pour reprendre ma position initiale, les avant-bras en appui sur mes cuisses.

— Six enfants à gérer et je n'étais toujours pas lassé. Mon cœur s'est ramolli, alors que j'ai endossé sérieusement le rôle de protecteur de ma meute. Je me suis métamorphosé en ours. Tu vois celui que tu m'accusais d'être à l'époque ? Bah, tu étais bien loin du compte ! Je suis devenu bien pire, pour protéger les petits.

Je lève le visage et observe ce ciel bleu sans nuage. J'adore les mois de SUMAR ici. Bien sûr il y fait plus frais qu'à AROS, mais les sources d'eaux chaudes sont d'un confort incomparable. J'aimerais ne jamais quitter cet endroit, mais que l'on soit tous là.

— En parlant d'ours, j'en ai croisé quelques-uns ici. Des vrais, je veux dire. Je m'entrainais parfois avec eux, avant que les enfants ne grandissent.

Cela n'a pas été simple pour moi d'accepter que je n'étais plus Björn le redoutable guerrier. Ici, nous ne sommes qu'une poignée de colons. Pas un seul combat à mener, si ce n'est contre la nature elle-même.

Tu m'as dis un jour « pour vivre heureux, vivons cachés ». Eh ben, cela devait être vrai pour tout le monde, sauf moi ! De ne plus me battre me manquait et je dépérissais.

J'ai eu du mal à trouver ma place. Alors je me suis entrainé avec ce que j'ai déniché autour de moi. Je me suis fait un parcours pour rester en forme. Je partais souvent chasser. Et j'améliorais mon endurance en coursant les gamins. Tu savais que ça bougeait aussi vite ? Et que ça pouvait faire dix bêtises à l'heure ? Incroyable !

Quand ils en ont eu l'âge, en tout cas les jumeaux et Karla, j'ai commencé à leur transmettre mes compétences. Il fallait bien que je serve à quelque chose ! Leurs mères leur apprenant tout, et je me sentais quelque peu inutile dans leur éducation.

Alors, ouais, j'ai formé une petite armée. D'abord en douce. Mais El et Lyra l'ont découvert. Je n'étais pas bien, ce jour-là. Je m'attendais à des remontrances, parce que je mettais en danger les enfants, ou un truc du genre. Au lieu de cela, elles se sont simplement plaintes d'avoir été écartées. Je les ai donc intégrées de bonne grâce, ravi d'être encore utile.

Les petits sont vraiment doués. Tous maitrisent le tir à l'arc, indispensable ici pour se nourrir, car la pêche ne donne pas toujours, à cause des courants trop forts.

Chacun a rapidement trouvé son arme de prédilection. Pour tes fils, Leif a hérité de la hache à double tête que tu as transmise à Lyra, et qui appartenait à son aïeul. Géri, lui, a préféré l'épée. Quand je le voyais se battre, j'avais la sensation de repartir dans le passé et que c'était toi.

Je ne me fais pas de soucis pour tes enfants. Enfin, à une période, je m'inquiétais pour Géri. J'avais l'impression qu'il se sentait mis à l'écart. Cela a débuté à leurs six ans, quand Lyra a offert la hache familiale à son frère Leif, alors que lui a eu une épée neuve.

À cette période, il a commencé à relater des choses étranges, à propos d'un ami à qui il parlait dans le noir. Un homme qui portait ton nom.

Je ne te raconte même pas le nombre de nuits que j'ai passé à rôder pour m'assurer de notre sécurité ! À veiller aussi, au cas où tu nous aurais rejoints.

Puis j'ai fini par comprendre qu'il avait juste besoin de son père. On a constamment parlé de toi aux jumeaux. Ils savent depuis toujours qui tu es et qu'un jour, tu reviendras. Je crois que Géri s'impatientait et a développé son manque de toi à ce moment-là. Il se figurait que cet ami imaginaire, c'était toi. Et cela a duré une bonne dizaine d'années.

Quand il a eu quinze ans, il a commencé à marmonner « elle est en chemin » dans son sommeil. Et il me le confirmait à demi mots lorsqu'il était réveillé. Il faisait peur à tout le monde, donc nous avons convenu de garder cela pour nous deux et de ne plus rien évoquer devant les autres. Il ne me disait plus rien ces dernières années. J'ignorais si les rêves se sont arrêtés, ou s'il a mûri et laissé cela derrière lui. En tout cas, il ne m'a jamais paru fou. Juste las de ton absence.

Je triture nerveusement mes doigts. Chose que je ne fais que quand je suis ici et que seule ta représentation peut voir mes faiblesses.

— Depuis notre départ de JOMSBORG, je me demande tous les jours si nous avons pris la bonne décision. N'aurait-il pas mieux valu que tu nous accompagnes ? Au moins aurions-nous été ensemble. Si tu savais comme je culpabilise de t'avoir laissé rentrer en solitaire à AROS ! Pour affronter cet usurpateur, ce meurtrier. Je me refuse à accepter ta mort. Je sais que tu es en vie. Je le sens.

— En tout cas, il l'était il y a cinq ans, affirme une voix inconnue dans mon dos.

Lorsque je me retourne pour voir de qui il s'agit, j'aperçois un couple d'environ mon âge.

— Vous êtes de nouveaux colons ? Questionné-je après m'être raclé la gorge pour prendre une contenance.

— Non, répond-elle simplement. Lui est un explorateur déclaré mort en mer. Et moi une THRALL en fuite.

Elle est bien bonne, celle-là ! Sacré duo.

— Comment avez-vous atterri ici ? Personne ne nous a trouvés en vingt ans.

— Nous te cherchions, Björn, fils de feu Thorbjörn.

— Et qui le demande ? Interrogé-je en grinçant des dents.

— Je suis le second-né de Baldwin. Je crois que tu as bien connu mon père.

— C'est lui qui t'envoie ? grommelé-je.

— Non, il est mort il y a une quinzaine d'années.

— C'est Asulf qui nous a mis sur tes traces, répond la femme.

Je reste interdit, la bouche entre-ouverte. Je suis complètement perdu devant leurs paroles. Pourtant, je ne dois pas me laisser berner.

— Comment m'avez-vous trouvé ? je m'enquiers, suspicieux.

— Sur son conseil, nous avons suivi la route des iles FØROYAR, enchaîne-t-elle. Mais tu n'y étais pas.

— Alors nous avons repris la mer, poursuit-il et cherché une nouvelle terre. Je suis un navigateur. J'ai estimé le chemin que vous auriez pu emprunter si vous aviez loupé les îles. Et nous voilà.

Je me renfrogne, ignorant si je dois leur faire confiance ou non.

— Il savait que tu ne nous croirais pas, affirme-t-elle. Alors il avait un message pour toi, quelque peu… déroutant.

— Et quel est-il ? insisté-je alors qu’elle ne me lâche pas le morceau.

Je m’impatiente tandis qu’elle ouvre et ferme plusieurs fois la bouche.

C’est donc l’homme qui me le délivre :

— « *Il me tarde de revoir ton arrière-pays de sans-fourreau.* » C’était son message.

Je manque de m’étouffer et ris à gorge déployée. Les larmes me montent aux yeux. *Asulf est en vie ! Bordel de merde !*

Dans ma tête et dans mon cœur, c’est la fête comme jamais. L’euphorie me gagne. Dans ma poitrine, ça part en ruades folles. Je suis vivant à nouveau.

Je le sentais, putain, mon frère est toujours de ce monde !

Lorsque je réussis à me calmer un peu, j’invite les voyageurs à s’installer.

— Maintenant, racontez-moi tout ce que vous savez. Sans omettre le moindre détail. Et surtout, dites-moi comment je peux aider Asulf à rejoindre les siens.

Note de l’auteur : SVÍARÍKI : signifie « terre des Suédois » et désigne la Suède.

Note de l’auteur : NOREGI : signifie « chemin du nord » et désigne la Norvège.

Note de l’auteur : FØROYAR : signifie "les moutons" et correspond aux Îles Féroé. Les Vikings ont colonisé les îles au IXe siècle (en l’an 800) et ont apporté leur langue et leur culture avec eux, qui perdure aujourd’hui.

Note de l’auteur : ÍSLAND : signifie littéralement « terre de glace » et correspond à l'Islande. Les Vikings ont colonisé l'Islande au IXe siècle (en l’an 870).

Note de l’auteur : NILFHEIM : royaume des démons, composé de glace et de brume.

ASULF

EPILOGUE

« *Quand le voile des mensonges se lève, le véritable combat commence.* »

Ce combat a bien eu lieu, mais j'ai échoué.

Asulf, le valeureux guerrier viking, a été vaincu. *L'homme au Regard d'acier* n'est plus et depuis un bon moment.

J'ai longtemps essayé de comprendre ce qui s'était passé ce jour-là. À comment j'en étais arrivé à perdre le duel de ma vie. Celui qui m'a coûté ma liberté. Qui a été le début d'années de tortures physiques et morales.

Aux yeux de tous, je suis mort.

Je me raccroche au secret espoir que mes compagnons vont bien. Que Björn a pris soin de ma femme et de mon amie. Qu'ils sont en sécurité. Ma vie pour la leur, c'est ce que nous avions décidé.

Je prie les Dieux pour que ma messagère trouve mon frère et qu'il accepte de me venir en aide.

Je suis à bout. Je suis devenu fou.

Même mon ami imaginaire me tient de moins en moins compagnie.

Je sombre dans l'oubli.

Mais j'en fais le serment devant les Dieux, ma destinée ne se terminera pas ainsi…

À SUIVRE…

CALENDRIER VIKING

Les Vikings n'avaient pas quatre saisons comme nous les connaissons aujourd'hui. Ils n'en avaient que deux, divisées en mois lunaires :

L'hiver démarrait le 11 octobre. Ce jour se nommait VETRABLÓT.

L'été démarrait le 19 avril. Ce jour se nomme SIGRBLÓT.

VETR : LES MOIS D'HIVER		SUMAR : LES MOIS D'ÉTÉ	
GORMÁNUÐUR	Novembre	HARPA	Mai
ÝLIR	Décembre	SKERPLA	Juin
MÖRSUGUR	Janvier	SÓLMÁNUÐUR	Juillet
ÞORRI	Février	HEYANNIR	Août
GÓA	Mars	TVÍMÁNUÐUR	Septembre
EINMÁNUÐUR	Avril	HAUSTMÁNUÐUR	Octobre

LES NEUF ROYAUMES

Chez les vikings, les notions de paradis et d'enfer n'existent pas.

Selon la mythologie nordique, il existe neuf royaumes, tous nichés dans l'arbre de la vie, YGGDRASIL.
Ils s'opposent entre eux, excepté MIDGARD, qui en est le point central.
Ils seraient détruits pendant le RAGNARÖK, la fin des temps.

ROYAUME		SON OPPOSÉ	
ASGARD	(Paradis / salut)	(Enfer / damnation)	HELHEIM
VANAHEIM	(Création)	(Destruction)	JÖTUNHEIM
MUSPELHEIM	(Feu / chaleur)	(Glace / froid)	NIFLHEIM
ALFHEIM	(Lumière)	(Obscurité)	SVARTALFHEIM

ASGARD - Royaume des dieux AESIRS - la citée des Dieux, où résidence notamment Odin et Freya.

HELHEIM - Royaume des morts - le monde de ceux qui qui ont succombé sans combattre (ex : maladie, déshonneur).

VANAHEIM - Royaume des dieux VANIRS . Patrie d'origine de Freya.

JÖTUNHEIM - Royaume des géants.

MIDGARD - Royaume des hommes.

MUSPELHEIM - Royaume du feu et du chaos. Patrie de Surt.

NILFHEIM - Royaume de la glace et de la brume - des démons

ALFHEIM - Royaume des elfes de lumière.

SVARTALFHEIM - Royaume des nains

SIGNIFICATION DES PRÉNOMS

ALMUT : « au noble courage »

AMALRIK : « fort au combat »

ASKEL : comme diminutif de Asketill : « le chaudron des dieux »

ASULF : « le loup-guerrier des dieux »

BALDWIN : « audacieux ami »

BJÖRN : « fort comme un ours »

ELDRID : « celle qui chevauche le feu » - nom d'une Valkyrie

FOLKER : « un guerrier, un homme du peuple »

FREYA : nom de la déesse de la beauté et de la fertilité.

HARALD : « celui qui commande l'armée »

HOLDA : « gracieuse, indulgente, favorable »

INGE : « la jeune »

IRMINE : « dédiée au dieu Irmin »

KARL : « l'homme libre »

LEIF : « le protecteur »

LYRA : en référence à la constellation de la Lyre

MARKVART : « protecteur des marches, des frontières »

RIGBORG : « puissante protectrice »

SIGRUNE : « celle qui garde le secret de la victoire » - Valkyrie

SKEGGI : « le barbu ».

SOLVEIG : « la force de la maison »

STIG : « le voyageur » - *un pseudonyme d'Asulf*

SVEN : « jeune homme »

THORBJÖRN : « l'ours de Thor »

LEXIQUE DU VOCABULAIRE VIKING

AESIRS : Dieux vivants dans le royaume d'ASGARD.

AIGLE DE SANG : Punition ultime pour un crime prémédité. Cette torture se soldait par la mort. Elle n'a été recensée que deux fois dans l'histoire des Vikings, mais constituait une menace très dissuasive.

BALDR : Fils d'ODIN. Il sera tué par son frère adoptif LOKI.

BIFRÖST : Arc en ciel magique qui relie MIDGARD, le royaume des hommes, à ASGARD, le royaume des Dieux. Il est gardé par le géant HEIMDALL, et seuls les EINHERJAR et les Dieux sont autorisés à l'emprunter pour rejoindre ASGARD.

DRAKKAR : Navire à voile et à rames, souvent utilisés pour les raids, les pillages et les explorations des Vikings. Ils étaient souvent décorés de sculptures complexes, notamment de têtes de dragon ou de serpent, d'où leur nom qui signifiait « dragon ».

DUGBLINDR : Signifie « brouillard aveuglant » en vieux norrois.

EINHERJAR : Valeureux guerriers qui n'ont pas été choisi au préalable par FREYA.
Emmené par les VALKYRIES au VALHALLA, ils festoieraient avec les Dieux et se préparent pour le RAGNARÖK.

EINVIGI : Duel à mort, sans règles, contrairement au HOLMGANG.

ELDBRÆNN : Signifie « flamme ardente » en vieux norrois.

FENRIR : Loup ennemi juré d'ODIN qui le tue pendant le RAGNARÖK. Il est le fils de LOKI.

FRAM : Signifie « en avant ! ». Cette expression était souvent utilisée pour encourager les guerriers lorsqu'ils se préparaient à la bataille. Elle pouvait également être utilisée pour annoncer le départ d'une course.

FREYA : déesse VANIR de l'amour et de la fertilité, elle vit à ASGARD aux côtés d'ODIN. Elle est presque aussi important qu'Odin. Quand les Valkyries ramènent à Asgard les valeureux guerriers morts au combat, c'est elle qui choisi en premier la moitié d'entre eux pour sa grande salle SESSRÚMNIR, et laisse les autres à Odin, qui deviendront des EINHERJAR.

Elle est la gardienne de la magie SEIÐR (divination) aux qu'elle a enseignée à ODIN et aux VÖLVA (prêtresses, devins).
Elle possède un manteau très convoité en plumes de faucon qui lui permet de voyager incognito par les cieux entre les neufs royaumes.

FREYR : Dieu VANIR et frère de FREYA, qui vit à ALFHEIM. SURT et lui s'entretueront dans les flammes durant le RAGNARÖK.

HARÐVINDR : Signifie « vent violent » en vieux norrois.

HATI : Loup, fils d FENRIR. Chasse MÁNI, dieu de la lune, qu'il dévorera durant la prophétie du RAGNARÖK.

HEIMDALL : Géant gardien du BIFRÖST. Meurt avec LOKI durant le RAGNARÖK.

HEL : Fille du géant LOKI, et reine de HELHEIM.

HOLMGANG : Duel sans mise à mort. Une zone est définie, dans laquelle les deux adversaires s'opposent. L'affrontement cesse aux premières gouttes de sang versées, éliminant le combattant touché. Des protections et un bouclier sont acceptés. Une seule arme est autorisée.
Aucun désistement après s'être inscrit, sous peine d'être considéré comme un lâche, et d'être temporairement exilé.

HÖRÐR SEM STEINN : Signifie « dur comme la pierre » en vieux norrois.

HVASSVIÐRI : Signifie « tempête de neige » en vieux norrois.

JARÐSKJÁLFTI : Signifie « tremblement de terre » en vieux norrois.

JARL : Equivalent médiéval d'un comte. Il est généralement un seigneur de guerre qui a accumulé des richesses et du respect.

JOMSVIKINGS : Habitants de JOMSBORG. Ce sont des mercenaires.

KARL : Homme libre, qui jouit de la protection de la Loi. Il peut être un guerrier, un artisan, un marchand, un paysan.

LAUGARDAGUR : Signifie le « jour du bain ». Correspond au samedi.

LANGHÚS : Le concept d'auberge ou de taverne comme nous le connaissons n'existe pas chez les vikings. À leur époque, on parlait de LANGHÚS, une maison d'environ vingt mètres de long, d'une pièce ou des couchages entourent un foyer central. Les vikings sédentaires avaient pour coutume d'offrir leur hospitalité aux voyageurs, notamment quand il n'y avait aucune commodité alentour. Les hommes du Nord ont toujours été très solidaires, du

LIF ET LIFTHRASIR : Equivalents d'Adam et Eve dans la mythologie scandinave.

LOKI : Père de HEL et FENRIR. Il tue son frère adoptif Baldr. Périt avec HEIMDALL durant le RAGNARÖK.

MIDGARDIEN : Habitant du royaume de MIDGARD.

MIMIR : Dieu VANIR à qui ODIN a sacrifié son oeil gauche pour avoir accès à davantage de connaissance.

NORNES : Créatures mythologiques qui tissent et entremêlent les destinées des hommes. Personne, pas même les Dieux, ne pouvaient influer sur leur ouvrage. Elles sont souvent représentées par trois.

ODIN : Né avant la création des neuf royaumes, il est considéré comme le roi des Dieux, le Père de Tout. Il vit à ASGARD, mais aime se rendre sur MIDGARD. Dieu de la guerre, il accueille au VALHALLA les EINHERJAR.
Il n'hésite pas à donner de sa personne pour étancher sa soif de Connaissance. Il a notamment fait don de son oeil gauche au dieu MIMIR pour s'abreuver à la fontaine du Savoir.
Il est associé à la magie de combat (chants, rituels) qui transcende les guerriers. Ces derniers sont alors assoiffés de sang et plus difficiles à tuer. Il a aussi appris la magie SEIDR auprès de FREYA, le rendant maître d'un Savoir unique.
Lors de la prophétie du RAGNARÖK, il meurt après avoir été attaqué par FENRIR.

ONDINE : L'ondine est l'équivalent scandinave d'une nymphe. Elle se présente sous les traits d'une femme froide et distante, dépourvue d'âme, et entraîne les voyageurs au milieu des brumes, des marais ou des forêts, pour les perdre ou les noyer. Elle considère les humains comme inférieurs et ennuyeux. Elle change radicalement de comportement quand elle tombe amoureuse.
Après son union, l'ondine devient plus vulnérable et attachée à son amoureux. Elle est un soutien inconditionnel, protectrice, mais devient jalouse et possessive.

RAGNARÖK : Prophétie de fin du monde durant laquelle les géants affronteront les Dieux, qui tomberont presque tous, ainsi qu'YGGDRASIL.

SEIDR : Magie qui consiste à interpréter le destin (articulé par les NORNES) et délivrer les prophéties. FREYA en est la gardienne.

SENTINELLE : Appellation fictive pour dénommer les guerriers vikings patrouillant sur le territoire du JUTLAND. À l'instar d'une police, ils sont en charge de maintenir l'ordre et de faire respecter les lois du roi. Cette fonction n'existait pas à l'époque, mais a été crée pour les besoins du roman.

SIGRBLÓT : Premier jour de l'été, le 19 avril.

SKALI : La demeure du chef.

SKEGGI : Signifie « le barbu » en vieux norrois.

SKJALDBORG : Consiste en un mur de boucliers impénétrable sous lequel les vikings s'abritaient pendant une bataille, pour se protéger des projectiles et attaques en tout genre.

SKÔL : Signifie « santé », lorsque l'on trinque.

SKÖLL : Louve, fille de FENRIR. Chasse SOL, déesse du soleil, qu'il dévorera durant la prophétie du RAGNARÖK.

SUMAR : L'été, basé sur les mois lunaires, et qui court d'avril à octobre.

SURT : Géant de feu qui protège la frontière du monde de Muspelheim, le monde des géants, et empêche quiconque de s'y aventurer. Selon la prophétie du RAGNARÖK, il commande les géants dans la guerre finale contre les Dieux et tue ODIN. FREYR et lui s'entretueront dans les flammes durant le RAGNARÖK.

THOR : fils d'ODIN et dieu du tonnerre qu'il déclenche en utilisant son puissant marteau MJOLNIR. Il est la représentation idéale du guerrier Viking.

THRALL : Esclave. Il fait partie de la plus basse strate de la société, et n'a aucun statut juridique. Il est principalement utilisé dans les travaux pénibles. A la mort de son maître, il est souvent sacrifié avec lui pour l'accompagner et le servir dans l'au-delà.

VALHALLA : Salle de banquet, située dans le royaume d'ASGARD. Elle est la dernière demeure des EINHERJAR en attendant le RAGNARÖK.

VALKYRIE : Divinité mineure, représentée comme une guerrière ailée et armée, chargée de guider les guerriers morts sur le champ de bataille vers le VALHALLA.
Elles sont au nombre de vingt-neuf et possèdent le pouvoir d'invisibilité.
Elles servent aussi dans le VALHALLA en versant de l'hydromel à l'intention des EINHERJAR et en organisant des festins.
Elles répondaient autant à la déesse FREYA qu'à ODIN.

VARGR : Signifie « *loup solitaire* ». Il englobait les hors-la-loi, les déserteurs, les lâches et les marginaux qui ne faisaient pas partie de la société Viking.

VARNARBLIÐR : Signifie « bouclier protecteur » en vieux norrois.

VETR : L'hiver, basé sur les mois lunaires, et qui court d'octobre à avril.

VETRABLÓT : Premier jour de l'hiver, le 11 octobre.

VÖLVA : Voyante, prêtresse ou devin, qui pratique la magie SEIÐR.

YÐFLÓÐIÐ : Signifie « déluge » en vieux norrois.

YGGDRASIL : Arbre de vie qui soutient les neuf royaumes de la mythologie nordique en laquelle croyaient les Vikings. Il s'effondre durant le RAGNARÖK, entraînant la destruction des mondes dans sa chute.

HIÉRARCHIE VIKING

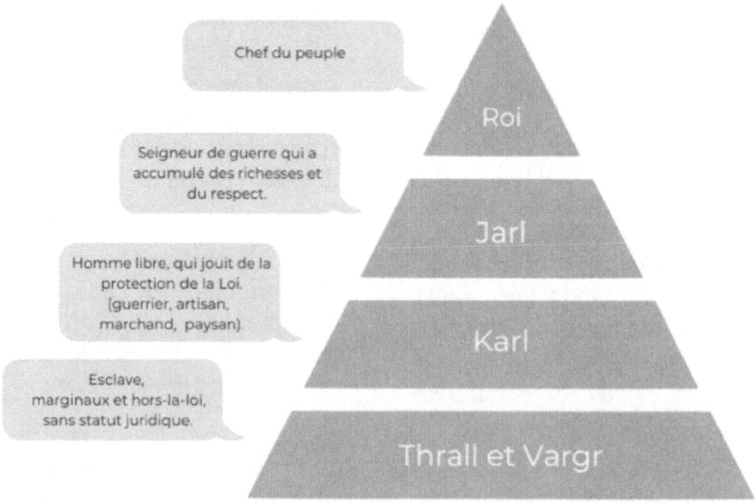

QUELQUES OBSERVATIONS

LA CONNAISSANCE DU MONDE VIKING :

Ce récit, bien qu'inspiré de faits historiques et de la mythologie VIKING, est une œuvre de fiction. Il est important de noter que nos sources concernant la vie et la culture VIKING sont souvent fragmentaires et biaisées. Beaucoup de ce que nous savons provient de textes écrits par des moines et des chroniqueurs de cultures occidentales, qui avaient une vision souvent méprisante des VIKINGS, les décrivant comme des barbares pour justifier leur conversion au christianisme.
Ainsi, la vision historique que nous avons souvent des VIKINGS est probablement incomplète, et il est tout à fait plausible que cette culture était plus nuancée et développée que ce qui a été enregistré.
Les VIKINGS étaient d'habiles navigateurs et commerçants, en contact avec un large éventail de cultures, certaines très éloignées et avancées qui ont pu les influencer largement.

Dans le but de rendre cette découverte accessible et plus facile à comprendre pour un public moderne, j'ai pris certaines libertés. Ces choix artistiques ont été faits afin de créer une expérience plus fluide et engageante, amenant cette fiction à un croisement entre récit Historique, univers Fantasy et aventure Fantastique.

Voici quelques exemples :

LES JURONS :

En raison des limites de nos sources sur le vieux norrois et des nuances culturelles qui se sont perdues au fil du temps, il a été nécessaire de prendre des libertés artistiques pour rendre le récit plus accessible et émotionnellement engageant pour un public moderne. Cela inclut l'utilisation de certains jurons et expressions qui, bien que potentiellement anachroniques, visent à faciliter la compréhension et l'identification du lecteur.

LA « CUISINE » :

Dans une longue maison VIKING, qui était la structure résidentielle la plus courante, on trouverait souvent un feu central utilisé pour la cuisson et le chauffage. Cet espace était situé au milieu de la pièce principale et servait à de multiples fonctions, y compris la préparation et la cuisson des aliments. Autour de cet espace, on pourrait trouver divers ustensiles de cuisine comme des pots en argile, des cuillères en bois ou des couteaux.

L'espace autour du feu central serait également utilisé pour d'autres activités domestiques, y compris le travail du textile, les réparations, et d'autres tâches ménagères. C'était un lieu multifonctionnel qui servait de centre pour de nombreuses activités de la maison.

LA « BOUCHERIE » :

Les VIKINGS avaient bien sûr besoin de traiter la viande qu'ils chassaient ou élevaient, mais cela se faisait souvent de manière moins formalisée que dans une boucherie moderne.

Dans un village ou une communauté VIKING, la chasse et l'abattage des animaux d'élevage étaient des activités courantes, et la découpe de la viande était probablement une compétence que de nombreux adultes possédaient. Mais un stand ou un étal de viande dans un marché ou un rassemblement commercial est tout à fait envisageable, compte tenu du fait que les marchés étaient des lieux courants pour l'échange de biens dans les sociétés VIKING, surtout dans les centres de commerce plus importants ou à proximité de zones de rassemblement comme les lieux de culte ou les centres politiques.

L'AGRICULTURE :

Bien que l'image populaire des VIKINGS les dépeigne souvent comme des guerriers impitoyables, une grande partie de la population vivait de l'agriculture. Leurs fermes étaient généralement de petite taille et étaient cultivées par la famille et parfois par des THRALLS (esclaves). Les principales cultures étaient les céréales comme l'orge, le seigle et l'avoine, utilisées pour faire du pain et de la bouillie, ainsi que pour nourrir les animaux.

L'élevage était également une partie importante de leur économie agricole. Ils élevaient du bétail, des porcs, des moutons et des chèvres

pour la viande, le lait et la laine. Dans certaines régions, la pêche et la chasse complétaient leur alimentation et leur fournissaient des matières premières comme la fourrure et les os.
La Scandinavie, d'où les VIKINGS sont originaires, a un climat qui peut être difficile pour l'agriculture, avec des sols relativement pauvres et un temps de croissance court. Ces défis ont peut-être contribué à leur expansion à travers les raids et le commerce, en cherchant des terres plus riches et d'autres ressources.

L'« ARMÉE » :

Les VIKINGS n'avaient pas d'armée au sens où nous l'entendons aujourd'hui'hui, avec une hiérarchie claire, une formation standardisée et un commandement centralisé.
Leurs expéditions étaient souvent organisées par des chefs de clan, des JARLS, ou même des rois dans certains cas, mais ces groupes étaient généralement plus petits et moins formalisés que ce que nous qualifierions d'« armée ». Ils étaient souvent composés de guerriers qui devaient leur propre équipement et qui suivaient un leader en raison de liens personnels, familiaux ou de loyauté, plutôt qu'en raison d'une obligation légale ou formelle.
Le terme « sentinelle », dans le contexte de ce roman, est utilisé pour faciliter la compréhension du rôle spécifique de petits groupes de guerriers assignés à des tâches de surveillance ou de reconnaissance.
Bien que ce terme puisse évoquer des unités militaires plus formalisées des époques ultérieures, il est utilisé ici pour décrire un rôle qui pourrait raisonnablement s'aligner sur les types de fonctions de surveillance existant au sein de la société VIKING.

L'ENRÔLEMENT OBLIGATOIRE DES PREMIERS-NÉS :

Dans ce récit, j'introduis l'idée que le roi VIKING en place a développé une tradition unique pendant son règne, qui consiste à enrôler de manière contraignante le premier-né mâle de chaque famille dans sa troupe de guerriers afin de renforcer sa position.
Bien que cette pratique ne soit pas historiquement documentée, elle sert à explorer des questions de loyauté, de pouvoir et de sacrifice et vise à ajouter une couche de complexité à la dynamique du pouvoir et des relations au sein de la société VIKING que je dépeins.

REMERCIEMENTS

« Il suffit de rencontrer la bonne personne, au bon moment, pour vous faire avancer dans la vie. »

Il n'y a rien de plus vrai.

Je remercie avant tout l'amour de ma vie. Tu es mon pilier, mon soutien inconditionnel. Merci de m'avoir soutenue dans la conception de ce bébé. Tu as eu foi en mon travail, toutes ces années, même quand je doutais. Pour toi, je n'ai rien lâché.

Asulf, avec et sans son épée, c'est toi. Je t'aime infiniment.

Eva, je ne te serai jamais assez reconnaissante d'avoir croisé ma route ! Un coup de foudre artistique comme on en a rarement. Ecrivaine de génie et bien que déjà fort occupée, tu m'as immédiatement épaulée dans ce projet fou.

Tu m'as aussi permis de m'entourer de quatre autres écrivaines et bêta lectrices de talent : Lili, Mag, Elo et Kate. J'ai adoré vous lire. Alors que vous participiez à mon oeuvre, c'était une chance pour moi.

Toutes les cinq, mes Valkyries, vous avez rendu ce projet magique par votre aide, votre bienveillance, vos conseils avisés et votre bonne humeur. J'ai eu énormément de plaisir à travailler (oui, oui, ce n'était pas juste de franches rigolades !) avec vous. Vous avez pris une place importante dans ma vie et dans mon cœur. Je vous adore !

Aujourd'hui je réalise mon rêve et c'est aussi grâce à vous.

Un million de mercis !

Merci également à mon bébé, qui a su faire preuve de patience et me laisser le temps nécessaire pour écrire. You rock, my miracle !

Merci à ma belle-soeur, l'étincelle qui a embrasé la mèche. Lectrice de ma toute première nouvelle, elle m'a conseillé d'en faire un roman. Et nous y voilà !

Merci à toutes les personnes qui m'ont aidé à promouvoir cette histoire.

Enfin, merci à vous, cher lecteur/lectrice, d'être entré(e) dans mon monde. J'espère que vous avez apprécié cette aventure autant que j'ai pris plaisir à l'écrire.

Votre avis compte énormément pour moi, aussi je vous en serais infiniment reconnaissante si vous partagiez votre ressenti dans un commentaire sur Amazon.

Un grand merci pour votre temps, votre soutien et d'avoir choisi de voyager avec moi à travers ces pages.

À très bientôt, car l'aventure ne fait que commencer !

Je vous embrasse.

Léa

TABLE DES MATIERES

À PROPOS DE L'AUTEURE

Salutations, mortels. Je suis Freya, déesse de l'amour, de la beauté et de la fertilité dans la mythologie nordique.

Je vous représente ici Léa, enracinée dans l'atmosphère viking, et qui vous conte son histoire.

Il y a de cela fort longtemps, Léa a commencé à façonner cette aventure qui a pris vie sous la forme de « Regard d'Acier ». Aujourd'hui, après avoir surmonté de multiples défis, elle partage ce rêve avec vous, vous entraînant dans une expérience unique, directement de son cœur à vos yeux.

Léa n'a laissé aucune autre main mortelle toucher à son œuvre. Elle a maîtrisé chaque étape de la réalisation, allant jusqu'à concevoir pléthore d'illustrations pour refléter fidèlement sa vision et vous offrir une immersion authentique.

« Regard d'Acier » vous transporte au VIIIe siècle, à l'époque viking. Léa a consacré beaucoup de temps à mener des recherches pour s'assurer de la cohérence de son roman.

Elle a même créé une annexe pour vous aider à comprendre ce monde ancien, dans la limite de ce que l'humanité connaît de cette période lointaine.

Le récit, écrit à la première personne, vous plonge au cœur de l'histoire. Des sortilèges en vieux norrois parsèment le texte, ajoutant une couche supplémentaire d'authenticité à ce voyage.

L'épopée de « Regard d'Acier » ne s'arrête pas là. Notre conteuse travaille déjà sur un deuxième tome.

En tant que déesse, j'ai un aperçu des mystères à venir, et je peux vous assurer que vous ne serez pas déçus.

Embarquez dans une traversée à travers le temps avec Léa Novels. Accrochez-vous bien, car le périple promet d'être mémorable.

Printed in France by Amazon
Brétigny-sur-Orge, FR

21299109R00308